NIEBEZP....
GRA

Dom Wydawniczy REBIS
wydał
następujące książki Robina Cooka:

ROBIN COOK

NIEBEZPIECZNA GRA

Przełożył
Maciej Szymański

DOM WYDAWNICZY REBIS
Poznań 2011

Tytuł oryginału
Cure

Copyright © 2010 by Robin Cook
All rights reserved

Copyright © for the Polish edition by REBIS Publishing House Ltd.,
Poznań 2010

Redaktor
Katarzyna Raźniewska

Konsultant
lek. med. Anna Karczewska

Opracowanie graficzne serii i projekt okładki
Zbigniew Mielnik

Fotografia na okładce
© Digital Art/CORBIS/FotoChannels

Wydanie I

ISBN 978-83-7510-655-8

Dom Wydawniczy REBIS Sp. z o.o.
ul. Żmigrodzka 41/49, 60-171 Poznań
tel. 61-867-47-08, 61-867-81-40; fax 61-867-37-74
e-mail: rebis@rebis.com.pl
www.rebis.com.pl

Skład: AKAPIT, Poznań, tel. 61-879-38-88

Ostatni tytuł wydrukowany i oprawiony
w Poznańskich Zakładach Graficznych

Jean i Cameronowi,
moim partnerom w życiu

Ależ splątaną sieć pleciemy,
Gdy podstęp pierwszy knujemy!

Walter Scott, *Marmion*, pieśń VI, strofa 17

Podziękowania

Jak to zwykle bywa, także w pisaniu *Niebezpiecznej gry* wsparło mnie wielu przyjaciół, kolegów, a nawet obcych mi ludzi, którzy gotowi byli jak gdyby nigdy nic sięgnąć po telefon i zadać pytanie. Jestem prawdziwym szczęściarzem, mam bowiem dostęp do licznych ekspertów, którzy szczodrze poświęcają mi swój czas. Oto ci, którym pragnę okazać szczególną wdzięczność za ich nadzwyczajną cierpliwość (w porządku alfabetycznym):

Jean E.R. Cook, MSW, CAGS, psycholog
Joe Cox, J.D, LLM, prawnik, prawo spadkowe i gospodarcze
Rose A. Doherty, AM, wykładowca akademicki
Mark Flomenbaum, MD, Ph.D, patomorfolog
Tom Janow, śledczy w nowojorskim Wydziale Policji
Carole Meyers, asystent badawczy, OCME w Nowym Jorku
Marina Stajic, PhD, dyrektor toksykologii OCME w Nowym Jorku

Najważniejsi gracze

AIZUKOTETSU-KAI – organizacja jakuzy działająca w Kioto

VINNIE AMENDOLA – technik z kostnicy OCME

LOUIE BARBERA – tymczasowy *capo* rodziny przestępczej Vaccarro

DR HAROLD BINGHAM – główny patomorfolog OCME w Nowym Jorku

CLAIR BOURSE – sekretarka w iPS USA

MICHAEL CALABRESE – agent emisji niepublicznych

PAULIE CERINO – *capo* rodziny przestępczej Vaccarro, obecnie w więzieniu

GROVER COLLINS – ekspert od spraw porwań, jeden z założycieli CRT Risk Management

DR BENJAMIN (BEN) COREY – założyciel i dyrektor iPS USA LLC

CRT RISK MANAGEMENT – firma należąca do Collinsa, Ruperta i Thomasa, ekipy byłych agentów Sił Specjalnych, którzy wspólnie próbują ratować ofiary porwań

TOMMASO DELUCA – młody żołnierz rodziny Vaccarro, zatrudniony przez Louiego Barberę

JOHN DEVRIES – szef działu toksykologii w OCME

VINNIE DOMINICK – *capo* rodziny przestępczej Lucia

YOSHIAKI ETO – żołnierz Aizukotetsu-kai w Nowym Jorku

KENICHI FUJIWARA – wiceminister gospodarki, handlu i przemysłu w rządzie japońskim

HIROSHI FUKAZAWA – *oyabun* (szef) Yamaguchi-gumi

SABORU FUKUDA – *saiko-komon* Yamaguchi-gumi w Nowym Jorku

KANIJI GOTO – żołnierz Yamaguchi-gumi w Japonii

CARL HARRIS – szef finansów iPS USA LLC

INAGAWA-KAI – organizacja jakuzy z siedzibą w Tokio

iPS PATENT JAPAN – fikcyjna japońska korporacja zajmująca się japońskimi patentami

iPS USA – fikcyjna amerykańska korporacja zajmująca się patentami dotyczącymi indukowanych pluripotencjalnych komórek macierzystych (komórek iPS) oraz związaną z nimi własnością intelektualną

HISAYUKI ISHII – *oyabun* (szef) Aizukotetsu-kai

JAKUZA – sieć przestępczości zorganizowanej w Japonii

TOM JANOW – porucznik z policji okręgu Bergen

KENJI – imię, które Laurie nadała ciału Satoshiego Machity, zanim zostało zidentyfikowane

TOKUTARO KUDO – *saiko-komon* Yamaguchi-gumi w Japonii

LUCIA – rodzina mafijna z Long Island, dowodzona przez *capo* Vinniego Dominicka

ARTHUR MACEWAN – żołnierz rodziny przestępczej Vaccarro

SATOSHI MACHITA – badacz, ma żonę Yunie-chan i syna Shigeru

DUANE MACKENZIE – młody żołnierz rodziny przestępczej Vaccarro, najęty przez Louiego Barberę

REBECCA MARSHALL – urzędnik identyfikacyjny w OCME

BRENNAN MONAGHAN – żołnierz rodziny mafijnej Vaccarro

HANK MONROE – szef identyfikacji w OCME

LAURIE MONTGOMERY-STAPLETON – patomorfolog w OCME w Nowym Jorku

MITSUHIRO NARUMI – *saiko-komon* Inagawa-kai

OCME – Inspektorat Medycyny Sądowej w Nowym Jorku

MAUREEN O'CONNOR – szefowa laboratorium histologicznego w OCME

CARLO PAPARO – żołnierz rodziny mafijnej Vaccarro

OYABUN – szef japońskiej organizacji przestępczej należącej do jakuzy

TED POLOWSKI – żołnierz rodziny przestępczej Vaccarro

TWYLA ROBINSON – szefowa działu personalnego w OCME

JACQUELINE ROSTEAU – asystentka Bena Coreya

SAIKO-KOMON – główny doradca w jednej z organizacji jakuzy, w hierarchii zajmuje miejsce tuż za oyabunem danego miasta albo jest szefem delegatury organizacji w innym mieście

HIDEKI SHIMODA – *saiko-komon* Aizukotetsu-kai w Nowym Jorku

LOU SOLDANO – kapitan policji Nowego Jorku

JACK STAPLETON – patomorfolog w OCME w Nowym Jorku

RON STEADMAN – śledczy nowojorskiej policji z komisariatu Midtown North

ŚLEDCZY MEDYCZNO-PRAWNY z OCME; osoby pełniące tę funkcję mają za sobą przeszkolenie w dziedzinie medycyny sądowej, ale nie są lekarzami z wykształcenia; pracują w terenie, badając przypadki zgonów

NAOKI TAJIRI – menedżer klubu Paradise w Tokio

COLT THOMAS – ekspert do spraw porwań i jeden z założycieli CRT Risk Management

TADAMASA TSUJI – *saiko-komon* Aizukotetsu-kai

VACCARRO – rodzina mafijna z Long Island, dowodzona przez *capo* Louiego Barberę

DR CALVIN WASHINGTON – zastępca głównego patomorfologa w OCME w Nowym Jorku

RIKI WATANABE – żołnierz Hisayukiego Ishiiego

LETICA WILSON – niania JJ'a, syna Laurie i Jacka

MARLENE WILSON – recepcjonistka w OCME

WARREN WILSON – kumpel Jacka z boiska do koszykówki, szef lokalnego gangu

YAMAGUCHI-GUMI – organizacja jakuzy z siedzibą w Kobe

CHONG YONG – żołnierz Hisayukiego Ishiiego

Prolog

28 lutego 2010
niedziela, 2.06
Kioto, Japonia

Wszystko rozegrało się w mgnieniu oka. W jednej chwili sytuacja była doskonała – jeśli zignorować fakt, że Benjamin Corey właśnie włamywał się do zagranicznego laboratorium biologicznego – a już w następnej wszystko zmierzało ku katastrofie. Ben Corey przeżył więc ekspresowe przejście od stanu względnego zrelaksowania do ciężkiego przerażenia. Wystarczyło kilka sekund w blasku migających świateł alarmowych, zalewających całą podłogę fluorescencyjną poświatą, by zimny pot wystąpił na jego czole, a serce zaczęło tłuc się jak szalone, przenosząc jego ciało w tryb walki lub ucieczki, którego nigdy wcześniej nie doświadczył. To, co zapowiadało się na przechadzkę w parku – bo tak poprzedniego wieczoru opisał tę akcję jego łącznik z jakuzą w Tokio – miało lada chwila zamienić się w jej przeciwieństwo. Starszawy, umundurowany ochroniarz pojawił się w głównym korytarzu laboratorium. Czapkę z daszkiem miał zsuniętą na tył głowy, a prawą dłoń trzymał na wysokości skroni zaciśniętą na korpusie mocnej latarki. Snop światła oraz wzrok kierował to w prawo, to w lewo, mijając kolejne rzędy laboratoryjnych stołów. Przy lewym uchu trzymał telefon komórkowy, szeptanym staccato bez wątpienia meldując swym przełożonym z biura ochrony uniwersytetu w Kioto o postępach w badaniu sprawy tajemniczego, pojedynczego światła, które zapaliło się nagle w całkowicie ciemnym i podobno pustym gmachu. Z każdym jego krokiem coraz wyraźniej słychać było złowrogie dzwonienie kluczy, umocowanych do wielkiego kółka u pasa ochroniarza.

Ben Corey włamywał się po raz pierwszy i, jak poprzysiągł sobie w duchu, ostatni. On, doktor nauk medycznych, absolwent harwardzkiej szkoły biznesu oraz założyciel i dyrektor generalny nader obiecującej firmy iPS USA LLC, którą założył w nadziei na rychłą komercjalizację odkrycia komórek iPS, czyli indukowanych pluripotencjalnych komórek macierzystych*, a w konsekwencji – na równie rychłe dołączenie do grona multimiliarderów, w ogóle nie powinien był się znaleźć w takim położeniu.

Powodem, dla którego mimo wszystko się znalazł, były przedmioty, który ściskał pod pachą: dzienniki laboratoryjne autorstwa byłego badacza z uniwersytetu w Kioto, Satoshiego Machity. Zawierały one dowód na to, iż to właśnie on, Satoshi Machita, jako pierwszy wyhodował komórki iPS. Ben znalazł je w pokoiku, który właśnie opuścił, przylegającym do laboratorium. Satoshi udzielił mu wcześniej dokładnych wskazówek co do miejsca, gdzie są przechowywane, a także – choć może

---

* Komórki macierzyste to komórki, które mają zdolność do samoodnawiania oraz możliwość przekształcania w różne typy wyspecjalizowanych komórek potomnych. Jednym z rodzajów k.m. są pluripotencjalne komórki macierzyste, pochodzące z pierwszego stadium zarodka. Dają one początek wszystkim (poza komórkami rozrodczymi) tkankom i narządom. Indukowane pluripotencjalne komórki macierzyste (iPS) to komórki otrzymywane z niepluripotentnych komórek (najczęściej somatycznych) w wyniku manipulacji genetycznych (wymuszona ekspresja niektórych genów). Wciąż trwają badania nad możliwością wykorzystywania takich komórek w terapii m.in. takich chorób, jak cukrzyca, miażdżyca, choroby Parkinsona i Alzheimera (przyp. A.K.).

nie wprost – pozwolił na ich zabranie. Ben wykorzystał tę zgodę, by jakoś usprawiedliwić przed samym sobą nocne włamanie. Były jednak i inne powody: przez kilka lat zmagał się z kryzysem wieku średniego, rozmijając się gdzieś po drodze z dojrzałością, którą powinien był nabyć. Rozwiódł się z żoną, z którą miał troje dorosłych już dzieci, rzucił stałą pracę w koncernie biotechnologicznym, poślubił swoją byłą sekretarkę, Stephanie Baker, i szybko spłodził kolejnego syna. Zrzucił czterdzieści funtów, zaczął uczestniczyć w triatlonach, zainteresował się narciarstwem ekstremalnym i wreszcie podjął się ryzykownego przedsięwzięcia – założył iPS USA w czasach, gdy pozyskanie kapitału było, delikatnie mówiąc, niełatwe. Chcąc nie chcąc, musiał zdobyć się na niejeden kompromis w kwestii źródeł finansowania, by tego dokonać.

Dokonawszy tak znaczących zmian we własnym życiu, Ben zaczął z dumą nazywać siebie już nie biernym widzem, ale człowiekiem czynu. Gdy poznał Satoshiego Machitę i historię jego pracy, ani myślał przegapić takiej okazji. Wkrótce nabrał przekonania, że dzienniki Machity są dla niego potencjalną manną z nieba. Jeśli to, co Satoshi mówił o swych pionierskich badaniach – o wyhodowaniu pierwszych komórek iPS z własnych fibroblastów – było choćby w połowie prawdą, Ben nie wątpił, że zawartość dzienników wstrząśnie światem patentów biotechnologicznych i jako bezcenna własność intelektualna stanie się mocnym fundamentem iPS USA.

Ben potrzebował wielu miesięcy osobistego zaangażowania, by choćby zbliżyć się do pozyskania dzienników, lecz aż do ostatniej chwili nie brał pod uwagę tego, że sam mógłby się zaangażować w kradzież. Zmienił zdanie dopiero po spotkaniu z jednym z szefów jakuzy w Tokio, zorganizowanym przez równorzędnego mu przedstawiciela nowojorskiej mafii. Zadanie miało być dziecinnie proste.

– Wątpię nawet, żeby zamykali drzwi laboratorium – mówił mężczyzna w eleganckim garniturze marki Brioni, gdy siedzieli w barze hotelu The Peninsula w Tokio. – Niewykluczone, że o drugiej w nocy przy stołach będą jeszcze pracowali studenci. Zignoruje ich pan, zabierze przedmioty należące do pańskiego pracownika i spokojnie opuści salę. Według moich informatorów, nie będzie żadnych problemów. Umówiłem już pana z jednym z najlepszych żołnierzy Yamaguchi-gumi; spotkacie się w pańskim hotelu w Kioto. Zresztą, jeśli nie chce pan wchodzić do laboratorium, może pan to sobie odpuścić. Niech pan tylko opisze naszemu człowiekowi przedmioty, które pana interesują, oraz miejsce, w którym się znajdują.

W tym momencie Ben, świeżo upieczony człowiek czynu, pomyślał, że oto pojawia się nawet dość poetyckie uzasadnienie dla jego udziału w ostatniej fazie przedsięwzięcia, nad którym pracował od miesięcy. Dzienniki były tak ważne, że musiał mieć stuprocentową pewność, iż dostanie właśnie te, których potrzebuje. Co więcej, skoro do ich zabrania upoważnił go ich prawowity właściciel, tak naprawdę nie było mowy o kradzieży. Ben czuł się raczej jak ktoś w rodzaju współczesnego Robina Hooda.

– Musimy spieprzać! – pisnął w panice Ben do swego wspólnika, rzekomego profesjonalisty, Kanijiego Goto, który wraz z nim przycupnął za jednym ze stołów. Teraz słyszeli już nie tylko brzęk kluczy, ale także szuranie sandałów ochroniarza na pokrytej kafelkami posadzce.

Wyraźnie zirytowany Kaniji uciszył Bena gestem. Ten umilkł posłusznie; znacznie trudniej było mu jednak zaakceptować widok sztyletu, który Japończyk wyjął nagle zza pazuchy. Ostrze z nierdzewnej stali błysnęło oślepiająco i Ben nie miał już wątpliwości, że Kaniji nie ma zamiaru wyprowadzić go po cichu z budynku, tylko zmierza wprost do brutalnej konfrontacji z przeciwnikiem.

Sekundy mijały, ochroniarz był coraz bliżej, a Ben zżymał się w duchu na własną głupotę: powinien był odwołać akcję godzinę wcześniej, gdy tylko Kaniji pojawił się w ryokan, tradycyjnym japońskim hoteliku, w którym mieszkał. Ku jego przerażeniu, Japończyk był ubrany jak na bal maskowy: na czarny golf włożył czarną kurtkę podobną do piżamy, przewiązaną czarnym pasem. Na nogach miał czarne buty sportowe, a w dłoni ściskał czarną kominiarkę. Co gorsza, angielski znał tak słabo, że z trudem mogli się porozumieć.

Lecz to właśnie kłopoty z komunikacją, w połączeniu z egzotyką otoczenia i podnieceniem na myśl o tak bliskim już przechwyceniu bezcennych dzienników laboratoryjnych sprawiły, że Ben postanowił spróbować, ignorując alarmujące sygnały zdrowego rozsądku. Teraz, gdy Kaniji ruszył naprzód, uzbrojony w sztylet, lęk powrócił jednak ze zdwojoną siłą.

W nadziei, że uda się jeszcze uniknąć konfrontacji z nocnym strażnikiem, Ben, nie podnosząc się z kucek, popędził za Kanijim, złapał go za pas i z siłą rozpaczy szarpnął w tył.

Japończyk stracił równowagę, opadł na pośladki i natychmiast poderwał się z podłogi, obracając się przy tym zwinnie jak mistrz sztuk walki, za którego się zresztą podawał. Zirytowany tym, że dał się podejść wspólnikowi, zdołał jednak powstrzymać się od odruchowego ataku: przyjął jedynie agresywno-defensywną postawę i zatrzymał drżące ostrze noża tuż przed nosem Bena.

Ben zamarł, desperacko próbując odczytać zamiary Kanijiego, a jednocześnie obawiając się, że jakikolwiek ruch sprowokuje go do ataku. Nie było jednak łatwo wyczytać coś z twarzy zasłoniętej kominiarką, zwłaszcza że nawet skośne oczy pozostały martwe niczym czarne dziury. Sekundę później snop światła z latarki ochroniarza oślepił ich obu.

Kaniji zareagował odruchowo. Odwrócił się gwałtownie i z dzikim okrzykiem ruszył na zszokowanego przeciwnika, trzymając sztylet wysoko nad głową. Ben także się poderwał i po raz drugi chwycił towarzysza za pas. Tym razem jednak nie zdołał go powstrzymać i runął naprzód w ślad za nim. W chwili, gdy Kaniji z całym impetem zderzył się z ochroniarzem, Ben wpadł na niego i wszyscy trzej runęli na podłogę jak żywa i żwawo poruszająca się kanapka.

W chwili zderzenia Kaniji zdecydowanym ruchem wbił nóż w zagłębienie między obojczykiem a górną krawędzią barku ochroniarza. Zanim upadli na posadzkę, czubek klingi dotarł do celu, przebijając arterię szyjną.

Ben najpierw usłyszał mimowolne stęknięcie, gdy dwa znajdujące się pod nim ciała zetknęły się z podłogą, a zaraz potem ujrzał rytmicznie bijącą fontannę. Potrzebował chwili, by się zorientować, że to krew. Poderwał się czym prędzej, nie odrywając wzroku od słabnącej z wolna strugi. Serce ochroniarza wypompowywało już resztki z sześciu kwart krwi.

Kaniji był cały we krwi. Ben miał więcej szczęścia: dosięgło go ledwie kilka kropel, które ściekły z jego czoła, gdy tylko wstał. Starł je gorączkowo wierzchem dłoni, a potem odruchowo otrząsnął rękę.

Przez sekundę spoglądał w dół, na dwa ciała skąpane w czerwieni – jedno z trudem łapiące oddech, a drugie blade i nieruchome. A potem, niewiele myśląc, rzucił się do ucieczki. Ściskając pod lewą pachą laboratoryjne dzienniki, niczym gracz w futbol amerykański pokonał sprintem tę samą drogę, którą wcześniej przebył z Kanijim, gdy szukali dawnego gabinetu Satoshiego.

Wybiegł z gmachu frontowymi drzwiami i zawahał się. Nie miał kluczyków do starego datsuna Kanijiego, zatem powrót do kępy drzew, pod którą zostawili wóz, po prostu nie miał sensu. Ben gorączkowo analizował inne opcje, gdy nagle pchnął go do działania daleki jeszcze, ale narastający dźwięk policyjnych syren. Nie znał miasta, ale wiedział, że na zachód od uniwersytetu płynie rzeka Kamo, przecinająca Kioto z północy na południe. *Ryokan* na starym mieście, w którym się zatrzymał, był niedaleko. Zaprawiony w triatlonach, pognał na zachód, podążając za gwiazdami w kierunku rzeki. Biegł lekko i płynnie, starając się nie czynić wiele hałasu. Minął trzy przecznice, nim syreny umilkły, co niechybnie oznaczało, że policjanci dotarli już do laboratorium. Zacisnął zęby i przyspieszył. Nie mógł teraz pozwolić, by ktoś go zatrzymał. Roztrzęsiony nie byłby w stanie odpowiedzieć na najprostsze nawet pytania, nie mówiąc o wyjaśnieniu, dlaczego biegnie tak w środku nocy, niosąc dzienniki, które właśnie zniknęły z uniwersyteckiego laboratorium. Gdy wreszcie dotarł do rzeki, skręcił na północ i w wyścigowym tempie ruszył w stronę hotelu.

Trzy tygodnie później
22 marca 2010
poniedziałek, 9.37
Tokio, Japonia

Naoki Tajiri zajmował się *mizu shōbai*, czyli „handlem wodą", dłużej, niż był skłonny przyznać. Zaczynał tuż po ukończeniu szkoły średniej, od samego dna: zmywał czarki do *sake*, kufle do piwa, kieliszki do *shōchū*, ale z czasem zaczął wspinać się po drabinie odpowiedzialności. Zdobywał doświadczenie w najróżniejszych przybytkach, począwszy od tradycyjnych barów *nomiya*, aż po lokale z zawodowymi prostytutkami, prowadzone przez jakuzę, japońską wersję mafii. Sam Naoki nigdy nie należał do żadnego z gangów, ale był przez nie tolerowany, a nawet bywał przydatny przez wzgląd na doświadczenie. To dlatego pozwolono mu zostać kierownikiem Paradise, jednego z najlepszych klubów nocnych w tokijskiej dzielnicy Akasaka.

Choć zaczynał karierę w małym, rodzinnym miasteczku, z biegiem lat przenosił się do coraz większych ośrodków, aż wreszcie dotarł najpierw do Kioto, a potem do Tokio. Był w zasadzie pewny, że widział już wszystko, co w jakikolwiek sposób wiązało się z handlem wodą, czyli brudną forsą, alkoholem, hazardem, seksem i zbrodnią. Aż do tego poranka.

Zaczęło się od rozmowy telefonicznej, tuż przed szóstą rano. Zirytowany tym, że obudzono go, choć nie tak dawno położył się spać, odpowiedział zrzędliwie, lecz zaraz zmienił ton. Dzwonił Mitsuhiro Narumi, saiko-komon, czyli starszy doradca oyabuna, szefa Inagawakai – organizacji, do której należał klub Paradise. Naoki poczuł na plecach zimny dreszcz, nie zdarzało się bowiem, by ktoś tak wysoko postawiony w szeregach jakuzy dzwonił do zwykłego kierownika klubu nocnego.

W pierwszej chwili przeraziła go myśl, że coś strasznego wydarzyło się nad ranem w Paradise, a on, kierownik klubu, miał przecież obowiązek o tym wiedzieć. Chodziło jednak o zgoła odmienną i nader niezwykłą sprawę. Narumi-san dzwonił mianowicie, by zawiadomić Naokiego, że Hisayuki Ishii, oyabun innej rodziny jakuzy, przybędzie do klubu na ważne spotkanie z wpływowym urzędnikiem wysokiego szczebla – Kenichim Fujiwarą, wiceministrem gospodarki, handlu i przemysłu. Narumi-san dodał też, że Naoki będzie osobiście odpowiedzialny za bezproblemowy przebieg spotkania.

– Da im pan wszystko, czego zapragną – zakończył.

Naoki najpierw poczuł ulgę, bo jednak nie chodziło o poważny problem, a następnie ciekawość: dlaczego oyabun konkurencyjnej organizacji przestępczej zamierzał pojawić się w lokalu należącym do Inagawa-kai, a w dodatku umówił się tam z ministrem?! Zadawanie pytań byłoby jednak nie na miejscu, a Narumi-san ani myślał tłumaczyć się przed kierownikiem klubu i po prostu przerwał połączenie.

Zbliżała się dziesiąta, gdy Naoki nareszcie odzyskał spokój. Wszystko było gotowe. Meble w głównej sali koktajlowej na drugim piętrze rozsunięto tak, by zmieścił się specjalny stół. Wyciągnięto z łóżka najlepszego barmana, by w razie potrzeby przyrządził gościom choćby i najbardziej egzotyczne drinki. Wezwano cztery hostessy. Przy każdym z dwóch miejsc przy stole ustawiono popielniczkę oraz tacę z paczkami krajowych i zagranicznych papierosów.

Oyabun przybył jako pierwszy, w eskorcie licznej grupy niemal jednakowych ochroniarzy o mocno nażelowanych, kolczastych fryzurach, ubranych w czarne, połyskujące garnitury i okulary przeciwsłoneczne. Sam szef miał na sobie nieco bardziej tradycyjny strój: doskonale uszyty włoski garnitur z ciemnej wełny oraz perfekcyjnie wypolerowane angielskie pantofle. Miał krótkie, starannie zaczesane włosy oraz zadbane paznokcie. Wyglądał na spełnionego biznesmena i był nim istotnie, bo przecież kierował nie tylko rodziną przestępczą Aizukotetsu-kai z Kioto, ale także licznymi całkiem legalnymi firmami. Minął zgiętego w ukłonie Naokiego, jakby ten był elementem wystroju lokalu. Zasiadłszy za stołem, zażądał whiskey i bez uśmiechu przyjął szklankę, w roztargnieniu przekładając pudełka papierosów. Naoki postanowił zająć go czymś ciekawszym: skinął na kierownika zmiany, by wprowadził kobiety.

Po chwili zszedł na dół i stanął w otwartym holu, by zaczekać na przybycie drugiego ważnego gościa. Jako że Paradise był otwarty przez dwadzieścia cztery godziny na dobę, trzysta sześćdziesiąt pięć i ćwierć dnia w roku, właściwie nie było tu drzwi wejściowych. Tylko niewi-

21

dzialna kurtyna powietrzna zatrzymywała na zewnątrz chłód zimy albo żar i wilgoć lata – był to jeden z pomysłów na skuszenie klientów, przekonanie ich, jak bardzo łatwo jest wejść do tego klubu. Niewielu mężczyzn przechodzących opodal opierało się temu zaproszeniu; z reguły zaglądali tylko na chwilę, a zostawali na godzinę lub dwie.

Cały parter Paradise zajmował rozległy salon *pachinko*. Nawet teraz, rankiem, co najmniej setka cokolwiek sennych graczy siedziała przed pionowymi, hałaśliwymi automatami przypominającymi flippery. Jedną ręką wystrzeliwali w górę kulki z nierdzewnej stali, które następnie opadały, napotykając po drodze rozmaite przeszkody. Wielu graczy darzyło *pachinko* fanatycznym uwielbieniem, którego Naoki nie pojmował. Nie miał jednak nic przeciwko bywalcom salonu, jako że wpływy z gry stanowiły prawie czterdzieści pięć procent zysków klubu Paradise.

W głębi ulicy parkowały czarne sedany, które przywiozły oyabuna i jego orszak. Wśród toyot crown stał imponujący wóz szefa: czarny lexus LS 600h L, najnowszy flagowy model tej marki, a może i całego przemysłu motoryzacyjnego Japonii. Samochody pozostawiono w miejscu, w którym nie wolno było parkować, ale Naoki się tym nie przejmował. Tutejsza policja wiedziała, do kogo należą, i nie zamierzała ścigać właścicieli. Naoki doskonale rozumiał nieortodoksyjne, płynne relacje między władzami i ich organami – takimi jak policja – a jakuzą. Dowodem na to, iż takie relacje w ogóle istniały, było choćby spotkanie, które lada chwila miało się rozpocząć.

Naoki spojrzał na zegarek i poczuł, że znowu zaczyna się denerwować. Choć na ustach oyabuna pojawił się lekki uśmieszek aprobaty, gdy wprowadzono hostessy, to jego nastrój wkrótce mógł ulec zmianie, gdyby tylko spóźnienie wiceministra zostało odczytane jako przejaw braku szacunku. Naoki poczuł więc ulgę, gdy odwrócił głowę w prawo i wreszcie ujrzał kawalkadę rządowych wozów.

Od strony najbliższej przecznicy nadjeżdżały trzy czarne toyoty crown – sunęły tak blisko siebie, jakby były połączone. Środkowa zatrzymała się tuż przed Naokim. Mężczyzna, który z niej wysiadł, niemal równie elegancki jak oyabun, zawahał się nieznacznie, spoglądając na dziesięciopiętrową fasadę klubu. Pięć górnych kondygnacji zajmował „hotel miłości", wynajmujący pokoje na godziny lub na dni. Kenichi przyglądał się im z wyrazem lekkiego niesmaku na twarzy, jak gdyby chciał dać do zrozumienia, że to nie on wybrał miejsce spotkania. Mimo to po chwili wszedł za powietrzną kurtynę klubu Paradise, mijając znów zastygłego w ukłonie Naokiego z taką samą obojętnością, jaką piętnaście minut wcześniej zademonstrował oyabun.

Naoki wyprostował się i pospieszył w głąb klubu, a wyprzedziwszy gości, zwrócił się do nich na tyle głośno, by nie zagłuszył go hałas automatów do gry w *pachinko*.

– Spotkanie odbędzie się na piętrze. Proszę za mną!

W sali na górze hostessy chichotały w najlepsze, zasłaniając usta dłońmi. W jednej chwili odsunęły się jednak, gdy oyabun wstał nagle na widok wiceministra, a potem bez słowa skargi wycofały się do baru.

Choć dwie świty spoglądały na siebie z niechęcią, a nawet źle skrywaną wrogością, powitanie pryncypałów było serdeczne; postarali się, by wyglądało to na spotkanie dwóch równych sobie partnerów, zaprzyjaźnionych biznesmenów.

– Kenichi Fujiwara Daijin! – rzekł głośno oyabun, akcentując jednakowo wszystkie sylaby.

– Hisayuki Ishii Kunicho! – odpowiedział wiceminister podobnym tonem.

Wypowiadając nazwiska, ukłonili się pod dokładnie takim samym kątem, z szacunkiem wbijając wzrok w podłogę. Następnie wymienili się wizytówkami – najpierw wiceminister wyciągnął ręce, ściskając kartonik między kciukami i kłaniając się powtórnie, nieco płycej, a potem oyabun wiernie skopiował jego ruchy.

Zakończywszy rytuał wymiany, na krótką chwilę zwrócili się ku swoim ochroniarzom, by wymownymi spojrzeniami i dyskretnym ruchem głowy wskazać im miejsca po przeciwnych stronach sali. Teraz dopiero zasiedli naprzeciwko siebie, oddzieleni połacią mahoniowego stołu, który sprowadzono tu specjalnie na tę okazję. Starannie ułożyli przed sobą wizytówki, idealnie pośrodku i równolegle do krawędzi blatu.

Naoki nie otrzymał żadnych wskazówek co do dalszego postępowania, dlatego też postanowił pozostać w zasięgu głosu, na wypadek gdyby któryś z gości zapragnął wyrazić jakieś życzenie. Stał więc w milczeniu, daremnie starając się nie słyszeć rozmowy. W jego profesji nadmiar wiedzy bywał niebezpieczny.

Po krótkiej wymianie uprzejmości i zapewnieniach o wzajemnym szacunku Kenichi postanowił przejść do sedna sprawy.

– Wkrótce moja nieobecność w ministerstwie zostanie zauważona. Proszę więc pozwolić, że po pierwsze wyrażę wdzięczność za to, że zechciał pan wybrać się w niezbyt przyjemną podróż z Kioto do Tokio.

– To żaden kłopot – odparł Hisayuki, wykonując przy tym lekceważący gest ręką. – I tak musiałem zajrzeć do stolicy w interesach.

– Po drugie – ciągnął Kenichi – niniejszym przekazuję panu pozdrowienia od samego pana ministra, który pragnie zapewnić, że bardzo chciał wziąć udział w tym spotkaniu. Wysłał jednak mnie, a to za sprawą niespodziewanego wezwania do gabinetu premiera.

Hisayuki nie odpowiedział. Skinął jedynie głową, by dać rozmówcy znak, że przyjął do wiadomości to wyjaśnienie. W głębi duszy był zirytowany tą nagłą zmianą planów, o której poinformowano go wczesnym rankiem, ale zaakceptował ją, nie pozwalając, by duma przysporzyła mu niepotrzebnych kłopotów. Bez względu na to, czy w spotkaniu uczestniczył minister, czy wiceminister, była to wyjątkowa okazja, którą należało wykorzystać. Poza tym pod pewnymi względami wiceminister był nawet bardziej wpływową postacią niż jego bezpośredni przełożony. Wykonywał swoją funkcję nie jako polityczny delegat premiera, ale jako mianowany urzędnik służby cywilnej. Liczyła się także ciekawość: Hisayuki po prostu chciał wiedzieć, czego życzy sobie rząd, a jeszcze bardziej intrygowało go to, co mógł zaoferować w zamian. Wszelkie sprawy między jakuzą a rządem podlegały negocjacji.

– Chciałbym też zapewnić, że z chęcią odwiedzilibyśmy pana w Kioto, ale w czasach światowego i krajowego kryzysu media nieustannie śledzą nasze poczynania i uznaliśmy, że nie warto ryzykować. Rząd potrzebuje waszej pomocy. Wie pan równie dobrze jak ja, że w Japonii nie istnieje odpowiednik amerykańskiej CIA czy choćby FBI.

Hisayuki z niejakim wysiłkiem powstrzymał się od uśmiechu. Jako urodzony negocjator uwielbiał, gdy zwracał się doń o pomoc ktoś, kto miał wiele do zaoferowania. Coraz bardziej zainteresowany, pochylił się nad stołem, by choć trochę zbliżyć się do Kenichiego.

– Czy wobec tego mogę bezpiecznie założyć, że będę mógł przysłużyć się jakoś rządowi właśnie dlatego, że zdaniem niektórych jestem oyabunem jednej z rodzin jakuzy?

– Otóż to – przytaknął Kenichi, również nachylając się ku rozmówcy.

Hisayuki bardzo się starał zapanować nad twarzą, ale na jego ustach mimo woli i wbrew zasadzie beznamiętnego prowadzenia negocjacji, którą wyznawał, pojawił się uśmiech.

– Proszę wybaczyć, ale dostrzegam w tym pewną ironię – rzekł, poważniejąc. – Bo czyż nie ten sam rząd, który teraz szuka pomocy, wprowadził w tysiąc dziewięćset dziewięćdziesiątym drugim roku prawa skierowane przeciwko gangom? Jak to możliwe?

– Jak pan wie, rząd zawsze miał ambiwalentny stosunek do jakuzy. Owe prawa wprowadzono z przyczyn politycznych, a nie po to, by kogokolwiek ścigać. Zwłaszcza że nigdy ich zbytnio nie przestrzegano. Mówiąc ściślej, nie pojawiło się w naszym prawie nic, co przypominałoby amerykańską ustawę RICO, a bez takich przepisów prawa skierowanego przeciwko zorganizowanej przestępczości po prostu nie da się wprowadzić w życie.

Hisayuki złożył dłonie na kształt namiotu. Podobał mu się kierunek, w którym podążała ta pogawędka.

– Ironia polega na tym, że prawo skierowane przeciwko nielegalnym organizacjom wywarło większy wpływ na nasze całkiem legalne interesy. Może zechcieliby panowie przyjrzeć się tej sprawie, skoro proszą nas o pomoc?

– Właśnie to chcieliśmy zaproponować. Im bardziej legalne działania lub firmy, im bardziej wolne od wpływów jakuzy, tym więcej możemy dla nich zrobić. I zrobimy... z przyjemnością.

– Jeszcze jedno pytanie, zanim powie mi pan, z czym przychodzi. Dlaczego właśnie ja? Dlaczego Aizukotetsu-kai? W porównaniu z Yamaguchi-gumi czy nawet Inagawa-kai jesteśmy bardzo małą rodziną.

– Przychodzimy do pana, ponieważ wiemy, że pańska organizacja, wschodząca siła w Kioto, podobnie jak Aizukotetsu-kai, jest już zaangażowana w tę sprawę.

Brwi oyabuna uniosły się nieznacznie. Był zaskoczony i zmieszany.

– Skąd panowie wiedzą, że jest zaangażowana i w jaką właściwie sprawę?

– Wiemy o tym, ponieważ mocno zainwestowaliście w dość młodą firmę iPS Patent Japan poprzez należącą do was spółkę RRTW Ventures. Skoro zdecydowaliście się na nabycie tak wielu udziałów, uznaliśmy, że podobnie jak rząd uważacie kwestię indukowanych pluripotencjalnych komórek macierzystych za przyszłość biotechnologii w najbliższym stuleciu. Większość z nas sądzi, że w ciągu dziesięciu lat komórki iPS staną się źródłem leków – a nie tylko eksperymentalnych kuracji – na wiele chorób zwyrodnieniowych. Tak narodzi się niezwykle intratny przemysł... czyż nie?

Hisayuki ani drgnął.

– Przyjmuję pańskie milczenie za znak aprobaty. Pozwolę sobie też założyć – przez wzgląd na rozmiary waszej inwestycji – że waszym zdaniem uniwersytet w Kioto nie był dostatecznie dobrze przygotowany do obrony praw patentowych dotyczących dokonanych tam odkryć w dziedzinie komórek macierzystych. I właśnie tym problemem miała się zająć firma iPS Patent Japan.

Kenichi znowu umilkł, ale Hisayuki pozostał nieruchomy jak głaz, choć zaskoczyła go celność komentarzy wiceministra. Nie spodziewał się, że pozycja jego organizacji w iPS Patent Japan została dostrzeżona przez rząd, ponieważ firma pozostawała dotąd własnością prywatną.

Wiceminister odchrząknął, daremnie czekając na odpowiedź oyabuna, po czym dodał:

– Gdybym powiedział, że Ministerstwo Gospodarki, Handlu i Przemysłu jest zatroskane, że naszemu krajowi grozi utrata dominującej pozycji w jakże ważnym procesie komercjalizacji technologii iPS na rzecz Amerykanów, nieledwie zadrwiłbym z naszych prawdziwych uczuć. Powiem wprost: jesteśmy w rozpaczliwym położeniu, japońskie społeczeństwo bowiem zdążyło już uczynić przedmiotem narodowej dumy ową dominującą pozycję, którą możemy utracić. Co gorsza, niedawno dowiedzieliśmy się, że jeden z najważniejszych badaczy komórek macierzystych z laboratorium uniwersyteckiego uciekł za granicę.

Hisayuki drgnął, jakby wybudzony z transu, wyprostował się i zawołał:

– Dokąd uciekł?

Członkowie jakuzy należący do starej szkoły, podobnie jak zwolennicy japońskich partii skrajnie prawicowych, byli gorącymi patriotami. Taki przykład dezercji był dla nich wręcz niepojęty.

– Do Ameryki, rzecz jasna, i dlatego tak nas to martwi. Do Nowego Jorku, mówiąc ściślej. Ucieczkę zorganizowała firma iPS USA, która zamierza wykorzystać chaos panujący w sferze patentów związanych z hodowlą komórek macierzystych, a komórek iPS w szczególności. Podobno na razie działa w ukryciu, ale jej celem jest zgromadzenie wszelkiej własności intelektualnej na tym obiecującym polu nauki.

– Co oznacza, że może uzyskać kontrolę nad gałęzią gospodarki wartą być może biliony dolarów. Kontrolę, którą powinna sprawować Japonia.

– Dobrze powiedziane.

– Jak groźny jest ów uciekinier?

– Niezwykle. IPS USA połączyła siły z tokijską Yamaguchi-gumi, dzięki pośrednictwu nowojorskiej mafii. To już nie szpiegostwo przemysłowe; w Kioto doszło do włamania i zabójstwa ochroniarza pilnującego uniwersyteckiego laboratorium. Skradziono jedyne egzemplarze dzienników, które prowadził nasz uciekinier. To niezwykle cenne dokumenty, które przechowywano w skrajnie nieodpowiedzialny sposób – w niezamykanej szafie, w pokoju przylegającym do laboratorium. Sprawa jest naprawdę skomplikowana i może mieć katastrofalne skutki.

Hisayuki słyszał jakieś plotki na temat włamania do gmachu uniwersytetu, a nawet o śmierci ochroniarza, ale nie dotarły do niego informacje o udziale konkurencyjnej rodziny Yamaguchi-gumi. Wiedział natomiast, że rywale dokonywali innych prób naruszenia jego terytorium. W przeciwieństwie do innych rodzin jakuzy, Yamaguchi, z centralą w Kobe, łamała tradycję swym ekspansjonistycznym charakterem. To, że ośmieliła się wspomóc amerykański koncern w szpiegostwie przemysłowym w Kioto, było jednak wprost niepojętą zbrodnią. Jako oyabun Aizukotetsu-kai, Hisayuki musiał teraz bronić choćby pieniędzy zainwestowanych w iPS Patent Japan.

– Dlaczego prace tego badacza są aż takie ważne?

– Najważniejsze jest to, co robił w ukryciu. O ile mi wiadomo, zgodnie z poleceniem przełożonych pracował nad komórkami macierzystymi oraz komórkami iPS myszy. Ale w czasie wolnym prowadził własne badania, posługując się ludzkimi komórkami – własnymi, mówiąc ściślej, pobranymi z przedramion. Jak się okazuje, to on jest pierwszym uczonym, któremu udało się wytworzyć ludzkie komórki iPS, a nie jego szefowie, którzy zawłaszczyli sobie wyniki badań. Gdy próbował interweniować w tej sprawie u władz uczelni, został zignorowany, a następnie zwolniony. Nie pozwolono mu nawet wejść do laboratorium i zabrać zgromadzonych materiałów. A były wśród nich jedyne egzemplarze dzienników, które mogłyby być dowodem jego zasług. Dane z komputerów zostały oczywiście starannie wykasowane. Nasz uczony został potraktowany w doprawdy haniebny sposób, choć trzeba zaznaczyć, że postąpił wbrew naszym obyczajom, dopominając się respektowania jego praw. Współzawodnictwo w nauce, a zwłaszcza w jej dziedzinach związanych z przemysłem, bywa niekiedy brutalne.

– Jak pan sądzi, co się teraz stanie?

– Ależ to już się dzieje! – odparł wzburzony Kenichi. – O całej sprawie dowiedzieliśmy się kanałami wewnętrznymi, od japońskiego biura patentowego. Z pomocą iPS

USA nasz uciekinier złożył pozew przeciwko uniwersytetowi w Kioto, a jednocześnie stara się obalić jego patenty w dziedzinie komórek iPS, zatrudniając do tego najlepszych tokijskich prawników. W przeciwieństwie do swych byłych szefów z uczelni nigdy nie podpisał z nią umowy regulującej kwestię praw autorskich do prac, które prowadził, a to oznacza, że to on jest ich właścicielem, a nie uniwersytet. Złożył też szereg wniosków patentowych w Stanach Zjednoczonych i bez wątpienia spróbuje nie tylko obalić patenty z Kioto, ale także te należące do uniwersytetu w stanie Wisconsin, w Ameryce bowiem liczy się moment dokonania wynalazku, a nie moment złożenia wniosku patentowego. To zresztą jedyny kraj na świecie, w którym tak działa system patentowy.

– Sytuacja istotnie wymaga podjęcia natychmiastowych kroków – wycedził Hisayuki, czerwony z oburzenia. W duchu jednak przede wszystkim żałował pieniędzy zainwestowanych w iPS Patent Japan. Gdyby scenariusz naświetlony przez wiceministra został zrealizowany, wartość rynkowa iPS Patent Japan spadłaby praktycznie do zera. – Jak się nazywa ten zdrajca? – spytał, nie kryjąc już złości.

– Satoshi Machita.

– Pochodzi z Kioto?

– Tak jest. Obecnie wraz z najbliższą rodziną, włącznie z czworgiem dziadków, jest na wpół zadomowiony w USA; cała grupa wkrótce ma otrzymać prawo stałego pobytu. A wszystko to dzięki współpracy Yamaguchi-gumi z iPS USA, choć może większy udział miała Yamaguchi-gumi, odpowiedzialna za przerzut Satoshiego z Japonii do Stanów. Nie jesteśmy pewni, dlaczego ta organizacja wzięła udział w tak niegodnym przedsięwzięciu, ale możliwe, że chodzi o wspólne interesy z iPS USA.

– W której części Stanów zamieszkał Satoshi?

– Nie mamy pewnych informacji na ten temat, a tym bardziej adresu. Zakładamy, że przebywa w Nowym Jorku, bo tam znajduje się siedziba iPS USA, a Satoshi jest członkiem zespołu doradców naukowych firmy.

– I nikt z jego rodziny nie pozostał w Kioto?

– Niestety, nie. W każdym razie nie z bliskiej rodziny. Yamaguchi przerzuciła wszystkich, włącznie z żoną, niezamężną siostrą i seniorami rodu.

– Mam wrażenie, że dość późno przychodzi pan do mnie z tą informacją.

– Większość spraw, o których rozmawiamy, ujawniono nam dopiero w ostatnich dniach, po tym, jak urząd patentowy został powiadomiony o działaniach prawnych przeciwko uniwersytetowi. Uczelnia zresztą wcale nam nie pomogła. Dopiero po konkretnym zapytaniu z naszej strony przyznano, co właściwie zginęło z laboratorium.

– Co pańskim zdaniem miałbym doradzić rodzinie Aizukotetsu-kai, gdyby to było w mojej mocy, choć nie twierdzę, że jest?

Wiceminister zakaszlał, zasłaniając usta zaciśniętą pięścią. W gruncie rzeczy nie był jednak specjalnie zaskoczony tą niedorzeczną ostrożnością oyabuna i bez zbędnych komentarzy odpowiedział mu w podobnym tonie:

– Nie zamierzam zakładać, że mogę mówić komukolwiek, w jaki sposób należy kierować organizacją Aizukotetsu-kai. Po prostu uznałem za istotne powiadomić właściwe osoby o zaistniałej sytuacji, w tym o zagrożeniach, które czyhają na Aizukotetsu-kai jako na udziałowca pewnej firmy – nic ponadto.

– A jednak coś trzeba zrobić, i to jak najszybciej!

– Jestem pańskiego zdania, podobnie jak minister, a nawet sam premier, ale – z oczywistych powodów – mamy związane ręce. W przeciwieństwie do pana. Wasza organizacja ma przecież swój oddział w Nowym Jorku, nieprawdaż?

– O jakim oddziale pan mówi, Fujiwara-san? – spytał niewinnie oyabun, dla lepszego efektu unosząc krzaczaste brwi. Absolutnie nie miał zamiaru przyznawać się do czegokolwiek, nawet jeśli wszyscy dookoła wiedzieli, jaka jest prawda.

– Z całym szacunkiem, Ishii-san – odparł wiceminister, kłaniając się lekko – nie ma czasu na zabawę w chowanego. Rząd doskonale wie o działalności jakuzy w Ameryce i jej związkach z tamtejszymi organizacjami przestępczymi. Wiemy, co się dzieje, i szczerze mówiąc, nawet się cieszymy, że wysyłacie do Stanów tyle krystalicznej metamfetaminy, ile tylko się da, ponieważ oznacza to, że tym mniej będzie jej na naszym rynku. Nie tak bardzo jednak cieszą nas inne aspekty waszej działalności, takie jak przemyt broni, hazard czy prostytucja, ale zawsze je tolerowaliśmy, wasze kontakty bowiem mogą być dla nas pożyteczne – choćby w tak nieszczęśliwej sprawie jak ta, z którą do pana przychodzę.

– Być może istotnie mam znajomych, którym mógłbym przekazać informacje uzyskane dzięki pańskiej uprzejmości – rzekł Hisayuki po krótkiej pauzie. – I być może ci znajomi znajdą obustronnie korzystne rozwiązanie.

– Właśnie na to liczyliśmy. Nasze ministerstwo, a nawet cały rząd będzie wdzięczny za udzielone wsparcie.

– Niczego nie mogę obiecać – zastrzegł czym prędzej Hisayuki, rozważając dostępne opcje. Wiedział, że najważniejsze jest szybkie zlokalizowanie uciekiniera, ale to nie powinno stanowić problemu. Zupełnie inną i znacznie boleśniejszą kwestią była perfidia gangu Yamaguchi--gumi, który łamał utarte zasady i ośmielał się działać w należącym do Hisayukiego mieście Kioto. Miał nadzieję, że to sprawka jedynie odizolowanej grupy renegatów, działającej bez zgody oyabuna Yamaguchi-gumi. Przed podjęciem jakichkolwiek działań w kraju należało rozstrzygnąć tę wątpliwość. Problemem było jednak to, że przy Yamaguchi-gumi Aizukotetsu-kai była niczym kraj rozwijający się w porównaniu z supermocarstwem.

– Jeszcze jedna ważna rzecz – odezwał się po chwili wiceminister. – Cokolwiek zostanie zrobione, zwłaszcza na terytorium Stanów Zjednoczonych, musi się dokonać w jak najdyskretniejszy sposób. Jeśli coś się przytrafi naszemu uciekinierowi, musi to wyglądać na całkiem naturalny wypadek. Rząd Japonii musi pozostać poza wszelkimi podejrzeniami.

– To oczywiste – odrzekł w zamyśleniu oyabun.

Dwa dni później
24 marca 2010
środa, 16.14
Nowy Jork

Satoshi Machita złożył zamaszysty podpis i odcisnął osobistą pieczęć *inkan* na wszystkich pięciu egzemplarzach porozumienia, zgodnie z którym przekazywał na rzecz iPS USA wszelkie prawa licencyjne dotyczące jego przyszłych patentów związanych z komórkami iPS.

Kontrakt zapewniał mu niemały udział w dochodach, a także ważne przez dwadzieścia lat opcje na akcje firmy. Złożywszy ostatni podpis, Satoshi zasalutował piórem w stronę obecnych, dziękując im za aplauz. Zawarcie tej umowy otwierało nowy rozdział w jego życiu, ale także w historii iPS USA. Teraz firma mogła kontrolować komercyjną produkcję indukowanych pluripotencjalnych komórek macierzystych na całym świecie, a przecież zdaniem wielu biologów molekularnych były to komórki, które wkrótce miały umożliwić leczenie wielu chorób zwyrodnieniowych. Zanosiło się więc na rewolucję w historii medycyny, na najbardziej spektakularny przełom.

Prezes i dyrektor generalny iPS USA, doktor Benjamin Corey, jako pierwszy podszedł, by uścisnąć dłoń Satoshiego. Znowu rozległy się wiwaty i rozbłysnęły flesze, zalewając ich potokiem zimnego, niebieskawego światła. Mający sześć stóp wzrostu, jasnowłosy Corey zdecydowanie górował nad swym ciemnowłosym współpracownikiem, ale nikt nie zwracał na to uwagi. W oczach świadków byli sobie równi – jeden jako lider firmy biotechnologicznej, a drugi jako lider błyskawicznie rozwijającej się biologii komórkowej.

Dopiero po chwili zbliżyli się do nich pozostali pracownicy iPS USA, by uścisnąć dłoń przyszłego multimilionera. Byli wśród nich doktor Brad Lipson, dyrektor wykonawczy firmy; Carl Harris, dyrektor finansowy; Pauline Hargrave, główny doradca; Michael Calabrese, agent emisji niepublicznych, odpowiedzialny za zgromadzenie znacznej części kapitału zakładowego firmy, oraz Marcus Graham, przewodniczący rady naukowej, której członkiem był Satoshi. Teraz już wszyscy gratulowali sobie nawzajem, już wkrótce bowiem mieli stać się znacznie zamożniejsi. Jacqueline Rosteau, prywatna sekretarka/asystentka Bena, otworzyła kilka schłodzonych butelek Dom Pérignon, rocznik 2000, przy wtórze kolejnej burzy oklasków.

Przyjąwszy kieliszki z szampanem, Ben i Carl stanęli na uboczu, z zadowoleniem spoglądając w dół, na Piątą Aleję, przez wysokie okna dyrektorskiego gabinetu. Budynek stał opodal skrzyżowania z Pięćdziesiątą Siódmą Ulicą, w dość ruchliwej, zwłaszcza teraz, na krótko przed godziną szczytu, części miasta. Wielu przechodniów kryło się pod parasolami przed lekkim, wiosennym deszczem – z tej wysokości wyglądali jak spieszące w rozmaitych kierunkach żuki o czarnych pancerzykach.

– Kiedy zaczynaliśmy dyskutować o stworzeniu iPS USA – rzekł Carl – nawet nie podejrzewałem, że zajdziemy tak daleko w tak krótkim czasie.

– Ja też nie – przyznał Ben. – Ale to tobie należą się podziękowania za znalezienie Michaela i jego firmy inwestycyjnej z nietypową klientelą. Drugiego takiego jak ty, mój przyjacielu, szukać by ze świecą. Dzięki. Ben i Carl przyjaźnili się w college'u, ale później ich drogi rozeszły się. Ben wybrał medycynę, a Carl zainteresował się rachunkowością. Z uczelni trafił do świata finansów, skąd Ben ściągnął go do pomocy w tworzeniu iPS USA.

– To ja dziękuję, Ben – odparł Carl. – Staram się tylko zapracować na swoją wypłatę.

– Nie byłoby nad czym pracować, gdybyśmy się nie dowiedzieli o istnieniu Satoshiego, o jego osiągnięciach i o tym, jak podle go potraktowano.

– Akurat w tej sprawie decydującym momentem było przechwycenie jego dzienników laboratoryjnych.

– Masz rację, ale lepiej mi o tym nie przypominaj – odrzekł Ben, wzdrygając się mimowolnie. Minęły już trzy tygodnie z okładem, lecz wciąż czuł się nieswojo na wspomnienie tamtej nocy i fatalnej decyzji, którą wcześniej podjął. To, że nie został wtedy złapany, jak jego towarzysz, było istnym cudem.

– Żadnych wieści o nowych kłopotach w Japonii?

– Żadnych. Michael twierdzi, że i jego znajomi nie dostali żadnych niepokojących sygnałów. Japoński rząd najwyraźniej łączy z jakuzą intymna, choć nigdy głośno niepotwierdzona więź. Nie tak traktują mafię nasze władze.

– Skoro już o mafii mowa – wtrącił Carl, zniżając głos. – Nie martwi cię, że oni wciąż biorą udział w naszym przedsięwzięciu?

– Jasne, że martwi – przyznał Ben. – Ale to nasz najpoważniejszy cichy inwestor. Pomyśl o roli, jaką tutejsza mafia i jej partnerzy z jakuzy odegrali w zdobyciu dzienników laboratoryjnych i tak błyskawicznym przerzuceniu Satoshiego i jego rodziny do Stanów – gdyby nie oni, nie zaszlibyśmy tak daleko. Ale masz rację. Dalszy udział mafii to niebezpieczna gra i trzeba to zmienić. Przed przybyciem Satoshiego rozmawiałem o tym z Michaelem; jutro przed południem spotkamy się w jego biurze. Michael rozumie i zgadza się z nami. Powiedziałem mu, że od dziś jego klienci mają powrócić do roli cichych inwestorów i nie robić absolutnie nic więcej. Możemy im zaproponować opcje na akcje, żeby wycofali się w cień.

Carl uniósł brwi, najwyraźniej wątpiąc, by było to aż takie proste, ale nic nie powiedział. Podszedł do nich Satoshi, by się pożegnać i dyskretnie wymknąć z imprezy.

– Chcę wrócić do domu, do rodziny, przekazać wszystkim dobrą nowinę – wyjaśnił, kłaniając się Benowi i Carlowi.

– Doskonale to rozumiemy – odparł Ben, przybijając piątkę drobnemu, młodo wyglądającemu naukowcowi. Gdy zobaczył go po raz pierwszy, odniósł wrażenie, że ma przed sobą nastolatka, a nie mężczyznę po trzydziestce. – Znalazłeś chwilę, żeby spotkać się z Pauline w sprawie testamentu i funduszu?

– Tak. Podpisałem wszystko.

– Doskonale – rzekł Ben i po raz drugi przybił piątkę.

Satoshi dobrze znał amerykańskie gesty i obyczaje – doktorat uzyskał przecież na Harvardzie. Po kolejnej rundzie uścisków dłoni, wzajemnych gratulacji i obietnic rychłego spotkania na gruncie towarzyskim Japończyk odwrócił się, by odejść, ale zawrócił po kilku krokach.

– Chciałbym jeszcze o coś spytać – powiedział, spoglądając na Bena. – Udało się panu może znaleźć dla mnie miejsce w którymś z laboratoriów?

Jako raczkująca firma, iPS USA zajmowała jedynie pomieszczenia biurowe w gmachu przy Piątej Alei. Nie posiadała własnego instytutu badawczego i nie zanosiło się na to, by kiedykolwiek miała posiadać. Biznesplan przewidywał wykorzystanie chaosu panującego w świecie patentów z dziedziny komórek macierzystych, a w szczególności komórek iPS. Chodziło o to, by kontrolować rynek dzięki objęciu w posiadanie własności intelektualnej uczonych, zanim inni połapią się, w czym rzecz – miał to byś swoisty blitzkrieg w domenie praw autorskich.

– Jeszcze nie – przyznał Ben. – Ale mam wrażenie, że poczyniłem postępy w rozmowach z Columbia Medical Center; może uda się wynająć kilka pomieszczeń w ich nowym budynku laboratorium komórek macierzystych. Lada dzień powinienem znać konkretne warunki. Wpadnij do mnie albo zadzwoń jutro, spróbuję skontaktować się z nimi z samego rana.

– Dziękuję – odrzekł z ukłonem Satoshi. – Bardzo się cieszę.

– Będziemy w kontakcie – obiecał Ben, poufale klepiąc Japończyka po ramieniu.

– *Hai, hai* – odpowiedział Satoshi i wyszedł.

– Pomieszczenia w laboratorium? – rzucił pytająco Carl, gdy zamknęły się drzwi.

– Chciałby wrócić do pracy – wyjaśnił Ben. – Z dala od laboratorium czuje się jak ryba wyciągnięta z wody.

– Muszę przyznać, że wyglądacie na dobrze zaprzyjaźnionych.

– Może i tak jest – odparł wymijająco Ben. – Parę razy zabraliśmy go z Jacqueline na kolację. Przyszedł z żoną i dzieckiem, półtorarocznym chłopczykiem. Mówię ci, dzieciak nie z tej ziemi: nie wydał z siebie ani jednego dźwięku, tylko bacznie obserwował wszystkich tymi swoimi wielkimi ślepiami.

– Co Satoshi zamierza robić w laboratorium? – spytał Carl, wieczny księgowy. – I ile to będzie kosztowało?

– Chce dopracować techniki elektroporacji, żeby usprawnić tworzenie komórek iPS – odparł Ben, wzruszając ramionami. – Nie znam szczegółów i szczerze mówiąc, mało mnie one obchodzą. Chcę tylko, żeby był zadowolony. W końcu właśnie dlatego ściągnęliśmy go do Stanów w trybie pilnym, nie czekając na dopełnienie formalności. To badacz z krwi i kości, kwestie prawne uważa za stratę czasu. Nie chcemy, żeby obraził się na nas i zmienił zdanie, póki sprawy patentowe nie są domknięte. Będzie dla nas kurą znoszącą złote jajka, ale tylko jeśli zdołamy utrzymać go na grzędzie.

– A tymczasem jest jedynie nielegalnym imigrantem.

– Tak, ale to się wkrótce zmieni. Nie martwię się tym. Dzięki sekretarzowi handlu amerykański konsulat w Tokio już szykuje zielone karty dla całej rodziny Satoshiego.

– Gdzie się oni wszyscy ukryli? – spytał Carl. Satoshi był jego zdaniem zbyt ważny dla iPS USA, by można było spuścić go z oka.

– Nie wiem – odparł Ben. – I nie chcę wiedzieć, bo może zapyta mnie o to ktoś z władz. Podejrzewam, że nawet Michael nie wie; takie przynajmniej odniosłem wrażenie, gdy z nim rozmawiałem. Mam tylko numer komórki Satoshiego.

Carl zaśmiał się cicho, bardziej ze zdumienia niż z rozbawienia.

– Co cię tak śmieszy?

– Ależ splątaną sieć pleciemy, gdy podstęp pierwszy knujemy – zacytował Carl.

– Mądrala – mruknął sarkastycznie Ben. – Chcesz powiedzieć, że nie trzeba było sprowadzać Satoshiego do kraju, gdy tylko dowiedzieliśmy się o jego istnieniu i historii jego dokonań?

– Może nie aż tak. Ale na pewno źle się czuję, wiedząc, że w całą sprawę jest zaangażowana rodzina Lucia.

– Tym bardziej powinniśmy się starać zerwać z nią kontakt. Może i będzie nas to kosztowało więcej opcji, niżbym sobie tego życzył, ale opłaci się. Negocjacje zostawiam w twoich i Michaela zdolnych rękach.

– Wielkie dzięki – odparł równie sarkastycznie Carl. – A o co chodziło z tym funduszem, którym zajmowała się Pauline?

– Satoshi cierpi na lekką paranoję na punkcie uniwersytetu w Kioto i swojej ucieczki z Japonii. Boi się o żonę i dziecko, chce ich zabezpieczyć, na wypadek gdyby coś mu się stało. A ja pomyślałem, że pewne zabezpieczenia mogłyby posłużyć także iPS USA. Dlatego poprosiłem Pauline, żeby z nim porozmawiała i przygotowała testamenty dla Satoshiego i jego żony, a także projekt funduszu powierniczego dla dzieciaka. Oczywiście wszystko z klauzulą, że nasza umowa licencyjna pozostanie w mocy.

– Kto ma być powiernikiem dziecka?

– Ja. To nie mój pomysł, ale myślę, że nie zaszkodzi nam dodatkowe zabezpieczenie.

Satoshi Machita był uradowany. Jadąc w dół bogato zdobioną windą w stylu art déco, uświadomił sobie, że chyba nigdy w życiu nie był tak szczęśliwy. Właśnie przeniósł się do Stanów Zjednoczonych i zamieszkał w domu po drugiej stronie mostu George'a Washingtona. Oczywiście wiedział, że prędzej czy później będzie mu brakowało pewnych elementów dawnego życia w Japonii – choćby wiśni kwitnących wokół pięknych świątyń w jego rodzinnym Kioto i widoku wschodzącego słońca ze szczytu góry Fudżi – ale rekompensatą straconej oazy spokoju było poczucie absolutnej wolności: dopiero teraz mógł sobie pozwolić na takie życie, jakiego zaznał podczas studiów na Harvardzie, gdy mieszkał w Bostonie. Z pewnością nie tęsknił za poczuciem obowiązku, które w Japonii prześladowało go, odkąd sięgał pamięcią: obowiązku wobec dziadków, rodziców, nauczycieli, szefów laboratorium, kierownictwa uczelni, nawet społeczności lokalnej i wreszcie całego państwa. Nigdy nie czuł takiej ulgi jak teraz.

Zatrzymał się w bramie budynku, spoglądając przez zaparowaną szybę na spieszących dokądś przechodniów oraz strumienie żółtych taksówek i miejskich autobusów, żmudnie przeciskających się w gęstej mżawce w stronę centrum miasta. Zastanawiał się, czy nie warto zatrzymać taksówki, ale doszedł do wniosku, że jednak nie. W nieodległej przyszłości miał zostać multimilionerem, ale na razie wciąż jeszcze czuł się jak biedak, którym był w dzieciństwie. Z jednej strony firma iPS USA wynagradzała go sowicie za – niezbyt ciężką – pracę w zespole doradców naukowych, ale z drugiej strony miał na utrzymaniu siedem osób. Obawiając się o ich zdrowie i życie w Japonii, Satoshi przybył do Ameryki z czworgiem dziadków, niezamężną siostrą, żoną oraz dzieckiem. Pomyślawszy o nich, zdecydował, że trzy przecznice dalej, przy Columbus Circle, zejdzie na stację metra, by w miarę szybko dostać się podziemną koleją do dworca autobusowego przy moście. Kilka tygodni podróżowania środkami komunikacji miejskiej nauczyło go, że to najlepszy sposób na dotarcie do Fort Lee w New Jersey, gdzie tymczasowo zakwaterowano jego rodzinę.

Wyszedł obrotowymi drzwiami, przerzucił z prawej do lewej ręki sportową torbę, w której niósł swój świeżo podpisany kontrakt, a potem ciasno otulił szyję podniesionym kołnierzem marynarki. Mżawka była znacznie chłodniejsza i wilgotniejsza, niż się spodziewał. Uszedł ledwie kilka kroków, gdy znowu pomyślał o taksówce, ale jak na złość teraz wszystkie w zasięgu wzroku były zajęte.

Przystanął przy krawężniku, czekając, aż zapali się czerwone światło dla samochodów nadjeżdżających od strony skrzyżowania Piątej Alei z Pięćdziesiątą Siódmą Ulicą. Rozglądając się daremnie za wolną taksówką, spostrzegł Japończyka stojącego po drugiej stronie ulicy. Zaniepokoiły go dwa szczegóły. Po pierwsze, mężczyzna trzymał w lewej dłoni coś, co wyglądało jak fotografia, i spoglądał to na nią, to w stronę Satoshiego, jakby porównując obrazy. Po drugie, Satoshi był praktycznie pewny, że ma przed sobą żołnierza japońskiej jakuzy! Nieznajomy nosił charakterystyczny, połyskujący, czarny garnitur, nastroszoną fryzurę oraz ciemne okulary – choć wcale nie było słonecznie. Jeszcze bardziej znaczący był pewien detal jego ciała: u dłoni trzymającej zdjęcie brakowało ostatniej kostki małego palca. Jak większość Japończyków, Satoshi wiedział, że członkowie jakuzy, którzy narazili się swoim szefom, oyabunom, musieli w ramach pokuty odciąć sobie paliczek dalszy małego palca lewej dłoni.

Sekundę później, ku swemu przerażeniu, Satoshi zdał sobie sprawę, że nieznajomy w czarnym garniturze nie jest sam: właśnie pokazywał go innemu mężczyźnie, który potakująco kiwał głową.

Niemal pewny, że ci dwaj za chwilę przejdą na drugą stronę ulicy i staną przed nim, Satoshi porzucił myśl o złapaniu taksówki. Obrócił się na pięcie i szybkim krokiem ruszył na północ, w stronę Central Parku, klucząc wśród ludzi na zatłoczonym chodniku. Wiedział, że to ludzie jakuzy, z organizacji zwanej Yamaguchi-gumi, pomogli mu uciec z rodziną z Japonii i znaleźć schronienie – a wszystko to na zlecenie Bena Coreya z iPS USA – tych dwóch widział jednak po raz pierwszy i automatycznie uznał, że należą do innego gangu. To raczej niemożliwe, żeby inny gang miał do niego jakąś sprawę, zresztą wcale nie miał ochoty się o tym przekonywać. Przeczuwał, że może się to źle skończyć.

Gdy dotarł do Pięćdziesiątej Ósmej Ulicy, układ świateł zachęcił go do przejścia od razu na drugą stronę Piątej Alei. Czyniąc to, ostrożnie obejrzał się przez ramię, szukając w tłumie twarzy dwóch nieznajomych Japończyków. Nie widząc ich, stopniowo zaczynał przekonywać sam siebie, że w ogóle ich nie spotkał i że to tylko przeczulona wyobraźnia płata mu figle. Poczuł się nieco raźniej, gdy pochylony przechodził pod konarami niewysokiego drzewka w małym parku przez hotelem Plaza, a potem mijał w pośpiechu odlaną z brązu figurę nagiej Pomony, wiecznie myjącej ciało w fontannie.

Właśnie miał skręcić za północno-wschodni narożnik hotelowego gmachu i ruszyć na zachód Pięćdziesiątą Dziewiątą Ulicą, gdy raz jeszcze obejrzał się przez ramię – to, co zobaczył, pozbawiło go tchu. Ci sami mężczyźni, których zauważył wcześniej, właśnie mijali fontannę, idąc jego tropem, a jednocześnie prowadzili rozmowę z dwoma innymi, jadącymi wolniutko – i pod prąd na hotelowym podjeździe – czarnym SUV-em. Nagle dwaj Japończycy spostrzegli, że Satoshi ich obserwuje, i w tym momencie znacząco przyspieszyli – przestali rozmawiać i zamiast iść, zaczęli biec truchtem.

Satoshi także przyspieszył. Nie miał już wątpliwości, że śledzą go ludzie jakuzy i że musieli czekać na niego pod siedzibą iPS USA. Nie znał ich i nie wiedział, czego chcą. W sprawach emigracyjno-imigracyjnych to Ben kontaktował się z Yamaguchi-gumi. Lecz i to, że Satoshi był teraz śledzony, musiało mieć coś wspólnego z jego współpracą z iPS USA oraz nagłymi przenosinami z Japonii do Stanów Zjednoczonych.

Wciąż zaciskając jedną dłoń na uchwytach sportowej torby, a drugą na klapach marynarki, puścił się sprintem po zatłoczonym chodniku, ale nie bardzo wiedział, co jeszcze mógłby zrobić. Wiecznie pełna podróżnych, rozbudowana stacja pod Columbus Circle, na której krzyżowały się liczne linie podziemnej kolei, wydawała mu się daleką oazą obiecującą bezpieczeństwo, ale jak miał się tam dostać, zanim zostanie złapany? Nie mógł się oprzeć przykremu wrażeniu, że żołnierze jakuzy dopadną go lada chwila.

Szansa na wybawienie pojawiła się w następnej sekundzie, gdy przy krawężniku zatrzymała się taksówka, z której wysiadł pasażer. Nie wahając się ani chwili, Satoshi przebił się między przechodniami i wskoczył do wozu, zanim wysiadający zdążył trzasnąć za sobą drzwiami.

– Columbus Circle! – wysapał zdyszany.

Widocznie zirytowany tak krótkim kursem kierowca wykonał wbrew przepisom ciasny nawrót w takim tempie, że Satoshi wylądował na drzwiach, które ledwie zdążył zamknąć. Z twarzą przyciśniętą do szyby czekał, aż siła odśrodkowa przestanie działać. Gdy samochód wyszedł na prostą, Satoshi odepchnął się od drzwi i odwrócił – w samą porę, by dostrzec, że dwaj Japończycy właśnie wyłonili się zza bryły hotelu i stanęli jak wryci. Nie był pewny, czy widzieli, jak wskakiwał do taksówki, ale miał nadzieję, że nie.

W drodze do Columbus Circle nie zobaczył więcej ani dwóch nieznajomych, ani czarnego SUV-a. Z ulgą zagłębił się w podziemny labirynt stacji i wraz z tłumem podróżnych minął kołowrotek. Tuż za nim minął dwóch bardzo rosłych policjantów, odruchowo odwracając głowę – był przecież nielegalnym imigrantem i zbyt bliskich kontaktów z policją bał się niemal tak samo jak spotkania z dwoma podejrzanymi typami, którzy go wcześniej śledzili. Życie między młotem a kowadłem nie było przyjemne, dlatego też Satoshi z utęsknieniem czekał na zielone karty obiecane przez Bena.

Dotarłszy szybko na właściwy peron linii A, Satoshi przystanął na jego skraju i zapatrzył się w czeluść tunelu, czekając na pociąg. Był prawie pewny, że udało mu się uniknąć konfrontacji z dwoma nieznanymi mu Japończykami, ale z drugiej strony – zupełnie nie wiedział, co jeszcze mógłby zrobić, gdyby nagle pojawili się na horyzoncie.

Cofnął się o krok, odwrócił i spojrzał podejrzliwie na pozostałych pasażerów, którzy zgodnie unikali kontaktu wzrokowego. Podróżnych wciąż przybywało. Niektórzy czytali gazety, inni bawili się telefonami komórkowymi, a jeszcze inni po prostu gapili się w przestrzeń. Im więcej ich było, tym krótszy dystans dzielił ich od siebie. Pociągi podjeżdżały raz po raz, ale tylko do sąsiednich peronów.

I nagle Satoshi zobaczył tego samego człowieka, który wcześniej przyglądał mu się z przeciwnej strony Piatej Alei, trzymając w ręku jego zdjęcie. Teraz znajdował się najwyżej o pięć, może sześć stóp od Satoshiego i świdrował go skośnym spojrzeniem czarnych oczu. Uczony poczuł chłodny dreszcz na plecach. Uczucie strachu powróciło. Chciał oddalić się w bok, ale nie było to łatwe, bo z każdą sekundą tłum na peronie gęstniał.

Zdołał przejść najwyżej kilka jardów, gdy ujrzał przed sobą drugiego mężczyznę, który udawał, że czyta gazetę, a w rzeczywistości obserwował go. Był równie blisko jak jego towarzysz – razem zamknęli Satoshiego w pułapce między torem a wykafelkowaną ścianą.

Gdy pociąg z rykiem wychynął z tunelu, strach Satoshiego sięgnął apogeum. W jednej chwili było względnie cicho, a w następnej dał się słyszeć jakby narastający podmuch wiatru, a potem przeraźliwy huk, któremu towarzyszyły gwałtowne wibracje. I właśnie w samym środku tej kakofonii Satoshi uświadomił sobie, że nieznajomi ruszyli ku niemu, szybko skracając dystans. Był gotów krzyczeć, gdyby któryś z nich go dotknął, ale nic takiego nie nastąpiło. Dotarł do niego tylko krótki syk – bardziej wyczuł go, niż usłyszał, huk hamującego pociągu zagłuszył bowiem wszystko. W tej samej chwili poczuł ostry, palący ból w nodze, na styku pośladka i uda, a potem ogarnęła go ciemność i głęboka cisza.

Susumu Nomura i Yoshiaki Eto pracowali razem jako żołnierze jakuzy, odkąd tylko przybyli do Ameryki – czyli od ponad pięciu lat – podlegając bezpośrednio rozkazom Hisayukiego Ishiiego, oyabuna rodziny Aizukotetsu-kai. W pewnym sensie tworzyli świetny duet: Susumu nie znał strachu, a domeną Yoshiakiego było ostrożne planowanie. Gdy dostali rozkaz zlikwidowania Satoshiego Machity, Susumu był tak podniecony i chętny do sprawienia miłej niespodzianki Hidekiemu Shimodzie, saiko-komonowi i szefowi nowojorskiego oddziału Aizukotetsu-kai, że gotów był natychmiast wykonać zlecenie. W dodatku zamierzał to zrobić w biały dzień, na Piątej Alei! Była to dla niego znakomita okazja, by okazać szefowi lojalność i zabłysnąć śmiałością – wśród członków jakuzy były to najwyżej cenione cechy.

Jednakże Yoshiaki zdecydowanie odmówił, twierdząc, że potrzebują najpierw kilku dni, by opracować plan wypełnienia dodatkowego warunku, którym opatrzono zlecenie zabójstwa: dla postronnych miała to być śmierć anonimowej osoby z przyczyn naturalnych. Należało za wszelką cenę uniknąć zainteresowania lokalnej policji oraz FBI.

Ostatecznie zrealizowali plan Yoshiakiego: najpierw śledzili swoją ofiarę na Manhattanie przez kilka dni, poznając drogę z miejsca pracy do stacji metra, a potem przeprowadzili akcję tak doskonale, że nikt w tłumie nawet nie zauważył, co zaszło. Zgodnie z sugestią Yoshiakiego, Susumu celowo zaczekał, aż pociąg wjedzie na stację, i dopiero wtedy strzelił do Satoshiego z ukrytego w trzonku parasola karabinka pneumatycznego, dostarczonego przez Hidekiego Shimodę. W chwili, gdy Susumu nacisnął spust, Yoshiaki podtrzymał ofiarę, by nie upadła. Niecierpliwi pasażerowie rzucili się w stronę otwartych drzwi wagonu i nikt nawet nie zwrócił uwagi na to, że Susumu czym prędzej odebrał Satoshiemu sportową torbę, portfel i telefon komórkowy. Jedyną przykrą okolicznością był skurcz mięśni ofiary, ale obaj wykonawcy wyroku spodziewali się takiej reakcji i w niczym im ona nie przeszkodziła – Yoshiaki po prostu podtrzymał Satoshiego do czasu, aż jego ciało stało się bezwładne. Wtedy stanęli za plecami ludzi cisnących się ku zamykającym się drzwiom, położyli ofiarę na betonowej posadzce i spokojnie odeszli.

Pięć minut później wspięli się po ostatnim ciągu schodów i wyszli na powierzchnię przy Columbus Circle – w tym samym miejscu, w którym kwadrans wcześniej zeszli na stację metra. Obaj byli zadowoleni i dumni z tego, jak sprawnie przeprowadzili akcję. Yoshiaki wyjął telefon, by wezwać towarzyszy jadących czarnym SUV-em, a Susumu otworzył torbę i wydobył z niej gruby plik papierów – egzemplarz umowy licencyjnej. Upewniwszy się, że w torbie nie ma innych interesujących przedmiotów, pochylił się nad dokumentem i przejrzał go pobieżnie. Nie był pewny, co ma przed sobą; zbyt słabo znał angielski.

– Nie ma dzienników? – spytał Yoshiaki. Nie czekając na odpowiedź, sam sięgnął do zamka torby, którą trzymał Susumu, otworzył ją i zajrzał do wnętrza. Z rozczarowaniem stwierdził, że nie ma w niej niczego oprócz kilku czasopism. Miał nadzieję, że zobaczy także dzienniki laboratoryjne, których przechwycenie było częścią ich misji. Miał też powody, by spodziewać się w torbie tak cennego ładunku – przez wszystkie dni, które poświęcili na obserwację ofiary, Satoshi konsekwentnie nosił ją przy sobie.

– Tylko te papiery – odparł Susumu, unosząc wielostronicową umowę.

Yoshiaki przycisnął telefon głową do ramienia i odebrał dokument z rąk partnera. Przyglądał się pierwszej stronie, gdy wreszcie doczekał się połączenia.

– Wyszliśmy – zameldował zwięźle po angielsku. – Jesteśmy przy tym samym zejściu, przy którym nas wyrzuciłeś.

– Jesteśmy po drugiej stronie placu. Zaraz podjedziemy.

– To umowa – stwierdził po japońsku Yoshiaki, zakończywszy połączenie. Obaj spędzili w Nowym Jorku ponad pięć lat, ale ich angielszczyznę trudno było nazwać płynną.

– Ważna? – spytał z nadzieją Susumu. Skoro nie znaleźli dzienników laboratoryjnych, chciał przynajmniej dostarczyć szefowi coś równie istotnego. Był gorliwym żołnierzem.

Czarny GMC Denali zatrzymał się przy krawężniku. Yoshiaki i Susumu czym prędzej zajęli miejsca z tyłu, a gdy tylko trzasnęli drzwiami, wóz na powrót włączył się w nieprzerwany o tej porze nurt samochodów.

Mężczyzna siedzący na prawym przednim fotelu odwrócił się ku nim. Nazywał się Carlo Paparo. Był potężnym, muskularnym facetem o lśniącej, łysej czaszce, dużych uszach i nosie mopsa. Miał na sobie czarny golf, sportową marynarkę z szarego jedwabiu oraz czarne spodnie.

– I gdzie wasz uczony? Zgubiliście go?

– Nie zgubiliśmy – odparł z uśmiechem Susumu.

Odwrócił się ku Yoshiakiemu i po japońsku ponowił pytanie o umowę, ale jego towarzysz tylko wzruszył ramionami na znak, że nie wie, po czym wsunął dokument z powrotem do torby.

– No, to co się stało? – spytał Carlo. – Chyba nic wielkiego, skoro tak się uwinęliście.

Carlo nie dostał zanadto precyzyjnych rozkazów. Przypomniano mu tylko, jak ważne są interesy między rodziną Vaccarro a Aizukotetsu-kai, a potem polecono, by pomógł tym dwóm w namierzeniu Japończyka, który niedawno uciekł z ojczyzny. Pomoc miała polegać na wożeniu ich po mieście – dokądkolwiek zechcieliby pojechać.

– Miał zawał – odparł Yoshiaki, pragnąc zakończyć tę rozmowę.

– Zawał? – powtórzył z niedowierzaniem Carlo.

– Tak byśmy to nazwali – przytaknął Yoshiaki, próbując powstrzymać Susumu przed wybuchnięciem śmiechem. Susumu szybko się opanował.

Carlo popatrzył na Japończyków spode łba.

– Co tu jest grane, do cholery? Jaja sobie ze mnie robicie, czy co?

– Co znaczy „robić jaja"? – spytał Yoshiaki. Nigdy wcześniej nie słyszał tego zwrotu.

Zniecierpliwiony Carlo machnął ręką i odwrócił się. Czyniąc to, posłał szybkie spojrzenie swemu partnerowi, Brennanowi Monaghanowi. Obaj byli pomocnikami Louiego Barbery i często pracowali we dwóch. Louie Barbera kierował rodziną Vaccarro w Queensie podczas odsiadki Pauliego Cerina w więzieniu Rikers Island. Wóz należał do Carla, ale prowadził Brennan, Carlo bowiem nie znosił jazdy w godzinach szczytu. Był zbyt narwany i wiecznie miewał napady drogowego szału, a wtedy bywał groźny dla wszystkich, włącznie z sobą.

Brennan skręcił w prawo, na Central Park West, kierując się na północ z zamiarem dotarcia przez park do East Side. Czekała ich jednak dość długa podróż, ponieważ częściej stali w korku, niż jechali.

– Dobra – odezwał się znienacka Carlo, znowu odwracając się ku pasażerom. Widać było, że jest sfrustrowany sytuacją, choć to nie on siedział za kierownicą. – Wy dwaj, skończyliście już wasze sprawy?

Yoshiaki uniósł rękę.

– Właśnie się naradzamy. Daj nam chwilę.

– W mordę jeża... – wymamrotał Carlo, ale odwrócił się potulnie. Pomyślał, że może nie byłoby źle wysiąść i zafundować sobie spacer; z pewnością poruszałby się szybciej niż jego wóz. Po chwili westchnął i znowu zwrócił się do Japończyków: – Zdecydujcie się wreszcie, pacany. Bo jak nie, to wywalę was tutaj i będziecie sobie łapać taksówkę. Mam swoje sprawy do załatwienia.

– Gdzie jest Fort Lee, New Jersey? – spytał Susumu, trzymając w dłoni wizytówkę. Na jego kolanach leżał otwarty portfel Satoshiego.

– Po drugiej stronie rzeki – odparł Carlo po krótkim wahaniu. Przy tak fatalnym tłoku na drodze Fort Lee w New Jersey było jednym z ostatnich miejsc, do których miałby ochotę się wybrać, zwłaszcza że musiałby się przebić przez most Washingtona. O tej porze dnia na pokonanie trasy, na którą powinno wystarczyć dwadzieścia minut, potrzebowaliby ponad godziny, może nawet dwóch, a i to przy założeniu, że dopisałoby im szczęście i nie natrafiliby po drodze na żaden wypadek.

Susumu spojrzał na swego partnera i odezwał się po japońsku:

– Skoro mamy adres, powinniśmy tam pojechać i poszukać dzienników. Saiko-komon powiedział, że są mu potrzebne. Zabierzemy dzienniki i posprzątamy po sobie; nikt się nie dowie.

– Nie wiemy, czy dzienniki tam są.

– Nie wiemy, czy ich tam nie ma.

Przez chwilę Yoshiaki wpatrywał się w jakiś odległy punkt, ważąc w duchu wady i zalety tego planu.

– Zgoda – rzekł wreszcie po angielsku. – Jedziemy do Fort Lee!

Carlo odetchnął głośno i odwrócił się przodem do kierunku jazdy. Choć w oddali majaczyły zielone światła, mieli wokół siebie tylko morze nieruchomych samochodów.

– W takim razie do New Jersey – wymamrotał znużonym głosem.

Tak jak się obawiał, potrzebowali dwóch godzin, by dostać się do Fort Lee, i dodatkowych dwudziestu minut na odnalezienie właściwej ulicy – krótkiej i zapuszczonej, biegnącej wśród kilku opuszczonych hal z czerwonej cegły i nielicznych, małych i zaniedbanych domków krytych szarawymi, azbestowymi dachówkami. Zaczynało zmierzchać, a dzień był pochmurny, toteż Brennan musiał włączyć reflektory. W przeciwieństwie do sąsiednich, pogrążonych w mroku budynków, dom stojący pod adresem wskazanym w dokumentach Satoshiego był oświetlony.

– To tu – rzekł Brennan. – Cóż za pałac! Jaki macie plan? – spytał, spoglądając przez boczną szybę na zarośnięte chwastami podwórze pełne śmieci, wśród których wypatrzył zardzewiały, trójkołowy rowerek, zepsutą huśtawkę, kilka łysych opon oraz bogatą kolekcję puszek po piwie. – I czego oczekujecie od nas?

Susumu otworzył drzwi i wysiadł. Yoshiaki uczynił to samo, ale zaraz zajrzał ponownie do środka.

– To nie potrwa długo. Byłoby dobrze, gdybyś wyłączył światła.

Brennan usłuchał. Okolica utonęła w mroku, a mgła okryła większość rozrzuconych dokoła rupieci. Lepiej widoczne stały się jedynie nagie drzewa, których sylwety rysowały się na tle niespokojnego nieba.

– Upiorna okolica – zauważył Brennan.

– Żebyś wiedział – zgodził się Carlo.

Razem przyglądali się, jak dwaj Japończycy wspinają się po rozklekotanych stopniach na krytą werandę domu. Po chwili byli już tylko ciemnymi zarysami postaci na tle podświetlonej szyby frontowych drzwi. Zatrzymali się na moment, by wyjąć broń z kabur pod pachami.

– Jasna dupa! – zawołał Brennan. – Co oni robią, do cholery?

Sekundę później jeden z intruzów kolbą pistoletu wybił szybę, sięgnął do środka i otworzył zamek. W mgnieniu oka zniknęli we wnętrzu domu, zostawiając za sobą jedynie bezszelestnie domykające się drzwi.

– Nie podoba mi się to! – powiedział Brennan, spoglądając na Carla. – Możliwe, że wyniknie z tego znacznie więcej, niż się spodziewałem. Sądziłem, że ci dwaj pajace zamierzają co najwyżej spuścić komuś łomot.

– Ja też nie jestem zachwycony – zawtórował mu Carlo. – I nie chcę mieć z tym nic wspólnego – dodał, spoglądając na zegarek. – Dajemy im pięć minut, a potem spadamy. Sami znajdą drogę do miasta.

Przez parę minut z niepokojem wpatrywali się w zwodniczo spokojny dom, a potem nagle rozległ się stłumiony huk wystrzału i kilka kolejnych, następujących szybko po sobie. Po każdym z nich Carlo i Brennan podskakiwali mimowolnie, doskonale świadomi tego, co musiały oznaczać: ktoś ginął, zamordowany z zimną krwią, a oni dwaj wbrew woli stali się wspólnikami.

W ciągu następnej minuty padły jeszcze trzy strzały – razem było ich sześć – a niepokój Brennana i Carla narastał z każdą chwilą. Problem polegał na tym, że nie wiedzieli, co właściwie powinni zrobić, a ściślej: czego oczekiwałby od nich w takiej sytuacji szef, Louie Barbera. Czy życzyłby sobie, żeby zostali, ryzykując, że zostaną złapani i oskarżeni o współudział, czy może raczej żeby uciekli stąd do wszystkich diabłów, by nie narażać na niebezpieczeństwo całej rodziny Vaccarro? Nie znali odpowiedzi na to pytanie i dlatego siedzieli w wozie jak skamieniali, aż wreszcie Carlo wpadł nagle na pomysł, by zadzwonić do Barbery.

Nagły ruch ręki sięgającej po telefon wystraszył Brennana.

– Jezu! – poskarżył się. – Mogłeś mnie uprzedzić!

– Przepraszam – odparł Carlo. – Muszę pogadać z Louiem. On na pewno wie, co się tam dzieje. To jakiś obłęd. – Zajęty wybieraniem numeru, Carlo nawet nie poczuł, że towarzysz klepie go po ramieniu, póki klepanie nie stało się wręcz bolesne.

– Wychodzą! – wyszeptał podniecony Brennan, wskazując na dom.

Carlo podążył wzrokiem za jego spojrzeniem. Susumu i Yoshiaki zbiegli już po schodach i pędzili w stronę stojącego na jałowym biegu GMC Denali, dźwigając na ramionach mocno wypchane poszewki od poduszek. Carlo z trzaskiem zamknął telefon w chwili, gdy Japończycy dotarli do wozu i wcisnęli się na tylną kanapę. Brennan bez słowa wrzucił bieg i SUV ruszył naprzód. Dopiero o przecznicę dalej odważyli się włączyć reflektory.

Brennan i Carlo nie odzywali się jeszcze przez dziesięć minut, za to dwaj żołnierze jakuzy prowadzili ożywioną dyskusję po japońsku. Najwyraźniej nie byli zadowoleni z tego, czego dokonali w domu. Gdy dotarli do mostu Washingtona, Carlo rozluźnił się na tyle, by przemówić.

– Coś wam nie wyszło? – spytał, siląc się na swobodę.

– Szukaliśmy dzienników laboratoryjnych, ale ich nie znaleźliśmy – odparł Yoshiaki.

– Przykra sprawa – rzekł Carlo. – Słyszeliśmy kilka strzałów. A może nam się zdawało?

– Nie. Zastaliśmy w domu sześć osób. Więcej, niż się spodziewaliśmy.

Carlo i Brennan spojrzeli po sobie z niepokojem. Intuicja podpowiadała im, że i dla Louiego będzie to niespodzianka. W dodatku niezbyt przyjemna.

Rozdział 1

25 marca 2010
czwartek, 5.25
Nowy Jork

Laurie Montgomery przewróciła się na bok, by spojrzeć na budzik. Zbliżała się piąta trzydzieści; sygnał miał się włączyć dopiero za pół godziny. Innego dnia zapewne ułożyłaby się wygodniej, żeby złapać jeszcze trochę snu. Przez całe życie była nocnym markiem: nie umiała wcześnie zasnąć, a jeszcze większe problemy miała ze wstawaniem o poranku. Tyle że to nie był normalny dzień. To był dzień, w którym miała wrócić do pracy po niespodziewanie długim urlopie macierzyńskim, trwającym niemal dwadzieścia miesięcy.

Zerknęła przelotnie na swego męża, Jacka Stapletona, pogrążonego w głębokim śnie, a potem cicho wysunęła nogi spod kołdry i postawiła nagie stopy na lodowatej, drewnianej podłodze. Przez moment miała ochotę zmienić zdanie i wrócić do ciepłej pościeli. Oparła się jednak pokusie i tylko ciaśniej owinęła się koszulką Jacka, którą miała na sobie, po czym bezszelestnie przemknęła do łazienki. Problem polegał na tym, że nie miała już szans na sen, jej umysł pracował bowiem na najwyższych obrotach. Źródłem niepokoju była niepewność – czy słusznie czyniła, wracając do pracy? Czy powinna na długie godziny pozostawiać z opiekunką półtorarocznego synka, Johna Juniora? Był w tym wszystkim także bardziej osobisty

53

lęk przed porażką: czy po tak długiej, nieprzewidzianej przerwie nadal mogła się uważać za kompetentnego specjalistę? Czy potrafiła jeszcze solidnie wykonywać pracę patomorfologa w bodaj najlepszym inspektoracie medycyny sądowej w kraju, jeśli nie na świecie?

Laurie pracowała w OCME – Inspektoracie Medycyny Sądowej w Nowym Jorku – przez niemal dwadzieścia lat. I co najmniej od wczesnej młodości brakowało jej pewności siebie w tym, co robiła. Gdy zaczynała pracę w OCME, nie była pewna swoich umiejętności w tak trudnej dziedzinie. Strach ten pozostał w niej na długie lata, znacznie dłużej niż w jej kolegach po fachu. Patomorfologia jest bowiem jedną z tych dziedzin, w których podręcznikowa wiedza nie wystarcza. Kto chce w niej coś osiągnąć, musi wykazać się także intuicją, zbudowaną na bazie nieustannego doświadczenia. Każdy dzień przynosił w tej pracy coś nowego, z czym patomorfolog spotykał się po raz pierwszy.

Laurie spojrzała na swoje odbicie w lustrze i jęknęła. Zdawało jej się, że wygląda fatalnie: pod oczami miała ciemne półokręgi, a bladością cery śmiało mogła rywalizować z niejednym ze swych „pacjentów". Macierzyństwo było dla niej znacznie trudniejsze, bardziej wyczerpujące psychicznie i fizycznie, niż się spodziewała. Zwłaszcza że musiała się zmagać z ciężką chorobą dziecka, w tak wielu przypadkach śmiertelną. Ale przeżyła w tym czasie również mnóstwo cudownych, niepowtarzalnych chwil.

Zdjęła szlafrok z haczyka na drzwiach i włożyła go, wsuwając jednocześnie stopy w pantofelki z różowymi pomponami. Uśmiechnęła się, spoglądając na nie. Były bodaj ostatnią pamiątką z zamierzchłych czasów, kiedy czuła się seksowna w bieliźnie. Przez chwilę zastanawiała się, czy tamte czasy jeszcze powrócą. Bycie matką pod wieloma względami odmieniło sposób, w jaki postrzegała samą siebie.

Wyszła na korytarz i podreptała do pokoju małego JJ'a. Drzwi były otwarte. Weszła do środka, by popatrzeć na syna w blasku świtu i – co ważniejsze – kilku dyskretnych lampek umieszczonych w podłodze. Dzięki jej matce ściany pokoju zdobiła raczej krzykliwa niebieska tapeta, a pasujące do niej zasłony pokrywała mozaika samolotów i ciężarówek.

Umeblowanie było skromne: fotel bujany, na którym karmiła JJ'a piersią, wiklinowa kołyska spowita muślinem oraz dziecięce łóżeczko. Kołyskę trzymała tu głównie z sentymentalnych pobudek; fotel przydawał się jeszcze niekiedy, gdy mały był wyjątkowo marudny i musiała posiedzieć przy nim, by zasnął.

Laurie podeszła do łóżeczka, spojrzała na synka i w duchu podziękowała – szczęśliwym gwiazdom, Bogu czy też innej nadprzyrodzonej sile – za jego zdrową cerę. Pamiętała aż nadto wyraźnie, że nie zawsze taka była. Gdy JJ miał dwa miesiące, zdiagnozowano u niego neuroblastomę, złośliwy, często śmiertelny nowotwór wieku dziecięcego. Na szczęście guz po prostu zniknął, czy to dzięki interwencji uzdrowicielki z Jerozolimy, czy dzięki poświęceniu lekarzy z ośrodka Sloan-Kettering, czy może dlatego, że tego rodzaju nowotwory niekiedy samoistnie ustępują – Laurie nie znała przyczyny i prawdę mówiąc, niespecjalnie chciała ją znać. Liczyło się tylko to, że JJ jest teraz normalnym, półtorarocznym chłopcem, którego rozwój – mimo chemioterapii oraz kuracji przeciwciałami monoklonalnymi – postępuje całkiem prawidłowo. Na tyle normalnie, by Laurie mogła pomyśleć o powrocie do pracy.

Spoglądając na spokojnie śpiące dziecko, uśmiechnęła się mimo woli, na chwilę zapomniawszy o rozterkach związanych z zakończeniem urlopu macierzyńskiego. Anielska twarzyczka JJ'a przypomniała jej o rozmowie z Jackiem, którą odbyła poprzedniego wieczoru. Zaczęło się od tego, że przed pójściem do łóżka zajrzeli jeszcze razem do sypialni małego. I gdy tak na niego patrzyli, Laurie postanowiła wyznać mężowi coś, o czym jeszcze nikomu nie mówiła: była absolutnie pewna, że JJ jest najpiękniejszym dzieckiem świata, i gdy na placu zabaw po drugiej stronie ulicy gawędziła z innymi matkami, wciąż się zastanawiała, dlaczego żadna z nich nigdy o tym nie wspomniała.

– A przecież to takie oczywiste – dodała, spoglądając na Jacka.

Ku jej zaskoczeniu, Jack zaczął w odpowiedzi rechotać tak głośno, że musiała go uciszyć z obawy, że obudzi syna. Dopiero gdy ewakuowali się na korytarz, opanował się na tyle, by wyjaśnić jej przyczynę swego rozbawienia. Laurie zaś czekała na jego wyjaśnienia w świętym oburzeniu, pewna, że mąż wyśmiał ją z jakiejś absurdalnej przyczyny.

– Przepraszam – powiedział – ale twoje wyznanie rozbawiło mnie do łez. Naprawdę nie rozumiesz, że wszystkie matki dokładnie tak samo postrzegają własne dzieci?

Oburzenie Laurie nagle przygasło. Rozchmurzyła się po chwili.

– Miłość matki musi być jakoś zakodowana w genach – ciągnął Jack. – W przeciwnym razie jako gatunek nie przetrwalibyśmy epoki lodowcowej.

Chwila wspomnień dobiegła końca, gdy Laurie uświadomiła sobie, że nie jest już sama w pokoju JJ'a. Odwróciła głowę i spojrzała w półmroku na twarz Jacka. Właściwie dostrzegała tylko białka jego oczu, choć po chwili dotarło do niej i to, że jest kompletnie nagi.

– Wcześnie wstałaś – zauważył. Wiedział, że Laurie lubi spać do późna. Zgodnie ze zwyczajem domu Stapletonów, to on wstawał pierwszy, brał prysznic i dopiero wtedy budził żonę. – Wszystko w porządku?

– Denerwuję się – przyznała Laurie. – Nawet bardzo!

– A to dlaczego, u licha? – spytał Jack. – Dlatego, że zostawiasz JJ'a z Leticią Wilson?

Leticia Wilson była kuzynką Warrena Wilsona, jednego z miejscowych kolegów, z którymi Jack regularnie grywał w koszykówkę. Pewnego popołudnia Warren sam zasugerował tę kandydaturę, gdy Jack wspomniał o powrocie Laurie do pracy i poszukiwaniu opiekunki do dziecka.

– Między innymi.

– Przecież mówiłaś, że tych ostatnich parę dni suchej zaprawy poszło wam jak z płatka.

Laurie rzeczywiście poprosiła Leticię, żeby przez dwa dni przychodziła do JJ'a, karmiła go, zabierała do parku – i do najbliższego, i do Central Parku – i opiekowała się nim przez cały dzień, aż do tej godziny, o której zwykle kończyła się praca w OCME. Nie pojawiły się żadne problemy, a co najważniejsze, JJ i Leticia wyraźnie przypadli sobie do gustu i na każdym kroku okazywali, jak bardzo dobrze bawią się razem.

– Bo poszło – przytaknęła Laurie – ale to nie oznacza, że mogę przestać czuć się winna. Wiem, że będę przeżywać typowe matczyne rozterki: spędzając czas z dzieckiem, miałam wyrzuty, że nie pracuję, a teraz, gdy wreszcie wracam do pracy, będę miała wyrzuty, że nie zostałam w domu. JJ będzie tęsknił za mamusią, a mamusia za JJ'em. Na dodatek, choć od ponad roku nie ma żadnych objawów choroby, ja wciąż boję się nawrotu. I chyba już zawsze będę przesądnie wierzyć, że w jakiś mistyczny sposób głównym warunkiem jego powrotu do zdrowia jest moja obecność.

– To chyba zrozumiałe – odparł Jack. – Ale zgaduję, że to jeszcze nie wszystkie powody twojego zdenerwowania? Chyba nie niepokoisz się o reakcję ludzi w OCME? Bo jeśli tak, to wiedz, że wszyscy już nie mogą się doczekać twojego powrotu. Dosłownie wszyscy: od Binghama aż po ochroniarzy. Na kogokolwiek wpadam, każdy wciąż mi powtarza, jak się cieszy, że wreszcie cię zobaczy.

– Naprawdę? – spytała z niedowierzaniem Laurie. Pomyślała, że to gruba przesada, zwłaszcza jeśli chodzi o Binghama, którego często irytowały jej niezależność i upór.

– Naprawdę! – powtórzył z przekonaniem Jack. – Jesteś jedną z najpopularniejszych osób w inspektoracie. Jeśli więc masz się denerwować, to na pewno nie tym, czy uda ci się na powrót dopasować do zespołu. Pewnie masz w zapasie i inne powody?

– Możliwe – zgodziła się niechętnie. Dość dobrze wiedziała, jakiej odpowiedzi może się spodziewać, jeśli wyzna mu, że tak naprawdę nie jest już pewna swoich kompetencji, i prawdę mówiąc, wcale nie była pewna, czy ma ochotę ją usłyszeć, w tej materii bowiem żadne słowa nie mogły uśmierzyć jej niepokoju.

– Możemy kontynuować tę rozmowę – rzekł Jack lekko drżącym głosem – ale w ciepłej łazience, dobrze? Trochę tu zmarzłem, ubrany wyłącznie we własną dumę.

– Dobry pomysł – odpowiedziała. – Chodźmy! Nawet w szlafroku czuję tu chłód.

Wróciwszy do pokoju, opatuliła JJ'a kocykiem, a potem pospieszyła za Jackiem, który z zadziwiającą chyżością pognał do łazienki. Gdy tam weszła, ze strumienia gorącej wody buchały już przyjemne kłęby pary.

– No, to czym jeszcze tak się denerwujesz? – spytał Jack, podnosząc głos, by usłyszała go mimo szumu prysznica. Wyregulował strumień wody i wszedł do kabiny. – Tylko mi nie mów, że chodzi o kompetencje, bo nawet nie chcę tego słuchać. – Słyszał już o jej lękach, gdy przed laty zaczynała pracę w OCME, i intuicja podpowiadała mu, że po długim urlopie mogły wrócić z nową siłą.

– W takim razie nic ci nie powiem – zawołała Laurie.

Wystawił głowę spod prysznica, przetarł oczy i uchylił drzwi kabiny.

– Więc jednak boisz się, że straciłaś umiejętności! Cóż, nie zamierzam cię przekonywać, bo nie mam na to najmniejszych szans, więc martw się dalej, ile zechcesz. Ale wiesz co? Być może właśnie ten lęk sprawia, że jesteś tak doskonałym lekarzem sądowym. Znasz się na tej robocie lepiej niż ktokolwiek inny w całym inspektoracie, ponieważ wiecznie kwestionujesz własne poczynania i jesteś gotowa się uczyć.

– Pochlebiasz mi, ale oczywiście nie wierzę w to, co mówisz. Przed urlopem macierzyńskim może i byłam niezła, ale minęły prawie dwa lata, odkąd po raz ostatni dokonałam sekcji zwłok lub choćby spojrzałam na preparat mikroskopowy.

– Możliwe, za to przez ostatni miesiąc ślęczałaś po nocach, studiując podręczniki naszego rzemiosła. Podejrzewam, że jesteś na czasie bardziej niż ktokolwiek z nas, bo może tego nie wiesz, ale my od lat nie zaglądaliśmy do książek. Przypuszczam też, że nawet dziś mogłabyś powtórnie zdać egzaminy, czego nie mogę powiedzieć o sobie i naszych kolegach.

– Dzięki za wsparcie – odpowiedziała Laurie. – Tylko że czytanie książek niewiele ma wspólnego z praktyką w naszym zawodzie. Jack, jak się naprawdę boję, że poważnie schrzanię sprawę, może już przy pierwszej okazji, jaka się nadarzy.

– Nigdy w życiu! – zaprzeczył stanowczo Jack. – Jesteś na to zbyt doświadczona. Ale powiem ci, co zrobimy: staniemy przy sąsiednich stołach i pracując, będziemy przez cały czas się konsultować. Po skończonych sekcjach zwłok jeszcze raz omówimy nasze przypadki, żeby mieć pewność, że nie popełniliśmy żadnego błędu. Co ty na to?

– Dobry pomysł. Bardzo dobry.

Propozycja Jacka nie uwolniła jej od niepokoju, ale na pewno go zmniejszyła. A najważniejsze było to, że zyskując tę odrobinę spokoju, mogła skupić się na czekającym ją zadaniu: za niespełna godzinę miała się zjawić Leticia, a Laurie miała przed sobą jeszcze mnóstwo pracy, by należycie przygotować się do powrotu do OCME.

Rozdział 2

25 marca 2010
czwartek, 18.57
Kobe, Japonia

Szofer Hisayukiego Ishiiego, Akira, wprowadził wóz
na małe rondo przed hotelem Okura Kobe i zatrzymał
go przed głównym wejściem. Przed nimi stał pierwszy
z kawalkady trzech samochodów, która przewiozła oyabuna organizacji Aizukotetsu-kai i jego saiko-komona,
Tadamasę Tsujiego, z Kioto do odległego o czterdzieści
sześć mil Kobe. Wyskoczyli z niego ochroniarze, każdy
z ręką przezornie wsuniętą pod marynarkę i zaciśniętą
na kolbie pistoletu. Żaden z nich nie czuł się pewnie,
odwiedzając Kobe, tradycyjną siedzibę konkurencyjnej
rodziny Yamaguchi-gumi, zwłaszcza na chwilę przed
naprędce zorganizowanym spotkaniem z jej oyabunem.
W kontaktach z tą organizacją zawsze istniało poważne
ryzyko zasadzki.

Akira także wyskoczył z wozu i obiegł maskę opan-
cerzonego sedana LS 600h L, po drodze odprawiając
gestem hotelowego portiera. Hisayuki wolał, by drzwi
otworzył mu zaufany kierowca – nie miał ochoty na
przykre niespodzianki. Za samochodem szefa przystanął
trzeci wóz, z dodatkową ekipą żołnierzy.

Drogę od podjazdu do holu pokonali w parę sekund,
w środku zaś oficjalnie powitał Hisayukiego dyrektor
hotelu, po czym zaprowadził go, w asyście saiko-komona

oraz dwóch najbardziej zaufanych ludzi, do prywatnej windy, którą wjechali wprost do ekskluzywnego apartamentu. W prywatnej jadalni czekał już oyabun rodziny Yamaguchi-gumi, Hiroshi Fukazawa. Wyglądał jak olbrzym przy swym saiko-komonie Tokutaro Kudo, niewysokim, drobnym mężczyźnie w okularach.

Hiroshi naprawdę był potężnie zbudowany. Może nie olbrzymiego wzrostu, jednak niemal o głowę przewyższał Hisayukiego. Na jego szerokiej twarzy malował się wyraz powagi. Podobnie jak jego gość, miał na sobie elegancki, biznesowy garnitur.

Prócz dwóch pryncypałów, ich doradców oraz czterech ochroniarzy w pokoju znajdowali się jeszcze dyrektor hotelu, kelner oraz kucharz. Ten ostatni ubrany w nieskazitelnie biały fartuch i wysoką, nakrochmaloną czapkę, stał cierpliwie pośrodku stołu w kształcie litery U, z wbudowanym grillem, ustawionego w głębi wąskiego pokoju, pod oknem. Za szybą rozciągała się dramatyczna panorama zatoki Osaka, z portem Kobe na pierwszym planie.

Po typowym, rytualnym powitaniu i wymianie wizytówek Hiroshi gestem zaprosił gości, by zajęli miejsca w fotelach tuż obok wejścia, przy drzwiach do łazienki. Zajmując miejsce, Hisayuki pomyślał, że Hiroshi nie zadał sobie trudu ukłonienia się nieco niżej niż on, jak nakazywała tradycja szacunku dla starszych. Nie był pewny, czy to uchybienie było celowe, czy przypadkowe, a jeśli jednak celowe, to czy jego celem było obrażenie gościa, czy może tylko subtelne zaznaczenie, iż Hiroshi nie czuje się związany starymi nakazami obyczajowymi jakuzy.

– To doprawdy przemiła niespodzianka, Ishii-san – rzekł Hiroshi, gdy wszyscy czterej zasiedli w fotelach i zamówili ulubione gatunki szkockiej whiskey.

Ochroniarze stanęli parami po przeciwległych stronach pokoju i mierzyli się wzajemnie niechętnymi spojrzeniami.

– Dziękuję, że zgodził się pan przyjąć nas w tak krótkim terminie, Fukazawa-san – odparł Hisayuki, raz jeszcze kłaniając się nieznacznie.

– Cieszę się, że widzę pana w tak dobrym zdrowiu, przyjacielu. Minęło sporo czasu od naszego ostatniego spotkania.

– Ponad rok. Nie powinniśmy sobie pozwalać na takie zaniedbania. Przecież dzieli nas niespełna pięćdziesiąt mil.

Wymiana uprzejmości trwała do czasu, aż zjawił się kelner z zamówionymi drinkami. Teraz ton rozmowy zmienił się wyraźnie.

– Co możemy zrobić dla oyabuna Aizukotetsu-kai? – spytał wprost Hiroshi, zdradzając pewne oznaki zniecierpliwienia.

Hisayuki odchrząknął i zawahał się, jakby aż do tej chwili nie był pewny, co właściwie chce powiedzieć.

– Kilka dni temu – trzy, jeśli chodzi o ścisłość – wezwano mnie do Tokio na spotkanie z Daijinem Kenichim Fujiwarą.

– Z wiceministrem Fujiwarą? – upewnił się lekko zaskoczony Hiroshi. Zerknął przelotnie na swego saiko-komona, a ten jedynie lekko wzruszył ramionami, co miało oznaczać, że jest równie zdziwiony. Oficjalne spotkania na szczeblu ministerialnym z udziałem oyabuna jakuzy z pewnością nie zdarzały się często – jeśli w ogóle.

– Otóż to. Z wiceministrem gospodarki, handlu i przemysłu – potwierdził Hisayuki. Pochylił się nieznacznie, nawiązując bezpośredni kontakt wzrokowy ze swym rozmówcą. Wiedział już, że zostanie uważnie wysłuchany. – Wiceminister przekazał mi kilka zaskakujących i niepokojących informacji, o których powinniśmy porozmawiać. Po pierwsze, dowiedziałem się, że za włamaniem do laboratorium uniwersytetu w Kioto, podczas którego doszło do zabójstwa, stała organizacja Yamaguchi-gumi.

Jestem pewny, że pan o tym słyszał. Podczas tego samego incydentu skradziono ważne dzienniki laboratoryjne – o tym być może pan nie słyszał, nie donosiły bowiem o tym media. Rząd niepokoi się właśnie losem tych dzienników, ponieważ ich brak zagraża prawom patentowym uniwersytetu w kwestii technologii produkcji komórek iPS.

Hiroshi rozparł się wygodniej w fotelu, racząc się szkocką i spoglądając w oczy Hisayukiego. Widać było, że wrażenie zrobił na nim przede wszystkim ton rozmówcy, ale także treść jego wypowiedzi. W mediach istotnie pojawiła się informacja o „zorganizowanym przez jakuzę włamaniu", ale nie wspomniano konkretnie o udziale Yamaguchi-gumi.

– Zastanawiam się, czy pan wiedział, że planowana jest taka akcja. A może była to samodzielna inicjatywa któregoś z odłamów Yamaguchi? Wiemy przecież, że organizacja szybko się rozwija, a to może oznaczać brak jej wewnętrznej spójności, właściwej innym naszym rodzinom. – Hisayuki próbował podpowiedzieć rywalowi wygodne rozwiązanie, ale daremnie. Hiroshi tylko spochmurniał.

– Przestrzegamy wszelkich zasad mówiących o świętej strukturze oyabun-kobun naszego bractwa – odparł lekko urażony. – Jestem oyabunem Yamaguchi-gumi. Znam każdy aspekt działalności mojej organizacji.

– Nie zamierzałem w żaden sposób krytykować Yamaguchi-gumi. Wszyscy darzymy tę rodzinę wielkim szacunkiem, a może nawet nieznacznie zazdrościmy wam ostatnich sukcesów. Z pańskiej odpowiedzi wnioskuję zatem, że wiedział pan o planowanym włamaniu. Wobec tego muszę złożyć formalną skargę: nie poinformował mnie pan o swoich zamiarach i nie poprosił o pomoc. Organizacje jakuzy przez lata trzymały się ściśle zasady współpracy, by uniknąć wojen o strefy wpływów. Chciałbym usłyszeć od pana zapewnienie, że w przyszłości będzie mnie pan informował o swoich potrzebach, jeśli będą dotyczyły okolic Kioto. To, co powiedziałem, nie jest próbą ostrej konfrontacji i mam nadzieję, że tak pan tego nie odebrał. Po prostu musimy zachować wzajemny szacunek między naszymi organizacjami, dokładnie taki, jaki przez lata łączył wszystkie rodziny jakuzy.

– My, Yamaguchi, żywimy głęboki respekt dla Aizukotetsu-kai – odparł Hiroshi z kamienną twarzą.

Hisayuki był realistą i wiedział, że te słowa są raczej próbą ominięcia odpowiedzi niż odpowiedzią. Nie było w nich nuty skruchy, ale też mogły stać się pierwszym krokiem ku porozumieniu. Kobe i Kioto istotnie leżały blisko siebie, zatem problem należało rozwiązać jak najszybciej. Teraz przynajmniej został on ujawniony.

Nadszedł czas, by poruszyć kolejną sprawę – kwestię autentycznego zagrożenia dla interesów Aizukotetsu-kai, spowodowanego akcją Yamaguchi-gumi.

– Jeśli wolno spytać – rzekł Hisayuki – dlaczego pan, jako oyabun rodziny Yamaguchi-gumi, zapragnął zdobyć dzienniki z uniwersyteckiego laboratorium i dlaczego pomógł pan ich autorowi i jego rodzinie uciec do Ameryki? Czy zdawał pan sobie sprawę, że to działalność na szkodę naszego rządu, a zatem na szkodę nas wszystkich, obywateli Japonii, a zwłaszcza tych, którzy zainwestowali w rodzimą firmę iPS Patent Japan?

– Być może był to krok niekorzystny dla ogółu japońskich obywateli, ale nie dla biznesmena z jakuzy, dbającego o powodzenie organizacji w trudnych warunkach gospodarczych. Pieniądze i wysiłki należy kierować tam, gdzie przyniosą największe zyski, a nie tam, gdzie życzy sobie tego samolubny i biurokratyczny rząd, taki jak nasz. Władza, wbrew swym zapewnieniom, nie służy obywatelom Japonii. Służy wyłącznie sobie, podobnie jak większość rządów współczesnego świata. Proszę spojrzeć choćby na to, co wydarzyło się w Kobe po trzęsieniu ziemi w dziewięćdziesiątym piątym. Kto ratował ludzi i utrzymał porządek w dniach tej straszliwej klęski? Może rząd? Nie, do diabła. To my, Yamaguchi-gumi. Wysłannicy rządu wkroczyli do akcji później, gdy wreszcie dotarło do nich, jak bardzo może na ich bierności ucierpieć wizerunek władz. Wydałem rozkaz udzielenia pomocy temu Satoshiemu, ponieważ poprosił mnie o to wprost nasz saiko-komon z Nowego Jorku, Saboru Fukuda. Może pan go zna. Pochodzi z Kioto, ale przeprowadził się do Kobe, żeby pracować w dokach jako zwykły robotnik. W końcu jednak dołączył do rodziny Yamaguchi i szybko poznaliśmy się na jego licznych talentach. Jest dziś bystrym biznesmenem, dobrym zarządcą i ma świetne wyczucie do inwestycji.

– Nie znam go – odparł Hisayuki, kręcąc głową. Prawie nie słuchał Hiroshiego, oburzony stwierdzeniem, iż biznesmen z jakuzy nie musi być patriotą. Dla niego jakuza zawsze była patriotyczną organizacją; był to jeden z fundamentów niepisanej umowy między organizacją a władzami państwowymi.

– Fukuda-san nie tylko potroił nasze wpływy z hazardu w Nowym Jorku, ale także zajmuje się praniem pieniędzy poprzez korzystne inwestycje, których dokonuje z pomocą pewnego bystrego agenta emisji niepublicznych. Ów agent nie boi się obracać brudnymi pieniędzmi, które inwestuje najczęściej jako kapitał zakładowy nowo powstających spółek na rynku medycyny i biotechnologii – to jego specjalność. Zwykle, jak pan wie, pranie pieniędzy jest kosztownym przedsięwzięciem, tymczasem dzięki niemu zarabiamy na tym nawet do czterdziestu procent. Pieniądze, które Fukuda-san mnoży w tak cudowny sposób i odsyła do Kobe, są czyste. Dlatego mam do niego pełne zaufanie i popieram go w stu procentach. Daję mu wszystko, o co poprosi, i nie zadaję zbędnych pytań. Być może jako siostrzana organizacja i wy moglibyście skorzystać z usług agenta, o którym wspomniałem.

– Mówiłem już, że nie znam pańskich ludzi – odparł w roztargnieniu Hisayuki.

– Tym gorzej dla Kioto, tym lepiej dla Kobe – rzekł Hiroshi niczym dumny ojciec. – Odkąd przed pięciu laty wysłałem Fukudę za granicę, sprawnie dowodzi działalnością Yamaguchi-gumi w Nowym Jorku. Dziś to jeden z naszych najbardziej dochodowych oddziałów zagranicznych. A jak sobie radzi wasza placówka w tym mieście, jeśli wolno spytać?

– Całkiem nieźle – odparł Hisayuki. W normalnej sytuacji nawet nie przyznałby, że jego rodzina prowadzi w Nowym Jorku jakąkolwiek działalność, ale tym razem było inaczej: sam zadawał Hiroshiemu podobne pytania i uzyskiwał odpowiedzi. Ważne było, by nadal był skłonny do rozmowy, ponieważ wciąż nie wiedział, dlaczego saiko-komon z Nowego Jorku tak bardzo chciał sprowadzić Satoshiego do Stanów. Zastanawiając się nad tym, jak sformułować kolejne pytanie, Hisayuki nagle doznał olśnienia, a zaraz potem zbeształ się w duchu za to, że potrzebował tak wiele czasu, by znaleźć tak oczywistą odpowiedź. Wiceminister miał rację: rodzina Yamaguchi, poprzez swego saiko-komona w Nowym Jorku, Saboru Fukudę, zainwestowała w iPS USA, firmę, o której wspomniał urzędnik. Tak, właśnie tak musiało to wyglądać.

– Skoro wasz oddział w Nowym Jorku radzi sobie tylko „nieźle" – ciągnął Hiroshi, nieświadom objawienia, którego doznał jego rozmówca – to może połączymy nasze siły? Zjednoczmy wysiłki w Nowym Jorku i podzielmy się dochodami proporcjonalnie do liczby zatrudnionych ludzi. W tych ciężkich czasach organizacje jakuzy powinny bliżej ze sobą współpracować, nawet tu, w Japonii.

Hisayuki spojrzał przelotnie na swego saiko-komona i pomyślał, że gdy wrócą do samochodu, będzie musiał zapytać go, czy doznał podobnego olśnienia. Zaraz potem przeniósł wzrok na Hiroshiego, który w kwiecistej mowie snuł wizję połączenia sił dwóch organizacji. Hisayuki zastanawiał się, czy starczy mu odwagi, by zadać Hiroshiemu najbardziej konkretne pytanie: Czy Yamaguchi posiada udziały w iPS USA? Niepokoiła go myśl o tym, że Hiroshi może wpaść na podobny pomysł i spytać o udział finansowy Aizukotetsu-kai w iPS Patent Japan. Gdyby obaj odkryli karty, stałoby się jasne, że między dwiema rodzinami toczy się bezpośredni konflikt o podłożu finansowym. Naturalnie trudno było ocenić, czy inwestycje obu rodzin są podobnej wielkości, ale to, zdaniem Hisayukiego, było sprawą drugorzędną. Sytuacja tak czy inaczej była niezręczna, wartość rynkową obu firm połączyło bowiem coś w rodzaju sprzężenia zwrotnego: gdyby jedna wzrosła, druga musiałaby spaść. W przeszłości toczono wiele bratobójczych walk między rodzinami jakuzy z przyczyn znacznie mniej oczywistych i dlatego Hisayuki poczuł nagle strach, że i tym razem dojdzie do zbrojnego konfliktu. Aizukotetsu-kai po prostu nie mogła sobie pozwolić na stratę pieniędzy zainwestowanych w iPS Patent Japan. Nie mogła też wycofać z niej kapitału, ponieważ firma nie posiadała rezerw finansowych. Będzie wojna, pomyślał ponuro, a zaraz potem zaczął się zastanawiać, jak dałoby się ograniczyć jej uboczne skutki. Może warto by było przerzucić cały ten konflikt na teren Nowego Jorku?

– I co pan na to? – spytał wreszcie Hiroshi. Zadał sobie sporo trudu, by naświetlić ideę połączenia dwóch organizacji, którą Hisayuki odrzucił w duchu już po pierwszych słowach, doskonale bowiem wiedział, że oznaczałaby ona wchłonięcie Aizukotetsu-kai przez Yamaguchi-gumi. Koncepcja partnerstwa była jedną z podstawowych metod ekspansji rodziny Yamaguchi. – Powiem panu, Ishii-san – ciągnął, nie czekając dłużej na odpowiedź Hisayukiego – że wszyscy powinniśmy się pogodzić z faktem, iż świat, jakim go znamy, przechodzi gwałtowne przemiany, zatem i my, ludzie jakuzy, musimy się zmienić. Rząd nie zostawi nas w spokoju, jak to dawniej bywało. Dowodem na to jest prawo z dziewięćdziesiątego drugiego, skierowane przeciwko przestępczości zorganizowanej. A będzie jeszcze gorzej.

– I o tym rozmawiałem z wiceministrem.

– Co panu powiedział?

– Że prawa te przegłosowano wyłącznie z powodów politycznych i że nikt nie ma zamiaru pilnować, by wprowadzono je w życie.

– A pan mu uwierzył?

– Mówił, że gdyby rząd poważnie zastanawiał się nad tą kwestią, przeforsowałby coś w rodzaju amerykańskiej ustawy RICO. Tego jednak nie uczynił, a ja wiem ponad wszelką wątpliwość, że nie podjęto nawet prac nad takim dokumentem. I dlatego owszem, tak, uwierzyłem mu.

– Z całym szacunkiem, Ishii-san, moim zdaniem jest pan stanowczo zbyt ufny, a może nawet odrobinę naiwny – stwierdził Hiroshi. Był to wstęp do długiego monologu o jego wizji przyszłości rządu japońskiego. – Wkrótce wzajemna tolerancja, która cechowała nasze stosunki z władzami, zacznie zamieniać się w coraz ostrzejszy antagonizm. Tak każe sądzić rozsądek, Ishii-san. Już dziś rząd zazdrości nam pieniędzy, które jego zdaniem my, ludzie jakuzy, wysysamy z gospodarki, nie płacąc przy tym prawie żadnych podatków.

Hiroshi mówił, a Hisayuki z każdą chwilą czuł się coraz bardziej nieswojo. Zdał sobie sprawę, jak łatwo Yamaguchi-gumi mogłaby pokonać Aizukotetsu-kai i jak niewiele brakuje, by właśnie tak się stało: wystarczyłoby, żeby Hiroshi uświadomił sobie, jak dalece przeciwstawne są ich interesy i jak wzajemnie niekorzystne są ich inwestycje w działalność, która wkrótce mogła zacząć przynosić bilionowe zyski. Pozwolił mu jednak kontynuować tyradę przeciwko rządowi i nawet nie zadawał sobie trudu, by podsuwać Hiroshiemu kontrargumenty – choćby ten podstawowy: rząd potrzebował jakuzy. Miał nadzieję, że jeśli Hiroshi skupi się na kwestii „rząd kontra jakuza", nie będzie snuł rozważań w bardziej niebezpiecznym kierunku.

– My, ludzie jakuzy, musimy trzymać się razem! – grzmiał Hiroshi niczym rasowy polityk, powracając do swego pomysłu partnerstwa między dwiema organizacjami.

Hisayuki pozwolił mu kontynuować, a nawet do pewnego stopnia zachęcał go do dalszych rozważań, kiwając głową i uśmiechając się w odpowiednich momentach, by stworzyć wrażenie, że naprawdę zastanawia się nad takim wariantem.

Słuchając jednym uchem nudnej mowy Hiroshiego, w duchu dziękował bogom, że na początku spotkania w porę ugryzł się w język i nie naświetlił mu całej prawdy, a konkretnie informacji, które tego ranka uzyskał od Hidekiego Shimody, swego saiko-komona z Nowego Jorku. Shimoda zadzwonił o wpół do dziesiątej, by zameldować, że zgodnie z rozkazem zagrożenie dla patentów uniwersytetu w Kioto związanych z komórkami iPS zostało znacząco zredukowane, ponieważ udało się wyeliminować Satoshiego i jego rodzinę. Akcja przebiegła podobno bezproblemowo; saiko-komon gwarantował też, że zgodnie z życzeniem oyabuna zgon Satoshiego zostanie zinterpretowany jako „śmierć niezidentyfikowanej osoby z przyczyn naturalnych". Problemem pozostały jednak dzienniki laboratoryjne, których nie udało się odnaleźć.

Hisayuki odetchnął z ulgą, uświadomiwszy sobie, jak niewiele dzieliło go od katastrofy – gdyby tylko zaczął spotkanie od takich rewelacji... Z pewnością osiągnąłby rezultat odwrotny do zamierzonego, nie spodziewał się przecież wtedy, że Hiroshi jest osobiście zaangażowany w całą sprawę.

Tymczasem Hiroshi przerwał monolog w połowie zdania. Zauważył westchnienie Hisayukiego i zinterpretował je jako sygnał, iż zapomina o swoich powinnościach gospodarza.

– Przepraszam, że tak się zagadałem – rzekł, wstając i kłaniając się lekko. – Panowie zapewne są głodni. Widzę też, że zabrakło panom whiskey – pora zatem na kolację i chwilę zabawy. – Skinął ręką w stronę stołu i szefa w oślepiająco białym fartuchu. – Proszę dać nam coś na ząb i nie żałować alkoholu; musimy uczcić naszą przyjaźń.

Hisayuki wstał, czując błogą ulgę. Wiedział, że teraz, gdy nadszedł czas na sake, piwo i wino oraz wszelkie inne atrakcje zaplanowane przez Hiroshiego, nie będzie już rozmów o interesach.

Ponad godzinę później, gdy tylko nadarzyła się odpowiednia okazja, Hisayuki i Tadamasa przeprosili gospodarza i powołując się na czekającą ich półtoragodzinną podróż powrotną do Kioto, opuścili całkiem nieźle zapowiadające się przyjęcie. Hiroshi naturalnie próbował ich zatrzymać, namawiając na nocleg w hotelu, ale odmówili uprzejmie, twierdząc, że wczesnym rankiem mają w Kioto ważne spotkania.

Mimo obaw, które żywili, wyjazd z miasta był równie bezproblemowy jak przyjazd. Bez najmniejszych kłopotów kawalkada trzech wozów znalazła się wkrótce na szosie prowadzącej do Kioto. Hisayuki nie odzywał się ani słowem przez dobrych kilka mil, raz jeszcze analizując wypowiedzi Hiroshiego. Tadamasa, który znał swoje miejsce w szeregu, również nie przerywał milczenia.

– I co? – spytał nagle Hisayuki. – Jak ci się podobało nasze spotkanie?

– Przebiegło gładko, ale nie wróży zbyt dobrze na przyszłość.

– Też tak sądzę – odparł Hisayuki, zaciskając dłoń na uchwycie ponad tylną kanapą. Próbował skupić się na pejzażu za szybą, ale widział jedynie dalekie światła w oknach wiejskich domostw, a jedynym dźwiękiem był stłumiony warkot potężnego silnika samochodu. – Nie odniosłeś wrażenia, że Yamaguchi-gumi zainwestowała w iPS USA? – spytał możliwie obojętnym tonem, by nie sugerować swemu doradcy żadnej odpowiedzi.

– Zdecydowanie tak! Zastanawiałem się nawet, jak pana o tym poinformować, ale pomyślałem, że pewnie sam pan zauważył. Moim zdaniem ich rodzina dokonała znaczącej inwestycji; wnoszę to po sposobie, w jakim Fukazawa-san opowiadał o tym agencie, z którym współpracuje jego saiko-komon.

– Niech jutro nasi analitycy z biura RRTW spróbują dowiedzieć się czegoś o udziałach Yamaguchi-gumi w iPS USA.

– Problem polega na tym, że wartości rynkowe iPS USA i iPS Patent Japan są odwrotnie proporcjonalne.

– Wiem o tym – mruknął smętnie Hisayuki.

– Będą z tego kłopoty.

– O tym też wiem. Potrzebujemy czasu, żeby przygotować się na najgorsze. Na krótką metę najważniejsze jest to, żeby Hiroshi nie połapał się w sytuacji, póki nie obronimy patentów należących do iPS Patents Japan. Dobrze się stało, że pozbyliśmy się Satoshiego, ale musimy jak najszybciej odzyskać i zniszczyć jego dzienniki.

– Pytanie tylko, gdzie one są? Skoro Satoshi nie nosił ich przy sobie i nie przechowywał w domu, zapewne zostawił je w depozycie w iPS USA.

– Zadzwoń do Hidekiego i powiedz mu, że musi za wszelką cenę zdobyć te dzienniki, jeśli to możliwe. Uprzedź go jednak, że w żaden sposób nie wolno mu zdradzić, że w akcji biorą udział ludzie Aizukotetsu-kai. Tadamasa wyjął telefon komórkowy i wybrał numer Hidekiego Shimody.

Hisayuki znowu zapatrzył się w mroczny krajobraz za szybą. Zastanawiał się, czy korzystając z okazji, nie powinien przekazać swemu nowojorskiemu saiko-komonowi jeszcze jakichś informacji. Wrócił myślą do porannej rozmowy i do wiadomości, którą usłyszał od Shimody: naturalna śmierć niezidentyfikowanej osoby... Miał nadzieję, że wyrok na Satoshim rzeczywiście został wykonany w tak doskonały sposób, gdyby bowiem policja odkryła, że doszło do morderstwa, a ludzie Yamaguchi-gumi stwierdzili, że maczali w nim palce żołnierze Aizukotetsu-kai, oznaczałoby to nieuchronną, natychmiastową i wyniszczającą wojnę między rodzinami.

Rozdział 3

25 marca 2010
czwartek, 7.44
Nowy Jork

Laurie wysiadła z taksówki na rogu Pierwszej Alei i Trzydziestej Ulicy. Budynek był równie nieatrakcyjny jak zawsze: był reliktem lat sześćdziesiątych dwudziestego wieku, wątpliwie ozdobionym błękitnymi kaflami i aluminiowymi oknami. Raził brzydotą dawniej, raził i teraz, lecz dla Laurie był przede wszystkim dobrym znajomym; czuła się tak, jakby wracała do domu z dalekiej podróży. Jednakże widok budynku OCME zadziałał na nią także źle: sprawił, że jej obawy o własne kompetencje zawodowe odżyły ze zdwojoną siłą. Lada chwila miał się rozpocząć pierwszy dzień pracy.

Odwróciła się w stronę taksówki, by spojrzeć, jak Jack rozlicza się z kierowcą i wysiada z wozu. Tego ranka łaskawie zgodził się na wspólną podróż, zamiast jak zwykle wskoczyć na siodełko ukochanego roweru (ostatnio, to jest od czasu, gdy jego wierny trek został zmiażdżony przez miejski autobus, był to nowy cannondale – na szczęście Jack nie siedział na rowerze w chwili wypadku; miał jedynie wątpliwą przyjemność obserwowania zajścia z odległości kilku stóp).

– Jesteśmy na miejscu – rzekł, spoglądając na zegarek. Przyjechali później, niż to zwykle bywało, a nawet później, niż powinni byli się zjawić – zgodnie z regulaminem, pierwsze sekcje zwłok miały się zaczynać o siódmej trzydzieści. Nikt jednak nie przychodził do pracy tak wcześnie, jeśli nie liczyć Jacka. Siódmą trzydzieści wymyślił sobie szef inspektoratu, doktor Harold Bingham, ale z upływem lat zaczęło mu brakować zapału do egzekwowania własnych zasad. W rezultacie personel naukowy zaczynał pracę wtedy, gdy uznał to za stosowne, czasem nawet po ósmej. I tylko Jack wolał przyjeżdżać wcześniej, bo dzięki temu miał szansę wybrać sobie co ciekawsze sprawy, zamiast czekać na przydział, za który odpowiadał dyżurny patomorfolog. Dyżurny miał obowiązek nie tylko pojawić się najwcześniej, ale także wstępnie przejrzeć ciała dostarczone nocą i zadecydować które z nich wymagają sekcji i kto powinien ją wykonać. Jego głównym zadaniem była jednak praca wieczorem i nocą, tak by stale być do dyspozycji śledczych medyczno-prawnych i służyć im pomocą w co trudniejszych, pilnych przypadkach. Jack sprawował tę funkcję przez trzy lub cztery tygodnie w roku, gdy nadchodziła jego kolej.

– Przepraszam cię za to spóźnienie – powiedziała Laurie, widząc, że Jack spogląda na zegarek. – Następnym razem spróbuję wyrobić się szybciej. – Spóźnili się przede wszystkim dlatego, że przekazanie JJ'a w ręce Leticii nie odbyło się tak gładko, jak Laurie miała nadzieję. Za każdym razem, gdy schodziła na dół, do czekającego na nią Jacka, przypominała sobie o czymś niezmiernie ważnym i pędem wracała do kuchni, gdzie Leticia z umiarkowanym powodzeniem starała się umieścić w ustach JJ'a owsianą papkę z kawałeczkami gruszki.

– Nie ma sprawy – odparł Jack. – Jak się czujesz?

– W miarę dobrze.

– Poradzisz sobie – zapewnił ją Jack.

Akurat, odpowiedziała w duchu. Podążyła za mężem schodami w górę i razem minęli frontowe drzwi OCME. Wchodząc do głównego holu, doznała *déjà vu*. Miała przed sobą tę samą umęczoną kanapę i tę samą ławę ze stertą nieaktualnych czasopism, z których wiele nie miało już okładek. Te same zamknięte na klucz drzwi prowadziły do sali identyfikacji i do pomieszczeń administracyjnych, w tym do gabinetu szefa i pokoju personalnej.

Kontuar recepcji także się nie zmienił, podobnie jak siedząca za nim Marlene Wilson, zawsze uśmiechnięta i przyjazna Murzynka o nieskazitelnej cerze, której gładkość doskonale maskowała wiek.

– Doktor Montgomery! – wykrzyknęła Marlene na widok Laurie. – Witam w domu – dodała, nie kryjąc radości. Wahała się tylko sekundę, a potem zsunęła się z wysokiego stołka i wyszła zza kontuaru, by z całej siły uścisnąć Laurie. Wyraźnie zaskoczona tym entuzjastycznym przyjęciem Laurie rozluźniła się jednak dość szybko – i dobrze, ponieważ identyczną ceremonię powitalną powtórzyły niemal wszystkie osoby, które tego dnia spotkała.

W sali identyfikacji, w której zazwyczaj okazywano krewnym zdjęcia zmarłych lub – na ich wyraźne żądanie – same ciała, Laurie i Jack zastali doktora Arnolda Bessermana, który pracował w OCME od trzydziestu paru lat. Tego dnia to on pełnił funkcję dyżurnego patomorfologa. Siedział za starym, poobijanym biurkiem, przeglądając dokumentację niedawno przywiezionych ciał. Niewielki stosik leżących przed nim teczek świadczył o tym, że ostatnia noc w Wielkim Jabłku należała do spokojnych.

Podobnie jak Marlene, choć może z mniejszą energią, Arnold wstał na widok Laurie i uścisnął ją serdecznie na powitanie.

W sali towarzyszył mu Vinnie Amendola, jeden z techników sekcyjnych. Oficjalnie Vinnie zjawiał się w pracy pół godziny wcześniej, by przejąć stanowiska od techników z nocnej zmiany, ale wczesnym rankiem zajmował się głównie parzeniem kawy w wielkim, wspólnym ekspresie. Zaczekał na swoją kolej, by powitać Laurie, a potem wycofał się dyskretnie i zasiadł w starym, krytym skórą fotelu klubowym ze świeżutkim egzemplarzem „Daily News" w rękach. Przyjaźnił się z Jackiem, choć czasem trudno było to odgadnąć, słuchając ich słownej szermierki. Zazwyczaj Vinnie i Jack zaczynali sekcje zwłok o godzinę wcześniej niż cała reszta zespołu.

– Co mamy na dziś? – spytał Jack, idąc za Arnoldem w stronę biurka.

– Niewiele – odparł wymijająco Arnold. Doskonale wiedział, że Jack zamierza wybrać sobie jakieś interesujące sprawy, czym zresztą zawsze nieco go złościł. Pozostali patomorfolodzy nie mieli żadnych zastrzeżeń do zwyczajów Jacka, choćby dlatego, że przychodząc wcześniej, wykonywał więcej sekcji niż inni. Źródłem animozji między Jackiem a Arnoldem była zaś opinia tego pierwszego o tym drugim: Besserman był zdaniem Stapletona leniem, starającym się przede wszystkim nie napracować zbytnio i doczekać jak najlepszej emerytury.

Zlekceważywszy nieprzyjazne spojrzenie Arnolda, Jack zaczął grzebać w stercie teczek, czytając pobieżnie rubryki „przyczyna śmierci": postrzał, niespodziewany zgon szpitalny, wypadek, samobójstwo, zabójstwo, inne...

Stojąc z rękami na biodrach i grymasem zniecierpliwienia na twarzy, Arnold stał obok i słuchał, jak Jack pogwizduje z cicha, ale nie zamierzał mu pomóc, choć przyszłoby mu to bez trudu, zdążył już bowiem przejrzeć większość teczek.

Przeglądając z uwagą papiery, Jack teraz dopiero zauważył, że w sali znajduje się ktoś jeszcze. W jednym z foteli odwróconych ku grzejnikowi siedział mężczyzna, choć można to było odgadnąć tylko po czubku kapelusza wystającym ponad oparcie oraz po wytartych butach opartych o górną krawędź kaloryfera. Jack wiedział, że ten kapelusz i te buty mogą należeć tylko do jednej osoby. Rzucił papiery na blat, obszedł biurko dookoła i przystanął w miejscu, z którego mógł bliżej przyjrzeć się śpiącej postaci. Tak jak się spodziewał, był to jego stary przyjaciel, niedawno awansowany na kapitana Lou Soldano.

– Zobacz, kogo tu mamy! – zawołał Jack do Laurie, zajętej przyrządzaniem kawy.

Podeszła do niego, przystanęła i razem spojrzeli na Lou. Spod ronda nisko opuszczonego kapelusza wystawał tylko kawałek jego twarzy. Leżał z ramionami skrzyżowanymi na piersi i przykrytymi gazetą. Rozpięty płaszcz zwisał aż na podłogę. Lou oddychał głęboko, ale nie chrapał. Otwarta gazeta unosiła się i opadała rytmicznie na jego piersi.

– Musi być wykończony – stwierdziła Laurie z matczyną troską.

– On zawsze jest wykończony – odparł Jack. Sięgnął ręką do kapelusza Lou, by odsłonić jego twarz, ale Laurie w porę złapała go za ramię.

– Daj mu pospać!

– Dlaczego?

– Przecież mówiłam: jest wykończony.

– Na pewno nie przyszedł tu bez powodu – zauważył Jack. Uwolnił rękę z uścisku Laurie i delikatnie uniósł kapelusz śpiącego policjanta. – Im wcześniej trafi do łóżka, tym lepiej.

Teraz, gdy jego twarz była widoczna, Lou wyglądał jak uosobienie spokoju. I rzeczywiście sprawiał wrażenie wymęczonego; pod nieco zapadniętymi oczami widać było na jego smagłej skórze ciemne półokręgi. Był przystojny i męski, jak na Włocha przystało. Tyle że jego ubranie nie wyglądało świeżo, jakby nosił je od wielu dni. Wszystko wskazywało na to, że równie dawno nie widział golarki.

– Siedzi tu tak długo jak ja – zawołał zza biurka Arnold.

– Hej, wielkoludzie! – powiedział Jack, trącając lekko ramię Lou. – Pora do domu i lulu.

Nie zmieniło się nic, poza rytmem oddechu śpiącego policjanta.

– Daj biedakowi jeszcze chwilę spokoju.

– No, stary, rusz się – powiedział głośniej Jack, ignorując prośbę Laurie i nieco mocniej trącając ramię Lou.

Aż podskoczyli z wrażenia, gdy detektyw nagle usiadł sztywno, jednocześnie z głośnym łomotem spuszczając nogi na podłogę. Oczy otworzył tak szeroko, że widać było białka dookoła tęczówek. Zanim ktokolwiek zdążył się odezwać, zauważył Laurie.

– Hej, Laurie! Co za niespodzianka! Zdawało mi się, że wracasz dopiero w przyszłym tygodniu. – Wstał nieco chwiejnie i zamknął Laurie w potężnym uścisku. – Jak tam wasze maleństwo?

Laurie zdążyła już otrząsnąć się z zaskoczenia i odwzajemniła uścisk, starając się zignorować smród papierosowego dymu bijący od Lou. Znała go jeszcze dłużej niż Jacka – zobaczyli się po raz pierwszy, gdy zaczynała pracę w OCME na początku lat dziewięćdziesiątych. Przez krótki czas nawet się spotykali, nim dotarło do nich, że bardziej nadają się na dobrych przyjaciół niż na kochanków. Lou znał też lepiej niż ktokolwiek w OCME historię małego JJ'a, ponieważ regularnie bywał w domu Stapletonów.

Zamienili jeszcze kilka słów całkiem prywatnie, zanim Jack spytał Lou, co go sprowadza do OCME, które Lou uparcie nazywał „kostnicą". Naturalnie doskonale wiedział, że OCME to coś więcej niż kostnica, która w istocie była tylko jednym z oddziałów inspektoratu, ale jakoś nie umiał wyzbyć się starego nawyku, a Jack już dawno przestał go do tego nakłaniać.

– Jest jedna sprawa, którą mógłbyś się dla mnie zająć – zaczął Lou. – Do zdarzenia doszło w Queensie, ale trochę podziałałem i udało się przewieźć ciało tutaj, a nie do tamtejszej kostnicy. Mam nadzieję, że nie masz nic przeciwko temu.

– Przeciwko? – spytał z rozbawieniem Jack. – W życiu. Oczywiście Bingham dostanie szału, kiedy się dowie o takim złamaniu procedur, a nasz człowiek z Queensu jest pewnie głęboko urażony twoim brakiem wiary w jego umiejętności, ale jestem pewny, że jakoś otrząśnie się z szoku jeszcze przed emeryturą.

Lou zachichotał.

– Będzie aż tak źle?

– Wątpię. A przynajmniej nie w przypadku Dicka Katzenburga.

– Katzenburg? Na pewno się nie obrazi – wtrąciła Laurie. W przeszłości przez dłuższy czas współpracowała z szefem placówki w Queensie. Nowojorski Inspektorat Medycyny Sądowej działał w czterech oddziałach: ten przy Pierwszej Alei 519 obsługiwał Manhattan i Bronx, a Queens, Brooklyn oraz Staten Island miały własne oddziały.

– Chodzi o postrzał – zaczął Lou.

– Hej, Arnold! – przerwał mu Jack. – Mogę się zająć ofiarą postrzału?

Istotnie, decyzja o przydziale poszczególnych spraw poszczególnym patomorfologom należała do dyżurnego. Niektórzy z pracowników OCME mieli bardzo konkretne preferencje, zwłaszcza gdy akurat prowadzili prace badawcze nad konkretnymi zagadnieniami z dziedziny medycyny sądowej. Inni po prostu nie lubili niektórych przypadków, a już nikt nie miał ochoty na badanie ciał w stanie daleko posuniętego rozkładu – takie przypadki rozdzielano w miarę sprawiedliwie.

– Mnie tam wszystko jedno – mruknął Arnold i jakby

z odrobiną złości rzucił teczkę w stronę Jacka niczym frisbee. Jak można się było spodziewać, cześć papierów wyfrunęła po drodze i Jack musiał je pozbierać. – Przepraszam – powiedział Arnold bez cienia szczerości.

Jack zaklął pod nosem, podnosząc z podłogi częściowo wypełniony akt zgonu, formularz identyfikacyjny oraz kwit z laboratorium na obowiązkowe badanie na obecność przeciwciał HIV.

– Dupek – mruknął jeszcze, dołączając do Lou i Laurie, która dyskretnie zasłaniała dłonią uśmiechnięte usta. Zawsze powtarzała Jackowi, by nie prowokował Arnolda, dając mu do zrozumienia, co o nim myśli. – Dokończ tę historię – poprosił, wkładając papiery do teczki i wyjmując z niej wstępny raport śledczego medyczno-prawnego. Ucieszył się, widząc, że tym śledczym była Janice Jaeger, osoba wyjątkowo sumienna i ze wszech miar profesjonalna. W typowy dla siebie sposób naszkicowała nawet mapkę, nanosząc nań co ważniejsze odległości i kąty.

– W zdarzeniu brało udział dwoje policjantów po służbie, Don i Gloria Morano – zaczął Lou. – Są małżeństwem, poznali się w akademii policyjnej. Porządne z nich dzieciaki i dobrzy funkcjonariusze. Służą dopiero od dwóch lat i jak się można spodziewać, są jeszcze trochę zieloni. Ostatniej nocy, mniej więcej o trzeciej, usłyszeli brzęk tłuczonego szkła gdzieś za oknem swojej sypialni w Bayside i całkiem słusznie uznali, że ktoś dobiera się do ich nowego wozu, hondy. Wyskoczyli z łóżka, a Gloria chwyciła po drodze służbowy pistolet. Wybiegli na podjazd w samą porę, by zobaczyć, jak parka smarkaczy wskakuje do furgonetki stojącej obok ich wozu. Jak się później okazało, z samochodu zginęła nawigacja marki Garmin. Teraz jednak akcja rozegrała się błyskawicznie: kierowca ruszył furgonetką w stronę małżeństwa Morano. Don stał pośrodku podjazdu, na drodze jadącego wozu, a Gloria nieco z przodu i na lewo, bliżej domu, na trawniku. Wyobrażasz to sobie?

– Mniej więcej – odparł Jack.

– Kierowca zamierzał przejechać Dona? – spytała Laurie.

– Tego nie wie nikt – przyznał Lou. – Możliwe że tak. A może po prostu się pomylił i w podnieceniu zamiast wrzucić wsteczny... Ale tego już się nie dowiemy. Tak czy owak, widząc furgonetkę jadącą w stronę Dona, Gloria posłała jedną jedyną kulkę przez przednią szybę, trafiając kierowcę w pierś. Nie umarł od razu. Zatrzymał wóz, wycofał na ulicę i przejechał jeszcze parę jardów.

– Zatem w czym problem? – spytał Jack, marszcząc brwi.

– W zeznaniach tych dwóch nastolatków. Twierdzą zgodnie, że furgonetka wcale nie ruszyła do przodu. Podobno kierowca był odwrócony w ich stronę, kiedy wskakiwali przez rozsuwane drzwi. Twierdzą też, że nawet otaczał fotel ramieniem.

– Rozumiem – mruknął Jack. – Jeśli kierowca od początku chciał wycofać wóz, to twoi gliniarze wpadli w niezłe bagno, bo niepotrzebnie użyli broni. Ale jeśli rzeczywiście jechał do przodu, strzał był jak najbardziej uzasadniony.

– Otóż to – przytaknął Lou. – Żeby było jeszcze ciekawiej, fragment pocisku znaleźliśmy na siedzeniu, a ofiara ma też ranę na przedramieniu.

– Faktycznie, jeszcze ciekawiej – ucieszył się Jack. – Rusz się, Vinnie. Mamy robotę – zawołał, po czym spojrzał na Laurie i dodał: – Wybierz sobie sprawę i chodź z nami. Zarezerwuję dla ciebie sąsiedni stół, tak jak się umawialiśmy.

– Świetnie – odpowiedziała Laurie. Gdy Jack, Lou i Vinnie zniknęli w sali łączności, gdzie pracowały telefonistki przyjmujące zgłoszenia o zgonach, podeszła do Arnolda. – Wybrałeś już coś dla mnie? Może na początek coś łatwego, niezbyt kontrowersyjnego? Wolałabym najpierw zamoczyć stopy, zanim skoczę na głęboką wodę. No i bardzo bym nie chciała schrzanić sprawy już na początku.

– Nic dla ciebie nie mam, Laurie – odparł Arnold. – To polecenie Binghama. Powiedział, że jeśli nie będzie dziś jakiejś koszmarnej liczby nowych spraw, mam ci dać dzień wolnego, żebyś mogła się zaaklimatyzować po tak długiej przerwie. Masz więc wolne. Witaj w firmie!

Laurie odetchnęła głośno przez lekko zaciśnięte usta. Nie wiedziała jeszcze, czy czuje ulgę, czy rozczarowanie. Z jednej strony, rzeczywiście potrzebowała trochę czasu, by zajrzeć do swojego biura i doprowadzić je do porządku, ale z drugiej – tym sposobem jedynie odkładała na później to, co nieuniknione, a to oznaczało, że lęk powróci następnego ranka.

– Na pewno aż tak mu zależało? Nie mówił, że mogłabym na przykład sama zadecydować?

– Był tak stanowczy, jak tylko doktor Harold Bingham potrafi. Przecież znasz szefa, on nigdy nie bywa niezdecydowany. Prosił też, żebyś z samego rana zaszła do jego gabinetu. Chce cię przywitać.

– W porządku – odrzekła zrezygnowana Laurie.

Zostawiła Arnolda z jego teczkami i ruszyła śladem Jacka i pozostałych. Zamierzała zajrzeć najpierw do sali sekcyjnej i zawiadomić męża, że tego dnia jednak nie będą współpracować, ale zanim dotarła do windy, zmieniła zdanie. Wiedziała, jak bardzo wciągają Jacka interesujące sprawy – a taką na pewno była ofiara postrzału, o której opowiadał Lou – i uznała, że może zajrzeć do niego później. Zawróciła więc w stronę pomieszczeń administracyjnych, by sprawdzić, czy Harold Bingham jest już w swoim gabinecie. Po drodze wyjęła z kieszeni telefon, by po raz pierwszy – i nie ostatni tego dnia – sprawdzić, co słychać u małego JJ'a.

Rozdział 4

W niemal każdy dzień powszedni Ben Corey dojeżdżał do pracy w centrum miasta swym ukochanym range roverem autobiography, model 2010, wyruszając z domu w Englewood Cliffs w New Jersey. Ruch na drodze był spory, lecz on lubił odbywać tę podróż, zwłaszcza od chwili, gdy wjeżdżał na most George'a Washingtona. Zawsze starał się jechać prawym pasem, na górnej jezdni mostu, by mieć przed sobą piękną panoramę Manhattanu i rzeki Hudsona. Nie przeszkadzało mu nawet to, że od czasu do czasu ruch całkiem zamierał, bo dzięki temu jeszcze dłużej mógł cieszyć oczy imponującym widokiem. Chcąc wzmocnić doznania, zawsze ładował do odtwarzacza płytę z muzyką klasyczną. Były to jedyne chwile w ciągu całego dnia, gdy był naprawdę sam; pozwalał sobie wtedy nawet na wyłączenie telefonu.

Tego dnia podróż z domu do pracy doskonale spełniła swoją funkcję: zjeżdżając na parking na zachód od Pięćdziesiątej Siódmej Ulicy, czuł się wypoczęty i szczęśliwy, zwłaszcza że pozostawał w błogiej nieświadomości co do wydarzeń poprzedniego wieczoru.

Parking był odległy zaledwie o jedną przecznicę od biurowca, w którym firma iPS USA wynajęła pokoje na ósmym piętrze, z widokiem na Piątą Aleję. Ranek był ciepły – temperatura sięgała piętnastu stopni – i słoneczny, zupełnie inny niż mglisty, chłodny i pochmurny wieczór 24 marca. Zanosiło się na wspaniały dzień, i to pod każdym względem.

Ben zdjął płaszcz, mijając recepcjonistkę, Clair Bourse, niedawno zatrudnioną przez jego asystentkę Jacqueline. Powitał ją pogodnym „dzień dobry", a ona zrewanżowała mu się tym samym.

Wszedłszy do swego narożnego gabinetu, Ben powiesił płaszcz i usiadł za biurkiem. Pośrodku blatu leżał podpisany i potwierdzony notarialnie egzemplarz umowy z Satoshim, opatrzony żółtą karteczką samoprzylepną z adnotacją „do pańskich akt". Obok spoczywały testamenty Satoshiego i jego żony oraz oświadczenie woli o utworzeniu funduszu powierniczego dla synka Satoshiego, Shigeru, opatrzone kolejną notką, sugerującą, by postarał się o podpisy żony badacza na wszystkich dokumentach. Było tam też pytanie, czy wolałby, żeby dokumenty pozostały u niego, czy może raczej zostały złożone w należącej do iPS USA skrytce w banku JPMorgan Chase, a może po prostu w firmowym sejfie. I wreszcie zauważył egzemplarz mało znanego czasopisma poświęconego biologii molekularnej, a zatytułowanego „Reprogramming Technologies". Do lśniącej okładki przyczepiona była kolejna karteczka, również z notatką od Jacqueline: „Proszę przeczytać artykuł na str. 36. Lepiej zacznijmy działać". Poniżej widniał jeszcze długi szereg wykrzykników.

Ben złożył papiery Satoshiego w rogu biurka, by oddać je badaczowi, gdy tylko się zobaczą, czyli – jak sądził – w ciągu najbliższej godziny. Satoshi przyjeżdżał zwykle około dziewiątej trzydzieści, a Ben nie miał żadnych powodów, by przypuszczać, że tego dnia będzie inaczej. Pomyślał, że jedynym powodem, dla którego spotkanie mogłoby się odwlec do popołudnia, byłaby ewentualna niedyspozycja Satoshiego po zbyt intensywnym świętowaniu sukcesu poprzedniego dnia. Ze swej podróży do Japonii po niesławne dzienniki laboratoryjne pamiętał doskonale, czego potrafi dokonać mocna sake.

– Czytał pan artykuł? – spytała Jacqueline, wyglądając zza uchylonych drzwi sąsiedniego pokoju.

– Właśnie zaczynam.

– Proszę, niech pan to zrobi – zachęciła go Jacqueline. – I to zanim podpiszemy umowę z Rapid Therapeutics w Worcester w Massachusetts.

– Tak? – mruknął Ben. Nie podobało mu się to, co słyszał. Wraz z Carlem Harrisem negocjował z Rapid Therapeutics od wielu miesięcy, starając się o licencję na opatentowane przez tę firmę metody zwiększenia wydajności tworzenia indukowanych pluripotencjalnych komórek macierzystych. Podpisanie umowy miało nastąpić już wkrótce, zatem nie było czasu do stracenia, jeśli pojawiła się lepsza okazja.

Oparłszy stopy o skraj blatu, Ben zaczął czytać artykuł, z każdą chwilą nabierając przekonania, że Jacqueline ma rację. Niewielka, nowo powstała firma z Kalifornii, iPS Rapid, właśnie ogłosiła, że zakupiła licencję na mechanizm w dramatyczny sposób – bo setki razy – przyspieszający proces produkcji ludzkich indukowanych pluripotencjalnych komórek macierzystych, tym samym likwidując najpoważniejszą przeszkodę w ich wykorzystaniu. Nową technikę opatrzono nazwą „małych cząsteczek".

Ben był w szoku – nie tylko dlatego, że dokonano tak przełomowego odkrycia, ale także dlatego, że nastały czasy kupowania licencji na odkrycia, których nigdzie wcześniej nie publikowano. Dawniej tak niezwykłe odkrycie trafiłoby najpierw na łamy „Nature" czy „Science", było bowiem gigantycznym krokiem w kierunku komercjalizacji komórek macierzystych, a tymczasem wzmianka o nim pojawiła się w mało znanym piśmie. Co gorsza, był to patent, na który już udzielono licencji, a to oznaczało, że firma iPS USA zbyt późno wkroczy do akcji i będzie musiała ponieść setki razy większe nakłady. Choć sam był częścią nowego układu, Ben zdawał sobie sprawę, jak bardzo niekorzystny jest ten znak czasów. Uniwersytety miały teraz własne biura patentowe i uważały patentowanie odkryć swych badaczy za znacznie ważniejsze niż same badania. Taka postawa znacząco spowalniała proces badawczy. Dawniej, dzięki natychmiastowemu publikowaniu wyników, znacznie szybciej dokonywano kolejnych odkryć. Oczywiście problem potęgowała postawa rządowych biur patentowych w Stanach Zjednoczonych i Europie, które były skłonne udzielać patentów nawet na procesy życiowe, co było niezgodne z prawem. W Europie sytuacja nie była aż tak zła, ale Ben chwilami nie mógł uwierzyć, jak przedziwnych patentów udzielały amerykańskie biura. Bo w jaki sposób można uzasadnić udzielenie patentu na proces, który sama natura wypracowała w toku milionów, jeśli nie miliardów lat? Patentowa mania nie tylko spowalniała proces badawczy; mogła wręcz doprowadzić do jego zatrzymania. Być może już wkrótce nikt nie będzie mógł niczego odkryć, nie naruszając przy tym patentów należących do innych badaczy, myślał Ben. Skończy się to gigantyczną falą procesów sądowych, których i tak już nie brakuje. Ben uważał, że wszystko to jest rzucaniem piachu w tryby machiny medycznego postępu i że jego firma właśnie stara się temu zapobiec, przynajmniej w wąskiej dziedzinie komórek iPS.

– Natychmiast dzwoń do iPS Rapid! – zawołał do Jacqueline przez uchylone drzwi. – Masz rację co do tego artykułu. Dowiedz się, jak się nazywa ich dyrektor, i połącz mnie z nim!

Jacqueline znowu zajrzała do gabinetu, a słońce zza okien jej pokoju efektownie podświetliło jej rude włosy.

– Nie zauważył pan, że siedzibą iPS Rapid jest San Diego, gdzie w tej chwili jest szósta rano? – spytała cierpliwie.

Przez chwilę Ben spoglądał prosto w słońce, nie mogąc dostrzec rysów twarzy Jacqueline. Wreszcie dotarło do niego, że o tej porze nie uzyska połączenia z nikim na Zachodnim Wybrzeżu.

– Zatem dzwoń do Carla – polecił. – I przypomnij mi, co mam w planach na dzisiejszy poranek. – Zastanawiał się poważnie, czy nie odwołać wszystkich spotkań, by zająć się sprawą iPS Rapid.

– Oprócz spotkań z naszymi ludźmi o dziesiątej czterdzieści pięć ma pan odwiedzić Michaela Calabrese w jego biurze. Zapomniał pan?

– Zapomniałem – przyznał Ben, a w duchu podziękował sobie za zatrudnienie kogoś tak fachowego jak Jacqueline, kto potrafił dopilnować jego terminarza. On sam uważał się raczej za speca od dobrych pomysłów. Choć nawiązanie kontaktu z nową firmą na rynku było ważnym zadaniem, to w dłuższej perspektywie znacznie ważniejsze było spotkanie z Michaelem i możliwie szybkie zerwanie kontaktów z mafią i jakuzą. Rozumiał intuicyjnie, że im dłużej będą trwały te kontakty, tym trudniej będzie się z nich wycofać. Wiedział też, że gdyby zostały ujawnione, prawdopodobnie musiałby ustąpić ze stanowiska, a przynajmniej odsunąć daleko w czasie wszelkie plany sprzedaży akcji spółki. Ewentualnej odpowiedzialności karnej wolał nawet nie brać pod uwagę.

Jacqueline wyruszyła na poszukiwanie Carla, a Ben znowu pochylił się nad artykułem, zastanawiając się, jakiego typu małe cząsteczki wykorzystano. Domyślał się, że chodziło o supresję inhibitora czynnika wzrostu, ale to było raczej oczywiste. Czytając dalej, zastanawiał się jednocześnie nad niezwykłym tempem odkryć dokonywanych w dziedzinie biologii i medycyny oraz nad tym, jak napędzają one kolejne fale odkryć w niekończącym się, stale narastającym procesie. Wiedział naturalnie, że istnieją odkrycia i odkrycia – jedne stanowią potężny skok w przyszłość, a inne są tylko drobnymi kroczkami. Odkrycie, o którym właśnie czytał, uznał za spory skok, przynajmniej w odniesieniu do komercjalizacji komórek iPS.

– Chciałeś się ze mną widzieć? – usłyszał kilka minut później.

Carl stał w drzwiach. Miał mocno poluzowany krawat, rozpięty guzik przy kołnierzyku i wysoko, powyżej łokci podwinięte rękawy. Wyglądał raczej na ciężko pracującego księgowego niż na dyrektora finansowego firmy – i może właśnie dlatego był tak dobry w swojej profesji. Nie uważał, by którykolwiek z aspektów jego pracy był poniżej jego godności. Zajmował się wszystkim, od najbardziej przyziemnych czynności po tworzenie strategii, a Ben ufał mu i polegał na nim bezgranicznie.

– Wejdź! Siadaj i popatrz na to – powiedział Ben, podając mu czasopismo.

Carl zaczął czytać i z każdą chwilą na jego czole rysowały się coraz głębsze zmarszczki. Wreszcie skończył i wyraźnie sfrustrowany cisnął pismo na biurko, po czym spojrzał na Bena.

– Powinieneś o czymś wiedzieć. Pozwól, że się przed tobą wyspowiadam.

– O czym ty mówisz, u licha? – spytał Ben. Oczami wyobraźni widział już finansową katastrofę wielkiego przedsięwzięcia, którego przyszłość malowała się wyłącznie w odcieniach różu.

– Powinienem był powiedzieć ci o tym rok albo i dwa lata temu – ciągnął Carl tak zmieszany, że strach ścisnął Bena za gardło.

O co chodzi? Ben przygotowywał się na najgorsze. Ktoś nas oszukał i straciliśmy płynność finansową? To niemożliwe, przecież wczoraj podpisaliśmy umowę licencyjną; jesteśmy w doskonałej sytuacji. A sama umowa mogła jedynie podnieść naszą wartość rynkową.

– Wstyd się przyznać, ale ja naprawdę niewiele wiem o komórkach macierzystych – wyznał wreszcie z pokorą Carl. – Rozumiem ten temat do pewnego stopnia, ale kiedy dajesz mi do poczytania taki czysto techniczny tekst, po prostu go nie ogarniam. Przykro mi. Jako dyrektor finansowy tej firmy powinienem wiedzieć więcej, ale fakty są takie, że znacznie lepiej znam się na finansowej, nie naukowej stronie tego biznesu. Pamiętaj! Ściągnąłeś mnie tu ze świata finansów, nie biotechnologii.

Uczucie ulgi i zdumienia na chwilę odebrało Benowi głos. Jako naukowiec, specjalista w dziedzinie biologii molekularnej, tak doskonale orientował się w tej materii, że trudno mu było uwierzyć, iż inni nie są aż tak doskonale poinformowani. Ulga i zdumienie szybko ustąpiły miejsca rozbawieniu – Ben parsknął śmiechem. Tym razem zdumiał się Carl.

– Z czego się śmiejesz? – spytał, nie rozumiejąc. Spodziewał się raczej zdziwienia i irytacji, na pewno nie rozbawienia.

– Nic na to nie poradzę – odparł Ben. – Zawsze dawałeś mi do zrozumienia, że jesteś świetnie zorientowany. Do diabła, przecież często prosiłem cię o radę i zawsze miałem wrażenie, że udzielasz dobrze przemyślanych odpowiedzi. Jak to możliwe?

– Zwykle dawałem ci rady z dziedziny finansów. To, czy firma obraca komórkami macierzystymi, czy pomarańczami, jest zasadniczo bez znaczenia. Gdy pytałeś o sprawy czysto naukowe, doradzałem ci, żebyś spytał o zdanie Brada, Marcusa albo Lesley. I były to słuszne sugestie, zawsze byłeś zadowolony. Z biegiem czasu starałem się nieco zgłębiać temat, ale tyle jest do nauczenia…

– A co powiesz na krótki wykład? – spytał Ben.

– Chętnie posłucham.

– Zgoda – rzekł Ben i przez chwilę zastanawiał się, jak zagaić. – Wszystko zaczęło się na początku lat sześćdziesiątych, gdy dwaj kanadyjscy badacze odkryli pierwsze komórki macierzyste w krwi myszy. Były to dość prymitywne komórki – potrafiły się dzielić i tworzyć nowe populacje komórek. Tak więc na przykład połowa przekształciła się w różne komórki krwi, a połowa zachowywała zdolność komórki macierzystej do dalszych podziałów. Musiało minąć trzydzieści pięć lat, nim inny badacz, z Wisconsin, zdołał wyizolować podobne komórki macierzyste – tym razem ludzkie, pochodzące z embrionów w bardzo wczesnym stadium rozwoju – i sprawić, by rozwijały się poza ciałem, w szklanych naczyniach, czyli *in vitro*. Jednocześnie inni uczeni odkryli, że można stymulować owe komórki tak, by przekształcały się w dowolne komórki ludzkiego ciała – komórki serca, nerek i innych organów. Powstała całkiem realna możliwość tworzenia zapasowych komórek, a być może całych organów, przydatnych w leczeniu chorób zwyrodnieniowych. I wtedy nastąpiła katastrofa. Poszło o wykorzystanie embrionów stworzonych w ramach prób zapłodnienia *in vitro*, z których pozyskiwano komórki macierzyste. Na nowo rozgorzała zapomniana już, niepotrzebnie emocjonalna debata na temat aborcji. Bush Drugi uznał, że nie należy stosować komórek embrionalnych, i obciął fundusze federalne na badania nad komórkami macierzystymi, z wyjątkiem nielicznych już istniejących hodowli.

– Pamiętam to – wtrącił Carl. – Ale o co właściwie chodzi z tymi indukowanymi komórkami pluripotencjalnymi? To nie to samo co embrionalne komórki macierzyste?

– O dziwo, wydaje się, że są do nich bardzo podobne, co w zasadzie przeczy temu, co nauka zdążyła ustalić na temat ludzkiego rozwoju. Przez długi czas sądzono, że rozwój komórki od fazy prymitywnej do pełnej dojrzałości jest procesem jednokierunkowym. Jak się okazuje, wcale tak nie jest. Badając procesy rozwojowe, naukowcy dostrzegli, że istnieje mniej więcej trzydzieści genów odpowiedzialnych za intensywność i moment rozpoczęcia procesu dojrzewania. Zmieniając proporcje i liczebność owych genów, a także umieszczając je za pomocą wirusów we wnętrzu dojrzałej komórki, można doprowadzić do procesu reprogramowania: dojrzała komórka powraca do stanu embrionalnego, tworząc odpowiednik embrionalnej komórki macierzystej.

– Dlatego więc te nowe komórki macierzyste nazywa się indukowanymi? – upewnił się Carl.

– Właśnie! – przytaknął Ben. – I dlatego też nazywa się je pluripotencjalnymi. Słowo to oznacza, że podobnie jak embrionalne komórki macierzyste, są one zdolne do przekształcenia się w dowolną z ponad trzystu znanych komórek ludzkiego ciała.

– Zdumiewające! – zawołał Carl.

– Moim zdaniem nawet więcej niż zdumiewające – odparł Ben. – To po prostu niewiarygodne. Badania nad indukowanymi pluripotencjalnymi komórkami macierzystymi posuwają się naprzód w nieprawdopodobnym tempie. Cztery lata temu geny odpowiedzialne za rozwój umieszczano w dojrzałych komórkach za pomocą wirusów. Niektóre z nich były onkogenami, współodpowiedzialnymi za pojawianie się nowotworów. Niekiedy nawet same wektory wirusowe miały właściwości karcinogenne, czyli, mówiąc wprost, powodujące raka. Tak wyhodowane indukowane pluripotencjalne komórki macierzyste nigdy nie mogłyby być zastosowane w leczeniu ludzi, byłoby to po prostu zbyt niebezpieczne. Ale w ciągu tych czterech lat opracowano metodę reprogramowania komórek do powrotu do bardziej prymitywnej fazy rozwoju za pomocą pewnych niegroźnych białek, które trafiają do wnętrza komórki nie przy użyciu niebezpiecznych wirusów, ale pola elektrycznego – mówię o metodzie elektroporacji. Ostatnio opracowano jeszcze inny sposób: odkryto pewne substancje chemiczne, które transportują potrzebne białka przez ściany komórkowe, nie uszkadzając ich.

– W porządku – odezwał się Carl. – Masz rację, że słowo „niewiarygodne" lepiej oddaje stan rzeczy.

– Ważne jest to, czy teraz trochę lepiej rozumiesz, czym się tak naprawdę zajmujemy.

– Zdecydowanie tak. Wreszcie znam szerszy kontekst.

– Jeśli będziesz miał jakieś pytania z mojej dziedziny, nie krępuj się. Zawsze chętnie odpowiem.

– Będę cię trzymał za słowo – zapewnił go Carl, kładąc rękę na okładce czasopisma. – Jeśli więc dobrze rozumiem, w artykule jest mowa o procesie, który pozwala przyspieszyć produkcję indukowanych pluripotencjalnych komórek macierzystych, a my zdecydowanie powinniśmy przejąć kontrolę nad dostępem do tego procesu?

– Tak jest. I wygląda na to, że iPS Rapid bardzo chce sprzedać licencję, a na tym już znasz się znacznie lepiej niż ja. Przeczuwam, że byłby to dla nas lepszy zakup niż to, co oferuje tamta firma z Massachusetts. Byłoby najlepiej, gdybyśmy sfinalizowali transakcję, zanim ci z San Diego zdążą dobrze rozpoznać rynek. Mamy dość środków?

– Raczej nie, ale po wczorajszym podpisaniu umowy nasza wartość rynkowa wzrosła, więc nie sądzę, byśmy mieli problem z szybkim zebraniem kapitału.

– Zajmij się tym – polecił Ben.

– Załatwione – odparł Carl, wstając. – Jeszcze raz dzięki – dodał i po chwili zamknął za sobą drzwi.

Ben wstał i zajrzał do pokoju Jacqueline. Znów musiał zmrużyć oczy, spoglądając w słońce bijące wprost we wschodnie okna.

– Satoshi się nie pokazał? – spytał.

Zajęta rozmową przez telefon Jacqueline tylko machnęła ręką i pokręciła głową, sygnalizując, że uczony jeszcze nie przyszedł.

Ben wrócił do siebie i siadając za biurkiem, pomyślał z rozbawieniem, że łączy go z Satoshim podobna relacja jak ojca z nastoletnim synem: nieustannie chciał wiedzieć, gdzie się podziewa jego podopieczny i co porabia. Dochodziła dziesiąta, a Japończyk nie zjawił się w pracy i nie zadzwonił. Ben westchnął i uświadomił sobie, że zawsze jest niespokojny, póki Satoshi nie przyjdzie do biura, nawet jeśli nie ma tu nic specjalnie ważnego do roboty. Ben prosił go swego czasu, by chociaż zatelefonował, gdy nie może się zjawić osobiście, ale bez skutku. Pewnego razu Satoshi przepadł na cały tydzień i nie dzwonił, a nawet nie odbierał telefonu. Gdy wreszcie powrócił, wyjaśnił wystraszonemu Benowi, że pojechał z rodziną nad wodospad Niagara. Teraz, gdy umowa licencyjna została podpisana, sytuacja była naturalnie znacznie lepsza – nawet gdyby Satoshi miał już nigdy nie pokazać się w biurze.

Ben przypomniał sobie nagle o obietnicy, którą mu złożył: że zadzwoni do Columbii i zapyta o możliwość wynajęcia miejsca w tamtejszym laboratorium. Wybierając numer, skarcił się w duchu za to, że nie zrobił tego wcześniej. Nie musiałby się teraz martwić tym, gdzie zniknął Satoshi, gdyby zapewnił mu miejsce do pracy; Japończyk zapewne nie ruszałby się z laboratorium.

Rozmowa z przedstawicielem Columbia Medical Center była krótka, miła i bardzo owocna. Miejsca nie brakowało, cena była wysoka, ale i uczciwa, a Satoshi musiał jedynie przygotować listę sprzętu i odczynników, które uniwersytecki ośrodek badawczy był gotów mu dostarczyć.

Ben sięgnął po małą karteczkę i sporządził krótką notatkę: „Jest miejsce w Columbii. Można zaczynać od zaraz. Podać listę odczynników i sprzętu specjalistycznego".

Przykleił wiadomość do i tak niemałej sterty dokumentów dla Satoshiego, a potem znowu podniósł słuchawkę. Czekał już dostatecznie długo i zniecierpliwienie wzięło górę. Przywołał z pamięci numer komórki Satoshiego i wpisał go na klawiaturze telefonu.

Słuchając sygnału, bębnił palcami po blacie biurka, z każdą chwilą coraz bardziej niespokojny. Wreszcie zgłosiła się skrzynka głosowa. Zostawił Satoshiemu wiadomość, żeby oddzwonił, jeśli chce usłyszeć dobrą wiadomość. Miał nadzieję, że to najlepszy sposób, żeby zmusić niepokornego naukowca, by się odezwał.

Odłożywszy słuchawkę, Ben podszedł do szafy i wyjął płaszcz. Nadszedł czas, by złożyć przedpołudniową wizytę w biurze Michaela.

Rozdział 5

Wracając po raz kolejny do pierwszego akapitu, Laurie uświadomiła sobie, że nie jest w stanie się skoncentrować. Nie mając nic lepszego do roboty, próbowała zagłębić się w lekturze podręcznika anatomopatologii, a konkretnie rozdziału poświęconego ranom postrzałowym. Wybrała właśnie ten rozdział po wysłuchaniu opowieści Lou o sprawie, nad którą pracował teraz Jack. Problem polegał jednak na tym, że zupełnie nie panowała nad gonitwą myśli. Tak wiele razy telefonowała do Leticii, by sprawdzić, co nowego w domu, że zdołała lekko wyprowadzić ją z równowagi, a podczas ostatniej rozmowy wyczuła nawet nutę irytacji w jej głosie. Leticia twierdziła, że wszystko jest w najlepszym porządku, i zaproponowała, że następnym razem sama zadzwoni, ale tylko w przypadku, gdyby pojawiły się jakieś kłopoty. Laurie jednak, w ostatnich dniach wybitnie przewrażliwiona, odebrała jej słowa jako deklarację, że nie jest aż tak ważna, jak jej się wydawało, i że być może to ona ma problem z adaptacją, a nie mały JJ.

Pocieszające było to, że Jack miał rację, przewidując, w jaki sposób zostanie przyjęta w pracy. Wszyscy, od sprzątaczek i konserwatorów aż po szefa i jego zastępcę, witali ją wylewnie. Było to, rzecz jasna, miłe, ale nie pomogło w uśmierzeniu jej czysto zawodowych lęków, podsyconych poleceniem szefa, który nie życzył sobie, by pierwszego dnia powierzono jej jakąkolwiek sprawę. Zaczęła wmawiać sobie niedorzecznie, że gest Binghama nie jest wyrazem sympatii i chęci ułatwienia jej aklimatyzacji, ale raczej przejawem braku zaufania. Na domiar złego, miała teraz stanowczo zbyt dużo czasu na snucie tego rodzaju rozważań – po prostu nie miała co robić. Rozejrzała się po gabinecie. Na żadnej ze ścianek obudowy komputera nie wisiała choćby jedna samoprzylepna karteczka, jak to dawniej bywało. W rogu biurka nie piętrzyły się teczki z dokumentacją czekającą na wyniki badań laboratoryjnych i niemal gotową do podpisu. Cały pokój wyglądał zbyt czysto, nieomal sterylnie. Najbardziej samotny wydał się jej mikroskop, bez choćby jednego preparatu do zbadania, z okularem zakrytym pokrowcem.

Postanowiła, że daruje sobie to czytanie – zapewne większy pożytek przyniosłoby jej dołączenie do Jacka i Lou, zajętych sprawą postrzału. Myślała, że jeśli do nich zejdzie, będzie miała przynajmniej poczucie współuczestnictwa, jeśli nie współpracy. Nagle jednak odezwał się natarczywy sygnał telefonu. Poderwała się, jakby była pewna, że ktoś pilnie potrzebuje jej pomocy, i z wdzięcznością pomyślała o tym, kto zechciał z nią porozmawiać.

– Laurie, mam problem – odezwał się głos w słuchawce. Potrzebowała chwili, by rozpoznać doktora Arnolda Bessermana, dyżurnego patomorfologa, który rano odmówił przydzielenia jej sprawy i tym samym winien był spotęgowania jej lęków, a przynajmniej tak o nim (nieracjonalnie i niesprawiedliwie) myślała.

– Tak? – odpowiedziała z odrobiną nadziei w głosie. Czyżby jednak znalazła się dla niej jakaś sprawa?

– Kevin jest chory, jedzie do domu – rzekł Arnold. Kevin, czyli doktor Kevin Southgate, był jednym z jego kumpli. Kłócili się niemal o wszystko, zwłaszcza na temat religii i polityki, a mimo to przepadali za sobą. – Dałem mu tylko jeden przypadek; moim zdaniem wygląda na banalny: najprawdopodobniej zgon z przyczyn naturalnych, po zasłabnięciu na peronie kolei podziemnej, na stacji przy Pięćdziesiątej Dziewiątej Ulicy. Rutynowa sprawa. Tak czy owak, Kevin twierdzi, że dopadł go wirus H1N1 i musi się położyć – wyjaśnił Arnold i roześmiał się. – Widziałaś się już z Binghamem? A jeśli tak, to czy mogłabyś zająć się przypadkiem Kevina? Wiem, że sam mówiłem ci o ulgowym dniu, ale robota stoi i nie mam nikogo innego. Co ty na to?

Laurie uśmiechnęła się. Jasne, że chciała wziąć tę sprawę, nawet jeśli chodziło o zgon z przyczyn naturalnych. Pomyślała nawet, że taki przypadek może być najlepszy na początek; doprawdy trudno było popełnić błąd, badając taką sprawę. Jednak zasadniczym powodem, dla którego zareagowała uśmiechem, był fakt, że Arnold nie wspomniał ani słowem o tym, czy sam jest zajęty. Zwykle nie przydzielał sobie spraw, gdy był dyżurnym.

– Który z techników zajmuje się sprawą? – spytała Laurie, bardziej z ciekawości niż konkretnych przyczyn.

– Marvin – odparł Arnold. – I między innymi dlatego pomyślałem, że może dasz się skusić.

Arnold miał rację. Marvin Fletcher był ulubionym technikiem Laurie; pracowała z nim tak często, jak się dało.

– Z przyjemnością – powiedziała. – Zaraz będę na miejscu.

I dotrzymała słowa. Wyszła z gabinetu, gdy tylko odłożyła słuchawkę. Po drodze włożyła strój z Tyveku, rękawiczki oraz plastikową maskę. Tak ubrana wkroczyła do sali sekcyjnej i rozejrzała się. Na wszystkich ośmiu stołach leżały ciała; stojący przy czwartym z kolei Marvin machał jej na powitanie. Tak się szczęśliwie złożyło, że Jack i Lou pracowali przy sąsiednim stole numer pięć.

Ściślej mówiąc – właśnie kończyli; Lou zakładał „pacjentowi" ostatnie szwy. Był tu tak częstym gościem, że z czasem polubił pracę u boku lekarzy sądowych. Laurie zatrzymała się przy nich na chwilę.

– Co słychać? – spytał Jack, dostrzegając ją kątem oka. – Słyszałem, że nasz nieustraszony wódz dał ci wolny dzień. Co więc cię tu sprowadza?

– Miałam wolne, póki Kevin Southgate się nie rozchorował. Pracował tu obok.

Jack obejrzał się i skinął głową Marvinowi, który czekał cierpliwie.

– Nie wiedziałem – powiedział, spoglądając znowu na Laurie. – Arnold oczywiście nie był łaskaw zejść do nas i zastąpić swojego przyjaciela.

– Oczywiście – zgodziła się Laurie. – Ale ja się cieszę. Chciałam dostać robotę, zwłaszcza łatwą. – Nie miała ochoty na dyskusję o lenistwie Arnolda, jednym z koników Jacka, więc szybko zmieniła temat, pytając o przypadek postrzelenia.

– Powiedziałbym, że idzie nam doskonale – odpowiedział Jack.

– Popieram na całej linii – zawtórował mu Lou. – Widać, że kula niewątpliwie poruszała się od prawej do lewej strony ciała, a to oznacza, że w chwili strzału nasz pacjent siedział przodem do kierunku jazdy. Gdyby był odwrócony, cofając wóz, jak twierdzą wspólnicy, kula weszłaby centralnie w pierś. Fragment płaszcza pocisku, który oddzielił się w momencie przejścia przez przednią szybę, poważnie poturbował przedramię nieboszczyka. Nie doszłoby do tego, gdyby trzymał rękę za oparciem fotela – a tak zeznali wspólnicy.

– Gratuluję – powiedziała Laurie, całkiem szczerze. To był piękny dowód prawdziwej wartości ich pracy.

Podeszła do swojego stołu i przywitała się z Marvinem, który – jak wszyscy tego dnia – zareagował na jej powrót z wyjątkowym entuzjazmem. Po krótkiej rozmowie o trudach rodzicielstwa (Marvin miał już troje dzieci) Laurie wskazała na ciało leżące na stole sekcyjnym.

– Kogo tu mamy? – spytała.

Spoglądając na zwłoki, naznaczone już typowym nacięciem w kształcie litery Y, Marvin odparł:

– Ofiarą jest Azjata, zdaniem doktora Southgate'a mniej więcej trzydziestopięcioletni, o wadze stu czterdziestu dwóch funtów, który zasłabł i zmarł na stacji metra. Nie znamy historii chorób tego człowieka, nie znaleziono przy nim żadnych leków.

Marvin kontynuował opis, a Laurie sięgnęła po teczkę z raportem śledczego medyczno-prawnego Cheryl Meyers. Wciąż słuchając Marvina, przejrzała raport i natychmiast zauważyła adnotację, że przy zmarłym nie znaleziono dokumentów.

– Niezidentyfikowany osobnik? – spytała, wpadając technikowi w słowo.

– Zgadza się – przytaknął Marvin.

Znowu pochyliła się nad teczką i tym razem wyjęła dwa formularze: stwierdzenia zgonu oraz identyfikacji ciała. Ten drugi był jeszcze pusty, pierwszy zawierał tylko podstawowe fakty: ciało zostało zabrane przez ratowników medycznych, którzy pojawili się na miejscu po zgłoszeniu wypadku pod numer 911. Ofiara nie reagowała; stwierdzono brak akcji serca, ciśnienia tętniczego i oddechu. Resuscytacja trwała aż do przewiezienia ofiary na oddział nagłych wypadków w Harlem Hospital Center, gdzie stwierdzono zgon.

Laurie uniosła głowę i spojrzała w oczy Marvina. Fakt, iż mieli do czynienia z niezidentyfikowaną ofiarą, rozczarował ją do pewnego stopnia. Wiedziała, że to niezbyt racjonalna reakcja, ponieważ sekcję anonimowych zwłok wykonywało się tak samo jak wszystkich innych, ale właśnie teraz, pierwszego dnia po powrocie, zdecydowanie wolałaby zająć się przypadkiem, który dałoby się rozstrzygnąć do samego końca. Zwłaszcza że pełne wyjaśnienie tej sprawy było po prostu poza jej zasięgiem. Brakowało nawet historii chorób zmarłego, która mogłaby potwierdzić ustalenia dokonane podczas sekcji zwłok.

– Czy w badaniu zewnętrznym stwierdzono coś wyjątkowego? – spytała Laurie.

Marvin pokręcił głową.

– Żadnych blizn i tatuaży, jeśli to ma pani na myśli.

– Biżuteria?

– Mamy kwit policyjny na obrączkę ślubną.

Oczy Laurie rozbłysły. Obrączka mogła oznaczać, że zmarły miał żonę, zwłaszcza że wyglądał na zadbanego człowieka.

– Jak był ubrany? – spytała.

– Nieźle. Miał koszulę, krawat, marynarkę, płaszcz. Płaszcz wyglądał jak nowy, jeśli nie liczyć peronowego brudu.

– Same dobre znaki – orzekła z ulgą Laurie. Wiedziała z doświadczenia, że kluczem do rozpoznania niezidentyfikowanego ciała jest to, czy zostaną wszczęte poszukiwania zmarłego. W przypadkach takich jak ten regułą było to, że żona wszczynała poszukiwania w ciągu co najwyżej dwudziestu czterech godzin. Znacznie trudniej było o identyfikację człowieka, którego nikt nie szukał – nawet teraz, gdy wśród dostępnych środków pojawiły się nawet testy DNA.

– Czy doktor Southgate wspomniał o swoich podejrzeniach co do przyczyny zgonu? – spytała Laurie.

– Nic nie mówił na ten temat – odparł Marvin – ale sądzę, że podejrzewał udar lub jakiś uraz czaszkowo-mózgowy. Jeden ze świadków – ten, który wezwał ambulans – mówił, że jego zdaniem ofiara miała przed śmiercią jakiś atak.

Laurie spojrzała znowu na formularz wypełniony przez Cheryl Meyers i znalazła w nim potwierdzenie wstępnej hipotezy udaru, choć pochodziła ona od ratowników medycznych, a nie od świadka zdarzenia.

– Co z prześwietleniem? Widać coś ciekawego na zdjęciach?

– Doktor Southgate powiedział, że rentgeny są prawidłowe. Ale wiszą jeszcze na negatoskopie, jeśli chciałaby pani popatrzeć.

– Chciałabym – odpowiedziała.

Złożyła dłonie na brzuchu i podeszła do wiszącego opodal zdjęcia rentgenowskiego. Szczególnie dokładnie przyjrzała się obrazowi głowy i klatki piersiowej zmarłego. Nie dostrzegła żadnych nieprawidłowości. Teraz dopiero przyjrzała się części brzusznej i kończynom, ale i tu nic nie znalazła.

– W porządku – mruknęła, zwracając się do Marvina. – Bierzmy się do roboty i zobaczymy, co z tego wyniknie.

Jako że dawniej często ze sobą współdziałali, praca wartko posuwała się naprzód. Najwolniejszym jej etapem było wypreparowanie serca i płuc – zatrzymanie akcji serca było częstą przyczyną nagłej śmierci. Serce wyglądało jednak normalnie, podobnie jak tętnice, a zwłaszcza naczynia wieńcowe. Po raz drugi zwolnili tempo pracy, gdy Marvin odcinał sklepienie czaszki, by odsłonić mózg. Spodziewali się, że zobaczą krew świadczącą być może o udarze, ale jej nie znaleźli.

– No cóż – powiedziała Laurie, kończąc zszywanie rozcięcia na tułowiu zmarłego – trudno o bardziej normalną sekcję. Zwykle udaje się znaleźć jakieś zmiany czy ślady urazów, ale mam wrażenie, że ten nieszczęśnik był całkiem zdrowy.

– Zatem jaką podejrzewa pani przyczynę śmierci? – spytał Marvin.

– Gdybym miała zgadywać, obstawiałabym zaburzenia rytmu serca, nawet jeśli ponoć doszło przed zgonem do jakiegoś ataku – odpowiedziała Laurie, kręcąc głową jakby z powątpiewaniem. – Po tym, jak ustaliliśmy, że serce i naczynia wyglądają normalnie, zdziwiłam się, że i w mózgu nie było żadnych patologii. Teraz wszystko zależy od wyników badania histopatologicznego – a przynajmniej mam nadzieję, że to wystarczy. Nie chcę wpisywać do formularza nieznanej przyczyny zgonu nieznanego osobnika, zwłaszcza nie w pierwszym dniu po powrocie z macierzyńskiego. To mi nie pomoże w odbudowaniu pewności siebie.

– A co z płynem, który znaleźliśmy w żołądku i początkowej części jelita cienkiego? – spytał Marvin. – Odniosłem wrażenie, że zdziwił panią jego widok. Czy jego obecność może oznaczać coś konkretnego?

– Raczej nic nie przychodzi mi do głowy – przyznała Laurie. – O ile mi wiadomo, obecność płynu raczej nie jest kojarzona z żadną z potencjalnych przyczyn nagłej śmierci naturalnej. Zmarły musiał coś zjeść i wypić na krótko przed śmiercią. Ciekawa jestem, co wykażą testy na obecność alkoholu.

– A jeśli przyczyna zgonu nie była naturalna?

Laurie nie odpowiedziała od razu. Pytanie Marvina przypomniało jej o niezmiernie ważnej regule obowiązującej w tej profesji: trzeba zachować otwarty umysł, by nie dać się oszukać, gdy na przykład dokonano zabójstwa, pozorując śmierć, choćby samobójstwo czy wypadek. Tym razem jednak prawdopodobieństwo takiego scenariusza wydawało się nadzwyczaj niskie – w końcu ofiara po prostu zasłabła na peronie. Z drugiej jednak strony nie wolno było wykluczyć żadnej możliwości i dlatego Laurie zamierzała zlecić badanie toksykologiczne specjalnie w tym celu pobranych próbek oraz test na zawartość alkoholu we krwi. Badania przeprowadzane standardowo w OCME pozwalały wykryć obecność od dwustu do trzystu nielegalnych substancji, co pozwalało z bardzo dużą dozą prawdopodobieństwa wykluczyć przypadek otrucia lub przedawkowania narkotyków.

– Jestem prawie pewna, że ostatecznie trzeba będzie uznać ten przypadek za śmierć z przyczyn naturalnych – odpowiedziała wreszcie Laurie. – Poczekajmy jednak na wyniki badania histopatologicznego i toksykologicznego, a wtedy będziemy wiedzieć, czy nie należy szukać innych przyczyn.

– Ma pani następnego pacjenta? – spytał Marvin.

– Raczej nie – odrzekła Laurie. – Nawet tego dostałam przypadkiem.

Pomogła technikowi przenieść zwłoki na wózek, po czym zebrała buteleczki z próbkami i włożyła je do papierowych toreb.

– Sama je zaniosę – poinformowała Marvina. – I osobiście poproszę, żeby je przebadali w trybie pilnym. I tak nie mam nic lepszego do roboty.

– Nie ma sprawy – odparł technik.

Wychodząc z sali, Laurie zatrzymała się jeszcze przy stole Jacka, który zaczynał już sekcję kolejnego ciała. Lou już dawno poszedł do domu, by nadrobić poważne braki snu.

– Jak poszło? – spytał Jack. Gdy wrócił do sali, by zacząć drugą sekcję zwłok, postanowił, że nie będzie przeszkadzał żonie, najwyraźniej pochłoniętej pracą nad zwłokami Azjaty. – Znalazłaś coś ciekawego?

– Niestety nic – odrzekła Laurie. – Co gorsza, bo był to niezidentyfikowany nieboszczyk.

– Ale co cię tak smuci? – spytał Jack.

– Lepiej nie pytaj. Nie znalazłam żadnych zmian chorobowych. Nie mamy też żadnych danych o tym człowieku, zatem znacząco rośnie ryzyko tego, że przeoczę jakiś ważny szczegół.

– No to co? Takie rzeczy się zdarzają. Czasem naprawdę nie ma żadnych zmian wewnętrznych. Nieczęsto, ale jednak tak bywa.

– Bywa, ale ja bardzo nie chciałam, żeby coś takiego przytrafiło mi się akurat wtedy, kiedy cierpię na ZNP.

– ZNP? Ty i ZNP? – spytał z niedowierzaniem Jack. Laurie nigdy się nie skarżyła na zespół napięcia przedmiesiączkowego.

– Zespół napięcia pourlopowego – wyjaśniła Laurie, siląc się na dowcip, który jednak wypadł dość blado. – Ale jeszcze się nie poddaję; będę szukać zmian chorobowych, aż znajdę. W każdym razie mam na to sporo czasu; to był mój jedyny przypadek na dziś.

Jack tylko pokręcił głową, a potem spytał całkiem poważnie:

– Chyba nie próbujesz rozbudzać na nowo tych swoich profesjonalnych lęków, wykorzystując argument sekcji zwłok, która niczego nie wykazała? Bo jeśli tak, to postępujesz po prostu... – urwał, szukając najodpowiedniejszego słowa – ...po prostu głupio.

– Odmawiam odpowiedzi, gdyż może ona zostać użyta przeciwko mnie – odrzekła Laurie, znowu siląc się na uśmiech.

– Jesteś niemożliwa! – zawołał Jack i machnął ręką zniechęcony. – Nic już nie powiem, bo jeszcze cię zachęcę do kontynuowania tych głupot.

– Lepiej powiedz coś o twoim drugim pacjencie – zaproponowała Laurie, przezornie zmieniając temat. Spojrzała na stół, na którym leżały zwłoki młodej, zdrowo wyglądającej kobiety. Vinnie stał obok, wyraźnie zniecierpliwiony bezczynnością, raz po raz przestępując z nogi na nogę.

– Zdaje się, że sprawa będzie podobna do twojej. Jej chłopak zobaczył ją wychodzącą z łazienki, w takim stanie, w jakim ją teraz widzisz. Wedle jego słów, wyglądała na zaskoczoną albo zdezorientowaną, a potem po prostu upadła.

104

– Jakieś problemy zdrowotne?

– Żadnych. Była stewardesą w Delcie, zdrową jak ryba. Właśnie powróciła z podróży do Stambułu.

– Chyba masz rację: sprawa całkiem jak moja – powiedziała Laurie.

– Z jednym wyjątkiem – zastrzegł Jack. – Jej chłopak nie powinien był znaleźć się w jej domu. Dostał sądowy zakaz zbliżania się, bo podobno miesiąc wcześniej próbował ją zabić, gdy zaczęła się spotykać ze swym kolegą, pilotem.

– Ooo! – powiedziała Laurie.

– Żebyś wiedziała, że ooo – zgodził się Jack.

– Nie zapomnij mi powiedzieć, co ustalicie – poprosiła Laurie. Sprawa może i była podobna, tyle że dotyczyła zidentyfikowanej już osoby, o której zdrowiu wiadomo było praktycznie wszystko.

Opuściła salę sekcyjną, niosąc torby z próbkami do badań histopatologicznych i toksykologicznych. W szatni zostawiła strój ochronny i maskę, po czym pojechała windą na czwarte piętro, zastanawiając się nad przypadkiem, którego zbadanie zlecono Jackowi. Zazdrościła mu trochę, bo nie wątpiła, że znajdzie jakąś niecną przyczynę śmierci dziewczyny. Żałowała, że i w jej sprawie nie będzie tak jasnego rozwiązania.

– Halo, halo, moje panie! – zawołała ze swym sławetnym irlandzkim akcentem Maureen O'Conner, szefowa laboratorium histologicznego, przyjmując z rąk Laurie torby z szarego papieru. Maureen spędziła pół życia, pracując w szpitalu w Dublinie, zanim przeniosła się do Nowego Jorku. W całym inspektoracie nie było drugiej tak żywiołowej osoby, a zarazem tak dowcipnej i niekiedy złośliwej, od szefa aż po sprzątaczki. Laurie była jej ulubienicą, być może dlatego, że jako jedyny z lekarzy regularnie odwiedzała jej królestwo, lubiła bowiem, gdy jej próbki traktowano priorytetowo. – Toż to nasza pani doktor Laurie Montgomery! – ciągnęła Maureen. Wszystkie głowy w całym wydziale zwróciły się ku Laurie. – Witamy! A jak ten wasz maluch? Mam nadzieję, że dobrze. – Chyba wszyscy w OCME znali już historię neuroblastomy JJ'a, a także jego cudownego uzdrowienia.

Laurie przyjęła jej ciekawość równie spokojnie, jak zwykle przyjmowała jej żarty będące odpowiedzią na prośbę o przebadanie próbek już na następny dzień. Zwykle Maureen przypominała jej drwiąco, że wszyscy jej pacjenci są już martwi, zatem pośpiech nie jest aż tak potrzebny. O dziwo, komentarz ten za każdym razem wywoływał salwę śmiechu wśród pracowników wydziału histologii.

Chwilę później Laurie zeszła na parter, by złożyć wizytę sierżantowi Murphy'emu z policji. Jego ciasny pokoik znajdował się tuż koło sali łączności, w której telefonistki przez dwadzieścia cztery godziny na dobę przyjmowały zgłoszenia zgonów. Obok jego biurka z trudem mieściły się dwa składane, metalowe krzesła oraz wąski regał na dokumenty. Na biurku i na regale leżały niezliczone gazety, puste kubki po kawie oraz zmięte papiery po specjałach Burger Kinga.

– Słyszał pan o niezidentyfikowanym Azjacie, którego ciało dotarło tu wczoraj późnym popołudniem? – spytała Laurie. Zdążyli się przywitać już wcześniej, rankiem, gdy wpadła na niego na korytarzu.

– Owszem – odparł Murphy. – Koledzy z wozu patrolowego z pierwszego obwodu, którzy pierwsi odpowiedzieli na wezwanie przez 911, przekazali mi kopię swojego raportu, który złożyli w Wydziale Osób Zaginionych. Zmarły nie miał przy sobie ani portfela, ani dokumentów. Nie miał właściwie nic, poza obrączką. Nawet zegarka.

– Świadkowie nie zauważyli, by ktoś ukradł mu portfel? To był zadbany, dobrze ubrany człowiek, trudno mi uwierzyć, że nie miał go przy sobie.

– Nic mi o tym nie wiadomo.

– Jaki jest status sprawy?

– Została przekazana śledczemu z komisariatu Midtown North. „Ofiara niezidentyfikowana, śledztwo w toku".

– Podali panu nazwisko tego śledczego?

– Owszem. Gdzieś tu powinno być. – Murphy wciągnął brzuch i otworzył środkową szufladę biurka. Przez chwilę gmerał w papierach, nim odnalazł i wydobył wymiętą już, pojedynczą kartkę.

– Śledczy Ron Steadman; współpracuje też od czasu do czasu z dwudziestym komisariatem. – Policjant zapisał numer na skrawku papieru i wręczył go Laurie. – Ale jeśli będzie pani do niego dzwonić, to przez Midtown North, bo tam spędza dziewięćdziesiąt procent czasu.

– Tak zrobię – odrzekła. – A tymczasem, gdyby czegoś się pan dowiedział, proszę dać mi znać.

– Zrobi się! – odparł z uśmiechem Murphy.

Teraz Laurie wspięła się po schodach do wydziału antropologii, który rozrósł się znacznie po 11 września, kiedy to prace nad identyfikacją zwłok stały się istnym koszmarem organizacyjnym. Zapukała w oszklone drzwi biura Hanka Monroego, szefa zespołu identyfikacji. Dawniej identyfikacją zajmował się wyłącznie sierżant Murphy, jako łącznik z Wydziałem Osób Zaginionych nowojorskiej policji, ale po 11 września stworzono całą sekcję wyspecjalizowaną w tej działalności.

– Proszę wejść! – zawołał Hank Monroe, średniego wzrostu jegomość o nadzwyczaj kanciastej twarzy.

– Nazywam się Laurie Stapleton – przedstawiła się Laurie. Hank był względnie nowym pracownikiem OCME; spotkali się po raz pierwszy. Gdy już wymienili kilka uprzejmości, Laurie spytała, czy słyszał o sprawie niezidentyfikowanego Azjaty, którego zwłoki przywieziono poprzedniego popołudnia.

– Jeszcze nie – przyznał Hank i sięgnął po notes i ołówek, by zapisać najważniejsze detale. Nie było ich wiele: „Azjata, zadbany, miał obrączkę". – Żadnych blizn czy innych znaków szczególnych?

– Niestety, nie.

– Wydział Osób Zaginionych nic nie wie?

– Jeszcze nie.

– Jest jeszcze wcześnie... Wie pani o tym, prawda?

– Wiem, ale ta sprawa jest dla mnie ważna z przyczyn osobistych.

Hank spojrzał na nią ze zdziwieniem, nie bardzo wiedząc, w jaki sposób sprawa niezidentyfikowanego trupa mogła osobiście dotyczyć patomorfologa, ale postanowił nie dociekać. Z drugiej jednak strony wolał, by Laurie miała realne pojęcie o sytuacji.

– Spróbuję pomóc – rzekł – ale w takich sprawach trudno coś wyjaśnić, jeśli nie zgłosi się żona, współpracownik, przyjaciel czy dziecko ofiary. Najważniejsze są pierwsze dwadzieścia cztery godziny. Jeżeli nikt z bliskich się nie pojawi, szanse na zidentyfikowanie zmarłego dramatycznie spadają. Większość ludzi nie zdaje sobie z tego sprawy, pokładając wielką wiarę w badania DNA, ale takie są fakty.

– Nie brzmi to zbyt zachęcająco – powiedziała Laurie.

– Cóż, spróbujmy myśleć pozytywnie. Dwadzieścia cztery godziny jeszcze nie minęły.

Czując narastające przygnębienie, Laurie podziękowała Hankowi, gdy obiecał, że będzie miał oczy i uszy otwarte, co oznaczało, że wykorzysta swoje kontakty w Wydziale Osób Zaginionych oraz w siedzibie nowojorskiej policji przy Police Plaza 1. A potem niespiesznie wróciła na schody, przeczuwając, że swój pierwszy dzień w pracy zakończy w niezbyt wesołym nastroju.

Przez chwilę siedziała za biurkiem w swoim gabinecie, niewidzącymi oczami wpatrując się w ekran monitora i zastanawiając, czy nie powinna zapomnieć o pracy i w pełni poświęcić się macierzyństwu, które poznała już na tyle dobrze, by wiedzieć, że jest zadaniem wymagającym znacznie większego zaangażowania, niż jej się dawniej wydawało. Naturalną koleją rzeczy zaraz potem pomyślała o tym, co powiedziałby Jack, gdyby wystąpiła z takim pomysłem. I czy mogliby wyżyć z jednej pensji? Ich miesięczny budżet zawsze był napięty i wiedziała, że nie byłoby łatwo, gdyby utracili jej dochody – być może musieliby nawet sprzedać niedawno odnowiony dom, który dał im tyle radości.

Rozważania na ten temat przygnębiły ją jeszcze bardziej, aż wreszcie miała dość: potrząsnęła głową, odetchnęła głęboko i wyprostowała się w fotelu. Pamiętała, że tego rodzaju myśli bywają normalnym zjawiskiem na krótko po porodzie, ale czy mogła wciąż odczuwać skutki tamtej depresji? Sam stres związany z pozostawieniem JJ'a w rękach obcej osoby, choćby i najbardziej troskliwej, w połączeniu z lękiem przed utratą umiejętności zawodowych wystarczał, by ją przygnębić. Broniła się jednak, powtarzając w myślach, że nie powinna wymagać od siebie zbyt wiele, a także poddawać się zbyt wcześnie.

Podniosła słuchawkę i wybrała numer śledczego Rona Steadmana z komisariatu Midtown North. Jeżeli ktokolwiek mógł zdobyć jakieś informacje o zmarłym, to właśnie on, ponieważ właśnie na tym polegała jego praca w Wydziale Osób Zaginionych. Laurie nie wiedziała, w jaki sposób zbiera się takie dane – jakoś nigdy nie wnikała zbyt głęboko w policyjne procedury. Teraz jednak zamierzała to zmienić.

Po dziesiątym sygnale zaczęła znowu tracić nadzieję. Życie nauczyło ją, że trudno zdobyć wartościowe informacje, dzwoniąc na komisariat policji; zazwyczaj po prostu nikt nie odbierał. Zmuszając się do cierpliwego oczekiwania, słuchała kolejnych sygnałów. I wreszcie, po dwudziestym trzecim, gdy już miała spróbować zadzwonić pod inny numer, ktoś podniósł słuchawkę. Ku jej bezbrzeżnemu zdumieniu, był to Ron Steadman. Zwykle kończyło się na tym, że musiała podać swoje nazwisko i trzymać kciuki za to, że ktoś łaskawie zechce oddzwonić, co zdarzało się może w pięćdziesięciu procentach przypadków.

Nadzieja na rozmowę z dynamicznym, pełnym zapału policjantem zgasła w niej jednak niemal natychmiast, gdy usłyszała głos Steadmana. Odniosła wrażenie, że jej rozmówca jest wyczerpany samym procesem oddychania. Wyjaśniła mu pokrótce, kim jest i w jakiej sprawie dzwoni, a gdy skończyła, w słuchawce nastała cisza. Milczenie ciągnęło się w nieskończoność.

– Halo? – powiedziała wreszcie Laurie, prawie pewna, że połączenie zostało przerwane. Ale nie, śledczy Steadman po prostu najwyraźniej zasnął; tak przynajmniej pomyślała Laurie.

– Może pani powtórzyć? – poprosił policjant lekko przepraszającym tonem.

Laurie trwała w swoim postanowieniu: spokojnie przyjęła reakcję śledczego i wolno oraz bardzo wyraźnie powtórzyła swoją wypowiedź.

– Tak, mamy taką sprawę – potwierdził obojętnie Steadman.

– Świetnie! – ucieszyła się Laurie. – Jakieś postępy?

– Jakie znowu postępy? Przecież wysłałem kopię papierów temu waszemu... jak mu tam?

– Sierżantowi Murphy'emu.

– O, właśnie. Wysłałem kopię do niego i do osób zaginionych przy Police Plaza 1, włącznie z raportem funkcjonariusza, który był na miejscu.

– A ile zdziałano w centrali?

– Przypuszczam, że niewiele. Pewnie dodali gościa do listy.

– Do listy osób zaginionych, jak się domyślam? – spytała sarkastycznie Laurie. Nie wierzyła własnym uszom: ten policjant nie przejawiał najmniejszego zainteresowania sprawą.

– Nie, do listy kandydatów na statystów w programie telewizyjnym o sukcesach policji. No jasne, że do listy zaginionych!

– A pan, jako śledczy prowadzący tę sprawę – ciągnęła Laurie z jeszcze większym sarkazmem – co konkretnie zdziałał w tych jakże ważnych, pierwszych godzinach?

Ron Steadman znowu milczał przez długą chwilę.

– Posłuchaj no, paniusiu, może byś ze mnie zeszła? Wysyłam informacje tam, gdzie powinienem, a potem siedzę na tyłku i czekam.

– Niby na co?

– Czekam, aż dostanę od was odciski palców, zdjęcia i Bóg wie co tam jeszcze wyniknie z sekcji zwłok, w tym dane DNA, żeby sporządzić jak najbardziej precyzyjny opis denata. Odciski sprawdzamy najpierw w lokalnej bazie, a jeśli to nic nie da, to w stanowej i federalnej. Ale uprzedzam: w takich sprawach rzadko trafiamy na ślad dzięki odciskom. Najważniejsza jest rodzina, która powinna się zgłosić do was albo do nas. Chyba że zachodzi podejrzenie popełnienia przestępstwa, wtedy traktujemy sprawę inaczej.

– A skąd pan wie, że w tym przypadku nie popełniono przestępstwa?

Tym razem Steadman milczał nieco krócej.

– Chce mi pani coś powiedzieć i owija to w bawełnę, czy o co chodzi? Znalazła pani dowód zabójstwa, przeprowadzając sekcję? Bo jeśli tak, to proszę mi o tym powiedzieć.

– Nie znalazłam niczego, co sugerowałoby przestępstwo – przyznała Laurie.

– No właśnie. Gdyby coś się zmieniło, proszę dać mi

znać. I wzajemnie. A tymczasem będę tu sobie siedział, zajęty setką innych spraw.

Laurie odłożyła słuchawkę, nie odpowiedziawszy detektywowi Steadmanowi. Jasne było, że nie zamierzał zrobić już nic w tak wczesnej fazie dochodzenia. Czuła frustrację i bezsilność, ale z drugiej strony dostrzegała i racjonalny aspekt jego postawy: w tym momencie naprawdę nie mógł wiele zrobić, poza czekaniem, aż zgłosi się ktoś z rodziny.

Laurie wstała zza biurka i sięgnęła po zbiór próbek dla laboratorium toksykologicznego. Najbardziej interesował ją wynik testu BAL, na zawartość alkoholu we krwi. Intuicja podpowiadała jej, że będzie to wynik wysoki, choć nie wiedziała, czy dla samej sprawy będzie do miało duże znaczenie. Mniej obiecywała sobie po pozostałych testach – na obecność narkotyków, substancji chemicznych i toksyn – a także po badaniu poziomu elektrolitów i poszukiwaniu pośrednich dowodów ewentualnych zaburzeń metabolizmu, takich jak cukrzyca, ale wiedziała, że po prostu trzeba je wykonać.

Przez lata jej stosunki z szefem działu toksykologii, Johnem DeVriesem, nie układały się najlepiej. John był człowiekiem z natury zrzędliwym oraz głęboko przekonanym, że szef OCME złośliwie limituje fundusze przydzielane jego zespołowi, jednocześnie oczekując wyników rodem z supernowoczesnego laboratorium. Jak to zwykle bywa w wypadku takich konfliktów, wina była po trosze obustronna, a źródło konfliktu stanowiły przede wszystkim skrajnie odmienne osobowości. Problemem Laurie było natomiast to, że podobnie jak do Maureen, często chodziła do działu toksykologii, by poprosić o priorytetowe potraktowanie jej próbek. Zawsze domagała się natychmiastowej obsługi, mimowolnie przypominając o budżetowym kryzysie w jego dziale, który sprawiał, że od czasu do czasu sfrustrowany John z własnej kieszeni płacił za niezbędne odczynniki.

Wiele się jednak zmieniło po jedenastym września. Nie tylko znacząco powiększono budżety wszystkich działów OCME, ale także oddano do dyspozycji inspektoratu nowy budynek przy Wschodniej Dwudziestej Szóstej Ulicy 421, co oznaczało, że w starym zostały wolne pomieszczenia. Laboratorium Johna rozrosło się tak, że teraz zajmowało całe dwa piętra starego budynku, a w pokojach w miejsce rozpadającego się sprzętu pojawił się najnowszy i najlepszy, jaki można było zdobyć. Przemiana dokonała się jednak nie tylko na poziomie materialnym, ale i osobowościowym: zrzędliwość Johna gdzieś zniknęła, a jej miejsce zajęła szczera chęć współpracy, a nawet, o dziwo, pogoda ducha. John porzucił też dawny zwyczaj noszenia brudnych i wystrzępionych kitli; do jego nowego, bogatego laboratorium pasowały już tylko nowe, czyste i wyprasowane, codziennie zmieniane stroje.

Laurie zastała Johna, wraz z jego zastępcą Peterem Lettermanem – w narożnym gabinecie z oknami na południe i wschód, u zbiegu Pierwszej Alei i Trzydziestej Ulicy. Oślepiające słońce przebijało się nawet przez na wpół zamknięte żaluzje i beznadziejnie brudne szyby.

Jako że z władcami armii techników laboratoryjnych jeszcze się nie widziała, po raz kolejny musiała przejść nie tylko rytuał powitania z Johnem i Peterem, ale także z ich podwładnymi, natychmiast wezwanymi z sąsiednich pomieszczeń. Ponad połowę z nich zatrudniono w czasie, gdy Laurie była na urlopie macierzyńskim, zatem wypadało zapoznać się z nimi. Wszystko to potrwało prawie pół godziny.

– Powiedz, czym możemy ci służyć? – rzekł wreszcie John, gdy ostatni technicy zamknęli za sobą drzwi.

Laurie opowiedziała mu historię swojego niezidentyfikowanego denata oraz kłopotów nie tylko z ustaleniem jego tożsamości, ale nawet przyczyny i okoliczności śmierci. Nie zapomniała też dodać, jak bardzo ją to wszystko martwi.

John spojrzał na Petera, po czym obaj unieśli pytająco brwi.

– Ale dlaczego? – spytał John.

– Bo... – zaczęła Laurie, spoglądając to na jednego, to na drugiego, ale nie dokończyła. Poczuła nagle zażenowanie; nie powinna była zagłębiać się w tak nieprofesjonalne detale.

– Cóż, to nie ma znaczenia – rzekł szybko John, wyczuwając jej zmieszanie. – Czego od nas oczekujesz?

Laurie poczuła, że fala całkiem niestosownych emocji narasta, i stwierdziła z przerażeniem, że lada chwila będzie musiała rozładować ją płaczem. Tak nagłe zmiany nastrojów towarzyszyły jej – na szczęście tylko od czasu do czasu – już od okresu dojrzewania. Nienawidziła ich i uważała za poważną wadę swojej osobowości. Im więcej pewności siebie zdobywała z biegiem lat, tym rzadziej zdarzało jej się tracić panowanie nad sobą. Niestety, gdy u JJ'a zdiagnozowano nowotwór, huśtawki nastrojów powróciły ze zdwojoną siłą i teraz znów czuła się jak nastolatka z trudem kontrolująca emocje.

John i Peter przyglądali się jej wewnętrznej walce z lekkim zdziwieniem. Naprawdę chcieli pomóc, ale nie bardzo wiedzieli, o co właściwie chodzi.

Wreszcie Laurie odetchnęła głęboko i opanowała się na tyle, by w miarę spokojnie powiedzieć:

– Przepraszam.

– Nie ma sprawy – odrzekli zgodnym chórem.

– Owszem, jest – przyznała. – Przepraszam. Tak bardzo chciałam, żeby w tym pierwszym dniu wszystko poszło gładko, że teraz, gdy pojawiły się kłopoty, całkiem bezsensownie się rozklejam.

– Nic się nie stało – pocieszył ją John. – Przypuszczam, że przyniosłaś nam próbki – dodał, wskazując na papierową torbę, którą Laurie wciąż ściskała w rękach.

Laurie spojrzała na nią tak, jakby zupełnie zapomniała o jej istnieniu.

– A, tak! Rzeczywiście, mam tu próbki. Potrzebuję kompletu badań toksykologicznych, a także testu na zawartość alkoholu we krwi – wyjaśniła, podając Johnowi torbę.

– I domyślam się, że jak zawsze oczekujesz ekspresowej obsługi – powiedział, by choć trochę rozluźnić atmosferę.

– Byłoby wspaniale – odpowiedziała, marząc w duchu, by to spotkanie wreszcie się skończyło. Naprawdę było jej wstyd.

Rozdział 6

25 marca 2010
czwartek, 11.10

Ben wysiadł z taksówki przed budynkiem, w którym
mieściło się biuro Michaela Calabrese. Był to nowy,
strzelisty gmach z granitu i odblaskowego szkła, o rzut
kamieniem od miejsca znanego światu jako Ground
Zero. W holu wpisał się na listę u ochroniarza, przypiął
identyfikator do kieszeni na piersi marynarki i wjechał
windą na pięćdziesiąte trzecie piętro.

Organizacja biura Michaela była dość nietypowa. Wraz
z grupą innych pośredników finansowych zajmował całe
piętro budynku, ale płacił czynsz tylko za tę część, którą
sam zajmował. Za pomoc biurową, włącznie z sekretarkami i recepcjonistkami, a także sprzęt, taki jak kopiar-
ki, monitory, serwery, a nawet usługi sprzątaczek i prawo do korzystania z toalet, każdy z nich uiszczał stałą,
comiesięczną opłatę. Taki układ pozwalał im prowadzić
indywidualne biura w znacznie lepszych warunkach niż
te, na które mogliby sobie pozwolić samodzielnie. Wspólnie zatrudniali nawet informatyka, i to na cały etat.

Ben poszedł wprost do biura Michaela. Jako że żadnej
ze wspólnych sekretarek i recepcjonistek nie było w zasięgu wzroku, stanął pod otwartymi drzwiami i zapukał
w ościeżnicę. Michael – jak zawsze – rozmawiał przez
telefon, odchylony wraz z fotelem mocno do tyłu, opierając nogi o narożnik biurka. Spojrzał w stronę drzwi

i skinął ręką na Bena, zapraszając go do środka, by zajął miejsce na czarnej, krytej skórą kanapie.

Usiadłszy, Ben rozejrzał się po gabinecie. Wystrój wnętrza świadczył nieomylnie o tym, jak doskonale radzi sobie firma Michaela. Ściany z polerowanego mahoniu lśniły jak karoseria nowiutkiego range rovera należącego do Bena. Nie brakowało bibelotów z brązu, wśród których był nawet teleskop na trójnogu, połyskujący niczym złoto. Na stoliku do kawy stał pojemnik na cygara, wykonany z drewna orzechowego, z wbudowanym wskaźnikiem wilgotności.

Był to narożny gabinet z ogromnymi taflami szkła sięgającymi od podłogi po sufit, a nie zwykłymi oknami jak w biurze Bena. Rozciągał się za nimi przepiękny widok na rzekę Hudsona. Po lewej widać było elegancką sylwetę Statui Wolności, górującej nad małą wysepką.

Głośny śmiech przykuł uwagę Bena do wciąż zajętego rozmową Michaela. Choć przez grzeczność nie przysłuchiwał się konwersacji, nagle uświadomił sobie, że gospodarz mówi o Angels Healthcare, firmie, która pokazała, jak ogromne pieniądze można zarobić na branży szpitalnej. Jako jedna z pierwszych wykorzystała boom związany z powstaniem klinik chirurgicznych, wąsko wyspecjalizowanych w zabiegach kardiologicznych, ortopedycznych, okulistycznych czy też w chirurgii plastycznej. Nie było w nich oddziałów nagłych wypadków, a przyjmowano jedynie dobrze ubezpieczonych lub w pełni wypłacalnych pacjentów, ignorując tych naprawdę chorych, nieubezpieczonych oraz korzystających z prostego ubezpieczenia Medicaid. Były to placówki wysoce dochodowe, toteż w krótkim czasie wartość rynkowa firmy Angels Healthcare niewiarygodnie wzrosła. Stało się tak między innymi dzięki Michaelowi Calabrese, który odegrał decydującą rolę w początkowej fazie przedsięwzięcia, zbierając kapitał dla Angels Healthcare – i właśnie wtedy Ben po raz pierwszy usłyszał o jego firmie inwestycyjnej Calabrese and Associates.

Z początku Michael nie robił na nim najlepszego wrażenia, zwłaszcza że do Bena dotarły pogłoski o jego udziale w przestępstwach finansowych; raz podobno posunął się nawet do użycia przemocy. Jak się jednak okazało, wkrótce potem zarzuty wobec agenta inwestycyjnego zostały wycofane, ponieważ dowody zebrane przez policję i prokuratorów były niewystarczające lub nielegalne i nie można było ich wykorzystać.

Gdy tylko Michael został oczyszczony z zarzutów, Ben umówił się z nim na spotkanie, by porozmawiać o perspektywach iPS USA. Od pierwszych chwil rozmowy przypadli sobie do gustu: Michael był zakochany w tematyce biotechnologii i specjalizował się we wspomaganiu firm z tej branży, a Ben miał rozległe doświadczenie naukowe i fantastyczny biznesplan, którego najważniejszym punktem było zgromadzenie własności intelektualnej związanej z komercyjnym zastosowaniem indukowanych pluripotencjalnych komórek macierzystych. Pod wieloma względami stanowili idealną parę, łączyły ich bowiem także wspólne cechy charakteru: obaj byli niezmiernie próżni (zarówno w kwestii wyglądu, jak osiągnięć zawodowych), obaj cenili sobie zażarte współzawodnictwo w pracy i w grze, obaj uważali pieniądz za najwyższą siłę motywującą do działania i wreszcie obaj uważali nadmierne przywiązanie do zasad etycznych za kulę u nogi w życiowej drodze.

Gdy tylko rozmowa telefoniczna dobiegła końca, Michael opuścił nogi na podłogę i wstał, by podejść do Bena i podać mu rękę.

– Co słychać? – spytał z silnym nowojorskim akcentem. Przyciągnął bliżej krzesło, obrócił je i usiadł na nim okrakiem.

Choć jego słowa były bardziej zwrotem grzecznościowym niż pytaniem, Ben uznał za stosowne odpowiedzieć.

– Niewiele – rzekł i dodał szybko: – Ale tak naprawdę to sporo.

– Na przykład?

Ben opowiedział Michaelowi o czasopiśmie poświęconym biotechnologii, a ściślej o artykule na temat nowej metody umożliwiającej stukrotne przyspieszenie produkcji komórek iPS.

– To aż tak ważne?

– Niezmiernie. Tak ważne, że zmieniłem zdanie w sprawie, o której chciałem z tobą porozmawiać.

– Masz na myśli rozstanie z rodzinami Lucia i Yamaguchi?

– Otóż to – przytaknął Ben. – Sądzę, że moglibyśmy kupić tę nową firmę, a przynajmniej załatwić sobie wyłączną licencję na opracowany przez nią proces. Negocjowaliśmy z innym partnerem, z Worcester w Massachusetts, na temat nabycia podobnej technologii, ale ta nowa, z San Diego, jest nieporównywalnie bardziej wydajna.

– Jakiego rzędu kwota wchodziłaby w grę? – spytał Michael. – I jak chcesz to załatwić? Zapłacić akcjami czy wziąć pożyczkę krótkoterminową?

– Akcjami, jeśli zdecydujemy się na zakup, a być może wziąć pożyczkę, jeśli wybierzemy licencję na wyłączność.

– W porządku, ale wróćmy do pieniędzy. Mniej więcej jaka kwota będzie potrzebna?

– Powiedziałbym, że około pół miliona na licencję, która byłaby chyba najlepszym rozwiązaniem. Zastanawiałem się nad zakupem, ale po pierwsze cena byłaby wyższa, a po drugie ryzyko większe, biorąc pod uwagę tempo, w jakim dokonuje się rozwój tych nowych technologii.

– Teraz, kiedy mamy podpisaną umowę – rzekł Michael – sugerowałbym raczej wykorzystanie akcji, nawet jeśli zdecydujemy się na licencję. W ten sposób wykorzystamy fakt wzrostu wartości rynkowej firmy.

– Sądzisz, że nasi aniołowie stróże pójdą na coś takiego?

– A dlaczego nie? Wiem skądinąd, że ich interesy kwitną, zwłaszcza hazard. Oni po prostu śpią na forsie.

– Nigdy o to nie pytałem, Michael, ale w głębi duszy bardzo jestem ciekaw, jak w istocie funkcjonuje to ich partnerstwo.

– Masz na myśli mafię i jakuzę? Ciekawe, że o to pytasz, bo sam niedawno zadałem im podobne pytanie. Otóż system jest całkiem prosty. Rodzina Lucia wybiera lokalizacje, buduje włoskie restauracje w Upper East Side i prowadzi je, ale tylko po to, by pod ich przykrywką mogły działać ekskluzywne szulernie. Zajmuje się też sprowadzaniem kobiet i wszystkiego, czego potrzeba gościom. Jakuza natomiast wynajduje klientów, zwykle bardzo zamożnych biznesmenów z Japonii, którzy, nawiasem mówiąc, do szaleństwa kochają hazard. I wcale nie przesadzam. Ludzie rodziny Lucia często ich kredytują, jeśli pojawia się taka potrzeba – a zwykle się pojawia, gościom z Japonii bowiem dość szybko kończy się gotówka. Są wręcz zachęcani do pożyczania forsy od mafii, bo daje im się do zrozumienia, że będą mogli spłacić dług podczas kolejnej wizyty w Nowym Jorku. A skoro tak, to hazardziści korzystają z okazji i pożyczają znacznie więcej, niż pożyczyliby w normalnej sytuacji, bo wydaje im się, że będą mogli uniknąć zwrotu długu, po prostu nigdy nie wracając do Nowego Jorku. I w tym momencie partnerstwo z jakuzą naprawdę się przydaje. Poważnie zapożyczony japoński biznesmen wraca do kraju, gdzie, jak mu się zdaje, jest absolutnie poza zasięgiem mafii. Wkrótce jednak przekonuje się, że był w błędzie: po dług zgłaszają się ludzie jakuzy, a oni naprawdę potrafią egzekwować zobowiązania, głównie za pomocą swej legendarnej wręcz brutalności. Następnie jakuza dzieli się pieniędzmi z mafią, często przekazując jej nie gotówkę, ale krystaliczną metamfetaminę. Dla obu stron jest to wyjątkowo korzystny układ.

Ben wzdrygnął się na myśl o tym, jak przykre niespodzianki czyhają na niczego niepodejrzewających japońskich biznesmenów.

– Ale wróćmy do sprawy, żeby uniknąć nieporozumień – dodał po chwili Michael. – Chcesz, żebym poszedł do capo rodziny Lucia, Vinniego Dominicka, i do saiko--komona Saboru Fukudy, żeby porozmawiać o zwiększeniu ich udziału w iPS USA, choć jeszcze wczoraj po południu mówiłeś o tym, żeby zakończyć współpracę z nimi. Dobrze cię zrozumiałem?

– Tak. Chyba że masz na oku innego potencjalnego anioła stróża, który chciałby zainwestować.

– Jest kilku ludzi, do których mógłbym pójść, ale sądzę, że będzie lepiej, jeśli zostaniemy przy tym, co mamy.

– Ty jesteś agentem, specem od zdobywania kapitału, nie ja!

– Szczerze mówiąc, cieszę się, że zmieniłeś zdanie.

– Dlaczego? – zdziwił się Ben.

– Niepokoiłem się, że przyjdziesz tu i zażądasz, żebym tak po prostu poszedł i powiedział im, że od tej chwili będą już tylko szeregowymi akcjonariuszami.

– Kiedyś tak właśnie się stanie, ale jeszcze nie teraz – odparł Ben. – Na pewno przed upublicznieniem akcji spółki. Obawiam się, że ktoś dociekliwy mógłby dotrzeć do prawdy.

– Mam wrażenie, że jesteś odrobinę naiwny. Nie możesz tak zwyczajnie powiedzieć tym ludziom, co mają robić, a czego nie robić.

– Oczywiście planuję nagrodzić ich zaangażowanie dodatkowym pakietem akcji. Odegrali ważną rolę.

– A ja sądzę, że osiągniesz tym sposobem tylko jedno: wkurzysz ich, a możesz mi wierzyć, że lepiej tego nie robić. No, ale nie spierajmy się teraz, mamy ważniejsze sprawy na głowie. Zastanówmy się lepiej, na kiedy przygotujemy ofertę publiczną, bo przecież właśnie w dniu sprzedaży akcji dostaniemy to, na co ciężko zapracowaliśmy.

– Współpraca z tymi rodzinami mocno mnie niepokoi – wyznał Ben. – Gdy tylko przestaną nam być potrzebni, będę chciał z nimi zerwać.

– Gdy przyszedłeś do mnie po raz pierwszy, powiedziałem ci całkiem otwarcie: to nie są ludzie, którym można cokolwiek nakazać.

– Wiem, że byłeś ze mną szczery, i doceniam to.

– Powiem ci, co zrobię – rzekł Michael. – Zadzwonię do naszych przyjaciół i dowiem się, czy dziś po południu będą mieli czas, żeby się ze mną spotkać. Przekażę im dobrą wiadomość na temat wczorajszego podpisania umowy licencyjnej, a potem poproszę ich o zwiększenie udziału w spółce, co z pewnością też ich ucieszy. I wreszcie ostrożnie uprzedzę ich, że będą musieli dyskretnie się wycofać, zanim wyjdziemy z ofertą publiczną. Może po dwóch dobrych wiadomościach jakoś to przełkną. Zobaczę, co się da zrobić, i odezwę się do ciebie.

– Doceniam twoje starania – odrzekł Ben, wstając.

Kilka minut później jechał już windą w dół. Wyjął telefon i zadzwonił do Jacqueline, żeby uprzedzić ją, że niedługo się pojawi, i zapytać, czy nie ma ochoty na lunch u Ciprianiego w hotelu Sherry-Netherland, nieopodal biura iPS USA. W istocie jednak chciał, żeby mu powiedziała, czy Satoshi pojawił się już w pracy. Był przesądny i wolał nie pytać. Zrobił to dopiero po chwili rozmowy, gdy stało się jasne, że nie zamierzała mu o tym powiedzieć. Ta sama przesądna natura kazała mu zwlekać z wybraniem numeru komórki Satoshiego, lecz i to w końcu uczynił. Znowu zgłosiła się poczta głosowa. Zirytowany celowo nie zostawił wiadomości. Mógłby przynajmniej mieć dość rozumu, pomyślał ze złością Ben, żeby zadzwonić i zameldować, że nie przyjdzie do biura.

Rozdział 7

25 marca 2010
czwartek, 11.35

Carlo Paparo wjechał na parking przed pasażem handlowym przy Elmhurst Avenue, w którym znajdowała się restauracja Venetian. Lokal mieścił się pomiędzy sklepem Gene's Liquors, który wbrew nazwie handlował głównie winem, a nie mocniejszymi trunkami, a wypożyczalnią płyt DVD u Freda. Fred zresztą zbankrutował kilka lat wcześniej, ale firmowy szyld pozostał.

Jego partnerem, przybocznym cynglem, znowu był Brennan Monaghan. Z reguły razem dojeżdżali ze swych domów w New Jersey do Elmhurst w Queensie, by we wtorki i czwartki grać w pokera ze swym szefem, Louiem Barberą.

Kilka lat wcześniej Louie otrzymał rozkaz od dona rodziny przestępczej Vaccarro, by zająć miejsce Pauliego Cerina w Queensie po tym, jak ten ostatni trafił do więzienia. Wcześniej Louie kierował poczynaniami rodziny w New Jersey, ale nowe terytorium, które otrzymał we władanie, było znacznie większe i znacznie ważniejsze. Początkowo wydawało się, że Paulie zostanie zwolniony warunkowo po pięciu latach, ale tak się nie stało. Za każdym razem, gdy stawał przed komisją zwolnień warunkowych, decyzja w jego sprawie była negatywna.

– Myślisz, że od razu powinniśmy zameldować o tym, co się stało wczoraj wieczorem? O tych dwóch świrach z jakuzy? A może lepiej zrobić to po lunchu? – spytał Brennan, wysiadając z wozu. – Bo Louie jak nic dostanie szału.

– Dobre pytanie – odparł Carl. Trzasnął drzwiami wozu i ruszył w stronę wejścia do restauracji. – Myślę, że lepiej będzie zrobić to od razu. Nie chcę, żeby miał jakieś pretensje do nas, a mógłby mieć, gdybyśmy zwlekali.

– Racja, ale wtedy zepsujemy mu grę, a on tego nie znosi.

– To prawda. No, to znaleźliśmy się między młotem a kowadłem. Może rzucimy monetą?

– Dobry pomysł.

Przystanęli pośrodku parkingu, szukając w kieszeniach monety. Brennan jako pierwszy wyłowił dwudziestopięciocentówkę.

– Orzeł – mówimy mu od razu. Reszka – czekamy do końca lunchu albo jeszcze lepiej do końca gry.

– Zgoda – odparł Carlo.

Brennan pstryknął monetę kciukiem wysoko w powietrze i złapał ją w locie, zanim spadła na ziemię. Równie szybkim ruchem położył ją na swym lewym nadgarstku. Pochylili się, by sprawdzić wynik. Orzeł.

– I wszystko jasne – mruknął Brennan.

Nagły ryk klaksonu sprawił, że obaj uskoczyli na bok. Gdy spojrzeli bykiem na wóz, który napędził im strachu, przekonali się, że za kierownicą siedzi Arthur MacEwan, jeden z ich kumpli, wyraźnie rozbawiony tym, czego właśnie dokonał. Gdy ich mijał, Brennan pokazał mu środkowy palec. Tuż za wozem Arthura jechał czarny chevrolet malibu należący do innego kolegi, Teda Polowskiego. Oba samochody znalazły się po chwili na wolnych miejscach parkingowych, a ich kierowcy dołączyli do towarzyszy.

– No i co tak sterczycie na środku placu, frajerzy? – powitał ich Arthur, wciąż chichocąc na wspomnienie strachu w oczach Carla i Brennana. Jego przeraźliwie piskliwy głos doprowadzał wszystkich do rozstroju nerwowego.

– Chrzań się – odpowiedział mu Carlo.

– Właśnie podejmowaliśmy decyzję, kiedy powiedzieć Louiemu, co się wydarzyło wczoraj wieczorem – wyjaśnił Brennan, na którym wygłupy Arthura nigdy nie robiły wielkiego wrażenia.

– A co się wydarzyło? – zainteresował się Arthur.

– Niedługo się dowiesz – uciął Carlo.

Ruszyli razem w stronę restauracji, której fasadę okrywała warstwa sztucznego kamienia. Za drzwiami przecisnęli się między ciężkimi, zielonymi zasłonami, których głównym zadaniem było zatrzymywanie chłodu na zewnątrz w mroźne, zimowe noce. Wnętrze lokalu zdobiły głównie obrazy przedstawiające Wenecję, a ich tłem był czarny atłas. W większości były to klasyczne sceny: Most Westchnień, Bazylika Świętego Marka, Rialto oraz Pałac Dożów.

Po lewej znajdował się nieduży bar z sześcioma wysokimi stołkami. Wzdłuż ściany po prawej stronie ulokowano rząd wyłożonych czerwonym aksamitem lóż; ustawione tam stoliki okryte białymi obrusami były najbardziej pożądanym miejscem w lokalu, przynajmniej od pory kolacji do wczesnych godzin rannych. We wtorki i czwartki restauracja była otwarta tylko w porze lunchu, i to wyłącznie dla właściciela, Louiego Barbery, oraz jego żołnierzy: Carla, Brennana, Arthura i Teda. Na pozostałych stolikach stały niedawno dostarczone wiklinowe koszyki z butelkami chianti oblanymi warstwami kolorowego wosku. Dopełnieniem wystroju były obrusy i serwetki w biało-czerwoną kratę. Sześć lamp zawieszonych nad barem oraz pojedyncze kinkiety nad lożami nie dawały zbyt wiele światła.

– Spóźniliście się – warknął Louie. Złożył gazetę, którą czytał, odepchnął ją na bok i spojrzał na zegarek. – Jak mówię południe, to ma być południe, zrozumiano?

Louie był otyłym facetem po czterdziestce, o krągłej twarzy bez wyrazu, koloru surowego ciasta. Miał na sobie równie nieciekawe sztruksowe ubrania z wytartymi łatami na kolanach i łokciach. Naprawdę interesujące były tylko jego oczy: bystre i przenikliwe, choć na wpół osłonięte obwisłymi powiekami, upodabniały go nieco do ospałego, tłustego gada.

Żaden z żołnierzy nie odpowiedział, wiedząc doskonale, że cokolwiek mieliby na swoje usprawiedliwienie, Louie i tak wyżyłby się na tym, kto miałby czelność się odezwać. Jeśli nauczyli się czegoś przez lata wspólnej pracy, to właśnie tego, że gdy Louie miał kiepski humor – a tego dnia najwyraźniej tak właśnie było – najlepszą strategią było milczenie. W ciszy zajęli miejsca w loży, obchodząc stół z obu stron, Louie bowiem siedział już w głębi, pośrodku.

Szef zmierzył ich kolejno wzrokiem, jakby szukał ofiary, na której mógłby rozładować swoją złość, ale nikt nie śmiał spojrzeć mu w oczy.

– Benito! – zawołał wreszcie, na tyle głośno, by usłyszano go w kuchni. Siedzący przy stole aż podskoczyli z wrażenia. – Żałośni jesteście – orzekł, bo był już pewny, że żaden z nich nie zamierza stawić mu czoła.

Benito wybiegł zza podwójnych, wahadłowych drzwi i przystanął przy loży. Był drobnym facetem z cieniutkim wąsikiem, w dość wiekowym już smokingu.

– Tak, panie Barbera? – odpowiedział z mocnym, włoskim akcentem, niczym marny aktor drugiego planu.

– Co macie na lunch?

– *Pasta con carciofi e pancetta.*

Oczy Louiego rozbłysły.

– Wspaniale! Do tego niech będzie barolo, san pellegrino i sałatka z rukoli. – Teraz dopiero spojrzał na pozostałych. – Zadowoleni?

Zgodnie pokiwali głowami.

– Zatem ustalone – obwieścił, po czym ruchem ręki odprawił Benita i zaraz wrzasnął za nim: – Tylko powiedz Johnowi Franco, że ma być *al dente*, bo inaczej wszystko wróci do kuchni.

Louie spojrzał po twarzach swoich gości i zatrzymał wzrok na Carlu.

– I co, przywiozłeś karty?

Carlo wyjął nową paczkę, odpieczętował ją i położył talię przed szefem, ani na chwilę nie przestając się zastanawiać, czy rzeczywiście powinien opowiedzieć mu o dwóch czubkach z jakuzy i ich wyczynach z ostatniego wieczoru, czy może zignorować wynik losowania i zaczekać. Brennan miał rację: Louie niechybnie dostanie szału, bo w ostatnich dniach wielokrotnie ich napominał, by ograniczyli przemoc – miał na myśli głównie morderstwa – wobec członków konkurencyjnych gangów, czy to Azjatów, czy Latynosów, czy Rosjan, czy Amerykanów. Jego polityka w tej materii naprawdę przynosiła pozytywne skutki i interes kręcił się lepiej niż kiedykolwiek, mimo kryzysu ekonomicznego. Twierdził, że jeśli ustanie przemoc, policja da gangom spokój, a wtedy hazard i handel narkotykami rozkwitną – a może nawet w szczególności handel narkotykami. Mając święty spokój ze stróżami prawa, Louie zainicjował nawet sojusz z rodziną jakuzy zwaną Aizukotetsu-kai, dowodzoną przez Hidekiego Shimodę, który sam siebie nazywał saiko-komonem, a w rozumieniu Louiego był po prostu capo jak on sam. Nowy sprzymierzeniec okazał się niewyczerpanym źródłem „mety", a także nieocenionym pośrednikiem w wabieniu japońskich miłośników hazardu. Wpływy ze współpracy z jakuzą były tak duże, że stały się istotną częścią przychodów całej rodziny Vaccarro. Naturalnie główny konkurent Louiego, szef rodziny Lucia, wkrótce zwęszył dobry interes i dogadał się inną grupą jakuzy, Yamaguchi-gumi, rywalizującą z Aizukotetsu-kai. Dawniej taki konflikt interesów niechybnie doprowadziłby do otwartej wojny gangów, ale nie za czasów Louiego. W jego oczach była to zdrowa konkurencja, stymulująca popyt. Meta stawała się coraz bardziej popularnym w mieście narkotykiem rekreacyjnym, a fakt ten posłużył Barberze jako argument do przekonania Vinniego Dominicka z rodziny Lucia, że w Nowym Jorku wystarczy miejsca dla obu organizacji.

Gdy Louie rozdawał karty po raz pierwszy, Carlo nareszcie znalazł świetny powód, by przekazać mu złe wieści od razu: był niemal pewny, że szef nie będzie miał pretensji do niego, ponieważ sam kazał swoim ludziom pomagać żołnierzom jakuzy. Gdyby zaś zaczekał – a bardzo go kusiło, żeby odwlec ten trudny moment – ryzyko solidnego ochrzanu wzrosłoby niepomiernie. Carlo dobrze wiedział, że nie jest miło znaleźć się w pobliżu rozgniewanego Louiego, ale jeszcze mniej miło było wtedy, gdy to on był obiektem gniewu.

– Wczoraj po południu, kiedy nas wysłałeś, żebyśmy pomogli tym facetom z Aizukotetsu-kai, sprawy ułożyły się... – Carlo urwał, szukając w miarę neutralnego słowa, ale jedynym, które przyszło mu do głowy, było „nieoptymalnie". Użył go bodaj po raz pierwszy w życiu, toteż zaraz zadał sobie w duchu pytanie, skąd, u licha, wziął mu się taki pomysł.

Louie przerwał tasowanie kart, wolno odłożył je na stół i spojrzał na Carla.

– „Nieoptymalnie"? – spytał szczerze zdumiony. – Co chcesz przez to powiedzieć?

– Jakby... niespodziewanie – wyjaśnił Carlo.

– „Niespodziewanie" brzmi równie mętnie jak „nieoptymalnie". Niespodziewanie dobrze czy niespodziewanie źle?

– Niestety, raczej źle.

Louie spojrzał na Brennana, jakby spodziewał się usłyszeć od niego, o co właściwie chodzi Carlowi. Gdy Brennan nawet nie popatrzył mu w oczy, dodał:

– Dobra. Lepiej mówcie po ludzku, co się stało, do cholery.

– Nie jesteśmy stuprocentowo pewni co do pierwszej części akcji, ale co do drugiej nie mamy żadnych wątpliwości.

– No, dalej, przestań wreszcie owijać w bawełnę.

– Mówiłeś, że mamy pomóc tym dwóm z jakuzy stanowczo rozmówić się z tym Japońcem, który pracuje dla iPS USA, Satoshim.

– Hideki Shimoda mówił mi, że w Japonii mieli jakiś problem z Satoshim. Uznałem, że chodzi o poważny dług hazardowy, skoro facet zwiewał z kraju, że zatrzymał się dopiero tu, w Nowym Jorku.

– Tylko że to nie była stanowcza rozmowa. Poszli za facetem na stację metra przy Pięćdziesiątej Dziewiątej Ulicy. Nie było ich niespełna piętnaście minut, a kiedy wrócili, wyraźnie ożywieni, przynieśli ze sobą jego sportową torbę. Byli wyraźnie rozczarowani tym, co w niej znaleźli. Kiedy spytałem, co się stało, odpowiedzieli, że Satoshi miał zawał, i wybuchnęli śmiechem.

– Wiem coś o tym rzekomym zawale – rzekł Louie. – Hideki Shimoda dzwonił do mnie, żeby podziękować za waszą pomoc, ale tak naprawdę chciał mi przede wszystkim powiedzieć o tym, co usłyszał od swojego szefa w Japonii. Otóż ten szef poprosił go, żeby znowu zwrócił się do mnie po wsparcie – dziś wieczorem znowu mielibyście pracować z jego ludźmi. Zapytałem go więc, czy wczoraj wszystko poszło tak, jak sobie tego życzył, i czy znalazł to, czego szukał. Odpowiedział, że nie znalazł, i dlatego dziś znowu będziecie mu potrzebni. Wspomniał też, że Satoshi miał zawał, ale w końcu przyznał się, że po prostu go zlikwidowali. Oburzyłem się na to i powiedziałem mu, że amerykańskie rodziny nauczyły się unikać przemocy, żeby utrzymać gliny na dystans, a on poprosił, żebym się nie unosił, bo akcja została przeprowadzona w taki sposób, że za przyczynę śmierci zostanie uznany atak serca albo inne naturalne zjawisko, i nikt się nie domyśli, że doszło do egzekucji. No, może nie całkiem tak to ujął, ale taki był sens tego, co mówił.

– Wiedziałem, że go sprzątnęli! – nie wytrzymał Carlo, wyraźnie zadowolony z własnej przenikliwości. – Za szybko to poszło. Wkurza mnie to, szefie, że oni nie grali z nami w otwarte karty. Powinni byli nas uprzedzić, co zamierzają, a potraktowali nas jak taksówkarzy, choć po prawdzie to może i taka była nasza rola. Ale mówię ci, nie szaleję z radości na myśl o tym, że mam im znowu pomagać.

– Rozumiem – odparł Louie – ale sytuacja jest bardziej skomplikowana, niż ci się zdaje. A co z tą drugą częścią zadania?

– Gdy Susumu i Yoshiaki wrócili ze stacji, mieli przy sobie nie tylko torbę Satoshiego, ale i jego portfel. Z dokumentów dowiedzieli się, że facet mieszkał z rodziną w Fort Lee w New Jersey. Potem trochę się sprzeczali po japońsku, aż wreszcie zażyczyli sobie, żebyśmy ich zawieźli do Fort Lee.

– Nie mówiłem wam, żebyście z nimi jeździli do New Jersey. Czego tam szukali, do ciężkiej cholery?

– Fakt, ale z drugiej strony – nie mówiłeś też, że mamy tam nie jechać. Kazałeś nam zawieźć ich tam, gdzie będą chcieli.

– Co się zdarzyło w Jersey? – spytał Louie, czując coraz wyraźniej, że wcale nie chce wiedzieć, bo wystarczyła mu wiadomość o jednym morderstwie.

– Znaleźliśmy dom Satoshiego. Tamci dwaj weszli do środka, ale wcześniej wyciągnęli spluwy, całkiem jak w filmie, i chwycili je oburącz. Szefie, ja sam nigdy tak nie robię.

– Nie chrzań mi tu! – warknął Louie. Wiedział już, co za chwilę usłyszy.

– Siedząc w wozie, usłyszeliśmy sześć strzałów: bam, bam, bam, bam, bam, bam! Sięgnąłem zaraz po telefon, żeby zadzwonić do ciebie i zapytać, co, u diabła, powinniśmy zrobić. No, bo wiesz – woziliśmy ich po okolicy, więc wygląda na to, że jesteśmy teraz wspólnikami morderstwa.

– Ale jakoś nie zadzwoniłeś – rzucił chłodno Louie.

– Nie miałem czasu, bo Susumu i Yoshiaki wybiegli z domu, niosąc wypchane czymś poszewki na poduszki. Wskoczyli do wozu, a ja w tym momencie nie marzyłem już o niczym innym, tylko o tym, żeby dać dyla. No, i jeszcze może pozbyć się tych dwóch świrów. Normalnie miałem dość! Nie chciałem mieć już nic do czynienia z tymi dupkami. Gdybym wiedział, że urządzą sobie ostre strzelanie, w życiu nie zabrałbym ich do New Jersey.

– To katastrofa! – zagrzmiał Louie. – Najpierw pieprzona egzekucja w metrze, a potem masakra całej rodziny ofiary. Równie dobrze mogli napisać wielkimi wołami: „To robota mafii"! I pomyśleć, że tyle się napracowałem, żeby ograniczyć przemoc i udobruchać gliniarzy. W głowie się nie mieści. Po co zabili całą rodzinę? I co takiego wynieśli z domu? Prochy?

– Nie wiemy, co wynieśli, ale wiemy, czego im się nie udało znaleźć.

– To znaczy?

– To znaczy, że szukali dzienników laboratoryjnych, cokolwiek miałoby to być. Powiedzieli nam o tym w drodze powrotnej, na moście Washingtona.

– Niech to szlag! – wykrzyknął Louie tak głośno, że jego goście skrzywili się jak na komendę. – Właśnie tego Hideki chce poszukać dziś wieczorem. Dzienników laboratoryjnych. Nie umieli ich znaleźć, a teraz my mamy przez to na głowie trupa ze stacji metra i całą jego rodzinę na dokładkę! – pieklił się Barbera, a jego ludzie słuchali w pokornym milczeniu. – Jeśli jeszcze się wyda, że ten rzekomy zawał to zabójstwo, a nie śmierć z przyczyn naturalnych, władze się wściekną, bo opinia publiczna będzie się domagać ukarania winnych. Znajdziemy się w strefie wojny i trzeba będzie mocno ograniczyć działalność. Psiakrew! Dwa lata wysiłków pójdą w cholerę. Mam wielką ochotę złamać własne zasady i sprzątnąć Hidekiego Shimodę, a tym, co z niego zostanie, nakarmić rybki w Narrows. I pewnie bym to zrobił, gdybyśmy mieli inne źródło krystalicznej metamfetaminy. Niestety, wywołaliśmy poważny popyt na ten towar i musimy trzymać się sprawdzonego źródła, dlatego rozwalenie Hidekiego byłoby samobójczym krokiem. Problem polega na tym, że w tych trudnych czasach meta jest jednym z najbardziej dochodowych towarów, którymi obracamy. A ściągamy ją głównie z Japonii.

– Susumu i Yoshiaki jeszcze nie skończyli – przypomniał Carlo. – Skoro znowu mamy im pomóc, oznacza to, że dziś też będą szukali kłopotów. Oni naprawdę nie zastanawiają się dwa razy, zanim sięgną po spluwę i strzelą.

– Obawiam się, że masz całkowitą rację – zgodził się Louie i rzucił swoje karty na stół. – A wszystko przez jakieś cholerne dzienniki laboratoryjne. Hideki ma jaja, to trzeba mu przyznać. Najpierw opowiada mi o tym, jak to biedny Satoshi dostał zawału, a potem milczy jak zaklęty w sprawie tego, co jego chłopcy zrobili w New Jersey. Nie do wiary.

– Nie wiem, w co wierzysz, a w co nie – odparł śmiało Carlo – ale powiem ci jedno: nie chcę mieć już nic wspólnego z tymi stukniętymi sukinsynami.

– To ja tu wydaję rozkazy! – wycedził Louie. Milczał przez chwilę, a potem dodał: – Hideki chce, żebyśmy mu pomogli w jednorazowym skoku na siedzibę iPS USA, cokolwiek ma to znaczyć.

– Na miłość boską, iPS USA ma biuro przy Piątej Alei! – wtrącił przejęty Carlo. – Taki numer wymaga porządnego planowania.

– Pewnie masz rację – odpowiedział Louie, zajęty własnymi myślami. – Ale fakt pozostaje faktem: potrzebujemy źródła krystalicznej mety. Gdy Hideki wyczuł moje lekkie wahanie po tym, jak poprosił mnie o pomoc, natychmiast zasugerował, że rodzina Lucia z przyjemnością udzieliłaby mu wsparcia. Dacie wiarę? Narobili nam kłopotów, a on jeszcze mi grozi, że zawrze układ z Vinniem Dominickim, jeśli nie pomogę mu w odnalezieniu tych dzienników. Jak to możliwe, że Vinnie ma tyle cholernego szczęścia? To dopiero „teflonowy don": najpierw wybronił się przed oskarżeniami o współudział w aferze Angels Healthcare, a teraz jeszcze lukratywny sojusz między mafią a jakuzą sam wpada mu w ręce. A wszystko przez jakieś cholerne dzienniki.

– Hideki może sobie grozić, ale ja sobie nie wyobrażam, żeby posunął się do czegoś takiego – odparł Carlo. – Jeśli wierzyć Susumu i Yoshiakiemu, Aizukotetsu-kai i Yamaguchi-gumi zbytnio się nie kochają. Ich ludzie nie mogliby zostać sam na sam w jednym pokoju, a co dopiero wytrwać w takiej spółce. A może chciałbyś, żebyśmy spróbowali nauczyć Susumu i Yoshiakiego rozumu? – spytał z nadzieją. – Wyjaśnimy im, że próba włamania do iPS USA to samobójstwo. Yoshiaki wydaje się bardziej rozsądny; może weźmie sobie do serca nasze rady? No, w każdym razie bardziej rozsądny od Susumu, który autentycznie mnie przeraża.

– Zapominamy o jednym – odezwał się po raz pierwszy Brennan. – Że na razie w gazetach nie ukazała się żadna wzmianka ani o morderstwie na peronie, ani o masakrze w domu w New Jersey, a to może oznaczać dwie sprawy: po pierwsze, zdarzenie na stacji metra uznano za śmierć z przyczyn naturalnych, a skoro Susumu i Yoshiaki celowo zabrali trupowi dokumenty, będzie to w dodatku śmierć „niezidentyfikowanej osoby", a takie przypadki mało kogo obchodzą. Po drugie, akcja w Jersey to całkiem inna sprawa, a jedyne wyjaśnienie zagadki, dlaczego jeszcze nie pisano o niej w gazetach, jest takie, że po prostu jeszcze nie odkryto trupów. To zresztą wcale mnie nie dziwi, jeśli wziąć pod uwagę okoliczności. Ten dom i jego otoczenie były strasznie zapuszczone, a w sąsiednich budynkach nie paliło się ani jedno światło, jakby nikt tam nie mieszkał.

– To fakt – wtrącił Carlo.

Louie spojrzał na Brennana i bodaj po raz dziesiąty pomyślał, że jak zwykle nie docenił tego chłopaka. Brennan gadał całkiem do rzeczy. Możliwe, że sytuacja nie była aż tak fatalna, jak się początkowo wydawało.

– Jeśli zginęła cała rodzina – ciągnął Brennan – i nie ma nikogo, kto mógłby zajrzeć do domu i odnaleźć ciała albo chociaż podejść blisko i poczuć smród, który wkrótce się tam pojawi... Stawiam na to, że masakra nie zostanie odkryta przez ładnych parę tygodni, a kto wie, czy nie miesięcy, a nawet lat.

Ciszę, która nastała po słowach Brennana, po długiej chwili przerwał Louie:

– Wiesz co? Myślę sobie, że masz rację w obu punktach – i w sprawie stacji, i domu w Jersey. Ale jeśli będziemy biernie siedzieć na tyłkach, pozostawimy wszystko przypadkowi: będziemy jedynie trzymać kciuki, żeby gliny nie dopatrzyły się niczego podejrzanego w zawale serca niezidentyfikowanego Azjaty i żeby listonosz się nie porzygał, kiedy podejdzie zbyt blisko domu Satoshiego. Czuję, że powinniśmy jakoś zadziałać. Stawką jest nasz dobry układ z Hidekim i jego Aizukotetsu--kai.

– Mam nadzieję, że nie zamierzasz wysyłać nas z Susumu i Yoshiakim do biurowca przy Piatej Alei, bo moim zdaniem to samobójstwo – odparł Carl. – Tym sposobem zmienilibyśmy problem w katastrofę.

– Do diabła, sam nie wiem, co robić – przyznał Louie. – Potrzebuję rady eksperta. Muszę spojrzeć na to wszystko z perspektywy, zanim zadecyduję.

– Kogo chcesz spytać? – zainteresował się Carlo. Nie wyobrażał sobie, żeby Louie złożył wizytę donowi, dziewięćdziesięcioletniemu Victorio Vaccarro. Don był w takim stanie, że w praktyce to Louie rządził rodziną Vaccarro.

– Odwiedzę w pierdlu Pauliego Cerina – oznajmił Louie, a potem wrzasnął dziko na Benito, żeby wreszcie przyniósł to cholerne jedzenie.

Rozdział 8

Wjeżdżając swym nowiutkim, pseudoterenowym mercedesem na znakomite miejsce parkingowe tuż przy restauracji Neapolitan, Michael Calabrese rozmyślał o tym, jak zmienne bywają ludzkie losy. Ledwie trzy lata wcześniej odbył identyczną podróż, ale w skrajnie odmiennych okolicznościach. Był wtedy śmiertelnie przerażony i miał powody przypuszczać, że wkrótce zostanie zabity. Było tak źle, że po cichu zaczął już planować, w jaki sposób zniknie bez śladu. Był wtedy agentem emisji niepublicznych w Angels Healthcare LLC, firmie, która właśnie miała rozpocząć sprzedaż swoich akcji, tylko „zapomniała" ujawnić, że jest niewypłacalna. Owego dnia miał odwiedzić Vinniego Dominicka z niegodną pozazdroszczenia misją poinformowania go o pożałowania godnej sytuacji. Problem polegał na tym, że wcześniej Michael osobiście namówił Vinniego do zainwestowania w firmę sporej części majątku mafii: ponad piętnastu milionów dolarów.

Samo wspomnienie o tej sytuacji sprawiło, że Michael poczuł na plecach dreszcz, choć przecież wszystko dobrze się skończyło. Firma Angels Healthcare przetrwała, sprzedała się świetnie i nadal doskonale prosperowała, dostarczając Vinniemu i całej rodzinie Lucia, a przy okazji także Michaelowi, potężnego zysku idącego w setki milionów dolarów. On sam, zamiast skończyć marnie, został uznany za geniusza i najwybitniejszego syna Rego Park, części dzielnicy Queens, w której dorastał wraz z Vinniem.

Wysiadłszy z wozu, Michael musiał chwilę zaczekać, zanim udało mu się przejść na drugą stronę czteropasmowej, bardzo ruchliwej Corona Avenue. Gdy wreszcie nadarzyła się okazja, puścił się biegiem, ale po chwili mógł już zwolnić. Tego dnia był tu mile widzianym gościem. Po porannej wizycie Bena zadzwonił do Vinniego Dominicka, by wprosić się na lunch i zasugerować, by zjawił się także Saboru Fukuda – powodem spotkania, jak oznajmił, są dobre wiadomości w sprawie iPS USA.

Zbliżając się do restauracji, Michael uśmiechnął się mimowolnie. Wbrew nazwie Neapolitan był to lokal przede wszystkim do bólu amerykański, a dopiero potem włoski. W daremnej nadziei na stworzenie wrażenia elegancji krył się pod panelami sztucznego kamienia, napylanego na płyty z włókna szklanego, w żaden sposób nieprzypominającymi surowca, który udawały. U dołu okien ustawiono równie fałszywe skrzynki z plastikowymi kwiatami, na domiar złego zupełnie niepasującymi do pory roku. Do wnętrza nie wchodzili klienci, restauracja była bowiem zamknięta w porze lunchu – służyła wtedy wyłącznie Vinniemu, jego oddanym pomagierom oraz jego gościom. Dla właściciela była to niska cena za to, jak doskonale kręcił się biznes wieczorami. Był to lokal z atmosferą, nieodłącznym elementem jego historii były kontakty z półświatkiem, zwłaszcza w latach dwudziestych i na początku trzydziestych dwudziestego wieku, czyli w okresie prohibicji.

Wszedłszy do wnętrza, Michael rozsunął kotary i przystanął na moment, by przyzwyczaić oczy do półmroku. Po lewej miał nowoczesny bar w kształcie litery U, z umocowaną powyżej drewnianą ramą, z której zwisały do góry dnem rzędy kieliszków. Nieco dalej stały małe stoliki koktajlowe, tuż obok fałszywego kominka, w którym ogień udawał obracający się bęben pokryty pogiętą folią aluminiową. Szczapy „drewna" odlano z betonu. Źródłem światła była czerwona żarówka ukryta za jedną z nich. Ponad kominkiem zawieszono wielki i ciemny portret Matki Boskiej z Dzieciątkiem Jezus, oprawiony w złocone i spatynowane ramy.

Po prawej znajdowały się znacznie lepsze miejsca: loże ciągnące się daleko w głąb lokalu. Pierwsze dwie były zajęte: w jednej z nich Michael dostrzegł wspólników Vinniego, wśród których rozpoznał kilku dawnych kolegów ze szkoły. Był tam między innymi Richie Herns, który zajął w organizacji miejsce Franca Pontiego, głównego egzekutora. Franco siedział w więzieniu, wraz z Angelem Facciolo – ci dwaj zawsze budzili w Michaelu przerażenie. Freddie Capuso, który dawniej był klasowym klaunem, także siedział przy stole. Trzech innych, imponująco zbudowanych typów, Michael nie znał.

Vinnie Dominick zajął miejsce przy drugim stole. Skinął dłonią Michaelowi, gdy tylko go zauważył. Obok siedziała jego dziewczyna, Carol Cirone, z którą jadał lunch każdego dnia z wyjątkiem niedziel, kiedy to zostawał w domu, z żoną i resztą rodziny. Obok niej Michael zauważył Saboru Fukudę, drobnego i elegancko ubranego mężczyznę w doskonale skrojonym garniturze w delikatną kratkę. Wyglądał raczej na okulistę z Piątej Alei niż na szefa oddziału brutalnego gangu Yamaguchi-gumi.

Gdy Michael zbliżył się do stołu, Vinnie przesunął się na skraj winylowego siedziska i wstał.

– Hej, bracie – powitał go i zamknął w mocnym, istotnie braterskim uścisku. Jego elegancki strój rzucał się w oczy zdecydowanie bardziej niż odzież japońskiego gościa. Saboru nosił w kieszonce marynarki starannie złożoną, ciemnobrązową chusteczkę, podczas gdy z kieszonki Vinniego biła po oczach kolorami jedwabna szmatka od Cartiera.

Jedną ręką wciąż obejmując Michaela, sięgnął drugą w stronę Saboru i poklepał go delikatnie po ramieniu.

– Hej, psycho! Mikey przyszedł – powiedział.

Spędzał z Saboru tak dużo czasu, a ich wspólne interesy układały się tak znakomicie, że mógł sobie pozwolić na ten żart – gdy go wyjaśnił swemu japońskiemu partnerowi, ten był szczerze ubawiony faktem, że angielskie słowo „psycho" wymawia się tak samo jak pierwszy człon nazwy jego funkcji: saiko-komon.

Saboru wstał, skłonił się szybko i wręczył Michaelowi swoją wizytówkę. Michael również się ukłonił, ze znacznie mniejszą wprawą, po czym przyjął wizytówkę i podał Japończykowi własną. W biurze miał już całkiem sporą kolekcję wizytówek Saboru.

– Siadajcie, siadajcie! – zachęcił ich Vinnie i w tym momencie przypomniał sobie o Carol. – Słuchaj, skarbie, musimy pogadać o interesach. Może przesiądziesz się na chwilę do chłopaków? – bardziej stwierdził, niż spytał, wskazując na grupę w sąsiedniej loży.

– Wolę pobyć z wami – odrzekła marudnym tonem Carol.

– Carol, moja droga – powiedział wolno Vinnie, nie podnosząc głosu. – Powiedziałem, że może przesiądziesz się to tamtego stolika.

Michael poczuł mrowienie na karku. Vinnie był zapalczywym typem i bywał brutalny. Przez kilka chwil spoglądali sobie z Carol głęboko w oczy. W sali panowała absolutna cisza. Wreszcie dziewczyna postanowiła wykazać się rozsądkiem i posłusznie przesunęła się na skraj długiego siedziska, by wstać. Wydymając z urazą wargi, podeszła do sąsiedniego stolika, a gdy tylko usiadła, znowu rozległ się szmer rozmów.

– Proszę – powiedział Vinnie, wskazując swym gościom miejsce.

Jak za dotknięciem czarodziejskiej różdżki przy stole zmaterializował się kelner, by spytać Michaela, czego chciałby się napić. Gestem zwrócił przy tym jego uwagę na otwartą butelkę sassicaia, ulubionego wina Dominicka, a także na wiaderko z lodem, w którym chłodziły się *pinot grigio* oraz butelka san pellegrino.

– Cóż to za dobre nowiny nam przynosisz? – spytał Vinnie, gdy przed Michaelem stanęły kieliszek z winem i szklanka wody. W interesach bywał zwykle niecierpliwy; nie miał nic przeciwko rozmowom o niczym, ale wyłącznie po omówieniu ważnych spraw, nigdy przed.

Michael pochylił się nieznacznie w jego stronę i poważnym tonem podkreślającym wagę słów odparł:

– Wczoraj podpisaliśmy umowę z Satoshim Machitą, dającą nam wyłączne prawo do dysponowania jego odkryciami w dziedzinie komórek iPS.

Przez chwilę wszyscy milczeli. Vinnie i Michael tylko mierzyli się wzajemnie wzrokiem, a jedyne dźwięki dochodziły od strony sąsiedniego stołu, przy którym mężczyźni usilnie starali się zabawiać Carol. Jakiś czas temu Michael po raz pierwszy wyjaśnił Vinniemu, na czym ma polegać biznes rozkręcany przez iPS USA, dość szczegółowo opisał mu też cuda, których zwiastunem było odkrycie potencjału komórek macierzystych, a także pożałowania godne spowolnienie w rozwoju tak obiecującej dziedziny, spowodowane zbyt emocjonalną dyskusją o aborcji. Zaraz potem wytłumaczył mu, w jaki sposób dzięki indukowanym pluripotencjalnym komórkom macierzystym można ominąć ten problem. Świadom bystrego intelektu Vinniego, Michael wyjaśnił mu też co ważniejsze kwestie patentów z dziedziny komórek iPS oraz wielkie znaczenie tego, kto przejmie nad nimi kontrolę.

– Mówisz o tym patencie, który będzie ważniejszy od wszystkich innych związanych z komórkami iPS?

– Tak twierdzi Ben Corey, a on jest geniuszem i zrobi wszystko, żeby zdominować całą branżę medycyny regeneracyjnej.

– A my razem z nim – dodał szybko Vinnie.

– Tak jest – zgodził się Michael.

Vinnie sięgnął po kieliszek i uniósł go wysoko. Uśmiechnął się krzywo, spoglądając na siedzących przy stole.

– Kto by pomyślał, że prawdziwe pieniądze można zarobić na ochronie zdrowia. Najpierw szpitale, teraz biotechnologie. Coś pięknego.

Stuknęli się kieliszkami i spróbowali wina.

Vinnie zwrócił się teraz do Saboru.

– Mówiłem ci, że to niesamowity facet – rzekł, ruchem głowy wskazując na Michaela.

– Dziękuję! – powtórzył kilkakrotnie Saboru, kłaniając się najpierw Michaelowi, a potem Vinniemu.

– A teraz kolejna sprawa – rzekł Michael, odstawiając kieliszek. Przysunął się bliżej do mafioza, jakby chciał mu powierzyć wielki sekret. – Dziś rano widziałem się z doktorem Coreyem. Teraz, gdy umowa została podpisana, wartość rynkowa firmy gwałtownie skoczy w górę. Aż trudno przewidzieć, jak bardzo może wzrosnąć. Co więcej, dziś rano zwierzył mi się, że znalazł kolejną młodą firmę, która kontroluje patent na przyspieszenie procesu tworzenia indukowanych komórek macierzystych. Jest zainteresowany jej kupieniem albo przynajmniej zdobyciem na wyłączność licencji na stosowanie tego patentu. Pytanie tylko, czy któryś z was chciałby nabyć więcej udziałów w firmie, zanim zostaną sprzedane w ofercie publicznej. Bo jeśli tak, to teraz jest na to odpowiedni moment.

Przez chwilę odpowiadał na pytania Vinniego i Saboru, umiejętnie zaostrzając ich apetyt, tak by Ben nie miał problemu ze zdobyciem pieniędzy na nową licencję.

Przerwał im kelner, który przyszedł, by zebrać zamówienia na lunch. Chwilę później Michael poruszył trzecią, najbardziej drażliwą kwestię – dążenie Bena do tego, by firma iPS USA ograniczyła współpracę z obiema organizacjami przestępczymi. Gdy skończył mówić, zapanowało niezręczne milczenie. Zmiana nastroju była wyraźnie wyczuwalna; Vinnie i Saboru byli niemile zaskoczeni tym, że Michael w ogóle śmiał poruszyć ten temat.

– Doktor Corey dość późno zorientował się, że nie jest zainteresowany naszą pomocą – stwierdził cierpko Saboru. To on zaaranżował kradzież dzienników laboratoryjnych z uniwersytetu w Kioto, a także przerzut Satoshiego i jego rodziny z Japonii przez Honolulu do Nowego Jorku, tym samym szlakiem, którym przemycano narkotyki i dziecięcą pornografię.

– Racja – zawtórował mu Vinnie tym spokojnym głosem, którego Michael tak się obawiał, był to bowiem zwykle zwiastun ostrego ataku złości.

– Tylko się nie obrażajcie – zastrzegł czym prędzej. – Doktor Corey uważa po prostu, że będzie to leżało w najlepszym interesie firmy w chwili, gdy akcje zostaną wystawione na sprzedaż; jeśli w ogóle to nastąpi. Gdyby w fazie sprzedaży ktoś odkrył jej związki z waszymi organizacjami, oferta niechybnie zostałaby odwołana w celu uniknięcia dochodzenia Komisji Papierów Wartościowych i Giełd.

– Przecież on wie, że majątek rodziny Lucia jest bezpieczny, bo kryje go cała grupa zupełnie legalnych firm, nieprawdaż? – spytał Vinnie.

– Jasne, że wie – odparł szybko Michael, zastanawiając się, w jaki sposób rozładować sytuację. – I jest niezmiernie wdzięczny za to, co zrobiliście dla jego firmy. Wspomniał nawet, że w podziękowaniu jest skłonny zaoferować wam dodatkowe udziały.

W tym momencie Michael poczuł, że jest ocalony, ponieważ drzwi kuchni otworzyły się z rozmachem i grupa kelnerów wkroczyła na salę, niosąc pierwsze danie: misy parującego makaronu. Usiadł wygodniej i odetchnął głęboko. Wiedział z doświadczenia, że interesy z organizacjami przestępczymi mają jedną słabą stronę: kto się w nie zaangażuje, zawsze czuje się tak, jakby stał na skraju przepaści.

Rozdział 9

Louie Barbera zasiadł na krzesełku, które właśnie się zwolniło, na samym końcu sali widzeń więzienia Rikers Island. W ostatnich latach był tu już kilka razy, zawsze w odwiedzinach u Pauliego Cerina, capo, którego miejsce zajął, gdy ten przed ponad dziesięciu laty dostał długi wyrok. Louie wpadał tu zwykle po to, by zadać dawnemu szefowi szczegółowe pytania o ludzi czy zdarzenia, ponieważ przejęcie schedy po Pauliem wcale nie było łatwe – zwłaszcza że prędzej czy później należało się spodziewać jego powrotu. Jak w każdej działalności, także nielegalnej, ciągłość zarządzania była istotną sprawą.

Z biegiem czasu Louie odwiedzał więzienie coraz rzadziej, dlatego że coraz lepiej poznawał Queens, ludzi operujących w tej dzielnicy oraz wyzwania, które przed nim stały. Teraz jednak nie umiał podjąć decyzji. Nie miał pojęcia, jak się zachować w sytuacji, w której postawił go Hideki Shimoda, ale także – a może w szczególności – Vinnie Dominick, stary konkurent Pauliego. Czuł się tak, jakby balansował nad kotłem pełnym lawy. Jeden fałszywy krok mógł skończyć się upadkiem.

Louie użył nawilżonej chusteczki, by oczyścić słuchawkę telefonu, wciąż ciepłą od dotyku poprzedniego odwiedzającego. Cerino jeszcze się nie pojawił. Plan Louiego był prosty: przekazać Pauliemu szczegóły, wysłuchać jego opinii i spieprzać stąd do wszystkich diabłów. Więzienie Rikers Island było największą i najbardziej ruchliwą instytucją penitencjarną świata, ale także miejscem szybko popadającym w ruinę. Louie wzdrygnął się na myśl o tym, że miałby tu zostać na noc, nie mówiąc o spędzeniu w tych murach dziesięciu lat.

Spojrzał w prawo, na długi szereg odwiedzających. Zdecydowaną większość stanowiły kobiety rozmawiające z mężami. Wiele wyglądało tak, jakby z trudem wiązały koniec z końcem, choć było i kilka takich, które spróbowały się wystroić. Strażnicy stali po obu stronach szyby, ze znudzonymi minami szklistym wzrokiem wpatrując się w przestrzeń. Louie zerknął na zegarek. Było po trzynastej i naprawdę chciał już wracać. Obiecał sobie w duchu, że nigdy więcej tu nie wróci.

W tym momencie dostrzegł Pauliego i drgnął mimowolnie. Gdy widzieli się po raz ostatni, Paulie wyglądał mniej więcej tak jak zawsze: był pulchnym, mało zadbanym facetem z bliznami na twarzy – pamiątką po spotkaniu z wrogiem, który chlusnął na niego kwasem, mniej więcej rok przed rozpoczęciem odsiadki. Teraz był wychudzony, a więzienny drelich wisiał na nim jak luźna koszula na drucianym wieszaku.

Paulie zajął miejsce za szybą, a Louie jeszcze na krótką chwilę spuścił wzrok. Zdążył zapomnieć o podwójnym przeszczepie rogówki, który miał za sobą Cerino. Nienaruszona część jego oczu przeraźliwie kontrastowała z tą pokrytą bliznami.

Louie opanował się szybko, podniósł słuchawkę i spojrzał w oczy Pauliego, mając wrażenie, że patrzy wprost w wyloty luf dwóch pistoletów. Gawędzili przez chwilę, zanim odważył się powiedzieć:

– Paulie, wyglądasz jakoś inaczej, jakbyś sporo schudł.

– Bo jestem inny – odparł Paulie z tęskną, a może nawet lekko mistyczną nutą w głosie. – Odnalazłem Pana.

Jasna dupa, pomyślał Louie, ale się nie odezwał. W duchu rozpaczał jednak, że wybrał się w daleką drogę do Rikers Island, oczekując dobrej rady w trudnej sprawie dotyczącej tarć w przestępczym podziemiu, a tymczasem Paulie chwalił się, że odnalazł Boga. Sytuacja wydawała się tak absurdalna, że przez chwilę kusiło go, by wstać i wyjść, ale Paulie jakby nagle się ocknął i zapytał:

– Wiem, że pewnie przyjechałeś do mnie w ważnej sprawie, oczekując porady, ale najpierw chciałbym ci zadać jedno pytanie. Jak to możliwe, że ten szczwany sukinkot Vinnie Dominick wygrzebał się w zeszłym roku z tylu oskarżeń? Byłem pewny, że wyląduje tu, gdzie ja. Nikt mi nie chciał powiedzieć.

Pytanie zaskoczyło Louiego. Możliwe, że Paulie jeszcze nie do końca odnalazł się w na nowo odkrytej wierze chrześcijańskiej. Być może był jeszcze w stanie udzielić mu sensownej rady.

– Ciekawe, że o to pytasz – odrzekł Louie – bo to właśnie ja byłem przyczyną kłopotów Vinniego Dominicka i jego kumpli. A wszystko przez to, że dali się przyłapać z łapskami w słoju pełnym ciasteczek.

– Nie bardzo rozumiem – wyznał Paulie, ale wyglądał na zainteresowanego.

– Dowiedziałem się, że Vinnie kupił sobie jacht i lubił oddawać się na jego pokładzie ciekawym, choć mało legalnym rozrywkom. Kazałem więc chłopakom podczepić tam GPS. Kiedy ustaliłem, że Vinnie i jego kompania właśnie się brzydko zabawiają, przekazałem identyfikator i hasło dostępu Lou Soldano, żeby mógł ich zgarnąć. I zrobił to.

– Lou! – zawołał Paulie. – Jak się miewa ten stary łajdak?

– Łajdacko, jak zwykle. A dlaczego pytasz?

– Przez tyle lat walczyliśmy z sobą, że w pewnym sensie staliśmy się przyjaciółmi. Dasz wiarę, że do dziś co roku przysyła kartkę świąteczną mojej żonie i dzieciom?

Zdaniem Louiego Soldano był tylko i wyłącznie wrogiem i żadne kartki świąteczne nie skłoniłyby go do zmiany opinii.

– To jak, chcesz usłyszeć, w jaki sposób Dominick się wywinął, czy nie?

– Chcę – odparł Paulie.

– Otóż zatrudnił świetnych prawników, a ci przyczepili się do roli, jaką w całej sprawie odegrał GPS. Udało im się przekonać nowojorskich sędziów – ach, jakże słynących z liberalizmu – że powinni odrzucić dowody uzyskane dzięki temu sprzętowi, bo policja posłużyła się nim bez nakazu. Nie do wiary, co? Krótko mówiąc, dowody prokuratury stały się nieważne. Mówię ci, chwilami system prawny tego kraju normalnie sam sobie szkodzi.

– Dzięki, że mnie oświeciłeś. Szczęśliwy drań z tego Vinniego – powiedział Paulie. – A teraz twoja kolej. Mów, czego chcesz. Pewnie nie kazania?

– Za kazanie dziękuję – odparł Louie. – Wystarczy mi twoja rada. Otóż po ponad roku absolutnego spokoju, kiedy interesy szły nam jak po maśle, zdarzyła się sytuacja, z której nie widzę dobrego wyjścia i która łatwo może się zmienić w totalną katastrofę. Jest trochę skomplikowana, więc pozwól, że zacznę od początku: od naszego partnerstwa z jedną z rodzin jakuzy. – Chcąc mieć pewność, że Paulie dobrze zrozumie aktualną sytuację, Louie sięgnął głęboko w przeszłość, do początków znajomości z Hidekim Shimodą, szefem miejscowego oddziału Aizukotetsu-kai. – Otworzyłem w Upper East Side całą sieć szulerni udających restauracje. Założyłem, że będą się tam odbywały gry na wysokie stawki, z udziałem naiwnych biznesmenów z Japonii, których podsuwa nam Hideki. Oferujemy nieograniczony kredyt i towarzystwo kobiet, a potem ludzie Hidekiego w Japonii odwiedzają dość zaskoczonych dłużników i regulują rachunki. Po tym, jak jakuza zabierze swoją dolę, należności wracają do nas w postaci gotówki lub – najczęściej – krystalicznej mety. Oczywiście wolimy metę, a oni, jak się wydaje, mają jej nieograniczone zasoby. Układ działał niezawodnie i coraz większa część dochodów organizacji pochodziła właśnie z tego źródła. Powiem ci nawet, że działał tak dobrze, że Vinnie Dominick postanowił go skopiować: dogadał się z inną japońską rodziną, zwaną Yamaguchi-gumi.

– My nigdy z nikim nie łączyliśmy sił – skomentował pogardliwie Paulie.

– Rozumiem i być może nie powinienem był wchodzić w ten układ – przyznał Louie, zniżając głos na widok nadchodzącego strażnika. – Ale Dominick radzi sobie teraz równie dobrze jak my, a to sprawia, że popyt na metamfetaminę tylko się wzmaga. Problem, o którym chciałem z tobą pogadać, pojawił się całkiem niespodziewanie. Hideki Shimoda zadzwonił do mnie parę dni temu i poprosił o pomoc: jego ludzie mieli się rozmówić z jednym japońskim naukowcem i ukraść mu dzienniki laboratoryjne. Nie bardzo podobał mi się pomysł mieszania się do cudzych problemów, ale Hideki nalegał, więc się zgodziłem, bo w końcu chodziło tylko o to, żeby postraszyć tego Japońca. Tyle że wyszło całkiem inaczej. – Louie opowiedział Pauliemu o wydarzeniach ostatniego wieczoru i o tym, jak fatalne mogły być ich skutki.

– Ciebie to dziwi, że ci z jakuzy tak się palą do rozlewu krwi? – spytał Cerino.

– Zdziwiło mnie, że aż tak bardzo. Do wczorajszego wieczoru nie miałem z nimi żadnych kłopotów. Szanowali nasz sposób działania i to, że do minimum ograniczamy liczbę ofiar. Wiesz, trudno nazwać Vinniego Dominicka moim przyjacielem, ale razem nauczyliśmy się z biegiem lat, że przemoc tak naprawdę bardzo szkodzi naszym interesom. Choć może raczej to ja się nauczyłem, a Vinnie przyznał mi rację. Powiedzmy, że była to moja osobista krucjata.

– Dobra, ale co dalej?

– Hideki zadzwonił znowu dziś rano, niby po to, żeby mi podziękować za wsparcie, ale nie przyznał przy tym, że coś poszło nie tak. Musiałem to z niego wyciągnąć. Nie wspomniał też ani słowem o tym, co się zdarzyło w New Jersey. A potem zażądał, żeby dziś wieczorem nasi ludzie pomogli mu zdobyć te dzienniki laboratoryjne, których nie udało się znaleźć poprzednim razem. Zadanie mają wykonać ci sami chętni do strzelania żołnierze, tyle że tym razem chodzi o włamanie do biurowca przy Piątej Alei. Gdy Hideki wyczuł moje wahanie – bo oczywiście wcale nie chciałem się zgodzić na tak idiotyczne przedsięwzięcie – zagroził zerwaniem naszego pięknego układu. Powiedział, że Dominick na pewno chętnie mu pomoże w tej akcji, jeśli pojawi się szansa na współpracę nie tylko z Yamaguchi-gumi, ale też z Aizukotetsu-kai. Rozumiesz, o co chodzi? To było normalne wymuszenie.

– Rozumiem, tylko nadal nie mogę pojąć, dlaczego w ogóle zadawałeś się z tymi typami z jakuzy.

– Naprawdę nie wydawali się szczególnie groźni, przynajmniej do wczorajszego wieczoru. Ale zostawmy tę kwestię i skupmy się na problemie, dobrze? W końcu rozmawiamy o twoim terytorium. Gdy tylko wyjdziesz na wolność, znowu zasiądziesz za kierownicą, że się tak wyrażę. À propos, kiedy się tego spodziewasz?

– Wszystko w rękach komisji zwolnień warunkowych. Od bardzo dawna przysługuje mi prawo ubiegania się o warunkowe, ale odmawiali mi już tyle razy, że zaczynam podejrzewać wpływ Vinniego – to jednak całkiem inna historia. Wracając do twojej sprawy: instynkt podpowiada mi, że należy pozbyć się tego Hidekiego. Nie możesz pozwolić, by ktokolwiek zmuszał cię do czegokolwiek. Nie w tej branży. Urżnij łeb, to bestia przestanie kąsać.

– Nie da rady – odparł bez wahania Louie. – Jest zbyt wysoko postawioną figurą w swojej organizacji. Ludzie z Aizukotetsu-kai zwaliliby się nam na głowy i mielibyśmy autentyczną wojnę. Poza tym jest zasada: nie gryź ręki, która cię karmi. Jak mówiłem, wyschłoby jedno z najpoważniejszych źródeł naszych dochodów.

– Wobec tego pozbądź się tych dwóch typów od brudnej roboty – zaproponował Paulie. – Nie potrzebujesz ludzi, którzy rozwalają każdego, kto im wejdzie w drogę. Musisz dobitnie pokazać, że takie zachowanie nie będzie tolerowane.

– Wiem, o co ci chodzi – zapewnił go Louie – ale sprzątnięcie ich oznaczałoby klęskę mojej kampanii przeciwko przemocy. A ja naprawdę traktuję ją poważnie, i to nawet w najdrobniejszych sprawach: zarządziłem, żeby nie traktowano zbyt surowo nawet naszych dłużników-hazardzistów, jeśli nie jest to absolutnie konieczne. Spotkałem się w tej sprawie z Dominickiem i doszliśmy do porozumienia. Dlatego w okolicy praktycznie nie ma aktów przemocy, dzięki czemu gliniarze dali nam spokój i biznes kręci się jak nigdy, mimo kryzysu.

– Nie można mieć wszystkiego – odpowiedział ostro Paulie. – Możesz zachęcać ludzi, żeby rezygnowali z przemocy; pięknie z twojej strony. Ale ta sprawa jest inna. Poważna. To jest zatarg z przywódcą zagranicznego gangu. Musisz zareagować, i to natychmiast. Jeśli nie wykonasz drastycznego ruchu, rozejdzie się pogłoska, że straciłeś wyczucie. Bo widzisz, miło jest wyrzec się przemocy, kiedy tak to świetnie wpływa na stosunki z policją, ale w relacjach z konkurencją skutki mogą być opłakane. Jeśli nie chcesz uciąć bestii łba, to przynajmniej spróbuj zaszkodzić jej najważniejszym organom. Pozbądź się tych dwóch morderców Hidekiego. Zrób, jak ci radzę! – Oczy Cerina strzeliły nagle w bok, wskazując coś Louiemu.

Louie spojrzał w prawo i zobaczył jednego ze znudzonych strażników więziennych po stronie Pauliego, który właśnie zmierzał w ich kierunku. Gdy był w pobliżu, rozmawiali wyłącznie o nic nieznaczących sprawach – o tym, jak to pięknie dawniej bywało, gdy Louie rządził w Bayonne w New Jersey, a Paulie w Queensie.

Jak na złość, strażnik stanął przy oknie za plecami Louiego i zapatrzył się na wody zatoki, zmuszając mafiosów do kontynuowania idiotycznej rozmowy. Rozpaczliwie szukając tematu, zahaczyli nawet o formę drużyny Jankesów i ich szanse w sezonie 2010. Gdy strażnik wreszcie się oddalił, Louie rzekł:

– Musimy się pospieszyć. Widzenie niedługo się skończy.

– Wykonaj drastyczny ruch albo stracisz kontrolę – powtórzył Paulie. – Na twoim miejscu zadzwoniłbym do Hidekiego, udając, że zmieniłem zdanie i bardzo chcę mu pomóc. Zrób tak. Powiesz mu, że musicie się spotkać i pogadać, bo im lepiej poznasz sytuację, tym lepsze będzie twoje wsparcie. Porozmawiajcie twarzą w twarz. Tym sposobem dowiesz się znacznie więcej niż przez telefon. Oczywiście spotkajcie się u ciebie. Wymyśl jakiś plan włamania do biura, w którym przechowywane są te dzienniki laboratoryjne, żebyście mieli o czym rozmawiać. Niech uwierzy, że naprawdę chcesz zadziałać.

Louie skinął głową, wiedząc, że będzie w stanie wymyślić coś całkiem wiarygodnego. Uważał też, że warto będzie zdobyć więcej informacji o Satoshim i jego dziennikach.

– Wiesz, to nie musi być szczególnie finezyjny plan, bo i tak nie będziesz go realizować. Opowiedz mu o akcji odwracającej uwagę, w rodzaju pożaru czy eksplozji gdzieś w pobliżu.

Louie był pod wrażeniem. Paulie najwyraźniej nie stracił nic z dawnego sprytu i szybkości planowania. Co ważniejsze, wydawało się, że jego nowo nabyty zapał religijny więcej ma wspólnego z najbliższym spotkaniem z komisją zwolnień warunkowych niż z autentycznym nawróceniem.

– Zaplanuj spotkanie z jego żołnierzami gdzieś w mieście, w ruchliwym miejscu. Kiedy już będziesz ich miał w samochodzie, wygrałeś. Pozbądź się ciał. Potem, może godzinę później, zadzwoń do Hidekiego porządnie wkurzony i zapytaj, gdzie, do kurwy nędzy, są jego ludzie, bo tak długo na nich czekałeś, bla, bla, bla.

– Sądzisz, że kupi taki tekst i nie zorientuje się, że coś tu śmierdzi? Nie chciałbym pogorszyć sytuacji.

– Myślę, że są spore szanse na to, że kupi – odparł Paulie. – Ale posłuchaj o najtrudniejszej części, którą musisz sobie dobrze przemyśleć. Wtrąć niby to przypadkiem komentarz, że wczoraj wieczorem twoi ludzie słyszeli od jego ludzi o jakichś kłopotach z konkurencyjnym gangiem. Jak się nazywała ta banda, która dogadała się z Vinniem?

– Yamaguchi-gumi.

– Właśnie. Tylko nie przesadź. Niech to będzie tylko aluzja: że niby jego ludzie byli niespokojni i że chodziło o żołnierzy – czy jak oni się tam nazywają – Yamaguchi-gumi. Ci z jakuzy mają lekką paranoję na punkcie konkurencji i szkodzą sobie nawzajem bardziej niż policja. Trzyma się to wszystko kupy?

– Nawet bardzo – odparł Louie.

– Więc przyjmujesz moją radę?

– Jeszcze się zastanowię – zastrzegł Louie.

– Najważniejsze, żebyś do problemu z wczorajszymi trupami nie dołożył kolejnego: nikt nie może znaleźć ciał dwóch Japończyków z kulkami we łbie.

– Jasne – zgodził się Louie.

– A jeśli chodzi o te wczorajsze morderstwa – ciągnął Paulie, zniżając głos – nic nie słyszałem ani o facecie sprzątniętym na peronie metra, ani o masowej egzekucji w New Jersey. Jak to możliwe? Bo widzisz, tu, za murami, dowiadujemy się o takich sprawach niemal natychmiast, a czasem nawet zanim się wydarzą.

– Kiedy się wkurzyłem na Hidekiego i kazałem mu mówić prawdę, zamiast wciskać mi banialuki o zawale serca, próbował mnie uspokoić, wyjaśniając, że zabójstwo zostało dokonane w taki sposób, by wyglądało na śmierć z przyczyn naturalnych i w żaden sposób nie wzbudziło podejrzeń policji. Jego ludzie zabrali też wszelkie dokumenty Satoshiego, co oznacza, że będzie to niezidentyfikowany nieboszczyk – chyba że jakimś cudem zjawi się ktoś, kto zdoła go rozpoznać.

– A masowa egzekucja?

– Jedyne wyjaśnienie, jakie przychodzi mi do głowy, jest takie, że po prostu nikt jeszcze nie odwiedził miejsca zbrodni. Jeżeli w domu przebywała cała rodzina prócz Satoshiego, który rzecz jasna już tam nie wróci, może minąć sporo czasu, zanim ktoś zajrzy do środka. Moi ludzie twierdzą, że to nieciekawa okolica; dużo pustych budynków, śmieci i graffiti. Nie widzieli tam żywego ducha, a przecież o tej porze ludzie powinni już wrócić z pracy i siedzieć w domu.

– To korzystna okoliczność. W takich warunkach jest szansa nawet na miesiące spokoju oraz na to, że nikt nigdy nie skojarzy tej sprawy z zabójstwem na peronie, a moim zdaniem to ważne. Teoretycznie można by wysłać tam naszych ludzi i posprzątać, ale jestem temu zdecydowanie przeciwny. Nie powinniśmy nawet się zbliżać do tego miejsca.

– Zgadzam się z tobą całkowicie, Paulie – odrzekł Louie.

– W takim razie skupmy się na pierwszej ofierze ataku. Hideki ci nie mówił, w jaki sposób dokonano egzekucji?

– Nie. Wspomniał tylko, że nikt się tego nie domyśli i w końcu sprawa zostanie zakwalifikowana jako zgon z przyczyn naturalnych.

– Wobec tego ważne jest, żeby nie stwierdzono niczego innego.

– Pewnie tak, tylko że akurat na to nie mamy żadnego wpływu.

– Niekoniecznie – odparł Paulie. – Znam jednego dzieciaka, który asystuje przy sekcjach zwłok. Nazywa się Vinnie Amendola. No, tylko że już nie jest dzieciakiem. Cholera, pewnie ma ze czterdzieści lat. Ale miły był z niego chłopak. Dawno temu dosłownie ocaliłem życie jego ojcu, więc jest moim dłużnikiem. Raz już oczywiście skorzystaliśmy z jego pomocy, żeby wykraść zwłoki z kostnicy. Miał przez to pewne kłopoty, ale mu pomogłem; w końcu to swój człowiek, całe życie mieszkał w Queensie. Mógłby ci pomóc i w tej sprawie.

– W jaki sposób? – spytał Louie.

– Mógłby na przykład zorientować się, jaki jest status tej sprawy. Czy rzeczywiście wpisano w papierach naturalną przyczynę śmierci. Vinnie uwielbia swoją robotę; Bóg jeden wie dlaczego. Wie o wszystkim, co się dzieje w OCME.

Louie odwrócił się, by spojrzeć na kontuar, przy którym wydawano zezwolenia na odwiedziny u więźniów. Obawiał się, że lada chwila każą mu zakończyć widzenie, a zależało mu na tym, by Cerino zdążył przekazać mu resztę wskazówek. Te, których już udzielił, były zdaniem Louiego całkiem niezłe. Widząc, że nikt go jeszcze nie przywołuje, Barbera znowu skupił uwagę na więźniu.

– Czekasz na kogoś? – spytał Paulie.

– Nie, tylko boję się, że zaraz każą mi się wynosić. Myślisz więc, że warto by było złożyć wizytę w kostnicy?

– Zdecydowanie warto, zwłaszcza po to, żeby uzyskać jedną cholernie ważną informację.

– Powiesz mi jaką czy nie? – spytał Louie, bo wydawało mu się, że Paulie celowo przeciąga rozmowę, choć zostało im niewiele czasu.

– Najważniejsze jest to, żebyś zapytał Vinniego Amendolę o nazwisko patomorfologa, który zajmuje się tą sprawą.

Zaskoczony Louie spojrzał na niego spod uniesionych brwi.

– Mówisz poważnie? A po co, u licha? Co za różnica?

– Jeśli to Laurie Montgomery, to mamy przerąbane.

– A kim, u diabła, jest Laurie Montgomery?

– Mówiłem: specem z OCME – odparł Paulie. – Gdybym miał wskazać jedną osobę bezpośrednio odpowiedzialną za to, że trafiłem do pudła, byłaby to właśnie Laurie Montgomery. Jest najbystrzejsza z nich wszystkich i najbardziej uparta. Do dziś nie rozumiem, w jaki sposób ustaliła tyle faktów, badając denatów, których osobiście wysłałem na tamten świat. Próbowaliśmy ją sprzątnąć, ale nie daliśmy rady. Raz zamknęliśmy ją nawet w trumnie – wiesz, jednej z tych tanich, sosnowych, w których chowa się niezidentyfikowane trupy. Ona jest jak kocica: ma chyba dziewięć żywotów. Nawet Vinnie Dominick próbował ją załatwić, ale mu się nie udało.

– Pewnie jej nienawidzisz.

– Nie, wybaczyłem jej. Przecież to dzięki niej odnalazłem Boga.

Louie nie odpowiedział, tylko spojrzał uważnie na naznaczoną bliznami twarz Pauliego, próbując odgadnąć, czy to poważne wyznanie nawróconego, czy tylko próba generalna przed kolejnym spotkaniem z komisją zwolnień warunkowych. Paulie uśmiechał się łagodnie samymi kącikami zniekształconych ust.

– Chodzi o to, Louie – ciągnął Cerino – że jeśli ustalisz, że to Laurie Montgomery zajmuje się sprawą trupa z peronu metra, musisz – podkreślam: musisz – coś z tym zrobić. Ona na pewno znajdzie sposób, żeby odkryć, że doszło do morderstwa. Mówię ci. A wtedy odgadnie i to, że akcję zorganizowała któraś z rodzin, i wreszcie trafi do ciebie i tych facetów z jakuzy. Musisz zrobić wszystko, żeby nie prowadziła tej sprawy.

– Niby co? Mam ją zabić?

– Nie. Absolutnie nie. Dominick już próbował. Jeśli i ty spróbujesz, policja zrobi dokładnie to, czego tak bardzo starasz się uniknąć: dobierze się nam do tyłków i będzie nas nękać przez kolejnych dziesięć lat, a to dlatego, że Montgomery ma tam wysoko postawionych przyjaciół. Kiedyś spotykała się z Lou Soldano. A kiedy z nim zerwała, niewiele się między nimi zmieniło. Może nawet lepiej się dogadują.

Przenikliwy świst przykuł uwagę Louiego. Spojrzał na kontuar i zauważył, że strażnik kiwa ręką w jego stronę. Czas widzenia dobiegł końca. Louie odwrócił się po raz ostatni w stronę Pauliego.

– Jak mam sprawić, żeby zostawiła tę sprawę?

– Tego ci nie powiem. Sam musisz znaleźć sposób. Spytaj Vinniego Amendolę. Może on będzie miał jakiś pomysł.

Kolejny gwizd przebił się przez gwar rozmów.

– Do zobaczenia – rzekł Louie, podnosząc się z krzesła.

– Jakby co, wiesz, gdzie mnie szukać – odparł Paulie i równocześnie odwiesili słuchawki.

Rozdział 10

Laurie zdjęła płaszcz i zawiesiła go na drzwiach swojego gabinetu. Zamknęła je, by chociaż na moment odciąć się od reszty świata. Chwilę wcześniej wróciła z dość hucznego lunchu, który wydano na jej cześć w pobliskiej restauracji Waterfront Ale House. Nie miała najmniejszej ochoty świętować, ale nie mogła odmówić współpracownikom, zwłaszcza że głównym organizatorem był Jack. Stawiła się większość patomorfologów, a wspólny posiłek przebiegł w nader wesołej atmosferze. Udawanie, że bawi się równie dobrze jak wszyscy inni, kosztowało Laurie sporo wysiłku. Dzień nie przebiegał tak, jak to sobie wymarzyła: przydzielono jej tylko jedną sprawę, a w dodatku jej bohaterem był mężczyzna bez tożsamości, zmarły bez widocznego powodu. Na domiar złego, nie mogła przestać myśleć o JJ'u i Leticii. Przestała do nich dzwonić, gdy Leticia ją o to poprosiła, skarżąc się przy okazji, że Laurie przeszkadza jej w należytej opiece nad chłopcem.

– Zadzwonię, jeśli będę miała kłopoty – powiedziała. – Wyluzuj się, Laurie, i rób swoje. Wszystko będzie dobrze.

Laurie usiadła przy nieskazitelnie czystym biurku i przez chwilę wpatrywała się w telefon.

– Chrzanić to! – wybuchnęła wreszcie i ze złością dźgając palcem klawiaturę, wybrała numer Leticii. – Nikt nie będzie mi mówił, kiedy mam dzwonić, żeby zapytać, jak się czuje moje dziecko!

Czekała znacznie dłużej, niż się spodziewała. Jej niepokój pogłębił się jeszcze, gdy Leticia wreszcie odebrała, mocno zdyszana.

– Przepraszam – powiedziała opiekunka. – Pchałam wózek pod stromą górkę, kiedy zadzwonił telefon. Musiałam najpierw dojść na szczyt.

– Rozumiem, że jesteście w parku – odrzekła Laurie, po trosze skruszona, a po trosze z ulgą.

– Zgadza się. JJ to uwielbia, a i pogoda wymarzona.

– Przepraszam więc, że przeszkadzam.

Leticia nie odpowiedziała.

– Wszystko w porządku?

– W jak najlepszym.

– Zjadł już lunch?

– Nie, odmawiam mu jedzenia i picia – odparła Leticia i roześmiała się. – Żartuję. Najadł się do syta, a teraz śpi, cały i zdrowy. A teraz wracaj spokojnie do pracy.

– Tak jest – odpowiedziała służbiście Laurie.

Zamieniły jeszcze kilka słów, zanim odłożyła słuchawkę.

A potem raz jeszcze rozejrzała się po swoim służbowym pokoju i znowu nie uszedł jej uwadze fakt, że brakowało choćby jednej notki o niedokończonych sprawach. Miała przed sobą tylko samotną teczkę niezidentyfikowanego pacjenta. Pomyślała, jak niewiele o nim wie i jak smętny jest jego los: leżał na dole, w chłodni. Gdzie była jego żona? Laurie przygryzła policzek, zastanawiając się, czy nie dałoby się w jakiś sposób uzyskać więcej informacji na temat samotnego nieboszczyka.

Nagle drgnęła i energicznym ruchem sięgnęła po teczkę. Wyrzuciła na biurko całą jej zawartość, pospiesznie szukając notatki sporządzonej przez Cheryl. Chciała sprawdzić, o której godzinie zgłoszono wypadek pod numer 911. Po chwili już wiedziała: o siedemnastej trzydzieśći siedem. Włączyła monitor i odszukała w książce adresowej namiary centrali 911 na Brooklynie. Daremnie próbowała zapanować nad podnieceniem, gdy wybierała numer i prosiła o połączenie ze starą znajomą, Cynthią Bellows.

Gdy włączyła się skrzynka głosowa, Laurie zostawiła wiadomość dla Cynthii i postanowiła raz jeszcze dać szansę detektywowi Ronowi Steadmanowi. Gdyby znowu nie przejawił chęci współdziałania, była gotowa zwrócić się do Lou Soldano. Nie wątpiła, że Lou, od niedawna kapitan, potrafiłby nieźle przycisnąć swojego kolegę.

Ku jej zaskoczeniu, Steadman zgłosił się już po dwóch sygnałach, a słuchając go, można było odnieść wrażenie, że to zupełnie inny człowiek – może nie bardziej przyjazny, ale na pewno mniej senny. Laurie przedstawiła się po raz drugi i spytała, czy pamięta poranną rozmowę.

– Średnio – odparł Ron. – O co chodziło?

– O zwłoki niezidentyfikowanego Azjaty znalezione wczoraj wieczorem na peronie stacji metra przy Pięćdziesiątej Dziewiątej Ulicy.

– O, teraz pamiętam! Ochrzaniła mnie pani, bo nie paliłem się, żeby w pojedynkę rozwiązać kryzys tożsamości szanownego truposza. I co nowego? Czyżby ktoś się zgłosił i dokonał identyfikacji?

– Chciałabym – odparła Laurie. – Niestety, nic z tego. Ale pomyślałam sobie, że może mogłabym przejrzeć nagrania z kamer obserwujących peron.

Ron nie odpowiedział od razu, ale kiedy już to zrobił, w jego głosie dało się wyczuć zniecierpliwienie.

– Życzy pani sobie, żebym zadzwonił gdzie trzeba i poprosił o nagrania dotyczące naturalnej śmierci nieznanego faceta, od której nie minęła jeszcze nawet doba? Sporo zmarnowanej pracy, jeśli w ciągu paru godzin zjawi się ktoś z rodziny.

– W jaki sposób mam uzyskać te taśmy? A może i nie taśmy; nie wiem, na czym rejestruje się dziś nagrania. Laurie usłyszała, że Ron bierze głęboki wdech.

– Pani naprawdę chce to zrobić, tak?

– Tak. Człowiek, który zadzwonił pod dziewięćset jedenaście, powiedział, że ofiara mogła przejść jakiś atak, chociaż nie miał pewności. Moim zdaniem ważne jest potwierdzenie tej informacji. Uzyskalibyśmy wskazówkę co do neurologicznej przyczyny zgonu, a nie związanej z układem krążenia. To oznacza, że przyjrzelibyśmy się bliżej mózgowi, nawet jeśli na pierwszy rzut oka nie stwierdziliśmy żadnych zmian.

– Jezu, paniusiu... – jęknął Ron.

– Nazywam się Laurie Stapleton – przerwała mu Laurie.

– Mam na biurku ponad sto teczek, a każda z nich zawiera dokumentację nierozwiązanej sprawy, którą powinienem się zająć. To naprawdę nie najlepszy sposób na spożytkowanie mojego czasu – ta sprawa nie ma jeszcze dnia!

– A ile wysiłku potrzeba, żeby zdobyć nagrania? – spytała Laurie, wciąż mając nadzieję, że dopnie swego.

– Musiałbym się skontaktować z funkcjonariuszami ze Specjalnej Jednostki Śledczej na Brooklynie i powiedzieć im, czego potrzebuję.

– W porządku. To wszystko?

– Chyba tak – odparł Ron, lekko zawstydzony tym, jak w istocie niewiele potrzeba starań, by spełnić życzenie Laurie.

– W jakiej postaci dostanie pan dane?

– E-mailem. Mogę dla pani wypalić płytę albo dwie. Danych będzie sporo.

– A nie mógłby pan po prostu przesłać do mnie tej wiadomości z załącznikiem?

– Wiem, że dziwnie to zabrzmi, ale nie wolno mi tego robić. Co innego, jeśli potwierdzę pani tożsamość – wtedy mogę dać płytę.

– Kiedy mógłby pan to zrobić?

– Zaraz, jeśli uda mi się skontaktować z odpowiednimi ludźmi. Jaki przedział czasowy panią interesuje?

– Myślę, że wystarczy pół godziny w okolicy zgłoszenia na dziewięćset jedenaście, które przyjęto o siedemnastej trzydzieści siedem. Niech więc będzie od siedemnastej dziesięć do siedemnastej pięćdziesiąt pięć.

– W porządku – odparł Ron. – Ze wszystkich dziewięciu kamer?

– Jak szaleć, to szaleć.

– Będzie tego ponad sześć godzin. Jest pani na to gotowa?

– Zdziwi się pan, ale tak się składa, że mam teraz mnóstwo wolnego czasu. Kiedy będzie pan miał ten materiał?

– Najpierw muszę zadzwonić do działu komunikacyjnego Specjalnej Jednostki Śledczej. Wypalę nagranie, gdy tylko przyślą mi pliki... Być może uda się w ciągu godziny.

– Wielkie nieba – wyrwało się Laurie. Przez lata pracy przekonała się aż za dobrze, że funkcjonariusze publiczni nigdy nie bywają aż tak skłonni do współpracy. Ron pokonał olbrzymi dystans: ze skrajności w skrajność.

– Oddzwonię do pani, gdy tylko będę gotów, zgoda?

– Pewnie – odrzekła Laurie i zanim odłożyła słuchawkę, dodała jeszcze: – Proszę się nie obrazić, ale muszę powiedzieć, że jest pan teraz zupełnie innym człowiekiem niż dziś rano. To komplement.

– Dziś rano złapała mnie pani przed pierwszą kawą i red bullem.

Ledwie skończyła rozmowę, gdy zadzwonił telefon. Znowu podniosła słuchawkę, tym razem by porozmawiać z Cynthią Bellows z centrum zgłoszeniowego 911. Luźna pogawędka nie trwała długo, a potem Laurie przeszła do rzeczy: opisała szczegóły sprawy, nad którą pracuje, i dodała, że przydałby się jej numer człowieka, który telefonował pod 911.

– A podasz mi godzinę zgłoszenia? – spytała Cynthia. – To by mi bardzo ułatwiło poszukiwanie.

Laurie podała jej godzinę.

– W porządku, mam dane na ekranie. Zobaczmy, co tu mamy... Są trzy zgłoszenia, ale ciebie interesuje pewnie tylko to pierwsze. Dwóm pozostałym zgłaszającym odpowiedziano, że policja i pogotowie już wiedzą o wypadku i są w drodze.

– Niech będzie pierwsze – odpowiedziała Laurie, sięgając po kartkę i długopis. W tym momencie usłyszała sygnał informujący o połączeniu na drugiej linii. Przeprosiła i spytała Cynthię, czy mogłaby chwilę zaczekać, a potem przełączyła się na drugą linię i tak, jak się spodziewała, usłyszała głos Rona.

– Dobre nowiny, droga pani – powiedział detektyw. – Udało mi się dodzwonić do Specjalnej Jednostki Śledczej. Okazuje się, że poza dziewięcioma kamerami nowego systemu nadzoru w okolicy pracują jeszcze dwie dodatkowe, niedokonujące zapisu – służą maszyniście i konduktorowi pociągu do upewniania się, czy wszystkie drzwi zostały prawidłowo zamknięte. Są jednak także dwie rejestrujące: jedna przy kasie, a druga w windzie.

Laurie nie była pewna, czy Cynthia zechce czekać tak długo na pierwszej linii, więc w tym momencie przerwała Ronowi i spytała, czy może zadzwonić do niego za chwilę.

– Nie trzeba – odparł detektyw. – Chciałem tylko zawiadomić panią, że będą dodatkowe dwa źródła danych. Pliki powinny się ściągnąć za parę minut, a zaraz potem wypalę płyty, więc może pani podjechać po nie w dowolnym momencie.

– Fantastycznie – odrzekła Laurie. – Pański komisariat mieści się przy Zachodniej Pięćdziesiątej Czwartej Ulicy, prawda?

– Pod numerem trzysta sześć. W takim razie do zobaczenia wkrótce. Będę w pracy do siedemnastej.

Laurie podziękowała i z lekkim poczuciem winy przełączyła się na pierwszą linię, do czekającej cierpliwie Cynthii.

– Bardzo przepraszam... – zaczęła.

– Nie ma sprawy – odrzekła łaskawie Cynthia. – Masz coś do pisania?

Zgłoszenia dokonał niejaki Robert Delacroix. Laurie gorąco podziękowała Cynthii, rozłączyła się i natychmiast wybrała jego numer. Czekając, aż podniesie słuchawkę, zapisała numer na małej karteczce i dołączyła ją do akt sprawy. Delacroix nie odebrał. Gdy uruchomiła się poczta głosowa, Laurie zostawiła swój numer telefonu i poprosiła, by oddzwonił do niej jak najszybciej. Wyjaśniła też, że jest patomorfologiem, ale jako że wybiera się do komisariatu policji, woli kontaktować się z nim przez telefon komórkowy, a nie stacjonarny.

Nagrawszy wiadomość, wyszła z budynku i zatrzymała taksówkę. Ledwie wóz włączył się do ruchu i zdążyła pomyśleć o tym, jak JJ czuje się pod opieką Leticii, odezwał się sygnał jej telefonu. Dzwonił Robert Delacroix.

Laurie podziękowała mu za szybką odpowiedź oraz za to, że zachował się jak odpowiedzialny obywatel, wzywając pogotowie.

– Zbyt wielu nowojorczyków potrafi przejść obojętnie obok człowieka potrzebującego pomocy – dodała.

– W pierwszej chwili pomyślałem, że ktoś już na pewno telefonował pod dziewięćset jedenaście. Pewnie większość ludzi tak myśli. Ale potem powiedziałem sobie: do licha, nie ma powodu, dla którego nie miałbym zadzwonić. Najwyżej nie będę pierwszy.

– Jak już pan słyszał w wiadomości, którą zostawiłam, jestem patomorfologiem – powiedziała Laurie.

– Domyślam się więc, że ten mężczyzna z peronu zmarł.

– Niestety.

– Szkoda. Wyglądał młodo.

– A czy mogę spytać, co właściwie pan widział.

– Raczej niewiele. To wszystko wydarzyło się tak szybko... Pociąg miał opóźnienie, więc na peronie zebrał się spory tłum. Gdy otworzyły się drzwi, wszyscy runęli naprzód, tak że pasażerowie mieli problem z wyjściem z wagonów.

– Zatem doszło do małej przepychanki?

– Powiedziałbym, że niemałej. Tak czy owak, kątem oka dostrzegłem tego Azjatę. Stał ze trzy, może cztery stopy ode mnie. I tak jakby podskakiwał, jego głowa poruszała się do przodu i do tyłu.

– Zgłosił pan telefonistce, że wyglądało to na jakiś atak, skurcz mięśni.

– Rzeczywiście, tak mówiłem. Pomyślałem sobie: taki cholerny tłok, a facet ma atak i brakuje miejsca nawet na to, żeby mógł swobodnie upaść. Bo naprawdę ludzie parli naprzód potężną falą, bojąc się, że nie wsiądą do pociągu.

– Rozumiem – odrzekła Laurie. – Nie próbował pan pomóc?

– Nie. Miałem go po lewej stronie; nie jestem nawet pewny, czy dotarłbym do niego, gdybym rzeczywiście spróbował. Stojący za mną pchali mnie w kierunku pociągu. Szczerze mówiąc, pomyślałem też, że stojący najbliżej niego powinni pomóc. Gdy dopchałem się wreszcie do drzwi wagonu, próbowałem jeszcze go wypatrzyć. Z początku mi się nie udało, bo facet nie był wysoki.

– Jesteśmy na miejscu, proszę pani – wtrącił taksówkarz, spoglądając na Laurie w lusterku wstecznym.

– Zechce pan chwilę poczekać? – spytała lekko zawstydzona, zwracając się do Roberta. – Siedzę w taksówce; muszę zapłacić i wysiąść.

– Zaczekam – uspokoił ją mężczyzna.

Zapłaciła kierowcy, wysiadła z samochodu i przystanęła przed budynkiem komisariatu Midtown North. Amerykańska flaga powiewała tarmoszona wiatrem, a parking był pełen wozów patrolowych.

– Już jestem – powiedziała. – Mówił pan...

– Mówiłem, że gdy wsiadałem do wagonu, dostrzegłem jeszcze tego mężczyznę, ale tylko przelotnie. Leżał na peronie. Stało przy nim dwóch innych Azjatów. Ale naprawdę był to ułamek sekundy, między głowami wsiadających. Nie wszyscy się pomieścili. A ja na dodatek sięgałem już po telefon.

– Czy nie odniósł pan wtedy wrażenia, że ten człowiek nadal miał jakiś atak?

– To był ułamek sekundy i miałem ograniczone pole widzenia, ale gdybym musiał obstawiać, powiedziałbym, że raczej nie. Pospiesznie wybierałem numer pogotowia, żeby zdążyć, zanim zamkną się drzwi i całkowicie stracę zasięg.

– Panie Delacroix – odezwała się Laurie – naprawdę doceniam to, że zechciał pan ze mną porozmawiać. Gdyby coś się panu jeszcze przypomniało, naprawdę cokolwiek, to ma pan mój numer. Proszę dzwonić.

– Tak zrobię – obiecał Robert. – Właściwie to teraz, gdy wspominam te wypadki, czuję się trochę winny. Wsiadłem do pociągu, a może powinienem był pomóc, postarać się trochę bardziej?

– Proszę się tym nie zadręczać – odparła Laurie. – Zadzwonił pan pod dziewięćset jedenaście, sprowadził profesjonalną pomoc.

– Miło, że tak pani uważa.

Laurie zakończyła rozmowę i wspięła się po schodkach do budynku komisariatu.

Rozdział 11

25 marca 2010
czwartek, 14.45

Zbliżając się do restauracji, Louie czuł przypływ energii. Wcześniej, wracając autobusem z Rikers Island, bardzo starannie przemyślał rady Pauliego i gdy wysiadał w miejscu, w którym zostawił samochód, wiedział już, że zastosuje się do nich. Teraz nie miał wątpliwości: był czas, gdy za wszelką cenę należało unikać przemocy, ale zdarzały się i takie chwile, gdy przemoc była jedynym rozwiązaniem. I właśnie to była jedna z tych chwil. Z drugiej strony, był pewny, że zlikwidowanie samego Hidekiego byłoby błędem. Wywołałoby zbyt wiele negatywnych skutków; przede wszystkim zapewne doszłoby do – przynajmniej czasowego – wstrzymania dostaw japońskiej metamfetaminy. Tymczasem zniknięcie Susumu Nomury i Yoshiakiego Eto wydawało się idealnym rozwiązaniem i odpowiednim sygnałem dla Hidekiego. Plan może nie był łatwy w realizacji, ale z pewnością wykonalny. Louie zresztą przystąpił już do jego realizacji: zadzwonił do Hidekiego i poprosił o spotkanie w Venetian o piętnastej trzydzieści, celem omówienia planów wieczornej akcji. Hideki zgodził się bez wahania.

Louie zaparkował na swoim stałym miejscu na tyłach restauracji i wszedł do budynku kuchennymi drzwiami. Wiedział, że jego ludzie będą na niego czekać w komplecie, bo zaraz po umówieniu się z Hidekim zatelefonował do Carla.

– Widziałeś się z Pauliem? – spytał go wtedy Carlo. – I czy m amy w końcu plan, co zrobić wieczorem z tymi dwoma szurniętymi Japończami?

– „Tak" na oba pytania – odparł Louie. – Mamy plan, tylko reguły gry trochę się zmieniły.

– Jak to? – Carlo nawet nie próbował ukryć rozczarowania.

– Wkrótce się dowiesz – odparł sucho Louie. – Dzwonię, żeby was uprzedzić, że macie na mnie wszyscy czekać.

– Będziemy na miejscu – zapewnił go Carlo.

Louie przeszedł przez krótki korytarz, mijając drzwi toalet, i z siłą pchnął wahadłowe drzwi kuchni. Kompletnie zaskoczył tym Benita, który siedział na stole, gawędząc z kucharzem, Johnem Franco. Zawstydzony Benito zeskoczył na podłogę, nie patrząc w oczy zirytowanemu szefowi. Louie przystanął na moment, ale uznał, że jest zbyt zajęty, by karcić go za zachowanie, które pewnie nie spodobałoby się inspektorom sanitarnym.

– Nakarmiliście chłopaków?

– Tak jest – odpowiedział czym prędzej Benito.

– Zostało trochę makaronu?

– Mam sos – odparł John Franco. – Świeży makaron będzie za dziesięć minut.

Louie bez słowa pchnął drzwi i wszedł do sali jadalnej. Carlo, Brennan, Arthur i Ted siedzieli przy stole, pośrodku którego piętrzył się stos pokerowych żetonów i banknotów dolarowych. Na skraju blatu stała bogata kolekcja pustych filiżanek po kawie. Carlo wstał czym prędzej, by Louie mógł zająć swoje zwykłe miejsce.

– Jak się miewa Paulie? – spytał, gdy szef powitał swoich ludzi nieznacznym skinieniem głową.

– Dziwny jest – odparł szczerze Louie. – Strasznie schudł. No i odnalazł Boga.

– Chcesz powiedzieć, że ocipiał na punkcie wiary? – zdziwił się Carlo.

– Tak naprawdę to nie wiem – przyznał Louie. – Najpierw mi powiedział, że odnalazł Pana, a potem gadał jak stary, dobry Paulie Cerino. I w ogóle nie wracał do tematu – dopiero na sam koniec rozmowy i tylko na moment. Możliwe, że to tylko gierka na użytek komisji zwolnień warunkowych. Coś mi się zdaje, że Paulie rozpaczliwie stara się o to zwolnienie.

– Jakie mamy plany na wieczór? – spytał znowu Carlo.

Louie streścił swoim ludziom rozmowę z Pauliem, starając się nie zapomnieć o żadnym szczególe, choćby takim jak wybuch mający rzekomo odwrócić uwagę glin podczas włamania do biurowca – był to świetny pomysł na przekonanie Hidekiego, że jego amerykańscy partnerzy naprawdę zamierzają mu pomóc. Przerwał relację tylko na chwilę, gdy Benito podał mu talerz z parującym makaronem, po czym napełnił kieliszek barolo, a szklankę wodą gazowaną.

– Podać coś jeszcze? – spytał Benito.

Louie odprawił kelnera bez słowa, a gdy ten się oddalił, wrócił do streszczania rozmowy z Pauliem. Najbardziej szczegółowo przekazał sugestie Cerina co do pozbycia się Susumu i Yoshiakiego.

– Czyli jednak przechodzimy do ofensywy? – upewnił się Carlo. Widać było, że jest uszczęśliwiony.

– Zdecydowanie tak – odparł Louie. – W tej branży trzeba czasem uciec się do przemocy, żeby uratować pokój. Nie możemy pozwolić, żeby tacy dwaj szwendali się po ulicach, strzelając do każdego, do kogo mają ochotę strzelić. Źle to wpływa na naszą reputację. Z drugiej strony, kiedy już używa się przemocy, trzeba ograniczać straty do minimum. I tu dochodzimy do kwestii kostnicy. Rozumiecie, co mam na myśli?

Nikt się nie odezwał, więc Louie ponowił pytanie.

– Chyba tak – odrzekł ostrożnie Carlo. Jako główny cyngiel grupy miał prawo wypowiadać się za pozostałych.

– Chodzi o to, żeby śmierć Satoshiego została uznana za naturalną. Gdyby wykryto ślady morderstwa, zostalibyśmy uznani za współwinnych, a tego chyba nie chcemy?

– Jasne, że nie – zgodził się Carlo.

– Paulie był też stanowczy w kwestii tej lekarki, Laurie Montgomery. Musimy dopilnować, żeby nie miała nic wspólnego z tą sprawą. Jeśli stanie się inaczej, będziemy musieli zadziałać. Ona nie może się zajmować Satoshim, koniec, kropka.

– Niby co mielibyśmy zrobić, gdyby jednak się zajęła? – spytał Carlo.

– Paulie nie sugerował niczego konkretnego. Nalegał tylko, żebyśmy na nią uważali. Szczegółami zajmiemy się, tylko jeśli naprawdę będzie to niezbędne.

– W takim razie wróćmy jeszcze do Susumu Nomury i Yoshiakiego Eto – zaproponował Carlo. – Mamy ich zabrać z miasta, tak jakbyśmy zamierzali pomóc im we włamaniu do iPS USA, lecz zamiast tego mamy ich sprzątnąć, czy tak?

– Właśnie tak – potwierdził Louie. – I nie chcę, żeby ich ciała zostały odnalezione. Wywieziecie ja na sam koniec Brooklynu, gdzieś w okolice mostu Verrazano-Narrows. Niech skończą w oceanie, nie w zatoce.

Carlo spojrzał na Brennana i wzruszył ramionami, zastanawiając się, czy jego partner zada choć jedno pytanie.

– Skąd mamy ich zabrać? – spytał Brennan. – Tak jak ostatniej nocy, sprzed ich mieszkań w Lower East Side?

– Nie – odparł Louie. – Zawsze istnieje ryzyko, że w okolicy, w której są znani, ktoś was zauważy i zapamięta. Chcę, żebyście ich zabrali z jakiegoś ruchliwego miejsca. Co proponujecie?

Carlo i Brennan spojrzeli po sobie.

– No, dalej, zdecydujcie się wreszcie. Hideki ma tu być o piętnastej trzydzieści; do tego czasu nasz plan musi być gotowy.

– Może przy Union Square, przed księgarnią Barnes and Noble – zaproponował Brennan. – Tam zawsze kręci się mnóstwo ludzi.

– Zgoda – odparł Louie, wkładając do ust kolejny kłębek makaronu. – O której mają się stawić przy Union Square?

– Cóż – mruknął Brennan. – Skoro mamy się włamywać do biurowca przy Piątej Alei, to chyba lepiej późno...

– A ja myślę, że pora nie ma znaczenia – wtrącił Carlo. – Bo przecież tak naprawdę żadnego włamania nie będzie.

– Na miłość boską, po prostu ustalcie godzinę – zirytował się Louie. – Gdzie chcecie ich załatwić?

Carlo i Brennan znowu spojrzeli po sobie, jak gdyby każdy z nich oczekiwał, że to partner podejmie decyzję.

Frustracja Louiego sięgnęła zenitu.

– To nie inżynieria rakietowa, na Boga – jęknął. – Może na nabrzeżu?

Rodzina Vaccarro posiadała niegdyś firmę przykrywkę zajmującą się importem owoców. Należące do niej nabrzeże i magazyn mieściły się w Maspeth nad East River, na południe od tunelu Queens–Midtown, choć były już w fatalnym stanie. Rodzina nie mogła ich sprzedać i tylko z rzadka korzystała jeszcze z magazynu.

– Niech będzie – zgodził się Carlo.

Brennan skinął głową. Nikt nie zaglądał w tamte strony, zwłaszcza nocą.

Louie spojrzał na Arthura i Teda.

– W też nie macie nic przeciwko temu? Bo chcę, żebyście tam pojechali w komplecie. Nie życzę sobie żadnych kłopotów, a ci Japończycy są ponoć bardzo niebezpieczni.

Arthur i Ted zgodnie kiwnęli głowami.

– W porządku – westchnął Louie. – Mamy więc miejsce spotkania i miejsce egzekucji, ale nadal nie wiemy, o której ich zgarniecie. Może o jedenastej? Co wy na to?

– Może być – odparł Carlo, spoglądając na Brennana, który znowu skinął głową.

– Jezu – jęknął Louie. – Czy ja wiecznie muszę o wszystkim decydować? Żałośni jesteście.

– Pod jakim pretekstem zawieziemy ich na nabrzeże? – spytał Carlo.

– Nie, ja naprawdę muszę dyktować każdy krok! – pieklił się Louie, kręcąc głową w rozpaczy. – Powiedzcie im, że tam przechowujemy materiały wybuchowe, które posłużą do odwrócenia uwagi glin. Zresztą nie wiem... sami coś wymyślcie. – Louie umilkł na moment. – Już wszystko jasne? Miejsce i czas spotkania, miejsce egzekucji, sposób pozbycia się ciał... Naturalnie usuniecie wszelkie przedmioty, które pozwalałyby ich zidentyfikować. To chyba oczywiste?

Czterej żołnierze pokiwali głowami.

– Dobra, wróćmy do sprawy kostnicy. Carlo, pojedziesz tam teraz z Brennanem. – Louie spojrzał na zegarek. Dochodziła piętnasta trzydzieści. – Zapytacie o Vinniego Amendolę. Powiecie, że jesteście z rodziny. W rozmowie z Vinniem wspomnicie, że pracujecie dla Pauliego i że wiecie, co Paulie zrobił dla jego ojca.

– Co mianowicie?

– Nie znam wszystkich szczegółów, ale Paulie mówił, że ojciec Vinniego zdefraudował kilkaset dolarów z funduszu związkowego – nic wielkiego. W każdym razie konkurencyjna rodzina kazała mu pod groźbą śmierci zwrócić wszystko plus pięćdziesiąt procent. Jako że czasem pracował dla nas, Paulie pożyczył mu forsę, tym samym ratując mu życie.

– A jeśli Vinnie nie będzie chciał ze mną gadać?

Louie spojrzał na Carla z niedowierzaniem.

– Co się z tobą dzieje, podmienili cię czy co? Zwykle kiedy każę ci coś zrobić, po prostu to robisz i nie zadajesz pytań. Ja to, co będzie, jeśli nie zechce z tobą gadać? Zagrozisz, że zabijesz mu psa. Jesteś zawodowcem. Poza tym chcemy jedynie wyciągnąć od niego informacje na temat Satoshiego. Choć oczywiście nie wolno ci wymienić tego nazwiska. Mów, że chodzi o „zwłoki znalezione w metrze". I nie zaczynaj od gróźb. Bądź spokojny i rozsądny. Niech nikt postronny się nie dowie, kto was przysłał. Powiedz też Vinniemu, że słyszałeś same dobre rzeczy o Laurie Montgomery... Po prostu bądź kreatywny.

– Dobra – mruknął Carlo. – Kapuję.

– Jeśli się okaże, że przydzielono jej tę sprawę i będzie nad nią jeszcze pracowała, a Vinnie wyda wam się przyjaźnie nastawiony – to znaczy nie poleci od razu do swoich szefów, żeby się na was poskarżyć – zapytaj go, czy ma jakiś pomysł na to, żeby ją odsunąć od tej sprawy. Tylko nie wal prosto z mostu. Zasugeruj, że mogłaby zarobić, podobnie jak on, gdyby poszła nam na rękę. Jeśli to nie zadziała, niech Vinnie ją postraszy. Wszystko zrozumiałeś?

– Zrozumiałem – przytaknął Carlo.

– No, to rusz dupę!

Carlo wysunął się zza stołu, rzucił karty, które ściskał w dłoni od powrotu Louiego, wycofał swoją część ze wspólnej puli i skinął na Brennana, by zrobił to samo. Gdy byli w połowie drogi do wyjścia, do sali wkroczył Hideki Shimoda w asyście Susumu i Yoshiakiego.

Saiko-komon przypominał posturą zawodnika sumo: miał obwisłą, bladą twarz, której rysy zdawały się tonąć w fałdach skóry. Idąc, kołysał się miarowo na boki.

Carlo i Brennan musieli szybko usunąć się z drogi, by uniknąć kolizji. Susumu i Yoshiaki trzymali się o pół kroku z tyłu i lekko po bokach swego pryncypała; razem tworzyli żywy klin. Z krzywymi uśmieszkami zastygłymi na twarzach, jakby nieświadomi otaczającego ich świata, bez słowa czy gestu powitania minęli Carla i Brennana, choć przecież spędzili w ich towarzystwie całe poprzednie popołudnie i wieczór.

W przeciwieństwie do przyjacielskich stosunków panujących między Louiem a jego pomagierami związek Hidekiego i jego żołnierzy był surowy, zimny, bezosobowy. Dwie grupy różniły się nawet wyglądem: Japończycy mieli na sobie czarne, połyskliwe garnitury z poprzedniego dnia, białe koszule, czarne krawaty i ciemne okulary, Amerykanie zaś w większości ubierali się swobodnie – w dżinsy i swetry. Jedynie Carlo, w szarej jedwabnej marynarce, czarnym jedwabnym golfie oraz czarnych gabardynowych spodniach, wyróżniał się elegancją.

Louie wstał od stołu, a Hideki zatrzymał się przed nim, ukłonił się lekko i rzekł:

– Witaj, Barbera-san.

– Czołem, Shimoda-san – odparł Louie, niezgrabnie naśladując ukłon Japończyka. Potem cofnął się o krok i gestem wskazał mu miejsce w sąsiedniej loży, wolnej od pustych filiżanek i brudnych talerzy.

Zajęli miejsca za stołem, podczas gdy Susumu i Yoshiaki oddalili się w kierunku baru i sztywno przysiedli na wysokich stołkach, krzyżując ręce na piersiach. Milczeli konsekwentnie, wpatrując się w swego szefa.

– Dziękuję, że zechciał pan odwiedzić moją skromną restaurację – zaczął Louie. Mówiąc te słowa, szczerze żałował, że to nie Hideki zostanie sprzątnięty albo jeszcze lepiej: że nie sprzątną wszystkich trzech, a nie tylko tych jego bezczelnych żołnierzy w głupkowatych ciemnych okularach i z kolczastymi fryzurami.

– Cała przyjemność po mojej stronie – odparł Japończyk niezłą angielszczyzną. – Z przyjemnością też dziękuję panu za łaskawą pomoc, zwłaszcza w sprawie dzisiejszego wieczoru. Trudno by nam było zorganizować akcję samodzielnie, zwłaszcza przy tak słynnej alei.

– Cieszę się, że mogę pomóc. I ma pan rację, że nie jest to łatwe miejsce do wykonania zadania. Pewnie równie trudno byłoby nam obrobić biuro przy najbardziej ruchliwej ulicy w tokijskiej Ginzie.

– Niełatwa rzecz.

– Niełatwa – zgodził się Louie. – Pan wybaczy, Shimoda-san – dodał, po czym krzyknął do Carla oraz Brennana, którzy stanęli pod ścianą naprzeciwko baru i bacznie obserwowali Susumu i Yoshiakiego. – Wy dwaj, nie stójcie tak, tylko załatwcie to, o czym rozmawialiśmy, i zadzwońcie, kiedy będzie po wszystkim.

Skinęli głowami i szybko opuścili salę.

– Bardzo przepraszam, że przerwałem, Shimoda-san – powiedział Louie. – Wysyłam moich ludzi do kostnicy miejskiej, żeby sprawdzili, czy nie mylił się pan w sprawie zabójstwa na stacji. Chcę mieć pewność, że przekonaliśmy gliny, że to naturalna śmierć, a nie profesjonalnie przeprowadzona egzekucja.

– Ma pan kontakty w kostnicy miejskiej? – spytał Hideki. W jego głosie pobrzmiewała nuta podziwu.

– Rzadko korzystamy z tego źródła – odparł skromnie Louie.

– Bardzo bym chciał wiedzieć, co ustalą pańscy ludzie.

– Wróćmy do tematu. Chcę, żeby pan wiedział, że włamanie do biura firmy iPS USA nie będzie łatwe. Można tego dokonać, ale trzeba się bardzo spieszyć. Jeśli nasi ludzie mają być bezpieczni, nie mogą pozostać na miejscu dłużej niż kilka minut. O ile mi wiadomo, szukamy dzienników laboratoryjnych, czy tak?

– Właśnie tak, Barbera-san. Musimy je odzyskać.

– A cóż to za ważne dzienniki?

– Tego nie wolno mi powiedzieć.

Louie był nieprzyjemnie zaskoczony. Spojrzał na Hidekiego. Facet gotów był posunąć się do wymuszenia, żeby Louie pomógł mu zdobyć dzienniki laboratoryjne, ale choćby jednym słowem nie zamierzał wyjaśnić, cóż jest w nich takiego ważnego? Była to, delikatnie mówiąc, irytująca postawa. Zwłaszcza że groźba stojąca za owym wymuszeniem była, mówiąc równie delikatnym językiem Louiego, gówno warta. Aizukotetsu-kai Hidekiego nie miała bowiem najmniejszych szans na to, by dogadać się z Dominickiem, ponieważ oznaczałoby to współpracę ze znienawidzoną rodziną Yamaguchi, a ta była po prostu niemożliwa. Louie czuł więc z jednej strony narastającą złość, a z drugiej – zaciekawienie. Dlaczego te cholerne dzienniki były takie ważne?

– Jak one wyglądają? Kiedy moi i pańscy ludzie znajdą się w biurze, nie będą mieli wiele czasu. Każdy z nich będzie musiał intensywnie poszukiwać tych zaginionych dzienników.

– Powiedziano mi, że mają granatową oprawę, ale najłatwiej rozpoznać je po żółtym napisie „Satoshi Machita" na okładce. Łatwo będzie je rozpoznać.

– Jak to właściwie jest, u diabła? Mówił pan, że zostały skradzione.

– Bo zostały. Ukradł je właściciel iPS USA.

Louie w zamyśleniu potarł czoło. To wszystko nie miało sensu. Zaczynał nabierać przekonania, że Hideki drwi sobie z niego, tylko nie bardzo wiedział, z jakiego powodu.

– Myślę, że powinniśmy przestać rozmawiać o dziennikach laboratoryjnych, a zająć się planami na dzisiejszy wieczór – rzekł Hideki.

– Jeszcze tylko kilka pytań – obiecał Louie. – Muszę się dobrze zorientować, czego właściwie szukamy. Podejmujemy dla pana ogromne ryzyko.

– Nie wolno mi rozmawiać o tych dziennikach.

– Słuchaj no pan – rzekł nagle Louie Barbera. – Wkurza mnie takie gadanie. Dopóki nie wynikła sprawa dzienników, nasza współpraca układała się znakomicie. Nigdy się nie spieraliśmy i zgarnialiśmy dzikie mnóstwo forsy. Albo zacznie pan odpowiadać na moje pytania, albo koniec spółki, a wtedy sami sobie szukajcie tych dzienników. Problem polega na tym, że od początku nie byłem informowany o sprawie Satoshiego. Mówił pan, że trzeba go tylko nastraszyć, więc sądziłem, że ma u was długi hazardowe albo coś w tym guście. Tymczasem sprawa okazała się znacznie poważniejsza, a ja chcę nareszcie wiedzieć, o co w niej chodzi.

– Zmusi mnie pan, żebym odszedł do konkurencji – ostrzegł Hideki.

– Gówno prawda! – nie wytrzymał Louie.

Wyczuwając nagłą zmianę nastrojów, Susumu i Yoshiaki zsunęli się dyskretnie z barowych stołków. W tym samym momencie Arthur i Ted opuścili swoją lożę. Przeciwnicy wzajemnie mierzyli się wzrokiem.

– To, że pójdzie pan ze swoimi sprawami do Vinniego, jest mniej więcej tak samo prawdopodobne jak to, że ja to zrobię – ciągnął Louie. – Tak się składa, że dowiedziałem się dziś czegoś ciekawego: Aizukotetsu-kai i Yamaguchi--gumi pasują do siebie jak ogień i woda.

Przez kilka pełnych napięcia minut nikt w sali nie odważył się nawet poruszyć. Atmosfera przypominała tę z ostatnich chwil przed letnią burzą, gdy zanosi się na pierwszą błyskawicę, ale nikt nie wie, kiedy rozpęta się piekło. Lecz nagle klimat się odmienił: Hideki odetchnął głęboko i powiedział:

– Ma pan rację.

– W czym? – spytał zaskoczony Louie, wciąż przekonany, że Hideki toczy z nim jakąś grę i uważa go za głupca.

– We wszystkim, co pan powiedział. Nie byłem z panem szczery. Otrzymałem rozkaz zabicia Satoshiego i przejęcia jego dzienników laboratoryjnych. Miałem nadzieję, że uda się zrealizować oba cele jednocześnie, ale tak się nie stało. Ja sam nie znam dokładnie zawartości tych dzienników, ale z grubsza mówiąc, chodzi o to, kto będzie właścicielem patentów na produkcję nowego rodzaju komórek macierzystych, zwanych indukowanymi pluripotencjalnymi komórkami macierzystymi.

– Wolniej proszę. Co to takiego?

– A ile pan wie o komórkach macierzystych? – odpowiedział pytaniem Hideki.

– Nic – przyznał Louie.

– Ja też nie jestem ekspertem, ale w japońskich mediach wciąż mówi się na ten temat – rzekł Hideki. – Nieustannie przypomina się nam, że to japoński uczony Shigeo Takayama wyhodował pierwszą pluripotencjalną komórkę macierzystą. Uniwersytet w Kioto opatentował ten proces w jego imieniu. Lecz potem mój oyabun dowiedział się, że inny badacz, Satoshi Machita, wyprzedził Takayamę i wcześniej stworzył te komórki, a dowodem na to są jego dzienniki laboratoryjne. Za dnia Machita pracował pod nadzorem Takayamy, dokonując eksperymentów na myszach, nocami zaś pracował na własny rachunek, używając własnych dojrzałych fibroblastów. I to on, wcześniej niż ktokolwiek inny, wytworzył pierwsze ludzkie komórki iPS.

– Zatem człowiek, którego pańscy ludzie wczoraj zabili, był dziadkiem tych szczególnych komórek?

– Tak jest.

– Wobec tego jego dzienniki mają dużą wartość.

– Tak. W Japonii mają zostać wykorzystane do obalenia patentów należących do uniwersytetu w Kioto, a tu, w Ameryce, staną się podstawą do uzyskania miejscowych patentów. Podobnie będzie w Europie oraz w Światowej Organizacji Handlu.

Louie analizował nowe informacje przez kilka chwil

i doszedł do wniosku, że na tej sprawie można nieźle zarobić, ale na razie zachował tę myśl dla siebie. Absolutnie nie widział możliwości rzeczywistego włamania do siedziby iPS USA. I wtedy Hideki powiedział mu coś, co wprawiło go w osłupienie.

– Mój oyabun dowiedział się tego wszystkiego od rządu.

– Od rządu? – powtórzył w zdumieniu Louie. – Od którego rządu?

– Japońskiego.

– Trudno mi w to uwierzyć.

– A jednak to prawda. Wiceminister spotkał się z moim oyabunem i opowiedział mu całą historię, nie wyłączając faktu, iż Satoshi nielegalnie uciekł z kraju, z pomocą Yamaguchi-gumi. I właśnie ta rodzina zorganizowała kradzież dzienników z uniwersyteckiego laboratorium. Uczelnia bowiem posiadała je w sensie praktycznym, ale nie prawnym. Satoshi był tam niegdyś zatrudniony. A teraz rząd japoński chce, by dzienniki wróciły do kraju.

– Na Boga! – westchnął Louie. – Nie do wiary, że oficjalne władze zwróciły się do waszego szefa o pomoc. Jak on się nazywa?

– Hisayuki Ishii-san.

– Nasz rząd w życiu nie zwróciłby się do mnie w żadnej sprawie – dodał Louie i roześmiał się serdecznie.

– Między jakuzą a władzami zawsze panowała wzajemna zależność. To dlatego możemy działać w Japonii tak otwarcie. Od czasu do czasu jesteśmy rządowi przydatni, więc generalnie mamy spokój z władzami. Tak samo jest ze zwykłymi ludźmi: oni także uważają, że jesteśmy potrzebni, jako coś w rodzaju wentyla dla naszej sztywnej kultury i rozwarstwionego społeczeństwa.

– Jeśli to prawda, to dlaczego rodzina Yamaguchi-gumi wystąpiła przeciwko rządowi, kradnąc dzienniki Satoshiego i pomagając mu w ucieczce do Stanów? I dlaczego pomogła amerykańskiej firmie w przejęciu dzienników?

– Tego nie jesteśmy pewni – przyznał Hideki – ale mój szef zakłada, że istnieje finansowy związek między Yamaguchi-gumi a iPS USA, prawdopodobnie oparty na procederze prania brudnych pieniędzy.

– Trudno to nazwać współpracą z rządem.

– Trudno – zgodził się Hideki. – Ale musi pan pamiętać, że Yamaguchi-gumi to młoda organizacja, młodsza niż inne rodziny jakuzy, i nie tak mocno związana tradycją. Jest też znacznie większa; niemal dwa razy większa od pozostałych. A teraz, skoro już byłem z panem szczery – dodał Hideki – czy możemy powrócić do tematu dzisiejszego włamania?

Zanim Louie odpowiedział, zadał sobie pytanie, czy na pewno nic więcej nie chce wiedzieć na temat dzienników laboratoryjnych i ich historii, ale nic nowego nie przyszło mu do głowy. Tym razem Hideki wyglądał na całkiem szczerego w intencjach, toteż Barbera ucieszył się w duchu, że nie zaplanował pozbycia się go. Wyeliminowanie dwóch nadgorliwych żołnierzy powinno wystarczyć, pomyślał.

W najkrótszych słowach opisał fałszywy plan wieczornej misji, podając między innymi porę i miejsce spotkania z żołnierzami Hidekiego. Poinformował go też, że akcją dywersyjną będzie eksplozja – przy Piątej Alei, na południe od miejsca włamania, być może w rejonie Biblioteki Publicznej – która powinna skutecznie odwrócić uwagę policji. Gdy skończył, dał Hidekiemu szansę na zadanie kilku pytań. Nie miał wątpliwości, że plan prezentował się dostatecznie realistycznie.

– A jeśli po eksplozji mimo wszystko w rejonie budynku iPS USA będzie policja albo gapie?

Louie pomyślał, że to całkiem dobre pytanie, i dobrze się zastanowił, zanim odpowiedział.

– Jeżeli nasi żołnierze natkną się na kogoś, trzeba będzie przerwać misję. Włamania nie będzie, odłożymy je do następnego dnia. Nie przewiduję żadnych ofiar wśród cywilów. Trzeba zrobić wszystko, żeby ich uniknąć. To ma być akcja bez użycia przemocy, a wyjątkiem może być jedynie unieszkodliwienie ochroniarza, jeśli znajdzie się taki w pobliżu biura. Proszę przypomnieć swoim ludziom, żeby pojawili się w nierzucającym się w oczy, ciemnym ubraniu, a nie w białych koszulach i okularach przeciwsłonecznych. Niech wezmą ze sobą maski i rękawiczki.

Louie spojrzał na Hidekiego. Obserwując go w milczeniu, nie mógł uwierzyć, że Hideki nie ma więcej pytań. Najwyraźniej nie miał żadnego doświadczenia w organizowaniu tego typu przedsięwzięć i kupił bez zastrzeżeń wszystkie szczegóły planu, który Louie uważał w duchu za kompletnie wariacki.

– Jeśli nie ma pan więcej pytań – odezwał się wreszcie – to ja zadam panu jeszcze jedno. Gdy rozmawialiśmy przez telefon, zapewnił mnie pan, że zgon Satoshiego zostanie uznany za śmierć z przyczyn naturalnych. Jak tego dokonaliście?

– Zgodnie z pańskim życzeniem byłem szczery w kwestii dzienników laboratoryjnych – odparł Hideki. – Ale w sprawie tej specyficznej techniki nie powiem panu ani słowa, zgodnie z rozkazem mojego oyabuna. Rzadko jej używamy, ale dotychczas zawsze sprawdzała się bez zarzutu.

– Dlaczego więc użyliście jej tym razem?

– To oczywiste: nie chcieliśmy, żeby egzekucja wyglądała jak egzekucja.

– Doceniam wasz wysiłek. Jeśli rzeczywiście zostanie uznana za śmierć z przyczyn naturalnych, policja nie będzie gorączkowo szukać sprawców. Dla mnie to bardzo ważne, ale dlaczego wam na tym zależało?

– Głównie z powodu zaangażowania w sprawę naszych rywali, Yamaguchi-gumi. Podjęli niemały wysiłek, by sprowadzić Satoshiego do Ameryki i pomóc iPS USA w zdobyciu jego dzienników laboratoryjnych. Obawialiśmy się, że gdyby jego śmierć nosiła oczywiste znamiona morderstwa, podejrzewaliby nas, Aizukotetsu-kai, o udział w tej zbrodni. Jak to zwykle bywa z konkurentami, istnieje między nami napięcie, ostatnio głównie dlatego, że skradli nam te dzienniki sprzed nosa, operując w naszym mieście, Kioto. W przeszłości takie zagranie skończyłoby się wojną. Problem polega na tym, że rodzina Yamaguchi za bardzo się rozrosła. Nawet gdybyśmy uderzyli z zaskoczenia, miałaby przygniatającą przewagę nad nami.

– Mój Boże! – zawołał Louie. – Ależ intryga.

– Obawiam się, że czasy się zmieniają. Dawniej jakuza bardziej szanowała tradycję. Ci z Yamaguchi-gumi to nowicjusze.

Potwierdziwszy raz jeszcze, że Susumu i Yoshiaki będą czekali o dwudziestej trzeciej przed księgarnią Barnes & Noble przy Union Square, trzej Japończycy wyszli, ukłoniwszy się ponownie, nim zniknęli za kotarą.

– Dziwni ludzie – stwierdził Arthur, gdy tylko rozległ się stłumiony trzask zewnętrznych drzwi.

– Cała ta sytuacja jest dziwna – odparł Louie.

Rozdział 12

25 marca 2010
czwartek, 15.10

– Nie podoba mi się to – powiedział Carlo. – W życiu nie byłem w kostnicy. Jak ci ludzie mogą tam pracować, dzień po dniu?

– A ja myślę, że to nawet ciekawa robota – odparł Brennan. Podobały mu się seriale o śledczych medyczno-prawnych, które oglądał w telewizji.

Zostawili samochód w strefie zakazu parkowania przy Pierwszej Alei, opodal południowo-wschodniego rogu Trzydziestej Ulicy. Gmach OCME mieli przed sobą, przy północno-wschodnim rogu.

– Na ciebie to nie działa? – spytał nerwowo Carlo. Siedział w fotelu kierowcy swego denali, nieświadomie ściskając kierownicę tak mocno, że zbielały mu palce.

Brennan pokręcił głową.

– Niby dlaczego? Chodź, załatwmy wreszcie tę sprawę. A może powinniśmy zadzwonić do tego Vinniego Amendoli i spytać, czy nie spotkałby się z nami w barze albo jakoś tak. W końcu pracuje tu od dawna, pewnie zna okolicę.

– Zdaje mi się, że Louie wyraził się jasno: chciał, żebyś pogadał z nim twarzą w twarz, w kostnicy.

– Nie powiedział, że właśnie ja – zaoponował Brennan. – Mamy to zrobić razem. Nie powiedział też, że mamy wejść do środka. No, ale ty tu rządzisz.

Carlo irytował go niekiedy, zwłaszcza tym, że gdy pracowali razem, jak teraz, miał pełnić funkcję szefa. Kłopot polegał na tym, że Brennan nie cenił zbyt wysoko inteligencji Carla, a na domiar złego uważał, że inteligencja jest ważniejsza niż funkcja w organizacji. Kiedyś nawet poruszył ten temat w rozmowie z Louiem, ale dostał za to taki ochrzan, że nie próbował nigdy więcej. Nigdy jednak nie przestał myśleć o tej sprawie; była jak łagodnie ćmiący, chory ząb.

– Owszem, rządzę – zgodził się Carlo. – I dlatego powiem ci, co zrobimy. Pójdziesz do kostnicy, spotkasz się z nim i powiesz mu, że chcę z nim gadać, gdzie tylko mu się podoba, byle natychmiast.

– A co będziesz robił, kiedy ja będę go szukał?

– Siedział i pilnował samochodu. Tu nie wolno parkować; nie chcę dostać mandatu. Jeśli mnie tu nie będzie, kiedy wyjdziecie, to znaczy, że krążę wokół kwartału.

Brennan przyglądał mu się przez chwilę, czując się jak chłopiec na posyłki.

– Jak chcesz – rzucił wreszcie gderliwie i wysiadł z SUV-a.

– Napiłbym się piwa, więc zaproponuj mu spotkanie w jakimś barze.

Brennan skinął głową i trzasnął drzwiami znacznie mocniej, niż było to konieczne. Wiedział, jak bardzo złości to Carla, ale miał to gdzieś – czuł się wykorzystywany. Zanim jednak przeszedł na drugą stronę Trzydziestej, zdążył zapomnieć o złości: zwyciężyła ciekawość. Dopiero gdy znalazł się w holu, uświadomił sobie, że prawdopodobnie nie zobaczy tu niczego ciekawego. Wszystkie drzwi do pomieszczeń były zamknięte, a przed sobą miał sympatyczną Murzynkę o aparycji dobrej babci, o błyszczących oczach i ciepłym, ujmującym uśmiechu. Siedziała za kontuarem recepcji, uformowanym na kształt litery U. Na piersi miała identyfikator z nazwiskiem: Marlene Wilson.

– Czym mogę służyć? – spytała Marlene niczym recepcjonistka najlepszego hotelu.

– Szukam Vinniego Amendoli – odpowiedział Brennan, nieco zbity z tropu przyjaznym podejściem Marlene. Spodziewał się, że w tej instytucji panuje bardziej surowy, może nawet gotycki klimat.

Marlene przejrzała listę pracowników OCME i musiała najpierw zatelefonować do kilku innych osób, zanim namierzyła Vinniego i podała słuchawkę Brennanowi.

Upewniwszy się, że rozmawia z właściwą osobą, Brennan oznajmił, że właśnie odbył rozmowę z Pauliem Cerinem i chciałby przekazać Vinniemu wiadomość.

– Z tym Pauliem Cerinem? – spytał z wahaniem Vinnie. Paulie był bodaj ostatnią osobą, od której spodziewał wiadomości w tym pięknym, wiosennym dniu.

– Z Pauliem Cerinem z Queensu – uściślił Brennan. Wiedział, że nazwisko to budziło w niektórych ludziach przerażenie; zwłaszcza w tych, którzy pożyczyli od Pauliego sporo pieniędzy albo nie mieli szczęścia w pokerze, wyścigach konnych lub zakładach sportowych.

– To znaczy, że Paulie Cerino wyszedł z więzienia? – spytał Vinnie. Nie był hazardzistą, mimo to wcale a wcale nie był ciekaw wiadomości od Pauliego.

– Nie, jeszcze siedzi, ale spodziewa się rychłego zwolnienia warunkowego. I dlatego mnie tu przysłał. Mógłbyś zejść na dół, Vinnie, do recepcji? Musimy pogadać.

– Niby o czym? – spytał ostrożnie Vinnie, rozpaczliwie szukając wyjścia z sytuacji. Przeczuwał, że kimkolwiek jest człowiek proszący go o spotkanie, z pewnością nie jest to najlepszy kandydat na znajomego.

– Paulie prosił, żebym zadał ci kilka pytań.

– A sam nie może zadzwonić? – spytał z wahaniem Vinnie. – Mogę ci podać numer mojej komórki.

– Paulie ma dość ograniczony dostęp do telefonu.

– Rozumiem.

– Chodzi o kilka prostych pytań – wyjaśnił Brennan.

– Dobra. Zaraz przyjdę – odpowiedział Vinnie i odłożył słuchawkę.

– Pan jest krewnym czy znajomym Vinniego? – spytała Marlene, by jakoś zagaić rozmowę. Słyszała każde słowo Brennana i nie bardzo podobała jej się wzmianka o zwolnieniu warunkowym.

– Krewnym – odparł Brennan. – Z bardzo dalekiej rodziny.

Vinnie istotnie zjawił się po chwili i celowo poprowadził go jak najdalej od stanowiska Marlene. Teraz dopiero przyjrzeli się sobie. Choć byli mniej więcej w tym samym wieku, nie łączyło ich bodaj nic więcej: oliwkowa cera i czarne włosy Vinniego żywo kontrastowały z półprzezroczystą, usianą piegami skórą oraz rudymi, a szczerze mówiąc marchewkowymi włosami Brennana.

Przedstawili się sobie, a potem Vinnie rzekł:

– Ostatnim razem gdy Paulie wysłał swoich ludzi, żeby ze mną pogadali, skończyło się na tym, że musiałem zrobić coś nielegalnego i wpadłem w kłopoty. Omal nie straciłem pracy. Mówię o tym tylko dlatego, żebyś wiedział, że nie jestem przesadnie zachwycony tym, że Paulie Cerino czegoś ode mnie chce.

– Nie będziemy cię do niczego zmuszać – zapewnił go Brennan. – Jak mówiłem, chcemy tylko zadać ci kilka pytań.

– My, to znaczy kto?

– Mój partner czeka w samochodzie. Pomyśleliśmy, że może dasz się zaprosić na piwo do baru gdzieś w pobliżu.

– Nic z tego. Do szesnastej trzydzieści jestem w robocie.

– Szkoda – odparł szczerze Brennan. Po tym, jak Carlo zaproponował piwo, sam nabrał ochoty na łyk czegoś smacznego.

– Miło było cię poznać.

– Chwila! – odpowiedział szybko Brennan. – To może pogadamy tutaj? Zadzwonię tylko po kolegę. Możemy usiąść na tej kanapie.

Vinnie przeniósł wzrok z Brennana na kanapę, a potem na Marlene i z powrotem. Nie podobał mu się ten pomysł. Nie podobało mu się i to, że w ogóle musi sterczeć w holu i zadawać się z typami pokroju Brennana, najpewniej członka przestępczej rodziny Vaccarro, a może nawet jej etatowego zabójcy. Gdy był młody, podobnie jak jego przyjaciele darzył wielkim podziwem ludzi pokroju Brennana, ale to się zmieniło, gdy jeden z żołnierzy Pauliego Cerina zabił człowieka przed lokalnym sklepem ze słodyczami. Vinnie i jego kumple siedzieli właśnie w lodziarni, gdy rozległ się huk wystrzału. Czym prędzej wybiegli na ulicę, by coś zobaczyć, zanim zjawi się policja. Zrobiło mu się niedobrze, gdy ujrzał ciało leżące na chodniku, w kałuży krwi i szarawych strzępów mózgu. Był to jeden z tych koszmarów dzieciństwa, które na zawsze pozostają w pamięci. Od tamtej pory Vinnie czuł wyłącznie strach, gdy myślał o ludziach należących do gangów.

– Nie tutaj! – powiedział Vinnie, obawiając się, że lada chwila przyłapie go szef, którego gabinet, podobnie jak inne pomieszczenia administracyjne, mieścił się opodal recepcji. Desperacko szukał w głowie rozwiązania, świadom tego, że nie powinien wpuszczać obcych w głąb budynku. – Wiem – rzekł nagle. – Spotkajmy się przy Trzydziestej Ulicy. Wyjdź na zewnątrz i obejdź budynek; będę czekał przy rampie towarowej i bramie garażu. – Vinnie wskazał ręką na drzwi frontowe, jakby Brennan zdążył zapomnieć, gdzie się znajdują. – Zobaczymy się tam za dwie minuty.

Brennan poczuł się tak, jakby go siłą wyrzucono, ale posłusznie wyszedł z budynku i pomaszerował w stronę samochodu Carla. Otworzył drzwi pasażera i zajrzał do środka.

– I co? – spytał Carlo.

– Jest cholernie zdenerwowany; wspominał o swoich ostatnich konszachtach z Pauliem. Twierdzi, że omal nie stracił wtedy pracy.

– I nie będzie z nami gadał?

– Mówił, że nie może wyjść do miasta w godzinach pracy, ale pogadamy przed budynkiem, od strony garażu – wyjaśnił Brennan, wyciągając rękę w stronę Trzydziestej Ulicy.

– Na miłość boską – jęknął Carlo, niechętnie wysiadając z wozu. Zostawił włączone światła awaryjne.

Obeszli narożnik gmachu i niemal natychmiast zauważyli Vinniego, który właśnie wyłonił się spomiędzy stojących rzędem białych furgonetek.

– Przynajmniej nie musimy wchodzić do środka – zauważył Carlo, zapinając wyżej suwak kurtki.

Brennan przedstawił Carla coraz bardziej zdenerwowanemu Vinniemu, który nieustannie oglądał się przez ramię, by się upewnić, czy nikt ich nie obserwuje.

Jego podejrzenia względem profesji Brennana potwierdziły się, gdy ujrzał Carla, a ściślej jego jedwabną marynarkę, czarny golf i złote łańcuchy. Dokładnie tak ubierali się chłopcy z ferajny, których zapamiętał z dzieciństwa.

– Słuchajcie – zaczął – musimy się streszczać, bo czekają na mnie w robocie. O co chcieliście zapytać?

– Wiesz już, że przysłał nas Paulie Cerino – odezwał się Carlo.

– Twój kumpel mi mówił.

– Paulie chciał ci przypomnieć, co zrobił dla twojego ojca.

– Powiedzcie panu Cerinowi, że nigdy o tym nie zapomnę. Ale możecie też przypomnieć mu, co dla niego zrobiłem, kiedy odezwał się do mnie ostatnim razem. Mam nadzieję, że i on jest zdania, że nasze rachunki zostały wyrównane.

– Powiem mu o tym – wycedził Carlo, lekko urażony bezczelnością Vinniego. – Ale to capo decyduje, kiedy dług został spłacony, nie dłużnik.

Vinnie odetchnął głęboko, próbując się opanować. Ostatnią rzeczą, której teraz potrzebował, była otwarta kłótnia z tymi typami.

– Podobno chcieliście o coś zapytać – powiedział.

Carlo spojrzał na niego nieprzyjaźnie, ale powstrzymał się od dalszych komentarzy.

– Macie tu w kostnicy zwłoki, które dostarczono wczoraj wieczorem. To Japończyk, który zasłabł na peronie stacji metra przy Columbus Circle.

– Znam tę sprawę – odparł Vinnie. Jako jeden z najbardziej doświadczonych techników sekcyjnych szczycił się tym, że wiedział niemal o wszystkim, nad czym pracowano w OCME. – Chcielibyście czegoś się o nim dowiedzieć?

– Dlaczego koroner nie zainteresował się sprawą?

– Koronerów już nie ma – odparł Vinnie z nutą wyższości w głosie. – Koniec z urzędnikami. Mamy teraz specjalnie przeszkolonych patomorfologów z dyplomami lekarskimi.

– Wszystko jedno – odparł zirytowany Carlo. Postawa Vinniego coraz bardziej działała mu na nerwy, ale raz jeszcze odpuścił. – Kto zajmuje się sprawą?

– Wyznaczono doktora Southgate'a... – zaczął Vinnie.

W tym momencie Carlo widocznie się odprężył. Zawsze lubił przekazywać szefowi dobre nowiny, zwłaszcza gdy oznaczało to także mniej roboty dla niego, a na to właśnie się zanosiło. Niestety, ulga nie trwała długo.

– ...ale się rozchorował, więc sprawę przejęła doktor Laurie Montgomery – dokończył Vinnie.

– Że jak? – wyrwało się Carlowi. Słyszał doskonale, ale jego umysł miał problem z zaakceptowaniem faktów.

– Doktor Southgate zaczął badanie, ale źle się poczuł, więc zastąpiła go doktor Laurie Montgomery, a ściślej Montgomery-Stapleton. A dlaczego was to ciekawi?

– Skąd ta zmiana? – spytał Carlo, ignorując pytanie Vinniego.

– Przecież mówię: doktor Southgate się rozchorował. Pojechał do domu.

– Szlag! – syknął Carlo, usilnie starając się zresetować mózg.

– Jak brzmi diagnoza? – spytał przytomnie Brennan, widząc, że Carlo na chwilę stracił mowę.

– Jak dotąd nie ma diagnozy – odrzekł Vinnie. Bardzo go ciekawiło, dlaczego Paulie Cerino interesuje się tą sprawą.

– Żadnych podejrzeń co do przyczyny śmierci? – indagował Brennan, cytując dialog z telewizyjnego serialu.

– W tej chwili wygląda na to, że był to zgon z przyczyn naturalnych, ale to się może zmienić. To pierwsza sprawa, którą przydzielono doktor Montgomery po jej powrocie z przedłużonego urlopu macierzyńskiego. Słyszałem, że zrobi wszystko, żeby znaleźć jakieś zmiany patologiczne w ciele zmarłego, nawet gdyby miała „paść trupem nad tym trupem". Podczas sekcji zwłok niczego nie znalazła, więc teraz będzie powtórnie badać sprawę.

– Zatem twoim zdaniem doktor Montgomery będzie się zajmować tym przypadkiem z jeszcze większą uwagą niż do tej pory?

– Tak sugerowała – przytaknął Vinnie. – A to naprawdę konsekwentna osoba. To trzeba jej przyznać.

Brennan i Carlo spojrzeli po sobie z niepokojem, ale oczy pierwszego z nich rozbłysły po chwili.

– Chciałbym mieć pewność, że dobrze rozumiesz sytuację: rozmawiamy w ścisłej tajemnicy. Paulie byłby bardzo niezadowolony, gdybyś uległ pokusie i zamienił z kimś choćby słowo na ten temat. Rozumiesz to, prawda?

– Tak – odpowiedział absolutnie szczerze Vinnie. – Jeszcze jak – dodał. W przeciwieństwie do większości ludzi, doskonale wiedział, że w opowieściach o ludziach mafii jest potężna dawka prawdy. Sprowokowani, potrafili działać w wyjątkowo brutalny i perfidny sposób.

– Bo widzisz, coś mogłoby się stać tobie albo twojej rodzinie.

Strach Vinniego, który zaczynał z wolna przygasać, teraz odżył ze zdwojoną siłą. Jedyną odpowiedzią, na jaką się zdobył, był nieznaczny ruch głową. Właśnie tego rodzaju pogróżek obawiał się najbardziej, gdy usłyszał nazwisko Pauliego Cerina.

– Paulie żywo się interesuje sprawą tajemniczego człowieka z peronu. Jeśli cię to ciekawi, mogę cię zapewnić, że go nie zabił, ale w jego najlepszym interesie leży to, by sprawa ucichła. Byłby bardzo zadowolony, gdyby uznano ją za śmierć niezidentyfikowanej osoby z przyczyn naturalnych. Rozumiesz?

Vinnie znowu skinął głową, ale jednocześnie intensywnie zastanawiał się, dlaczego ludzie Pauliego zwracają się w tej sprawie właśnie do niego. Przecież nie miał żadnego wpływu na to, jaką przyczynę śmierci ustalą lekarze.

– Nie słyszę – wtrącił Brennan.

– Tak – pisnął Vinnie. Po jego bezczelności nie został już nawet ślad.

– Powiedz nam coś jeszcze o tej Laurie Montgomery--Stapleton. Twoim zdaniem dotrzyma słowa i naprawdę będzie szukać zmian patologicznych aż, cytuję, „padnie trupem"? Zdaje się, że tak to ująłeś.

Vinnie wolał nie wypierać się tego, co wcześniej powiedział; przeczucie mówiło mu, że lepiej będzie mówić prawdę, a nie to, co chcieliby usłyszeć ci dwaj.

– Powiedziała, że będzie szukać, nie podda się.

Brennan spojrzał na Carla.

– Paulie nie będzie zachwycony.

– Też tak myślę. Nikt nie będzie zachwycony.

– Co teraz zrobimy? – spytał Brennan, jakby Vinniego już tam nie było.

Carlo spojrzał na Vinniego, który zaczynał czuć się jak mysz otoczona przez wygłodniałe koty.

– Pozwól, że jeszcze o coś zapytam. Jak sądzisz, jak zareagowałaby doktor Montgomery, gdybyśmy spróbowali posmarować... powiedzmy paroma tysiącami? Możliwe, że znalazłby się i tysiąc dla ciebie.

Vinnie był już tak roztrzęsiony, że nie miał pewności, czy dobrze zrozumiał.

– Mówisz o łapówce?

– Niektórzy ludzie tak to nazywają – zgodził się Carlo. – A inni całkiem inaczej.

– Myślę, że nie bylibyście zadowoleni – odpowiedział prędko Vinnie. – Gdybyście jej zaproponowali forsę, nabrałaby pewności, że coś jednak można znaleźć. W tej chwili wie tylko tyle, że rzadko się zdarza, by nie dopatrzyć się żadnej patologii podczas sekcji. Nie mówię od razu o śladach morderstwa, ale choćby o zmianach wewnętrznych. Na przykład facet, z którym najczęściej pracuję – mąż Laurie, nawiasem mówiąc – zawsze coś znajduje. To coś jakby wyzwanie.

– Coś jeszcze? – spytał Carlo, spoglądając na Brennana. – Myślisz, że powinniśmy go jeszcze o coś spytać? – uściślił.

– Nic mi nie przychodzi do głowy – odparł Brennan.

Carlo przeniósł spojrzenie na Vinniego.

– Może się okazać, że zechcemy zadać ci jeszcze parę pytań. Może zostawiłbyś nam numer swojej komórki?

Vinnie bardzo chciał się oddalić, a wcale nie chciał zostawiać im swojego numeru, ale uczynił właśnie to drugie.

– Dzięki, chłopie – powiedział Carlo, wpisując do pamięci telefonu rząd cyfr. – A teraz sprawdźmy, czy się nie pomyliłem. – Numer zaczynał się od 917. Carlo szybko wybrał go z pamięci telefonu, a chwilę później z kieszeni kitla Vinniego dobiegł sygnał. – Doskonale – ucieszył się Carlo. Zaczekał jeszcze, aż zgłosiła się poczta głosowa Vinniego, zanim przerwał połączenie.

Carlo wyciągnął rękę na pożegnanie i uścisnął dłoń Vinniego mocniej, niż było to konieczne.

– Pamiętaj: nikomu nie opowiadaj o naszym spotkaniu. – Patrzył twardo wprost w czarne źrenice Amendoli. – A jeśli wpadniesz na pomysł, jak można by ostudzić entuzjazm Laurie Montgomery-Stapleton w poszukiwaniu dziury w całym, to do mnie zadzwoń. Numer masz w telefonie. – Wreszcie puścił rękę Vinniego. – Będziemy w pobliżu – zapowiedział i odszedł.

Brennan także spojrzał Vinniemu w oczy, a potem ruszył śladem kumpla.

– Louie nie będzie szczęśliwy, kiedy mu powiemy, czego dowiedzieliśmy się o sprawie i o Laurie Montgomery-Stapleton – rzekł po chwili.

– Oj, nie będzie – zgodził się Carlo.

Nagle Brennan przystanął.

– Czekaj no! Zapomnieliśmy zapytać Vinniego o jeszcze jedną rzecz. Louie prosił.

– O co?

Brennan odwrócił się, ale Vinnie zdążył już zniknąć we wnętrzu budynku.

– Mieliśmy zapytać, czy wie, w jaki sposób dałoby się zachęcić Laurie Montgomery do porzucenia sprawy Satoshiego i wpisania do papierów naturalnej przyczyny zgonu.

– Przecież zapytaliśmy, czy wzięłaby w łapę.

– To nie to samo. Nie wiesz, o czym mówię? Może wpadłby na inny pomysł.

Przez chwilę szli w milczeniu, aż wreszcie na rogu Pierwszej Alei i Trzydziestej Ulicy Carlo złapał Brennana za rękaw i szarpnął mocno.

– Masz rację! Trzeba było go zapytać.

– Możemy zadzwonić. Dobrze, że wziąłeś jego numer... Dzwoń!

– Dobra myśl. Zadzwonimy z samochodu.

Wóz stał na swoim miejscu, z uparcie błyskającymi światłami. Niestety, zza wycieraczki wystawał druczek mandatu, a na chodniku obok stała parkingowa, najwyraźniej czekając na wóz pomocy drogowej.

– Cholera! – rzucił Carlo i zaczął biec w stronę samochodu. – Przepraszam panią – zawołał – ja tylko załatwiałem sprawę w OCME, w imieniu miasta.

– Wobec tego trzeba było zaparkować tam, gdzie stają wszystkie furgonetki OCME. Nigdy nie wlepiamy im mandatów.

– Ale może mogłaby pani anulować ten? – spytał z nadzieją Carlo.

– Nic z tego – odpowiedziała parkingowa. – A teraz proszę stąd odjechać, zanim odholujemy panu ten wóz.

Carlo wymamrotał parę nie do końca uprzejmych słów pod jej adresem, ale posłusznie wsiadł z Brennanem do samochodu. Usadowiwszy się za kierownicą, wyjął telefon i wcisnął klawisz ponownego wybierania. Zanim zgłosił się Vinnie, w okno wozu zapukała parkingowa.

– Dobrze już, dobrze! – zawołał Carlo, nie opuszczając szyby. Przekręcił kluczyk i w tej samej chwili usłyszał głos Vinniego.

– Zaraz zarobisz mandat za gadanie przez telefon podczas jazdy – wtrącił Brennan, za co Carlo odpłacił mu jadowitym spojrzeniem. Przerwał połączenie i poprowadził wóz Pierwszą Aleją, po czym skręcił w lewo, w najbliższą boczną uliczkę. Zatrzymał SUV-a przy pierwszym hydrancie i ponownie zadzwonił do Vinniego.

– Zaczekaj, przejdę do innego pokoju – powiedział Vinnie. Minutę później dodał: – No dobra, co się dzieje?

– Słuchaj – odparł Carlo – może mógłbyś nam coś poradzić w sprawie doktor Laurie Montgomery-Stapleton? Czy istnieje jakiś sposób, żeby ją skłonić do odpuszczenia tej sprawy z peronu metra?

– Absolutnie nie. Cokolwiek zrobicie, będzie jeszcze bardziej zdeterminowana. Uparła się i drąży sprawę z przyczyn osobistych, ale jeśli tylko zacznie podejrzewać, że doszło do przestępstwa, rzuci się na nią jak pies na kość. Wiem, bo było już kilka takich przypadków, kiedy ona mówiła A, a wszyscy inni B. Zaczynała wtedy badać sprawę dogłębnie i zawsze okazywało się, że miała rację. Poza tym ja nie chcę mieć z wami do czynienia. Przykro mi, ale taka jest prawda. Choć oczywiście nikomu nie powiem, że tu byliście i że rozmawialiśmy.

Brennan, który przysłuchiwał się rozmowie, skinął na Carla, by ten oddał mu aparat. Carlo wzruszył ramionami, ale usłuchał.

– Mówi Brennan. Słuchaj, a gdybyś tak napisał anonimowy list, że bardzo niemili ludzie pragną, żeby w papierach znalazło się potwierdzenie naturalnej śmierci denata, bo inaczej rodzina nie dostanie odszkodowania?

– A niby kto miałby dostać odszkodowanie, skoro nie zidentyfikowano trupa?

– Słusznie – przyznał Brennan. – Cóż, w takim razie zapomnijmy o ubezpieczeniu. Napisz, że jeśli nie zostawi sprawy na takim etapie, na jakim jest teraz, będzie miała kłopoty. Poważne kłopoty. Niech zrozumie powagę sytuacji.

– Natychmiast odda list policji, a policja połapie się, że coś jest nie tak. Nie zamierzam mówić wam, chłopaki, jak powinniście działać, ale moim zdaniem cokolwiek zrobicie, co będzie w jakiś sposób związane z osobą zmarłego, poskutkuje wyłącznie tym, że doktor Montgomery-Stapleton będzie badać sprawę jeszcze bardziej wnikliwie.

– A gdybyś tak dopisał, że jeśli zgłosi się na policję albo

do kogokolwiek innego po pomoc, będzie cierpieć? Wiesz, gdybym to ja był lekarzem i dostał taki liścik, pewnie zamknąłbym sprawę w mgnieniu oka. Po co ryzykować, gdy sytuacja jest tak niepewna?

– Tak, ale ty nie jesteś Laurie Montgomery-Stapleton.

– Zaczekaj chwilę – rzekł Brennan i spojrzał na Carla. – Co mam mu jeszcze powiedzieć? – spytał cicho. – Chyba o to chodziło Louiemu, gdy nas tu wysyłał. Może nie mówił konkretnie, żeby wysłać jej list z pogróżkami, ale chyba do tego się to wszystko sprowadza, nie? Bo niby jak inaczej Vinnie miałby ją „postraszyć"?

– Chyba masz rację – odparł niepewnie Carlo. – Słuchaj, czy Vinnie nie mówił, że ona niedawno wróciła z macierzyńskiego?

Brennan podniósł słuchawkę i zapytał.

– Tak – potwierdził Vinnie. – To jej pierwszy dzień w pracy. Nie da się ukryć, że między innymi dlatego tak się stara.

– Kobiety bardzo się zmieniają po porodzie – stwierdził fachowo Carlo. – Wiem coś o tym, moja żona rodziła dwa razy. Instynkt matki zwycięża, są gotowe na wszystko, byle tylko chronić dzieci.

– Słyszałeś? – spytał Brennan, zwracając się do Vinniego.

– Słyszałem – odparł Vinnie. Myśl o tym, że jednak będzie miał do czynienia z tymi ludźmi, z każdą sekundą przerażała go coraz bardziej.

– W takim razie napisz do niej liścik. Niech wie, że może się spodziewać poważnych konsekwencji wobec siebie i swojej rodziny, jeżeli nie zamknie tej sprawy. Podkreśl zwłaszcza „rodziny". I że takie same konsekwencje spotkają ją, jeśli powie komukolwiek o tej groźbie, a już zwłaszcza policji. Nie musisz wysmarowywać czegoś w rozmiarach *Wojny i pokoju*. Niech to będzie przejrzyste, nie długie.

– Mówiliście przecież, że nie będę musiał nic robić. Że chcecie tylko zadać mi kilka pytań.

– Chyba nie zamierzasz przysparzać nam kłopotów? – spytał Brennan ciszej. – Bo właśnie jedziemy w stronę twojego domu, żeby popatrzeć, czy twoje dziewczynki bezpiecznie wracają ze szkoły.

Carlo spojrzał pytająco na Brennana, ale ten zbył go machnięciem ręką.

– Nie – odpowiedział szybko Vinnie. – Nie, dziękuję.

– To dobrze – odparł Brennan. – Powiem ci, co teraz zrobisz: napiszesz list i oddzwonisz na ten numer. Możliwe, że będziemy chcieli dodać coś od siebie.

Brennan oddał telefon Carlowi, a ten natychmiast przerwał połączenie i wybrał numer Louiego.

– Tak sobie myślę, że lepiej będzie przekazać mu złe wieści od razu – powiedział, słuchając sygnału.

– Słusznie – odrzekł Brennan. – I powiedz mu o tym liście z pogróżkami; ciekaw jestem jego opinii. W końcu podejmujemy ryzyko – rzeczywiście możemy rozbudzić ciekawość tej doktorki, zamiast ją nastraszyć.

– Mówi Carlo – rzekł Paparo, gdy w słuchawce odezwał się głos Louiego. – Obawiam się, że mam złą wiadomość

Rozdział 13

25 marca 2010
czwartek, 16.45

Laurie poleciła taksówkarzowi, by wysadził ją tuż przed budynkiem OCME, tak by nie musiała przebijać się na drugą stronę Pierwszej Alei, po której toczył się o tej porze, w godzinie szczytu, nieprzerwany sznur samochodów. Dotarcie z komisariatu Midtown North do OCME zajęło jej ponad godzinę – dwa razy dłużej niż w normalnych warunkach. Dawno już Nowy Jork nie był tak zakorkowany jak tego dnia.

Wszedłszy do holu, machnęła ręką na powitanie Marlene i od razu weszła na trzecie piętro. Zanim jednak udała się do swojego gabinetu, uchyliła drzwi pokoju Jacka i zajrzała do środka.

– Gdzieś ty się podziewała, u licha? – spytał, udając zirytowanego. – Zaglądałem do ciebie parę razy, wiem też, że nie było cię w prosektorium.

Laurie uśmiechnęła się psotnie i wyjęła z torebki dwie płyty z danymi. Uniosła je wysoko, pokazując Jackowi.

– Co tam masz? – spytał, przeciągając się w fotelu. Piętrzyła się przed nim jedna wielka masa teczek z dokumentami, książek, czasopism fachowych, preparatów mikroskopowych i raportów laboratoryjnych, z na wpół rozkręconą suszarką do włosów na dokładkę.

Laurie nie miała wątpliwości, że jej mąż znowu zajmował się dwudziestoma sprawami naraz. Zwłaszcza że na rękach miał lateksowe rękawiczki chirurgiczne.

– Dwa fantastyczne filmy – odpowiedziała.

Jack wykrzywił twarz w grymasie przesadnego niedowierzania.

– Naprawdę – dodała. – Autentyczne dreszczowce.

– Daj spokój – odparł Jack. Wyciągnął rękę po jedną z płyt i przeczytał napis na naklejce: NYPD. – Co to ma być, na Boga?

– Nagrania wideo ze wszystkich kamer obserwujących peron linii A na stacji przy Columbus Circle.

Jack zwiesił bezradnie ramiona i odetchnął głęboko.

– Tylko mi nie mów, że zamierzasz je w całości obejrzeć. Ile tego jest, dziesięć godzin filmu, na którym ludzie wsiadają i wysiadają z wagonów?

– Powiedzmy, że siedem.

– I zamierzasz obejrzeć wszystko?

– Jeśli będę musiała – odparła dumnie Laurie. – Wiem, że akcja może nie być zbyt wartka, a postacie raczej jednowymiarowe, nie mówiąc o ziarnistym, czarno-białym obrazie, ale i tak będę oglądać.

– Laurie, nie gniewaj się, ale myślę, że zdecydowanie przesadzasz z tą swoją jedyną na dziś sprawą. Dlaczegóż, u licha, zamierzasz poddawać się takim torturom? Tylko dlatego, że nie znalazłaś u denata żadnych zmian patologicznych? To nie jest wystarczający powód, żeby się zarzynać. Kiedy jutro przyjdziemy do roboty, sprawdzisz sobie wyniki testów histologicznych – bo jestem pewny, że poprosiłaś Maureen O'Connor, żeby zrobiła je ekspresem – i toksykologicznych – bo Johna niewątpliwie poprosiłaś o to samo – i to będzie koniec pracy nad tym przypadkiem. Naprawdę nie musisz oglądać siedmiu godzin nagrań wideo.

– Liczę na to, że rano dostanę kolejne sprawy.

– Tym lepiej. To oznacza, że wyniki badań histologicznych i toksykologicznych będziesz mogła sprawdzić dopiero po południu, a ich wyniki i tak będą negatywne. Sprawa zamknięta, akt zgonu wypisany i podpisany.

– Nie wykluczam, że nagrania z kamer monitoringu dostarczą mi informacji, których potrzebuję.

– Na przykład jakich?

– Może przekonam się, czy śmierć tego Azjaty poprzedził jakiś atak. Mężczyzna, który dzwonił pod dziewięćset jedenaście, nie był pewny. Widział umierającego tylko przelotnie, wciśnięty w rozpędzony tłum i popychany w stronę pociągu.

– Hmm – mruknął Jack. – Rzeczywiście, to może być znacząca informacja. Nawiasem mówiąc, uważam, że twoja wnikliwość jest godna pochwały. Wątpię, by ktokolwiek inny posunął się aż do tego, by zdobyć te nagrania. A teraz powiedz mi, czy byłaś już u siebie, czy wracasz prosto z miasta?

– Przed chwilą weszłam do budynku – odrzekła Laurie. – A dlaczego pytasz?

– Bez konkretnego powodu – odparł jakby w roztargnieniu Jack.

Spojrzała na niego z ukosa. Miała wrażenie, że kąciki jego ust unoszą się nieznacznie, a po twarzy jej męża błąka się zawadiacki uśmieszek.

– Naprawdę? – spytała. – Dlaczego byłeś ciekaw, czy zajrzałam już do swojego gabinetu?

– To doprawdy nic ważnego – odparł Jack. – Kiedy zajrzałem tam po raz ostatni, widziałem wynik badania przyniesiony przez Johna: poziom alkoholu we krwi twojego nieboszczyka był normalny. Domyśliłem się, że jakimś sposobem nakłoniłaś go do wykonania testów w pierwszej kolejności. Byłem więc ciekaw, czy już go widziałaś – zakończył Jack i zachichotał.

– Nie, jeszcze nie widziałam – odpowiedziała Laurie lekko zbita z tropu. Niekiedy Jack zachowywał się dość dziwnie i to właśnie była jedna z tych chwil. Kiedy tak się zdarzało, zwykle brała to na karb jego skłonności do myślenia o kilkunastu sprawach jednocześnie. Bałagan na jego biurku wskazywał na to, że tak było i tym razem.

– O której chcesz wyjść z pracy? – spytała, by zmienić temat. Nie mogła się już doczekać powrotu do domu. Z pewnym wysiłkiem zdołała powstrzymać się od telefonowania do Leticii, by jej nie denerwować. A ponieważ Leticia także nie dzwoniła, przerwa w kontakcie stawała się dla Laurie coraz trudniejsza do zniesienia. Chciała więc wiedzieć, kiedy Jack będzie mógł wyjść, by móc wykorzystać tę wiadomość jako pretekst i wreszcie zatelefonować do Leticii.

Jack wzruszył ramionami.

– Może gdy skończę protokół z tego badania? Sprawa jest dość interesująca, przynajmniej tak sądzę.

– Masz na myśli badanie suszarki do włosów? – spytała kpiąco Laurie.

– W rzeczy samej – odparł Jack, sięgając po pozbawione części obudowy urządzenie. – Przypomnij sobie ten przypadek, nad którym zaczynałem pracować, gdy ty kończyłaś sekcję.

– Stewardesa z Delty. Co udało ci się ustalić?

– To samo co tobie: nic. Ściślej mówiąc nic, jeśli nie liczyć nic nieznaczących mięśniaków macicy. Zadzwoniłem więc do Barta Arnolda i poprosiłem, żeby jeszcze raz wysłał któregoś ze śledczych medyczno-prawnych do mieszkania ofiary, w celu zebrania wszelkich drobnych urządzeń elektrycznych z łazienki. Wkrótce dostarczono mi tę suszarkę do włosów i ten dziwny aparat do płukania zębów... Jak go nazywają?

– Irygator ustny.

– Właśnie. Irygator był zresztą sprawny, ale popatrz tylko na tę suszarkę! – Jack podniósł urządzenie i podłączył zaciski woltomierza do jednej z końcówek wtyczki oraz do połówki obudowy. Zaraz potem odchylił się nieco, by Laurie mogła na własne oczy odczytać wynik pomiaru.

– Zero omów! – powiedziała, przypominając sobie jednocześnie, że kiedyś, w pierwszym roku pracy w OCME, miała podobny przypadek. – Porażenie niskim napięciem.

– To dlatego chłopak widział, jak wyszła z łazienki, a potem po prostu upadła i zmarła.

– Ależ ta suszarka wygląda jak nowa!

– Zgadzam się. To czyni tę sprawę w dwójnasób interesującą. Zajrzyj do środka i popatrz na ten czarny przewód – powiedział Jack, wskazując śrubokrętem odpowiednie miejsce.

– Ktoś zdjął izolację w miejscu, w którym dotyka metalowej części obudowy.

– Właśnie tak sobie pomyślałem. Gdy młoda kobieta wyszła spod prysznica, być może stanęła na wilgotnej podłodze, włączyła suszarkę i... wtedy zginęła.

– Wobec tego mamy pewny przypadek zabójstwa – zawyrokowała Laurie. – Brawo, kochanie. Znalazłeś ślady oparzeń, na przykład na podeszwach stóp?

– Ani jednego – odparł Jack. – Ale to nic dziwnego, skoro w jednej trzeciej przypadków śmiertelnego porażenia prądem niskiego napięcia nie dochodzi do tego typu obrażeń.

– Jakim cudem pamiętasz takie dane?

– Nie pamiętałem – przyznał Jack – ale czytałem o tym, zanim wpadłaś.

– Sądzisz, że sprawcą jest chłopak? Może uszkodził suszarkę, kiedy ofiara była w podróży?

– Tak przypuszczam, ale może być trudno znaleźć dowody. Można poszukać odcisków palców chłopaka gdzieś we wnętrzu suszarki; właśnie dlatego pracuję w rękawiczkach. To pewne, że mordercą jest ten, kto zostawił tam swoje odciski.

– Brawo – powtórzyła Laurie jakby z cieniem zazdrości. Właśnie taką sprawę miała nadzieję dostać w swym pierwszym dniu pracy. Wymagała doświadczenia, wiedzy i pewnej dozy kreatywności, by zebrać fakty i wyciągnąć wnioski, za to jej rozwiązanie dawało poczucie sukcesu, dołożenia swojej cegiełki do właściwego funkcjonowania wymiaru sprawiedliwości. – Długo będziesz pisał raport o tej suszarce?

– Pewnie z pół godziny.

– Dobra. Gdy tylko skończysz, zajrzyj do mnie i pojedziemy do domu.

– U Leticii i JJ'a wszystko w porządku?

– Zdaje się, że nie jestem tak niezastąpiona, jak mi się zdawało. Wszystko jest w najlepszym porządku, do tego stopnia, że Leticia powiedziała mi nawet, że nie powinnam dzwonić tak często.

– Dosłownie?

– Dosłownie.

– Muszę przyznać, że to lekko niestosowne zachowanie z jej strony.

– A ja muszę się z tobą zgodzić.

– Do zobaczenia za trzydzieści minut.

Idąc cichym korytarzem na trzecim piętrze, Laurie wyjęła z kieszeni telefon. Pomachała przez otwarte drzwi wiceszefowi OCME, ale Calvin Washington był zbyt zajęty pracą w swoim gabinecie, by ją zauważyć. Laurie zdążyła dojść do swojego pokoju, a Leticia wciąż nie odbierała. Wchodząc do środka, zaczęła liczyć sygnały. Zanim położyła na biurku torbę i dwie płyty, minęło dziesięć. Zanim powiesiła płaszcz, już piętnaście. I wreszcie, po siedemnastym sygnale, doczekała się –

tyle że w tym momencie jej serce biło już zapewne w tempie stu pięćdziesięciu uderzeń na minutę.

– Halo – powiedziała Leticia tonem tak spokojnym, że wręcz sugerującym lekkie znudzenie.

– Wszystko w porządku? – spytała pospiesznie Laurie, choć wymuszony spokój Leticii już jej podpowiedział, że właśnie tak było.

– Radzimy sobie doskonale – odpowiedziała Leticia.

– Tak długo nie odbierałaś.

– To dlatego, że właśnie kąpałam JJ'a po małej przygodzie z wyjątkowo zafajdaną pieluszką.

Laurie po raz kolejny poczuła zakłopotanie. Czyżby naprawdę była przeczulona?

– Dzwonię tylko, żeby cię uprzedzić, że będziemy w domu mniej więcej za godzinę.

– Będziemy na miejscu – zapewniła ją Leticia.

– A co z kolacją?

– Jest w planach.

– Powiedz malutkiemu, że za nim tęsknimy.

– Zaraz to zrobię – odrzekła cokolwiek apatycznie Leticia.

Laurie odłożyła słuchawkę z mieszanymi uczuciami. Jasne było, że Leticia jest rozdrażniona kolejnym telefonem, ale podobnie czuła się teraz ona sama – w końcu pierwszego dnia opiekunka mogła potraktować ją ulgowo. Choć z drugiej strony, kilkanaście rozmów dziennie to lekka przesada, gdy nie ma z dzieckiem najmniejszych problemów. Może i ja powinnam potraktować ją ulgowo, pomyślała Laurie. W końcu dzwoniąc do niej, odrywam ją od półtorarocznego dziecka, które ma pod opieką i które wymaga nieustannej uwagi.

Siedząc za biurkiem, Laurie sięgnęła po wynik badania laboratoryjnego, o którym wspomniał Jack. Poziom alkoholu we krwi ofiary wynosił 0,3 promila, czyli był znacznie poniżej dozwolonego prawem limitu. Nie był jednak zerowy, a to oznaczało, że na parę godzin przed śmiercią ofiara piła alkohol. Tyle że fakt ten nie mógł mieć najmniejszego wpływu na jej późniejszy los. Dołożyła wynik testu do teczki sprawy i wtedy dopiero zauważyła zwykłą, białą kopertę leżącą na klawiaturze. Nadrukowane na niej litery układały się w napis: dr Laurie Montgomery-Stapleton. Obok przyklejona była mała karteczka z własnoręczną notatką od Marlene: kopertę znaleziono w holu, ktoś wsunął ją pod frontowymi drzwiami. Laurie wyjęła ze środka białą kartkę, rozłożyła ją i przeczytała krótki list:

Pani Doktor,

Proszę wybaczyć, że się wtrącam, ale czynię to pod wpływem gróźb. Przypadkiem wiem, że pewni bardzo, bardzo źli ludzie życzą sobie, by przerwała Pani badanie sprawy naturalnej śmierci Azjaty na peronie kolei podziemnej. Jeśli nie uczyni Pani tego natychmiast, oznaczać to będzie bardzo poważne konsekwencje dla Pani i jej rodziny. Doniesienie policji o niniejszym ostrzeżeniu spowoduje taki sam skutek. Proszę zachować rozsądek. Szkoda Pani czasu.

Po pierwszym przeczytaniu Laurie aż wstrzymała oddech z wrażenia, ale po chwili na jej ustach pojawił się uśmiech. Gdy przeczytała list po raz trzeci, zaczęła chichotać. Gdy zadała sobie pytanie, kto mógł podesłać jej taką wiadomość, odpowiedź pojawiła się natychmiast: tylko Jack. Dziecinnie niestosowna, idealnie odpowiadała jego poczuciu humoru, a na dodatek nakłaniała Laurie do lżejszego traktowania sprawy, nad którą pracowała. Im dłużej Laurie o tym myślała, tym głębiej była przekonana, że to sprawka Jacka. Dodatkową wskazówką było to, jak dopytywał się, czy po powrocie z komisariatu zdążyła już zajrzeć do swojego pokoju. Najwyraźniej spodziewał się, że przeczytawszy liścik, żona przyleci do niego ciężko przerażona. Przeczytała po raz czwarty i tym razem wybuchnęła śmiechem. Cóż za niedorzeczny pomysł! Gdyby ktoś naprawdę chciał, żeby porzuciła tę sprawę, na pewno nie prowokowałby jej w ten sposób do jeszcze bardziej wnikliwego badania

Uświadomiwszy sobie, kto jest autorem listu, Laurie zaczęła się zastanawiać nad formą rewanżu, który należał się Jackowi za ten niestosowny żart. Nie zamierzała jednak reagować przesadnym oburzeniem, którego zapewne oczekiwał. Postanowiła, że rozegra sprawę na zimno. Znacznie zabawniej byłoby przecież zignorować sprawę i przekonać się, jak długo Jack wytrzyma brak reakcji i niepewność, czy Laurie w ogóle otrzymała wiadomość. Złożyła kartkę na pół i wsunęła na powrót do koperty, którą następnie schowała do środkowej szuflady biurka. Była pewna, że brak odpowiedzi na dziecinną zagrywkę doprowadzi Jacka do szału.

Znowu pochyliła się nad teczką sprawy: wielką żółtawą kieszenią z grubego, sztywnego papieru. Zawierała wszystkie dokumenty związane z badanym przypadkiem: arkusz roboczy, częściowo wypełniony akt zgonu, listę dokumentów medyczno-prawnych, dwa arkusze notatek z sekcji zwłok, notę z telefonicznego zgłoszenia zgonu odebranego przez dział łączności, arkusz identyfikacyjny, raport śledczego medyczno-prawnego, pusty arkusz raportu z sekcji oraz arkusz zdjęć rentgenowskich ofiary, odcisków palców i zwykłych fotografii. Laurie wyjęła zapasowy komplet zdjęć – wykonanych z przodu, z tyłu i z profilu – i włożyła go torebki, by mieć jakiś punkt odniesienia podczas wieczornej sesji z nagraniami z kamer monitoringu. Chwilę później wpadła na jeszcze jeden pomysł: Jack miał rację co do zdecydowanie zbyt długiego czasu, który zamierzała poświęcić filmom. Postanowiła więc, że spróbuje zawęzić przedział czasowy. Wśród dokumentów odszukała jeszcze karteczkę z numerami telefonistki z 911 oraz mężczyzny, który zgłosił wypadek, Roberta Delacroix. Wybrała jego numer i tym razem zgłosił się niemal natychmiast. Przedstawiwszy się, Laurie przeprosiła, że znowu go niepokoi.

– Ależ nic nie szkodzi – zapewnił ją Robert. – Zrobię wszystko, żeby poczuć się choć trochę mniej winnym.

– Może mi pan powiedzieć, w którym miejscu peronu znajdował się w chwili, gdy doszło do wypadku?

– Rany – mruknął Robert i umilkł, szukając w pamięci szczegółów. – Był taki tłok, że nie zdążyłem nawet zbytnio oddalić się od schodów.

– Widział pan koniec peronu, w którymkolwiek kierunku?

– Nie przypominam sobie.

– Wobec tego był pan mniej więcej pośrodku? Na to wygląda.

– Myślę, że można przyjąć takie założenie.

Laurie podziękowała i odłożyła słuchawkę. Postanowiła, że zaczeka w pokoju Jacka, aż raport z sekcji suszarki do włosów będzie gotowy. Może uwinie się szybciej, jeśli będę mu wisiała nad głową, pomyślała. Teraz, gdy sama była gotowa do wyjścia, pragnęła jak najszybciej dotrzeć do domu.

Rozdział 14

– Jesteś zajęty? – spytał Carl Harris, zaglądając przez otwarte drzwi do gabinetu Bena Coreya.

Ben uniósł głowę znad czasopisma biomedycznego, które przeglądał. Na biurku leżał cały stosik podobnych, dostarczanych praktycznie codziennie. Śledzenie wszelkich postępów w dziedzinie komórek macierzystych celem kolejnych przejęć własności intelektualnej było dla iPS USA najważniejszą sprawą. Wertowanie czasopism specjalistycznych pomału zmieniało się więc w zajęcie na cały etat.

– Dla ciebie nigdy – odparł Ben. – Co słychać? Wejdź, siadaj.

– Chciałem tylko spytać, jak poszło poranne spotkanie z Michaelem.

– Powiedziałbym, że różnie.

– Jak to?

– Może samo spotkanie było całkiem w porządku, ale jego następstwem była wizyta Michaela u Vinniego Dominicka i Saboru Fukudy, miejscowego szefa Yamaguchi-gumi. Michael dzwonił do mnie parę minut temu i mówił, że rozmawiał z nimi najpierw o iPS Rapid, i tu osiągnęli pełne porozumienie. Obaj wyglądali na bardzo chętnych do zainwestowania dodatkowej gotówki w kolejne udziały, zwłaszcza gdy usłyszeli o wczorajszym podpisaniu umowy z Satoshim. Nasza sytuacja finansowa jest więc świetna i pozostaje tylko decyzja w sprawie sposobu działania: kupujemy firmę czy licencję? Przyglądałeś się tej kwestii?

– Zacząłem badać tę firmę. Nie działa na rynku na tyle długo, żeby mieć bogatą listę osiągnięć, mimo to wydaje mi się, że lepiej będzie kupić ją w całości, nie bawiąc się w licencję. Jeżeli uzyska patent, o który wystąpiła, będzie to grubsza sprawa. Może dojść do tego, że sami zaskarżymy ich odkrycie, jako naruszające nasze wcześniejsze prawa patentowe. Omówiłem to z zespołem doradców, Pauline jest mojego zdania. Dlatego cieszę się, że nasi aniołowie poprą nas finansowo.

– Ja też – odparł Ben. – Kłopot w tym, że oni wcale nie mają ochoty zmieniać niczego w naszych wzajemnych stosunkach.

– Przecież w najbliższym czasie nic się nie zmieni – znowu idziemy do nich po pieniądze na inwestycje.

– To prawda. Faktem jest jednak i to, że jeszcze trudniej nam będzie rozstać się z nimi w dalszej przyszłości.

– Z tym możemy zaczekać do czasu oferty publicznej.

– Bardzo słusznie. W tym momencie, gdy pojawią się konkretne liczby, będziemy w stanie pokazać im, jak wiele mogą zyskać na pierwszej ofercie publicznej. Jednocześnie uświadomimy im, że sprzedaż akcji nie będzie możliwa, jeśli się nie wycofają.

– To chyba niezły plan – stwierdził Carl, wstając. – Długo jeszcze zostaniesz? Jest już po piątej.

Ben poklepał dłonią stosik czasopism.

– Jeszcze z godzinę, może dłużej. Muszę poważnie odchudzić tę stertę. Poza tym jeśli wyjdę teraz, trafię na takie korki, że w ogóle mi się to nie opłaci.

– Do zobaczenia rano – rzucił na pożegnanie Carl, ruszając w stronę drzwi.

– Czekaj! – zawołał Ben.

Carl zatrzymał się i odwrócił.

– Widziałeś może dziś Satoshiego albo kontaktowałeś się z nim? Załatwiłem mu miejsce w laboratorium Columbii, ma też parę ważnych papierów do podpisania, a zdaje mi się, że w ogóle nie pojawił się w pracy.

Carl pokręcił głową.

– Nie widziałem go. Nie masz jego numeru?

– Dzwoniłem kilka razy. Zdaje się, że wyłączył komórkę, bo od razu zgłasza się poczta głosowa.

– Może wybrał się w tę podróż, o której wspominał?

– O czym ty mówisz?

– Parę dni temu pytał mnie, gdzie warto się zatrzymać w Waszyngtonie. Powiedział, że chciałby zabrać rodzinę na wycieczkę.

– Szlag by go! – jęknął Ben, potrząsając głową.

– O co chodzi?

– Raz już wykręcił mi taki numer. Zniknął z rodziną na okrągły tydzień. Pojechali podziwiać wodospad Niagara.

– Cóż, trudno go winić. Pierwszy raz w życiu jest naprawdę wolnym człowiekiem.

– Coś pięknego – odparł sarkastycznie Ben. – Tylko że ja muszę się o niego zamartwiać jak o krnąbrnego syna.

– Myśl pozytywnie. Może zjawi się jutro rano.

– Byłoby miło. Tylko dlaczego mam przeczucie, że tak się nie stanie?

Rozdział 15

Siedząc na tylnej kanapie najwyraźniej nowiutkiej, żółtej taksówki, Laurie bezgłośnie odliczała numery domów, które mijali, jadąc Central Park West na północ. Gdy minęli Muzeum Historii Naturalnej, a potem Osiemdziesiątą Szóstą Ulicę, jej podniecenie gwałtownie wzrosło; zaczęła wyraźnie czuć pulsowanie krwi w żyłach. Choć Jack siedział obok niej i cierpliwie opowiadał o tym, jak wraz z Lou potwierdzili ustalenia z sekcji zwłok ofiary postrzału, ani na chwilę nie mogła skupić się na tej historii – zbyt bliska była upragniona chwila spotkania z JJ'em. Pozwoliła jednak, by Jack mówił dalej, zwłaszcza że nie zareagował, gdy mniej więcej milę wcześniej przestała w ogóle reagować na jego słowa.

– Jaki miał być numer na Sto Szóstej? – spytał taksówkarz.

Laurie odpowiedziała natychmiast, przerywając Jackowi w pół zdania.

– Czy ty mnie w ogóle słuchasz? – zainteresował się Jack, patrząc, jak jego żona mimowolnie wyciąga szyję ku plastikowej tafli oddzielającej przedział pasażerski i wypatruje domu. Zmieniła pozycję, dopiero gdy skręcili w lewo, w swoją ulicę.

– Słyszałaś, co mówiłem? – spytał Jack.

– Nie – przyznała Laurie. Mijali właśnie nieduże podwórko, które dziesięć lat wcześniej Jack odnowił własnym sumptem. Dodał oświetlenie boiska do koszykówki, na którym właśnie trwał mecz. Odnowił też placyk zabaw dla dzieci, montując ślizgawki, huśtawki i dużą piaskownicę.

– Pytałem, czy ty mnie w ogóle słuchasz – powtórzył Jack.

– Mam skłamać czy mówić prawdę?

– Skłam, żeby mnie nie urazić.

– A mógłbyś zapłacić? – spytała Laurie, taksówka bowiem właśnie zwalniała tuż przy krawężniku, przed ich pięknie odrestaurowanym domem o elewacji z płyt piaskowca. Zanim się zatrzymali, już otworzyła drzwi, a sekundę później wyskoczyła z torebką w dłoni i pobiegła schodami ku drzwiom frontowym. Nie zdejmując płaszcza, wspięła się po stopniach na piętro, do kuchni.

Leticia słyszała, że ktoś otworzył drzwi. Wzięła JJ'a na ręce i wyszła Laurie na spotkanie u szczytu schodów. Była atrakcyjną, wysportowaną, dwudziestoparoletnią Murzynką, o twarzy otoczonej istną chmurą puszystych, czarnych włosów. Z lekka złośliwy uśmieszek rzadko znikał z jej ust, także dlatego, że chorobliwie nie znosiła głupców. Jako kuzynka Warrena Wilsona, kumpla z sąsiedztwa, z którym Jack grywał od lat w koszykówkę, przejawiała rodzinne zamiłowanie do dbania o należytą rzeźbę ciała, co zresztą chętnie komunikowała światu, nosząc obcisłe dżinsy i bardzo dopasowane bluzki. Nie wiedziała jeszcze, czy po skończeniu college'u będzie chciała kontynuować studia, dlatego też Warren zasugerował jej, by spróbowała swoich sił w roli niani w domu Jacka i Laurie.

– Hej, maluszku – zaświergotała Laurie i wyciągnęła ręce ku swemu dziecku.

Jej zapał zaskoczył JJ'a, który zareagował, odwracając główkę ku Leticii i tuląc się do niej ze zdwojoną siłą. Rozpłakał się nawet, gdy obie kobiety zabrały się zgodnie do odginania jego małych paluszków, wczepionych w szyję opiekunki. Potrzebował jednak tylko chwili, by rozpoznać mamę i uspokoić się, ale było już za późno: Laurie poczuła się odrzucona, przynajmniej na kilka minut, zanim zwyciężył w niej rozsądek i ogarnęło ją przede wszystkim zażenowanie z powodu histerycznej reakcji.

Zanim Jack do nich dołączył, kobiety śmiały się już z całej sytuacji. Zdążył natomiast wysłuchać przeprosin Leticii za to, że tak ją złościły telefony od Laurie.

– Za każdym razem, gdy dzwoniłaś, zdarzało się to akurat w najgorszym momencie – wyjaśniła. – Na przykład wtedy, gdy mały był w wanience. Musiałam go szybko wyciągnąć, na co nie miał najmniejszej ochoty, a potem z grubsza osuszyć i zawinąć w ręcznik, zanim mogłam dobiec do telefonu.

– Jutro będę grzeczna, obiecuję – odpowiedziała Laurie. – Wszystko wskazuje na to, że rozstanie było trudniejsze dla mnie niż dla niego.

– Obawiam się, że tak właśnie było – zgodziła się Leticia. – A JJ był dziś taki słodki. Strasznie mu się podobał spacer po parku.

Jack spróbował odebrać syna z objęć Laurie, ale tym razem JJ z całej siły wtulił się w swoją matkę. Kobiety wybuchnęły znowu śmiechem, a Jack wycofał się jak niepyszny, nie bardzo rozumiejąc, skąd ta wesołość. Po chwili uniósł ręce w geście kapitulacji i zwrócił się do JJ'a:

– W porządku, teraz możesz mieć mamusię tylko dla siebie, ale potem przyjdzie moja kolej.

Pożegnał się z Leticią i oświadczył, że idzie pograć w koszykówkę z jej kuzynem. Uścisnął ramię Laurie i wszedł schodami na drugie piętro, żeby przebrać się w strój sportowy.

– Grają prawie co wieczór – wyjaśniła Laurie.

Pogawędziły jeszcze przez chwilę o tym, jak minął dzień JJ'a, i umówiły się na spotkanie rankiem.

– Jest taki kochany – powiedziała Leticia, machając małemu na pożegnanie, a potem wyszła.

Jack był już na boisku, a Laurie jeszcze przez godzinę bawiła się z JJ'em, zanim posadziła go na krzesełku i zabrała się do przygotowania lekkiej kolacji dla siebie i Jacka. Szkoda jej było czasu na coś więcej poza chlebem, serem i sałatką. Wreszcie położyła JJ'a do łóżeczka i usiadła obok, w fotelu bujanym. Z radością stwierdziła, że zasnął szybciej niż zwykle; był to jeszcze jeden dowód na to, co i tak wiedziała: ten dzień był znacznie łatwiejszy dla niego niż dla niej.

Po kolacji Jack i Laurie przeszli do wspólnego gabinetu. Jack chciał poczytać jeszcze podręcznik medycyny sądowej, żeby odświeżyć wiedzę na temat ran postrzałowych, a Laurie od razu włączyła komputer i włożyła do napędu jedną z płyt z nagraniem z kamer. Właściwie nie miała pojęcia, czego się spodziewać. Tuż obok monitora położyła trzy zdjęcia niezidentyfikowanego denata.

– Nadal uważam, że nie powinnaś marnować czasu w taki sposób – oznajmił Jack.

– Tego jestem pewna – odpowiedziała Laurie, przypomniawszy sobie o liście z pogróżkami po raz pierwszy, odkąd schowała go do szuflady biurka. – Ale dlaczego? Uważasz, że to zbyt niebezpieczne? – spytała, odwracając się ku niemu.

– Niebezpieczne? – powtórzył zdziwiony Jack. – Dlaczego niebezpieczne? Chodzi mi tylko o to, że nie znajdziesz tam nic takiego, co mogłoby wpłynąć na rozwiązanie tej sprawy. I tak będziesz szczegółowo badać mózg, nawet jeśli nie uda ci się ustalić, czy facet doznał przed śmiercią jakiegoś ataku czy też nie.

– Naprawdę? – spytała wyniośle, włączając odtwarzanie filmu.

– Rób, jak chcesz – odparł Jack i zajął się swoimi sprawami. Skoro chce marnować czas, to niech i tak będzie, pomyślał.

Na ekranie ukazało się menu, złożone z ponumerowanych obrazów z dziewięciu kamer. Laurie kliknęła na jedynce i komputer zaczął odtwarzać film. Nagranie nie było najlepszej jakości; szerokokątny obiektyw zniekształcał perspektywę, a obraz był tak ziarnisty, jak się obawiała. Co więcej, odtwarzany był z dwukrotnym przyspieszeniem. Gdy go spowolniła, było nieco lepiej, ale z pewnością nie optymalnie.

– Idę do salonu – powiedziała. – Spróbuję na dużym telewizorze.

– Powodzenia – odrzekł w roztargnieniu Jack.

Laurie zaniosła płytę do salonu i włożyła do odtwarzacza DVD. Na dużym ekranie obraz rzeczywiście był lepszy. Usiadła na kanapie z fotografiami w ręku, ułożyła nogi na ławie i przez dwadzieścia minut przyglądała się nagraniu. Było nudne, jak się spodziewała: ludzie przesuwali się bezgłośnie przed obiektywem, wsiadając do wagonów albo wysiadając. W końcu dostrzegła coś intrygującego: nastolatek w za dużym ubraniu i spodniach, których krok zwisał mu gdzieś między kolanami, celowo wpadł na mężczyznę w średnim wieku, pochłoniętego czytaniem gazety. W tej samej sekundzie z kieszeni mężczyzny wysunął się portfel, a stało się to tak błyskawicznie, że Laurie musiała zatrzymać odtwarzanie i powtórzyć tę scenę klatka po klatce, by zorientować się, co zaszło.

– Dobry Boże – powiedziała, a potem zawołała Jacka, by pokazać mu, co odkryła.

Nagranie zrobiło na nim równie wielkie wrażenie.

– Co powinnam z tym zrobić? – spytała.

– Nie chcę wyjść na cynika, ale nawet jeśli zgłosisz kradzież, raczej nic z tego nie wyniknie. Policja w tym mieście tonie w znacznie poważniejszych sprawach.

Laurie zanotowała stan licznika widocznego na ekranie oraz numer kamery na odwrocie jednej z fotografii. Pomyślała, że gdy rano spotka się z Murphym, przekaże mu te dane i pozwoli, by sam zadecydował.

Dokończyła przegląd zapisu z kamery numer jeden i przeskoczyła od razu do nagrania numer cztery, mając nadzieję, że numeracja kamer ma sekwencyjny charakter, co oznaczałoby, że czwórka znajduje się bliżej środkowej części peronu, czyli miejsca, w którym prawdopodobnie znajdował się Robert Delacroix. Materiał z kamery numer jeden pokazywał wyłącznie północny wylot tunelu.

Zdążyła obejrzeć kilka minut filmu z czwórki, gdy Jack stanął w drzwiach pokoju i skinął ręką, by zwrócić na siebie uwagę.

– Idę poczytać w łóżku – powiedział.

– Dobrze, kochanie – odparła Laurie, zatrzymując odtwarzacz. Doskonale wiedziała, na czym polega „czytanie" jej męża: wystarczyła mu strona lub dwie, by zasnąć kamiennym snem. – Do zobaczenia rano.

Jack uśmiechnął się, bo równie dobrze wiedział, jak będzie. Podszedł do kanapy, pochylił się i pocałował Laurie w usta.

– Tylko nie siedź nad tymi nagraniami za długo – powiedział – bo rano nie zwlokę cię z łóżka.

– Pooglądam jeszcze tylko trochę – obiecała, pełna najlepszych intencji.

Obejrzała do końca obraz z czwórki i wybrała z menu nagranie numer pięć. Po paru minutach uświadomiła sobie, że przysnęła na chwilę. Widok milczącego potoku ludzi wchodzących do pociągu i wychodzących działał na nią hipnotyzująco. Nie miała pojęcia, w którym miejscu straciła świadomość, więc dla pewności odtworzyła nagranie od początku – zbyt duże było ryzyko, że już przegapiła moment, który tak bardzo pragnęła odnaleźć.

Przez dłuższą chwilę starała się usilnie nie zasnąć przed końcem filmu... i nagle drgnęła. Nie całkiem pośrodku ekranu zobaczyła człowieka, którego szukała. Tak przynajmniej jej się wydawało. Nacisnęła klawisz pauzy i obraz znieruchomiał. Mężczyzna akurat oglądał się przez ramię, w kierunku schodów, którymi najprawdopodobniej właśnie zszedł na dół. Wcześniej jednak go nie rozpoznała, póki nie podszedł do skraju peronu. Laurie sięgnęła po zdjęcia i porównała je z obrazem z odtwarzacza. Była prawie pewna, że oba wizerunki przedstawiają tę samą osobę. Stuprocentowej pewności nie miała, kąt filmowania nie był bowiem zbyt korzystny, natomiast zgadzał się czas: licznik wskazywał, że był to moment na kilka minut przed zgłoszeniem wypadku pod 911. Laurie wolno cofnęła scenę, aż do chwili, gdy mężczyzna znalazł się na schodach. Nawet teraz, gdy oglądała zapis klatka po klatce, widać było, że Azjata w istocie biegł, wpadając na innych ludzi, poruszających się zdecydowanie wolniej. Tor po drugiej stronie kadru był w tym momencie pusty; pociąg dopiero miał nadjechać.

Laurie cofała nagranie dalej, aż mężczyzna zniknął z pola widzenia kamery. Obserwując go w ruchu, dowiedziała się w zasadzie tylko jednego: że niósł w ręku płócienną torbę. Usiadła wygodniej i włączyła odtwarzanie z normalną prędkością. Mężczyzna naprawdę biegł.

– Zdecydowanie nie chce spóźnić się na pociąg – powiedziała głośno do siebie, przyglądając się, jak raz po raz wpadał na przechodniów. Oglądane w rzeczywistym tempie zderzenia wyglądały znacznie bardziej brutalnie niż na pojedynczych klatkach.

Mężczyzna przeciskał się przez tłum oczekujących, co mocno złościło niektórych z nich. Jeden z nich nawet pochwycił Azjatę za ramię, ale ten uwolnił się natychmiast i podążył dalej przed siebie, raz po raz oglądając się za siebie, jakby ktoś go gonił.

– Bo ktoś go gonił! – zawołała Laurie, pochylając się mimowolnie ku ekranowi.

Na schodach pojawili się dwaj inni Azjaci i podobnie jak uciekający zaczęli przepychać się przez tłum pasażerów. Jeden z nich niósł parasol; drugi miał wolne ręce. Dopadli uciekającego dopiero w chwili, gdy w wylocie tunelu ukazał się pociąg. W tym momencie Laurie ledwie mogła ich dostrzec: wszyscy trzej byli niżsi od większości otaczających ich ludzi, tłoczących się w kierunku najbliższego wagonu. Na kilka chwil ruch na peronie właściwie zamarł, bo fala wsiadających starła się z falą wysiadających. Wreszcie tłum ruszył ku wagonom, a wtedy Laurie znowu dostrzegła mężczyznę z torbą. Wyglądał tak, jakby miał atak: stał sztywno wyprostowany i tylko jego głowa wykonywała rytmiczne ruchy, to prostując się, to zwisając luźno. Pasażerowie zaczęli znikać w wagonie metra i tłum z wolna się przerzedzał. Dwaj Azjaci podtrzymywali teraz nieruchomego mężczyznę, którego wcześniej ścigali, ostrożnie kładąc go na peronie. Konwulsje już ustały, a płócienna torba znalazła się w ręku jednego z napastników. Laurie zauważyła też, że ci dwaj bez trudu mogli odebrać nieszczęśnikowi portfel, gdy tak go podtrzymywali. To by wyjaśniało brak dokumentów w chwili, gdy został przywieziony na oddział nagłych wypadków.

– Wielkie nieba – powiedziała na głos Laurie. – To była napaść!

Nagranie jeszcze trwało: ludzie konsekwentnie omijali nieruchome ciało, a Laurie nie mogła się nadziwić temu, jak obojętni potrafią być nowojorczycy. Jedyną pozytywną reakcją było zachowanie mężczyzny stojącego u drzwi wagonu, który właśnie przykładał telefon do ucha. Możliwe, że to Robert Delacroix, pomyślała Laurie, a potem skupiła uwagę na dwóch Azjatach, którzy spokojnym krokiem oddalili się z miejsca zdarzenia.

Laurie zatrzymała odtwarzacz i pobiegła do sypialni, by sprowadzić Jacka. Chciała, żeby natychmiast zobaczył nagranie, choć doskonale wiedziała, że powie: „W porządku, może doszło do napaści, a może nie. Może torba należy do jednego z tych dwóch facetów. Ważne jest to, że sekcja zwłok niczego nie wykazała".

Laurie zatrzymała się w drzwiach sypialni. Jak to zwykle bywało, gdy zabierał się do czytania w łóżku, Jack już smacznie spał. Ciężka, ilustrowana księga, którą ze sobą przyniósł, leżała otwarta na jego piersi. Laurie uniosła ją ostrożnie i położyła na stoliku nocnym, a potem zgasiła lampkę. Ten rytuał powtarzał się niemal każdej nocy. W przeciwieństwie do Laurie, Jack nie miał absolutnie żadnych problemów z zasypianiem i budzeniem się wczesnym rankiem.

Laurie wróciła do salonu, wyjęła płytę z odtwarzacza DVD i poszła znowu do gabinetu. Umieściła nagranie w napędzie, włączyła menu i wybrała obraz z kamery numer pięć. Przeglądała materiał tak długo, aż znalazła najlepsze ujęcie dwóch napastników, a wtedy zatrzymała odtwarzanie i wydrukowała ich portret. Przyglądając im się, poczuła, że zupełnie inaczej postrzega teraz całą sprawę. Początkowo była rozczarowana tym, że trafił jej się przypadek naturalnej śmierci niezidentyfikowanego osobnika, na dodatek zupełnie zdrowego – nie było to żadne wyzwanie dla jej ambitnego ducha. Teraz jednak okazało się, że jej upór zdziałał cuda: sprawa była znacznie ciekawsza, niż się komukolwiek wydawało – zwłaszcza jej.

Poczuła, że ogarnia ją dobrze znane podniecenie, które dawniej czuła, gdy zmagała się ze skomplikowanymi, nietypowymi sprawami. Nie mogła się doczekać ranka i powrotu do biura po wyniki badań laboratoryjnych i preparaty histologiczne. Prawda była taka, że podczas przedłużającego się urlopu macierzyńskiego Laurie najbardziej obawiała się utraty intuicji, ale okazało się, że nic takiego nie nastąpiło. Spodziewała się teraz kolejnych niespodzianek. Postanowiła, że nie ujawni tego, czego dowiedziała się z nagrań, póki nie ustali przyczyny śmierci niezidentyfikowanego Azjaty. Wiedziała, że zgodnie z prawem sprawcy przestępstw są niejako odpowiedzialni za zdrowie osób poszkodowanych: jeśli na przykład ofiara doznała zawału serca, uciekając przed złodziejem, sprawa będzie traktowana jako zabójstwo, a nie zgon z przyczyn naturalnych, i wedle takich samych kryteriów zostanie osądzony sprawca. Wiedziała i o tym, że w tym wypadku ma do czynienia z zabójstwem, co czyniło sprawę tym bardziej ekscytującą. Tak przynajmniej myślała, chowając zdjęcia i płyty do torby, którą zwykle nosiła do pracy.

Teraz czekało ją nowe zadanie: zasnąć. Nie będzie to łatwe, jeśli wziąć pod uwagę rewelacje odkryte dzięki nagraniu z monitoringu. Możliwe było i to, że udaniu się na spoczynek przeszkodzi jej JJ... Czasem żałowała, że w ogóle musi spać; wierzyła, że potrafiłaby dotrwać do rana, na przykład czytając książkę. Prawda jednak była taka, że nawet gdy spała w miarę normalnie, każdego dnia przez pierwszą godzinę po przebudzeniu czuła się zmęczona.

Zajrzawszy jeszcze do dziecka, pogrążonego w głębokim śnie, Laurie przygotowała się do spoczynku. A kiedy wreszcie ułożyła się w pościeli i zgasiła światło, raz jeszcze wróciła myślą do minionego dnia. Naprawdę nie był najłatwiejszy. Był nawet dość ciężki. Tęskniła za JJ'em, na co dobitnie wskazywały zbyt częste telefony do domu, a potem zabolało ją nawet chwilowe „odrzucenie" przez dziecko – wszystko to wskazywało, że jest przewrażliwiona. W pracy też nie było różowo. Pierwsza rozpoznana sprawa nie pomogła jej w odzyskaniu dawnej pewności siebie; na szczęście wieczorne odkrycia sprawiły, że poczuła się lepiej. Przypomniały, jak bardzo lubi swoją pracę. Tak, teraz była już pewna, że może być patomorfologiem i matką jednocześnie, nie zaniedbując żadnej ze sfer życia.

Rozdział 16

25 marca 2010
czwartek, 22.44

– Tam są! – powiedział Carlo, gdy Brennan skręcił w Siedemnastą Ulicę, po północnej stronie Union Square. Jak zawsze okolica była pełna ludzi, w tym chodnikowych muzykantów, żebraków oraz studentów wszelkich narodowości i w różnym wieku. Lecz choć było tłoczno, Susumu Nomura i Yoshiaki Eto bez trudu wyróżniali się z tłumu, a to za sprawą swego ubioru. Podobnie jak poprzedniego wieczoru, mieli na sobie czarne, połyskujące garnitury, białe koszule, czarne krawaty oraz okulary przeciwsłoneczne.

– Powtórzmy to jeszcze raz – dodał Carlo. – Podjeżdżamy na nabrzeże, rzekomo po materiały wybuchowe potrzebne do akcji dywersyjnej. Wysiadamy wszyscy, oni też, żeby pomóc nam w noszeniu sprzętu do samochodu. Wchodzimy do magazynu. Tam ich załatwiamy. Pamiętajcie, oni są uzbrojeni i nie zawahają się sięgnąć po pistolety.

Pozostali odpowiedzieli mu pomrukami aprobaty. Brennan i Carlo siedzieli z przodu, a Arthur i Ted wcisnęli się do trzeciego rzędu foteli. Środkowe siedzenia czekały na Susumu i Yoshiakiego.

Brennan zatrzymał wóz przy krawężniku przed księgarnią Barnes & Noble, zamkniętą od dobrych czterdziestu pięciu minut, choć w środku wciąż były zapalone światła. Susumu i Yoshiaki umilali sobie czas oczekiwania, podziwiając witrynę sklepu.

– Dobra – rzekł Carlo, odwracając się w fotelu, by spojrzeć na Arthura i Teda. – Jesteście gotowi? Broń w zasięgu ręki?

Arthur i Ted unieśli ręce, by pokazać Carlowi pistolety automatyczne i natychmiast ponownie je ukryć.

– Bardzo dobrze – pochwalił ich. – Nie spodziewamy się kłopotów, ale lepiej, żebyśmy byli przygotowani. Ty też jesteś gotowy? – dodał, zwracając się do Brennana.

– Jasne, że jestem – odparł znudzony Brennan. Czasami odnosił wrażenie, że Carlo zachowuje się cokolwiek melodramatycznie.

Carlo opuścił szybę i gwizdnął. Susumu i Yoshiaki odwrócili się gwałtownie i energicznym krokiem podeszli do samochodu, kłaniając się w marszu. Bez słowa zajęli miejsca w środkowym rzędzie, choć zawahali się nieznacznie, gdy uświadomili sobie, że z tyłu siedzi ktoś jeszcze: mężczyźni, których twarze trudno było rozpoznać w półmroku.

– To Arthur i Ted – wyjaśnił Carlo.

Japończycy zamknęli drzwi i odwrócili się, by spojrzeć na Arthura i Teda. Po chwili skłonili się kilkakrotnie, powtarzając: *Hai, hai.* Widać było, że są mocno podekscytowani, najpewniej rychłym udziałem we włamaniu.

Brennan objechał Union Square i odbił na wschód, by Czternastą Ulicą dojechać aż do East River. Dopiero tam skręcił na północ, trasą Roosevelta. Przez jakiś czas nikt się nie odzywał. Wszyscy byli lekko podnieceni, choć niekoniecznie z tego samego powodu. Jedynie Arthur był wyraźnie zaniepokojony tym, co miało się wkrótce wydarzyć – po pierwsze dlatego, że to on z całej ekipy miał najwięcej wyobraźni, a po drugie dlatego, że niezachwianie wierzył w prawdziwość zasady: jeśli coś może pójść źle, to na pewno pójdzie.

Brennan zjechał z trasy Roosevelta na wysokości Trzydziestej Czwartej Ulicy i skręcił w Trzecią Aleję, która zaprowadziła ich do tunelu Queens–Midtown. Susumu i Yoshiaki spodziewali się, że pojadą dalej na północ trasą Roosevelta, toteż gdy wóz wjechał do tunelu, stali się niespokojni, a chwilę później zaczęli się kłócić. Spierali się po japońsku, ale widać było, że są zdezorientowani. Wreszcie Yoshiaki przemówił po angielsku.

– Przepraszać! – powiedział, pochylając się do przodu. – Dlaczego do Queens?

Carlo odwrócił się w fotelu, by spojrzeć mu w oczy.

– Musimy zabrać materiały wybuchowe – odpowiedział wyraźnie, jakby dzięki temu miał zostać lepiej zrozumiany. – Są potrzebne, żeby odwrócić uwagę policji, kiedy wejdziemy do biura iPS USA po dzienniki laboratoryjne. Rozumiesz?

– Dokąd w Queens? – spytał Yoshiaki.

– Do starego magazynu rodziny Vaccarro, nad rzeką, przy kei – wyjaśnił Carlo, wciąż spoglądając na Japończyka. – Trzymamy tam różne graty. Także materiały wybuchowe, których dziś użyjemy.

– Co to keja?

– Coś długiego, drewnianego, sięgającego daleko w wodę. Statki cumują przy kei.

– *Futou*? – spytał Yoshiaki.

– A skąd mam wiedzieć?

– East River?

– Tak jest. Keja nad East River.

Przez kolejnych kilka mil Yoshiaki i Susumu rozmawiali głośno i z ożywieniem, aż Carlo zaczął się niepokoić, że lada chwila odmówią dalszej podróży i każą się zawieźć z powrotem do centrum. Tak się jednak nie stało: umilkli nagle, a Carlo pomyślał, że byłoby cudownie, gdyby ten stan rzeczy potrwał dłużej.

Gdy wyłonili się z tunelu, Brennan zjechał z drogi

ekspresowej najszybciej, jak się dało. Przejechali przez Newtown Creek, McGuinness Boulevard i skręcili w prawo na Greenpoint Avenue. Z początku mijali sporo barów i restauracji, ale im bliżej byli rzeki, tym marniej prezentowała się okolica, aż wreszcie otoczyły ich zaniedbane zabudowania przemysłowe. Spoglądając przez okno, Carlo zwrócił uwagę na dwie rzeczy: brakowało świateł i brakowało ludzi. Kontrast z ruchliwym Union Square był uderzający; tutejszy krajobraz śmiało mógłby posłużyć jako plener filmu o postapokaliptycznym świecie. Trudno było dostrzec jakąkolwiek oznakę życia; bodaj jedyną były lśniące jak diamenty oczy szczura, który przystanął, oślepiony reflektorami nadjeżdżającego SUV-a.

Pięć minut później zatrzymali się przed zamkniętą na kłódkę bramą, będącą częścią wysokiego na dziesięć stóp ogrodzenia z drucianej siatki, zwieńczonego spiralą drutu kolczastego, a otaczającego teren należący do rodziny Vaccarro. Carlo wyskoczył z wozu z kluczem w dłoni i w blasku samochodowych świateł otworzył bramę. Gdy tylko Brennan wjechał do środka, Carlo po omacku zamknął bramę na kłódkę, po czym wrócił na swój fotel w aucie.

Po lewej zamajaczyła sylweta magazynu wzniesionego z betonowych bloczków. Brennan doprowadził wóz do miejsca, w którym zaczynała się drewniana keja, i zaciągnął hamulec. Mniej więcej w połowie długości budynku znajdowała się niewielka przybudówka, a w niej drzwi frontowe zamknięte na solidną kłódkę. Nad drzwiami wisiała drewniana tabliczka, z napisem AMERICAN FRUIT COMPANY, namalowanym łuszczącą się już farbą.

– Tu materiały? – spytał Yoshiaki, spoglądając na pogrążony w mroku magazyn.

– Jesteśmy na miejscu – odparł Carlo. Wsunął dłoń pod marynarkę i odpiął pasek zabezpieczający glocka .22

w kaburze pod pachą. Następnie sięgnął do schowka między przednimi fotelami, skąd wydobył dwie duże latarki. Jedną z nich podał Brennanowi, który wyłączył reflektory wozu. Teraz obaj włączyli latarki; noc była bezksiężycowa, toteż otaczał ich nieprzenikniony mrok.

– No, dobra – rzekł Carlo. – Wszyscy wysiadać. Pomożecie mi dźwigać sprzęt.

Wysiadł z samochodu równocześnie z Brennanem, po czym otworzył drzwi po stronie Yoshiakiego, który siedział za nim. Brennan uczynił to samo po stronie Susumu. Chcąc stworzyć wrażenie, że naprawdę będą nosili materiały wybuchowe, Carlo otworzył też tylną klapę. Teraz pozostało im tylko wejść do magazynu i dokonać egzekucji.

Carlo ruszył w stronę drzwi, wyjmując z kieszeni ten sam pęk kluczy, który posłużył mu wcześniej do otwarcia bramy. Trzymając latarkę pod pachą, najpierw otworzył kłódkę, a potem zamek drzwi. I właśnie gdy je uchylił i wyciągnął rękę, by włączyć światło, usłyszał za sobą jakiś hałas. Obrócił się i kątem oka dostrzegł, że Yoshiaki odpycha gwałtownie rękę Brennana, który chciał jedynie zachęcić go, by wszedł do magazynu. Teraz obaj Japończycy stali mniej więcej w połowie drogi.

– Zaczekamy na zewnątrz – powiedział Yoshiaki.

Carlo dostrzegł za jego plecami Arthura i Teda, którzy właśnie wysiadali z samochodu. Problem polegał na tym, że wciąż mieli w rękach pistolety – zgodnie z rozkazem Carla, który kazał im trzymać broń w pogotowiu na wypadek kłopotów – a Susumu, w przeciwieństwie do swego towarzysza, właśnie patrzył w ich stronę. Wyglądało na to, że Japończycy zwietrzyli podstęp.

– *Kaki!* – „Pistolety", krzyknął Susumu i natychmiast wyszarpnął z kabury broń, by posłać serię kul w kierunku Arthura. Jeden z pocisków trafił w prawe ramię, przebijając ciało na wylot.

Ted zareagował natychmiast, otwierając ogień. Kilka kul dosięgło celu: przebiły pierś i serce Susumu, powodując natychmiastową śmierć.

Yoshiaki tymczasem rzucił się do ucieczki. Nie miał wyboru: pognał sprintem w stronę kei, klucząc przy tym intensywnie. Szybkość jego reakcji zaskoczyła wszystkich. Carlo i Brennan skierowali snopy świateł w stronę uciekającego, jednocześnie wyszarpując broń z kabur. Ted musiał zrobić kilka kroków, by wyjść zza samochodu i móc oddać strzał. Posłał pospiesznie kilka kul w ślad za Yoshiakim, ale nawet nie wiedział, czy któraś z nich dosięgła celu. Nawet jeśli tak, to Japończyk wciąż biegł, raz po raz przypadając do ziemi i zygzakując, i po chwili zniknął w mglistej ciemności spowijającej dalszą część kei.

– Pomóż Arthurowi! – krzyknął Carlo do Teda.

Arthur klęczał, przyciskając lewą dłoń do rany w prawym ramieniu. W chwili postrzału upuścił broń na ziemię, a teraz patrzył bezradnie, jak powiększa się czerwona plama na jego koszuli.

– Psiakrew! Skurwiel mnie postrzelił! – wrzasnął wreszcie, jakby dopiero to zauważył. – Dlaczego akurat mnie?!

Jedyne źródło światła – latarki Carla i Brennana – szybko oddalało się w kierunku kei i po chwili Ted i Arthur znaleźli się w głębokim mroku. Arthur miał jednak trochę szczęścia: ból nie był zbyt ostry, a jedynie ćmiący.

Ted wrócił do wozu i otworzył drzwi kierowcy, by włączyć reflektory. Przejście od nocnej ciemności do jaskrawego światła było zbyt szybkie i obaj odruchowo zmrużyli oczy. Ted nie tracił jednak czasu: przez chwilę szukał wzrokiem czegoś, co nadawałoby się na opaskę uciskową, aż wreszcie wyszarpnął pasek ze swoich spodni.

– Obejrzę ranę – rzucił ostrzegawczo, zanim jednym ruchem rozdarł koszulę Arthura od mankietu do pachy.

W przedniej części ramienia, mniej więcej w połowie

odległości między łokciem a barkiem, znajdowała się gładka rana wlotowa o średnicy może ćwierć cala. Rana wylotowa wyglądała znacznie gorzej, jak normalnej wielkości surowy hamburger. Na szczęście dla Arthura, krew nie wypływała, a jedynie sączyła się leniwie.

– Przeżyjesz – obwieścił Ted, fachowym okiem oceniając, że opaska uciskowa nawet nie będzie potrzebna.

Tymczasem Brennan i Carlo przebiegli może połowę długości magazynu i zatrzymali się, podobnie jak Yoshiaki, który właśnie dotarł do końca kei.

– Nie możemy pozwolić mu uciec – wysapał Carlo.

– Nie musisz mi tego mówić – odparł równie zdyszany Brennan.

– Co on wyrabia?

– Zdaje się, że zdejmuje buty.

– Jasny gwint! – zawołał Carlo. – Chyba nie zamierza odpłynąć?

– Obawiam się, że tak. Cholera, zdejmuje ubranie!

– Biegnij tam i zastrzel go, zanim spróbuje zwiać.

– Jeszcze czego! – odpowiedział Brennan. – Przecież on na pewno ma broń. Sam sobie biegnij!

Przez chwilę stali bezczynnie, przyglądając się poczynaniom Japończyka. Z daleka wydawało się, że Yoshiaki układa ubranie w zgrabny stosik. Chwilę później już go nie było.

Bez jednego słowa Carlo i Brennan, ściskający w dłoniach pistolety i latarki, ruszyli szalonym pędem w stronę końca kei. Zwolnili, zbliżając się do celu; istniała możliwość, że Yoshiaki chciał ich tylko zwabić i niespodziewanie zaatakować. Niepewnym krokiem posuwali się jednak na przód, trzymając przed sobą broń gotową do strzału.

Brennan jako pierwszy usłyszał plusk i krzyknął:

– Jest w wodzie!

Przyspieszył i w biegu minął starannie złożone ubranie, leżące na butach ustawionych idealnie równolegle do nabrzeża.

Zatrzymał się na samym końcu kei i zaraz wypatrzył Yoshiakiego, który płynął niezgrabnym kraulem, nie zanurzając twarzy pod wodą, tylko kręcąc głową na boki przy każdym ruchu ramion. Brennan uchwycił go snopem światła w chwili, gdy Carlo stanął obok. Obaj unieśli automatyczne pistolety i celując w Japończyka, opróżnili całe magazynki. Echo ostatniego wystrzału cichło z wolna, niesione między ciemnymi budynkami i sąsiednimi kejami, a Brennan i Carlo wpatrywali się w miejsce, w którym jeszcze przed chwilą Yoshiaki rozpaczliwie młócił wodę, usiłując dopłynąć do Manhattanu. Teraz jednak w tym miejscu – jak w każdym – tafla wody była gładka niczym plama oleju i odbijał się w niej niezmącony obraz dalekich drapaczy chmur.

Przez pięć, dziesięć, piętnaście minut Brennan i Carlo oświetlali latarkami interesujące ich miejsce, w głębokiej nadziei, że tu właśnie zakończy się ta wstydliwa historia. W pewnej chwili woda zakotłowała się tak, że obaj drgnęli mimowolnie – najwyraźniej przepływało tamtędy spore zwierzę – ale Yoshiaki nie wyłonił się już z odmętów, by zaczerpnąć tchu. Nie mieli wątpliwości, że był już martwy.

– Musieliśmy go trafić – przerwał ciszę Carlo.

– Na to wygląda, ale niewiele brakowało… Gdybyśmy mu pozwolili zwiać, Louie chybaby nas pozabijał.

– Może wskoczysz do wody i wyłowisz ciało? – zaproponował Carlo.

– Za cholerę! – warknął Brennan, autentycznie najeżony. Sama myśl o zanurzeniu się w czarną, oleistą toń przyprawiała go o dreszcze, nawet jeśli nie było tam groźnych zwierząt.

– Żartowałem tylko. – Carlo klepnął Brennana w plecy tak mocno, że ten musiał dać krok naprzód, żeby się nie przewrócić.

Zanim Carlo cofnął rękę, Brennan zamknął ją w uścisku i wycedził:

– Mówiłem, żebyś nie podnosił na mnie ręki – warknął, przysuwając twarz blisko twarzy Carla. Napięcie towarzyszące ostatnim wydarzeniom sprawiło, że zbyt ostro zareagował na kolejną niewinną prowokację.

Carlo odepchnął go gwałtownie.

– No, dorośnij wreszcie! To był żart, na miłość boską, przecież nie będziesz tu pływał! Zresztą mógłbyś pływać i milion lat, a i tak byś go nie znalazł. Są tu takie prądy, że zwłoki pewnie już zdążyły odpłynąć ze dwieście stóp w dół rzeki. – Carlo pochylił się, by podnieść ubranie i buty Yoshiakiego. – Wracajmy. Trzeba sprawdzić, co z Arthurem. Możliwe, że trzeba będzie zawieźć go do lekarza, zanim pozbędziemy się ciała Susumu w Narrows.

Szybkim krokiem przemierzyli całą długość kei. Niesiona prądem woda raz po raz chlupotała niepokojąco pomiędzy filarami.

– Louie nie będzie zadowolony, kiedy usłyszy o Yoshiakim – powiedział Carlo.

– Wcale a wcale – przytaknął Brennan, który zdążył już nieco ochłonąć. – Ale sytuacja byłaby dziesięć razy gorsza, gdyby facet zdołał dopłynąć do Manhattanu.

– A może nie powinniśmy wspominać, jak było, póki nas nie zapyta? Cholera, ten prąd jest naprawdę silny. Bóg jeden wie, gdzie woda wyrzuci ciało. Może nawet zaniesie je do oceanu, a przecież tam właśnie miało skończyć.

Brennan spojrzał na Carla przelotnie.

– Jak uważasz. Rozmowy z szefem to twoja działka, ale jeśli chodzi ci o to, że mógłbym pójść do niego za twoimi plecami, to nie bój się, tak się nie stanie.

– I dobrze – odparł Carlo. – Wobec tego nie powiem mu, jeśli nie spyta.

– A jak wyjaśnimy stan Arthura?

– Zgodnie z prawdą. Ci japońcy to dzikusy; przecież właśnie dlatego mieliśmy ich sprzątnąć. Nie zastanawiają się dwa razy, zanim wyjmą spluwę i rozwalą, kogo się da. Arthur jest tego najlepszym przykładem.

Powróciwszy do samochodu, przekonali się, że sytuacja jest pod kontrolą. Ted zdążył już prowizorycznie zabandażować ranę Arthura rękawem jego koszuli, a krwawienie było minimalne. Problemem było tylko samopoczucie Arthura: początkowo nie było źle, ale gdy minęła faza odrętwienia, ból stał się ponoć nieznośny.

Umieściwszy ciało Susumu w zapinanym worku na zwłoki, włożyli je do bagażnika SUV-a, a potem wsiedli do wozu i opuścili teren American Fruit Company, jadąc w kierunku Elmhurst. Gdy tylko znaleźli się na drodze ekspresowej, Carlo zadzwonił do Louiego.

Gdy Louie zakończył rozmowę z Carlem, nie bardzo wiedział, czy powinien być wściekły, czy może czuć ulgę. Wiedział z doświadczenia, że takie egzekucje mogą przebiec całkiem gładko, ale bywa też, że kończą się katastrofą. Na pewno czuł ulgę, dlatego że było już po wszystkim, ale z drugiej strony niepokoił się o Arthura. Wydawało mu się, że czterech na dwóch to dostateczna przewaga, by uniknąć strat.

Nie odkładając słuchawki, wyjął z szuflady biurka notes i odszukał numer doktora Louisa Trevina. Doktorek, jak go nazywali, był lekarzem rodziny Vaccarro od wielu lat. Zwerbowano go w szpitalu Saint Mary's, gdzie odbywał staż, i od tamtej pory dyskretnie leczył członków organizacji – nierzadko z ran postrzałowych.

Sygnał zabrzmiał bardzo wiele razy, nim w słuchawce odezwał się znużony głos.

– Doktorku, tu Louie. Mamy problem z Arthurem.

– O co chodzi?

– Rana postrzałowa prawego ramienia. Kula przeszła na wylot.

– Kość uszkodzona?

– Raczej nie.

– Całe szczęście. A ważniejsze naczynia krwionośne?

– Też nie, a przynajmniej na to wygląda.

– Gdzie on jest?

– Kazałem chłopcom jechać prosto do Saint Mary's. Przypuszczam, że dotrą tam w ciągu półgodziny.

– Będę na nich czekał na oddziale nagłych wypadków – rzekł Trevino i odłożył słuchawkę.

Teraz, gdy miał z głowy Doktorka, Louie zasiadł wygodnie za biurkiem, by przygotować się do kolejnej rozmowy. Wiedział, co zamierza przekazać, ale zastanawiał się jeszcze nad doborem słów, spoglądając przez okno swego gabinetu, przylegającego do salonu jego wielkiego domu w Whitestone, z widokiem na East River. Drzewa wciąż jeszcze były bezlistne, toteż pomiędzy konarami widział rozciągającą się za sąsiednią parcelą panoramę mostu Whitestone, o efektownie podświetlonych linach. Spoglądając nań, pomyślał, że znacznie lepiej widać z salonu most Throgs Neck, położony po przeciwnej stronie jego rozległego trawnika i przystani. Myśl o przystani przypomniała mu z kolei, że zima dobiegła końca i wkrótce trzeba będzie wyciągnąć z garażu łódź.

Skarcił się w duchu za te dygresje i skupił na czekającym go zadaniu: musiał zadzwonić do Hidekiego Shimody, by – zgodnie z sugestią Pauliego Cerina – oddalić jakiekolwiek podejrzenia o udział rodziny Vaccarro w zniknięciu Susumu i Yoshiakiego. Louie wiedział, że nie może sobie pozwolić na błąd, a kluczem do sukcesu było udawanie autentycznie wkurzonego.

Zebrawszy w sobie odwagę, wybrał numer. Zaskoczyło go trochę to, że usłyszał krótkie: *Hai* już po pierwszym sygnale, jak gdyby Hideki Shimoda spał z dłonią na słuchawce.

– Kurwa mać, Hideki, gadaj natychmiast, co jest grane, i nie próbuj mi wciskać żadnego gówna! – ryknął w odpowiedzi Louie. – Moi ludzie właśnie dzwonili, że krążą wkoło pieprzonego Union Square, czekając na tych twoich zasrańców. Co to ma znaczyć, do kurwy nędzy?

Louie rzadko przeklinał, ale tym razem postanowił sobie pofolgować, sądził bowiem, że właśnie takiej reakcji spodziewałby się Hideki. Sam natomiast nie spodziewał się odpowiedzi, którą teraz usłyszał:

– Przepraszam, ale pan, zdaje się, chciałby rozmawiać z moim mężem.

Louie przewrócił oczami i w milczeniu zaczekał, aż w słuchawce rozległ się zrzędliwy głos Hidekiego, a wtedy powtórzył swoją kwestię, choć w nieco bardziej kulturalny sposób. Tylko tyle mógł zrobić, by ratować sytuację.

– Czy to Barbera-san? – spytał Hideki.

– A jak sądzisz, człowieku, kto miałby dzwonić o takiej porze? – odpowiedział Louie, starając się trafić w ton głębokiej irytacji.

– Powiedział pan, że Susumu i Yoshiaki nie przyszli na spotkanie?

– Właśnie to powiedziałem. I niech pan pamięta, że cała ta operacja ma się odbyć dla waszej korzyści, nie dla naszej.

– To prawda, Barbera-san – przyznał Hideki. – Proszę chwilę zaczekać. Spróbuję się do nich dodzwonić i dowiem się, gdzie są. Z pewnością zaszło jakieś nieporozumienie. Przepraszam, to moi najlepsi ludzie.

Louie usłyszał teraz, że Hideki rozmawia z kimś po japońsku. Po chwili wrócił.

– Moja żona poszła po telefon komórkowy. Naprawdę bardzo mi przykro, że tak się stało. Czy wystarczy jeszcze czasu na akcję?

– To zależy od tego, gdzie są pańscy ludzie. Jeśli w pobliżu Union Square, to może jeszcze zdążą.

Louie wysłuchał cierpliwie, jak Hideki próbuje się dodzwonić do swoich ludzi – dwukrotnie i bezskutecznie.

– Nie odbierają – powiedział po chwili. – To bardzo dziwne.

– Zatem według pańskiej wiedzy dziś wieczorem mieli być gotowi do włamania?

– Zdecydowanie tak. Na pewno dziś.

– Kiedy rozmawiał pan z nimi po raz ostatni?

– Po spotkaniu z panem, Barbera-san, odwieźli mnie jeszcze do biura. Palili się do współpracy z pańskimi ludźmi, mówili o tym wprost.

– Sądzi pan, że mogło im się przytrafić coś złego? – spytał Louie.

– Co pan ma na myśli?

– Wczoraj wieczorem moi chłopcy wspominali, że pańscy ludzie niepokoili się o reakcję rywali. Podobno ktoś im groził, ostrzegał, żeby nie zabijali Satoshiego.

– Jakich rywali? – spytał ostrożnie Hideki.

– Yamaguchi-gumi.

Louie pozwolił sobie teraz na dłuższą pauzę, by właściwa myśl dojrzała w głowie Hidekiego, a potem dodał:

– Spytam Carla i Brennana, czy pamiętają dokładnie ich słowa.

Rozdział 17

26 marca 2010
piątek, 7.21

Taksówka zatrzymała się tuż przed gmachem OCME. Laurie zapłaciła i wysiadła. Była sama: Jack na poły zapytał o zgodę, na poły oznajmił, że chciałby znowu pojechać do pracy swym ukochanym rowerem. Laurie od samego początku była przeciwna tej praktyce, ponieważ obawiała się o jego życie, ale tym razem nie oponowała. Była zawiedziona, bo gdy jechali razem, łatwiej jej było usprawiedliwić wydatek, ale mimo wszystko pojechała taksówką, by jak najszybciej znaleźć się w pracy z informacjami, które zdobyła poprzedniego wieczoru. Tym razem nie miała wątpliwości, że czeka ją ciekawy dzień. Nie wiedziała jednak, jak bardzo.

Rozstanie z JJ'em było tego ranka łatwiejsze i szybsze niż poprzedniego. Zgodnie z umową, Leticia zjawiła się nieco wcześniej, a chłopiec rozpoznał ją natychmiast i ucieszył się, dzięki czemu obyło się bez łez. Laurie, znacznie spokojniejsza niż dzień wcześniej, była gotowa do wyjścia jeszcze przed jej przybyciem.

– Dzień dobry, doktor Laurie! – powitała ją Marlene Wilson, zaciągając po swojemu. Laurie odpowiedziała szybko i natychmiast zniknęła za drzwiami sali identyfikacji.

Wpadła do środka jak burza i rzuciła płaszcz na jedno z winylowych krzeseł. I nagle zatrzymała się jak wryta.

Równie dobrze mógł to być poprzedni dzień! Ci sami ludzie znajdowali się w tych samych miejscach i wykonywali te same czynności: Arnold Besserman siedział za biurkiem, przeglądając teczki nieboszczyków, których dostarczono nocą; Vinnie Amendola siedział na tym samym krześle co poprzedniego ranka i w identycznym skupieniu czytał gazetę; lecz najbardziej zdumiewające było to, że Lou Soldano także był na swoim miejscu: drzemał z nogami na grzejniku, w niedopiętej koszuli i poluzowanym krawacie pod szyją.

Tylko Arnold zauważył jej wejście. Powitał ją raczej zdawkowo, nawet nie podnosząc głowy znad papierów, a potem dodał:

— Chciałbym ci podziękować za przejęcie wczoraj rano sprawy tego niezidentyfikowanego ciała.

— Nie ma za co — odrzekła Laurie, idąc w stronę ekspresu do kawy. — Jak się okazuje, to całkiem ciekawa sprawa.

— Cieszę się — odpowiedział Arnold tonem, który skutecznie zniechęcił ją do dalszej rozmowy.

Jak sobie chcesz, pomyślała Laurie. Była gotowa wyjaśnić mu co nieco, gdyby spytał, ale teraz nawet się cieszyła, że nie musiała tego robić: wszak postanowiła wcześniej, że nie będzie rozmawiać o sprawie z nikim, a zwłaszcza z Jackiem, póki nie pozna przyczyny śmierci Azjaty. W nocy przyszedł jej do głowy pewien pomysł, ale by sprawdzić prawdziwość nowej hipotezy, musiała ponownie przeprowadzić oględziny zewnętrzne ciała.

— Gdzie Jack? — spytała.

— Jeszcze go nie widziałem — odparł Arnold. — Nie przyjechaliście razem?

— Wybrał się rowerem — wyjaśniła Laurie.

— Głupiec — obwieścił Arnold.

Laurie nie odpowiedziała. W gruncie rzeczy była podobnego zdania o jeżdżeniu rowerem po mieście, ale nie uważała, by Arnold miał prawo do takich komentarzy. Chcąc zmienić temat, zapytała o Lou; była ciekawa, dlaczego przyszedł drugi raz z rzędu.

– Przywiózł kolejnego trupa, topielca, mówiąc ściślej, a na dodatek znowu jest to niezidentyfikowany osobnik.

– Ooo – zdziwiła się Laurie. To mogło być ciekawe. W Nowym Jorku nie brakowało wody – w końcu Manhattan jest wyspą – zatem i topielców przywożono do OCME dość często. Było ich tak wielu, że skoro kapitan policji pojawił się z jednym z nich, sprawa musiała być wyjątkowa. Wsypując cukier do kawy, Laurie postanowiła dowiedzieć się czegoś więcej.

– W zasadzie nie ma o czym mówić – odpowiedział jej Arnold, kończąc przeglądanie teczki i odkładając ją na stos. – Wyłowili go w okolicy Governors Island, czyli w dość typowym miejscu. Zaskakujące jest głównie to, że ci, którzy już widzieli ciało, twierdzą, że nadawałoby się na wystawę w Muzeum Sztuki Nowoczesnej. Jest pokryte niewiarygodną liczbą tatuaży, od szyi w dół, aż po nadgarstki i kostki, nie pomijając niczego. Ja sam jeszcze go nie widziałem, ale taki słyszałem opis. Zamierzam zresztą rzucić na nie okiem, gdy skończę z papierami.

– Nie wiesz, jakiej rasy jest denat? – spytała Laurie.

– To Azjata.

– A przyczyna śmierci? Utonięcie?

– Nie. Według raportu, mamy tu „liczne rany postrzałowe". Śledcza medyczno-prawna napisała, że jej zdaniem ktoś mógł ostrzelać ofiarę z broni maszynowej, bo w jej plecach znalazła kilkanaście ran wlotowych.

– Ładnie. Komuś bardzo zależało, żeby nie przeżył – skomentowała Laurie i zaraz przypomniała sobie o podobnej sprawie, o której czytała w czasopiśmie dla patomorfologów: chodziło również o Japończyka z mnóstwem niezwykłych tatuaży, wielokrotnie postrzelonego i ściętego za pomocą katany, klasycznego miecza samurajskiego. W artykule wspomniano też, że został on zabity wraz z grupą innych w ramach wojny terytorialnej między rywalizującymi ze sobą grupami jakuzy w Tokio.

Laurie spojrzała na śpiącego Lou, coraz bardziej ciekawa przyczyny, która sprowadziła go tu wraz z topielcem. Wątpiła, by chodziło o tatuaże. Musiał to być inny, wyjątkowo niezwykły trop, skoro sprawa zainteresowała go tak bardzo, że zdecydował się zarwać drugą noc z rzędu.

– Dlaczego kapitan Soldano przyjechał do nas razem z ciałem? Wspominał coś o tym?

– Na pewno ciekawił go wynik sekcji zwłok. Nie mówił o konkretnych powodach. Może sama go spytasz?

Sącząc gorącą kawę, Laurie podeszła do Lou i spojrzała na niego uważnie. Wyglądał na równie wyczerpanego jak poprzedniego ranka, a może nawet trochę bardziej. I tym razem nie chrapał; oddychał spokojnie, bardzo rytmicznie i bardzo głęboko. Przypomniawszy sobie słowa Jacka, który uświadomił jej dzień wcześniej, że im szybciej obudzi się Lou, tym prędzej trafi do swojego łóżka, wyciągnęła rękę i dotknęła jego dłoni splecionych na piersi.

– Lou! – zawołała cicho, starając się, by przebudzenie było jak najłagodniejsze. – To ja, Laurie – dodała, potrząsając lekko jego dłońmi.

Patrzyła, jak unosi powieki i spogląda na nią najpierw nieprzytomnie, a po sekundzie lub dwóch już całkiem trzeźwo. W końcu Lou opuścił nogi i usiadł prosto w fotelu.

– Chcesz kawy? – spytała Laurie, prostując zgięte plecy.

– Nie, dzięki – wydukał Lou. – Daj mi chwilę.

– Chyba nie potrzebujesz opinii lekarza, żeby wiedzieć, że ciągły brak snu nie służy twojemu zdrowiu? Nie da się żyć na dwa etaty!

Lou zatrzepotał powiekami i odetchnął głęboko.

– No dobra – rzekł. – Już pracuję na wszystkich cylindrach. Gdzie Jack?

– Jedzie dziś rowerem. Ja przyjechałam taksówką, a korków nie było... Z Bożą pomocą może dotrze tu za parę minut. Wolę nawet nie myśleć o tym, że mógłby nie dotrzeć. Może byś go namówił, żeby przestał?

– Już próbowałem – odparł bezradnie Lou. – Słuchaj no, widziałaś już, z czym przyjechałem?

– Domyślam się, że masz na myśli zwłoki topielca. Ciała jeszcze nie widziałam, ale Arnold mi je opisał.

– Jest niesamowite.

– Tak słyszałam. Ale domyślam się, że nie sprowadziły cię tutaj same tatuaże.

– Broń Boże – odparł Lou, parskając śmiechem. – Sprowadził mnie niepokój: nie wiem, czy nie zaczęła się nowa wojna gangów. Ostatnio pojawiły się nowe, japońskie i rosyjskie organizacje, które próbują wywalczyć sobie miejsce na rynku. Większości uczciwych ludzi żyje się dziś dość ciężko, a gdy oni biednieją, to samo dzieje się z gangami i w konsekwencji bandyci zaczynają skakać sobie do gardeł. Według standardowej procedury policja portowa zawiadamia mnie o każdym wyłowionym ciele, jeśli tylko są na nim ślady świadczące o tym, że może to być ofiara zawodowego zabójcy. Od grudnia do marca port jest najlepszym miejscem do pozbywania się ciał, bo ziemia w Westchester czy Jersey jest wtedy zbyt mocno zmrożona.

– Rozumiem – odpowiedziała Laurie. – Jeśli przyjechałeś, żeby uczestniczyć w badaniu sekcyjnym, to chcesz, żebym ja je przeprowadziła, czy wolisz zaczekać na Jacka?

– Dla mnie to żadna różnica. Z przyjemnością popatrzę, jak pracujesz. Im szybciej będę miał wyniki, tym lepiej.

– Arnold! – zawołała Laurie. – Nie masz nic przeciwko temu, żebym wzięła sprawę dla pana kapitana?

– Jasne, że nie – odparł Arnold. – Zresztą to będzie

dla ciebie wszystko na dziś. Nie mamy wielkiego ruchu w interesie, a ja jestem twoim dłużnikiem.

Laurie chciała odruchowo poskarżyć się, że przydałoby jej się więcej roboty, ale ugryzła się w język: chciała przecież popracować nad wczorajszą sprawą, zwłaszcza teraz, gdy może niekoniecznie przypadkowo miała okazję dokonać sekcji zwłok kolejnego niezidentyfikowanego Azjaty.

– Vinnie! – zawołała. – Nie pomógłbyś mi? Marvin jeszcze nie przyszedł, a ty się nudzisz. Wiem, że lubisz pracować z Jackiem, ale może przeżyje jeden dzień bez twoich światłych wskazówek. Musimy natychmiast zacząć sekcję topielca, żeby jak najszybciej odprawić kapitana Soldano do łóżka.

Ukrywając się wciąż za gazetą, Vinnie zamknął oczy i zacisnął zęby, słysząc prośbę Laurie. Czuł się jak ostatni tchórz. Zamiast pójść prosto do niej i porozmawiać o niepokojącym spotkaniu z żołnierzami rodziny Vaccarro, usłuchał ich rozkazu i wysłał jej list z pogróżkami. Chcąc uniknąć wykrycia, stworzył go na komputerze techników sekcyjnych i zapisał na pen drivie, który nosił jako breloczek do kluczy, by później skasować. Wydruk wykonał w pobliskim Kinko's, posługując się od początku do końca lateksowymi rękawiczkami, by nie zostawić odcisków palców ani na kartce, ani na kopercie. Wróciwszy do OCME, wciąż w rękawiczkach, niezauważony przez recepcjonistkę zdołał wsunąć kopertę pod podwójne drzwi, do holu. Następnie obiegł budynek dookoła i wszedł do środka od strony ramp, na których zwykle wyładowywano ciała.

– Vinnie! – rozległo się znowu wołanie Laurie, tym razem znacznie bliżej. Bardzo wolno opuścił gazetę. Stała tuż przed nim. – Nie słyszałeś? – spytała lekko zirytowana.

Vinnie pokręcił głową.

Laurie powtórzyła propozycję.

Zrezygnowany Vinnie wstał i rzucił gazetę na krzesło.

– Zabierz kapitana Soldano na dół, niech się przygotuje. Potem przywieź topielca. Muszę skoczyć do swojego gabinetu, ale zaraz wrócę. Jasne?

Vinnie skinął głową, czując się jak zdrajca. Nie był w stanie spojrzeć Laurie w oczy. Problem polegał na tym, że zbyt dużo wiedział o rodzinie Vaccarro, by nie dowierzać, gdy jej żołnierze powiedzieli mu, że właśnie jadą do jego domu, żeby sprawdzić, czy jego córki bezpiecznie wrócą ze szkoły do domu. Znalazł się między młotem a kowadłem.

Schodząc do kostnicy, Vinnie obejrzał się przez ramię. Ciekawe, co by na to powiedział Soldano, pomyślał. Gdy poprzednim razem był zmuszony wyświadczyć przysługę Pauliemu Cerinowi, to właśnie Lou dowiedział się o tym. Vinnie był niemal pewny, że gdyby, jak się obawiał, Laurie zignorowała ostrzeżenie i zaniosła list komu trzeba – najpewniej szefowi OCME, Haroldowi Binghamowi – stałby się pierwszym podejrzanym. Mógł mieć jedynie wątłą nadzieję, że anonim zostanie uznany za robotę kogoś z zewnątrz.

Dotarłszy do swego pokoju, Laurie zamknęła drzwi, włączyła monitor i powiesiła płaszcz na haczyku. Szybko przebrała się w służbowy, zielony strój chirurgiczny i kombinezon z Tyveku. Gdy tylko na ekranie pojawił się obraz, weszła do Internetu, by przypomnieć sobie treść artykułu o zamordowanym członku jakuzy. Przejrzała pobieżnie wyniki sekcji, a potem wyłączyła monitor i zeszła do sali sekcyjnej.

Jako uczestnik niezliczonych sekcji zwłok, Lou był już przyzwyczajony do atmosfery panującej w kostnicy. Bez oporów zaproponował więc Vinniemu, że pomoże mu wydobyć ciało z chłodni i dostarczyć je na stół sekcyjny. Zanim Laurie zdążyła zejść do podziemia i dołączyć do nich w sali, Vinnie i Lou przygotowali wszystko do zabiegu.

– To najbardziej imponujące tatuaże, jakie w życiu widziałam – oświadczyła Laurie. Ciało mężczyzny było od szyi po nadgarstki i kostki pokryte gęstą siecią tatuaży we wszystkich kolorach tęczy. – Niestety, utrudnią nam oględziny zewnętrzne. Tak czy inaczej, od razu widać, że to członek którejś z rodzin jakuzy.

– Naprawdę? – spytał Lou. – Z powodu tych tatuaży?

– Nie tylko – odrzekła Laurie. Podniosła lewą rękę zmarłego. – Brakuje mu paliczka małego palca lewej dłoni. To typowa pamiątka po samookaleczeniu. Chcąc okazać przywódcy jakuzy pokorę, jego żołnierz musi odciąć sobie kawałek palca i podarować go szefowi. To tradycyjny, rytualny sposób, dawniej oznaczający osłabienie uchwytu dłoni na rękojeści miecza, a więc symbolizujący większą zależność od przywódcy.

– Żartujesz? – spytał z powątpiewaniem Lou.

– Wcale nie – odrzekła. – I jeszcze coś – dodała, unosząc penisa zmarłego i wskazując na kilka zgrubień. – Oto efekt kolejnego interesującego rytuału, praktykowanego przez członków jakuzy. Najprawdziwsze perły wprowadzone pod skórę; każda z nich symbolizuje jeden rok spędzony w więzieniu. Zabieg wykonuje się bez znieczulenia.

– Auu – jęknął Lou, wymieniając z Vinniem wymowne spojrzenia. – Ale skąd, u licha, tak dużo wiesz o jakuzie? – dodał zaraz. Zawsze robiła na nim wrażenie jej ogromna wiedza ogólna, ale tym razem Laurie przeszła samą siebie. Lou sam wiedział niejedno o jakuzie, jej strukturze organizacyjnej i historii, spędził bowiem sześć lat w jednostce do walki z przestępczością zorganizowaną nowojorskiej policji, zanim przeszedł do wydziału zabójstw.

– Powinnam was utwierdzić w przekonaniu, że jestem taka mądra – odpowiedziała Laurie – ale prawda jest taka, że przed chwilą w gabinecie zajrzałam do artykułu, o którym sobie przypomniałam, poświęconego sekcji zwłok zamordowanego członka jakuzy.

– Zdjęcia rentgenowskie powiesiłem już na przeglądarce – wtrącił Vinnie, wskazując palcem na swoje dzieło.

– Doskonale! – odrzekła Laurie i klasnąwszy w dłonie, podeszła, by je obejrzeć.

W klatce piersiowej i brzuchu zmarłego, a także w niektórych kończynach, widać było liczne ciała obce. Wszystkie wyglądały na pociski z broni palnej albo ich fragmenty. Ani jedna kula nie tkwiła w czaszce.

– Prześledzimy tor ruchu wszystkich pocisków – zapowiedziała Laurie, zwracając się do Lou. – Czy jest coś, na co chciałbyś zwrócić szczególną uwagę?

– Zostawiam to tobie, przecież lepiej wiesz, czego szukać w takich przypadkach – odparł Lou. – Chciałbym tylko dostać przynajmniej niektóre z kul i fragmentów ich płaszczów, żeby sprawdzić, czy wszystkie wystrzelono z tej samej broni. Fotografie tatuaży już mamy, może i one pomogą w identyfikacji.

– Wszystkie papiery są w porządku? – spytała Laurie, spoglądając na Vinniego.

– Tak sądzę. Zdjęcia rentgenowskie oczywiście mamy, zdjęcia są w teczce, a odciski palców już zostały zdjęte. Myślę, że możemy zaczynać.

– Świetnie. W takim razie do roboty.

Razem wrócili do stołu.

– Jedno nie ulega wątpliwości – powiedziała. – Mamy przed sobą rany wylotowe. – Prostując i naciągając palcami skórę, zwłaszcza wokół szczególnie dużych ran spowodowanych wielokrotnym przestrzeleniem ciała, Laurie daremnie poszukiwała przez chwilę choćby jednej rany wlotowej. – Teraz wiemy też, że strzelano do niego wyłącznie od tyłu. To cenna informacja, nie sądzisz, Lou?

– Zdecydowanie tak – odparł, choć tak naprawdę nie bardzo wiedział, co o tym myśleć. – Może próbował uciec?

– Może – zgodziła się Laurie. – Może odpłynąć. Odwróćmy go – powiedziała do Vinniego. – Poszukamy ran wlotowych.

Vinnie usłuchał, ale ku zdziwieniu Laurie nie odezwał się ani słowem. Zawsze ceniła sobie jego lekko sarkastyczne poczucie humoru, niekiedy nawet lepsze niż Jacka. Tego ranka nie było po nim jednak nawet śladu.

– Coś się stało, Vinnie? – spytała, gdy ciało spoczęło na plecach. – Wydajesz się dziś jakiś milczący.

– Nie, nic się nie stało – zaprzeczył Vinnie, zdaniem Laurie zdecydowanie zbyt szybko.

Przez chwilę zastanawiała się, czy ma jej za złe to, że poprosiła go o pomoc, zamiast pozwolić, żeby zaczekał na Jacka.

W tym momencie Jack pchnął z rozmachem drzwi sali sekcyjnej i wkroczył do niej w zwykłym ubraniu, jedynie przyciskając maskę do twarzy, a tym samym łamiąc dwa punkty regulaminu.

– Hej, co tu się dzieje? Ja się spóźniam dziesięć minut, a tu nie dość że kradną mi sprzed nosa szczególnie ciekawą sprawę z policjantem do kompletu, to jeszcze mojego technika!

– Trzeba było pojechać ze mną taksówką – pouczyła go Laurie.

– Cześć Lou, cześć Vinnie – powiedział Jack, podchodząc do stołu i całkowicie ignorując słowa żony.

– Czołem, doktorze Stapleton – odrzekł cicho Vinnie.

Jack uniósł głowę i spojrzał mu w oczy.

– „Doktorze Stapleton"? Cóż za oficjalny ton. Co ci jest? Chory jesteś?

– Nic mi nie jest – odparł Vinnie, choć prawda była taka, że w chwili, gdy Jack stanął w drzwiach, poczucie winy ogarnęło go ze zdwojoną siłą. Bardzo pragnął wybiec z sali i znaleźć kogoś, kto by go zstąpił. Pomyślał nawet, że dobrze byłoby wziąć krótki urlop i zaczekać, aż sprawa niezidentyfikowanego denata ze stacji metra zostanie zamknięta, najlepiej zgodnie z życzeniem rodziny Vaccarro.

– Mój Boże, ależ tatuaże! – zawołał Jack, spoglądając na zwłoki leżące na stole sekcyjnym. – Fantastyczne. Co to za jeden?

– Topielec – odparł Lou, a potem przekazał Jackowi skromną porcję faktów dotyczących tej sprawy.

– Ciekawe! Nigdy nie widziałem czegoś podobnego – przyznał Jack, a potem zwrócił się do Laurie: – Baw się dobrze. Zobaczymy się później. Mam nadzieję, że laboratorium i pracownia histologiczna dostarczą ci ciekawych informacji na temat wczorajszego przypadku.

Jack odwrócił się w stronę wyjścia, ale zatrzymał się w pół kroku.

– Hej – rzucił, uświadomiwszy sobie, że Laurie nie odpowiedziała. Nie tylko nie odpowiedziała, ale też wpatrywała się jak urzeczona w profil odwróconej na bok głowy Azjaty. Jack pstryknął palcami na wysokości jej oczu, a wtedy drgnęła, jakby nagle ocknęła się ze snu.

– Niewiarygodne – wyszeptała. – Ja chyba widziałam już tego człowieka.

– Widziałaś już takiego nieboszczyka, czy widziałaś go za życia?

– Za życia – odpowiedziała Laurie. – Choć wydaje się to nieprawdopodobne.

– Gdzie? – spytał Jack. – Kiedy?

Lou i Vinnie przyglądali się Laurie w takim samym napięciu jak Jack.

Pokręciła głową.

– To niemożliwe! – powiedziała, rozkładając ręce. – Nie wierzę w takie zbiegi okoliczności.

– Jakie znów zbiegi okoliczności? – spytał Jack, podchodząc bliżej. Trudno mu było odczytać wyraz jej twarzy pod plastikową maską.

Laurie znowu potrząsnęła głową, jakby chciała odpędzić od siebie niedorzeczną myśl.

– Możliwe, że wczoraj wieczorem dokonałam przełomu w sprawie sekcji, którą przeprowadziłam rano...

– Zdawało mi się, że nie przydzielono ci żadnej sprawy – wtrącił Lou.

– Przydzielono, kiedy poszedłeś do domu – wyjaśniła Laurie. – Tak czy owak, w tej chwili wydaje mi się, że może istnieć związek między tymi dwiema sprawami, wczorajszą i dzisiejszą. Oczywiście jest za wcześnie, by wygłaszać ostateczne sądy, ale myślę, że prawdopodobieństwo jest spore.

– Jakiego rodzaju związek? – spytał Lou. – To naprawdę może być ważne.

– Nie rób sobie zbyt wielkich nadziei – ostrzegła Laurie.

– Wyjaśnij mi przynajmniej, o czym mówisz – poprosił Lou. Widać było, że jest podniecony: właśnie dlatego tak się interesował medycyną sądową i poświęcał swój czas na wizyty w OCME. Odkąd znał Laurie i Jacka, dzięki pracy lekarzy sądowych udawało się rozwiązać zagadki wielu morderstw. Miał nadzieję, że właśnie jest świadkiem kolejnego przełomowego odkrycia.

– Lepiej nie – odrzekła Laurie. – Proszę was tylko o cierpliwość. Możliwe, że jeszcze dziś po południu uda mi się zebrać niezbędne fakty. Przykro mi, że w tej chwili nie mogę wam więcej powiedzieć.

– Bardzo melodramatyczna scena – poskarżył się Lou. – Jeśli ta sprawa jest dowodem narastającego napięcia w świecie zorganizowanej przestępczości, to jak najszybciej powinniśmy się o tym dowiedzieć, żeby zminimalizować straty wśród cywilów. Nie mam nic przeciwko temu, żeby bandyci mordowali się wzajemnie; szczerze mówiąc, to nam ułatwia pracę. Ale nie znoszę, gdy przy okazji giną niewinni ludzie.

– Przykro mi – odparła Laurie. – W tej chwili to tylko moje domysły.

– Czyżbyś próbowała czegoś sobie dowieść? – spytał Jack. – Czy właśnie tak mam rozumieć tę, jak to nazwał Lou, melodramatyczną scenę? Bo widzisz, jest taka możliwość, że moglibyśmy dorzucić coś od siebie do twojego procesu myślowego.

– Możliwe, że jest tak, jak mówisz – przyznała Laurie. – Chcę to zrobić przede wszystkim dla siebie.

– W takim razie powiedz tylko jedno – poprosił Jack. – Czy wczoraj wieczorem udało ci się ustalić, czy ofiara rzeczywiście miała jakiś atak?

– Sądzę, że miała.

Rozdział 18

26 marca 2010
piątek, 9.10

Ogromny 747-400 nawrócił łagodnym łukiem nad nowojorskim lotniskiem JFK. Kilka minut później koła równie łagodnie zetknęły się z asfaltem pasa startowego 13R – było to kolejne perfekcyjne lądowanie lotu 853 z Tokio do Nowego Jorku, szlakiem nad biegunem północnym. Gdy prędkość jadącego samolotu osiągnęła odpowiednio niską wartość, kapitan skierował maszynę w bok, na drogę kołowania wiodącą ku terminalowi.

Dla Hisayukiego Ishiiego, który właśnie przeciągał się w fotelu, był to bardzo długi lot. Na szczęście udało mu się – choć z przerwami – przespać osiem godzin i czuł się całkiem nieźle, jak na pół dnia uwięzienia w wielkiej aluminiowej puszce. Naturalnie pomogło i to, że leciał w kabinie pierwszej klasy. Ciekaw był – ale tylko trochę – czy jego dwaj pomocnicy, Chong Yong i Riki Watanabe, siedzący o kilka rzędów dalej, w klasie biznes, równie miło będą wspominać tę podróż.

Długi lot dał Hisayukiemu wyjątkową sposobność: mógł swobodnie oddać się rozmyślaniom. Zwykle jego dni były tak wypełnione różnorakimi zajęciami, że chwile skupienia nauczył się traktować jak luksus. Nie udało mu się wymyślić niczego nowego w sprawie bieżących problemów, ale zyskał pewną jasność co do tego, co należy zrobić. Jako że Satoshi i jego rodzina zostali zabici, teraz należało tylko zdobyć jego dzienniki laboratoryjne – zastanawiał się nad tym od początku podróży, ale nie miał już wątpliwości. Dzienniki mogły przecież stać się powodem obalenia patentów należących do uniwersytetu w Kioto. Oczywiście nie był to jedyny problem: nadrzędnym powodem, dla którego nagle, tuż po rozmowie z oyabunem Hiroshim Fukazawą, zdecydował się na wyprawę do Nowego Jorku, były ogólne stosunki z rodziną Yamaguchi-gumi. Musiał mieć pewność, że Saboru Fukuda nawet nie podejrzewa, iż Satoshi został zamordowany, a to zależało od tego, czy ludzie Hidekiego Shimody przeprowadzili egzekucję dokładnie tak, jak im rozkazano.

Rozmyślając nad tym wszystkim, Hisayuki sięgnął po telefon komórkowy i wybrał numer Hidekiego. Słuchając sygnału, wyjrzał przez iluminator. Pokład znajdował się tak wysoko nad płytą lotniska, że wydawało się, że maszyna pełznie po niej niezmiernie wolno. Miał ochotę poskarżyć się personelowi na ten fakt – tak bardzo chciał być już na miejscu. Nie zrobił tego, rzecz jasna, ale gdy uświadomił sobie, że w jego głowie zrodził się taki koncept, pomyślał, że to wpływ napięcia i obaw wywołanych faktem, że tak długo przebywał w powietrzu, bez kontaktu ze swymi ludźmi. Czy włamanie do iPS USA przebiegło bez komplikacji? Czy udało się przechwycić dzienniki laboratoryjne? Czy media nie doniosły jeszcze o czymś, co mogło podsunąć ludziom z Yamaguchi-gumi myśl o możliwej śmierci Satoshiego i jego rodziny? Hisayuki bardzo chciał poznać odpowiedzi na wszystkie te pytania i dlatego mocno niecierpliwił się oczekiwaniem na odpowiedź Hidekiego.

Miał właśnie zrezygnować, gdy w słuchawce odezwał się znajomy głos – po angielsku i z wyraźną niechęcią, co mogło sugerować, że Hideki został brutalnie wyrwany ze snu. Uświadomiwszy sobie, że dzwoni sam oyabun, Shimoda natychmiast zmienił ton i język.

– Wydarzyło się coś, odkąd rozmawialiśmy po raz ostatni? – spytał cicho po japońsku Hisayuki. Podczas lotu zdążył się przekonać, że biały człowiek siedzący obok niego porozumiewa się wyłącznie po angielsku.

– Trochę złego, trochę dobrego – odparł Hideki.

– Zacznij od złego – rozkazał zaniepokojony Hisayuki.

– Moi dwaj najbardziej zaufani ludzie nie dają znaku życia od wczorajszego popołudnia. Poznał ich pan podczas ostatniej wizyty: to Susumu Nomura i Yoshiaki Eto.

– O ile sobie przypominam, wieczorem mieli wziąć udział we włamaniu do iPS USA?

– Zgadza się, ale nie pojawili się o umówionej porze w miejscu, w którym mieli się spotkać z ludźmi Barbery. Ci ludzie czekali na nich podobno przez godzinę, ale się nie doczekali. Gdy wczoraj wieczorem i dziś rano próbowałem dodzwonić się do Yoshiakiego i Susumu, zgłaszała się jedynie poczta głosowa. Obawiam się, że oni już nie wrócą.

– A co z włamaniem?

– Nie doszło do skutku, co zrozumiałe. To Barbera-san i jego ludzie mieli nam pomóc, nie odwrotnie.

Hisayuki zamyślił się na moment. Wiadomość była bardzo, bardzo zła. A najgorszy był płynący z niej nader niepokojący wniosek: możliwe, że to żołnierze Yamaguchi-gumi zabili ludzi Hidekiego, w odwecie za zamordowanie Satoshiego. Hisayuki zapytał Hidekiego, czy jest podobnego zdania.

– Niestety tak – odparł z żalem Shimoda, po czym streścił oyabunowi swą ostatnią rozmowę z Louiem Barberą, z której wynikało, że Yoshiaki i Susumu wspominali ludziom Barbery, iż są zaniepokojeni groźbami ze strony Yamaguchi-gumi, niezadowolonej z powodu zabicia Satoshiego.

– To było przed egzekucją czy po? – spytał rzeczowo Hisayuki.

– Na pewno przed – odparł Hideki.

– Zatem nie ma w tym krzty sensu – rzekł z namysłem Hisayuki. – Yamaguchi-gumi nie miała żadnego powodu, żeby podejrzewać, że wiemy cokolwiek o Satoshim, a już zwłaszcza o jego przybyciu do Ameryki. I prawdę mówiąc, nie wiedzielibyśmy, gdyby rząd nas o tym nie powiadomił. Doprawdy nie rozumiem, co się tu dzieje... chyba że to rząd próbuje wykorzystać sytuację, by skłócić ze sobą organizacje jakuzy i doprowadzić do wojny o terytorium. – Hisayuki zastanawiał się przez chwilę nad takim scenariuszem, ale doszedł do wniosku, że jest on mało prawdopodobny. Kwestia patentów uniwersytetu w Kioto była zbyt ważna, by mieszać ją z jakimikolwiek drugorzędnymi celami.

W tym momencie samolot zatrzymał się przy rękawie terminala.

– Za minutę będziemy wysiadać – powiedział Hisayuki. – Przekazałeś mi złą wiadomość, Hideki, teraz pora na dobrą.

– Dotychczas ani w lokalnych, ani w krajowych mediach nie ukazała się żadna wiadomość na temat śmierci Satoshiego i jego rodziny.

– Żadna? – upewnił się Hisayuki.

– Żadna.

– Skoro tak, to w jaki sposób Yamaguchi-gumi miałaby się dowiedzieć o jego śmierci? I skąd wiedziałaby, że to właśnie Susumu i Yoshiaki są lub będą wykonawcami wyroku?

– Nie mam pojęcia.

Hisayuki znowu zadał sobie w duchu pytanie, czy to możliwe, by rząd z sobie tylko wiadomego powodu powiadomił Yamaguchi-gumi, że dojdzie do egzekucji – i raz jeszcze odrzucił tę myśl. To po prostu nie miało sensu. Rząd życzył sobie śmierci Satoshiego i przechwycenia dzienników laboratoryjnych.

– I ja nic z tego nie rozumiem – wyznał wreszcie Hisayuki. – Przeczuwam, że w sprawę zaangażowana jest jeszcze jakaś siła, ale nie mam pojęcia jaka.

– Może jednak Susumu i Yoshiaki się znajdą? – zasugerował z optymizmem Hideki. – I może w przekonujący sposób wyjaśnią nam, gdzie się podziewali przez ostatnich dwanaście godzin?

– Byłoby miło, nieprawdaż?

– A jeśli chodzi o Satoshiego – choć media milczą na jego temat, to sytuacja może się wkrótce zmienić.

– Niby dlaczego?

– Gdy Barbera-san dzwonił do mnie tej nocy, żeby mi powiedzieć, że Susumu i Yoshiaki nie przyszli na spotkanie, poinformował mnie też o pewnym problemie.

– Zamieniam się w słuch – odrzekł Hisayuki.

W tym momencie Chong Yong, Japończyk z urodzenia, a Koreańczyk z pochodzenia, pojawił się w towarzystwie Rikiego Watanabe, by wyjąć bagaż podręczny Hisayukiego ze schowka nad fotelami. Większość pasażerów pierwszej klasy zdążyła już opuścić pokład samolotu.

– Za chwilę wysiadam – poinformował Hisayuki Hidekiego. – Możemy się spotkać za godzinę w hotelu Four Seasons przy Pięćdziesiątej Siódmej Ulicy. Nie spóźnij się!

– Oczywiście. Proszę tylko pozwolić, że dokończę tę historię, żeby był pan na bieżąco. Barbera-san powiedział mi, że ma informatora w miejskiej kostnicy, który potwierdził, że na razie sprawa Satoshiego jest uważana za „zgon z przyczyn naturalnych", ale zajmuje się nią pewna kobieta, która najwyraźniej zaczyna coś podejrzewać. Mocno niepokojące jest to, że ona bardzo rzadko się myli i zdaniem Barbery-sana potrafi rozpracować nawet najtrudniejsze przypadki.

– To niedobrze – mruknął Hisayuki.

– Zgadzam się, podobnie jak Barbera-san. Mówił mi też, że postarał się już, by dostarczono jej ostrzeżenie z sugestią, że powinna porzucić tę sprawę.

– I tak uczyniła?

– Tego jeszcze nie wiem. Barbera-san wspominał, że odezwie się dziś rano.

Jedna ze stewardes przystanęła obok fotela Hisayukiego.

– Panie Ishii, jesteśmy w Nowym Jorku.

Za jej plecami zamajaczyła postać sprzątaczki z wózkiem środków czyszczących.

Hisayuki wstał, wciąż przyciskając telefon do ucha. Jednocześnie skinął na Chonga i Rikiego, którzy trzymali w rękach jego bagaż, by poszli za nim. Ruszył w stronę wyjścia.

– Zadzwoń do Barbery-sana i poproś o spotkanie jeszcze dziś rano! – polecił. – I koniecznie zapytaj go, czy ta kobieta wzięła sobie do serca ostrzeżenie. Jeśli nie, to chciałbym dowiedzieć się o niej jak najwięcej.

– Zaraz zadzwonię – odparł gorliwie Hideki. – Zechce pan pojechać do Queensu, żeby się z nim spotkać?

– Tylko jeśli będzie nalegał. Możesz mu przypomnieć, że właśnie pokonałem długą drogę z Tokio. Może się ulituje. Ale jeśli będzie marudził, powiedz mu, że z przyjemnością skorzystam z jego zaproszenia.

– Sądzę, że chętnie przyjedzie do centrum – stwierdził Hideki. – On chyba to lubi. Zazwyczaj spotyka się ze mną na Manhattanie.

Rozdział 19

26 marca 2010
piątek, 9.30

– Dzień dobry, panno Bourse – rzekł pogodnie Ben.
– Dzień dobry, panie dyrektorze! – odpowiedziała Clair, czym prędzej odrywając wzrok od powieści, którą ukradkiem czytała w cieniu monitora. Od półgodziny nikt się nie pojawił w holu firmy, toteż nie miała absolutnie nic do roboty.
– Carl już jest? – spytał Ben, nawet nie zwalniając kroku obok stanowiska recepcjonistki.
– Jest! – zawołała Clair za swoim szefem.
Ben zajrzał do otwartego pokoju Carla.
– Możemy pogadać?
Nie czekając na odpowiedź, ruszył dalej, w stronę swojego gabinetu. Powiesił płaszcz w szafie i zasiadł za biurkiem. Poranne marcowe słońce wpadało do jego pokoju szeroką smugą, przez wielkie okna i szeroko otwarte drzwi pomieszczenia, w którym pracowała Jacqueline. Zdążyło już mocno rozgrzać tylną część oparcia czarnego, skórzanego fotela Bena. Usiadłszy, odwrócił się i zawołał do swej asystentki na powitanie. Odpowiedziała krótkim pozdrowieniem.
Zanim zdążył odsunąć na bok stos najświeższych czasopism, by uwolnić choć środkową część blatu, wszedł Carl i jak zawsze zasiadł dokładnie naprzeciwko nie-

go. Jaskrawe światło z pokoju Jacqueline zmusiło go do zmrużenia oczu.

– I jak tam postępy w sprawie umowy z iPS Rapid? – spytał Ben, odpuszczając sobie powitalne rozmówki o niczym. Ostatnio myślał prawie wyłącznie o możliwej transakcji, głównie po to, by nie zastanawiać się obsesyjnie nad tym, czy Satoshi dobrze się bawi jego kosztem w Waszyngtonie, dokąd ponoć się udał.

– Proporcjonalnie do czasu, którego miałem bardzo niewiele. Wczoraj wieczorem wysłałem serię e-maili z pytaniami; odpowiedzieli na razie tylko na kilka z nich. Sądzę, że w ciągu dzisiejszego dnia dowiem się znacznie więcej. A do poniedziałku na pewno wszystko już stanie się jasne.

– A twoje wrażenia? Zmieniło się coś od wczoraj?

– Ani trochę – odparł Carl. – Sądzę, że ich odpowiedź na ofertę kupna będzie pozytywna. Nie wiem tylko, jaka będzie cena. Przeczuwam, że mamy do czynienia z autentycznymi badaczami, a nie biznesmenami, i że chcą dobrze zarobić już na samym początku gry. Możliwe, że obawiają się, czy konkurencja nie wyskoczy z czymś, co mogłoby przebić wartością ich patent.

– Co wcale nie jest wykluczone – rzucił Ben, kiwając głową. – Intuicja podpowiada mi dokładnie to samo. Uważam, że czas wkroczyć do akcji, zwłaszcza że nasza wartość rynkowa na pewno poszła w górę w związku z umową licencyjną z Satoshim. A swoją drogą, czy i nad tym miałeś czas popracować?

– Ależ skąd – odparł kpiąco Carl. – No jasne, że tak! Dziś będę rozmawiał z zespołem analityków, żeby się przekonać, jak nas wyceniają.

– W porządku. – Ben dał tym sygnał, że spotkanie dobiegło końca. – Informuj mnie na bieżąco. Chcę sfinalizować tę transakcję, póki nasi aniołowie stróże aż się ślinią, żeby dać nam pieniądze w zamian za udziały.

Carl wstał i przeciągnął się dyskretnie.

– Muszę powiedzieć, że to wyjątkowo szczęśliwe położenie. Jako dyrektor finansowy nigdy jeszcze nie miałem przyjemności pracować w firmie, która dysponowałaby najwyraźniej nieograniczonym kapitałem.

Carl był już praktycznie w holu, gdy Ben go zawołał.

– Jutro mam bieg treningowy na dziesięć kilometrów, więc wychodzę dziś wcześniej, ale jeszcze do ciebie zajrzę.

Carl pokazał mu oba kciuki na szczęście i odwrócił się, by pójść do siebie.

– Carl – zawołał raz jeszcze Ben. – Zapomniałem zapytać... Widziałeś się może dziś z Satoshim? – Tak naprawdę wcale nie zapomniał. Był po prostu przesądny i miał nadzieję, że Carl sam wspomni o Satoshim. Czuł, że jeśli spyta, odpowiedź będzie przecząca – i tak też się stało.

– Jeszcze nie. A pytałeś Claire? Bo może przemknął niezauważony obok mojego pokoju.

– Nie pytałem – przyznał Ben.

– Jeszcze nie przyszedł – zawołała niewidoczna Jacqueline z sąsiedniego pokoju. – Pytałam Claire, gdy tylko przyszłam. Mówiła, że nie. Potem też się nie pojawił.

– No widzisz – rzekł Carl. – Jeszcze go nie ma. – Dotknął czoła w czymś w rodzaju salutu i zniknął w holu.

Ben pokręcił głową, nie bardzo wiedząc, czy to jeszcze rozczarowanie, czy już paranoja. Dlaczego Satoshi wywinął mu taki numer? Ben spojrzał na wciąż leżące na biurku dokumenty – testament i zlecenie powiernictwa – które czyniły go prawnym opiekunem syna Satoshiego oraz powiernikiem jego majątku w wypadku, gdyby coś złego przytrafiło się rodzicom. W normalnych okolicznościach fakt posiadania tych papierów podziałałby na niego uspokajająco, ale nie tym razem. Problem polegał na tym, że brakowało na nich podpisu Yunie-chan, żony Satoshiego.

W nagłym przypływie determinacji Ben sięgnął do kieszeni marynarki i wyjął telefon. Z tego samego powodu, dla którego lękał się spytać Carla wprost o Satoshiego, tego dnia jeszcze ani razu nie dzwonił do uczonego. Teraz jednak zignorował swoje przesądy i wybrał numer. Przerwał połączenie, gdy tylko automat zaczął odtwarzać zapowiedź poczty głosowej. Zaraz potem wybrał służbowy numer Michaela Calabrese. Jak zwykle nie zastał go w biurze, a po chwili i tu usłyszał zapowiedź poczty głosowej. W takich chwilach, gdy potrzebował pilnego kontaktu, złościły go te wszystkie automaty, ale tu przynajmniej był pewny, że Michael, w przeciwieństwie do Satoshiego, oddzwoni, gdy tylko będzie mógł.

Po wpływem impulsu otworzył zlecenie powiernictwa na stronie, na której powinny się znajdować podpisy. Widniała tam parafka Satoshiego oraz jego pieczęć *inkan*. Podpis był tylko niezbyt wymyślnym zawijasem; znacznie większe znaczenie miała czerwonawa pieczęć, a także parafki dwóch świadków, pracowników iPS USA. Podpis złożyła też notariusz Pauline Wilson. Brakowało jedynie parafki i pieczęci Yunie-chan.

Nagle Ben poczuł, że jego niepokój jakby osłabł. Cóż z tego, że żona Satoshiego nie podpisała dokumentów? Istniały całkiem spore szanse na to, że Saboru Fukuda, zachęcony przez Vinniego Dominicka, postara się o sfałszowanie podpisu i pieczęci *inkan*. Ben uśmiechnął się do własnych paranoicznych myśli. A potem znowu spojrzał na testament Yunie-chan. I tu można było pokusić się o fałszerstwo, a wtedy Ben bez przeszkód zostałby i opiekunem prawnym, i powiernikiem majątku dziecka. Odetchnął z ulgą. Nawet gdyby spełnił się najmroczniejszy scenariusz i Satoshiemu oraz jego żonie przytrafiłoby się nieszczęście, firma iPS USA nie znalazłaby się na lodzie, jeśli chodzi o umowę licencyjną. Patenty stałyby się własnością małego Shigeru, a Ben byłby jego powiernikiem.

Wziął do ręki komplet dokumentów i przeszedł do pokoju Jacqueline.

– Chciałbym, żebyś je schowała w sejfie – powiedział. – Razem z dziennikami laboratoryjnymi Satoshiego.

– Zrobi się – odparła Jacqueline, na moment zakrywając lewą dłonią mikrofon słuchawki telefonicznej.

– Jak wygląda mój terminarz na dziś? – spytał Ben.

Tak bardzo męczyła go sprawa Satoshiego i nowych perspektyw związanych z przejęciem firmy iPS Rapid, że nie pamiętał absolutnie niczego ze swych planów na ten dzień. Zresztą zdarzało mu się to dość często.

– Jest pusty – odrzekła Jacqueline. – Już pan zapomniał? Miałam nie zapisywać na dziś żadnych ważnych zajęć i spotkań, bo jutro rano startuje pan w biegu. I miał pan dziś wyjść wcześniej. A ja zawsze wykonuję polecenia.

– Teraz sobie przypominam – odparł Ben, uradowany niczym nastolatek na wieść o tym, że odwołano mu lekcje.

Wrócił do siebie sprężystym krokiem. Nie mógł się doczekać porannego biegu; było to oficjalne rozpoczęcie sezonu treningowego przed zawodami Hawaiian Ironman, które miały się odbyć piątego czerwca. Ben wziął do ręki pierwsze z bogatej, choć niedawno zapoczątkowanej kolekcji świeżych numerów czasopism biomedycznych, odchylił się z fotelem do tyłu i oparł nogi o blat biurka. I właśnie gdy zdołał wygodnie się ułożyć, zadzwonił telefon. Clair z recepcji informowała, że Michael Calabrese czeka na linii.

Znacznie spokojniejszy niż wtedy, gdy sam telefonował do Michaela, Ben podniósł słuchawkę.

– Wiem, że dzwoniłeś, ale najpierw posłuchaj chyba dobrych wiadomości – zaczął z zapałem Calabrese. – Pamiętasz, jak wspomniałem ci, że być może znalazł się jeszcze jeden anioł stróż gotów zainwestować w iPS USA?

– Jasne.

– Otóż ów anioł dowiedział się, od Vinniego Dominicka, że podpisaliśmy umowę z Satoshim, i chce wejść w ten interes. Dzwonił do mnie z samego rana i mówił, że zainwestowałby mniej więcej tyle samo co Dominick i Fukuda. Jako że za nic w świecie nie chciałbym nadepnąć na odcisk tamtym dwóm, zaraz do nich zatelefonowałem. Zapytałem, czy nie mają nic przeciwko temu, że ich procentowy udział w firmie się zmniejszy. Odpowiedzieli, że nie. W praktyce oznacza to, że siedzicie dziś na znacznie grubszej forsie niż wczoraj.

– I to w doskonałym momencie, bo właśnie mamy zamiar złożyć ofertę wykupu firmie iPS Rapid z San Diego, zamiast negocjować z nią zakup licencji. Uważamy, że najprawdopodobniej chętnie przystaną na naszą propozycję.

– Cokolwiek zechcecie zrobić, pieniądze będą dostępne – odparł Michael. – A teraz mów, po co dzwoniłeś.

– Chciałem zapytać o Satoshiego – rzekł Ben. – Nie widziałem go od dnia, w którym podpisaliśmy umowę licencyjną.

– Czy to aż takie niezwykłe?

– Chyba nie. Kiedyś wybrał się nad Niagarę, nie mówiąc mi ani słowa. A tym razem ponoć wspomniał Carlowi, że chciałby zabrać rodzinę na wycieczkę do Waszyngtonu.

– Próbowałeś się do niego dodzwonić?

– Pewnie. Wielokrotnie.

– A wtedy, kiedy pojechał nad Niagarę?

– Próbowałem. I też nie odbierał.

– Wobec tego nie masz się czym martwić. Widocznie chciał się wyrwać, nacieszyć wolnością. Tamtego dnia, zanim podpisaliśmy umowę, mówił mi, co mu się najbardziej podoba w Ameryce: że nareszcie może robić to, na co ma ochotę, a nie to, czego od niego oczekują.

– Ale ja właśnie wtedy prosiłem go, żeby następnego dnia wpadł do mnie do biura albo chociaż zadzwonił, bo miałem mu załatwić miejsce w laboratorium. I załatwiłem. Miał też zabrać dokumenty, żeby jego żona mogła je podpisać, ale nie pojawił się i nie zatelefonował. Dziś też... przynajmniej na razie.

– Jeśli chcesz znać moje zdanie, to naprawdę nie widzę żadnego powodu do niepokoju.

– Może masz rację – odparł Ben. – Ale ja mimo wszystko czuję się nieswojo. A zapytać cię miałem o to, czy mógłbyś skontaktować się z Vinniem Dominickiem i poprosić go o adres domu, w którym umieścił Satoshiego i jego rodzinę. Mówiłeś, że to pewnie któraś z jego bezpiecznych met.

– Tak go zrozumiałem.

– To co, poprosisz go w moim imieniu? Zależy mi na adresie i numerze telefonu, jeśli mają tam telefon. Czułbym się znacznie lepiej, gdybym wiedział, gdzie szukać Satoshiego w razie potrzeby, kiedy nie odbiera komórki. I na pewno nikomu nie zdradzę adresu.

– Oni nie lubią ujawniać swoich kryjówek, z dość oczywistych powodów, z których najważniejszy jest taki, że w tym momencie przestają to być kryjówki. Wiem, że Satoshi miał surowy zakaz informowania kogokolwiek o miejscu swojego zamieszkania. Wiem też, że Fukuda-san szuka już dla niego lepszego miejsca, na stałe. Tak czy owak, zapytam Vinniego i wyjaśnię mu twoją sytuację. W końcu obaj powierzają ci cholernie dużo ciężko zarobionych pieniędzy, więc dlaczego nie mieliby ci zaufać w kwestii adresu jednej mety?

– Naprawdę spałbym spokojniej – wyznał Ben Corey.

Rozdział 20

26 marca 2010
piątek, 9.40

Sekcja zwłok topielca zabrała Laurie znacznie więcej czasu, niż się spodziewała: trzeba było prześledzić tor ruchu kilkunastu kul w ciele mężczyzny, z których większość wbiła się w klatkę piersiową i brzuch. Niektóre przeszyły korpus na wylot, ale najwięcej było takich, które po drodze odbiły się od kości i zmieniły kierunek. Mniej więcej w połowie autopsji Lou uznał, że dowiedział się już wszystkiego, czego mógł – i wyszedł. Laurie została więc z Vinniem, który z ponurym spokojem pomagał jej w rozpoznawaniu kierunku i głębokości ran oraz usuwaniu pocisków i ich fragmentów.

Początkowo Laurie starała się wyrwać go z tego stanu ducha, pozwalając mu na bardziej aktywny niż zwykle udział w sekcji, ale w końcu się poddała. Zamiast tego częścią umysłu niezaangażowaną w fizyczną pracę z martwym ciałem zaczęła się zastanawiać nad tym, w jaki sposób wczorajsza sprawa mogła wiązać się z dzisiejszą. Czy to możliwe, że doszło do zabójstwa z zemsty? Na tym etapie nie można było tego stwierdzić. Poza tym Laurie sama gotowa była zanegować związek między dwiema sprawami; interesowało ją przede wszystkim ustalenie prawdy. Czuła, że zyskałaby nieco pewności, gdyby miała okazję w spokoju porównać fotografię denata, którego właśnie badała, z wydrukiem „portretu" z nagrania i z samym nagraniem. Wiedziała, że nie będzie w stanie dokonać stuprocentowej identyfikacji, ale być może upewni się choć na tyle, żeby z czystym sumieniem zastanawiać się, jakie jest znaczenie ujawnionych faktów. Już teraz była dość mocno przekonana, że jeden z goniących uwiecznionych na nagraniu z kamer monitoringu jest tym samym człowiekiem, którego ciało leżało przed nią teraz na stole sekcyjnym. Była jednak realistką: identyfikacja ludzi na podstawie zdjęć lub filmów nigdy nie była prosta, zwłaszcza gdy materiałem porównawczym był trup wyłowiony z rzeki.

W duchu czuła wdzięczność wobec Jacka i jego wrażliwości. Wiedziała, że on wie, iż topielec musiał skojarzyć się jej z kimś, kogo widziała na nagraniu, a mimo to nie naciskał, nie próbował od razu wyjaśnić tej kwestii. Uszanował jej życzenie samodzielnej pracy i pragnienie odzyskania dzięki temu nieco osłabionej wiary we własne umiejętności.

– Dzięki, że pomogłeś mi przy tej sprawie – powiedziała do Vinniego, przygotowując się do przerzucenia ciała ze stołu na wózek. – I przykro mi, że tak długo nam zeszło.

– Nie ma sprawy – odparł beznamiętnie Vinnie.

– A teraz chciałabym jeszcze poprosić cię o przysługę.

Vinnie spojrzał na nią wyczekująco, ale się nie odezwał.

– Jeśli zwolni się stół, proszę, żebyś przywiózł mi niezidentyfikowanego denata z wczoraj. Chcę powtórzyć oględziny zewnętrzne.

Vinnie nie odpowiedział.

– Słyszałeś, co mówiłam? – spytała lekko urażona. Nie miała już żadnych wątpliwości, że tego dnia Vinnie po prostu nie jest sobą. Unikał nawet kontaktu wzrokowego.

– Słyszałem – odpowiedział Vinnie. – Przywiozę go, kiedy zwolni się stół.

– Na trzy – uprzedziła Laurie, chwytając topielca za kostki. A potem odliczyła i razem dźwignęli zwłoki ze stołu, by przerzucić je na wózek. Gdy to zrobili, odeszła bez słowa.

W drodze do wyjścia zatrzymała się jeszcze przy stole Jacka.

– Wygląda na to, że macie tu dziecko – zauważyła. Cofnęła się o pół kroku i celowo odwróciła głowę, by nie patrzeć na twarz nie więcej niż dziesięcioletniej dziewczynki. Dzieci, zwłaszcza te małe, były dla Laurie wyjątkowo trudnym obiektem badań, choć za każdym razem, gdy dostawała taki przypadek, starała się zachować pełen profesjonalizm i zapanować nad emocjami.

– Niestety tak – odparł Jack. – To jedna z tych spraw, przy których serce pęka, że się tak wyrażę. Chcesz posłuchać?

– Chyba tak – odpowiedziała Laurie bez cienia entuzjazmu.

Jack podniósł z tacy serce dziecka i rozchylił ścianki wzdłuż wykonanego wcześniej nacięcia, by odsłonić świńską zastawkę aortalną.

– Po początkowo udanym zabiegu wszczepienia zastawki obluzował się jeden ze szwów, uniemożliwiając jej prawidłową pracę. Jeden z setki! To tragedia dla wszystkich: dla chirurga, dla rodziców i oczywiście przede wszystkim dla dziecka.

– Mam nadzieję, że ten chirurg nauczy się czegoś na swoim błędzie.

– Ja też – odrzekł Jack. – Na pewno dowie się o wyniku sekcji. Nadal zamierzasz wrócić do pracy nad wczorajszą sprawą?

– Tak jest.

– Zatem powodzenia!

– Dzięki, że nie naciskałeś, żebym się wytłumaczyła.

– Nie ma za co. Ale ciekawość mnie zżera i naprawdę

jeszcze przed końcem dnia chciałbym się dowiedzieć, co odkryłaś. Domyślam się jedynie, że nocne oglądanie nagrań z monitoringu okazało się znacznie bardziej owocne, niż się spodziewałem.

– Były niezmiernie interesujące – odparła kusząco Laurie. – Ale zmieńmy już temat. Vinnie jest dziś jakiś nieswój.

– Naprawdę? To do niego niepodobne. Zauważyłem oczywiście, że nazwał mnie „doktorem Stapletonem", kiedy stanąłem przy waszym stole. Zwykle używa znacznie mniej oficjalnych wyzwisk.

– Może to moja wina, w końcu celowo porwałam go dziś do tej roboty... Ale z drugiej strony – dałam mu wybór, mógł pracować ze mną albo zaczekać na ciebie.

– Dzięki, że mnie uprzedziłaś – rzucił Jack za odchodzącą Laurie.

Zdjęła kombinezon w szatni i wyrzuciła go, zanim w samym zielonym stroju chirurgicznym pobiegła schodami na górę. Na początek zatrzymała się u sierżanta Murphy'ego, by zostawić mu informację na temat kieszonkowca, którego wypatrzyła, przeglądając nocą nagranie z kamer. Zaraz potem zapytała o swojego niezidentyfikowanego denata.

– Od wczoraj nie słyszałem ani słowa o pani sprawie – przyznał sierżant. – Ale spodziewam się dzisiaj jakichś wiadomości. Jeśli nic nie dostanę, sam zadzwonię do Wydziału Osób Zaginionych. Ale gdyby ktoś się do nich zgłosił w sprawie zaginionego Azjaty, na pewno już by się odezwali.

Laurie podziękowała policjantowi, a potem weszła piętro wyżej, do Hanka Monroego, dyrektora zespołu identyfikacji w dziale antropologii. Zapukała do zamkniętych drzwi. W przeciwieństwie do niemal wszystkich innych pracowników OCME, Hank cenił sobie pracę w samotności.

Niestety, nie pomógł jej bardziej niż sierżant Murphy. Wiedział jedynie, że Wydział Osób Zaginionych nie przepuścił jeszcze odcisków palców zmarłego nawet przez lokalną bazę danych, nie mówiąc o szczeblu stanowym czy federalnym.

– Zdaje się, że mówiłem pani już wczoraj, że zwykle wydział zwleka przynajmniej dwadzieścia cztery godziny, w większości wypadków bowiem sprawa rozwiązuje się sama, gdy ktoś właśnie w tak krótkim czasie zgłasza zaginięcie. Jeśli jednak dowiem się czegokolwiek, natychmiast się do pani odezwę.

Od szefa zespołu identyfikacji Laurie udała się jeszcze wyżej, do działu toksykologii. Zatrzymała się u Johna DeVriesa.

– Na razie nie wykryliśmy absolutnie nic w testach na obecność narkotyków, trucizn i toksyn – powiedział John, uśmiechając się przepraszająco. – Przykro mi. Dostałaś wcześniej prawie negatywny wynik badania zawartości alkoholu we krwi, prawda?

– Dostałam – przytaknęła Laurie. – I dziękuję, że dostarczyliście go tak szybko.

– Cała przyjemność po naszej stronie – odrzekł jej nowy, odmieniony John. – Ale muszę podkreślić, że negatywne wyniki badań toksykologicznych nie oznaczają jeszcze, że w ciele ofiary nie znajdują się żadne szkodliwe substancje. Istnieją trucizny tak silne, że wystarczy ich mikroskopijna ilość, by zabić człowieka, a wtedy musimy wiedzieć, czego konkretnie szukać. Dlatego sugeruję, że jeśli tylko będziesz miała podejrzenia, że użyto jakiegoś szczególnego środka, daj nam znać. Choć oczywiście i wtedy nie mogę zagwarantować powodzenia, nawet jeśli zastosujemy sztuczkę z dwukrotnym badaniem próbki spektrometrem masowym.

– Rozumiem – odpowiedziała Laurie. Przez lata praktyki zdarzyło jej się kilka razy badać sprawy zatruć.

W jednej z nich udało się znaleźć truciznę na miejscu zbrodni, w innej wystarczyły dowody na to, że sprawca kupił niebezpieczną substancję. Tym razem jednak nie było żadnej wskazówki.

– Poza tym jeszcze nie skończyliśmy – dodał John. – Jeśli czegoś się doszukamy, natychmiast do ciebie zadzwonię.

Teraz Laurie zeszła na czwarte piętro, do laboratorium histologicznego, przygotowując się psychicznie na spotkanie z dynamiczną i dowcipną Maureen O'Connor. Nie zawiodła się ani co do jej humoru, ani co do wyników pracy laboratorium. Preparaty były gotowe.

Piętro niżej Laurie weszła wreszcie do swojego gabinetu, pełna zapału do czekającej ją pracy. Nie chciała, by ktoś jej przeszkadzał, więc zrobiła to, co zdarzało jej się bardzo rzadko: zamknęła drzwi na klucz. Następnie położyła tackę z preparatami histologicznymi obok mikroskopu i włączyła monitor.

Teraz, nim rozpoczęła pracę, musiała jeszcze tylko wyjąć telefon i zadzwonić do Leticii. Była dumna z siebie: robiła to po raz pierwszy tego dnia, a dochodziła już dziesiąta. Laurie pomyślała, że naprawdę nieźle udało jej się zachować wstrzemięźliwość, przynajmniej w porównaniu z dniem poprzednim. Leticia była tego samego zdania.

– Dziwię się, że tak późno dzwonisz – powiedziała kpiąco, gdy tylko odebrała.

– Ja też – przyznała Laurie. – Jak idzie?

– Jak po maśle. Ranek spędzamy w domu, ale potem wybierzemy się do parku. Podobno od południa ma być słonecznie.

– Niezły plan – powiedziała Laurie. Rozmawiając z Leticią, wyjęła wydruk z nagrania i porównała wizerunek Azjaty ze zdjęciem, które zrobiono topielcowi. Wydało jej się, że podobieństwo jest bardzo duże, nawet większe, niż się spodziewała.

Zakończywszy rozmowę, wyjęła z torby dwie płyty DVD i włożyła pierwszą z nich do napędu. Zdjęcie topielca postawiła tuż przy monitorze, by łatwiej było porównywać dwa obrazy. Posługując się myszką, odnalazła właściwy moment nagrania i włączyła odtwarzanie.

Był to obraz z kamery numer pięć, a scena rozpoczęła się od ucieczki ofiary schodami w dół, ku peronowi. Kilka sekund później u szczytu schodów pojawili się dwaj napastnicy. W tym momencie Laurie zatrzymała odtwarzanie i zaczęła przeglądać je dalej klatka po klatce. Postacie goniących stawały się coraz większe, a ich twarze – raz jedna, raz druga – coraz wyraźniejsze. Byli do siebie podobni pod względem stroju, ale nie rysów: jeden miał okrągłe, pełne oblicze; rysy drugiego były znacznie ostrzejsze. Poza tym tylko jeden z nich, ten szczuplejszy, trzymał w ręku parasol.

Laurie przeglądała kolejne klatki aż do chwili, gdy masywniejszy z dwóch mężczyzn stał się dobrze widoczny w kadrze – jeśli któryś z nich miał być denatem, którego niedawno zbadała, to właśnie ten. Zatrzymawszy nagranie, sięgnęła po zdjęcie denata i przysunęła je bliżej, do twarzy zastygłej na ekranie.

Przez kilka minut przypatrywała się naprzemiennie dwóm wizerunkom. W pewnym sensie była zawiedziona. Gdy porównywała zdjęcie wydrukowane w domu ze zdjęciem zrobionym w OCME, identyfikacja wydawała się łatwa: zanosiło się na zdecydowaną odpowiedź „tak" lub „nie". Nie spodziewała się „może", a tak właśnie miała się sprawa. Podobieństwo na pewno było, dostrzegała je bez względu na to, czy porównywała zdjęcia, czy któreś z nich z obrazem na monitorze.

Wciąż nieprzekonana w stu procentach – być może z powodu ciemnych okularów mężczyzny z nagrania – Laurie wybrała z menu film z kamery numer sześć i odnalazła tę samą sekwencję czasową. Teraz dopiero dostrzegła coś nowego, czego nie mogła zauważyć, oglądając nagranie z piątki. Na prawej skroni mężczyzny widać było ciemny pieprzyk wielkości dziesięciocentówki. Nie był przesadnie widoczny, ale też na pewno nie był złudzeniem. Spojrzała na pośmiertną fotografię prawego profilu wytatuowanego mężczyzny. Na niej także widać było pieprzyk! Teraz była już prawie pewna, że ma przed sobą wizerunki jednej i tej samej osoby!

Rozparła się wygodnie w fotelu, analizując ten niezwykły zbieg okoliczności. Po chwili znowu nachyliła się ku monitorowi, by obejrzeć ten moment nagrania z szóstki, na którym widać wjazd pociągu na stację. Choć nie było to łatwe, bo i od tej strony bohaterów sceny otaczał tłum podróżnych, spróbowała dostrzec, co właściwie zaszło w chwili, gdy dwaj napastnicy dopadli swoją ofiarę. Nie widziała ich rąk, ale zauważyła, że niemal natychmiast musieli podtrzymać uciekającego, bo nagle dostał konwulsji. Całe zajście rozegrało się błyskawicznie, na kilku klatkach filmu. Trudno było ocenić, czy atak gwałtownych skurczów był wynikiem działania napastników, czy wystąpił spontanicznie, jak zawał serca czy udar.

Laurie znowu odchyliła się z fotelem, obserwując krótki finał napadu: dwaj mężczyźni w ciemnych okularach kładli nieprzytomnego człowieka na peronie, wcześniej odebrawszy mu torbę, a zapewne także portfel. Tym razem jednak udało jej się dostrzec coś nowego, czego nie zauważyła wieczorem: mężczyzna o owalnej twarzy, gdy tylko odebrał ofierze torbę, ostrożnie podniósł z posadzki swój parasol, otworzył go do połowy i ponownie zamknął. Odniosła wrażenie, że czynność ta wymagała od niego użycia pewnej siły. Ruchy napastnika natychmiast skojarzyły jej się z czynnością przeładowywania karabinka pneumatycznego.

Laurie zatrzymała nagranie i w chwili, gdy zamierzała włączyć ten sam fragment filmu ujęty z innych kamer, przyszła jej do głowy nowa myśl, a raczej wspomnienie. Skojarzyła sobie słynną sprawę, o której słyszała na wykładzie w czasach, gdy była jeszcze rezydentką na wydziale medycyny sądowej. Chodziło o zabójstwo dokonane w Londynie, na dysydencie zza żelaznej kurtyny, z kraju, którego nazwy nie mogła sobie przypomnieć. Narzędziem zbrodni był właśnie karabinek pneumatyczny, sprytnie ukryty w parasolu przez speców z KGB.

Odłożywszy zdjęcia na biurko, Laurie weszła do Internetu i w ciągu paru sekund odnalazła artykuł o sprawie Georgi Iwanowa Markowa, słynnego w owym czasie Bułgara. Rzeczywiście został zamordowany za pomocą karabinka pneumatycznego ukrytego w parasolu, a bezpośrednią przyczyną śmierci była przeniesiona przez platynową kulkę dawka rycyny – niezmiernie toksycznego białka uzyskiwanego z nasion rącznika.

Laurie kontynuowała poszukiwania, tym razem chcąc bliżej przyjrzeć się właściwościom rycyny, a zwłaszcza objawom kojarzonym z zatruciem tą substancją. Niemal natychmiast przekonała się, że przypadek, który badała poprzedniego dnia, nie mógł mieć nic wspólnego ze sprawą Markowa. Rycyna powodowała dolegliwości układu pokarmowego, a pierwsze objawy pojawiały się dopiero po godzinach od zatrucia, a nie natychmiast. Możliwe natomiast było to, użyto podobnego narzędzia – broni pneumatycznej ukrytej w parasolu. Z tym większą niecierpliwością Laurie oczekiwała teraz powrotu do sali sekcyjnej i ponownych oględzin ciała niezidentyfikowanego Azjaty.

Nie umiała sobie wyjaśnić, dlaczego od razu nie przeprowadziła bardzo szczegółowego badania zewnętrznego, nawet jeśli Southgate rzekomo je wykonał. Było jej nawet wstyd, że o tym nie pomyślała. Intuicja wszak podpowiadała jej już wkrótce po rozpoczęciu sekcji, że to nie mogła być śmierć z przyczyn naturalnych, nie była bowiem w stanie znaleźć choćby najmniejszego śladu zmian patologicznych! Teraz więc nadszedł czas, by dowieść, że intuicja jej nie zwiodła, że gdzieś na ciele zmarłego musi widnieć maleńka rana wlotowa, powstała wskutek strzału przez ubranie.

Laurie podniosła słuchawkę i wybrała numer Vinniego. Podobnie jak większość pracowników OCME, przekonała się już, że znacznie większe szanse na odnalezienie poszukiwanej osoby dawało dzwonienie na prywatny numer komórkowy niż na stacjonarny służbowy. Zabrakło jej więc czasu, by zastanowić się, czy nastrój Vinniego uległ już poprawie, gdyż technik zgłosił się już po pierwszym sygnale.

– I co z moim azjatyckim denatem? – spytała Laurie. – Jest gotów do bliskiego spotkania numer dwa?

– Stół za chwilę się zwolni – odparł Vinnie. – Myślę, że powinien być gotów mniej więcej za pół godziny.

– Wspaniale! Mam więc zejść za pół godziny, czy jeszcze do mnie zadzwonisz?

– Jeśli to nie problem, poproszę Marvina, żeby zadzwonił – odparł Vinnie, wciąż gnębiony poczuciem winy i strachem, czuł bowiem, że znalazł się w sytuacji, w której bez względu na to, jak się zachowa, i tak będzie przegranym. Gdyby poszedł teraz do Laurie i przyznał się do podrzucenia jej listu oraz spróbował przekonać ją, by zostawiła sprawę niezidentyfikowanego denata, on sam, a także jego rodzina – w szczególności córki – znaleźliby się w niebezpieczeństwie, być może nawet śmiertelnym. Gdyby zaś nic nie zrobił, a Laurie nie przejęłaby się listownym ostrzeżeniem, to ona mogłaby stracić życie. Ta sytuacja nie dawała mu spokoju. – Jest już wolny, a wiem, że lubicie razem pracować.

– Jak chcesz! – odpowiedziała Laurie, nie na żarty już rozdrażniona. Miała wrażenie, że Vinnie od rana stara się ją sprowokować, i w końcu mu się to udało.

Uspokoiwszy się nieco, Laurie pochyliła się nad mikroskopem, by przebadać preparaty histologiczne. Póki nie przejrzała wszystkich, zwłaszcza tych zawierających komórki mózgu i serca, i nic nie znalazła, wciąż istniała szansa na to, że miała do czynienia z naturalnym zgonem, nawet jeśli intuicja podpowiadała jej coś innego. Ostatniej nocy odkryła coś, co obudziło w niej wielkie zainteresowanie pierwszą sprawą. Teraz podniecała ją także nowa intryga, łącząca ofiarę i zabójcę. Niewykluczone, że istotnie był to wstęp do wojny gangów, jak obawiał się Lou, ponieważ co najmniej jeden z denatów bez wątpienia był żołnierzem jakuzy.

Rozdział 21

Vinnie nie miał najmniejszych wątpliwości co do tego, że Laurie zauważyła jego osobliwe zachowanie. Choć bardzo się starał, nie potrafił lepiej nad sobą panować. A problem oczywiście polegał na tym, że nasłuchał się w życiu zbyt wielu historii o rodzinie Vaccarro, by nie traktować poważnie tego, co Carlo i Brennan powiedzieli o jego córkach. Nie miał wyjścia. W kontaktach z takimi ludźmi można było jedynie przegrać, a zgłoszenie się na policję niestety nie wchodziło w rachubę.

Wymigawszy się od współpracy z Laurie, parę minut później odruchowo odebrał telefon, przekonany, że to znowu ona, być może z jakąś zmianą planów. Tymczasem, ku jego rozpaczy, w słuchawce odezwał się głos siepacza Barbery imieniem Carlo.

— Dzień dobry, Vinnie, stary druhu — powiedział Carlo przyjaznym tonem podszytym fałszem. — To ja. Rozmawialiśmy wczoraj, pamiętasz?

— Pamiętam — potwierdził Vinnie, bez powodzenia siląc się na spokój. Carlo był ostatnią osobą, z którą miał teraz ochotę rozmawiać. Że też nie spojrzał na numer przychodzącego połączenia...

— Jeśli masz chwilkę, chciałbym ci zadać parę pytań.

Vinnie bardzo chciał odpowiedzieć, że nie ma, ale się nie odważył. Poprosił tylko, by Carlo zaczekał, aż uda mu się znaleźć jakieś zaciszne miejsce. Czym prędzej wymknął się z pokoju techników sekcyjnych, w którym kilku jego kolegów popijało poranną kawę.

– Widziałeś się dziś rano z doktor Laurie Montgomery? – spytał Carlo, gdy Vinnie zameldował mu, że może mówić.

– Tak. Badałem z nią dziś jedną sprawę.

– Świetnie – ucieszył się Carlo. – I jak się zachowywała?

– Zupełnie normalnie. W przeciwieństwie do mnie.

– Przykro mi to słyszeć. Mam nadzieję, że twoje nietypowe samopoczucie nie ma nic wspólnego z nami.

– Ma coś wspólnego wyłącznie z wami – odparował Vinnie, z gruntu mylnie zakładając, że jeśli powie szczerze, co o tym wszystkim myśli, dadzą mu spokój. – Wczoraj mówiliście, że chcecie tylko zadać mi kilka pytań, a potem, zanim się obejrzałem, zmusiliście mnie do dostarczenia listu z pogróżkami.

– A nie przypomniałbyś mi, co w nim napisałeś? Wiem, że czytałeś mi go, gdy wczoraj oddzwoniłeś, ale już zapomniałem.

– Napisałem to, co mi kazaliście: że jeśli nie zamknie sprawy z werdyktem „śmierć z przyczyn naturalnych", poważne konsekwencje spotkają ją i jej rodzinę. I że jeśli pójdzie na policję z tym ostrzeżeniem, poniosą takie same konsekwencje.

– Dobrze, bardzo dobrze – odparł Carlo. – Ale czy jesteś pewny, że dostała twój miłosny liścik?

– Jestem. Wczoraj specjalnie zajrzałem do jej gabinetu i widziałem, że leżał na klawiaturze komputera. Trudno by jej było go przegapić.

– I?

– Co i?

– Wiesz, czy go przeczytała?

– Zakładam, że tak, ale nie czekałem, aż zrobi to przy mnie.

– Czy jej zachowanie jakoś się zmieniło?

– Nie w taki sposób, jakiego byście sobie życzyli. Jak już sugerowałem wczoraj, ona chyba jeszcze bardziej chce rozwikłać tę sprawę. Wspomniała dziś nawet, że wczoraj wieczorem dowiedziała się czegoś szczególnie interesującego.

– Mianowicie? – spytał Carlo, a jego ton zmienił się z lekko żartobliwego w śmiertelnie poważny.

– Nie wiem – odparł Vinnie. – Powiedziała, że chce jeszcze przebadać zwłoki. Chyba jest przekonana, że dokonała postępu. I zgaduję, że raczej nie w kierunku uznania tego przypadku za śmierć z przyczyn naturalnych, ale za morderstwo.

Vinnie usłyszał teraz szmer przyciszonej rozmowy, jak gdyby Carlo mówił coś, zasłaniając ręką mikrofon. Walcząc z pokusą przerwania połączenia, Vinnie czekał, ale po chwili uświadomił sobie, że daje się wciągać coraz głębiej w sytuację bez dobrego wyjścia. Spodziewał się, że lada chwila Carlo poprosi go o coś znacznie gorszego niż przygotowanie listu z pogróżkami, które samo w sobie było krokiem w złym kierunku.

Vinnie przerwał połączenie, doskonale rozumiejąc, że w tym momencie naraża na wielkie niebezpieczeństwo siebie i swoją rodzinę. W panice podjął decyzję o natychmiastowym opuszczeniu miasta. Nie miał wyboru. Nie brakowało mu zaległego urlopu – i zdrowotnego, i wypoczynkowego. Choć wiedział, że kadry wolą wiedzieć wcześniej o takich planach, był pewny, że pogodzą się z takim posunięciem, zwłaszcza jeśli powoła się na pilną sprawę rodzinną.

W nagłym przypływie silnej woli czym prędzej zadzwonił do żony, Charlene, która pracowała w firmie przeprowadzkowej swego brata w Garden City na Long Island. Wiedział, że i ona będzie mogła się zwolnić; ruchu w interesie ostatnio nie było. Prawdziwym problemem były dziewczynki i ich szkoła, ale cóż – takie jest życie. Czekając na połączenie, zbiegł tylnymi schodami na parter, gdzie znajdował się dział personalny.

– Hastings, Przeprowadzki i Magazynowanie – zgłosiła się Charlene.

Vinnie nie tracił słów. Charlene w pierwszej chwili była przerażona, ale szybko zrozumiała, w czym rzecz, gdy usłyszała, że cała sprawa ma związek z Pauliem Cerino i organizacją Vaccarro. Wraz ze swym przyszłym mężem dorastała w Rego Park i wiedziała wszystko o mafii, a zwłaszcza o tym, jak jest niebezpieczna. Wiedziała też doskonale, że Vinnie był dłużnikiem Pauliego Cerino i co to w praktyce oznaczało.

– Musimy działać natychmiast – rzekł Vinnie natarczywym tonem. – Wyjedziemy dziś! Zabierz dziewczynki i ruszamy w drogę. Co najmniej na Florydę; o tej porze roku jest tam całkiem przyjemnie.

– Muszę spakować trochę rzeczy – odpowiedziała Charlene, wyczuwając strach w jego głosie.

– Jasne, ale niech to nie będzie dzieło twego życia – zastrzegł Vinnie. – I nikomu nie mów, że wyjeżdżamy.

– A co z ciocią Hazel? Nie możemy tak po prostu wparować do niej, przejeżdżając przez Fort Myers. Muszę też powiedzieć bratu.

– Oczywiście, że musisz – zgodził się Vinnie. – Ale uprzedź go, żeby nie pisnął o tym nikomu ani słowem. A jeśli chodzi o twoją ciotkę, to zadzwonimy do niej po drodze. Choć może byłoby lepiej, gdybyśmy się zatrzymali w którymś z tych tanich moteli przy plaży.

– O której będziesz w domu?

– Jak najszybciej, pewnie w ciągu godziny – odparł Vinnie. – W tej chwili stoję przed drzwiami działu personalnego. Nie powinienem mieć problemu z urlopem; szefowa ledwie tydzień temu przypominała mi, ile mam zaległego.

– Spróbuję się dowiedzieć, jakie lekcje powinny przerobić dziewczynki, żeby za wiele nie stracić.

– Bardzo słusznie.

– Nie sądzisz, że powinieneś ostrzec doktor Montgomery? – spytała Charlene.

– Już to zrobiłem – odparł Vinnie. – I dlatego muszę uciekać. Nie chcę, żeby poprosili mnie jeszcze o coś. Czuję w kościach, że kiedy się rozłączyłem, właśnie zamierzali to zrobić.

– Jak sądzisz, jak długo zostaniemy na Florydzie?

– Niedługo. Może tydzień albo dwa. Zdaje mi się, że piekło rozpęta się tu w ciągu najbliższego dnia albo dwóch, a wtedy chcę być na południe od linii Masona––Dixona.

Rozdział 22

– Spróbuj jeszcze raz! – powiedział Louie, sugerując Carlowi, by ponownie wybrał numer Vinniego Amendoli. Siedzieli wraz z Brennanem w samochodzie Carla, jadąc w stronę Manhattanu na spotkanie z Hisayukim Ishiim. Brennan prowadził, Carlo siedział obok niego, a Louie na tylnej kanapie.

Barbera już kilkakrotnie miał okazję rozmawiać z oyabunem, ale nigdy jeszcze nie spotkał się z nim osobiście. Teraz, gdy wysłuchał rozmowy Carla z Vinniem, miał tym większą ochotę poznać Japończyka. Wszystko wskazywało na to, że Laurie Montgomery-Stapleton działa dokładnie tak, jak przewidział Paulie Cerino: nie zamierza współpracować, a do tego jest zbyt uparta i bystra, by mogło jej to wyjść na zdrowie. Należało działać szybko, jeśli śmierć Satoshiego miała pozostać „zgonem z przyczyn naturalnych". Zanim Louie to sobie uświadomił, zdawało mu się, że rozmowa z przywódcą rodziny jakuzy będzie dotyczyć głównie dzienników laboratoryjnych oraz tego, ile mogłoby kosztować ich odzyskanie. Teraz jednak było jasne, że należy zacząć od tego, w jaki sposób zmienić sposób myślenia Laurie Montgomery-Stapleton.

– Nie odbiera, kutas – odpowiedział Carlo, zamykając klapkę telefonu. Siedział bokiem do kierunku jazdy, spoglądając na Louiego.

– Dobra, na razie daj mu spokój – polecił Louie. – Myślę, że jeszcze będzie nam potrzebny. Możliwe, że znowu wybierzecie się z wizytą do OCME, jeśli nie zgłosi się w ciągu godziny.

Zatrzymali się przed wejściem do Four Seasons, wysiedli i zostawili kluczyki parkingowemu.

Louie poprowadził, przez obrotowe drzwi i krótki ciąg schodów do holu głównego. Minęli stanowisko recepcji i drzwi wind, by znowu wspiąć się po kilku stopniach, tym razem na poziom baru i restauracji. Tylko Louie był już kiedyś w tym hotelu; Carlo i Brennan czuli się oszołomieni przestronnymi wnętrzami oraz ich kamiennym wystrojem. Brennan pomyślał nawet, że wszystko to przypomina wnętrze starożytnej egipskiej świątyni.

Jak to zwykle bywa wczesnym przedpołudniem, bar, który mieli po lewej, był pusty, a i w sali restauracyjnej przebywało niewielu gości. Nietrudno więc było wypatrzeć Hidekiego i jego ekipę. Na co dzień zresztą Hideki ze swą posturą zawodnika sumo i tak mocno rzucał się w oczy.

Tak jak się Louie obawiał, zaczęło się od rytuału ukłonów i wymiany wizytówek z Hisayukim Ishiim, podczas gdy Hideki Shimoda dokonywał oficjalnej prezentacji. Wreszcie wszyscy trzej usiedli, a Carlo i Brennan oddalili się w stronę lewego końca baru. Przy prawym końcu siedzieli ochroniarze Hisayukiego, z których jeden dorównywał rozmiarami Hidekiemu, tyle że jego ciało składało się głównie z mięśni, a nie sadła. Żołnierze obu organizacji nie przedstawili się sobie nawzajem, ale to nie miało znaczenia; i tak instynktownie wyczuwali, z kim mają do czynienia.

Przez jakiś czas Louie, Hideki i Hisayuki oddawali się miłej rozmowie o niczym, wzajemnie gratulując sobie niewątpliwego sukcesu we wspólnych interesach oraz przyznając, że nie spodziewali się aż tak imponujących zysków.

Wreszcie Hisayuki podziękował Louiemu za to, że zgodził się przybyć do hotelu, oszczędzając mu wyprawy do Queensu.

– Podróż z Tokio do Nowego Jorku trwała naprawdę długo – wyjaśnił.

– Zrobiłem to z przyjemnością – odparł Louie. Oyabun wywarł na nim jak najlepsze wrażenie. Drogie i modne ubranie dobitnie świadczyło o jego pozycji. Było jednak w Hisayukim coś znacznie bardziej imponującego: spojrzenie oczu, wewnętrzne skupienie, niewątpliwy intelekt. Louie, nauczony doświadczeniem, wyczuwał, że ma przed sobą urodzonego negocjatora, który nieustannie ma na uwadze to, co najlepsze dla niego i jego organizacji. Szanował tę postawę, ale jednocześnie nie miał wątpliwości, że staje przed groźnym przeciwnikiem.

– Z pewnością jest pan wyczerpany podróżą – dodał – więc może powinniśmy od razu przejść do rzeczy.

– To bardzo miłe z pańskiej strony – odparł Hisayuki i znowu się ukłonił.

Louie mimowolnie uczynił to samo. Była to bodaj jedyna rzecz, która w kontaktach z Japończykami była dla niego utrapieniem. I może jeszcze fakt, że nigdy nie potrafił do końca rozszyfrować ich intencji.

– Proszę więc pozwolić, że będę całkiem szczery – zaczął Louie. – Do niedawna byliśmy, jak mi się zdawało, w granicach rozsądku otwartymi partnerami. Do bardzo niedawna, mówiąc ściślej. Czy i pan tak to widzi?

Zaskoczony tak bezpośrednim pytaniem, Hisayuki zawahał się i szukając wsparcia, spojrzał przelotnie na Hidekiego, który mieszkał w Ameryce od ponad dziesięciu lat. Widząc jednak, że wsparcie nie nadejdzie, odpowiedział szybko: *Hai, hai*, jak gdyby to japońskie słowo było powszechnie rozumianym wyrazem aprobaty.

– Jednakże obaj panowie, a zwłaszcza mój przyjaciel Hideki – ciągnął Louie, ruchem głowy wskazując na Shimodę – w ostatnich dniach nie byli całkiem szczerzy wobec nas. Nie, nie chcę wałkować tej kwestii... – urwał, zastanawiając się, czy dwaj Japończycy mają pojęcie, co znaczy „wałkować kwestię". – Panowie rozumieją zwrot „wałkować kwestię"?

Obaj skinęli głowami tak szybko, że Louie nie miał już wątpliwości: nie rozumieli.

– To znaczy: dyskutować o czymś stanowczo zbyt długo. A ja i Hideki rozmawialiśmy o tej sprawie dostatecznie długo. Pasztet, w który się wpakowaliśmy, jest wynikiem tego, że nie mówiliście nam całej prawdy. A konkretnie: na przykład o tym, że Satoshi nie jest zwykłym dłużnikiem, którego chcecie z naszą pomocą przywołać do porządku, tylko przyszłą ofiarą egzekucji, na którą nigdy byśmy się nie zgodzili, bo ostatnio unikamy takich aktów przemocy. To taka nasza niepisana umowa z policją. My nikogo nie rozwalamy, a oni dają nam święty spokój i możemy handlować, co oznacza, że oni znowu mogą się skupić na kierowaniu ruchem i łapaniu prawdziwych złoczyńców: seryjnych morderców i terrorystów. Wydaje się panu, że mówię do rzeczy, Ishii-san? – spytał Louie, spoglądając oyabunowi w oczy. – A może raczej Hisayuki? Proszę mi mówić Louie.

– Może być Hisayuki – odparł Japończyk, cokolwiek przytłoczony bezpośredniością Louiego. Starał się nie zapominać, że Louie nie stara się być niegrzeczny, a jedynie szczery.

– Zgoda, Hisayuki, ale powiedz mi jeszcze, czy nadążasz za tym, co mówię, czy może jestem zbyt bezpośredni? Bo z rozmów z Hidekim wnioskuję, że opryskliwość to nie wasza specjalność. Zgadłem?

– Być może – odparł ostrożnie Hisayuki. Nie był do końca pewny, co oznacza słowo „opryskliwość", ale wydawało mu się, że rozumie kontekst.

– No to powiem ci, jak widzę całą sytuację – ciągnął

Louie. – Zależy wam na tych dziennikach laboratoryjnych. I chętnie z wami o nich pogadam, ale pod warunkiem że przekażecie nam więcej danych, bo kiedy patrzę na to, co się już wydarzyło, widzę, że planowane włamanie do biura firmy przy Piątej Alei jest znacznie bardziej ryzykownym przedsięwzięciem, niż nam się wcześniej zdawało. Jeśli mamy wam pomóc, musimy po pierwsze więcej wiedzieć, a po drugie uzyskać godziwą rekompensatę. Musimy też mieć pewność, że dzienniki naprawdę są tam, gdzie powinny być, jeśli wiesz, co mam na myśli. My z kolei jesteśmy zainteresowani tym, żeby sytuacja wróciła do normy, to jest do stanu sprzed kompletnego chaosu, który wprowadzili wasi dwaj ludzie, Susumu i Yoshiaki, rozwalając Satoshiego na zatłoczonym peronie, a następnie całą jego rodzinę w New Jersey. Nadążasz? – Louie umilkł, spoglądając na Hisayukiego i czekając na odpowiedź. Japończyk wydał mu się jeszcze bardziej zszokowany niż chwilę wcześniej.

– Może jednak mógłby pan mówić nieco wolniej – zasugerował Hideki. – Oyabun dobrze zna angielski, ale rzadko ma okazję go używać.

– Przepraszam – odparł Louie. – Będę mówił wolniej, ale uwierzcie mi, że szybkość odegra decydującą rolę, jeśli mamy zapobiec pogorszeniu sytuacji.

Hisayuki skinął głową, ale nie odezwał się. Był wytrącony z równowagi, przywykł bowiem, że przystępuje do rozmów przygotowany i sprawuje pełną kontrolę nad ich przebiegiem. Tym razem było inaczej. Spokój odebrało mu także zniknięcie Susumu i Yoshiakiego. Nie mógł wykluczyć, że Yamaguchi-gumi jednak podejrzewała, iż Satoshi i jego rodzina zostali zamordowani przez ludzi Aizukotetsu-kai. Jeśli tak, sytuacja była w istocie niezwykle groźna.

– W tej chwili chyba nikt nie wie, co się naprawdę wydarzyło. – Louie zmuszał się do wolniejszego mówienia. –

Chodzi mi o to, że ciała bliskich Satoshiego nie zostały odkryte, bo ponoć znajdują się w domu na kompletnym odludziu.

Hisayuki domyślił się, że pozostały w domu, który wybrała inna organizacja mafijna, współpracująca z Yamaguchi-gumi, ale nic nie powiedział.

– Może ktoś je wreszcie znajdzie, a może nie – ciągnął Louie – a to oznacza, że sprawa nie jest najpilniejsza. Zaznaczam jednak, że powinniście we własnym zakresie uprzątnąć te ciała, bo to wasi ludzie narobili bałaganu. Naturalnie będziemy was wspierać, bo jeśli zbrodnia zostanie ujawniona, znajdziemy się w sytuacji, której tak bardzo chciałem uniknąć. Nikt nie będzie miał wątpliwości, że to porachunki gangów, a to oznacza, że nasze interesy bardzo poważnie ucierpią. Ale to sprawa na jutro. W niedzielę możemy się spotkać, żeby porozmawiać na temat dzienników laboratoryjnych. Jak ci się podoba ten plan zajęć, Hisayuki?

Oyabun nie poruszył się ani nie przemówił.

Louie także milczał. Liczył na jakąś reakcję, bo pomału zaczynał nabierać przekonania, że spotkanie z Hisayukim to jeden wielki monolog. Japończyk w zasadzie tylko od czasu do czasu mrugał powiekami. Jego powściągliwość skłoniła też Louiego do przypuszczeń, że oyabun może jednak podejrzewać, iż organizacja Vaccarro miała coś wspólnego ze zniknięciem Susumu i Yoshiakiego.

Po kilku minutach kłopotliwego milczenia odezwał się Hideki:

– Wspomniał pan o jutrze i o niedzieli, ale co z dniem dzisiejszym? I z pogarszającą się sytuacją, o której pan wspominał?

– Dzięki, że pan pyta – odparł Louie bez cienia sarkazmu. – Mówiłem o rodzinie pana Satoshiego Machity, ale nie wspomniałem o nim samym. Pan Hideki zapewne pamięta, że wczoraj wieczorem rozmawialiśmy pokrótce o doktor Laurie Montgomery-Stapleton.

– A, tak – odrzekł Hideki. – Już o niej mówiłem oyabunowi.

– To prawda – odezwał się niespodziewanie Hisayuki. – I bardzo mnie ta wzmianka zaniepokoiła. Czy ta kobieta zareagowała właściwie na ostrzeżenie?

– Najwyraźniej nie – przyznał Louie, zadowolony, że znowu ma sposobność rozmawiać z samym oyabunem. Wychylił się nieco, sięgając ramieniem za oparcie krzesła, i zawołał Carla.

Carlo wstał natychmiast, spoglądając na szefa pytająco. Louie przywołał go ruchem dłoni. Gdy Carlo się zbliżał, ludzie oyabuna zsunęli się ze swych stołków i czekali w gotowości, póki ich szef nie pozwolił im na powrót usiąść.

– Zadzwoń jeszcze raz do Vinniego – polecił Louie. – Jeśli odbierze, dowiedz się, jaka jest sytuacja.

Carlo wykonał rozkaz. Czekał tak długo, aż odezwał się komunikat poczty głosowej, a wtedy przerwał połączenie. Pokręcił głową, spoglądając na Louiego, a ten odprawił go ruchem ręki i odwrócił się ku gościom z Japonii.

– Mamy problem z naszym informatorem – wyjaśnił. – Ale powiem wam, czego zdążyliśmy się dowiedzieć. Zdaniem naszego człowieka ostrzeżenie zostało dostarczone do adresatki i zostało nie tylko zignorowane, ale wręcz podziałało jak katalizator: skłoniło ją do zdwojonego wysiłku.

– Ale zgon Satoshiego nadal jest uważany za naturalny? – upewnił się Hisayuki, zdradzając żywe zainteresowanie.

– Tak uważamy.

– Więc dlaczego ta kobieta miałaby zmienić zdanie? – spytał znowu Hisayuki.

– Nie wiem – odparł Louie. – Może pod wpływem listu? To bardzo silna osoba, wyjątkowo zdeterminowana.

– Na dodatek właśnie wróciła z rocznego urlopu macierzyńskiego – dodał Carlo, który nie oddalił się, jakby nie zauważył gestu Louiego. – Nie tak mówił Vinnie? – zawołał, odwracając się w stronę Brenana.

– Z półtorarocznego urlopu macierzyńskiego – odkrzyknął Brennan, a potem podszedł, by stanąć obok Carla. – Satoshi to jej pierwsza sprawa po długiej przerwie, a w dodatku jedyna. Kobieta próbuje sobie coś udowodnić. Tak przynajmniej uważa nasz informator. I powiedziałbym, że to najgorszy z możliwych scenariuszy.

Louie odwrócił się do Hisayukiego i Hidekiego.

– Rozmawiałem o niej z moim szefem. Mówi o niej jak o jakiejś mitycznej postaci. Sam próbował ją kiedyś zabić, podobnie jak inny capo, ale bez skutku. Jej legendę wspiera też prosty fakt: ona ma znajomości w nowojorskiej policji, a to bardzo niedobrze dla nas, jak sobie zapewne wyobrażacie. Jakby tego było mało – ciągnął – jesteśmy też dość mocno ograniczeni czasowo. Według naszego informatora, doktor Montgomery-Stapleton twierdzi, że zrobiła postępy w sprawie i zamierza je ujawnić dziś po południu. Podobno potrafi dowieść, że doszło do morderstwa.

– W jaki sposób zamierza to zrobić? – spytał z niedowierzaniem Hisayuki.

– Pewnie ty wiesz najlepiej, przyjacielu.

Zapadła cisza.

– I mógłbyś mi co nieco wyjaśnić – dorzucił po chwili Louie.

– Egzekucję wykonano z użyciem specjalnej toksyny – powiedział Hisayuki. – Nie wolno mi zdradzać szczegółów.

– W porządku – odparł Louie. – Sądzisz, że doktor Laurie Montgomery-Stapleton zdołała ją rozpracować?

– Byłby to pierwszy przypadek w historii, a nieraz już używaliśmy tej substancji.

– Tak czy inaczej, nie możemy pozwolić, żeby sprawa została wyjaśniona – rzekł Louie. – Musimy znaleźć inny sposób, żeby zniechęcić tę kobietę do działania.

– Może powinniśmy ją zabić – zasugerował Hisayuki.

– Wykluczone – odparł stanowczo Barbera. – Gdy rozmawiałem z szefem, powiedział mi, że jej śmierć zapoczątkowałaby pewnie całe lata prześladowań ze strony policji, a to oznaczałoby sytuację znacznie gorszą od tej, którą mamy w tej chwili. To po prostu nie ma sensu.

– Gdyby jednak użyto tej samej toksyny, jej śmierć zostałaby uznana za naturalną – nie ustępował Hisayuki. – Mamy zapas tej substancji.

Louie zastanawiał się przez chwilę nad tą opcją. Nie pomyślał o niej wcześniej. Była całkiem realna, a na dodatek satysfakcjonująca. Lecz im dłużej ją analizował, tym mniej obiecująca się wydawała. Zawsze istniało ryzyko wykrycia prawdy – przecież sama Laurie dokonała postępu w sprawie. A Louie nie lubił ryzykować. I czy można było zorganizować atak w tak krótkim czasie? Należało działać natychmiast, jeszcze tego ranka. Być może Laurie planowała wyjść samotnie z OCME, na przykład w porze lunchu, ale nie można się zdawać na przypadek. Można było też spróbować wprowadzić zabójcę do budynku. Problem polegał jednak na tym, że szanse powodzenia takiej akcji były bliskie zera, i to w optymistycznym wariancie.

– Mam pomysł – odezwał się nagle Brennan. – Co z dzieciakiem? W końcu groziliśmy jej konsekwencjami także wobec rodziny.

– Z jakim znowu dzieciakiem? – spytał Louie, zirytowany faktem, że Brennan odzywa się niepytany. Uważał, że to żenujące, gdy podwładni wtrącają się do rozmowy tylko dlatego, że mają na to ochotę. Powstawało wtedy wrażenie, że nikt nad nimi nie panuje.

– Z dzieciakiem, z którego powodu poszła na urlop macierzyński – wyjaśnił Brennan. – Może byśmy go porwali? Jestem pewien, że doktorka rzuci wszystko w diabły, gdy tak się stanie. Jeśli dzieciak zniknie, przestanie być ważne to, czy jakiś niezidentyfikowany typ zmarł śmiercią naturalną czy nie.

Gniew Louiego zgasł w jednej sekundzie. Kidnaping, pomyślał. Genialne! Coś takiego można było zorganizować w mgnieniu oka. Nikt nie musiał zginąć. A policja nie miałaby powodu przypuszczać, że któraś z organizacji przestępczych maczała w tym palce.

Louie spojrzał na Hisayukiego.

– Co myślisz o porwaniu? – spytał.

– Myślę, że to znakomity pomysł – odparł Hisayuki. – Zażądamy okupu, żeby uniknąć skojarzeń ze sprawą Satoshiego, która i tak przestanie być ważna.

– Otóż to – zgodził się Louie.

– Nie będzie to trudne? – spytał jeszcze Hisayuki.

– Raczej nie. Najtrudniej będzie znaleźć opiekunkę dla tego dzieciaka – odparł ze śmiechem Louie. – A samo porwanie to bułka z masłem, jeśli tylko dziecko przebywa w domu, z nianią. Będzie trudniej, jeśli jest w żłobku. Ale skoro rodzice są lekarzami, stawiam na to, że stać ich na opiekunkę do dziecka.

– Możemy jakoś pomóc? – spytał Hisayuki. – Bardzo nam zależy na tym, żeby śmierć Satoshiego została uznana za naturalną, a nie za wynik morderstwa.

– Właściwie dlaczego? – zainteresował się Louie. – Ja już wyjaśniłem, dlaczego i dla nas byłoby to korzystne, ale dla was? Jeśli mamy nadal współpracować, musimy być ze sobą szczerzy. Mówiłem już o tym na początku rozmowy.

– To rodzina Yamaguchi-gumi sprowadziła Satoshiego

do Ameryki. Jeżeli dowie się, że został zamordowany, być może uzna nas za winnych. Chcemy tego uniknąć.

Louie miał w zanadrzu jeszcze bardzo wiele pytań, ale ta odpowiedź go zadowoliła, ponieważ brzmiała sensownie, a szczegóły relacji między Aizukotetsu-kai a Yamaguchi-gumi mało go obchodziły. Uważał, że to ich wewnętrzne sprawy.

– Dobra – rzekł nagle, a potem spojrzał na Brennana. – Brennan, mój chłopcze, skoro pomysł jest twój, pokierujesz akcją. Znasz się trochę na porwaniach?

– Mam pokierować? – powtórzył uradowany i zaskoczony Brennan. Zerknął na Carla, nie bardzo wiedząc, co to naprawdę oznacza i jak się powinien czuć, ale zaraz skierował spojrzenie na Louiego. Podobał mu się ten pomysł. Nawet bardzo. – Przede wszystkim muszę usiąść do komputera i dowiedzieć się jak najwięcej o tej Laurie Montgomery-Stapleton, poczynając od zdobycia jej adresu.

– Dawno temu zabawiliśmy się w kidnaperów w Jersey – Louie znów zwrócił się do Hisayukiego. – Poszło całkiem dobrze; trzeba tylko mieć plan. Niebezpieczne są dwa momenty: samo porwanie oraz odbiór okupu. Resztę da się nawet zaimprowizować. Z porwaniem nie powinno być problemu, bo dzieciak jest mały. Nie będzie walki, jeśli tylko niania wykaże się rozsądkiem.

– Zawiadomisz nas, jeśli będziemy mogli jakoś pomóc? – spytał Hisayuki.

– Możesz na to liczyć – odparł Louie i spojrzał na zegarek. – Musimy się zbierać! Chcę, żeby dzieciak był w naszych rękach koło południa, jeśli tylko da się to załatwić tak szybko.

– Co z nim zrobimy, kiedy już będziemy go mieli?

– To osobna historia – odparł Louie. – Znajdziemy jakieś miejsce. Ale teraz nie zaprzątajmy sobie tym głowy. Zawieziemy go do mojego domu! Moja żona uwielbia maluchy. A jutro poszukamy lepszej kryjówki.

– Może w magazynie na nabrzeżu? – podpowiedział Carlo. Nie chciał, żeby kompletnie o nim zapomniano.

– Nie ma tam ogrzewania – zauważył Louie, wstając. – Nie chcemy przecież, żeby się dzieciak rozchorował. Jak mówiłem, najtrudniej będzie zapewnić mu opiekę. Z jednej strony nie chcemy utrudniać sobie życia, a z drugiej – martwy nie będzie dla nas nic wart. W przypadkach kidnapingu ważny jest element zwany „dowodem życia". Będziemy musieli przedstawić go Laurie Montgomery-Stapleton, jeśli mamy ją zająć negocjacjami. Bardzo się cieszę, że wreszcie mogliśmy się spotkać, Ishii-san – dodał, wyciągając w stronę oyabuna dłoń o grubych palcach. – A teraz bierzmy się do roboty. Jeśli mimo różnicy czasu będziesz się czuł na siłach, Hisayuki, zapraszam na kolację. Jeśli porwanie przebiegnie bezproblemowo, będziemy mogli uczcić twoją wizytę oraz zwycięstwo nad naszym wrogiem z OCME.

– Stawię się z przyjemnością – odparł Hisayuki, kłaniając się i równocześnie ściskając dłoń Louiego.

Louie ukłonił się odruchowo i niezgrabnie, a potem pożegnał się z Hidekim, który z tej okazji z niemałym trudem podniósł się z krzesła.

Ruszył w stronę schodów, holując za sobą Carla i Brennana.

– Odezwę się w ciągu godziny – zawołał jeszcze przez ramię do Hidekiego.

– Będę czekał – odpowiedział Japończyk.

– Chcesz, żebym znowu zadzwonił do Vinniego Amendoli? – spytał Carlo. Po tym, jak szybko została odrzucona jego poprzednia sugestia, czuł się odtrącony.

– Absolutnie nie – odparł Louie, schodząc po stopniach w dół. – Zwrócimy się do niego tylko w ostateczności. Przecież z łatwością mógłby teraz zadziałać jako podwójny agent. Brennan, jesteś pewny, że w Internecie znajdziesz adres tej kobiety?

– Zdziwiłbyś się, ile informacji na jej temat mógłbym zdobyć w dwie minuty – pochwalił się Brennan z niezachwianą pewnością. – Zwłaszcza że jest pracownikiem instytucji publicznej.

Brennan rzeczywiście znał się na komputerach. Uczył się w technikum po tym, jak w pierwszej klasie wyrzucono go z ogólniaka za wagarowanie. Specjalnością szkoły były komputery i elektronika, a Brennan we własnym zakresie zdobył dodatkową wiedzę: o otwieraniu zamków wytrychem, i to w rekordowym czasie.

Znowu zganiony Carlo trzymał się o parę kroków w tyle i obserwował wyraźnie podbudowanego Brennana, który właśnie zniknął w obrotowych drzwiach. Wyczuwał, że jest wysadzany z siodła, i wcale mu się to nie podobało.

Trzej mężczyźni zaczekali w milczeniu, aż parkingowy przyprowadził ich wóz. Louie oddał się planowaniu szczegółów porwania i sprawiło mu to przyjemność. Poprzednie porwanie wyszło naprawdę dobrze i marzył niekiedy, by powtórzyć taką akcję. Nie było aż taką łatwizną, ale zapewniało godziwy zysk. Brennan tymczasem układał już w myśli listę stron internetowych, które należało odwiedzić. Był pewny, że zdobędzie nawet tak osobiste dane, jak numer buta Laurie, jeśli tylko zechce. A Carlo obserwował go nieustannie, zastanawiając się, co powinien zrobić, by zetrzeć z gęby Brennana ten pełen satysfakcji uśmieszek.

Gdy wreszcie podstawiono wóz, Carlo wepchnął się przed Brennana i usiadł za kierownicą. Brennan nie zaoponował – oficjalnie to Carlo stał wyżej w hierarchii, a na dodatek samochód należał do niego. Brennan zajął więc miejsce obok, a Louie jak zwykle usiadł w środkowym rzędzie. Gdy ruszyli, powiedział:

– Dobra, a teraz posłuchajcie, jak się do tego zabierzemy.

Rozdział 23

26 marca 2010
piątek, 10.45

Sygnał telefonu zabrzmiał tak niespodziewanie i głośno, że Ben mimowolnie podskoczył ze strachu.

– Rany! – zawołał Michael z autentycznym uznaniem. – Odebrałeś, zanim wybrzmiał pierwszy sygnał. Chyba czekałeś na bardzo ważną rozmowę?

– Twój telefon przeraził mnie jak cholera – wyznał Ben. – Cicho tu jak w grobie. Powiedziałem asystentce, żeby mnie dziś z nikim nie umawiała, więc mam spokój. Coś pięknego.

– Żadnych spotkań, żadnych telefonów – odparł Michael. – Na twoim miejscu obawiałbym się, że już umarłem.

– To idealny sposób, kiedy trzeba coś poczytać. Co słychać?

– Właśnie rozmawiałem z Dominickiem. Dzwoniłem do niego i zostawiłem wiadomość, że chcesz znać adres i telefon Satoshiego. Masz długopis i papier pod ręką?

– Mów.

– Adres jest następujący: Pleasant Lane siedemnaście, Fort Lee. Sądząc po nazwie, uroczy, podmiejski klimacik.

– Jeśli to meta mafiosów, to okolica absolutnie nie będzie urocza. Choć Satoshi nigdy się nie skarżył, jestem pewny, że niełatwo było tam wytrzymać. A co z numerem telefonu?

Ben zanotował szereg cyfr i zauważył, że zaczynają się

od tego samego kodu rejonu co jego numer w Englewood Cliffs.

– A co nowego w sprawie firmy, którą chcecie kupić? – spytał Michael.

– Nic – odparł Ben. – Carl na razie ich bada. Nie sądzę, żebyśmy poznali ostateczną odpowiedź wcześniej niż za dwa tygodnie.

– Dobrze, że mi o tym powiedziałeś. Źle cię zrozumiałem; sądziłem, że to kwestia dni, a nie tygodni. Będę musiał zadzwonić do tego nowego inwestora i powiedzieć mu, żeby się trochę wstrzymał. Podobnie jak ja, był przekonany, że sfinalizujecie transakcję za parę dni.

– Dobrze go znasz?

– Znamy się od bardzo dawna i współpracowaliśmy już. Porządny facet.

– Powiedziałbyś, że działa w podobnej branży co nasi aniołowie?

– Powiedziałbym – odparł Michael. – I dobrze sobie radzi. Może nie gra w tej samej lidze co Vinnie Dominick, ale jest szanowany.

Ben podziękował za informacje, odłożył słuchawkę i spojrzał na karteczkę z adresem i numerem telefonu Satoshiego. Zastanawiał się, czy powinien zadzwonić, czy może niespodziewanie złożyć naukowcowi wizytę. W drodze do domu musiałby nadrobić ledwie kilka mil, co nie stanowiło problemu, ale z drugiej strony oznaczałoby, że jeszcze przez pewien czas nie wiedziałby, czy Satoshi jest cały i zdrowy.

– Do diabła z tym – mruknął, sięgając po słuchawkę. Paranoja i przesądy wciąż dawały o sobie znać – wydawało mu się, że większe będą szanse na zastanie kogoś w domu, jeśli zada sobie trud i pojedzie tam osobiście – mimo to postanowił zadzwonić. Wycieczka nie zapowiadała się sympatycznie, skoro dom był jedynie kryjówką dla łajdaków z mafii.

Wybrał numer, ułożył się w fotelu i uśmiechnął się do siebie. Zachowywał się jak szczeniak i to mu się podobało. Po dwudziestu sygnałach pogodził się z faktami: nikogo nie było w domu. Wyglądało więc na to, że wizyta będzie konieczna, choć intuicja podpowiadała Benowi, że równie daremna jak próby wywołania Satoshiego przez komórkę. Wszystko wskazywało na to, że cała rodzina doskonale bawiła się w Waszyngtonie, podczas gdy on niepotrzebnie się stresował.

Rozdział 24

26 marca 2010
piątek, 10.50

Gdy Laurie koncentrowała się na jakimś zadaniu, często traciła kontakt z otoczeniem. Tak było i teraz, gdy pracowała nad preparatami histologicznymi dotyczącymi pierwszej sprawy. Postanowiła, że nie będzie już swego pacjenta nazywać niezidentyfikowanym denatem – nadała mu imię Kenji, na pamiątkę Japończyka, z którym przed laty studiowała medycynę. Wydawało jej się, że dzięki temu jeszcze bardziej koncentruje się na sprawie.

Z reguły w badaniu mikroskopowym skupiała się w pierwszej kolejności na tych preparatach, które ilustrowały zmiany patologiczne. Tylko że w przypadku Kenjiego żadnych oczywistych zmian nie było. Zaczęła więc od przeglądu organu najbliżej kojarzonego z takimi atakami skurczów, jakiego doświadczył przed śmiercią jej pacjent. Wiedziała, że źródłem ataków są niekiedy bardzo drobne uszkodzenia organiczne, a czasem nawet te rejony mózgu, w których nie doszło do żadnych uszkodzeń. Badała więc metodycznie wszystkie preparaty. Ufała Maureen, skrupulatnie nadzorującej ekipę techników, więc była przekonana, że dostarczono jej reprezentatywne próbki wszystkich części mózgu. Zaczęła od kory czołowej i posuwała się stopniowo ku tyłowi, przez płaty skroniowe i ciemieniowe. Z każdym kolejnym preparatem postępowała identycznie: zaczynała od widoku ogólnego, a potem stopniowo powiększała obraz. Wymagało to czasu i skupienia, więc dźwięk telefonu kompletnie ją zaskoczył. Jeszcze bardziej zdziwiło ją to, że minęło już czterdzieści minut pracy, a dzwonił Vinnie, a nie Marvin.

– Możesz zejść na dół, Laurie – powiedział Vinnie. – Ciało leży na stole. – Mówił tym samym beznamiętnym tonem, który wcześniej tak ją zirytował.

– Świetnie – odpowiedziała chłodno. I już miała odłożyć słuchawkę, ale ciekawość zwyciężyła. – Spodziewałam się, że to Marvin zadzwoni. Skąd ta zmiana?

– Marvin jest zajęty, pracuje z zastępcą szefa – wyjaśnił Vinnie. – Poza tym Twyla Robinson powiedziała, że nie mogę wyjechać, póki nie skończę z tobą tych oględzin.

Taka odpowiedź zaskoczyła Laurie. Gdy sam zastępca szefa stawał przy stole sekcyjnym, zwykle oznaczało to wyjątkowo interesujący przypadek; w zasadzie nie dokonywał sekcji zwłok, jeśli sprawa nie miała konotacji politycznych. W równym stopniu zaskoczyła ją wzmianka o Twyli Robinson – drobnej Murzynce szczupłej jak modelka, o pięknie wystających kościach policzkowych i boskich, kruczoczarnych włosach. Jako szefowa działu personalnego OCME była też osobą o żelaznej woli. Laurie zawsze podziwiała jej zdolność do trzymania na krótkiej smyczy zespołu tak silnych indywidualności.

– A mogę wiedzieć, dlaczego potrzeba było polecenia Twyli, żebyś pomógł mi w tych oględzinach? – spytała szorstko. Sytuacja była naprawdę nietypowa. – I dokąd właściwie chcesz „wyjechać"?

– Chodzi o pilną sprawę rodzinną – odparł Vinnie, nareszcie ze śladem emocji w głosie.

– Przykro mi to słyszeć – powiedziała po chwili Laurie i nagle poczuła się winna. Dość samolubnie zareagowała tego dnia na fatalny nastrój Vinniego.

– Czy mogłabyś zejść na dół jak najszybciej? Naprawdę muszę się zbierać, a Marvin nieprędko skończy tę nadliczbową sprawę.

– Zaraz tam będę – oznajmiła Laurie. – A może chcesz już iść do domu? W końcu to tylko oględziny, tak naprawdę poradzę sobie bez twojej pomocy. Znajdę kogoś, kto pomoże mi przerzucić zwłoki na wózek, kiedy skończę. Nie pogniewam się, możesz iść.

– Naprawdę?

– Naprawdę – odrzekła Laurie. Kusiło ją, żeby spytać o naturę owej pilnej sprawy rodzinnej, ale powstrzymała się. Vinnie nie dał żadnego sygnału, że jest gotów odpowiedzieć na takie pytanie.

– A co z Twylą? – spytał.

– Nie martw się o nią – odparła Laurie. – Jeśli będzie trzeba, porozmawiam z nią. Idź, liczy się rodzina.

– Dzięki – odezwał się po chwili.

– Nie ma za co, Vinnie. – Przez moment jeszcze trzymała słuchawkę przy uchu, mając nadzieję, że technik w końcu się otworzy, ale usłyszała tylko ciche kliknięcie.

Siedząc przed mikroskopem z włączoną lampą, rozmyślała przez krótką chwilę, a potem pokręciła głową. Wiedziała, że spoglądanie na świat z własnej perspektywy jest rzeczą ludzką, mimo to była rozczarowana własną postawą. Zamiast dać Vinniemu trochę luzu, natychmiast potraktowała jego zachowanie jako osobistą zniewagę.

Teraz dopiero wyłączyła lampę mikroskopu i podniosła się energicznie. Z dolnej szuflady komody na akta wyjęła nowy kombinezon, włożyła go i wyszła na korytarz.

Jadąc w dół starą windą i obserwując cyfry ukazujące się na wyświetlaczu, niecierpliwie bębniła dłonią o drzwi, jakby tym sposobem chciała przyspieszyć ruch kabiny, która tego dnia zdawała się pełznąć wyjątkowo wolno. Już wcześniej była podekscytowana, ale teraz emocje sięgnęły zenitu. Sprawa wręcz rozkwitała, wydawała się coraz bardziej złożona, a wykrycie prawdy było wyłącznie jej zasługą – zwłaszcza że Jack tak bardzo próbował ją zniechęcić. Naturalnie nie zamierzała go krytykować, czynił to bowiem z jak najlepszych pobudek.

Dotarłszy do podziemia, Laurie wybiegła – nie wyszła – z windy i w szatni w sprinterskim tempie uzupełniła brakujące elementy stroju, po czym weszła do sali, na której panował spory ruch.

Przystanęła na chwilę, by ogarnąć sytuację. Na wszystkich stołach leżały ciała, a wokół nich uwijali się lekarze i technicy – wyjątkiem był ten, na którym zapewne spoczywał Kenji. Zaraz potem dostrzegła Calvina Washingtona; rozpoznała go głównie po imponującej posturze, a także po tym, że przy jego stole pracowało nie dwóch, ale czterech ludzi. Z miejsca, w którym się zatrzymała, była w stanie rozpoznać jeszcze tylko jedną osobę: Jacka – po jego charakterystycznych ruchach i po śmiechu. Niewielu lekarzy znajdowało powody do śmiechu w sali sekcyjnej, ale on był jednym z nich, zwłaszcza gdy pracował z Vinniem.

Laurie nie podeszła od razu do swojego stołu, tylko zakradła się w pobliże Jacka, który wykonywał sekcję zwłok młodego, może trzydziestoparoletniego mężczyzny. Noga ofiary była złamana w kilku miejscach, doskonale widoczna była też poważna rana głowy oraz liczne otarcia na piersi. Nie ulegało wątpliwości, że to ofiara wypadku.

– Eddie, szybko! – zawołał Jack, gdy spostrzegł nadchodzącą Laurie. – Zakryj Henry'ego. Idzie moja żona.

Ściskając dłonie niczym chirurg próbujący zachować ich sterylność, Laurie stanęła obok niego.

– Szybko, Eddie, bo jeszcze coś zobaczę. – Eddie Prince był nowym technikiem sekcyjnym, którego poznała poprzedniego dnia. – Proszę, proszę – dodała. – To mi wygląda na poważny wypadek. Słusznie się domyślam, że to rowerzysta po bliskim spotkaniu z taksówką?

– Z autobusem – uściślił Jack.

Laurie zdobyła się tylko na skinienie głową, bo w istocie nie lubiła żartować na ten temat. Gdy poznała Jacka, wydawało jej się, że jest coś czarująco chłopięcego w uporze, z jakim wskakiwał na rower, by każdego dnia właśnie tym środkiem lokomocji dojeżdżać do pracy. Teraz jednak, zwłaszcza po narodzinach dziecka, uważała, że jest to proceder głupi i egoistyczny.

– A co u ciebie? – spytał Jack. – Widzę, że wrócił twój wczorajszy pacjent. Czyżby nowe ślady?

– Może – odpowiedziała, doskonale świadoma powodów tej szybkiej zmiany tematu. Nawet praca nad takimi sprawami ani wiedza o statystykach, według których co roku ginęło w Nowym Jorku od trzydziestu do czterdziestu rowerzystów, nie zniechęciły Jacka do podróżowania rowerem.

– Popołudniowa konferencja prasowa dla wybranych nadal aktualna? – spytał Jack.

– Nie spodziewaj się wielkich rewelacji – zastrzegła Laurie, chichocąc. – Choć jeśli moje przypuszczenia się potwierdzą, będę z siebie bardzo zadowolona, a ty i Lou – co najmniej mocno zaskoczeni.

– W takim razie miejmy nadzieję, że się potwierdzą.

Laurie podeszła do Kenjiego i położyła na pulpicie papiery, które przyniosła z gabinetu. Były tam kartki ze schematycznym rysunkiem ludzkiego ciała (przedstawionego i od przodu, i od tyłu), na którym w toku oględzin mogła zaznaczać wszelkie interesujące punkty i stosownie je opisywać. Następnie podeszła do tacy z narzędziami, by wybrać te, które wydawały jej się potrzebne: skalpel, aparat cyfrowy, ręczny mikroskop sekcyjny oraz próbnik z nierdzewnej stali, który był wydłużonym kawałkiem metalu z lekkim zgrubieniem na końcu, przeznaczonym do badania ran kłutych oraz postrzałowych.

Stanęła przed leżącym na wznak ciałem i rozpoczęła badanie od oględzin głowy. Oglądała każdy skrawek skóry, uszy, twarz, nawet wnętrze ust, nosa i uszu. Pamiętając, jak pobieżnie zbadała Kenjiego poprzedniego dnia, teraz zamierzała spisać się na szóstkę z plusem. Teraz przeszła do kończyn górnych. Uważnie badała najdrobniejsze nawet skaleczenia, siniaki, pieprzyki, naczyniaki, a nawet zwykłe odciski. Następnie dokonała oględzin klatki piersiowej, brzucha i kończyn dolnych. Kiedy skończyła, czym prędzej udała się na poszukiwanie kogoś, kto pomógłby jej odwrócić denata na brzuch. Jack tymczasem zakończył autopsję, toteż Eddie był wolny i z przyjemnością pomógł jej przemieścić zwłoki.

Laurie powtórzyła procedurę, badając grzbietową stronę ciała. Im niższe partie badała, tym szybszy był jej puls. Jeżeli miała znaleźć podejrzane uszkodzenie skóry, to najprawdopodobniej w rejonie pośladków lub tylnej bądź bocznej strony nóg. To, że za pierwszym razem jedynie pobieżnie przyjrzała się Kenjiemu, dopingowało ją teraz do wyjątkowo starannej pracy. Opłaciło się. Pod fałdą pośladkową, w miejscu, gdzie zaczynało się udo, odnalazła to, czego szukała: niewielkie nakłucie. Było okrągłe i zaczerwienione na brzegach, a widać je było w całej okazałości dopiero wtedy, gdy palcami naciągnęła skórę. Sięgnęła po aparat i zrobiła zdjęcie tego miejsca.

Lewą ręką rozciągając otwór, prawą pochwyciła próbnik. Wolno przysunęła go węższym końcem do zaczerwienionej plamki na skórze, a gdy lekko nacisnęła, zgrubienie na końcu weszło w głąb rany. Bez wątpienia ciało było w tym miejscu przebite.

Naciskając nieco mocniej, ale nie na tyle, by dokonać jakichkolwiek zmian, Laurie wprowadzała próbnik coraz głębiej, aż poczuła opór. Znowu sfotografowała ranę, tym razem z włożonym próbnikiem. Po chwili, przyciskając skórę wokół narzędzia, wysunęła je i zmierzyła, na jaką głębokość weszło w głąb ciała. Rana miała cal głębokości.

Laurie zdjęła i wyrzuciła rękawiczki, po czym wyszła z sali. Posługując się numerem sprawy, odnalazła komplet zdjęć rentgenowskich, wróciła z nim do stołu i przypięła jej do najbliższej przeglądarki. Starannie obejrzała na zdjęciach miejsce, w którym znajdowała się rana – i w rzucie z przodu, i z tyłu – mając nadzieję, że dostrzeże coś w rodzaju drobiny śrutu, ale bez powodzenia. To oznaczało, że albo użyto pocisku, który rozpuścił się w ciele, albo był to raczej zastrzyk z toksyny, a nie postrzał. Tak czy inaczej, Laurie uznała, że największe stężenie trującej substancji znajdzie na samym dnie rany.

Powróciła do Kenjiego, włożywszy świeże rękawiczki, i sięgnęła po skalpel. Potrzebowała tylko i wyłącznie tego fragmentu ciała, w którym znajdowała się rana, czyli kawałka mięśnia wielkości korka od wina. Zadanie wydawało się łatwe, ale wcale takie nie było. Tkanka łatwo dawała się ugniatać, a to groziło przypadkowym przecięciem otworu rany, którą za wszelką cenę należało zachować w całości. Ręczny mikroskop ułatwiłby Laurie zadanie, ale potrzebowała lewej ręki do precyzyjnego cięcia, więc musiała z niego zrezygnować.

Operując skalpelem, niemal pewna, że Kenji jest ofiarą morderstwa – popełnionego najprawdopodobniej za pomocą karabinka pneumatycznego ukrytego w parasolu – siłą rzeczy zaczęła się zastanawiać, jakiego rodzaju substancja mogła zostać użyta. Wiedziała już, że na pewno nie rycyna, którą wykorzystano w słynnej sprawie bułgarskiego dysydenta. Nie wiedziała, z czym konkretnie ma do czynienia, ale znała ogólne założenia. Substancja musiała być niezwykle toksyczna, bo nagranie ukazywało jej piorunujące działanie. Musiała być także neurotoksyną, na co wskazywały gwałtowne skurcze ofiary – być może podobną do tych, które znajdują się w jadzie węży i niektórych ryb. Laurie postanowiła, że gdy tylko wróci do gabinetu, poszuka w Internecie wszelkich wiadomości o neurotoksynach zwierzęcych o działaniu paraliżującym.

Męczyła się prawie pół godziny, ale wreszcie uzyskała próbkę długą na półtora cala i grubą na cal, mniej więcej takiego kształtu, jaki sobie wyobraziła.

Znowu zdjęła rękawiczki i przeszła do magazynku, żeby pobrać butelkę na próbki oraz torbę na dowody. Powróciwszy do stołu, umieściła próbkę w butelce, którą następnie zaopatrzyła w etykietę z numerem sprawy, datą, opisem miejsca na ciele, z którego pobrano tkanki, oraz z jej podpisem. Zachowała przy tym daleko posuniętą ostrożność: jeśli sprawa miała się zakończyć procesem sądowym, a w tej chwili wydawało jej się to bardzo prawdopodobne, to próbka, którą pozyskała, byłaby koronnym dowodem.

Wykonawszy ostatnią czynność, znowu rozejrzała się w poszukiwaniu technika, który mógłby jej pomóc. Gdy go znalazła, z wprawą przerzucili ciało Kenjiego ze stołu sekcyjnego na wózek. Samodzielnie wyprowadziła zwłoki z sali i odwiozła do chłodni, w której miały pozostać przynajmniej na kilka miesięcy – chyba że udałoby się je zidentyfikować i zgłosiłby się po nie ktoś z rodziny.

– Wiem, Kenji, że próbujesz mi coś powiedzieć – odezwała się na głos Laurie w pustym i niegościnnym wnętrzu chłodni. – A ja próbuję cię wysłuchać. Mamy już człowieka, który cię zabił, ale niestety nie wiemy, kim jesteście. Cierpliwości!

Laurie wyszła z chłodni i starannie zamknęła ciężkie, izolowane drzwi. Zatrzasnęły się z głuchym szczęknięciem jak wrota grobowca.

Zamierzała zanieść próbkę wprost do działu toksykologii, ale zmieniła zdanie, spojrzawszy na zegarek. Wiedziała, że John DeVries jest jednym z tych ludzi, którzy swoje nawyki traktują jak świętość, a bodaj najświętszym jego obyczajem było przerywanie pracy równo w południe. Brał wtedy swoje staroświeckie pudełko z lunchem oraz termos montowany w jego pokrywce, po czym udawał się do żałosnej namiastki bufetu OCME na drugim piętrze. Była to betonowa klitka pozbawiona okien. Wzdłuż jednej z jej ścian stały automaty z bardzo niezdrową żywnością, a resztę wyposażenia stanowiły stoliki ze stalowych rurek pokryte plastikowymi blatami oraz plastikowe krzesła. Laurie mogła tam zajrzeć i zająć Johna rozmową, ale wolała nie przeszkadzać mu w lunchu – zwłaszcza że pomieszczenie to naprawdę ją przygnębiało. Uznała więc, że szkoda czasu, poszła prosto do swojego gabinetu. John zawsze zaczynał lunch w południe i zawsze wracał do pracy o dwunastej trzydzieści – wtedy też Laurie planowała dostarczyć mu świeżą próbkę.

Rozdział 25

26 marca 2010
piątek, 12.15

Louie był w siódmym niebie. Od dobrych dziesięciu lat nie bawił się tak doskonale. Od chwili, gdy Brennan zasugerował, by porwali dziecko Laurie Montgomery, do momentu, gdy wsunął się za stół w swej ulubionej loży w restauracji, był bez reszty pochłonięty planowaniem akcji. Pomysł kidnapingu uważał za genialny, a całą zasługę uczciwie przypisywał Brennanowi. Po pierwsze, był to doskonały sposób na zadanie miażdżącego ciosu kobiecie, która dziesięć lat wcześniej odegrała decydującą rolę w skazaniu Pauliego. Louie nie znał wcześniej tej historii i był zaskoczony, gdy usłyszał ją od szefa, podobnie jak był zaskoczony wyraźnym zakazem zabicia Laurie Montgomery-Stapleton. Jednak pod pewnymi względami to, co zaplanowali, miało być dla niej jeszcze boleśniejsze. Zdaniem Louiego bowiem ten, kto był po prostu zabijany, w ogóle nie cierpiał.

Po drugie – i najważniejsze – porwanie dziecka było absolutnie pewnym sposobem na odwrócenie uwagi tej kobiety od sprawy Satoshiego, ku zadowoleniu zainteresowanych stron.

Po trzecie, była to niespodziewana i miła perspektywa godziwego zarobku. Ostatnie porwanie, zorganizowane przez Louiego przed piętnastoma laty, przyniosło rodzinie Vaccarro ponad dziesięć milionów dolarów czystego zysku. Barbera miał wtedy ogromną ochotę na powtórkę, niestety Paulie był odmiennego zdania i mimo sukcesu odwołał kolejną operację. Według Pauliego, który nasłuchał się strasznych opowieści, kidnaping był po prostu zbyt ryzykowny, nawet jeśli czasem przynosił góry pieniędzy.

Louie pokręcił głową i roześmiał się. Bez wątpienia była w tym jakaś ironia losu: w końcu doczekał się swojego drugiego porwania, w dodatku po części z żądzy rewanżu za los Pauliego, który lata wcześniej nie pozwolił mu na podobną operację. Louie miał świadomość, że tym razem nie ma szans na tak wielki zysk. Za pierwszym razem oskubali ważniaka z Wall Street, którego wartość netto szacowano na sto milionów dolarów. Teraz chodziło o małżeństwo lekarzy opłacanych z miejskiej kasy, którzy przy sprzyjających wiatrach byli może w stanie zebrać coś koło miliona, ale tą sprawą nie należało się teraz przejmować. Naczelnym powodem przechwycenia dzieciaka było wyłączenie Laurie Stapleton z pracy w OCME.

– Hej, Benito! – ryknął na całe gardło Louie, aż zadźwięczało mu w uszach. Jak dotąd drzwi kuchni nie otworzyły się ani razu, a on nie wiedział, ile czasu będzie mógł poświęcić na lunch, w każdej chwili bowiem mógł zadzwonić Brennan, który wraz z Carlem i dwoma młodszymi żołnierzami, pracującymi dla Louiego niespełna cztery lata, Duane'em Mackenziem i Tommasem Delucą, a także z dwoma ochroniarzami Hisayukiego Ishiiego, siedział teraz w skradzionym, białym dodge'u przed domem doktor Laurie Montgomery-Stapleton przy Sto Szóstej Ulicy, czekając, aż pojawi się ofiara.

W ciągu ostatniej godziny Brennan dowiódł, że istotnie potrafi wydobyć z sieci ogromną ilość danych na temat Laurie. Carlo także się przydał, dostarczając skradziony wóz, który planowali porzucić. Wszystko było gotowe do akcji.

W odpowiedzi na wrzask Louiego, od którego zadźwięczały kieliszki nad barem, zza wahadłowych drzwi kuchni wybiegł wystraszony Benito. Przepraszał, oczywiście, twierdząc jak zwykle, że nie słyszał, kiedy capo wszedł do lokalu.

– Nie miałem pojęcia, że szef już jest! Naprawdę!

Louie wyciągnął rękę i łagodnym gestem położył palce na przedramieniu Benita. Sprawy układały się fantastycznie, więc był skłonny okazać łaskę.

– Już dobrze – powiedział, próbując uspokoić roztrzęsionego kelnera. – Już dobrze – powtórzył, a potem zapytał, co może dostać na lunch.

– Ulubione danie szefa! – zawołał skwapliwie Benito, zadowolony, że może jakoś zrekompensować Louiemu oczekiwanie. – Penne bolognese ze świeżo startym parmezanem.

Capo odprowadził go wzrokiem aż do kuchni. Wciąż jeszcze analizował potencjalne korzyści z porwania i właśnie wynalazł kolejną: zadowolił Hisayukiego, dzięki czemu był prawie pewny, że oyabun nawet nie podejrzewa, iż za śmiercią Susumu i Yoshiakiego stoi właśnie on, Louie Barbera.

Nagle odezwał się sygnał telefonu, leżącego na stole tuż obok jego łokcia. Louie podniósł go z lekkim drżeniem serca. Dzwonił Brennan.

Rozdział 26

– Z domu doktorki właśnie wyszła młoda kobieta – wyrecytował głęboko przejęty Brennan. – Niesie dzieciaka i pcha przed sobą wózek. Myślisz, że to ten mały, na którego polujemy?

Louie poczuł, że jego pewność siebie nieco słabnie.

– Uspokój się – rozkazał ostrym tonem. Cała ponadgodzinna rozmowa z Brennanem o tym, że powinien zachować spokój i trzeźwość umysłu, na nic się nie zdała. Louie spodziewał się po nim znacznie więcej, ale Brennan najwyraźniej zbytnio się nakręcił całą sprawą i przestał myśleć logicznie.

– Skąd, u diabła, mamy mieć pewność, że to właściwy dzieciak? – jęknął rozpaczliwie Brennan.

– Pewności nigdy nie ma – odparł Louie. – Ale można zyskać mocne przesłanki. Na początek: czy kobieta i dziecko wyglądają podobnie?

– Nie. Dzieciak jest biały, a niania czarna.

– Powiedziałbym, że to mocna przesłanka.

– Wkłada go do wózka. Zachowuje się tak, jakby była trochę zniecierpliwiona. Wiesz, co mam na myśli? A dzieciak wrzeszczy.

– To nie nasze zmartwienie. Kobieta już skończyła?

– Chyba tak – odparł Brennan. – Tak! Odjeżdżają w stronę parku! Chciałeś, żeby tak zrobili.

– Wygląda na to, że operacja będzie dziecinnie prosta – rzekł Louie. Zanim zostawił swoich ludzi przed budynkiem, w którym mieszkała Laurie, wyraził nadzieję, że niania zabierze JJ'a do Central Parku, a ściślej do najbliżej położonej, północnej, mało uczęszczanej jego części. Nie brakowało w niej lesistych pagórków, zapewniających doskonałe warunki do przeprowadzenia akcji.

Brennan skinął ręką na Carla, by jechał wolno za kobietą z wózkiem, idącą w stronę Central Park West. Nie przerwał przy tym rozmowy z Louiem, jakby chciał, by szef pozostał w zasięgu głosu i podjął za niego wszystkie decyzje. Lecz Barbera wyczuł jego zamiary, odezwał się bowiem po chwili:

– Dobra, od teraz jesteś zdany na własne siły. Powodzenia. Pamiętaj, co ci mówiłem. Nie rób głupstw. Używaj głowy. Nie ryzykuj. Nie jest to konieczne, bo jutro też jest dzień, nawet jeśli ominą nas zyski z tego porwania. Słyszałeś, co powiedziałem?

– Słyszałem – zapewnił go Brennan.

– Odezwij się, kiedy przechwycicie dzieciaka – polecił Louie i zakończył połączenie.

Brennan zamknął telefon i wsunął go do kieszeni kurtki.

– Nie zbliżaj się za bardzo, bo się zorientuje, że ją śledzimy! – rozkazał Carlowi, który prowadził wóz.

– Wiem, co robię, do cholery – warknął w odpowiedzi Carlo. Nie był zachwycony tym, że Brennan mu rozkazuje, zwłaszcza w obecności innych ludzi. Z psychologicznego punktu widzenia była to bolesna zamiana ról.

– Zwolnij i zatrzymaj wóz! – polecił Brennan, nieświadom rozterek Carla.

Niania zatrzymała się na rogu ulicy, czekając na zielone światło, by przejść na drugą stronę Central Park West. Za skrzyżowaniem znajdowało się wejście do parku. Na nagich jeszcze gałęziach okolicznych drzew widać było nieliczne pąki; kwitły natomiast żółte forsycje.

Furgonetka czekała na zmianę świateł mniej więcej trzydzieści jardów przed skrzyżowaniem. Carlo nerwowo bębnił palcami po kierownicy. W środkowym rzędzie foteli siedzieli Chong Yong i Riki Watanabe. Choć znośnie mówili po angielsku, nie odzywali się wcale. Miejsca z tyłu zajęli Duane Mackenzie i Tommaso Deluca. Oni także milczeli, lekko wystraszeni potężną masą mięśniową siedzących przed nimi Japończyków.

– Dobra – odezwał się Brennan. – Powtórzmy sobie plan, skoro już wiemy, że kobieta prowadzi dzieciaka do parku. Wszyscy oprócz Carla wysiądą na rogu i pójdą za nimi, ale nie całą grupą. Ja idę pierwszy, a wy rozdzielicie się i zostaniecie w tyle, jakbyśmy się nie znali. Nie zapomnijcie zabrać ze sobą masek. – Odwrócił się w fotelu, by spojrzeć na swoich ludzi. – To ja zadecyduję, czy zaczynamy operację, jasne? Możliwe, że zgarniemy dzieciaka, gdy tylko wejdziemy do parku, ale może zrobimy to później, a może wcale – wiele zależy od tego, co zrobi niania. W najgorszym razie jest umówiona z kimś na spotkanie. Jeśli tak, to opóźnimy akcję. Tymczasem Carlo będzie czuwał w furgonetce, z włączonym silnikiem. Kiedy będziemy mieli dzieciaka, ładujemy się wszyscy do wozu i zabieramy się stąd w cholerę. Są jakieś pytania?

– A co my mamy robić? – spytał Riki.

– Dobre pytanie – odparł bez sarkazmu Brennan, po chwili zastanowienia. To Louie podjął decyzję o tym, kto weźmie udział w porwaniu. Brennan sam nie bardzo wiedział, po co mu dwaj Japończycy, ale nie ośmielił się spytać Louiego; bał się, że jeśli odpowiedź na to pytanie jest oczywista, szef straci wiarę w jego zdolności przywódcze. – Zostaniecie tutaj, na wypadek gdyby wydarzyło się coś nieprzewidzianego – rzekł wreszcie Brennan, choć nie była to szczególnie konkretna odpowiedź.

– Światło się zmienia – zawołał Carlo.

Brennan odwrócił się i spojrzał przed siebie.

– No dobra – rzekł władczo – zaczynamy!

Wyskoczył z wozu, gotów do czynu. Obserwując, jak atrakcyjna, młoda Murzynka spieszy w stronę parku, czuł, że oto nadeszła upragniona chwila, w której będzie mógł udowodnić Louiemu, ile jest wart.

Rozdział 27

26 marca 2010
piątek, 12.33

Gdy Laurie wróciła do swego gabinetu, niosąc w ręku szklany pojemnik z wycinkiem tkanki wielkości korka, postawiła go na biurku, w najbardziej widocznym miejscu, by pamiętać, że powinien jak najszybciej trafić w ręce Johna. Następnie zasiadła przed mikroskopem i zabrała się znowu do badania preparatów histologicznych. Była niemal pewna, że Kenji został zabity za pomocą trującej substancji, ale uważała za swój obowiązek sprawdzenie, czy w mózgu nie było żadnych zmian patologicznych, które mogłyby wywołać konwulsje. Toksyna, która go pozbawiła życia, mogła równie dobrze podziałać na istniejące już uszkodzenie tkanki mózgowej – innymi słowy, mogła nie być jedyną i bezpośrednią przyczyną przedśmiertnego ataku. Nie była to może podstawowa sprawa, ale mogła mieć pewien wpływ na skuteczność poszukiwania substancji, którą się posłużono. Przede wszystkim jednak Laurie chciała mieć pełny i wyraźny obraz sytuacji, zanim wystąpi z – triumfalną, jak mniemała – prezentacją swoich odkryć przed Lou i Jackiem oraz innymi osobami, które chciałyby jej wysłuchać.

Metodycznie badała preparaty, zastanawiając się intensywnie nad tym, której konkretnie toksyny użyli sprawcy. Już wcześniej przyjęła założenie, że była to neurotoksyna, być może jedna z wielu wytwarzanych przez niektóre węże, skorpiony, mięczaki, a nawet ryby. Z tą myślą oderwała się wreszcie od próbek mózgu Kenjiego i weszła do sieci, by przejrzeć materiały na temat takich właśnie substancji. Jako że obaj denaci byli przynajmniej z pochodzenia Japończykami – takie przyjęła robocze założenie – pierwszą niebezpieczną substancją, która przyszła jej na myśl, była tetrodotoksyna, bodaj najsławniejsza z japońskich toksyn, łączona zwykle z przypadkami ciężkich chorób i zgonów pechowych miłośników sushi i sashimi. Jej źródłem były bakterie kojarzone z rozmaitymi gatunkami zwierząt, a zwłaszcza z pewną odmianą rozdymki – ryby, której mięso uważane jest w Japonii za przysmak. Problem polega na tym, że tetrodotoksyna okresowo przenika do mięsa owej ryby, choć zwykle znajduje się tylko w jej wątrobie oraz w skórze.

Laurie skoncentrowała się na poszukiwaniu informacji o tetrodotoksynie, licząc przede wszystkim na to, że w przypadku podania w zastrzyku zaobserwowano u ofiar konwulsje. Przejrzała kilka artykułów, odświeżając przy okazji ogólną wiedzę o tej substancji: na przykład o tym, że stosowano ją dość powszechnie w badaniach medycznych, a nawet w medycynie klinicznej. Próbowano używać jej do leczenia zaburzeń rytmu serca i jako środka przeciwbólowego w szczególnie ciężkich przypadkach, na przykład u pacjentów w terminalnym stadium choroby nowotworowej lub cierpiących na uporczywe migreny. Laurie uznała za ważny fakt, że tetrodotoksyna jest produkowana jak wiele innych leków, a zatem dość łatwo dostępna. Wiele innych neurotoksyn działało być może podobnie, ale z racji ich egzotycznego pochodzenia znacznie trudniej było je zdobyć.

– Tak! – zawołała nagle Laurie, pstrykając głośno palcami. Właśnie przeczytała, że wstrzyknięcie dawki tetrodotoksyny mogło wywołać konwulsje – w przeciwieństwie do innego typu neurotoksyn. Zagłębiła się dalej w artykuł poświęcony tej niezwykle groźnej substancji: wystarczała niewyobrażalnie mała dawka, by zabić człowieka ważącego sto siedemdziesiąt funtów. Laurie aż gwizdnęła z wrażenia – tetrodotoksyna była sto razy bardziej trująca niż cyjanek potasu.

Zastanawiając się nad jej niezwykłą mocą, spojrzała przypadkiem na tarczę ściennego zegara wiszącego nad komodą. Dochodziła trzynasta. John DeVries bez wątpienia był już w swoim gabinecie. Laurie chwyciła pojemnik z wycinkiem i czym prędzej ruszyła w stronę windy.

Gdy wkraczała do jego jasnego, przestronnego, przeszklonego, narożnego królestwa, które tak żywo kontrastowało z dawną klitką bez okien, bez trudu rozumiała, dlaczego tak bardzo zmieniło się nastawienie Johna do świata. Szef działu toksykologii miał na sobie nieskazitelnie biały kitel, gdy stanęła w drzwiach jego gabinetu. Sekretarka jeszcze nie wróciła z lunchu.

Przez chwilę Laurie wpatrywała się w niego jak urzeczona, kolejny raz zastanawiając się nad metamorfozą, którą przeszedł. Wciąż był wysoki i chudy, ale już niezgarbiony, a na jego dawniej trupio bladej twarzy pojawiły się rumieńce, które uczyniły go z wyglądu co najmniej o dziesięć lat młodszym.

– Ach, oto i panna Laurie – powiedział na jej widok. – Obawiam się, Laurie, że od rana niewiele się zmieniło: nie znaleźliśmy ani toksyn, ani trucizn, ani narkotyków.

– Zdążyliście przeprowadzić drugą rundę testów?

– Nie – przyznał John. – Jeszcze nie. Byliśmy zbyt zajęci kilkoma przypadkami przedawkowania, które dano nam do zbadania po ostatniej nocy.

– Za to ja mam informacje, które mogę ci ujawnić – oznajmiła Laurie, dla żartu zniżając głos do teatralnego szeptu. – Ale nie wolno ci z nikim o tym rozmawiać, póki nie zorganizuję po południu kameralnej konferencji prasowej.

– Obiecuję milczeć – odparł John.

Laurie wtajemniczyła go w swoje odkrycia, dokonane na podstawie analizy nagrań z monitoringu, przedstawiających jej zdaniem napad z bronią w ręku. Wierzyła, że ofiara została zamordowana przy użyciu toksyny podanej za pomocą czegoś w rodzaju karabinka pneumatycznego. Tak jak się spodziewała, John był mocno zaintrygowany.

– I wszystko to wynika z nagrania? – spytał. Naprawdę był pod wrażeniem.

– Tak jest – odrzekła. – I z odrobiny dedukcji. A przy okazji – pamiętasz to słynne zabójstwo sprzed lat, dokonane w Londynie na bułgarskim dysydencie? Zabito go śrutem z toksyną, wystrzelonym z karabinka pneumatycznego ukrytego w parasolu.

– Oczywiście – odparł John. – Użyto rycyny. Podejrzewasz, że twój sprawca naśladował tamtego?

Laurie skinęła głową. Była pod wrażeniem, nie tylko dlatego, że John pamiętał tamtą sprawę, ale przede wszystkim dlatego, że pamiętał nawet, jakiej substancji użyto.

– Naśladował, ale tylko do pewnego stopnia.

– Sugerujesz, że powinniśmy szukać śladów rycyny?

– Nie, nie sądzę, żeby jej użyto. Ofiara miała drgawki, a rycyna ich nie wywołuje. Z nagrań wiem natomiast, że jeden ze sprawców miał przy sobie parasol. Jako że na stacji panował straszny tłok, nie widziałam samego momentu użycia trucizny, ale potem, gdy ofiara leżała już na peronie, jeden z napastników częściowo rozłożył parasol i znowu go zamknął, jakby przeładował broń – odniosłam wrażenie, że w środku znajduje się coś w rodzaju karabinka pneumatycznego, być może podobnego do tego, którego użyto w Londynie.

– A co z raną wlotową? – spytał John.

– Dobre pytanie – pochwaliła go Laurie. – Znalazłam ją dzisiaj, podczas powtórnych oględzin. Wstyd się przyznać, dlaczego nie zauważyłam jej wczoraj... Jest nieduża, a znajduje się na styku pośladka i uda ofiary. – Laurie uniosła w dłoni próbkę. – A to właśnie jest wycinek mięśnia wraz z całą raną, która według mojego pomiaru ma mniej więcej cal głębokości.

– Doskonale – rzekł John. Sięgnął po buteleczkę, uniósł ją w i zaczął przyglądać się uważnie jej zawartości. – Jeśli to nie rycyna, to może masz jakieś sugestie co do tego, jaka toksyna mogła zostać użyta?

– Owszem – odpowiedziała. – Myślę, że to tetrodotoksyna.

John przestał wpatrywać się w próbkę i spojrzał w oczy Laurie.

– Dlaczego właśnie ona?

– Po pierwsze, sądzę, że musiano użyć neurotoksyny, a w dodatku takiej, która wywołuje u ofiary drgawki. Atak był krótkotrwały, ale niewątpliwie nastąpił, co potwierdzają moje obserwacje, a także zeznanie mężczyzny, który dzwonił pod dziewięćset jedenaście. Tetrodotoksyna znana jest z tego, że wywołuje taki efekt, gdy podaje się ją w postaci zastrzyku. Gdy czytałam dziś na ten temat, nie znalazłam żadnej innej toksyny, która powodowałaby konwulsje. Po drugie, tę substancję normalnie się produkuje, zatem jest dostępna. I po trzecie – a jest to najmniej naukowy argument – wierzę, że mój pacjent był Japończykiem, a Japończycy, dzięki swoim ulubionym rozdymkom, mają sporo wspólnego z tą toksyną.

– Brzmi to obiecująco – powiedział John i parsknął śmiechem. – Z wyjątkiem trzeciego argumentu, ma się rozumieć.

– A teraz pytanie za dziewięćdziesiąt dziewięć dolarów. Kiedy możemy zrobić to badanie?

– Dlaczego wcale nie jestem zaskoczony? – spytał John, wznosząc ręce w udawanym geście rozpaczy. – Domyślam się, że chciałabyś mieć wynik jak najszybciej, pewnie na jutro, jakbyś była jedynym pracującym lekarzem w całym tym przybytku nauki, a my siedzielibyśmy bezczynnie, z nudów kręcąc palcami młynka.

– Strasznie bym chciała dostać go jeszcze dziś – przyznała z uśmiechem Laurie. – Byłby to ostateczny argument, ozdoba mojego popołudniowego wystąpienia.

John roześmiał się, odrzucając głowę do tyłu.

– Nie sposób cię zadowolić. Zawsze tak ci się spieszy... Ale zaraz, jedno musisz mi wyjaśnić: powiedziałaś „możemy zrobić to badanie". Celowo użyłaś pierwszej osoby liczby mnogiej?

– Celowo – odparła bez wahania Laurie. – W college'u całkiem nieźle radziłam sobie w laboratorium, a także potem, na medycynie, gdy przerabialiśmy biochemię. Gdyby któryś z twoich techników – albo ty sam – mógł od czasu do czasu coś mi podpowiedzieć, pewnie nie byłoby ze mną źle. W dodatku mam wolne popołudnie, gdy tylko skończę przeglądać preparaty histologiczne.

John przez chwilę mierzył ją wzrokiem, zastanawiając się, czy wpuszczenie amatorki do laboratorium to dobry pomysł, czy może prosty przepis na katastrofę. Istniało kilka powodów, dla których kusiło go, by przychylić się do jej prośby: lubił ją, szanował jej entuzjazm i poświęcenie, a także pamiętał o tym, że zawsze doceniała jego pracę i nie wstydziła się o tym mówić.

– Stosowałaś kiedy technikę HPLC-MS/MS, znaną szerokiej publiczności jako wysokosprawna chromatografia cieczowa z wykorzystaniem tandemowego spektrometru mas?

– Owszem – odpowiedziała Laurie. – Jako rezydentka spędziłam w laboratorium sporo czasu; to były moje zajęcia dodatkowe.

– Będziemy też potrzebowali próbki autentycznej tetrodotoksyny, której tu nie mam, ale na pewno znalazłaby się po sąsiedzku w New York Hospital.

– Z przyjemnością po nią pobiegnę.

– No dobrze, czemu nie? – John już podjął decyzję. – Powiem ci, co zrobimy. Jeden z moich techników zacznie już zabawę sonikatorem, żeby zmienić fragmenty tej tkanki w organiczne błoto. Kiedy wrócisz, pozwolę ci dokonać ekstrakcji albo n-butanolem, albo kwasem octowym. Jeszcze nie wiem, którą substancją, ale zadecyduję, zanim się pojawisz. Zadowolona?

– Jak najbardziej – odpowiedziała Laurie, a potem uniosła oba kciuki, obróciła się na pięcie i pospieszyła z powrotem do swojego gabinetu. Teraz dopiero miała autentyczną motywację do błyskawicznego zbadania pozostałych preparatów histologicznych.

Rozdział 28

26 marca 2010
piątek, 12.45

Ben Corey zamknął ostatnie z czasopism, które miał tego dnia przejrzeć, i rzucił je na stertę leżących na podłodze. Po raz pierwszy, odkąd założył iPS USA, miał okazję nadrobić zaległości w tej materii. To, że wreszcie tego dokonał, dało mu satysfakcję: nareszcie kontrolował sytuację. I tylko przedłużająca się nieobecność Satoshiego psuła poczucie kontroli.

Sięgnął po samoprzylepną karteczkę, napisał na niej wielkimi literami MAKULATURA i przykleił ją do okładki pisma, które właśnie przeczytał. Gdy to zrobił, przeciągnął się, sięgając ramionami wysoko nad głowę, i teraz dopiero zauważył, że dochodzi trzynasta. Przez chwilę zastanawiał się, czy nie zaprosić Jacqueline na lunch. W ciągu ostatniego miesiąca jadali razem dość regularnie i być może przyszedł czas, by wznieść tę znajomość na nowy poziom. Zdaniem Bena, dziewczyna sama wykonywała pewne ruchy w tym kierunku, co z pewnością należało wykorzystać, jako że jego stosunki z nową żoną, Stephanie, pogorszyły się znacznie po przyjściu na świat małego Jonathana. Ben naprawdę ciężko pracował, by dźwignąć iPS USA na wyżyny, i czuł, że zasługuje na więcej przyjemności, niż czekało go w domu.

– Zaraz wychodzę – powiedziała Jacqueline, stając w drzwiach oddzielających ich pokoje.

– Tak? – rzucił pytająco Ben. Oświadczenie asystentki kompletnie go zaskoczyło.

– Kiedy powiedział pan, żebym nie organizowała dziś żadnych spotkań, pomyślałam sobie, że będzie to odpowiedni dzień, żeby zabrać mamę na doroczne badania. Potrzebuje pan czegoś, zanim wyjdę?

Ben postarał się nie parsknąć śmiechem.

– Nie, dziękuję – odpowiedział. – Zabierz mamę do lekarza. A ja tu sobie posiedzę, pogrążając się w rozpaczy.

Jacqueline nie zrozumiała tego komentarza. Nie wiedząc, co powiedzieć, spojrzała na szefa bez słowa.

– Bo tak tu cicho i pusto – wyjaśnił Ben. – Choć tak naprawdę i ja wychodzę za parę minut.

– Świetnie – powiedziała szybko Jacqueline, gotowa zaakceptować to wyjaśnienie, nawet jeśli brzmiało równie enigmatycznie jak poprzednie słowa. – Do zobaczenia w poniedziałek.

– W poniedziałek – powtórzył Ben.

Gdy wyszła, jeszcze przez chwilę siedział za biurkiem, zastanawiając się, na ile fizyczna atrakcyjność Jacqueline wpłynęła na jego decyzję o zatrudnieniu jej. Dziewczyna była autentycznie inteligentna i miała świetne referencje. W przypadku Stephanie zadecydowało świetne ciało oraz spory zapał do wykorzystania go w służbowych kontaktach z szefem.

Wychodząc, Ben zajrzał jeszcze do gabinetu Carla, który poskarżył się, że od rana iPS Rapid zasypuje go lawiną e-maili.

– Wydają się ogromnie zainteresowani natychmiastową sprzedażą firmy – powiedział. – I sam już nie wiem, czy się z tego cieszyć, czy traktować ich bardziej nieufnie.

– Jestem pewny, że podejmiesz właściwe kroki – odparł Ben, głęboko wierząc w umiejętności swego dyrektora finansowego. – Jadę do domu. Może i ty powinieneś? Jacqueline już poszła.

– Mam za dużo roboty. Do zobaczenia w poniedziałek.

Ben wyszedł z budynku i stanął w słońcu na chodniku przy ruchliwej Piątej Alei. Poczuł lekką euforię, bo w ciągu paru minut zdążył pogodzić się z porażką w sprawie lunchu z Jacqueline. Pogoda była piękna, a powietrze pachniało wiosną. Firma nie mogła chyba być w lepszej kondycji, a i zagadkowe milczenie Satoshiego wydawało się mniej niepokojące w promieniach słońca i pod czystym, błękitnym niebem. Ben cieszył się też z tego, że rozpoczął się weekend. I wreszcie myślał z satysfakcją o tym, że być może przełamał lody w stosunkach z Jacqueline, wygłaszając dwuznaczny komentarz o pogrążaniu się w rozpaczy.

Sprężystym krokiem ruszył w stronę garażu, ale zatrzymał się na wysokości Pięćdziesiątej Siódmej Ulicy. Dobrze, że tak szybko przypomniałem sobie o adresie Satoshiego, pomyślał, bez cienia złości wracając do biura po kartkę. Nazwę ulicy pamiętam, ale za nic nie skojarzę sobie numeru domu.

Pracownicy okolicznych firm podobnie jak on nie mogli doczekać się weekendu i pomału wychodzili z biur. Czekał więc na samochód nieco dłużej, niż się spodziewał. Nie narzekał jednak: był w dobrym humorze i beztrosko flirtował z sekretarkami, aż przyprowadzono z czeluści wielopoziomowego garażu jego lśniącego range rovera. Jako że płacił za miesiąc z góry, i tak był w uprzywilejowanej pozycji i nie czekał tak długo jak ci, którzy rozliczali się za pojedyncze dni.

Gdy tylko zamknął drzwi wozu, wpisał do nawigacji adres Pleasant Lane 417, a następnie uruchomił odtwarzacz CD. Dobrze odizolowany od zgiełku miasta, wybrał płytę z utworami Mozarta i pozwolił, by otoczyła go muzyczna rozkosz w czystej postaci.

Ruch odbywał się jeszcze dość równym tempem. Jak zwykle Ben wjechał na górny poziom mostu Washingtona, by napawać się widokiem klifów Palisade po stronie New Jersey, przy wtórze pięknych tonów koncertu fortepianowego C-dur numer dwadzieścia jeden Wolfganga Amadeusza Mozarta.

Dotarłszy do New Jersey, idąc za wskazówkami nawigacji GPS, skręcił w drugi zjazd za mostem. Wkrótce znalazł się w zapomnianej części miasta, pełnej opuszczonych, rozległych, dwupiętrowych budynków z cegły, które przypomniały mu o fakcie, o którym mało kto wiedział: miejscowość Fort Lee była kiedyś stolicą amerykańskiego filmu, zanim w Kalifornii powstało Hollywood i przejęło palmę pierwszeństwa. Pleasant Lane, wbrew swojej nazwie, nie była przyjemną uliczką. Długa na trzy kwartały, ciągnęła się między opuszczonymi halami i nielicznymi domkami jednorodzinnymi, najwyraźniej zbudowanymi według wspólnego projektu. Większość z nich sprawiała wrażenie niezamieszkanych – wszędzie pełno było wybitych szyb i uchylonych drzwi. Tu i tam widać było sterty gruzu i śmieci, a nawet pordzewiałe wraki samochodów o nagich osiach oraz stare materace straszące sprężynami.

– Dotarłeś do celu – oznajmił przyjemny baryton zestawu do nawigacji, dokładnie w chwili, gdy Ben zatrzymał wóz przy krawężniku.

– Ażebyś wiedział – mruknął drwiąco w odpowiedzi, a potem spojrzał na dom.

Ten wyglądał nieco lepiej niż sąsiednie. Okna były całe, a drzwi frontowe zamknięte. Niepokojący był jedynie brak jakichkolwiek oznak życia – jakby nikt nie mieszkał w tym budynku. Po chwili Ben dostrzegł jednak coś jeszcze bardziej niepokojącego: choć frontowe drzwi były zamknięte, to wybito w nich środkowy panel szkła. Ledwie kilka ostrych fragmentów sterczało jeszcze rozpaczliwie z drewnianej ramy.

Prawie pewny, że nikt tu nie mieszka, i pełen obaw,

czy mocą dziwacznego żartu nie został aby celowo skierowany pod niewłaściwy adres, Ben otworzył drzwi wozu i wysiadł, ale nie ruszył się dalej. Owionął go potworny smród rozkładu – tak silny, że aż dławiący. Ben czym prędzej wycofał się do samochodu i zatrzasnął drzwi, ale nawet tu kilkakrotnie musiał zmagać się ze sobą, by zapanować nad odruchem wymiotnym.

Gdy nieco się pozbierał, z przerażeniem spojrzał na samotny dom, wyobrażając sobie gorączkowo, co mogło zajść w jego wnętrzu, i równie gorączkowo zastanawiając się, co teraz zrobić. Okolica cuchnęła śmiercią – rzadko napotykał w życiu tę woń, ale pamiętał ją z czasów, gdy jako dzieciak znajdował czasem w lesie martwe zwierzęta, króliki albo wiewiórki. Teraz jednak nie miał wątpliwości, że to nie one były źródłem fetoru.

Wyjął ze schowka czystą szmatę i przycisnął ją do nosa. Zebrawszy siły, wysiadł z SUV-a i zaczął iść alejką w stronę wejścia.

Zanim tam dotarł, jeszcze kilka razy miał ochotę zwymiotować. Wiedział, że trzeba będzie zadzwonić pod 911, ale najpierw chciał zdobyć absolutną pewność, że źródłem smrodu nie jest zdechły pies ani inne duże zwierzę. Wszedł na ganek i zobaczył odłamki szkła rozsypane na deskach. Nie chcąc zostawiać odcisków palców, przez szmatę nacisnął klamkę – drzwi nie były zamknięte na klucz.

Zostawiając za sobą jasny dzień, wkroczył w półmrok spowijający wnętrze domu. Nie musiał długo szukać. W salonie ujrzał obrzmiałe zwłoki sześciorga ludzi. Wszyscy leżeli z rękami za głową, a ich twarze pokrywały poczerniałe plamy zaschniętej krwi.

Na ten widok Ben omal nie zemdlał, zwłaszcza że fetor był w tym pomieszczeniu szczególnie silny. Przyjrzał się pobieżnie wszystkim trupom, szukając Satoshiego, ale ze zdziwieniem stwierdził, że nie ma go wśród zabitych.

Woń rozkładu była nie do wytrzymania i wiedział, że powinien jak najprędzej stąd wyjść, ale ciało nie chciało już wykonywać jego poleceń: stał więc zastygły w czasie i przestrzeni, otoczony martwą ciszą. Przez chwilę nawet nie oddychał... i właśnie wtedy usłyszał ten dźwięk. Piskliwe, ciche zawodzenie. Nie był nawet pewny, czy to naprawdę dźwięk, czy może wytwór przerażonego umysłu. Znowu nadstawił uszu – i usłyszał. Po chwili jęk ucichł.

– Co, u diabła? – zapytał głośno. Nadal nie był całkiem przekonany, czy nie zwodzi go słuch. Zwalczył w sobie pokusę ucieczki i ruszył ku schodom prowadzącym na piętro. Przystanął u ich podnóża i zapatrzył się w mroczną przestrzeń na górze. Był już skłonny uznać, że doznał akustycznego złudzenia, gdy głos odezwał się ponownie. Tym razem dobiegał wyraźnie z pierwszego piętra.

Czując, że włosy jeżą mu się na karku, Ben zaczął wspinać się po stopniach na górę, przyciskając szmatę do nosa i oddychając ustami. Zanim dotarł na piętro, głos znowu ucichł. Ben przystanął. Krótki korytarz łączył dwie sypialnie ozdobione lukarnami, a drzwi w połowie jego długości prowadziły do łazienki. Z miejsca, w którym się zatrzymał, widać było, że ze stojących w pokojach komód wyrzucono całą ich zawartość. Ben zajrzał do obu sypialń. Na podłodze zobaczył ubrania wywleczone z niedużych szaf. W pierwszej sypialni stało małe biurko – drobiazgi z szuflad podzieliły los ubrań. Nie ulegało wątpliwości, że ktoś bardzo starannie przeszukał cały dom. W tym momencie Ben znowu usłyszał głos. Wydawało się, że dochodzi ze znacznie mniejszej odległości – być może z łazienki. Corey zajrzał tam niepotrzebnie, ale chwilę później odwrócił się, bo wyczuł, że źródło dźwięku znajduje się gdzieś w pobliżu regału stojącego pod ścianą naprzeciwko drzwi. Głos był coraz lepiej słyszalny i wydawało się, że dochodzi zza książek, jakby za ścianą znajdowało się ukryte pomieszczenie, być może będące lustrzanym odbiciem łazienki.

Czym prędzej wrócił najpierw do jednej, a potem do drugiej sypialni. Obejrzał uważnie wnętrze szaf, ale nie znalazł ukrytego przejścia. Wreszcie wybiegł znowu na korytarz, chwycił regał z książkami i pociągnął go ku sobie. Ku jego zdziwieniu mebel wysunął się gładko, a zawodzenie ustało. W powietrzu rozszedł się za to nowy smród: tym razem nie rozkładu, ale ludzkich odchodów. W tym momencie Ben przypomniał sobie o małym Shigeru, którego także nie było wśród zabitych w salonie.

Przykucnął i zajrzał do maleńkiego, całkowicie zaciemnionego pomieszczenia. Niemal natychmiast cofnął się odruchowo, bo coś miękkiego otarło się o jego twarz. Wyciągnął rękę i wyczuł sznurek, połączony z zawieszoną wyżej lampką. Włączył ją.

Spojrzał w dół i zobaczył przed sobą bladą, przerażoną twarzyczkę Shigeru. Źrenice chłopca były wielkości ćwierćdolarówek.

– O Boże! – powiedział. – Moje ty biedactwo. – Schylił się, by podnieść dziecko, ale zaraz zmienił zdanie. Wycofał się z ukrytego pokoiku, by przynieść koc, i niemal natychmiast usłyszał płacz Shigeru. – Już wracam – zawołał. Chwycił koc i czym prędzej wrócił do schowka. Shigeru umilkł. Płakał, bo bał się zostać sam.

– Już dobrze, mój zuchu – powiedział Ben, owijając wątłe dziecko kocem. Czyniąc to, zauważył leżącą obok pustą dziecięcą butelkę. Wziął Shigeru na ręce i rozejrzał się w ciasnym wnętrzu pozbawionej okien kryjówki, która najprawdopodobniej ocaliła chłopcu życie. Jeśli ten dom był metą przestępców, to schowek za regałem na co dzień służył zapewne jako magazyn broni, narkotyków albo jednego i drugiego. Ben wyobraził sobie, jak Yunie--Chan, matka Satoshiego, w pośpiechu ukrywa go tutaj, przeczuwając najgorsze.

Wycofał się znowu, nie myśląc o wyłączeniu światła i dosunięciu regału na miejsce – jedną ręką tulił do siebie dziecko, a drugą trzymał szmatę na wysokości nosa. Zaniósł chłopca na dół, do kuchni, by dać mu wody – mały musiał być poważnie odwodniony. Przy okazji chciał sprawdzić, czy nie znajdzie tam kolejnych ciał, a zwłaszcza ciała Satoshiego.

Trzymając Shigeru na jednej ręce, a butelkę z wodą w drugiej, wybiegł frontowymi drzwiami i po chwili był już przy samochodzie. Położył chłopca na przednim siedzeniu pasażera, a sam usiadł za kierownicą, z butelką w dłoni. Dobrze wiedział, że dziecku przydałaby się kroplówka, ale w tej chwili mógł je jedynie napoić wodą. Kiedy to zrobił, posadził Shigeru nieco wygodniej i wybrał w telefonie numer 911. Wolną ręką poprawił jeszcze kocyk, tak by wystawała spod niego tylko główka chłopca – smród był i tak nie do zniesienia.

Rozdział 29

26 marca 2010
piątek, 12.47

Brennan nareszcie pojął, dlaczego Louie wysłał na tę akcję sześciu ludzi, a nie dwóch, choć jego zdaniem właśnie tylu by wystarczyło. W chwili, gdy wkroczył ze swą ekipą do Central Parku, po niańce i dziecku nie było już nawet śladu. W podnieceniu Brennan przeoczył bowiem pewien istotny fakt, gdy po raz pierwszy zobaczył kobietę z dzieckiem: miała na nogach buty do biegania.

Zakładając, że niania i jej podopieczny, choć zniknęli mu z oczu, muszą być tuż za zakrętem krętej ścieżki, Brennan kazał swoim ludziom biec, by ich dogonić. Tyle że porywacze byli bez formy, a ścieżka okazała się zaskakująco stroma. Przebiegli może sto jardów i się zatrzymali.

– Nic z tego – wydusił z siebie Brennan, dysząc ciężko i opierając dłonie na kolanach. – To jakaś cholerna maratonka. – Urwał i odczekał chwilę, by wyrównać oddech. – Dobra, powiem wam, co zrobimy. Podzielimy się i będziemy ich szukać, utrzymując łączność przez komórki.

– Większość biegaczy wybiera tutaj trasę wokół stawu – podpowiedział mu Duane. – Może pójdę tam z Tommasem? Jeśli dobrze pamiętam, to niedaleko stąd, trochę na wschód i na południe.

– Niezły plan – zgodził się Brennan. Szybko wymienili się numerami telefonów. – Wy zostajecie ze mną – rzekł po chwili do dwóch Japończyków. – Nie chcemy, żebyście się tu zgubili. Pójdziemy prosto na południe.

Wyruszyli razem. Duane i Tommaso rozglądali się, szukając ścieżki prowadzącej na wschód. Brennan nie był zadowolony. Nie docenił rozmiarów parku i jego pagórkowatej rzeźby; nie wyobrażał też sobie, że tak szybko straci z oczu nianię i chłopca. Zastanawiał się, co, u diabła, powie Louiemu, zwłaszcza że po raz pierwszy dowodził całą grupą. Żwawo maszerowali naprzód, ale Brennan zaczynał nabierać przekonania, że trzeba będzie wrócić do miejsca, w którym kobieta i dziecko weszli do parku, i tam po prostu na nich zaczekać. Niestety, nie można było mieć pewności, czy pojawią się wtedy sami.

I wtedy do porywaczy uśmiechnęło się szczęście. Mijali właśnie po prawej plac zabaw z huśtawkami z opon, paroma domkami na drzewach, drabinkami, piramidą z cegiełek oraz wielką piaskownicą, w której siedział dzieciak. Niania oparła nogę o szczebel drabinki i rozciągała ścięgna podkolanowe.

– Bingo! – mruknął do siebie Brennan. Wyjął telefon i zadzwonił do Carla. – Znaleźliśmy nianię i dziecko – powiedział cicho. – Są na placu zabaw na wysokości Zachodniej Setnej Ulicy. Podjedź w pobliże tutejszej bramy i zaczekaj, ale koniecznie na pasie ruchu prowadzącym na północ. Stań przy krawężniku i czekaj! Jasne?

– Jasne, że jasne – odpowiedział mu bez entuzjazmu Carlo i ze złością przerwał połączenie.

Brennan zamknął telefon. Był tak bardzo przejęty sytuacją, że ani myślał przejmować się zachowaniem Carla. Spojrzał na pozostałych, uśmiechając się diabolicznie.

– Jest lepiej, niż mogliśmy się spodziewać – rzekł. – Na całym placu zabaw nikogo oprócz naszego celu. Pięknie, co?

– Skąd mamy wiedzieć, że to jest dzieciak, którego

chcemy zgarnąć? – spytał niewinnie Duane, przypominając Brennanowi o największym z dręczących go dylematów.

– Przecież widzieliśmy, jak razem wychodzili z domu, nie?

– Tak, ale jeśli w budynku jest więcej niż jedno mieszkanie? Albo ta panienka była tylko z wizytą u kogoś, kto opiekuje się dzieckiem doktorki? Może być tak, że się namęczymy, a potem okaże się, że to pomyłka. Nie powinniśmy się jakoś upewnić?

Brennan odetchnął głęboko i spojrzał na Murzynkę.

– Może ją po prostu spytamy? – zasugerował Duane.

– Niby o co?

– Czy to dzieciak takich a takich rodziców.

– Nie odpowie nam – odparł drwiąco Brennan.

– Założę się, że odpowie, jeśli pokażemy jej to – odparował Duane, wyjmując z kieszeni coś jakby wytarty, skórzany portfel. Otworzył go, odsłaniając lśniącą, złotą odznakę policyjną z napisem Montclair, New Jersey.

Brennan wziął ją do ręki i przyjrzał się uważnie.

– Skąd to masz?

– Z eBaya. Dziesięć dolców.

– To autentyk?

Duane wzruszył ramionami.

– Podobno tak, ale kto to może wiedzieć. Ważne, że wygląda jak autentyk i naprawdę działa. Wystarczy machnąć nią komuś przed oczami, jak na filmach. Nieźle się już bawiłem dzięki niej. Wszyscy myślą, że jestem tajniakiem z policji.

– Czemu nie? – mruknął Brennan. Kwestia tożsamości dziecka męczyła go od samego początku – od chwili, gdy niania wyprowadziła je z domu przy Sto Szóstej Ulicy nr 494.

– Wóz już jest – powiedział Tommaso, wskazując na Central Park West, biegnącą tuż za murkiem okalającym park. Furgonetka właśnie podjeżdżała do krawężnika.

Trzymając odznakę w lewej ręce i obserwując zatrzymujący się wóz, Brennan zadzwonił do Carla, który natychmiast odebrał.

– Droga wolna? – spytał Brennan, nie czekając na zgłoszenie.

– Żadnych glin – potwierdził Carlo.

– Już idziemy. – Brennan zakończył połączenie, oblizał spieczone usta, poprawił ułożenie kabury i przełożył policyjną odznakę do prawej ręki. Wyprostował ramiona i ruszył w kierunku placu zabaw.

– Lepiej się pospiesz – usłyszał głos dobiegający zza pleców. – Jakaś kobieta z dzieckiem idzie w tę stronę.

Brennan obejrzał się szybko. Duane szedł za nim, wskazując dyskretnie na południe. Zza zakrętu ścieżki istotnie wyłoniła się kobieta. Dzielił ich od niej dystans może stu jardów. Szła wolno, prowadząc pusty wózek, a małe dziecko dreptało samodzielnie mniej więcej dziesięć stóp przed nią.

Brennan spojrzał znowu na nianię, oceniając odległość. Nie więcej niż dwadzieścia stóp. Podjął decyzję. JJ leżał na piasku po lewej, próbując chyba zrobić „aniołka", ale w praktyce wzbijając jedynie tumany kurzu.

– Przepraszam panią – powiedział Brennan, otwierając etui z odznaką i maszerując wprost ku Leticii, która nadal oddawała się ćwiczeniom rozciągającym. – Czy to dziecko państwa Montgomery-Stapleton?

– Tak jest – odparła Leticia i w tej samej sekundzie na jej twarzy pojawił się grymas strachu. Intuicja zbyt późno podpowiedziała jej, że nie należało odpowiadać na pytanie tego nieznajomego mężczyzny. Zwłaszcza że właśnie schował odznakę, a wyjął broń.

Brennan w tym samym momencie uświadomił sobie, że na śmierć zapomniał o masce.

Rozdział 30

26 marca 2010
piątek, 13.14

Laurie była w swoim żywiole – sprawa pochłonęła ją bez reszty. Skończyła badanie wszystkich preparatów histologicznych z tkanek Kenjiego i podobnie jak podczas sekcji zwłok, nie znalazła żadnych zmian patologicznych. Mężczyzna był całkowicie zdrowy i gdyby ktoś nie potraktował go tetrodotoksyną lub podobną do niej substancją, zapewne szczęśliwie dożyłby setki.

Dokończywszy pracę z mikroskopem, zadzwoniła do Jacka i Lou w sprawie planowanej „konferencji". Jack był gotowy i obiecał, że stawi się w jej gabinecie równo o piątej. Problem był tylko z Lou, który powiedział, że bardzo chciałby wpaść, ale nie jest pewny, czy zdąży, bo trafiła mu się sprawa podwójnego morderstwa przy Wall Street – zginęli dwaj maklerzy, którzy nie spełnili oczekiwań klienta. Na koniec jednak dodał, że zrobi wszystko, co w jego mocy, żeby stawić się na czas.

Teraz, gdy wykonała już wszystkie czynności związane z dwiema badanymi przez nią sprawami, Laurie wróciła na piąte piętro, gdzie czekał już na nią John. Zaskoczył ją, mówiąc, że wykorzystał czas na ponowne przejrzenie wyników badań toksykologicznych plazmy i moczu ofiary. – Wyciągnąłem z archiwum wzorcowe wyniki badań na obecność różnych neurotoksyn, w tym tetrodotoksyny, i porównałem je z wynikami badań twoich próbek.

– I? – rzuciła pytająco Laurie.

– To ciekawe – odparł John – bo zauważyłem lekkie odchylenia krzywych dokładnie tam, gdzie powinny wystąpić, gdyby stwierdzono obecność tetrodotoksyny.

– Sugerujesz, że tetrodotoksyna naprawdę tam jest, czy może jej stężenie jest niewystarczające?

– Ani jedno, ani drugie. Mówię tylko, że niczego nie mogę ani potwierdzić, ani wykluczyć. To subtelna różnica. Dlatego jestem teraz równie ciekaw jak ty, co znajdziemy w domniemanej ranie postrzałowej. A co ze śruciną? Znalazłaś ją? Może chociaż fragment?

– Nic – odparła Laurie. – Dokładnie zbadałam cały otwór i przyjrzałam się dobrze zdjęciom rentgenowskim. Domyślam się, że pocisk był rozpuszczalny i w kontakcie z płynem śródmiąższowym został powoli wchłonięty. No, może nawet nie powoli, zważywszy na to, że nie było po nim śladu, gdy po mniej więcej czterdziestu godzinach od zgonu ofiary badałam tę ranę.

– To bez wątpienia subtelny, a zarazem skuteczny sposób na pozbawienie kogoś życia. Muszę to oddać sprawcom. Gdybyś nie znalazła rany wlotowej, sprawę trzeba by potraktować jako przypadek śmierci z przyczyn naturalnych.

– I właśnie tak początkowo było.

– No dobrze. A teraz zaprowadzę cię do laboratorium – rzekł John, wychodząc zza biurka. – Znalazłem dla ciebie miejsce w sali na szóstym piętrze. Tej samej, w której wykonuje się wysokosprawną chromatografię cieczową z wykorzystaniem tandemowego spektrometru.

– Doskonale – ucieszyła się Laurie i podążyła za nim w stronę schodów wiodących na kolejną kondygnację.

– Poprosiłem też kogoś z mojego zespołu techników, Teresę Chen, żeby w razie potrzeby odpowiadała na twoje pytanie. Jest moim najlepszym ekspertem od HPLC--MS/MS – wyjaśnił John, otwierając drzwi sali.

Było to typowe, nowoczesne laboratorium biologiczne

wyposażone w kilka dużych maszyn, które automatycznie badały po kilka próbek jednocześnie i prawie nie wymagały nadzoru. Cichy szum pracujących urządzeń zakłócał od czasu do czasu szczęk mechanizmów, gdy kolejne próbki przesuwały się po taśmociągach. Nad całym parkiem maszyn laboratoryjnych czuwała tylko jedna osoba. Teresa Chen, przyjaźnie uśmiechnięta kobieta o lśniących, czarnych włosach rozczesanych z przedziałkiem pośrodku głowy, wyciągnęła rękę na powitanie Laurie.

– A oto i twoje miejsce – powiedział John, wskazując na wolną połać stołu laboratoryjnego. – I jeszcze jedno: do ekstrakcji zalecam n-butanol. Sprawdziłem już: w tym przypadku będzie najskuteczniejszy. Jesteś gotowa?

– Jestem – zapewniła go Laurie. – Zwłaszcza jeśli i Teresa jest gotowa.

– Jak najbardziej – odrzekła Teresa, znów obdarzając ją uśmiechem.

– Zatem zostawiam was same – oznajmił John. – Choć oczywiście będę tu zaglądać, żeby sprawdzić, jak się posuwa praca.

Gdy wyszedł, Teresa podeszła do lodówki i wyjęła z niej niedużą zlewkę.

– Oto twoja zawiesina.

Laurie wzięła naczynie do ręki: zawierało bladoróżową ciecz o konsystencji gęstej zupy. Natychmiast wróciły wspomnienia miłych popołudni spędzonych w pracowni chemicznej na uczelni. Laurie naprawdę cieszyła się na myśl o tym, że to popołudnie spędzi znowu w laboratorium – tym razem toksykologicznym, w OCME. Było coś szczególnie satysfakcjonującego w tym, że zabierała się do poszukiwania toksyny, której obecność podejrzewała dzięki solidnie wykonanej pracy nad z pozoru zwyczajną sprawą. Zapewne nie doświadczyłaby tego spokoju ducha, gdyby wiedziała o tragedii rozgrywającej się w innej części miasta, z udziałem jej dziecka.

Rozdział 31

To był dziwny dzień w życiu Bena, naznaczony bolesną drogą ze skrajności w skrajność. Zaczął się jako jeden z najlepszych, jakie pamiętał. Jeśli nie liczyć – podobnej do łagodnego bólu zęba – troski o Satoshiego, który jeszcze się nie zameldował, Ben był rankiem absolutnie szczęśliwy i pełen optymizmu. Podjął ryzyko, porzucając doskonale płatne stanowisko w swej dawnej firmie biotechnologicznej. Od tamtej pory zdarzały się dni zwątpienia, walki, trudnych decyzji. Ale tego ranka czuł, że warto było przejść przez to wszystko, by znaleźć się w takim miejscu. Firma była silna, a jej pozycja stała się godna pozazdroszczenia zwłaszcza po tym, jak podpisana została umowa licencyjna, zapewniająca jej kontrolę nad tym, co zdaniem Bena miało być najważniejszym patentem na polu komercjalizacji rynku indukowanych pluripotencjalnych komórek macierzystych. Mało tego, rozpoczynało się też drobiazgowe badanie pozycji kolejnej firmy, którą wkrótce mieli przejąć wraz z jej własnością intelektualną, obejmującą między innymi patent na szybką produkcję komórek macierzystych. W dodatku mieli dostęp do praktycznie nieograniczonego kapitału.

Krótko po szesnastej tego samego dnia po porannym optymizmie nie było już śladu – przepadł niczym śniegowa kula w sierpniowe popołudnie. Samopoczucie Bena

329

było fatalne: był zdezorientowany i zaniepokojony, prawie wystraszony. Zamiast znaleźć się w domu, jak planował, i zrelaksować się w oczekiwaniu na poranny bieg na dziesięć kilometrów, siedział w samochodzie i jechał po moście George'a Washingtona, podążając w kierunku Inspektoratu Medycyny Sądowej. Czekało go nowe zadanie: rozpoznanie niezidentyfikowanych zwłok – być może Satoshiego Machity. Urzędniczka, z którą rozmawiał, Rebecca Marshall, powiedziała mu, że ciało dostarczono w środę mniej więcej o osiemnastej trzydzieści, po tym, jak ofiara upadła na peronie metra. Opisała zmarłego jako mężczyznę dobiegającego czterdziestki, ważącego sto czterdzieści funtów, wysokiego na pięć stóp i osiem cali, o azjatyckich rysach i krótko przystrzyżonych włosach. Właśnie tak wyglądał Satoshi.

Jadąc trasą Franklina Delano Roosevelta, zamknięty w luksusowym, wyściełanym skórą wnętrzu swego range rovera, Ben starał się myśleć logicznie. Zazwyczaj jazda samochodem sprzyjała kontemplacji, bo łagodny pomruk silnika i hipnotyczny ruch wstęgi drogi skutecznie blokowały zbędne myśli i bodźce. A Ben musiał się bardzo głęboko zastanowić, czy nadal kontroluje bieg wydarzeń. Wiele bowiem wydarzyło się w ciągu ostatnich kilku godzin.

Dzień przestał być miły w chwili, gdy Ben poczuł fetor rozkładu i znalazł zwłoki w domu w Fort Lee. Było to przerażające, szokujące odkrycie. Żałował, że w ogóle zainteresował się losem Satoshiego, choć z drugiej strony cieszył się, że ocalił przynajmniej małego Shigeru. Być może gdyby nie jego wizyta, ciała nie zostałyby odkryte przez wiele miesięcy, a on nie znalazłby się w poważnych kłopotach, których początkiem było przybycie policji.

Zadzwoniwszy pod 911, Ben pozostał w samochodzie i cierpliwie czekał na przybycie funkcjonariuszy, podając Shigeru wodę w małych dawkach. Bez reszty pochłaniały go rozmyślania o tym, jaką serię katastrof może nań sprowadzić odkrycie zbiorowego morderstwa w domu Satoshiego. Nie miał wątpliwości, że o sprawie będzie głośno w mediach i że wszczęte zostanie śledztwo na wielką skalę. Choć wśród trupów nie znalazł ciała Satoshiego, był świadom, że mogło spoczywać w innej części domu. Doskonale wyczuwał, że zbrodnia była dziełem mafii – być może miała związek z handlem narkotykami – i że właśnie tak zostanie potraktowana przez władze.

Dla Bena udział w jakimkolwiek śledztwie byłby przekleństwem, ale nie miał złudzeń: nie mógł odciąć się od tej sprawy. Jako pracodawca Satoshiego był w nią wplątany, a co gorsza – wplątana była cała firma iPS USA. Nie miał pojęcia, co powinien zrobić w tej niewesołej sytuacji.

Poważne śledztwo dotyczące iPS USA mogło oznaczać katastrofę. Trudne realia gospodarcze zmusiły Bena do przyjęcia od inwestorów brudnych pieniędzy. Początkowo nie były to wielkie kwoty i szybko je spłacał, ale z czasem, gdy kryzys nie ustępował, pokusa pożyczania większych sum rosła. Liczył się przede wszystkim czas. Jak wiele innych ofiar recesji, Ben nie miał dostępu do czystego kapitału w momencie, w którym najbardziej go potrzebował. I właśnie wtedy uległ namowom Michaela, który zapewniał, że pieniądze są na wyciągnięcie ręki i zamiast je pożyczać, może bezpiecznie oferować udziały w firmie. Nawet Vinnie Dominick i Saboru Fukuda twierdzili, że ryzyko jest zerowe, inwestują bowiem pieniądze wybrane przez pięć lub więcej legalnych firm, zwykle operujących w mało poważanych krajach świata, których rządy nie są sygnatariuszami Traktatu o Wzajemnej Pomocy Prawnej ze Stanami Zjednoczonymi, a dyskrecja i bakszysz cenione są ponad wszystko inne.

Siedząc z Shigeru w samochodzie i zamartwiając się nieuniknionym śledztwem, Ben usłyszał nagle wycie policyjnych syren. Początkowo dalekie i ciche, szybko przybierało na sile, aż wreszcie w tylnym lusterku pojawiła się flotylla wozów patrolowych. W pierwszej chwili miał ochotę wysiąść i wyjść im na spotkanie, ale się zawahał. Zbliżały się naprawdę szybko; na tyle, że Ben nie czuł się bezpiecznie – i słusznie. Połykały dystans w imponującym tempie, a gdy zrównały się z jego SUV-em, zahamowały gwałtownie. Jeden z trzech wozów wpadł przy tym w poślizg. Zanim jeszcze znieruchomiały, umundurowani funkcjonariusze policji Fort Lee wyskoczyli na asfalt, z bronią gotową do strzału. Było tak, jakby zbiorowe morderstwo popełniano właśnie w tej chwili, a nie parę dni wcześniej – choć Ben wyrażał się jednoznacznie w rozmowie z policyjną telefonistką.

Wystraszony przyglądał się temu wszystkiemu szeroko otwartymi oczami. Pierwszy raz w życiu znalazł się w takiej sytuacji. Wszystkie pistolety celowały w niego, tak że bał się poruszyć czy wydać z siebie jakikolwiek dźwięk, by nie wystrzeliły salwą. Spróbował jedynie opuścić się nieco niżej w fotelu, ale bez skutku. Range rovery projektowano tak, by widoczność we wszystkich kierunkach była doskonała.

– Wysiadaj! – wrzasnął jeden z funkcjonariuszy. – Ręce masz mieć wolne, podniesione do góry!

– I powoli! – zawołał inny. – Żadnych gwałtownych ruchów!

– Mam tu małe dziecko – odkrzyknął Ben. – Potrzebuje pomocy medycznej.

– Wysiadaj! Już!

– Wysiadam – zawołał Ben. – Ale to ja dzwoniłem na dziewięćset jedenaście, na miłość boską!

– Na ziemię! Ramiona szeroko!

Ben usłuchał, odsuwając z odrazą kilka pustych puszek po piwie i innych śmieci.

Chwilę później obszukało go kilku policjantów. Stwierdziwszy, że nie jest uzbrojony, skuli go kajdankami i podnieśli z ulicy. Paru funkcjonariuszy z bronią w ręku wbiegło do domu Satoshiego.

– Chryste, co za smród! – jęknął jeden z tych, którzy stali obok Bena, marszcząc nos. – Wchodziłeś tam? – spytał, spoglądając na Bena.

– Wchodziłem. Nie chciałem, ale usłyszałem jakiś głos – okazało się, że to ten dzieciak – wyjaśnił Ben, ruchem głowy wskazując na otwarte drzwi wozu i na Shigeru, którego twarzyczkę ledwo było widać spod koca. – Po jaką cholerę mnie skuliście? – poskarżył się. – Czy ja jestem podejrzany? Sądząc po zapachu, cokolwiek się tu stało, stało się ładnych parę dni temu.

Policjant nie odpowiedział. Obok wozów patrolowych zatrzymał się ambulans; wycie jego syren było tak głośne, że Ben czuł dzwonienie w uszach. Z pojazdu wyskoczyło kilku ratowników medycznych. Jeden z nich pospieszył, by otworzyć tylne drzwi, a inny podbiegł do Bena i dwóch strzegących go funkcjonariuszy.

– Gdzie dziecko? – spytał.

Zawiadamiając policję o zbrodni, z myślą o Shigeru Ben poprosił też o przysłanie karetki.

– Siedzi w samochodzie – odpowiedział Ben, zanim policjant zdążył otworzyć usta. – Nic mu nie jest – dodał czym prędzej. – Jest odwodniony, ale przede wszystkim przerażony. Siedział ukryty w ciemnym schowku, kiedy doszło do tragedii. Jestem lekarzem. On potrzebuje kroplówki i badania krwi. Trzeba też sprawdzić, czy nerki działają jak należy.

Ben odwrócił się i spojrzał na funkcjonariusza, który go pilnował. Naszywka nad kieszenią informowała, że to sierżant Higgins.

– Chciałbym pojechać z dzieckiem – poprosił. – Jak mówiłem, jestem lekarzem. Mogę wrócić na przesłuchanie, kiedy będę pewny, że stan małego jest stabilny.

– To pański krewny? – spytał nieco uprzejmiej sierżant Higgins.

– Nie, ale... – Ben urwał, bo w tym momencie przypomniał sobie o dokumentach spoczywających w firmowym sejfie: o dwóch testamentach (jednym podpisanym, drugim nie) oraz o porozumieniu powierniczym, zgodnie z którym w razie śmierci rodziców dziecka to do niego należała opieka nad majątkiem Shigeru, a więc także sprawowanie pieczy nad patentem na produkcję komórek iPS. Myśl o tych papierach była dla Bena jak niespodziewany promień słońca w samym środku straszliwej burzy. Nie był prawnikiem, ale wiedza o tym, że miał coś do powiedzenia w sprawie przyszłości patentów, dobrze wróżyła przyszłym losom firmy iPS USA oraz – koniecznemu w dalszej przyszłości – przedłużeniu umowy licencyjnej.

– Ale co? – spytał sierżant Higgins.

– Ale kiedy testament jego ojca zostanie sądownie zatwierdzony, będę prawnym opiekunem chłopca.

– Czy to znaczy, że jego ojciec jest tam, wśród zamordowanych?

– Nic mi o tym nie wiadomo. Widziałem tylko matkę.

– Ale ojciec nie żyje, tak?

– Tego też nie wiem – przyznał Ben, uświadamiając sobie w tym momencie, że szanse na rychłe opuszczenie tego miejsca, zwłaszcza z dzieckiem, są śmiesznie małe – nawet gdyby był w stanie okazać podpisany już testament, który został w sejfie. Pogodziwszy się z faktami, zwrócił się do technika ratownictwa medycznego: – Proszę zabrać dziecko, które notabene nazywa się Shigeru Machita, podać mu kroplówkę i zawiadomić lekarzy w szpitalu, że najprawdopodobniej wkrótce będę jego opiekunem prawnym, a jako taki wyrażam zgodę na leczenie chłopca w podstawowym zakresie. Proszę im też powiedzieć, że zjawię się, gdy tylko będę mógł.

– Dobra – odpowiedział zwięźle ratownik i odwrócił się na pięcie. Obszedł maskę range rovera i otworzył drzwi po stronie pasażera.

Ben przyglądał się, jak mężczyzna ostrożnie sięga po dziecko, a zaraz potem gwałtownie odwraca głowę, czując bijący od niego fetor. Po chwili jednak opanował się i zaniósł Shigeru na tyły karetki, gdzie przekazał go jednemu ze swoich kolegów, czekającemu już w środku.

Ben znowu zaczął się zastanawiać nad prawnymi aspektami sprawy. Shigeru, podobnie jak reszta jego rodziny, był nielegalnym imigrantem i nigdzie, w żadnych dokumentach, nie zachował się ślad przekroczenia przez niego granicy Stanów Zjednoczonych. To, że był obywatelem Japonii, z pewnością musiało mieć wpływ na decyzję amerykańskiego sądu odnośnie do jego przyszłości. Lecz przecież był jeszcze Satoshi... Ale czy żyje? Jeśli tak, strona prawna całej sprawy nie byłaby aż tak skomplikowana. Czy to możliwe, że przyjechał do domu, zobaczył martwych bliskich i ukrył się gdzieś? Wydawało się to mało prawdopodobne. Ben z wolna nabierał przykrego przekonania, że Satoshi, podobnie jak jego rodzina, już nie żyje.

Karetka zawróciła na środku Pleasant Lane i odjechała, a niemal w tej samej chwili pojawiły się kolejne wozy patrolowe na sygnale. Ben zauważył, że ich drzwi zdobi godło policji okręgu Bergen.

Wkrótce dołączył do nich jeszcze jeden samochód, bez żadnych oznaczeń, a potem także kilka białych furgonetek z napisem: DEPARTAMENT BEZPIECZEŃSTWA PUBLICZNEGO NEW JERSEY, INSPEKTORAT MEDYCYNY SĄDOWEJ. Z jednego z wozów patrolowych wysiadł detektyw w cywilnym ubraniu. Był średniego wzrostu, mocno zbudowany, o gęstych, ciemnawych włosach lekko siwiejących na skroniach. Widać było, że to człowiek silnego charakteru: emanował pewnością siebie, determinacją i inteligencją, a jednocześnie spokojem.

Podszedł prosto do Bena, spoglądającego nań nieufnie, i obwieścił:

– Jestem porucznik Tom Janow z policji okręgu Bergen. – Nie czekając na niczyją reakcję, zwrócił się do sierżanta Higginsa: – Czy to człowiek, który dzwonił pod dziewięćset jedenaście?

– Tak jest.

– Więc dlaczego jest skuty?

Pytanie najwyraźniej zaskoczyło sierżanta Higginsa.

– Porucznik Brigs kazał go obszukać i skuć.

– Bo?

– Bo... mamy tu zbiorowe zabójstwo.

– Zbiorowe zabójstwo, do którego prawdopodobnie doszło więcej niż dzień temu, jeśli się nie mylę – uzupełnił Tom. Mówił spokojnie, rzeczowo, bez emocji czy karcącego tonu.

– To prawda – przyznał sierżant.

– Rozkujcie go – polecił cicho Tom.

Czekając, aż zostanie uwolniony, Ben przyglądał się sprawnej pracy policjantów z Bergen. Podczas gdy funkcjonariusze z Fort Lee przeszukiwali okolice domu, oddział z Bergen sposobił się do akcji. Oprócz śledczego w cywilu była tam garstka mundurowych, kilku techników kryminalistycznych oraz paru śledczych medyczno-prawnych z Inspektoratu Medycyny Sądowej okręgu Bergen. Ci ostatni wkładali właśnie ubrania ochronne – niektórzy nawet ze szczelnymi aparatami oddechowymi podobnymi do akwalungów – szykując się do wejścia do domu, gdy tylko policjanci stwierdzą, że teren jest bezpieczny. Zjawił się nawet przedstawiciel prokuratury okręgowej, który wysiadłszy z nieoznakowanego samochodu, podszedł do porucznika Janowa, przedstawił się i poprosił o pozwolenie na udział w przesłuchaniu Bena. Porucznik zgodził się bez wahania.

– Przepraszam za te kajdanki – rzekł Tom, gdy jeden

z funkcjonariuszy zdjął je z nadgarstków Coreya, po krótkim i nerwowym poszukiwaniu kluczyka.

Ben przyjął przeprosiny. Niepokój czuł od początku, gdy tylko odnalazł ciała, ale wtedy nawet przez myśl mu nie przeszło, że mógłby zostać uznany za podejrzanego.

– Chyba nie jestem uznany za podejrzanego? – powiedział głośno, rozcierając nadgarstki. Wolał wiedzieć. Niepewność mu nie służyła.

– Jeszcze nie – odparł Tom. – Ale może porozmawiamy sobie w pańskim samochodzie? Tam powinno być trochę przyjemniej.

Nie do końca wiedząc, co myśleć o odpowiedzi porucznika, Ben przystał na propozycję. Janow usiadł na miejscu pasażera, Corey za kierownicą, a śledczy z biura prokuratora okręgowego na tylnej kanapie.

Tom wyjął notes i ołówek, a następnie rozpoczął przesłuchanie od podstawowych pytań o tożsamość Bena i fakty z jego życia. Przyglądając się, jak pilnie notuje, Ben nabierał coraz lepszego mniemania o jego profesjonalizmie. Tom działał systematycznie, płynnie; widać było ogromne doświadczenie w prowadzeniu przesłuchań i nie można było oprzeć się wrażeniu, że doskonale wie, co robi, a czynił to bez najmniejszego wysiłku. W ciągu paru minut przeszli od tożsamości Bena do faktów, które doprowadziły do tego, że zjawił się tego dnia przed domem Satoshiego Machity.

Gdy Tom przerwał na chwilę rozmowę, Ben poczuł, że drży, i miał nadzieję, że nie jest to nazbyt widoczne. Wrażenie, że porucznik jest aż za dobry w swoim rzemiośle, nie wpływało najlepiej na jego nerwy – bał się, że lada chwila powie mu coś, o czym wolałby milczeć. Bardzo chciał zakończyć już to przesłuchanie, ale bał się, że policjant potraktuje jego pośpiech jako próbę ukrycia faktów.

Ben miał ważny powód do zdenerwowania: nie mówił całej prawdy i tylko prawdy, a ściślej, skłamał dwukrotnie. Najpierw wtedy, gdy stwierdził, że to sam Satoshi dał mu swój adres domowy, a potem raz jeszcze, gdy zeznał, że nie ma pojęcia, w jaki sposób Satoshi znalazł sobie tę nieruchomość.

W tym momencie jeden z policjantów z Bergen, który właśnie wyszedł z domu, zapukał w szybę po stronie pasażera. Tom wysiadł z samochodu, a Ben odwrócił się na moment, by spojrzeć na chudego jegomościa w okularach, który siedział z tyłu. Przez chwilę bez słowa patrzyli sobie w oczy. Sytuacja jakoś nie nastrajała do towarzyskich pogawędek. Pięć minut później Tom wrócił do wozu i gdy tylko zatrzasnął za sobą drzwi, powrócił do przerwanego przesłuchania.

– Powiedziano mi, że wszedł pan do domu.

– To prawda – przyznał Ben. – Zapewniam, że wolałbym tego nie robić, ale musiałem – przez wzgląd na chłopca. Usłyszałem dochodzące zza drzwi piskliwe zawodzenie. Nie wiedziałem jeszcze, że to dziecko. – Kolejne kłamstwo, pomyślał Ben. Nie wiedział nawet, dlaczego nie powiedział prawdy.

– To pan zbił szybę w drzwiach?

– Nie. Była rozbita, kiedy podszedłem, a drzwi nie były zamknięte na zamek.

– Rozpoznał pan którąś z ofiar?

– Tylko żonę.

– A Satoshiego?

– Nie było go tam, a przynajmniej tak mi się zdawało. Nie schodziłem jednak do piwnicy.

– Tam też go nie ma – poinformował go Tom. – Właśnie mi zameldowano, że wszystkie ciała leżą w jednym pokoju, rzędem, na podłodze. Jest ich sześć.

– Wiem, widziałem.

– Gdzie on może być? – spytał Tom tak swobodnie, jakby rozmawiali o wspólnym znajomym.

– Sam chciałbym wiedzieć – odparł Ben. – Od dwóch

dni próbowałem się z nim skontaktować. Nie mógł się doczekać, kiedy załatwię mu miejsce w laboratorium. Chciałem go zawiadomić, że wreszcie mi się udało. I właśnie dlatego, jak już mówiłem, pojawiłem się tu osobiście.

– Kiedy widzieliście się po raz ostatni?

– W środę po południu. Mieliśmy w biurze małą uroczystość związaną z podpisaniem umowy licencyjnej. Satoshi wyszedł wcześnie, twierdząc, że jak najszybciej chce zawieźć do domu dobrą wiadomość.

– Czy ta umowa licencyjna miała być dla niego lukratywna?

– Niebywale!

Tom umilkł na chwilę, zastanawiając się nad czymś, a potem coś sobie zanotował.

– Czy sądzi pan, że to Satoshi może być sprawcą? – spytał Ben. – Że zabił całą swoją rodzinę, z wyjątkiem dziecka?

– Gdybyśmy mieli ślady przemocy domowej, pewnie tak bym podejrzewał – odparł Tom. – Tylko że tu raczej nie ma mowy o rodzinnych kłótniach. Zbyt gładko to poszło, zbyt profesjonalnie. Jak porachunki organizacji przestępczych. Jak mówiłem, słyszałem, że ciała są równo ułożone, jak na linii produkcyjnej. Nie tak wyglądają sceny domowej przemocy. Nazwałbym to egzekucją w gronie handlarzy narkotyków, co oczywiście wcale nie oznacza, że nie będziemy chcieli porozmawiać z panem Satoshim, gdy go znajdziemy.

– Hmm – mruknął Ben. Choć sam był tego samego zdania, postanowił, że nie będzie dzielił się żadnymi spostrzeżeniami, póki ktoś nie zada mu konkretnego pytania.

– Wiedział pan, że sprawca lub sprawcy postarali się o usunięcie wszelkich dowodów tożsamości? Gdyby nie pan, nie mielibyśmy nawet pojęcia, kim są ci ludzie.

– Nie wiedziałem – odparł Ben, coraz mocniej żałując,

że w ogóle tu przyjechał. – Zauważyłem za to, że dom został splądrowany. – Uważał, że napastnik lub napastnicy poszukiwali czegoś znacznie ważniejszego niż dowody tożsamości. Domyślał się nawet, że chodziło o dzienniki laboratoryjne, ale nie zamierzał dzielić się z policjantem tym podejrzeniem.

– W jaki sposób starał się pan odnaleźć Satoshiego?

– Dzwoniłem do niego wielokrotnie, na telefon komórkowy. Dopiero dziś wybrałem się z wizytą... poza tym nie podejmowałem żadnych kroków.

– Sądząc po tym, jak starannie mordercy usunęli wszelkie dowody tożsamości ofiar, należy się spodziewać, że jeśli zdołali dopaść Satoshiego, zanim tu przybyli, to prawdopodobnie zabrali także jego dokumenty. Nie próbował pan kontaktować się z Wydziałem Osób Zaginionych, żeby choć wykluczyć taką ewentualność, że gdzieś w kostnicy spoczywa ciało niezidentyfikowanego Japończyka?

– Oczywiście, że nie – odparł Ben.

Tom otworzył drzwi, wysiadł i przywołał jednego z mundurowych. Gdy funkcjonariusz podszedł do samochodu, Ben usłyszał, jak Tom rozkazuje mu wrócić do wozu patrolowego i przez radio skontaktować się z Wydziałem Osób Zaginionych w Nowym Jorku, aby ustalić, czy w ciągu ostatnich dwóch dni nie znaleziono zwłok niezidentyfikowanego Japończyka.

Tom wsiadł do range rovera, a czyniąc to, spostrzegł, że Ben dyskretnie zerka na zegarek.

– Przeszkadzamy panu w jakichś ważnych zajęciach?

– Owszem – przyznał Ben. – Poza tym martwię się o chłopca. Nie wie pan, dokąd go zawieziono?

– Najbliższy szpital mamy w Englewood – odparł Tom. – Ale pan pewnie o tym wie; w końcu mieszka pan w Englewood Cliffs. Pańskim zdaniem stan dziecka jest krytyczny?

– O dziwo, nie. Chłopiec jest niewątpliwie odwodniony, ale raczej nie na tyle, by mogło to spowodować uszkodzenie organów wewnętrznych.

– Przypuszczam, że jest już w Hackensack University Medical Center. Zresztą mogę to zaraz potwierdzić. A tymczasem pozwoli pan, że jeszcze o coś zapytam. Czy wiadomo panu coś o tym, by pańska firma, iPS USA, miała jakiekolwiek związki z przestępczością zorganizowaną?

To pytanie oszołomiło Bena do tego stopnia, że mimowolnie gwałtownie zaczerpnął tchu. Nie był przygotowany na coś takiego. Pozbierał się jednak dość szybko i zapytał najspokojniej, jak potrafił:

– A niby dlaczego firma biotechnologiczna, pracująca nad lekiem, który być może umożliwia zwalczanie wielu chorób zwyrodnieniowych, miałaby mieć coś wspólnego ze zorganizowaną przestępczością? Proszę wybaczyć, ale to kompletnie niedorzeczne pytanie.

Brwi Toma uniosły się nieznacznie.

– To ciekawe, że odpowiada pan pytaniem na pytanie – skomentował – zamiast po prostu zaprzeczyć.

– Proszę się nie dziwić, że tak mnie szokuje pytanie sugerujące istnienie związków między moją firmą a mafią w sytuacji, gdy jednocześnie łączy pan to zbiorowe morderstwo z działalnością organizacji przestępczych – odparował Ben. – Mam prawo być wstrząśnięty. To chyba jasne, że pojawiłem się w tym miejscu zupełnie nieświadomy tego, co się stało. Nie wiem absolutnie nic o tej tragedii ani o żadnych sprawach, które mogłyby mieć z nią związek.

Policjant, któremu Tom Janow polecił skontaktować się z Wydziałem Osób Zaginionych, zapukał w szybę. Detektyw otworzył okno i spojrzał na niego pytająco.

– Faktycznie znaleziono zwłoki wyglądem odpowiadające opisowi – zameldował funkcjonariusz. – Badają je w OCME w Nowym Jorku.

– Dziękuję, Brian – odpowiedział Tom. Spojrzał na Bena, unosząc jedną brew. – Zdaje się, że robimy postępy – rzekł, po czym znowu zwrócił się do policjanta: – Wracaj i dowiedz się jeszcze, dokąd zabrano chłopca znalezionego w tym domu.

Policjant zasalutował niedbale i odszedł w kierunku swego wozu.

– Może, ale tylko może udało nam się rozwiązać zagadkę Satoshiego – powiedział Tom – która najprawdopodobniej jest kluczem do wyjaśnienia tragedii sześciorga ludzi mieszkających w tym domu.

– Może – zgodził się Ben bez entuzjazmu. Chwilę wcześniej wydawało mu się, że nie może być już bardziej zdenerwowany, ale mylił się. Odnalezienia Satoshiego w żadnym razie nie postrzegał jako pozytywnego kroku w sprawie. Jeśli Satoshi był martwy, rzecz jasna.

– Coś panu powiem – odezwał się Tom, jakby wyczuwał jego niepokój. – Chętnie zadałbym panu jeszcze parę pytań, ale może pozwolę panu najpierw pojechać do dziecka. Ja sam będę musiał teraz wejść do domu i przyjrzeć się temu, czego wcale nie mam ochoty oglądać. Musi pan jednak obiecać mi dwie rzeczy. Po pierwsze, po spotkaniu z chłopcem zadzwoni pan do mnie, a następnie pojedzie do OCME w Nowym Jorku i zidentyfikuje – lub nie, bo i tak może się zdarzyć – ciało, które znajduje się w tamtejszej chłodni. Po drugie, wróci pan tutaj, a jeśli już mnie tu nie będzie, stawi się pan na komisariacie policji okręgu Bergen, również w Hackensack. Umowa stoi?

– Stoi – odparł Ben, marząc o tym, by wyrwać się wreszcie z tego miejsca.

– Chwileczkę! Niech pan zaczeka; dowiem się jeszcze, dokąd zabrano dzieciaka.

Tom wysiadł z range rovera. Jednocześnie uczynił to śledczy z prokuratury okręgowej, który w milczeniu przysłuchiwał się rozmowie.

Wielkie nieba, pomyślał Ben, gdy wreszcie został sam we własnym samochodzie. Nie podobała mu się ani jedna sekunda rozmowy z Tomem. Wzdrygnął się na samą myśl o tym, jak beznadziejnie chwilami odpowiadał i jak marnie grał. Umiał za to spojrzeć prawdzie w oczy: właśnie wziął udział w przesłuchaniu, w którym absolutnie nie zabłysnął. W nagłym przypływie paranoicznych myśli uznał nawet, że jedynym pozytywnym elementem całej rozmowy było to, że nie odczytano mu jeszcze praw Mirandy.

Ben wyprostował się i odetchnął, próbując się opanować. Dobrze przynajmniej, pomyślał, że ta rozmowa – czy cokolwiek to było – dobiegła wreszcie końca, a zanim podejmiemy ją na nowo, będę miał czas do namysłu.

Włączył silnik i otworzył okno, zobaczywszy, że Tom Janow podchodzi do samochodu od jego strony.

– Tak jak podejrzewałem, dziecko zostało zabrane do Hackensack University Medical Center. Mam nadzieję, że nic mu nie jest. Proszę, niech pan weźmie moją wizytówkę. – Podał Benowi biały kartonik. – Jest tam numer mojej komórki. Niech pan do mnie zadzwoni zaraz po identyfikacji w OCME, bez względu na wynik.

– Niech pan zaczeka – odpowiedział Ben, gdy Tom miał się już oddalić. – Chciałbym coś zasugerować. Martwię się, że chłopiec jest w niebezpieczeństwie. Jasne jest dla mnie, że ktokolwiek zabił całą tę rodzinę, zapewne chciałby zabić i dziecko. Gdy się dowie o jego istnieniu, może spróbować dokończyć robotę.

– Słusznie – odparł Tom. – Dzięki za tę sugestię. Natychmiast każę przydzielić mu ochronę.

Droga do Hackensack University Medical Center była całkiem prosta i choć prowadziła przez kilka małych miasteczek, Ben szybko dotarł na miejsce. Mając tablice rejestracyjne lekarza medycyny, bez skrupułów wjechał na parking dla lekarzy, tuż obok wejścia do oddziału nagłych wypadków, choć wiedział, że nie powinien tego robić. Wizyta w domu Satoshiego Machity była znacznie bardziej przerażającym doświadczeniem, ale i w szpitalu nie było zbyt przyjemnie, zwłaszcza człowiekowi po tak trudnych przejściach. Z drugiej jednak strony, nawet jeśli zginęła cała rodzina Satoshiego, włącznie z nim – co nie jeszcze takie pewne – to niewielkie było ryzyko zmiany statusu umowy licencyjnej, która zapewniała firmie iPS USA wyłączność na korzystanie z patentów badacza. Gdyby doszło do takiej zmiany – to dopiero byłaby prawdziwa katastrofa. Jednak dzięki temu, że Satoshi nalegał, by przygotować testamenty dla niego i jego żony, Ben wciąż miał asa w rękawie, nawet jeśli brakowało podpisu Yunie-Chan pod jej ostatnią wolą. Posiadał mianowicie testament Satoshiego oraz porozumienie powiernicze, pod którym podpis żony nie był konieczny. Oba dokumenty były potwierdzone notarialnie, a na ich mocy Ben miał zostać powiernikiem majątku dziecka, w tym także praw patentowych. Wszystko to oznaczało, że po sądownym zatwierdzeniu testamentu Ben będzie w imieniu Shigeru decydował o losach umowy licencyjnej i nic nie będzie stało na przeszkodzie, by odnowić ją po jakimś czasie.

Niestety, wizyta w szpitalu poważnie podważyła optymistyczną wizję Bena, a to, co jeszcze niedawno wydawało mu się pocieszeniem i podstawą zachowania pozytywnego *status quo* – testament i porozumienie powiernicze – mogło stać się wkrótce nic niewartym plikiem papierów.

Zaczęło się od tego, że wszedł do zatłoczonego holu oddziału nagłych wypadków i dla wzbudzenia stosownego szacunku przedstawił się jako doktor Benjamin Corey. Niestety, bezskutecznie – umęczony recepcjonista nie dał się nabrać i Ben był zmuszony stanąć w ogonku oczekujących jak wszyscy inni.

– Szukam małego chłopca, którego niedawno tu przyjęto – powiedział, gdy wreszcie nadeszła jego kolej. – Przywiozła go karetka. Nazywa się Shigeru Machita, ma mniej więcej półtora roku. Jest jeszcze tutaj czy przyjęto go na inny oddział?

Recepcjonista, ubrany w strój chirurgiczny, nie miał ani chwili spokoju, ponieważ współpracownicy wciąż nękali go pytaniami, ale wytrwał dzielnie i odpowiedział Benowi:

– Od południa nie przyjęto tu nikogo, kto nazywałby się Shigeru Machita – stwierdził, unosząc głowę znad ekranu.

– Niemożliwe – odparł Ben. – Według policji trafił właśnie tu. Może pod innym nazwiskiem? – zasugerował.

– Jeśli tak, to musi mi pan powiedzieć, pod jakim.

– Naturalnie – odrzekł Ben, uderzając otwartą dłonią w czoło. – Może spróbuje pan poszukać czegoś standardowego, na przykład „nieznane dziecko".

– O, mamy coś takiego! – ucieszył się recepcjonista, a potem krzyknął do jednego z kolegów, że zaraz do niego przyjdzie. – Jest „nieznane dziecko" – dodał, spoglądając na Bena. – To może być to?

– Może – odparł Ben. – O której został przywieziony?

– O czternastej dwadzieścia dwie.

– To by się zgadzało. Gdzie go znajdę?

– Jest na pediatrii, pokój czterysta dwadzieścia siedem.

– Zapamiętam. Ale gdzie to jest?

Recepcjonista najpierw udzielił mu pospiesznie całej serii dość skomplikowanych wskazówek, a potem poradził, by po prostu trzymać się niebieskiej linii wytyczonej na podłodze. Ben naturalnie zaraz zapomniał o wskazówkach i pozwolił, by niebieska linia poprowadziła go przez labirynt korytarzy aż do wind.

Wysiadł na czwartym piętrze i choć panował tu spory ruch, jedna z pielęgniarek natychmiast go zauważyła.

– Przepraszam! – zawołała. – W czym mogę pomóc?

Ben podszedł do kontuaru stanowiska pielęgniarek. Na identyfikatorze siostry odczytał imię Sheila.

– Doktor Ben Corey – przedstawił się. – Przyszedłem do chłopca zgłoszonego jako nieznane dziecko. Pokój czterysta dwadzieścia siedem.

– To miło – odpowiedziała szczerze Sheila. Była korpulentną kobietą o ciemnej cerze i ciemnych włosach średniej długości, rozjaśnionych blond pasemkami. – Jestem siostrą oddziałową. Mieliśmy nadzieję, że ktoś się pojawi. Maluszek nie powiedział jeszcze ani słowa. Podobno jego rodzice zginęli; to było zbiorowe morderstwo?

– Jak na razie wiadomo tylko, że matka zginęła – odparł Ben, mając nadzieję, że tak już pozostanie. – Ojciec zaginął. Jaki jest stan dziecka?

– Niezły, jak na to, co musiało przeżyć. Chłopiec był odwodniony, gdy trafił do szpitala, ale już się tym zajęliśmy. Poziom elektrolitów jest prawidłowy; je i pije bez problemu. Jest jednak bardzo cichy i prawie się nie rusza. Tylko patrzy na nas tymi wielkimi, ciemnymi oczami. Żeby tak coś powiedział albo chociaż zapłakał...

– Chciałbym go teraz zobaczyć.

– Obawiam się, że nie mogę na to pozwolić, ale niech pan porozmawia z policjantem, który go pilnuje.

Ben tak właśnie zrobił. Strażnik najpierw spojrzał na jego dowód tożsamości, a potem na listę lekarzy, których wolno mu było wpuścić. Nie chciał ustąpić, póki Ben nie zaproponował mu, by zadzwonił do porucznika Janowa. To wystarczyło, by zezwolił mu wejść do środka w towarzystwie Sheili.

Było tak, jak mówiła: Shigeru leżał nieruchomo na plecach. Szeroko otwarte oczy skierował na Bena, który stanął przy jego łóżku.

– Hej, wielkoludzie! – powiedział Ben, a potem wyciągnął rękę i delikatnie uszczypnął chłopca w rączkę. Gdy cofnął dłoń, skóra natychmiast wróciła do poprzedniego kształtu. Kiedy Shigeru siedział w range roverze, było znacznie gorzej, co wskazywało jednoznacznie na odwodnienie organizmu. – Dbają tu o ciebie? – Ben odwrócił butelkę wiszącą na stojaku, by sprawdzić, co podaje się dziecku przez kroplówkę.

– *Okasan* – powiedział nagle Shigeru.

Ben i Sheila spojrzeli po sobie.

– Co to znaczy? – spytał Corey.

– Nie mam pojęcia.

– To pewnie po japońsku.

– Nawet tego nie wiem – westchnęła Sheila. – Ale cieszmy się, bo w końcu coś powiedział. Musiał pana rozpoznać.

– Pewnie dlatego, że dziś już mnie widział. Wcześniej spotkaliśmy się tylko dwa razy, przelotnie. Ale to dobry znak. Jeśli jego ojciec nie zostanie wkrótce odnaleziony, zostanę jego opiekunem prawnym.

– Naprawdę? – zdziwiła się Sheila. – Nie wiedzieliśmy.

– Mówiłem o tym ratownikowi, który go tu przywiózł – wyjaśnił Ben. – Podałem mu nawet imię i nazwisko chłopca: Shigeru Machita.

– Myślę, że powinien pan porozmawiać o tej sprawie z kimś z opieki społecznej.

– Naturalnie – odparł Ben. Spojrzał na zegarek. Nie miał wiele czasu, bo zobowiązał się, że pojedzie jeszcze do centrum, ale z drugiej strony uważał, że wyprostowanie sprawy tożsamości dziecka i być może kwestii jego ubezpieczenia jest ważne.

Gdy Sheila wyszła, by sprowadzić pracownicę opieki społecznej, Ben został w pokoju Shigeru i spróbował skłonić chłopca, by powiedział coś jeszcze albo przynajmniej zareagował na delikatne łaskotki. Mały milczał, ale prawidłowo reagował na dotyk.

Pięć minut później Sheila wróciła w towarzystwie wysokiej i atrakcyjnej Latynoski, ubranej w błękitną, jedwabną sukienkę i długi, biały kitel. Na imię miała, rzecz jasna, Maria, a na nazwisko Sanchez.

Sheila przedstawiła ich sobie, a gdy tylko skończyła, Maria zaproponowała, by porozmawiali w pokoju pielęgniarek. Zachowywała się jak bizneswoman bardzo poważnie traktująca swoją pracę.

– Sheila wspomniała, że podał pan ratownikowi medycznemu imię i nazwisko dziecka i że jest pan jego opiekunem prawnym – powiedziała Maria, gdy tylko usiedli w pokoju, odizolowani od zgiełku panującego na korytarzu.

– Rzeczywiście podałem imię i nazwisko dziecka, ale opiekunem prawnym zostanę, gdy testament ojca zostanie sądownie zatwierdzony. Naturalnie wszystko to przy założeniu, że ojciec dziecka także zginął, a istnieje taka obawa. Szczerze mówiąc, dziwię się, że ratownik nie zadał sobie trudu, żeby z państwem porozmawiać.

– Na oddziale nagłych wypadków zwykle nie ma na to czasu.

Niepotrzebne mi wykłady o trudach tej pracy, pomyślał Ben, który sam jako rezydent spędził sporo czasu na oddziale nagłych wypadków. Miał wrażenie, że z tonu i zachowania Marii odczytuje niestosowną niechęć. Zdawało mu się wręcz, że jest traktowany jako podejrzany typ, który próbuje wejść z butami w nieswoje sprawy i porwać osierocone dziecko.

– Przykro mi, że ratownik nie przekazał żadnych informacji – dodała Maria. – Ale zostawmy to. Proszę powiedzieć, co dokładnie łączy pana z tym dzieckiem.

– Sytuacja nie jest jasna. Jestem albo byłem – odrzekł Ben dość oficjalnym tonem – pracodawcą jego ojca.

– Czy to znaczy, że nie wiadomo jeszcze, co się stało z ojcem? Powiedziano nam, że oboje rodzice zostali zamordowani.

– Matka tak, ale nie ojciec. W tej chwili nie wiadomo, gdzie przebywa, choć zdaniem niektórych on także może już nie żyć.

– Dlaczego więc uważa pan, że zostanie opiekunem prawnym chłopca?

Ben milczał przez chwilę, zastanawiając się, po co w ogóle odpowiada na te pytania. Powinien po prostu pojechać do biura i przywieźć testament Satoshiego. Zaraz jednak przypomniał sobie, że testament nie został jeszcze sądownie zatwierdzony.

– Słyszał pan moje pytanie?

– Tak, ale zaczynam czuć się tu jak na przesłuchaniu i myślę, że to trochę niestosowne podejście do sprawy.

– Dlaczego nie przyjechał pan razem z dzieckiem?

– Nie z własnej woli. Zatrzymała mnie policja, po tym jak przypadkowo odkryłem ofiary tego zbiorowego zabójstwa. Znalazłem też dziecko, ukryte w domu, w którym doszło do zbrodni.

– No cóż. Proszę pozwolić, że poinformuję pana, co zaszło w szpitalu pod pańską nieobecność. Nie mając ani nazwiska, ani żadnych informacji o dziecku, skontaktowałam się z pracownicą – Wydziału Spraw Rodzinnych w New Jersey, podlegającego Departamentowi Dzieci i Rodzin. Ona z kolei natychmiast zasięgnęła opinii prawników z Wydziału, którzy niezwłocznie uzyskali z sądu rodzinnego decyzję o wyznaczeniu opiekuna tymczasowego – którym został właśnie Wydział – abyśmy mogli zająć się dzieckiem nie tylko doraźnie. Na razie nie było konieczności poważniejszego leczenia, ale fakt pozostaje faktem: opiekunem jest Wydział Spraw Rodzinnych i niestety musi się pan z tym pogodzić.

– A jeśli przedstawię testament ojca prawnikom Wydziału?

– To nie ma znaczenia. Żaden ich prawnik nie może zmienić postanowienia sądu. Może to uczynić jedynie sam sąd rodzinny, a pan nie może zgłosić się do sądu z testamentem, który nie został jeszcze zatwierdzony. Nie wie pan też, gdzie przebywa ojciec, czy żyje, w jakim jest stanie – wobec tylu niewiadomych nie uzyska pan zatwierdzenia testamentu. Tak więc, chcąc nie chcąc, musi pan pogodzić się z tym, że tymczasowym opiekunem prawnym chłopca jest Wydział Spraw Rodzinnych.

Krótki wywód Marii lekko oszołomił Bena.

– Pozwoli pan, że zapytam jeszcze o coś – dodała po chwili milczenia. – Dziecko prawdopodobnie jest japońskiego, a na pewno azjatyckiego pochodzenia. Gdy pan się pojawił, według Sheili wypowiedziało jedno słowo – nie po angielsku. Pytanie więc brzmi: czy jest obywatelem Stanów Zjednoczonych?

– Nie, jest Japończykiem – odparł Ben.

– Wobec tego powiem panu z doświadczenia, że sprawa jest jeszcze bardziej skomplikowana. Radzę, żeby niczego nie przyjmował pan za pewnik. Sędzia, który zajmie się sprawą testamentu, nie będzie podejmował decyzji wyłącznie na podstawie dokumentów, ale przede wszystkim na podstawie własnej oceny tego, co będzie leżało w najlepszym interesie dziecka.

– Ach tak – odpowiedział Ben, czując, że ogarnia go nowa fala niepokoju. Aż do tej chwili wierzył, że umowa licencyjna jest bezpieczna i nie może ulec zmianie. Teraz nagle dowiedział się od kobiety, w której doświadczenie w sprawach rodzinnych nie wątpił, że zmienić może się wszystko – zależnie od tego, co zostanie uznane za „najlepszy interes dziecka". W głębi duszy musiał zresztą przyznać, że trudno było sensownie usprawiedliwić połączenie roli powiernika majątku, do którego należały patenty, z rolą dyrektora generalnego firmy iPS USA, która z tych patentów korzystała. Między tymi dwiema rolami istniał poważny konflikt interesów. Jakby tego było mało, istniała możliwość, że iPS USA całkowicie utraci kontrolę nad patentami Satoshiego. Przed wizytą w szpitalu był pewny, że zostanie opiekunem prawnym oraz powiernikiem majątku małego Shigeru. Teraz wiele wskazywało na to, że może nie zostać ani jednym, ani drugim.

Ben zjechał z trasy Roosevelta na Trzydziestą Czwartą Ulicę i posuwając się na południe, dotarł do Drugiej Alei. Im bliżej był gmachu OCME, tym większe odczuwał zdenerwowanie tym wszystkim, co go czekało: koniecznością powrotu na dodatkowe przesłuchanie do detektywa z okręgu Bergen, zagrożeniem, iż kluczowa umowa licencyjna zawarta przez iPS USA może ulec zmianie, a przede wszystkim przykrą procedurą identyfikacji zwłok Satoshiego. Przez kilka przecznic zastanawiał się, czy nie warto celowo nie rozpoznać ciała, ale porzucił tę myśl, służyłoby to bowiem jedynie odwleczeniu w czasie tego, co i tak było nieuniknione, a jednocześnie skierowałoby na niego niepotrzebne podejrzenia. Ben rozumiał, że cała nadzieja w tym, iż uda mu się uniknąć jakichkolwiek podejrzeń o udział w całej sprawie. Musiał współpracować z władzami.

Zaparkował w bocznej uliczce nieopodal OCME. Zanim wszedł do budynku, zatrzymał się jeszcze na chwilę – nie ze strachu przed tym, co miał zobaczyć w kostnicy; widział w życiu wystarczająco wielu nieboszczyków, by zaakceptować fakt, iż śmierć jest nieodłączną częścią życia. Jako student uczestniczył nawet – jako widz – w sekcjach zwłok! Zatrzymał się przed wejściem, ponieważ intuicja podpowiadała mu gromkim głosem, że śmierć Satoshiego, nawet jeśli nie miał z nią nic wspólnego, wywrze wielki wpływ na jego życie.

Próbując zebrać w sobie odwagę, Ben przypomniał sobie, że wciąż jeszcze jest szansa na to, że przechowywane w OCME zwłoki to nie ciało Satoshiego Machity.

A nawet jeśli, to przecież nie ma żadnego powodu, by nie poradził sobie z wszelkimi przeciwnościami, które mogłyby z tego wyniknąć. Zawsze liczyła się niewiedza. Błędy rodziły się wyłącznie z niewiedzy. Jeśli Satoshi naprawdę nie żył, najlepiej było wiedzieć o tym od razu, zanim dowiedzą się inni. Jeśli była to śmierć z przyczyn naturalnych, może nie niosła za sobą absolutnie żadnych konsekwencji.

Nieznacznie podniesiony na duchu Ben otworzył połówkę podwójnych drzwi i wszedł do gmachu OCME. Spojrzał na zegarek. Do siedemnastej pozostał nieco ponad kwadrans. Cokolwiek miało się wydarzyć, nie chciał, by trwało nazbyt długo: pamiętał, że musi jeszcze wrócić na miejsce zbrodni albo zajechać do komisariatu okręgu Bergen, by spotkać się ponownie z Tomem Janowem i odpowiedzieć na nowe pytania, nim wreszcie będzie mógł wrócić do domu.

Hol był pełen ludzi – najwyraźniej większość personelu inspektoratu wybierała się do domu po długim dniu pracy. Ben przecisnął się przez tłum i dotarłszy do recepcji, zapytał o Rebeccę Marshall, z którą rozmawiał wcześniej przez telefon. Powiedziano mu, że Rebecca wkrótce po niego przyjdzie.

Usiadł na starej, winylowej kanapie, obserwując ludzi gawędzących w małych, nieustannie mieszających się ze sobą grupkach. Jedni wychodzili, inni dołączali do rozmawiających. Zastanawiał się, czy zdają sobie sprawę, jak niezwykła jest ich praca i czy kiedykolwiek dyskutują o tym między sobą. Zapewne nie – oto doskonały przykład zdolności adaptacyjnych ludzkiego organizmu.

– Panie Corey – zawołał ktoś tuż obok niego.

Ben spojrzał w prawo. Czarnoskóra kobieta o miłej, łagodnej twarzy i gęstych, kręconych, siwych włosach jakimś sposobem zdołała podejść go niezauważona. Przyciskała do piersi szarą kopertę i plik innych papierów.

– Jestem Rebecca Marshall. Zdaje się, że rozmawialiśmy wcześniej.

Podeszli do drzwi po prawej stronie holu. Rebecca wpuściła Bena do środka i weszła za nim.

– To pomieszczenie nazywamy rodzinnym pokojem identyfikacji – wyjaśniła.

Był to pokój średniej wielkości, wyposażony w niebieską sofę, duży, okrągły stół z drewna oraz osiem drewnianych krzeseł. Na ścianach wisiało kilka oprawionych zdjęć dużego formatu, przedstawiających zniszczenia wywołane atakiem z 11 września. Na każdym z nich widniał u dołu napis „Nie zapomnij".

– Proszę – dodała Rebecca, wskazując na jedno z krzeseł. Usiedli oboje. – Jak już mówiłam przez telefon, jestem pracownicą zespołu identyfikacji. Zapewne domyśla się pan, że ustalenie tożsamości każdego ciała, które jest dostarczane do OCME, jest dla nas niezwykle ważne. Zazwyczaj identyfikacji dokonują członkowie rodziny. Jeśli nie możemy na nich liczyć, zwracamy się do przyjaciół i współpracowników zmarłego. Innymi słowy, do wszelkich osób, które go znały. Rozumie pan?

Ben skinął głową. Niepotrzebny mi kolejny wykład, pomyślał. Pokaż mi tego cholernego trupa i wyniosę się stąd.

– To dobrze – ciągnęła Rebecca. – Zacznijmy od tego, że obejrzę pański dowód tożsamości. Jakikolwiek oficjalny dokument ze zdjęciem; może być prawo jazdy. – Z pliku papierów, które przyniosła ze sobą, Rebecca wyjęła czysty formularz identyfikacyjny.

Ben wyjął i podał jej prawo jazdy. Gdy upewniła się, że jest tym, za kogo się podaje, zapisała kilka danych w formularzu. Jej ton i gestykulacja były doskonale wyćwiczone; zachowywała się spokojnie i z szacunkiem, dając Benowi poczucie, że potrafiłaby się zachować kompetentnie w każdej sytuacji – i wobec scen szalonej rozpaczy, i wobec pozornej obojętności, którą teraz jej okazywał. Załatwiwszy sprawę dowodu tożsamości, Rebecca otworzyła akta sprawy – grubą teczkę zabezpieczoną gumką – i wyjęła z niej kilka fotografii wykonanych aparatem cyfrowym. Powoli i starannie ułożyła je rzędem przed Benem, który celowo nie odrywał wzroku od jej oczu. Gdy skończyła, jeszcze przez moment spoglądali na siebie, a potem Ben opuścił głowę i skupił się na zdjęciach.

Była to seria zbliżeń twarzy – z przodu i z boków. Wykonano je specjalnie z myślą o procedurze identyfikacyjnej, dlatego ręcznik przykrywał inne części ciała, aby nie były widoczne.

Ben natychmiast rozpoznał Satoshiego, ale siłą woli zachował kamienną twarz. Właściwie nie wiedział, dlaczego to zrobił. Przez chwilę milczeli oboje – Rebecca dała mu czas do namysłu. Ciszę zakłócał jedynie daleki pogwar rozmów, dobiegający zza zamkniętych drzwi.

– Nazywa się Satoshi Machita – rzekł wreszcie Ben, nie przestając wpatrywać się w kolekcję zdjęć mocno oświetlonej twarzy. Nie wiedział nawet, że w jego głosie pobrzmiewało rozczarowanie, które Rebecca wzięła zapewne za namiastkę rozpaczy. Teraz naprawdę się zacznie, pomyślał Ben. Nagle uświadomił sobie, że nie byłoby dobrze, ba, byłoby wręcz całkowicie niestosownie, gdyby okazywał emocje. Uniósł głowę i spojrzał na urzędniczkę. – Sądziłem, że będę musiał oglądać zwłoki, jak w filmach.

– Nie – odpowiedziała spokojnie Rebecca. – Od lat posługujemy się zdjęciami. Zanim pojawiły się aparaty cyfrowe, używaliśmy Polaroidów. Większość ludzi zdecydowanie lepiej znosi widok fotografii, zwłaszcza gdy zmarły należał do najbliższej rodziny albo gdy jego twarz została poważnie uszkodzona. Jeśli jednak krewni koniecznie chcą zobaczyć denata, nie robimy przeszkód. Pan wolałby rzucić okiem na ciało? Pomogłoby to panu w identyfikacji?

– Nie – odparł Ben. – To na pewno Satoshi Machita. Nie muszę oglądać zwłok.

Chciał wstać, ale Rebecca położyła dłoń na jego ręce z delikatnością, której nie spodziewał się po pracownikach tej instytucji.

– Obawiam się, że to jeszcze nie wszystko – powiedziała. – Najpierw jednak muszę zapytać pana o zdanie. Lekarka, która pracuje nad tą sprawą, jest jeszcze w budynku. Powiedziałam jej, że przyjdzie pan dokonać identyfikacji, a wtedy poprosiła o spotkanie z panem. Skoro znał pan zmarłego, chciałaby zadać panu kilka pytań.

W pierwszym odruchu Ben chciał odmówić. Ostatnią rzeczą, której sobie teraz życzył, było przesiadywanie w OCME, zwłaszcza że czekała go jeszcze niełatwa rozmowa z detektywem Janowem. Bardzo chciał mieć ją już za sobą, a potem wrócić do domu mniej więcej o tej godzinie, na którą umówił się z żoną, gdy dzwonił do niej po wyjściu ze szpitala. Po chwili jednak zmienił zdanie. Może byłoby dobrze zmarnować nieco więcej czasu, wykonując misję, którą zlecił mu detektyw? Mógłby wtedy poskarżyć mu się, że zatrzymano go w OCME na dłużej, i wymigać się jakoś od spotkania z Janowem. Zdecydowanie wolał odpocząć przed finałem przesłuchania. Poza tym był nawet ciekaw, co się przytrafiło Satoshiemu, a rozmowa z patomorfologiem dawała nadzieję na poznanie interesujących szczegółów.

– Mogę w tej chwili zadzwonić do niej i spytać, czy może do nas zejść – ciągnęła Rebecca. – Zanim tu dotrze, zakończymy resztę formalności. Chciałabym, żeby odpowiedział pan już teraz, żebym zdążyła ją złapać, zanim wyjdzie.

– Zgoda – odparł Ben. – Pod warunkiem że załatwimy to teraz i w miarę szybko. Dziś wieczorem czeka mnie jeszcze jedno spotkanie w New Jersey.

Obawiając się, że Corey może zmienić zdanie, Rebecca natychmiast zadzwoniła do gabinetu Laurie. Gdy tylko Laurie usłyszała jej głos, chciała przerwać rozmowę, mówiąc:

– Mam teraz ważne spotkanie, ale niedługo się kończy. Mogę do ciebie oddzwonić za parę minut?

– Nic z tego. Dżentelmen, o którym wspominałam ci wcześniej, musi niedługo jechać na spotkanie w New Jersey, a ja i tak zajęłam mu już zbyt wiele czasu. Przyjechał tu specjalnie, żeby pomóc nam w identyfikacji – i pomógł. Znamy już nazwisko denata.

– Fantastycznie! – ucieszyła się Laurie. – Zaczekaj chwilę.

Rebecca usłyszała teraz stłumiony szmer rozmowy. Po chwili w słuchawce znowu rozległ się głos Laurie.

– Już schodzimy! – powiedziała i zakończyła połączenie.

Rebecca jeszcze przez chwilę spoglądała na swój telefon, jakby miał jej wyjaśnić, co Laurie miała na myśli, używając liczby mnogiej. Wreszcie odłożyła słuchawkę i zwróciła się do Bena:

– Pani doktor jest już w drodze.

– Tak, słyszałem – odparł Ben.

– Dokończmy więc szybko. Chcę, żeby napisał pan na odwrocie tych zdjęć zdanie „To jest Satoshi Machita” i złożył podpis.

– W porządku.

– Zna pan ostatni adres pana Machity?

– Adres znam, nie znam numeru telefonu, ale mam go w biurze.

– Orientuje się pan, czy pan Machita cierpiał na jakieś schorzenia, może miał jakieś stare urazy? Znaki szczególne?

– Nie mam pojęcia. Sprawiał wrażenie zdrowego.

Słuchając odpowiedzi, Rebecca systematycznie wypełniała kolejne pola formularza identyfikacyjnego.

– Co łączyło pana ze zmarłym? To już ostatnie pytanie.

– Byłem jego pracodawcą – odparł Ben.

Rozdział 32

26 marca 2010
piątek, 16.58

Laurie weszła do windy jako pierwsza. Wcisnęła guzik z literą P, a zaraz po nim następny, wstrzymujący zamykanie drzwi, by wpuścić do kabiny detektywa Lou Soldano oraz Jacka. Dopiero wtedy zwolniła drzwi, które natychmiast się zamknęły.

Rzadko bywała tak zadowolona z siebie. Tuż przed rozmową z Rebeccą zakończyła swą minikonferencję – mini, bo uczestniczyli w niej tylko Jack i Lou – na temat jedynych spraw, które prowadziła: do niedawna były to sprawy dwóch niezidentyfikowanych Japończyków, a od paru chwil już tylko jednego.

W niespełna pięć minut Laurie dowiodła – ku zadowoleniu Jacka i Lou – że pacjent numer dwa, najprawdopodobniej żołnierz jakuzy, na co wskazywały rozległe tatuaże, perły wprowadzone do penisa oraz fakt, że brakowało mu paliczka dalszego w małym palcu lewej dłoni, zamordował pacjenta numer jeden podczas napadu na stacji metra, przy współudziale jeszcze jednego osobnika, również pochodzącego z Japonii. Dowiodła też tego, że zbrodnię popełniono za pomocą karabinka pneumatycznego ukrytego w parasolu, przez który zaaplikowano ofierze śmiertelną dawkę substancji zwanej tetrodotoksyną.

Wiadomość dotycząca tetrodotoksyny była jeszcze nie-oficjalna, ale Laurie nie miała wątpliwości, że i ona zostanie potwierdzona. Wspominając o niej podczas prezentacji, zastrzegła, że oczekuje opinii Johna DeVriesa. Dane ze spektrometru mas nie budziły wątpliwości, ale John mimo wszystko chciał je zweryfikować, przeprowadzając porównawcze badanie znanej próbki tetrodotoksyny, pozyskanej przez Laurie z pobliskiego szpitala.

– Nie do wiary, że tak wiele osiągnęłaś w ciągu zaledwie dwóch dni – rzekł Lou. – Jesteś lepsza niż niejeden zespół śledczy. Powinnaś zapewniać jedynie wsparcie detektywom, a ty odwaliłaś i swoją, i naszą robotę. Coś niebywałego.

– Dziękuję – odrzekła skromnie Laurie. Czuła, że się rumieni; takie komplementy z ust Lou znaczyły dla niej bardzo wiele. – Na nagraniach z monitoringu widać było dwóch sprawców zabójstwa – przypomniała, by czym prędzej odwrócić uwagę Lou od siebie. – Mam nadzieję, że weźmiesz to pod uwagę.

– Bez obawy, nie zapomnę. Z tego, co mówiłaś, wynika, że możemy się spodziewać rychłego wyłowienia kolejnego ciała gdzieś w okolicy portu. Dobrze, że zaraz poznamy tożsamość pierwszej ofiary. Będzie od czego zacząć śledztwo. Jak mówiłem dziś rano, najbardziej boję się tego, że jesteśmy świadkami początku wyjątkowo zażartej wojny o wpływy.

– Nie wydaje mi się, żeby pacjent numer jeden należał do jakuzy – powiedziała Laurie.

– To się okaże – odparł Lou.

– I pomyśleć, że sam próbowałem cię zniechęcić do pracy – odezwał się po raz pierwszy Jack.

– Naprawdę próbowałeś? – zdziwił się Lou i spojrzał pytająco na Jacka.

– Tak – potwierdził Jack. – Przeczuwałem, że chodziło

o śmierć z przyczyn naturalnych, a negatywny wynik sekcji zdawał się to potwierdzać. Nie chciałem więc, żeby Laurie angażowała wszystkie siły w coś, co nie mogło przynieść rezultatów. Nie w przypadku pierwszej sprawy po długiej przerwie.

– To prawda – powiedziała Laurie. – Najpierw starał się mnie przekonać, żebym nie oglądała nagrań z kamer, na co zresztą poświęciłam sporo czasu. A potem oczywiście podrzucił mi jeszcze list z pogróżkami. Muszę powiedzieć, Jack, że to był cios poniżej pasa. I pewnie boleśnie to odczułeś, że ani jednym słowem nie zareagowałam na twój żarcik.

– Jaki znów „list z pogróżkami"? – spytał natychmiast zaniepokojony Lou.

– Od czasu do czasu dostajemy tu listy i e-maile od paranoików, którzy zupełnie nie rozumieją naszej roli w śledztwie – wyjaśniła Laurie. – Zazwyczaj oddajemy je do recepcji, skąd trafiają do biura ochrony – i na tym koniec. Ci ludzie zwykle kogoś opłakują i są w fazie gniewu; nie potrafią poradzić sobie ze stratą członka rodziny, próbują znaleźć winnego. Kiedyś bardzo to przeżywałam, ale z czasem człowiek do wszystkiego się przyzwyczaja. To nic wielkiego.

Drzwi kabiny rozsunęły się i wszyscy troje wyszli na korytarz. Jack położył dłoń na ramieniu Laurie i powiedział z naciskiem:

– Nie podrzuciłem ci żadnego listu z pogróżkami! Nigdy nie zrobiłbym czegoś takiego.

Laurie przekrzywiła głowę i spojrzała na niego z ukosa.

– Nie napisałeś listu, w którym groziłeś mi poważnymi konsekwencjami, jeśli nie przerwę pracy nad moją pierwszą sprawą?

– Uroczyste słowo honoru, że nie.

– Na pewno? – nie dowierzała Laurie. – Bo tak się składa, że pasuje mi ten list do twojego poczucia czarnego humoru. Zwłaszcza że całkiem serio starałeś się namówić mnie do odpuszczenia sobie tej sprawy.

– Możliwe, że kojarzy ci się to z moim stylem, ale zapewniam, że nigdy nie wykręciłbym ci takiego numeru.

– Co konkretnie napisano w tym liście? – spytał Lou.

– Nie pamiętam dokładnie; wiem, że był krótki i rzeczowy. Że jeśli nie przestanę pracować nad tą sprawą, będą konsekwencje. I że jeśli pójdę z tym listem na policję, też będą konsekwencje. Był rzeczowy, ale i okropnie melodramatyczny. Wszystkie listy, które dotąd dostawałam, były nieskończenie kwieciste i pełne obelg. Ten był krótki i może dlatego pomyślałam, że to żart. Marlene napisała mi, że ktoś go wsunął pod drzwiami frontowymi. Zostawiła go na klawiaturze mojego komputera.

– Chciałbym obejrzeć ten list – rzekł Lou ze śmiertelną powagą.

– Nie ma sprawy – odpowiedziała z udawaną obojętnością. Może i czuła się odrobinę winna, ale nie podobało jej się to, co czuła: że jest osądzana w chwili swego wielkiego triumfu. – Ale teraz chodźmy na spotkanie z dobrym samarytaninem, który zidentyfikował nam pacjenta numer jeden. Potem zajrzymy do mnie i rzucimy okiem na list.

Rozdział 33

26 marca 2010
piątek, 17.08

– Tak sobie myślę, że chyba jednak już pójdę – rzekł
Ben, odsuwając krzesło. Wstał i rozciągnął zastałe mię-
śnie. Czekał zaledwie kilka minut, ale nie był już przekonany, czy chce odpowiadać na dodatkowe pytania.
Z jednej strony, pragnął wykazać się chęcią do współpracy, ale z drugiej – ujawnienie zbyt wielu informacji przed
zasięgnięciem opinii prawnika chyba nie leżało w jego
najlepszym interesie. Nie miał pojęcia, czy śmierć Satoshiego ma coś wspólnego z sześcioma zgonami w New
Jersey, ale było to bardzo prawdopodobne. Jako ten, który odkrył zbrodnię i zidentyfikował ciało Satoshiego, był
teraz mocno zamieszany w tę sprawę. Czuł, że najlepiej
będzie ograniczyć zarówno udział w dochodzeniu, jak
i ujawnianie dalszych faktów. Nie wątpił, że taką samą
radę uzyskałby od każdego porządnego adwokata.

Rebecca także wstała.

– Ciekawe, dlaczego doktor Montgomery-Stapleton
jeszcze nie przyszła. Mówiła mi, że zaraz tu będzie. Pan
pozwoli, że sprawdzę. – Otworzyła drzwi i natychmiast
dostrzegła Laurie, która szybkim krokiem przemierzała
rozległą połać głównego holu. Tuż za nią maszerował
doktor Jack Stapleton, a obok niego mężczyzna, którego
Rebecca nie znała.

– Pani doktor już idzie – obwieściła, otwierając szerzej drzwi.

Laurie weszła do pokoju z nieco zatroskaną miną, ale szybko otrząsnęła się z niepokojących myśli, gdy przedstawiono jej Bena Coreya. Jej atrakcyjność i przyjacielski uśmiech zrobiły na nim jak najlepsze wrażenie. Na krótką chwilę zapomniał nawet o obawach przed rozmowami z przedstawicielami władz. Lęk jednak powrócił niemal natychmiast, gdy Laurie przedstawiła mu detektywa kapitana Lou Soldano. Powitanie z doktorem Jackiem Stapletonem nie zrobiło na nim żadnego wrażenia, choć zauważył, że łączy go z Laurie to samo nazwisko. Spotkanie z kolejnym detektywem nie było tym, o czym marzył Ben. Paranoiczne myśli triumfowały.

– Przede wszystkim chciałabym panu serdecznie podziękować za to, że poświęcił pan swój czas, żeby pomóc nam w identyfikacji denata – zaczęła Laurie. – Wprost nie umiem wyrazić, jakie to dla nas ważne.

– Cieszę się, że mogłem pomóc – odparł Ben, mając nadzieję, że napięcie, które odczuwał, nie rzucało się zbytnio w oczy. Zauważył, że detektyw od razu sięgnął po formularz identyfikacyjny i z uwagą studiował jego treść. – Niestety, czeka mnie ważne spotkanie w New Jersey, na które już jestem spóźniony.

– Zatem będę się streszczać – odpowiedziała Laurie. – Mamy jeszcze jedno ciało, także należące do Azjaty, które trafiło do nas ostatniej nocy. Bylibyśmy bardzo wdzięczni, gdyby zechciał pan spojrzeć na zdjęcia i spróbować zidentyfikować tego człowieka. Wiemy, że coś go łączy z denatem, którego już pan rozpoznał. Zgadza się pan?

– Chyba tak – odparł Ben bez przekonania.

– Zajmowałam się tą sprawą dziś rano – wyjaśniła Laurie, spoglądając na Rebeccę. – Chodzi o człowieka z szalonymi tatuażami.

– Jasne – odpowiedziała Rebecca i czym prędzej wymknęła się z pokoju.

– Może zechce pan usiąść? – spytała Laurie, wskazując na krzesło, z którego Ben Corey podniósł się kilka minut wcześniej.

Odebrała formularz z rąk Lou i przejrzała go pobieżnie.

– W jaki sposób umarł Satoshi? – spytał Ben, siląc się na możliwie obojętny ton.

– Przykro mi – odpowiedziała Laurie, odkładając na stół formularz identyfikacyjny – ale sprawa jest jeszcze w toku i nie wolno nam udzielać żadnych informacji, póki nie zostanie zamknięta, a i wtedy może to zrobić wyłącznie nasz dział prasowy. Gdyby był pan krewnym zmarłego, rzecz wyglądałaby inaczej. Niestety.

– Nie szkodzi – odparł Ben. – Pytam tylko z ciekawości. – Nie było to prawdą, ale nie zamierzał się z tym zdradzać.

– Był pan pracodawcą pana Machity – stwierdziła Laurie. – Opowie nam pan o tym?

Ben powtórzył to, co wcześniej mówił Rebecce, podkreślając, że Satoshi był bardzo świeżym nabytkiem firmy i że nie znał go zbyt dobrze. Samą firmę opisał tylko jako działającą na polu biotechnologii, Satoshiego zaś – jako mało znanego, ale utalentowanego badacza.

– Rozumiem, że to pan zadzwonił dziś po południu do Wydziału Osób Zaginionych?

– Nie osobiście – odparł Ben. – Ale martwiłem się o pana Machitę, który od dwóch dni nie pojawiał się w biurze i nie odbierał telefonu komórkowego.

– Mamy powody przypuszczać, że gdy pan Machita upadł na peronie metra, ktoś zabrał mu niedużą torbę – powiedziała Laurie, starając się ani słowem nie wspomnieć o tym, że doszło do morderstwa. – Nie orientuje się pan, co mogło się w niej znajdować? Jakieś konkretne przedmioty, może szczególnie cenne?

– Nie mam pojęcia – odparł Ben, kłamiąc z rozmysłem. Przypuszczał, że jeśli ktoś próbował okraść Satoshiego, to zapewne z dzienników laboratoryjnych, które spoczywały bezpiecznie w firmowym sejfie.

Słuchając pytań Laurie, Ben doszedł do wniosku, że śmierć Satoshiego nie nastąpiła z przyczyn naturalnych; musiało dojść do morderstwa. Miał ochotę wyjść. Nie miał nic przeciwko zmyślaniu odpowiedzi, których i tak nikt nie był w stanie sprawdzić, ale nie zamierzał kłamać w innych sprawach. Nie chciał też rozmawiać o tym, co czekało go jeszcze w New Jersey, zdawał sobie bowiem sprawę, że kolejne pytanie musiałoby dotyczyć rodziny Satoshiego.

Poczuł lekką ulgę, gdy Rebecca wróciła z teczką sprawy niezidentyfikowanego żołnierza jakuzy. Podała dokumenty Laurie, która szybko wybrała kilka zdjęć denata. Tym razem nie były to fotografie wykonane z myślą o wrażliwym widzu. Przedstawiały nagie ciało, wyraźnie widoczne w ostrym świetle fluorescencyjnych lamp, bezlitośnie obnażających każdy defekt. Choć dzięki tatuażom zwłoki nie wyglądały aż tak upiornie, intensywnie alabastrowy kolor dłoni, stóp i twarzy, będący skutkiem oddziaływania słonawej wody rzecznej, od razu rzucał się w oczy.

Ben wzdrygnął się odruchowo, spoglądając na zdjęcia, ale i bez tego czułby się nieswojo, głównie z powodu śledczego, który siedział przed nim. I tym razem pomogły mu wyszkolenie i doświadczenie lekarskie: wystarczyło, że wyprostował się na krześle, a już odzyskał panowanie nad sobą.

– Nigdy go nie widziałem – powiedział Ben nieco piskliwym głosem, który zaskoczył nawet jego samego. Odchrząknął z cicha. – Przykro mi, ale naprawdę nie wiem, kim jest ten człowiek.

– Na pewno? – nie ustępowała Laurie. – Wiem, że te tatuaże mocno dekoncentrują. Może spróbuje pan spojrzeć na samą twarz i wyobrazić ją sobie w bardziej żywych kolorach?

– Nigdy go nie widziałem – powtórzył Ben – a mam pamięć do twarzy. – Odsunął krzesło i demonstracyjnie spojrzał na zegarek. – Przykro mi, że nie mogę pomóc państwu w tej sprawie, ale mam nadzieję, że pomogłem w poprzedniej – rzekł, wstając.

Pozostali także podnieśli się z krzeseł.

– Nawet bardzo – odpowiedziała Laurie. – Raz jeszcze dziękuję.

Ben wyciągnął rękę ponad stołem, żeby uścisnąć jej dłoń, potem pożegnał się z siedzącym obok Laurie Jackiem i wreszcie z Lou. Zauważył, że śledczy celowo trzymał jego rękę dłużej, niż to konieczne, świdrując go spojrzeniem ciemnych oczu.

– To było ciekawe spotkanie, doktorze Corey – powiedział Lou, wciąż ściskając jego dłoń. Zanim wreszcie ją puścił, na moment wzmocnił jeszcze uścisk. Ben obawiał się, że była to zapowiedź, iż wkrótce spotkają się ponownie.

Pożegnanie z Lou Soldano spotęgowało niepokój, który nie opuścił Bena nawet w drodze do samochodu. Czy to naprawdę była wiadomość? Zawahał się, zanim odpalił silnik.

– Dobry Boże – rzekł na głos. – Czuję się tak, jakbym spacerował po polu minowym.

Wyjął z kieszeni telefon i wizytówkę Toma Janowa. Z niechęcią wybrał numer, mając cichą nadzieję, że skoro jest już dobrze po siedemnastej, detektyw ma dość na dziś i zgodzi się przenieść spotkanie na rano. Tak się jednak nie stało, zwłaszcza że informacja o rozpoznaniu zwłok Satoshiego Machity zrobiła na Janowie duże wrażenie. Co gorsza, policjant wciąż jeszcze znajdował się na miejscu zbrodni, a to oznaczało dla Bena powrót w rejon najgorszego fetoru, jaki kiedykolwiek czuł. Przyszło mu do głowy, że jest to fakt nieprzyjemnie symboliczny w obliczu tego, jakie myśli zaprzątały teraz jego niespokojny umysł.

Rozdział 34

Laurie, Jack i Lou przysiedli jeszcze na chwilę na swoich miejscach w pokoju identyfikacji. Soldano odezwał się jako pierwszy, mówiąc, że chce dostać adres i numer telefonu Bena. Laurie nie odpowiedziała, tylko postukała środkowym palcem w formularz identyfikacyjny Satoshiego, wskazując, że wszystkie te dane zostały tam już zebrane.

Przez kilka długich minut wszyscy milczeli. Spoglądali po sobie wzajemnie, jakby w lekkim oszołomieniu. Z holu dobiegła nagła fala podniesionych głosów, ale i wtedy nikt się ni poruszył. Wreszcie Laurie przerwała względną ciszę:

– I co o tym myślicie?

– To dziwak – powiedział Jack. – Bardzo niespokojny dziwak. Z jednej strony wydawał się nieskończenie pewny siebie, a z drugiej był napięty jak struna bandżo i gotów lada chwila pęknąć. W pewnym momencie wręcz się trząsł.

– Może to dlatego, że musiał zidentyfikować zwłoki Satoshiego Machity? Nie sądzicie, że mogła to być reakcja na śmierć znajomego? Ja także widziałam, jak drżał. I nie mam wątpliwości, że przebywanie z nami w tym pokoju było dla niego ostatnią rzeczą, na jaką miał ochotę.

– Chyba nie powinienem brać udziału w tej dysku-
sji – rzekł Lou. – Ja już go znam.

– Naprawdę? – zdumiała się Laurie. – Gdzie się spo-
tkaliście?

– Nie chodzi mi o to, że znam konkretnie tego człowieka. Znam ten typ. To jeden z tych przemądrzalców z Ivy
League. Tacy jak on zachowują się tak, jakby wszystko im się należało i jakby nie obowiązywały ich żadne
reguły.

– Ostrożnie – wtrącił Jack. – Strzelasz za blisko celu.

– Przecież nie chodzi mi o ciebie – żachnął się Lou. –
Ty kwestionujesz zasady z punktu widzenia własnej,
oświeconej filozofii; chcesz być pewny, czy mają sens
i służą każdemu jednakowo. A faceci tacy jak ten negu-
ją zasady z egoistycznych pobudek. Interesuje ich tylko
to, czy dana reguła ma sens dla nich. I wszystko jest
w najlepszym porządku, póki robią pieniądze. To facet
typu „ja, ja, ja".

– A moim zdaniem on wie więcej, niż mówi – dodała
Laurie.

– To pewne – zgodził się Lou. – Chętnie zadałbym mu
całe mnóstwo bardzo szczegółowych pytań.

– Ja też chciałam to zrobić – przyznała Laurie – ale
nie sądzę, by mi na to pozwolił. Przyszedł tu z własnej
woli, więc i wyjść mógł wtedy, kiedy chciał. Ale może
któregoś dnia będziesz miał nad nim władzę; wtedy go
przepytasz.

– Pewnie masz rację – zgodził się Lou. – I powiem ci
jedno: podczas śledztwa nad tymi dwoma morderstwami
zamierzam wziąć pod lupę firmę doktora Coreya. Musi
istnieć jakaś ciekawa odpowiedź na pytanie, dlaczego
jeden z jego pracowników został zamordowany przez
żołnierzy organizacji przestępczej, którzy w dodatku –
podobnie jak Machita – byli Japończykami.

– Dobry pomysł – odparła Laurie. Położyła dłoń na

przedramieniu Jacka i spojrzała mu w oczy. – Jak dla mnie wystarczy już tych emocji na jeden dzień. Co ty na to? Może zostawisz tu rower i pojedziemy razem do domu? Miłą, ciepłą, bezpieczną taksówką.

– Nie, dziękuję – odparł Jack. – Chcę mieć rower w domu na weekend – dodał, wstając od stołu.

– Hej, a co z listem z pogróżkami? – spytał Lou.

– Ma się doskonale! – odpowiedziała nonszalancko Laurie. W duchu jednak nie zamierzała bronić tego, co z perspektywy czasu było jej błędem. Wiedziała, że nie należało tak lekkomyślnie traktować ostrzeżenia, nawet jeśli w pierwszej chwili uznała je za dowcip w wykonaniu męża. W użytym w liście słownictwie nie było przecież niczego żartobliwego, a przy tym tak bardzo różniło się od tego, które znała z poprzednich przypadków. Zresztą właśnie dlatego nie uznała tego listu za autentyk. No i zdawał się pasować do szczeniackich żartów Jacka...

Laurie wyszła do holu, a Lou i Jack podążyli za nią. Jack mówił właśnie, że wszystkie jego rzeczy są już na dole, przy rowerze.

– Zobaczymy się w domu – zawołał do Laurie, po czym dodał do idącego bliżej Lou: – Do zobaczenia.

Lou machnął mu ręką na znak, że słyszał, i w tej samej chwili wpadł na Laurie, która zatrzymała się gwałtownie. Hol był znowu pełen ludzi – niektórzy siedzieli, ale zdecydowana większość stała. Pracownicy OCME zdążyli już pożegnać się ze sobą i wyjść, ale na ich miejsce zjawili się inni ludzie. Wielu z nich szlochało, zatem bez wątpienia przyszli tu na identyfikację zmarłego członka rodziny. Przy drzwiach stał już nowy urzędnik z działu identyfikacji, by przejąć pokój od Laurie, Lou i Jacka. W OCME nie było drugiego takiego pomieszczenia, więc Laurie przeprosiła za to, że tak długo je zajmowali.

Jack, który mówił coś jeszcze o tym, że zejdzie prosto do podziemia i garażu, zamiast wrócić do swojego gabinetu, także zatrzymał się jak wryty, aby nie zderzyć się z Lou. Zauważył, że Laurie wpatruje się w jakiś daleki punkt, stojąc nieruchomo jak sparaliżowana.

Podążając za jej spojrzeniem, spostrzegł Murzynkę siedzącą na kanapie. Była to kobieta po czterdziestce, o grubo ciosanych rysach dość podłużnej twarzy, wykrzywionej w tej chwili grymasem głębokiej rozpaczy. Wokół niej kręciło się najmniej sześcioro ludzi i wszyscy naraz próbowali utrzymać z nią kontakt, dotykając jej i najwyraźniej próbując ją pocieszyć. Jack miał nieodparte wrażenie, że zna tę kobietę, ale nie mógł sobie przypomnieć skąd.

Laurie nie miała tego problemu. Poznała tę kobietę natychmiast, chociaż spotkały się tylko dwa lub trzy razy. To była Marilyn Wilson, matka Leticii Wilson.

Panika poraziła Laurie w ułamku sekundy niczym piorun. Gdy paraliż minął, ruszyła prosto ku Marilyn, nie widząc już absolutnie niczego, co działo się wokół niej, i nie zważając na kłębiący się wokół tłum. Przepychała się z wysiłkiem, nie zważając na gniewne reakcje kilku osób, aż wreszcie stanęła przed Marilyn. Przykucnęła, by ich twarze znalazły się na jednej wysokości, i zapytała, co się stało.

W pierwszej chwili Marilyn popatrzyła na nią jedynie z rozpaczą. Jej oczy były pełne łez.

– To ja, Laurie – powiedziała Laurie, próbując przebić się przez mur bólu, który otaczał panią Wilson. – Co się stało? Chodzi o Leticię czy o kogoś innego?

Wzmianka o jej córce zrobiła na kobiecie piorunujące wrażenie. Ocknęła się z otępienia w tej samej sekundzie, a w następnej oczy, które dotąd spoglądały tępo w przestrzeń, skupiły na Laurie spojrzenie nagle zwężonych źrenic. Wraz ze świadomością, że wie, kogo ma przed sobą, przyszedł nieopisany gniew. Szokując wszystkich, a szczególnie Laurie, Marilyn wrzasnęła:

– To ty! Ty jesteś winna! Gdyby nie ty, moja Leticia nadal by żyła!

Marilyn zerwała się z kanapy, a Laurie odruchowo wstała i cofnęła się o krok.

Ludzie, którzy usiłowali ją pocieszać, także byli zszokowani i odsunęli się mimowolnie. W następnej chwili spróbowali ją powstrzymać, ale udało im się to tylko częściowo. Marilyn, na nowo zalewając się łzami, błyskawicznie wyciągnęła ręce ku szyi Laurie i zanim je rozdzielono, zdążyła wbić paznokcie głęboko w skórę poniżej jej szczęki, zostawiając rzędy czerwonawych linii, na których zaraz pojawiły się małe krople krwi.

Jack i Lou natychmiast pospieszyli Laurie z pomocą i w locie obejrzeli rany. U boku Laurie stanął też Warren Wilson, kumpel Jacka z boiska do koszykówki. Jack, Laurie, Warren i jego dziewczyna Natalie Adams przyjaźnili się od ponad dziesięciu lat.

Jack nawet nie wiedział, że Warren jest w pobliżu, póki nie zjawił się przy Laurie kilka sekund po ataku ciotki. Zaczął nawet wyjaśniać Stapletonom, co się wydarzyło, lecz Laurie nagle i bez słowa wyjaśnienia puściła się biegiem przed siebie. Z wyrazem determinacji na twarzy przepychała się przez tłum w kierunku stanowiska recepcji.

– Wpuść mnie dalej! – warknęła w stronę siedzącego tam ochroniarza i stanęła przed drzwiami prowadzącymi w głąb korytarza. Szarpała nerwowo gałką, póki ochroniarz nie wcisnął odpowiedniego guzika.

– Laurie! – zawołał za nią Jack, przekrzykując gwar głosów. Zostawiwszy Warrena i Lou ze słowami „Zaraz wracam!", pognał śladem Laurie i dopadł drzwi, zanim zdążyły się na powrót zatrzasnąć. Otworzył je i zobaczył żonę daleko, przy końcu korytarza.

– Laurie! – krzyknął znowu, lekko zirytowany faktem, że tak go zignorowała. Rzucił się w pogoń, szybko nabierając prędkości. Gdy dotarł do końca korytarza, zauważył domykające się drzwi klatki schodowej. Otworzył je na oścież i wtedy usłyszał jej kroki: schodziła w dół. Rozgrzany biegiem, znalazł się na dole, nim domknęły się drzwi na poziomie kostnicy.

Laurie była już w pokoju techników. Jeden z nich właśnie rejestrował niedawno dostarczone zwłoki.

– Gdzie układacie świeżo przywiezione ciała? – spytała zdyszana.

– W chłodni głównej – odpowiedział mężczyzna, ale zanim spytał Laurie, kogo konkretnie szuka, już jej nie było. Głośno stukając obcasami, wbiegła do wyłożonego kafelkami korytarza. Jack dopadł ją sekundę później.

– Co ty wyrabiasz, u licha? – wysapał. – Dlaczego tak pędzimy?

Laurie tylko machnęła ręką na znak, że nie chce rozmawiać, a zaraz potem z lekkim poślizgiem skórzanych podeszew ostro skręciła w lewo. Zatrzymała się dopiero przy ciężkich, izolowanych drzwiach i szarpnęła za dźwignię zamka. Weszła do zimnego, jakby mglistego pomieszczenia i włączyła światło – baterię nagich żarówek zabezpieczonych metalowymi klatkami. Ich blask rzucił na brudnobiałe ściany skomplikowany wzór cieni.

Jack wszedł do środka za Laurie i pozwolił, by drzwi same się domknęły. Wzdrygnął się, czując chłód. Laurie już zrywała kolejne płachty, którymi okryte były ciała leżące najbliżej drzwi. Odsłaniała tylko ich twarze i piersi. W sumie przy wejściu stało prawie dwadzieścia wózków, a na każdym z nich spoczywały okryte płótnem zwłoki.

– Pomóc ci? – spytał Jack. Nadal nie rozumiał, do czego zmierza Laurie, chociaż obecność Warrena w holu głównym nasunęła mu pewne bardzo niepokojące podejrzenia.

Laurie nie odpowiedziała. Odsłaniała kolejne twarze i tak je pozostawiała, by nie musieć powtarzać żadnej czynności. Posuwając się w głąb chłodni, musiała przestawiać wózki.

I wreszcie trafiła. Odsunęła kolejną białą płachtę i wstrzymała oddech z wrażenia. W sufit spoglądały martwe oczy Leticii Wilson. Jej nienaturalnie poszarzałą twarz wciąż otaczała chmura ciemnych, kręconych włosów. I tylko jeden defekt szpecił jej piękną twarz: mały, okrągły otwór wlotowy pośrodku czoła. Laurie oceniła fachowym okiem, że rana skierowana jest lekko w dół, ku podstawie mózgu.

Przycisnęła dłoń do ust i zadrżała mimowolnie. Jack otoczył ją ramieniem.

– Mój Boże! – powiedział.

– Gdzie moje dziecko? – spytała płaczliwym głosem Laurie.

– Tam na górze... to była matka Leticii?

Laurie nieprzytomnie skinęła głową. Nie miała pojęcia, co o tym wszystkim myśleć. Czy to się działo naprawdę, czy tylko umysł płatał jej upiorne figle?

– Chodź! – powiedział Jack. – Musimy biec do Lou. Mamy szczęście, że jest z nami.

Wyprowadził Laurie z chłodni i razem stanęli przy drzwiach windy.

– Zawiozę cię do twojego pokoju i zjadę na dół po Lou, zgoda?

Laurie skinęła głową, ale nie odezwała się. Próbowała nie myśleć o tym, gdzie jest teraz JJ, co robi i jak się czuje. Nie była szczególnie religijna, ale w tej chwili błagała Boga, by zapewnił dziecku bezpieczny powrót do domu.

Prowadząc ją w stronę gabinetu, Jack, jak gdyby czytając w jej myślach, rzekł:

– Spróbuj nie myśleć za wiele, póki czegoś się nie dowiemy. – Zabrawszy fotografię JJ'a z jej biurka i ukrywszy ją w szufladzie, posadził Laurie w fotelu.

Najszybciej jak potrafił wrócił do holu głównego, gdzie tłum zdążył się wyraźnie przerzedzić. Niektórzy krewni zmarłych weszli już do pokoju identyfikacji, inni opuścili budynek. Jack zastał Lou i Warrena na kanapie; obaj wstali na jego widok.

– Współczuję – rzekł Lou, gdy tylko Jack znalazł się w zasięgu głosu. – Laurie jakoś się trzyma?

Jack podziękował mu za troskę i dodał, że Laurie jest głęboko poruszona, ale nie rozkleiła się całkiem.

– Zorientowałem się w sytuacji, kiedy cię nie było – powiedział Lou. – JJ został porwany. Nie wiem, czy cię to bardzo pocieszy, ale policja traktuje sprawę bardzo poważnie; nadała jej bardzo wysoki priorytet. Nawet sam komisarz został już powiadomiony. I chyba wszyscy inni, bo ogłoszono Amber Alert*. Całe miasto dowie się o tej historii. Rozmawiałem z tymczasowym szefem akcji. Nazywa się Bennett, Mark Bennett. Jest z Wydziału Spraw Specjalnych, a pomagają mu śledczy z północnego Manhattanu. To dobry glina, ciesz się, że go skierowali do tej sprawy. Jest też paru innych, ale to Mark będzie nimi dowodził i trzymał wszystko w kupie.

– A co z FBI?

– Biuro też zostało powiadomione. Naprawdę wszyscy traktują sprawę bardzo poważnie.

– Zatem wiadomo już na pewno, że to porwanie?

– Tak jest – potwierdził Lou. – Morderstwo i porwanie. O dziwo, mamy tylko jednego świadka: matkę z malutkim dzieckiem. Szła w stroną placu zabaw przy Setnej Ulicy, gdy spostrzegła mężczyznę z bronią. Zbliżył się do waszej niani, zastrzelił ją i wraz z czterema wspólnikami

---

* Nazwa Amber Alert pochodzi od imienia 9-letniej Amber Hagerman, porwanej i zamordowanej w 1996 r. Jest to akcja polegająca na zmobilizowaniu całej lokalnej społeczności do poszukiwania sprawcy i ofiary porwania. Współdziałają w niej policja, nadawcy radiowi i telewizyjni oraz transportowcy (przyp. tłum.).

spokojnie zabrał JJ'a i jego wózek do czekającego na ulicy białego vana. Już namierzyliśmy ten wóz, dzięki ogłoszeniu Amber Alertu. Został porzucony w Garden City; nasi spece już go odholowali i szukają w nim śladów.

– Udało się coś znaleźć na miejscu zbrodni?

– Nasi ludzie jeszcze tam pracują. Na pewno niczego nie przeoczą. Od lat nie widziałem takiej mobilizacji sił. Sprawa będzie cholernie głośna.

– Są jakieś żądania od porywaczy?

– Ani słowa, co szczerze mówiąc, trochę mnie niepokoi. Żądania to zdrowy objaw, jeśli wiesz, co mam na myśli.

– Wyobrażam sobie – odparł Jack.

– Musimy negocjować z tymi łajdakami.

– Dlaczego nikt nas wcześniej nie zawiadomił? – spytał Jack. Nie winił nikogo; po prostu chciał wiedzieć.

– Jednostka, która zareagowała na zgłoszenie, nie wiedziała, że porwano JJ'a. Nie znała nawet tożsamości niani, która nie miała przy sobie żadnego dokumentu. Zidentyfikowali ją dzięki danym z telefonu komórkowego, ale nie od razu udało się do nich dotrzeć.

– Chodźmy do Laurie – powiedział Jack. – Nie chcę, żeby zbyt długo była sama. Znam ją, pewnie będzie winić siebie za zniknięcie JJ'a. – To powiedziawszy, odwrócił się w stronę Warrena, by się z nim pożegnać, ale ten nie dał mu dojść do słowa.

– Wiem, że to trudne chwile, ale chciałbym pójść z wami. Chcę zapewnić Laurie, że rodzina w żaden sposób nie obwinia jej za śmierć Leticii, wbrew temu, co powiedziała ciocia Marilyn. Jest głęboko wstrząśnięta, nie myśli logicznie.

Choć Jack zajęty był zupełnie innymi myślami, przez chwilę analizował propozycję Warrena pod kątem tego, co byłoby najlepsze dla Laurie. A najlepsze było dla niej wszystko, co mogło powstrzymać ją przed nieuzasadnionym poczuciem winy.

– Chcesz jeszcze z kimś się pożegnać, zanim pójdziesz z nami? – spytał.

– Nie – odparł Warren.

– Zatem chodźmy na górę!

Gdy jechali windą, Warren przekazał Jackowi wszystko, co wiedział, a Lou zadzwonił do Marka Bennetta, by poinformować go, że Stapletonowie już wiedzą o zniknięciu dziecka. Starał się mówić jak najciszej.

– Gdzie są w tej chwili? – spytał detektyw Bennett.

– Nadal w OCME.

– Poproś ich, żeby jak najszybciej wrócili do domu – powiedział Mark. – Porywacze jeszcze się nie odezwali i to mnie martwi. Mam nadzieję, że odezwą się na domowy numer Stapletonów, więc chcę czym prędzej założyć podsłuch, żebyśmy mogli śledzić połączenia i spróbować namierzyć rozmówcę. Jak pewnie wiesz, w przypadkach porwań dzieci bez żądania okupu mniej więcej siedemdziesiąt procent ofiar ginie w ciągu pierwszych trzech godzin.

– Dzięki za informację – odparł kwaśno Lou, upewniając się jednocześnie, czy Jack nie przysłuchuje się jego rozmowie. Pomyślał natychmiast, że akurat tych danych statystycznych nie przekaże ani Jackowi, ani Laurie.

– Chciałem tylko, żebyś wiedział – wytłumaczył się Mark – skoro mówiłeś, że zamierzasz z nimi zostać.

– Zaraz zawiozę ich do domu – zapewnił go Lou. – A jeśli wcześniej będziesz chciał ze mną porozmawiać, to masz numer mojej komórki.

– Mam, ale mimo to przyjadę do Stapletonów. Chcę dopilnować przygotowań.

– I porozmawiać z obojgiem, żeby wyjaśnić im, co konkretnie zostanie zrobione w celu uwolnienia ich syna?

– Oczywiście. Może zadzwonię też do Henry'ego Fulsoma i poproszę, żeby wpadł. Znasz Henry'ego?

– Chyba nie.

– Według mnie to najlepszy negocjator policyjny w całym Nowym Jorku. Ma stuprocentową skuteczność w rozwiązywaniu sytuacji z udziałem zakładników. Jeszcze nikt nie zginął w akcjach, które mu powierzono.

– To miód na serce moich przyjaciół. Nawet jeśli oznacza to, że może wkrótce dojść do sytuacji, w której konieczne będą negocjacje o życie zakładnika.

– Żebyś wiedział. Tak czy inaczej, wiemy już, co mamy robić. Nie ma czasu do stracenia.

Dotarłszy do gabinetu, trzej mężczyźni przekonali się, że Laurie wciąż siedzi za swoim biurkiem, blada i nieruchoma, wyraźnie przytłoczona sytuacją. Trzymała w dłoniach list z pogróżkami, który po chwili podała Lou. Teraz, gdy przeczytała go po raz kolejny, jeszcze bardziej wstydziła się tego, że nie potraktowała go poważnie. Lou pokręcił głową.

Warren stanął przy Laurie, która wstała na jego widok. Przytulili się na chwilę, a potem Warren przeprosił za zachowanie ciotki. Laurie z trudem zdobyła się na podziękowanie i dodała, że ją rozumie.

– Zajmę się bliżej tym listem – rzekł Lou. – A teraz jedźmy do was. Po drodze wyjaśnię wam, co się teraz dzieje.

Rozdział 35

26 marca 2010
piątek, 19.20

Gdy samochód zatrzymał się przed domem Laurie i Jacka, czekała na nich zadziwiająco liczna gromada ludzi. Było wśród nich mnóstwo policjantów, czuwających na schodach budynku, na chodniku i w wozach patrolowych, które zajmowały sporą część ulicy, do spółki z furgonetkami NYPD i FBI.

Laurie zbierała siły, by stawić czoło nowej sytuacji. Odkąd opuścili gmach OCME, przeżywała istną huśtawkę nastrojów. W jednej chwili czuła się skrzywdzona i bezradna, a w następnej ogarniała ją niepohamowana wściekłość. Nie zamierzała pozwolić porywaczom, by na zawsze odebrali jej dziecko.

Gdy wysiadali z samochodu Lou, Laurie starała się utrzymać bojowe nastawienie. Wcześniej przytłoczona i bezradna, teraz czekała niecierpliwie na spotkanie z szefem operacji, którego dokonania Lou opisał jej w drodze do domu, referując dotychczasowe działania policji.

Na schodach dokonano prezentacji. Mark Bennett przedstawił się jako pierwszy. Niedźwiedziej postury, wyszedł naprzeciwko Laurie wspinającej się po stopniach.

– Jestem Mark Bennett – powiedział, energicznie potrząsając jej dłonią. – Pracuję w Wydziale Spraw Specjalnych, a jestem tu po to, żeby jak najszybciej zwrócić państwu dziecko.

To powiedziawszy, przedstawił Stapletonom swoją ekipę, w której skład wchodzili między innymi negocjator Henry Fulsome, kilku detektywów, technicy kryminalistyczni, monterzy, a nawet agent specjalny Federalnego Biura Śledczego. Wywarł na Laurie bardzo dobre wrażenie: wydawał się jednym z tych, którzy samym swoim istnieniem zniechęcają do popełniania przestępstw, a sprawców traktują jak tchórzy, których należy wyłapać i zamknąć w więzieniu na resztę życia.

– Przykro mi, proszę pani, że na kilka dni wpraszamy się do państwa domu – ciągnął Mark, gdy minęli drzwi frontowe – ale musimy popracować nad odzyskaniem waszego chłopca, a czas odgrywa tu podstawową rolę. Zależy mi zwłaszcza na tym, żeby monterzy od razu zajęli się linią telefoniczną: musimy podsłuchiwać rozmowy, a jednocześnie próbować namierzyć bandytów. Poza tym doprowadzimy tu jeszcze jedną, dodatkową linię telefoniczną.

– Bardzo proszę – odpowiedział Laurie, szerokim gestem oddając im do dyspozycji cały dom. – Cieszymy się, że już jesteście. Proszę robić wszystko, co konieczne. – To powiedziawszy, zajęła się z Jackiem wieszaniem płaszczy i kurtek w szafie.

Nagle zadzwonił telefon i w holu zapanowała cisza. Wszyscy wpatrywali się w telefon stojący na małym, mahoniowym pulpicie.

– Pani Stapleton – odezwał się Mark. – Proszę odebrać!

Laurie z wahaniem sięgnęła po słuchawkę. Zacisnęła na niej dłoń i spojrzała na śledczego, jakby oczekując zachęty. Mark skinął głową i gestem pokazał jej, żeby podniosła słuchawkę. Usłuchała.

– Halo? – powiedziała niepewnie.

– Czy to Laurie Montgomery-Stapleton? – spytał Brennan. Zgodnie z rozkazem Louiego, starał się, by pytanie zabrzmiało gniewnie i niecierpliwie. Niestety, głos mu drżał z niepokoju.

– Tak – odpowiedziała Laurie i odchrząknęła nerwowo. Nagły strach chwycił ją za gardło i sprawił, że musiała oprzeć się o ścianę, żeby zachować równowagę. Instynkt podpowiadał jej, że dzwoni porywacz JJ'a.

– Mamy waszego dzieciaka.

– Kto mówi? – spytała, bezskutecznie siląc się na władczy ton.

– To nieistotne – odparł Brennan, tym razem znacznie lepiej modulując głos. – Ważne jest to, że go mamy. Chciałaby pani z nim porozmawiać?

Laurie chciała mu odpowiedzieć, ale nie była w stanie. Była prawie pewna, że za chwilę wybuchnie płaczem.

– Jest pani tam, pani Stapleton? Proszę się odezwać. Możemy rozmawiać tylko przez chwilę.

– Jestem – wydusiła z trudem Laurie. – I chcę odzyskać dziecko. Dlaczego pan je porwał?

– Chcę, żeby zebrała pani grubszą gotówkę, i to szybko. Rozumie pani?

– Rozumiem.

– Chce pani porozmawiać z dzieckiem? Staram się być cierpliwy.

– Chcę – odpowiedziała, ocierając łzy.

– No, smarkaty – odezwał się Brennan znacznie cichszym głosem – przywitaj się z mamusią.

Cisza.

– Może niech pani do niego zagada – zaproponował Brennan. – Dam mu słuchawkę.

– Halo? Kochanie? – powiedziała Laurie, mając nadzieję, że JJ naprawdę ją słyszy. Rozpaczliwie starała się powstrzymać łzy. – Tu mamusia. Dobrze się czujesz?

– Uśmiecha się – zameldował Brennan. – Nie wiem, co mu pani powiedziała, ale się uśmiecha. Może go lekko trzepnę, żeby chociaż zapłakał?

– Chcę natychmiast odzyskać dziecko! – zażądała Laurie. – I niech pan się nie waży go tknąć!

– Odzyska pani dziecko, pani Stapleton. Może nie natychmiast, ale wkrótce. Wszystko zależy od pani. Proszę zebrać gotówkę. Czy wyraziłem się jasno? Nie będziemy chcieli gotówki, ale pani będzie jej potrzebować, żeby zdobyć to, czego zażądamy. Mówię o poważnej kwocie.

– Rozumiem – odpowiedziała drżącym głosem Laurie.

– I jeszcze jedno. Proszę nie współpracować z policją. Wiemy, że w tej chwili pani dom jest pełen glin. Proszę się ich pozbyć. Jeśli pani nie usłucha, dowiemy się o tym, a wtedy pani syn będzie cierpiał. Będziemy go pani przysyłać po kawałeczku.

Pauza.

– Mam nadzieję, że wszystko pani zapamiętała – dodał Brennan, nie licząc specjalnie na odpowiedź. – Teraz muszę się rozłączyć, ale najpierw jeszcze jedno żądanie: zadzwonię jutro, ale nie wiem, o jakiej porze. Proszę czuwać w domu, dniem i nocą. A tymczasem – miłego wieczoru.

Mark podszedł do Laurie, odebrał słuchawkę z jej ręki i położył na bazie.

– Jestem pewny, że w tej chwili tak pani tego nie odbiera, ale to, że sprawcy się odezwali, jest bardzo dobrym znakiem. Naprawdę czujemy ulgę. To potwierdza nasze nadzieje: w tej sprawie naprawdę chodzi o okup, a nie o cokolwiek innego. W takich sytuacjach bowiem zachowanie ofiary w jak najlepszym zdrowiu leży w interesie porywaczy.

Rozdział 36

26 marca 2010
piątek, 22.41

Dochodziła dwudziesta trzecia, gdy Laurie i Jack odprowadzili śledczego Marka Bennetta na dół, by go pożegnać. Chwilę wcześniej zapewnił ich, że przygotowania dobiegły końca, i przypomniał, że najważniejszy jest teraz telefon. Linia miała być monitorowana przez dwadzieścia cztery godziny na dobę, a bateria urządzeń elektronicznych ukryta w pokoju gościnnym na parterze miała umożliwić namierzenie rozmówcy.

– Zadzwonię do państwa rano – powiedział Mark, zatrzymując się przed drzwiami. Jeśli nie liczyć funkcjonariusza obsługującego sprzęt łącznościowy, był ostatnim policjantem z ekipy opuszczającym dom Stapletonów.

– Dziękujemy za wszystko – odrzekła Laurie.

Mark nie tylko nadzorował pracę swoich ludzi, ale także wyjaśnił jej i Jackowi wszystko, co do tej pory uczyniono. Zaczęto od patroli z komisariatu nr 22 przy Central Parku oraz z północnego Manhattanu, wezwanych przez 911, które zabezpieczyły miejsce zbrodni. Następnie przesłuchano jedynego świadka i wszczęto procedurę ogłoszenia Amber Alertu. Wydano też nakaz poszukiwania białej furgonetki wiozącej sześciu mężczyzn i dziecko oraz ustanowiono centralny rejestr śladów w Centrum Kryzysowym nowojorskiej policji.

Mark wyjaśnił też, że gdy patrole wykonały swoje zadanie, na miejsce dotarli tymczasowy dowódca akcji oraz zespół techników kryminalistycznych, odpowiedzialnych za zebranie dowodów i zabezpieczenie śladów. Jednocześnie rozpoczęło się badanie listy przestępców seksualnych zamieszkałych w pobliżu miejsca porwania, a całą sprawę zgłoszono do Katalogu Osób Zaginionych prowadzonego w Krajowym Centrum Informacji o Przestępstwach.

– Na tym etapie i ja włączyłem się do akcji – ciągnął Mark. – Po tym jak w sprawę wtajemniczono komisarza policji oraz biuro burmistrza, została ona powierzona Wydziałowi Spraw Specjalnych; zawiadomiono także FBI oraz organizację Team Adam. Jako że należę do Wydziału i akurat byłem wolny, mianowano mnie dowódcą akcji. Dotychczas zdążyliśmy przepytać świadka i policjantów z patrolu, a także przyjrzeć się wszystkim informacjom zebranym przez Centrum Kryzysowe przy Police Plaza 1.

Jack otworzył drzwi frontowe i poczuli na twarzach powiew chłodnego wiatru, który przyniósł echo pokrzykiwania dobiegającego z pobliskiego boiska do koszykówki.

– Mam wrażenie, że to zżyta społeczność – powiedział Mark. – Jest prawie jedenasta, a dzieciaki nadal się bawią. Cieszy mnie to, i to nie tylko dlatego, że zajęte sportem trzymają się z dala od kłopotów, ale i dlatego, że macie tu autentyczną wspólnotę mieszkańców.

– To faktycznie świetna okolica. Warren, którego poznał pan na górze, jest jednym z jej przywódców. Gram z nim w kosza od niepamiętnych czasów, a już bez wyjątku w każdy piątek. Pewnie i teraz bylibyśmy na boisku, gdyby nie doszło do tragedii.

– Mówiłem już, co udało się na razie osiągnąć. Wszystko to jednak nic nie znaczy w porównaniu z państwa rolą, także w szczegółowym opisaniu ofiary porwania.

Wiem, jak jest państwu ciężko, ale są państwo najważniejszymi graczami w tej sprawie. Potrzebujemy waszej pomocy. W zamian ofiaruję moje słowo, że wraz z moimi podwładnymi zrobimy wszystko, co w naszej mocy, żeby wasz synek cały i zdrowy wrócił do domu.

– Dziękuję – odpowiedzieli jednocześnie Laurie i Jack. Mark zasalutował im na pożegnanie, a potem zbiegł po schodkach i wsiadł do nieoznakowanego wozu policyjnego. Jack i Laurie odprowadzali go wzrokiem, aż skręcił w Central Park West.

– Bardzo mu ufam – powiedziała Laurie, głównie po to, by samą siebie podnieść na duchu. – Jestem wykończona, ale wiem, że i tak nie zasnę – dodała, a potem wróciła do domu.

Zanim Jack zamknął drzwi, rzucił jeszcze okiem na mecz trwający na pobliskim boisku. Do tej pory starał się ze wszystkich sił nie myśleć o tym, co może się wydarzyć, ale teraz poczuł nagły przypływ żarliwej nadziei, że JJ wkrótce zostanie odnaleziony i będzie mógł kiedyś cieszyć się wszystkimi radościami życia – choćby takimi jak sport.

Powróciwszy na górę, odszukał Laurie. Teraz, gdy minęła pierwsza faza podniecenia, obawiał się o jej stan – podobnie zresztą jak o własną kondycję psychiczną. Zdziwił się, że nie zastał jej w kuchni. Żadne z nich jeszcze nic nie jadło, bo detektyw Bennett długo wypytywał ich o JJ'a i zawiłą historię jego choroby. Interesowało go także to, kto bywa regularnie w ich domu i kto może mieć do niego klucze. Następnie poprosił o zebranie przedmiotów, z których dałoby się pobrać próbkę DNA chłopca, i o jego aktualne zdjęcia, a nawet o to, by spróbowali ustalić, jakie miał na sobie ubranko.

Jack znieruchomiał, słysząc głosy dobiegające z salonu. Omal nie zapomniał, że Lou i Warren byli jeszcze w domu. Jeszcze bardziej zaskoczyło go to, że towarzyszyli im dwaj ludzie zajęci rozmową z Laurie. Słuchała ich z wielką uwagą.

– O, Jack – powiedział Lou. – Wejdź, proszę! Chciałbym, żebyś poznał tych dżentelmenów.

– Właśnie, kochanie – dorzuciła Laurie. – Chodź do nas. Dwaj mężczyźni wstali, gdy wszedł do pokoju. Zdziwiła go nieco ta oficjalna reakcja. Przyjrzał im się uważnie. Obaj stali niemal na baczność, mieli krótko ostrzyżone włosy i byli ubrani w wąskie, dobrze skrojone, granatowe garnitury, śnieżnobiałe koszule oraz krawaty w prążki. Jack miał sześć stóp wzrostu, ale obaj nieznajomi przewyższali go wzrostem. Szacował, że są tuż po czterdziestce. Ich prężność oraz twarde rysy twarzy sugerowały doskonałą formę fizyczną. Jack odnosił wrażenie, że ma przed sobą żołnierzy – być może z Sił Specjalnych – przebranych w cywilne stroje.

– To Grover Collins – powiedział Lou, wskazując na nieco tęższego mężczyznę.

Jack podał mu rękę, spoglądając z zaciekawieniem w jego oczy w kolorze arktycznego błękitu. Uścisk dłoni Grovera był mocny, ale nie przesadnie; przede wszystkim budził zaufanie.

– Cieszę się, że mogę pana poznać – powiedział Grover z lekko brytyjskim akcentem.

– A to Colt Thomas – dodał Lou, wskazując na Murzyna stojącego obok.

– Miło mi – odezwał się Colt, wyciągając rękę na powitanie. Jack nie uważał się za eksperta do akcentów, ale gdyby musiał zgadywać, uznałby Colta za Teksańczyka.

– Jestem ci winien przeprosiny – rzekł Lou, spoglądając na Jacka. – Pozwoliłem sobie samowolnie zaprosić tu Grovera i Colta, ponieważ uważam, że ty i Laurie powinniście ich wynająć.

Jack spojrzał na Laurie, a potem na nowych znajomych.

– W jakim charakterze? – zapytał.

– Sądzę też, że czas liczy się teraz bardziej niż cokolwiek innego – ciągnął Lou, kompletnie ignorując pytanie Jacka. – Tak się składa, że ci panowie są podobnego zdania. Nieprawdaż?

– W rzeczy samej – przytaknął bez wahania Grover. Colt tylko skinął głową.

– Usiądźmy – zaproponował Jack, teraz dopiero przypomniawszy sobie, że w gruncie rzeczy jest gospodarzem tego spotkania.

Wszyscy wrócili na swoje miejsca, a Jack dołączył do nich, siadając na dostawionym czym prędzej krześle.

– Kilka lat temu miałem przyjemność współpracować z tymi dżentelmenami – kontynuował Lou – i byłem pod wielkim wrażeniem. Właśnie dlatego zaprosiłem ich tutaj. Pracują we względnie nowej branży. Są konsultantami do spraw porwań.

– Konsultantami do spraw porwań? – powtórzył Jack. – Nie wiedziałem nawet, że istnieje taka profesja.

– Jest nas już całkiem sporo – odezwał się Grover. – Jako że wolimy nie rzucać się zbytnio w oczy, zwykle mówimy, że zajmujemy się zarządzaniem ryzykiem.

– Ja też nie wiedziałem o ich istnieniu – przyznał Lou – aż do czasu, kiedy mieliśmy przyjemność wspólnie pracować nad sprawą pewnego porwania... Dodam, że z bardzo pozytywnym skutkiem.

– Działamy, ponieważ jest popyt na nasze usługi – dodał Grover. – W czasach chaosu kidnaping jest wyjątkowo intratnym zajęciem, a właśnie taka jest dziś sytuacja na świecie. Liczba porwań rośnie we wszystkich krajach, ale przede wszystkim w obu Amerykach oraz w Rosji.

– Nie wiedziałem o tym – odparł Jack – ale brzmi to sensownie.

– Co roku dochodzi do tysięcy przypadków kidnapingu w takich punktach zapalnych, jak Kolumbia, Wenezuela,

Meksyk czy Brazylia. Nasza firma, CRT Risk Management, zatrudnia mniej więcej czterdziestu pracowników operacyjnych. Działamy na całym świecie, zajmując się wyłącznie sprawami porwań. Ja właśnie wróciłem z Rio, a Colt wczoraj ze stolicy Meksyku.

– Panowie służyli w wojsku? – spytał Jack.

– Skąd pan wie? – spytał z uśmiechem Grover. – Ja w brytyjskiej SAS, a Colt w jednostce SEAL Marynarki Wojennej. Dla nas, żołnierzy Sił Specjalnych, powrót do cywila jest bardzo trudny, dlatego pasuje nam tego rodzaju praca. Siedzenie na kanapie z fajką w zębach i oglądanie powtórek teleturniejów w telewizji – to nie dla nas. My kochamy tę robotę.

– Powiedzcie Stapletonom to, co i mnie powiedzieliście – zaproponował Lou. – Dlaczego uważacie, że w tej sytuacji możecie być szczególnie przydatni.

– Wiemy już, o co chodzi w waszej sprawie, i na pierwszy rzut oka rzucają nam się w oczy pewne fakty. Po pierwsze, NYPD, jak wszystkie jednostki policji w Stanach Zjednoczonych, ma ograniczone doświadczenie w sprawach porwań. Z nami jest wręcz przeciwnie. Nie zajmujemy się niczym innym, a jako że kidnaping, jak już mówiłem, kwitnie dziś na całym świecie, równocześnie dokonuje się szybki postęp zarówno w sposobie działania przestępców, jak i w naszych metodach pracy. Po drugie, działamy z zupełnie innych pobudek niż władze. Policja musi realizować dwa sprzeczne ze sobą cele. Oczywiście postara się uwolnić wasze dziecko, ale to tylko jeden z celów. Drugim jest schwytanie sprawców – mówiąc „sprawców", celowo używam liczby mnogiej, kidnaping jest dziś bowiem sportem drużynowym. Policja i FBI często poświęcają ich ściganiu tyle samo sił co ratowaniu ofiar. Innymi słowy, działają w pewnym sensie z pobudek politycznych. Niepokojące jest i to, że niekiedy rywalizują ze sobą, a wtedy doprawdy trudno o sukces. Żaden z tych zarzutów nie pasuje do nas. Bezpieczne dostarczenie dziecka do domu jest naszym jedynym celem. Sprawcy nic nas nie obchodzą. Nieważne, czy zostaną aresztowani i skazani. Jeśli tak, to dobrze, ale nas to nie obchodzi, ale policję i FBI – nawet bardzo. Jeśli więc chodzi o waszego syna, mamy nad tymi formacjami pewną przewagę. Nie przejmujemy się nakazami przeszukania ani pozwoleniami na założenie podsłuchu. Nic nas nie obchodzą prawa Mirandy, a od czasu do czasu zdarza nam się rozmawiać z podejrzanymi dość twardo. Gdy potrzebujemy informacji, zdobywamy je. I na tym poprzestańmy.

– Uważacie się za coś w rodzaju straży obywatelskiej? – spytała Laurie.

– Ani trochę – zapewnił ją Collins. – Naszym jedynym celem jest odnalezienie waszego dziecka – jak najszybciej i w dobrym zdrowiu. Taką mamy misję. Jeśli przy okazji coś przykrego przytrafi się porywaczowi, to jego problem, nie nasz, ale my nie zamierzamy nikomu wymierzać kary.

– Na razie mówisz samymi ogólnikami, Grover – poskarżył się Lou. – Powiedz im lepiej o szczegółach. Powiedz, dlaczego świetnie się nadajecie akurat do tej konkretnej sprawy.

– Detektyw Soldano zagrał z nami w otwarte karty – zaczął Grover. – Pokazał nam materiały zgromadzone przez Centrum Kryzysowe policji. Pozwolił nam też przeczytać list z pogróżkami, który pani dostała i zignorowała.

– Miałam swoje powody – odparła zawstydzona Laurie.

– Myślę, że je rozumiem – przyznał Grover. – Zatem proszę nie obwiniać siebie. W liście wspomniano tylko o pani, nie o synu. Jednakże znając i bieżącą sytuację, i treść listu, doradzałbym natychmiastowe działanie, jeśli mamy zminimalizować ryzyko. I tak też postąpimy, jeśli zdecydują się państwo nas zatrudnić. Znam policję i jej metody działania, dlatego przeczuwam, że będzie działała konserwatywnie, czekając na sygnał od porywaczy, a potem wdając się w negocjacje – zresztą już zaczęła to robić. My zaś wierzymy w siłę aktywnego działania i przewidywania konsekwencji. Choć zazwyczaj trudno jest odkryć miejsce, w którym ofiara jest przetrzymywana, w tym przypadku wcale tak nie będzie – i to z kilku powodów. Przede wszystkim uważamy, że kidnaperzy są niedoświadczeni. Porwanie było beznadziejnie zaplanowane i wykonane. Doświadczeni przestępcy nie zaczynają gry od zabójstwa. Lou z pewnością to potwierdzi.

– To prawda – rzekł Lou. – Pracowałem do tej pory nad jedną sprawą tego typu i wtedy porwanie było najstaranniej zaplanowanym elementem całego przedsięwzięcia.

– Po drugie – ciągnął Grover – najwyraźniej nie dokonano dogłębnej analizy państwa sytuacji materialnej. Jeśli się nie mylę, nie są państwo krezusami; nie macie rodzinnej fortuny, z której można by uszczknąć co nieco.

– Jasne, że nie – przyznał Jack. – Wszystkie oszczędności wpakowaliśmy w renowację tego domu.

– Zatem powiem państwu, że w dzisiejszych czasach niezmiernie rzadko zdarza się, by sprawca nie dokonał najpierw wnikliwego badania sytuacji finansowej ofiary. To dlatego twierdzę, że celem tego porwania nie jest krótkoterminowy zysk, ale coś zupełnie innego. Gadanie o pieniądzach ma odwrócić naszą uwagę od czegoś innego. Jeśli list rzeczywiście ma związek z porwaniem, a my uważamy, że ma, to prawdziwym celem jest powstrzymanie pani przed dalszym badaniem sprawy, o której tam wspomniano – przynajmniej na krótki czas. Zechciałaby pani powiedzieć nam o niej coś więcej?

– To sprawa, którą ja przejmuję – wtrącił Lou, zanim Laurie zdążyła się odezwać. – Początkowo sądziliśmy, że chodzi o zgon z przyczyn naturalnych, ale Laurie odkryła, że jest inaczej. Znamy już nazwisko ofiary: Satoshi

Machita. Dziś po południu Laurie ustaliła też, że padł on ofiarą egzekucji, którą zleciła organizacja mafijna. Niczego więcej nie mogę ujawnić.

– Ciekawe – mruknął Grover i przez chwilę analizował nowe fakty. – Możliwy udział organizacji przestępczej to nowy, ważny trop.

– Z całą pewnością ważny dla mojego śledztwa w sprawie morderstwa – dodał Lou.

– Zaciekawił mnie ton listu – powiedział Grover. – Odniosłem wrażenie, że pisała go postronna osoba, być może ofiara wymuszenia. Bo z jakiego innego powodu autor miałby się troszczyć o anonimowość?

– Też o tym pomyślałem – wtrącił Lou. – Zwłaszcza że mieliśmy już w OCME przypadek wymuszenia, mniej więcej piętnaście lat temu. Pamiętasz, Laurie?

– Jasne, że tak – odrzekła. – Vinnie Amendola był dłużnikiem bandy Pauliego Cerina, który kiedyś uratował jego ojca. Zresztą dziś Vinnie też był jakiś nieswój, nawet bardzo. Wziął urlop, podobno wyjechał w pilnej sprawie rodzinnej.

– Nie mówił, dokąd się wybiera? – spytał Lou.

– Nie mówił.

– No, to już wiem, czym się zajmę z samego rana – oznajmił Lou.

– Doskonale – powiedział Grover – ale chyba nie możemy czekać, aż uda się zlokalizować i przesłuchać tego Vinniego. Mówiąc wprost, boję się o dziecko. Kimkolwiek są sprawcy, z pewnością nie chcą zabić chłopca, co można wnosić z przebiegu porwania, ale niepokoi mnie to, co z nim zrobią, gdy już stwierdzą, że osiągnęli cel – odciągnęli Laurie od sprawy, której nie miała rozwikłać. Nawiasem mówiąc, pewnie jeszcze nie wiedzą, że już to zrobiła.

– Jak więc chciałby pan zadziałać? – spytał Jack. Nie widział innej możliwości niż czekanie, aż porywacze zadzwonią, a następnie namierzenie miejsca, w którym się znajdują. – Rzeczywiście, sam widzę, że policja zamierza wciągnąć bandytów w negocjacje. Ale JJ może być w dowolnym miejscu, na drugim końcu stanu, a może i w którymś z sąsiednich.

– Uważam, że dziecko znajduje się w pobliżu – odparł Grover. – Zważywszy na dotychczasowy przebieg sprawy, czyli totalny brak planowania ze strony porywaczy, twierdzę, że wasz syn jest w domu któregoś z nich. Pod wieloma względami przetrzymywanie dziecka jest w sensie logistycznym o wiele łatwiejsze niż przetrzymywanie dorosłego. Dorosły nie może się dowiedzieć, gdzie jest więziony. Nie może zobaczyć swoich ciemiężycieli. No, chyba że ci nigdy nie zamierzają go uwolnić. Jednakże zabicie ofiary stawia ich na przegranej pozycji, nic już bowiem nie zyskają, z powodu skomplikowanego mechanizmu „dowodu życia", który musi zadziałać, zanim dojdzie do wymiany.

– W porządku – odparł Jack. – Rozumiem to wszystko, ale jak pan zamierza ustalić, gdzie jest przetrzymywane nasze dziecko? Moim zdaniem to niemożliwe.

– Często trudne, ale nie niemożliwe – odrzekł Grover. – Zdarzają się okoliczności, które mogą nam pomóc, i wierzę, że tak właśnie jest i tym razem. Po pierwsze, bardzo możliwe, że Vinnie Amendola pomoże nam uzyskać informacje o tożsamości porywaczy. Na to jednak nie możemy czekać. Okolicznością, którą możemy wykorzystać od razu, jest to, że mieszkają państwo w zżytej wspólnocie. Ci, którzy nie znają Nowego Jorku, pewnie by tego nie zrozumieli, bo dla nich jest to tylko wielkie, bezosobowe miasto. My zaś, czekając na państwa, mieliśmy okazję porozmawiać z waszym przyjacielem, Warrenem Wilsonem, który bardzo się niepokoi losem dziecka i bardzo chciałby pomóc.

Grover wskazał na Warrena, który w odpowiedzi skinął głową.

– Pan Wilson powiedział mi – ciągnął Grover – że są państwo szanowanymi i powszechnie lubianymi członkami – zżytej, jak mówiłem – lokalnej społeczności, i to już od niemal dwudziestu lat. Wspomniał też o państwa hojności – mam na myśli plac zabaw po drugiej stronie ulicy, ale także tych młodych ludzi, którzy dzięki państwu kontynuowali naukę w szkole, a często i w college'u. To wspaniała historia, za którą teraz czeka państwa nagroda.

– Jak to? – zdziwił się Jack.

– Jeśli firma CRT czegoś się nauczyła przez lata zajmowania się setkami porwań, to właśnie tego, że kidnaperzy często obserwują rodzinę ofiary, głównie po to, by mieć pewność, że realizowane są ich żądania. Praktycznie zawsze jednym z żądań jest to, by nie zwracać się o pomoc do władz. Jednak jedynym sposobem na sprawdzenie, czy policja rzeczywiście nie zajmuje się sprawą, jest nieustanne obserwowanie domu. Jeśli się okaże, że żądanie nie zostało spełnione, temat zostanie poruszony w kolejnej rozmowie telefonicznej, w której zwykle padają groźby skrzywdzenia porwanego. Jeżeli nie mylimy się co do tego, że w tym przypadku nie chodzi wcale o okup, ale o utrzymanie pani Stapleton z dala od pracy, tym bardziej mamy prawo podejrzewać, że ktoś nieustannie obserwuje dom, a przynajmniej od świtu do nocy.

– Zamierzacie więc schwytać obserwatora? Taki jest plan?

– Tak jest. Co najmniej sześć razy z powodzeniem go zrealizowaliśmy – w tym dwa razy w São Paulo – a to dlatego, że posłużyliśmy się nim w stabilnych, zwartych społecznościach lokalnych, których członkowie błyskawicznie rozpoznają obcych. Warren zaproponował już, że zorganizuje dla państwa taką akcję, począwszy od jutrzejszego poranka. Zapewnia, że w tej zżytej grupie mieszkańców nieraz już stosował podobną metodę, by ograniczyć przemoc ze strony gangów.

Jack spojrzał na Warrena, a ten znowu skinął głową na potwierdzenie.

– A kiedy już złapiecie tego obserwatora? Co z nim robicie? – spytał Jack.

– Lepiej nie pytać – odrzekł mu szczerze Grover. – Po pierwsze, upewniamy się, że to właściwy człowiek. Potem pytamy go, gdzie jest ofiara. Jak już mówiłem, w przeciwieństwie do policji miejskiej czy FBI nie mamy związanych rąk. Nie interesują nas prawa człowieka, tylko ratowanie ofiary porwania. Niekiedy oznacza to, że trzeba używać mocniejszych argumentów.

– A kiedy już znacie miejsce?

– To zależy od tego, jak bardzo niepokoi nas sytuacja ofiary. Gdy uważamy, że jest względnie bezpieczna, spokojnie badamy okoliczności i przygotowujemy się do akcji. Czasem jednak – i tak jest tym razem – wolimy natychmiast zacząć akcję ratowniczą. I wtedy do akcji wkracza Colt. To najlepszy ratownik w CRT; wręcz legendarny talent. Potrafi wejść do domu i wyciągnąć komuś kolczyki z uszu, nie budząc go przy tym.

– Jeśli was zatrudnimy, jak zareaguje policja? – spytał Jack. – Może nie powinna się o tym dowiedzieć? A jeśli powinna, to od kogo?

– Sami powiadamiamy władze. Staramy się z nimi współpracować, a nawet sugerować pewne rozwiązania. Oczywiście nigdy nie mówimy stróżom prawa, co mają robić, tylko powołujemy się na własne pozytywne doświadczenia z przeszłości. Poza tym nigdy nie dopominamy się uznania za uratowanie ofiary – zostawiamy to policji. Nie potrzebujemy zainteresowania mediów, bo najlepiej działamy anonimowo.

– Mogę spytać o cenę?

– Naturalnie. Dwuosobowa ekipa, czyli Colt i ja, to dwa tysiące dolarów dziennie plus wydatki. Jako że nie przewiduję dalekich podróży, będą to wydatki minimalne.

– Przeproszę panów na chwilę – rzekł Jack, podnosząc się z krzesła. Skinął na Laurie, by wyszła z nim na korytarz. Gdy się tam znaleźli, spytał szeptem: – I co ty na to? – Śledczy Bennett i jego policjanci zrobili na mnie dobre wrażenie, ale ci dwaj wcale nie są gorsi. Mają wielkie doświadczenie. Tylko że ja jestem tak roztrzęsiona, że wcale nie wiem, czy podjęłabym racjonalną decyzję. Tak czy owak, podoba mi się ta koncepcja aktywnego działania.

– Słusznie – odparł Jack. – Ja też nie powiedziałbym, że myślę teraz superlogicznie. Zapytajmy o zdanie Lou i Warrena.

– Dobry pomysł.

Jack zajrzał do pokoju i gestem przywołał do siebie Lou i Warrena. Przyszli natychmiast, a gdy całą czwórką znaleźli się w kuchni, skąd nie mogli ich usłyszeć dżentelmeni z CRT, Jack rzekł:

– Laurie i ja zdajemy sobie sprawę, że nie jesteśmy teraz zdolni do podejmowania racjonalnych decyzji. Trochę nas to wszystko przytłacza. Jak sądzicie, co powinniśmy zrobić?

– Moim zdaniem trzeba ich zatrudnić – odparł Lou. – Przecież po to ich tu wezwałem. Myślę nawet, że macie szczęście, że znaleźli trochę czasu.

– A ty, Warren?

– Ja też bym ich zatrudnił. Co macie do stracenia? A ja z chęcią wam pomogę, przez wzgląd na JJ'a i Leticię. Podobnie jak reszta kumpli. Bez problemu.

– Super! – rzekł stanowczym tonem Jack, choć tak naprawdę nie udało mu się jeszcze znaleźć powodu, dla którego miałby z optymizmem spojrzeć na koszmar, w którym utknęli.

Rozdział 37

To nie była dobra noc dla Laurie i Jacka. Gdy wszyscy oprócz nich i funkcjonariusza czuwającego nad sprzętem elektronicznym opuścili dom, horror minionego dnia powrócił z nową siłą. Świadomość, że dziecko jest w rękach złych ludzi, którzy mogą je skrzywdzić, i poczucie całkowitej bezsilności, były torturą, której nigdy wcześniej nie zaznali. Rozmawiali także o tym, co spotkało Leticię, doskonale wiedząc, że do końca życia będą się czuli winni. Wreszcie tuż przed siódmą Laurie zapadła w niespokojny sen po wyjątkowo intensywnym ataku płaczu. Jack nie zmrużył oka. O siódmej trzydzieści wstał, zaparzył herbatę i usiadł w salonie. Oddychał – i w zasadzie nie robił nic ponadto, bo w głowie czuł przeraźliwą pustkę.

I właśnie w takim był stanie, gdy zadzwonił telefon. W panice odebrał słuchawkę – nie dlatego, że podejrzewał, kto może dzwonić, ale dlatego, że nie chciał obudzić Laurie.

– Halo – powiedział.

– Chcę mówić z Laurie Montgomery-Stapleton – oznajmił stanowczo Brennan, coraz lepiej radząc sobie z gniewnym brzmieniem głosu. Mówił tak, jakby chciał stworzyć wrażenie, że ma powody czuć się oszukany.

– Ona śpi – odpowiedział Jack. Poprzedniego wieczoru nie słyszał głosu tego człowieka, ale doskonale wiedział, z kim rozmawia, i dlatego czuł, że ogarnia go wściekłość. Musiał się powstrzymywać, by nie nakrzyczeć na Brennana.

– Jeśli wie, co jest dobre dla jej syna, będzie chciała ze mną pogadać.

– Może pan rozmawiać ze mną – odparł Jack. – Jestem jej mężem i ojcem dziecka.

– A ja chcę rozmawiać z nią, nie z tobą – odparował Brennan. – I nie kłóć się ze mną, człowieku, bo zaraz pójdę do samochodu, przywlokę tu tego zasranego gówniarza i sprawię, że pożałujesz swojej nieuprzejmości.

– W porządku – odpowiedział niechętnie Jack. Nie zamierzał narażać JJ'a na niebezpieczeństwo. Położył słuchawkę na stoliku i pospieszył do sypialni. Gdy pchnął drzwi, Laurie już siedziała na łóżku, opierając łokcie na kolanach i skrywając twarz w dłoniach.

– Kochanie, przykro mi, ale... to on. Chce rozmawiać z tobą.

Laurie skinęła głową i wyciągnęła rękę po drugą słuchawkę, ale nie odpowiedziała od razu. Czuła wściekły ból w obu skroniach, jakby poprzedniego dnia upiła się do nieprzytomności.

– Halo – odezwała się wreszcie. W jej głosie było znużenie, które naprawdę czuła.

– Niech pani powie swojemu mężowi, że kiedy ja dzwonię, to chcę rozmawiać z panią i z nikim innym. Czy to jasne? Koniecznie chciał za mną pogawędzić. Niech mu pani przekaże, że jeśli to się powtórzy, smarkacz na tym straci. Może ucho, a może palec? Chętnie wyślę wam taki upominek, żebyście wiedzieli, że traktujemy sprawę poważnie.

– Czy mój syn jest przy panu?

– Nie, nie tym razem. Siedzi w samochodzie. Ale po południu, kiedy znowu zadzwonię, będzie przy telefonie. A teraz nasze żądania. Proszę pamiętać: żadnej policji, bo dzieciak będzie cierpiał. Chcemy miliona dolarów, ale nie w gotówce. Gotówka jest nieporęczna i może zostać oznaczona. Chcemy miliona dolarów w czyściutkich, świeżutkich diamentach. Rozmiar nas nie interesuje, ale łączna wartość hurtowa kamieni musi sięgać miliona dolarów. Łatwo je kupić w Nowym Jorku. Jakieś pytania?

– A jeśli nie uda nam się zdobyć miliona dolarów? – spytała dość rzeczowym tonem Laurie.

– Oboje jesteście lekarzami – odparł Brennan. – Na pewno dacie radę.

– Wszystkie pieniądze zainwestowaliśmy w dom.

– A co mnie to obchodzi? – spytał Brennan i przerwał połączenie.

Laurie wolno odłożyła słuchawkę i spojrzała na stojącego przy niej Jacka.

– Słyszałeś, co mówił?

– Mniej więcej – odparł Jack.

– Moim zdaniem on tylko odgrywa rolę.

– I ja myślę, że Grover miał rację. To nowicjusze, a okup ma dla nich drugorzędne znaczenie – odparł Jack. – Czy gdyby było inaczej, to facet upierałby się, żeby porozmawiać z tobą? Chciał tylko być pewny, że siedzisz w domu, a nie wróciłaś do OCME.

– Możliwe – zgodziła się Laurie. W tej chwili czuła tylko jedno: strach, bo ci bandyci byli gotowi skrzywdzić jej dziecko. Rozpaczliwie pragnęła, żeby JJ wrócił do domu cały i zdrowy.

– Przynieść ci coś? – spytał Jack.

– Nie – odparła, znów ogarnięta falą przygnębienia.

– A może weźmiesz prysznic? Spróbuj, to powinno przywrócić ci apetyt. Pamiętaj, że wieczorem nic nie jedliśmy.

– Nie jestem głodna.

– Właśnie o tym mówię. Zgłodniejesz, kiedy weźmiesz prysznic.

– Zostaw mnie – warknęła Laurie. – Nie potrzebuję ani prysznica, ani śniadania. Chcę tu leżeć.

– W porządku – westchnął Jack. – Ja tymczasem zejdę na dół i zobaczę, czy nasz policjant przechwycił tę rozmowę. Nie pamiętasz, jak mu było?

– Chyba się nie przedstawił – skomentowała Laurie i apatycznie opadła na poduszkę. Bardzo chciała zasnąć, ale wiedziała, że to niemożliwe. Była wyczerpana, przygnębiona i otępiała zarazem.

Jack zszedł na parter i zapukał do drzwi pokoju gościnnego. Policjant w cywilnym ubraniu otworzył natychmiast i przedstawił się:

– Sierżant Edwin D. Gunner.

– Dopiero sobie uświadomiłem – rzekł zawstydzony Jack – że pan pewnie nic nie jadł. Może zrobię panu śniadanie?

– Przydałby się kubek kawy – przyznał Edwin. – Śniadań zwykle nie jadam.

– Słyszał pan rozmowę telefoniczną? Dzwonił porywacz.

– Oczywiście – odparł Edwin, idąc za Jackiem po schodach w stronę kuchni.

– I udało się namierzyć skąd telefonował?

– Tak jest.

– Zatem skąd?

– Z jednego z ponad tysiąca automatów telefonicznych dostępnych w mieście, a konkretnie z tego, który znajduje się w całodobowej pralni, w Lower East Side. Oczywiście natychmiast posłaliśmy tam wóz patrolowy, ale proszę sobie nie robić wielkich nadziei. Zanim dotrze tam policja, porywacz zdąży się oddalić.

– Nie wątpię – odparł Jack. A w duchu siłą woli stłamsił fantazję, w której stał z łomem obok bandyty odwieszającego słuchawkę.

Rozdział 38

27 marca 2010
sobota, 10.30

Warren Wilson mieszkał w tym samym kwartale budynków co Laurie i Jack, ale bliżej Columbus Avenue. Podjął się pierwszej wachty i od szóstej rano strzegł domu Laurie i Jacka, wypatrując obcych. Budynek ten, odległy ledwie o kilkaset jardów od Central Parku, wyróżniał się spośród innych jako wyjątkowo zadbany. Na parapetach stały schludne skrzynki na kwiaty, a drzwi frontowe zdobiła mosiężna kołatka. Tyle że o tej porze roku skrzynki były jeszcze puste.

Nie chcąc zbytnio rzucać się w oczy, Warren pożyczył psa od sąsiadów z dołu. Było to urocze, małe zwierzę imieniem Killer, które miało zwyczaj szczekać na absolutnie wszystko, nie wyłączając samochodów. Jako że o szóstej rano mało kto decydował się na spacer, Warren wolał udawać, że ma powód, żeby wałęsać się po ulicy, a Killer był szczęśliwy, ponieważ mógł obwąchać każde drzewo i każdy hydrant, który mijali po drodze.

Poprzedniego wieczoru, gdy Warren wyszedł od Laurie i Jacka, zebrał u siebie pięciu najlepszych kumpli – wszyscy mieszkali w okolicy od urodzenia. Razem grali w koszykówkę i swego czasu razem uczyli się w ogólniaku. Podobnie jak Warren byli czarnoskórzy. Pracowali i mieszkali w pobliżu, a ogromną większość mieszkańców ulicy znali z imienia.

Była to sobota, więc z ogromną ochotą zgodzili się pomóc. Zapowiadano dobrą pogodę i pewnie tak czy inaczej spotkaliby się po południu na boisku koszykówki, naprzeciwko domu Jacka i Laurie.

Dokładnie pół godziny później niż się umawiali, czyli o dziesiątej trzydzieści, pojawił się Flash.

– Hej, stary – powitał go Warren. Flash garbił się jak zwykle, ubrany w hiphopowe ciuchy i ciemne okulary. – Marnie dziś wyglądasz.

– Daj spokój – odparł Flash. – Nie wiem, po co się zgodziłem na te męki. To kogo mam szukać i po co?

Warren wyjaśnił mu sytuację dokładnie tymi samymi słowy, których użył poprzedniego wieczoru.

– Tylko mi tu nie zaśnij – uprzedził. – Bo jeśli to zrobisz, skopię ci dupę.

– Ty i kto jeszcze? – spytał drwiąco Flash.

Patrolując okolicę przez cztery i pół godziny, Warren nie dostrzegł absolutnie nic podejrzanego. Przechodniów było zaskakująco niewielu, a ci nieliczni i tak nie zwracali uwagi na dom Laurie i Jacka. Nie pojawił się też żaden podejrzany samochód jeżdżący zbyt często Sto Szóstą Ulicą. Pod każdym względem był to normalny, sobotni poranek i jak to wczesną wiosną – słychać było jedynie świergot ptaków. Prócz paru osób wyprowadzających psy nie pojawił się nikt.

Warren zwrócił Killera właścicielowi i poszedł na Columbus Avenue. Kupił „Daily News" w sklepiku u Koreańczyka i zasiadł w jednej z licznych w tej okolicy kawiarenek, by uraczyć się kawą i bajglem. Zdążył jedynie przejrzeć nagłówki artykułów, gdy odezwał się telefon. Warren zerknął na wyświetlacz: dzwonił Flash.

Lekko rozdrażniony tym, że przyjaciel już zawraca mu głowę, Warren odebrał, nie kryjąc się z emocjami:

– Tak?! – warknął.

– Trafiony – oznajmił Flash.

– Co znaczy trafiony? – spytał Warren, coraz bardziej zirytowany. – Sterczysz tam ledwie piętnaście minut.

– Nie wiem, ile sterczę, ale widzę tu typa, który wygląda mi bardzo podejrzanie.

– Naprawdę? – spytał z powątpiewaniem Warren. – Piętnaście minut to za mało, żeby mieć pewność, że to obserwator.

– Facet zachowuje się podejrzanie. Jakby siedział tu cały dzień. A w dodatku nigdy go tu nie widziałem.

– Dobra, więc miej go na oku! Jeśli za jakiś czas nadal będzie się podejrzanie zachowywał, daj mi znać. – Warren przewrócił oczami i przerwał połączenie. – Jezu Chryste nazareński – jęknął z cicha, odrzucając telefon na stół, jakby to on był winien.

Piętnaście minut później, gdy zdążył zjeść pół bajgla i przejrzeć mało interesujący tego dnia dział sportowy, telefon znowu zadzwonił. Flash.

– Dobra, co się dzieje? – spytał Warren, wciąż bardzo nieufnie.

– Facet dalej zachowuje się podejrzanie. Jest z Jersey, a przynajmniej na to wskazują tablice jego czarnego cadillaca escalade. Wiesz, normalnie jakby się reklamował: jestem obserwatorem! W pewnej chwili wylazł z wozu i zaczął się rozciągać.

– Nie podchodź za blisko. Obserwatorzy mają to do siebie, że są wyczuleni na to, czy ktoś ich obserwuje. Jaki dystans trzymasz w tej chwili?

– Może z pięćdziesiąt stóp. Jestem po drugiej stronie ulicy.

– Za blisko. Odejdź stamtąd, nie patrząc w jego stronę! Wiesz co? Idź na boisko do koszykówki. Dołączę do ciebie z piłką. Będziemy udawać, że trenujemy.

– A jeśli odjedzie? Mam za nim biec?

– Nie. Jeśli to zrobi, spróbuj tylko dyskretnie zanotować numer rejestracyjny.

– Kapuję.

Warren jednym haustem dopił kawę, złożył gazetę i wybiegł z kawiarni. Dopiero na Sto Szóstej zwolnił i zaczął iść spacerowym tempem. Dochodząc do domu, zauważył Flasha, który właśnie wszedł na plac zabaw. Dostrzegł też czarnego SUV-a stojącego przy krawężniku.

– Gdzie byłeś? – spytała jego dziewczyna, Natalie, gdy tylko wszedł do mieszkania.

– Na spacerze – odpowiedział, otwierając szafę w korytarzu, by wyjąć jedną z kolekcji piłek do koszykówki.

– Tak wcześnie? – zdziwiła się Natalie. Zazwyczaj w sobotnie poranki Warren lubił wylegiwać się do późna. – A o której wyszedłeś?

– Koło szóstej – odpowiedział. Wchodząc do salonu, dał dziewczynie całusa w policzek.

– O szóstej? A coś ty robił na ulicy o tej porze?

– Wyprowadzałem Killera. Słuchaj, później wszystko ci wytłumaczę. Flash jest na boisku; idę z nim poćwiczyć.

– W porządku – odrzekła dość obojętnie Natalie. Skoro nie chciał jej powiedzieć, co robił o szóstej rano poza domem, mało ją obchodziły jego plany na resztę soboty. – Baw się dobrze.

Warren wrócił na ulicę i poszedł w stronę placu zabaw. Ruch był teraz zdecydowanie większy niż wczesnym rankiem. W piaskownicy na placu bawiło się paru malców, a starsze dzieci okupowały pobliskie huśtawki. Zbliżając się do czarnego SUV-a, nie mógł dostrzec w jego wnętrzu praktycznie niczego – szyby były zbyt mocno przyciemnione. Trzymał się prawej strony ulicy i dopiero gdy znalazł się na wysokości wozu, przeszedł na drugą stronę, tuż przed maską. Za kierownicą majaczyła jakaś postać, ale nie widział jej wyraźnie, zwłaszcza że starał się nie patrzeć prosto na nią.

Dotarłszy na chodnik, pomachał ręką i zawołał Flasha,

a ten odpowiedział takim samym gestem. Nie odwracając się, Warren poszedł w stronę boiska.

– Nie ruszył się? – spytał, stając przed Flashem.

– Pytasz o faceta czy o wóz? Bo faceta nie widzę, a wóz stoi tam, gdzie stał.

Warren podał mu piłkę.

– Chodź, zagramy szybki mecz jeden na jednego. Nie patrz w stronę samochodu, ale jednocześnie czuwaj.

Warren był znacznie lepszym graczem i wygrał bez trudu, za to nie dorównywał Flashowi w rzucaniu obelg. Przystanęli zdyszani. Choć przed meczem umawiali się, że będą grać na luzie, naturalny instynkt współzawodnictwa zwyciężył i walczyli na pełnych obrotach.

– Odpocznijmy – zaproponował Warren. Usiadł ciężko na ławce i wyjął telefon.

– O, tak – kpił Flash. – Wygrał fartem i już musi odpoczywać.

– Daj mi chwilę, to dostaniesz drugą szansę na przegraną – odparł Warren. – Pora zadzwonić do naszych wojaków. Bo chociaż z trudem przechodzi mi to przez gardło, muszę przyznać, że chyba wypatrzyłeś tego, kogo szukamy.

Flash został na boisku, by poćwiczyć rzuty, gdy Warren wybierał numer Grovera Collinsa i meldował mu o namierzeniu obserwatora przed domem Laurie i Jacka.

– Jak długo macie go na oku? – spytał Grover. Mówił takim tonem, jakby błyskawiczny sukces Warrena wcale go nie zaskoczył.

– Niedługo. Piętnaście, może dwadzieścia minut. Siedzi w wozie prawie dokładnie naprzeciwko domu Laurie i Jacka. Nie jest specjalnie subtelny. Podobno wychodził już na chodnik, żeby się porozciągać.

Grover parsknął śmiechem.

– Powiedziałbym, że jest cholernie pewny siebie.

– A ja, że cholernie głupi – odparował z humorem Warren, próbując naśladować brytyjski akcent Grovera.

– Spróbujcie go nie zgubić, ale bądźcie znacznie bardziej subtelni niż on.

– Zrobi się. To naprawdę nic trudnego. Jesteśmy na boisku i gramy w kosza jak w każdą sobotę.

– Jeśli odjedzie, nie próbujcie go śledzić. Albo wróci sam, albo pojawi się jego zmiennik. A ja jadę po mojego partnera. Jesteś uzbrojony?

– Jasne, że nie! – odparł Warren. Jego ton wskazywał na to, jak głupie wydało mu się to pytanie.

– A może byłoby lepiej, gdybyś był. Jeśli jakimś cudem Colt i ja schrzanimy robotę, co jeszcze nigdy nam się nie zdarzyło, nie chciałbym, żebyś był bezbronny. Domyślam się, że jeśli się postarasz, znajdziesz jakąś broń.

– Coś znajdę – odparł wymijająco Warren.

– Zjawimy się jak najszybciej. Pamiętaj: tylko subtelnie!

– A mogę spytać, jaki macie plan?

– Bardzo prosty. Podjedziemy i zaprosimy tego dżentelmena, żeby z nami pojechał na krótką imprezkę, podczas której zadamy mu kilka pytań. Na szczęście zdążyliśmy już wynająć uroczy lokal. A kiedy dowiemy się tego, co nas interesuje – czyli poznamy adres, pod którym przetrzymywane jest dziecko Stapletonów – odstawimy naszego przyjaciela z powrotem do jego samochodu. Wtedy moglibyście nam pomóc ułożyć go wygodnie, żeby się zdrzemnął, zanim prochy przestaną działać.

– A nie będziecie potrzebowali pomocy w przerzuceniu go z jego samochodu do waszego?

– Broń Boże – odparł Grover. – Niemniej dziękuję za ofertę. Powód, dla którego odmawiam, jest prosty: to będzie przestępstwo. Nie wolno porywać kogoś wbrew jego woli. My jednak wierzymy w inne prawo: oko za oko, ząb za ząb. Choć oczywiście od bieżących kwestii prawnych mamy swojego adwokata... Tak czy owak: nie. Sami porwiemy porywacza.

Rozdział 39

– Myślę, że możemy sobie pogratulować – rzekł Colt do Grovera. Siedział za kierownicą wozu, jego partner zaś analizował wskazówki systemu MapQuest. – Spotkanie udało się nadzwyczajnie.

Spotkanie, które miał na myśli, polegało na tym, że schwytali obserwatora i przeprowadzili go do budy wynajętej czarnej furgonetki marki Ford. W chwili, gdy go zaskoczyli za kierownicą SUV-a, drzwi wozu nie były zamknięte. Mężczyzna – Duane Mackenzie, jak się później dowiedzieli – nie zajmował się zbytnio obserwacją domu; znacznie baczniej obserwował mecz koszykówki na pobliskim boisku. W konsekwencji Grover i Colt bez trudu zdążyli otworzyć drzwi wozu z obu stron, zanim kierowca zorientował się, co się święci. A gdy już zrozumiał, było za późno, przycisnęli bowiem do jego szyi dwa pistolety automatyczne marki Smith & Wesson, jednocześnie odbierając mu broń.

– A teraz posłuchaj, co zrobimy – powiedział Colt do przerażonego Duane'a. – Wysiądziemy z twojego samochodu, przejdziemy na drugą stronę ulicy i wejdziemy do budy tego czarnego Forda. Nie będziesz nam sprawiał kłopotów, prawda? Bo jeśli tak, to będziemy musieli cię rozwalić. Rozumiemy się?

– Kim jesteście? – chciał spytać gniewnie Duane, ale zbyt mocno drżał mu głos, by wypadło to przekonująco.

– Zamknij się! – warknął w odpowiedzi Colt, a potem zwrócił się do Grovera: – Jak wygląda okolica? – Ani na chwilę nie spuszczał przy tym z oczu wystraszonego Duane'a.

– Całkiem dobrze – odparł Grover, również celowo nie używając imienia partnera. – Pieszych nie widzę, poza dwoma idącymi w przeciwnym kierunku. Samochodów też brak.

Colt, który stał po stronie kierowcy, jednym szarpnięciem wywlókł Duane'a z SUV-a i razem pomaszerowali na drugą stronę ulicy. Na wszelki wypadek opuścił broń, podobnie jak Grover, który dogonił ich po kilku krokach, a potem wyprzedził, by otworzyć tylne drzwi furgonetki.

Colt wprawnym ruchem wepchnął Duane'a do środka i kazał mu położyć się na dywanie w orientalne wzory. Grover także wskoczył do środka i gdy Colt trzymał pistolet przytknięty do karku jeńca, spętał mu ręce na plecach taśmą izolacyjną, zakneblował szmatą i kolejnym kawałkiem taśmy, a następnie zgrabnie zawinął w dywan. Cała akcja, od wejścia do wozu Duane'a do ukrycia go w zwiniętym dywanie, nie trwała dłużej niż minutę, a jedynym jej świadkiem był Jack, który wziął sobie do serca rozmowę z poprzedniego wieczoru, wypatrzył czarnego SUV-a opodal domu i bacznie go obserwował przez okno.

– W którym miejscu mam skręcić na wschód? – spytał Colt, jadąc na południe aleją Central Park West.

– Albo w Pięćdziesiątą Dziewiątą, albo w Pięćdziesiątą Siódmą – odparł Grover. – Lepiej w Pięćdziesiątą Dziewiątą.

Jechali do Woodside w Queensie, gdzie wynajęli mały, piętrowy domek z cegły, z garażem, do którego wjeżdżało się od strony alejki na tyłach posesji. I właśnie ów garaż był decydującym czynnikiem: zależało im na tym, by uniknąć ciekawskich spojrzeń, gdy będą wyładowywać swojego gościa.

– Sądzisz, że jest wystarczająco przerażony? – spytał Colt. Wystraszenie ofiary i skłonienie jej tym sposobem do szczerych wyznań było głównym celem techniki, którą zastosowali.

– Tak – odparł Grover. – Ja bym był – dodał i spojrzał na zegarek. – Mam nadzieję, że nie potrwa to zbyt długo. Czeka nas dzisiaj sporo pracy.

Przejechali po moście Queensboro i przez Northern Boulevard dotarli do Pięćdziesiątej Czwartej Ulicy. Dom, który wynajęli, stał w samym środku kwartału. Colt skręcił w zaułek, a Grover użył po chwili pilota, by otworzyć automatyczną bramę garażu. Uniosła się z klekotem, a Colt wprawnie wjechał do środka i wyłączył silnik.

– Najpierw zabierzmy narzędzia i przygotujmy wszystko, a potem wrócimy po naszego gościa.

– W porządku, tylko nie traćmy już czasu – odparł Grover.

Rozdział 40

Sygnał telefonu znowu sprawił, że Laurie i Jack podskoczyli, podobnie jak ich puls. Pół godziny wcześniej dzwonił Warren – przepraszał, że przeszkadza, ale chciał donieść, że koledzy zjawili się już na boisku i można było zacząć grę wcześniej niż zwykle. Chciał wiedzieć, czy Jack by się nie przyłączył, żeby oderwać umysł od tego, co się działo. Jack zastanawiał się nad propozycją przez uczciwą chwilę, ale gdy spojrzał na Laurie, wiedział już, że musi odmówić. Uznał, że choć brakuje im już tematów do rozmowy, powinien zostać przy niej. Dla obojga najgorsze było poczucie bezradności, a także ciągłe wahania nastrojów, od przygnębienia do dzikiej złości.

Zanim Warren zakończył rozmowę, postanowił, że powie Jackowi o czymś co najmniej interesującym, jeśli nie dającym nadziei – i opowiedział o tym, jak Flash namierzył obserwatora, a Grover i Colt zaprowadzili go to furgonetki i odjechali.

– Widziałem to porwanie – przyznał Jack. – Nie wiesz, dokąd go zabrali?

– Nie – odparł Warren – ale mamy zostać w pobliżu do czasu, aż go odwiozą. Między innymi dlatego wcześniej zaczynamy mecz.

Teraz, gdy telefon zadzwonił po raz drugi, żadne z nich nie chciało podnieść słuchawki. Laurie siedziała w fotelu, a Jack na kanapie obok narożnego stolika, na którym stał telefon. Jack był teraz w fazie przygnębienia i wątpił, czy jest zdolny do rozmowy z kimkolwiek. Mimo to po kilku kolejnych sygnałach wreszcie podniósł słuchawkę. Spodziewał się, że to Warren spróbuje znowu namówić go na mecz, ale mylił się. Dzwonił kapitan Mark Bennett.

– Jak sobie radzicie? – spytał Mark. – Udało wam się pospać choć trochę?

– Sen nie był nam pisany – odparł filozoficznie Jack. – A co nowego u pana? Wie pan już, że znowu dzwonił porywacz?

– Oczywiście – odparł Mark. – Słuchałem nagrania kilkakrotnie, a nawet odwiedziłem tę pralnię, z której telefonowano. Miałem nadzieję, że znajdę kogoś z obsługi, kto zapamiętał dzwoniącego, ale nie dopisało mi szczęście. Cóż, teraz przynajmniej wiemy, w jaki sposób zamierzają się z nami kontaktować, a to ważna rzecz.

– To nam pomoże?

– I tak, i nie. W mieście jest wiele publicznych automatów telefonicznych i nie możemy obstawić wszystkich. Możemy natomiast pamiętać o tym w toku sprawy. Ważne jest także to, że pojawiły się żądania. To oznacza, że wkrótce rozpoczną się negocjacje. Powiedziałbym, że to kamień milowy.

– Nie zapominajmy o poprzednim żądaniu – powiedział Jack. – Żadnej policji, bo inaczej skrzywdzą naszego JJ'a.

– To typowe żądanie porywaczy – odparł Mark. – Z oczywistych powodów traktujemy je bardzo poważnie. Nie będziemy się afiszować z naszą obecnością. To, czy zawiadomią państwo o niej media, nie zależy ode mnie, ale mam nadzieję i gorąco namawiam, aby państwo tego nie robili.

– A co z pańskimi ludźmi, którzy będą tu przychodzić

i wychodzić? – spytał Jack. – I co z funkcjonariuszem, który pracuje w pokoju na dole?

– Ten ostatni na razie zostanie na posterunku, a później na pewno nie będzie korzystał z frontowych drzwi. Będę wdzięczny, jeśli zechcą mu państwo dać coś do jedzenia i picia, a jeszcze dziś lub jutro wymyślimy jakiś sposób, by moi ludzie mogli się zmieniać, nie wzbudzając niczyich podejrzeń. Domy w zabudowie szeregowej mają na szczęście tę zaletę, że można z nich wyjść na podwórko.

– I naprawdę nikt nie będzie korzystał w frontowych drzwi? – upewnił się Jack.

– Na pewno – odparł Mark.

– Ma pan do nas jeszcze jakąś sprawę?

– Tak. Dzwonili do mnie technicy, którzy badali furgonetkę wykorzystaną podczas porwania. Tak jak się spodziewaliśmy, była kradziona, i tak jak się spodziewaliśmy, została starannie wymyta. Mimo to udało się zabezpieczyć trochę niepełnych oraz kilka pełnych odcisków palców. Wszystkie są w tej chwili badane. Możliwe, że to bardzo ważny trop. Poza tym rozesłaliśmy nakaz zatrzymania pańskiego współpracownika, Vinniego Amendoli. Jak na razie nie został zlokalizowany. Oczywiście nie twierdzę, że celowo się ukrywa; po prostu jeszcze nie wiemy, gdzie jest. Chciałbym też coś państwu zasugerować. Jak wiadomo, porywacze chcieliby dostać diamenty, co jest bardzo sprytnym posunięciem z ich strony. Łatwo jest zdobyć diamenty warte milion, ale nie wtedy, gdy nie ma się miliona dolarów. Obawiam się, że muszą państwo zorientować się, ile pieniędzy będą w stanie zebrać.

– Wszystkie oszczędności ulokowaliśmy w tym domu. Nie jest obciążony hipoteką, podobnie jak działka.

– Zachęcam więc do rozmów z bankiem; proszę się zorientować, jaką kwotę kredytu mogliby państwo uzyskać. A co z polisami na życie?

– Uzbierałaby się z nich jakaś kwota, ale niezbyt duża – odparł Jack.

– Cóż, proszę spróbować. Gdy znajdziemy się w tym punkcie negocjacji, musimy wiedzieć, jaka jest maksymalna kwota, którą możemy operować. Ma pan jeszcze jakieś pytania? W tej chwili angażujemy w tę sprawę wszystkie siły. Dopiero co rozmawiałem z komisarzem. Bardzo mu zależy na tym, żebyśmy zakończyli operację – najlepiej na wczoraj.

– Owszem, mam pytanie – powiedział Jack. – Sądzi pan, że udałoby się ustalić, gdzie ci ludzie przetrzymują moje dziecko?

– Czasem się to udaje, ale niezmiernie rzadko. Poza tym naszym zdaniem może się to wiązać z dodatkowym ryzykiem dla porwanego. Z doświadczenia wiemy, że najlepiej jest targować się z kidnaperami i drogą rozmów ustalić warunki uwolnienia.

Rozdział 41

– Jesteśmy gotowi – obwieścił Grover, ustawiwszy składany stojak do kroplówki obok łóżka. Znajdowali się w mniejszej z dwóch sypialń szeregowego domku w Woodside. Na łóżku leżał wielki kawał sklejki, długi na sześć stóp, szeroki na dwie, a gruby na trzy czwarte cala, z długą na dwie stopy podpórką po jednej stronie. Na stoliku nocnym stała czarna torba z zestawem medykamentów i strzykawek, a także ze świeżą rolką srebrzystej taśmy izolacyjnej.

– Pora zaprosić gościa – oznajmił Colt.

Obaj włożyli lateksowe rękawiczki, nie tylko po to, by chronić ręce, ale także po to, by nie zostawić odcisków palców w domu, który wynajęli pod fałszywym nazwiskiem, płacąc z góry. Motto firmy CRT brzmiało: nigdy dość ostrożności.

Zeszli na dół, do garażu, w którym stała furgonetka. Odwinęli dywan i stwierdzili, że Duane wygląda na tak przerażonego, jak się spodziewali.

– No, chodź – powiedział Colt, sadzając go. – Pora na imprezkę.

W pierwszej chwili Duane stawiał opór, ale pokornie, acz niezgrabnie wysiadł z wozu, gdy Colt wyjął spod marynarki pistolet. Grover prowadził, a Colt zamykał pochód, gdy prowadzili roztrzęsionego jeńca z cuchnące-

411

go olejem garażu schodami na górę, do małej sypialni. Widząc sklejkę leżącą na łóżku oraz stojak z kroplówką, Duane znowu zaczął się opierać.

– Dość tego – rzucił ostrzegawczo Grover, popychając go w stronę łóżka. – Czy będziesz się stawiał czy nie, i tak zrobimy swoje. No, chyba że od razu powiesz nam to, co chcemy wiedzieć.

Duane najwyraźniej chciał coś powiedzieć.

– Dajesz nam do zrozumienia, że chciałbyś pogawędzić? – spytał Grove, spoglądając w jego ciemne oczy.

Duane skinął głową.

Grover spojrzał pytająco na Colta.

– Spróbujmy – rzekł Colt.

Grover wyciągnął rękę, odkleił początek taśmy utrzymującej knebel w ustach porywacza i szarpnął z całej siły. Jednym ruchem udało mu się wydepilować jego górną wargę oraz wyrwać dławiącą go szmatę. Duane jęknął z bólu i zacisnął zęby.

– Kim jesteście? – spytał, gdy się opanował.

– Obawiam się, że to nieistotne – odparł Grover, nie próbując nawet ukryć brytyjskiego akcentu. – Masz dwie sekundy na decyzję, czy będziesz z nami współpracował.

– A co to znaczy?

– To znaczy, że powiesz nam, gdzie jest dziecko, które porwałeś razem ze swoimi wspólnikami. Albo powiesz, albo cię do tego zmusimy. Wybór należy do ciebie.

– Nie mam pojęcia, o czym w ogóle mówicie.

– Zatem co robiłeś w samochodzie na Sto Szóstej Ulicy?

– Oglądałem mecz koszykówki na miejscowym boisku.

Grover nie był zadowolony ani z tonu, ani z treści tej wypowiedzi i dlatego błyskawicznym ciosem karate trafił w szyję przesłuchiwanego. Nogi ugięły się pod Duane'em i byłby upadł, gdyby Grover nie złapał go pod ręce. Jako że obaj spodziewali się takiej reakcji, Colt w tej samej sekundzie pochwycił nogi Duane'a i razem przerzucili go na połać sklejki leżącą na łóżku. Taśma izolacyjna znowu poszła w ruch. Obolały porywacz leżał bezwładnie, a Grover i Colt sprawnie go unieruchomili.

– Dobra! – jęknął z rozpaczą, gdy wreszcie odzyskał głos. – Przepraszam. Nie chciałem się mądrzyć. Obserwowałem dom, żeby wiedzieć, czy ta kobieta wyjdzie. Przysięgam. Tylko tyle miałem robić... pilnować, czy nikt się tam nie kręci.

– Za późno – warknął Grover. – Nie mamy czasu na zabawy z tobą.

– Co wy robicie, do cholery? – zawołał Duane, daremnie próbując rozerwać pęta. – I co chcecie mi podać?

– Sprawdź, czy dobrze liczę – powiedział Grover, ignorując pytania. – Zero siedem miligrama na kilogram. Jak myślisz, waży z osiemdziesiąt?

– Mniej więcej.

– Dobra, zatem pięćdziesiąt sześć miligramów – ciągnął Grover. – Powiedzmy, że sześćdziesiąt. – Sprawnie napełnił strzykawkę płynem, pstryknął ją lekko, żeby uwolnić bąbelki powietrza, a potem podał Coltowi ponad ciałem Duane'a.

– Co chcecie mi podać, do cholery? – powtórzył Duane, obserwując ich poczynania bardzo szeroko otwartymi oczami.

Colt stwierdził z niezadowoleniem, że w strzykawce zostało jeszcze trochę powietrza, uniósł ją igłą do góry i powtórzył zabieg Grovera.

– Nie! – zawołał błagalnie Duane. – Co to jest? Jak to działa?

– To Versed*, skoro koniecznie musisz wiedzieć – od-

---

* Versed – preparat midazolamu, krótkodziałającego leku z grupy benzodwuazepin o działaniu nasennym, który powoduje też pełne uspokojenie i niepamięć następczą, z zachowaniem zdolności współpracy chorego z lekarzem (przyp. A.K.).

parł Grover. – Ale nie wiem, po co ci to mówię, bo i tak nie będziesz o tym pamiętał. To specyfik o cudownych właściwościach, wywołuje między innymi amnezję wsteczną.

– Co to takiego, do diabła?

Grover i Colt przestali zwracać uwagę na pytania Duane'a. Colt podłączył strzykawkę do butelki wiszącej na stojaku i wstrzyknął do niej płyn.

– Jezu drogi! – wrzasnął Duane, przyglądając się bezradnie, jak Colt na powrót zakłada plastikową osłonkę na igłę i podłącza go do kroplówki. – Coś ty... – zaczął kolejne pytanie, ale nie dokończył: zapadł w sen.

– Tyle razy to robiliśmy, a mnie zawsze zdumiewa działanie tego środka – powiedział Colt, podając Groverowi pustą strzykawkę.

– Zaiste cudowny specyfik – zgodził się Grover. Chwilę wcześniej napełnił drugą strzykawkę dziesięcioma miligramami Valium*. – Zobacz, czy nie będzie kłopotu z obudzeniem go.

– Hej, Duane! – zawołał Colt, lekko policzkując śpiącego. – No, obudź się! – Uderzył nieco mocniej, a potem złapał Duane'a za podbródek i potrząsnął mocno. – Dalej, chłopie! Wracaj na ziemię.

Powieki Duane'a zatrzepotały nagle. Rozejrzał się kompletnie skołowany.

– Ooo – zauważył, uśmiechając się szeroko. – Co... – zaczął, ale zaraz zapomniał, co chciał powiedzieć.

Przez kilka minut Colt zadawał mu całkiem niewinne pytania, na które Duane odpowiadał z humorem. Problem polegał jedynie na tym, że co jakiś czas trzeba było go budzić.

– A co tam słychać z waszym porwaniem? – zapytał

---

* Valium – preparat diazepamu, długo działająca pochodna benzodiazepiny wykazująca m.in. silne działanie uspokajające i nasenne (przyp. A.K.).

znienacka Grover. Wszystkie poprzednie pytania były bardziej osobistej natury.

– Niewiele – odparł Duane. – Siedzimy tylko i czekamy, aż się zacznie zabawa.

– Jaka zabawa?

– W wymyślanie. Jak tu wymienić dzieciaka na diamenty i nie dać się złapać.

– Jasne, lepiej, żeby was nie złapali – zgodził się Grover. – A gdzie dzieciak?

– U Louiego.

– U którego Louiego?

– U Louiego Barbery.

– Gdzie on mieszka?

– W Whitestone.

– Nie znasz dokładnego adresu?

Duane nie odpowiedział. Colt musiał klepnąć go w policzek kilka razy, zanim powieki znowu się uniosły.

– Pytałem o adres Louiego – powiedział Grover. – Louiego Barbery.

– Powells Cove Boulevard trzy siedem cztery sześć.

Grover pospiesznie zanotował.

– A kto się zajmuje dzieciakiem? – spytał.

– Żona Louiego. Szaleje za nim. Chce go adoptować i ciągle truje Louiemu dupę w tej sprawie. A on chce smarkacza przenieść.

– Dokąd?

– Nie wiem. Gdzieś nad rzekę. Chłopaki właśnie próbują założyć ogrzewanie w jakimś starym magazynie.

Grover i Colt spojrzeli na siebie znacząco ponad nieruchomym ciałem Duane'a.

– Kolejny powód, by jeszcze dziś zorganizować akcję ratunkową – powiedział Grover. – Szkoda by było się namęczyć i wrócić z pustymi rękami.

– Wolałbym mieć chociaż dzień na rozpoznanie terenu – poskarżył się Colt.

– Wchodzimy dziś w nocy! – zadecydował Grover. – Nie możemy przegapić takiej okazji. Mamy adres, więc zaczynamy. Po południu przejedziemy się na miejsce.

– Jeżdżenie to za mało – upierał się Colt.

– Trudno, przeżyjemy. Chciałbyś jeszcze o coś spytać naszego drogiego gościa?

– Duane – zawołał Colt, wymierzając mu zdecydowanie mocniejszy policzek niż do tej pory, jakby to była jego wina, że zabraknie im dnia na rozpoznanie terenu. – Czy Louie ma w domu psy?

– Nawet dwa – odpowiedział Duane. – Dwa wielkie, wredne dobermany, które latają po całej posesji.

– Cholera – mruknął Colt. – Czułem, że za dobrze nam szło.

– Spójrz na to z dobrej strony: skoro facet trzyma psy przy domu, to jest szansa, że pożałował pieniędzy na systemy alarmowe.

– Słusznie – zgodził się z wahaniem Colt. – Zbierajmy się. Faktycznie musimy tam pojechać.

Zapakowali sprzęt oraz Duane'a z powrotem do furgonetki. Grover obszedł jeszcze cały dom, by upewnić się, że o niczym nie zapomnieli, a potem zostawił klucze na kuchennym stole.

Jadąc z powrotem w kierunku Sto Szóstej Ulicy, Grover uznał za stosowne skontaktować się z biurem. Nie czekał długo na połączenie. Firma CRT działała dwadzieścia cztery godziny na dobę, siedem dni w tygodniu, trzysta sześćdziesiąt pięć i ćwierć dnia w roku.

– Beverly? – upewnił się Grover. Z biegiem lat nauczył się rozpoznawać większość recepcjonistek po głosie.

– Tak jest – odpowiedziała wesoło Beverly.

– Masz pod ręką któregoś z poszukiwaczy?

– Tak, przed chwilą widziałam Roberta Lyona.

– A mogłabyś się z nim skontaktować i poprosić, żeby zadzwonił do mnie na komórkę?

– Nie ma sprawy. Zaraz to załatwię.

Gdy Robert zatelefonował, Grover powiedział mu bez żadnych wstępów:

– Potrzebuję pomocy na dziś.

– Czego konkretnie?

– Mam adres domu w Whitestone, w Queensie. Muszę dowiedzieć się wszystkiego o tej nieruchomości. Wejdź na stronę miejskiego inspektora budowlanego i zobacz, czy nie ma tam planów domu. Dowiedz się, kto jest właścicielem, i oddzwoń na ten sam numer, gdy tylko będziesz znał szczegóły. Dziś wieczorem wchodzimy do tego domu, wiec przyda nam się każdy detal. – Na koniec podał Robertowi adres i zakończył połączenie.

Teraz zadzwonił do Warrena.

– Jesteśmy w drodze powrotnej – powiedział, gdy zgłosił się zdyszany Wilson. – Z całą pewnością przyda nam się pomoc; musimy przenieść obserwatora z powrotem do jego samochodu. Miał tyle ciekawych przeżyć, że teraz słodko sobie śpi.

– Nie ma sprawy – odparł Warren. – Jak zwykle gramy w kosza całą bandą. Dowiedzieliście się wszystkiego?

– Tak sądzę – odparł Grover. – Obserwator był bardzo przyjaźnie nastawiony.

– To dobrze. Kiedy mam się was spodziewać?

– Za trzydzieści, może czterdzieści minut. Jest sobota, nie ma problemu z korkami. Jedziemy od strony Woodside.

– Zatem do zobaczenia – zakończył rozmowę Warren.

Już dwadzieścia minut później Colt skręcił w ulicę, przy której stał dom Laurie i Jacka. Zahamował tuż za SUV-em Duane'a, by podczas operacji przenoszenia śpiącego cała grupa była jak najkrócej widoczna. Grover wyskoczył z kabiny, gdy tylko zgasł silnik furgonetki. Nie chcąc zwracać na siebie niczyjej uwagi, nie zawołał Warrena, tylko podbiegł do siatki okalającej boisko. Zaczekał, aż rozgrywka dobiegnie końca, i dopiero wtedy się odezwał.

– Flash i ja zaraz do was przyjdziemy – powiedział Warren, widząc, że Grover przywołuje go gestem.

Czterej ludzie nie mieli najmniejszego problemu z przeniesieniem zwiniętego dywanu, w którym znajdował się Duane, z furgonetki do SUV-a. Na żądanie Grovera uwolnili śpiącego z więzów, posadzili w fotelu kierowcy i ułożyli wygodnie na kierownicy.

– Naprawdę urwał mu się film – skomentował Warren. – Co mu daliście?

– Środek o nazwie Versed – wyjaśnił Grover. – Za chwilę dołożymy domięśniowo porcję Valium. Chcemy, żeby długo pospał, ale jednocześnie niech to wygląda tak, jakby się po prostu upił. – Grover przyniósł z wozu butelkę wódki, a kiedy Colt lekko przebudził Duane'a, wlał trochę alkoholu w usta półprzytomnego porywacza. Większość wylała się jednak na jego koszulę. – Doskonale – ocenił Grover. Zakręcił butelkę i półpełną rzucił na fotel pasażera. – Gdy znajdą go wspólnicy, uznają, że się schlał, ale nie przyjdzie im do głowy, że ktoś go porwał i potraktował środkiem na rozwiązanie języka.

– Ale on sam będzie pamiętał.

– Nie będzie – odparł pewnie Grover, wstrzykując przez koszulę dawkę Valium wprost w ramię Duane'a. – Versed nie tylko czyni człowieka rozmownym, ale także powoduje amnezję wsteczną. Facet będzie miał szczęście, jeśli sobie przypomni, że rano wstał.

– Bardzo sprytnie – pochwalił go Warren.

– Moglibyście jeszcze popilnować tego wozu? Chciałbym wiedzieć, czy jego kumple faktycznie się pojawią. Dobrze by było, gdybyście też spisali numery ich samochodów. Ale dyskretnie; nie chcę, żeby się dowiedzieli, że są obserwowani.

– Jak długo mamy mieć go na oku?

– Co najmniej do drugiej, trzeciej nad ranem. Wiem, że proszę o wiele, ale będę bardzo wdzięczny. Zróbcie to, jeśli tylko wystarczy wam silnej woli.

– Nie ma sprawy – rzekł Warren. – Ci dranie zabili moją kuzynkę i porwali dzieciaka Laurie i Jackowi. Ja sam chętnie zostanę tu choćby i do rana. Do wieczora będziemy grać, a potem koledzy, których dziś ominęła zaplanowana wachta, popilnują wozu przez noc.

– Żeby tylko byli dyskretni. To naprawdę ważne. Jeżeli porywacze poczują, że są obserwowani albo śledzeni, staną się nerwowi, a to będzie oznaczało ogromne zagrożenie dla porwanego. Przekonani, że władze depczą im po piętach, kidnaperzy zwykle zabijają swoje ofiary i grzebią je w takim miejscu, że nikt nigdy ich nie odnajdzie.

– Rozumiem – odpowiedział krótko Warren i tak właśnie było.

Opuściwszy rejon Sto Szóstej Ulicy, Grover i Colt udali się do Midtown i odwiedzili biuro. Firma CRT zajmowała całe piętro budynku przy Wschodniej Pięćdziesiątej Czwartej Ulicy. Zwykle panował tu spory ruch, ale w sobotę było cicho jak w mauzoleum – zwłaszcza że dziesięciu spośród trzydziestu dziewięciu wspólników przebywało w terenie, prowadząc dziesięć odrębnych spraw w ośmiu krajach.

– Robert mówił, że będzie w jadalni – powiedziała Beverly, gdy tylko zobaczyła Grovera i Colta.

Tak zwana jadalnia była w istocie klitką bez okien, lepiej nadającą się na schowek na środki czystości niż na miejsce spożywania lunchu. Stało tam kilka automatów ze słodyczami, był też kąt ze wspólnym ekspresem do kawy. Robert siedział sam, trzymając w ręku kubek z kawą i pracując na laptopie.

– Poszczęściło ci się? – spytał Grover.

– Częściowo. Po pierwsze, dobrze trafiłeś z biurem inspektora budowlanego, gratuluję. Znalazłem tam ogólny plan posesji i niezłe plany poszczególnych pięter domu, który mniej więcej dziesięć lat temu, gdy posiadłość przejął nowy właściciel, został gruntownie odnowiony i ponownie wyceniony.

– Użyłeś słowa „posiadłość" dosłownie czy w przenośni?

– Dosłownie. Chodzi o ponad akr ziemi – to sporo jak na tamtejsze warunki – z basenem, kortem tenisowym i własnym pomostem.

– To znaczy, że mówimy o posesji nad wodą?

– Tak jest. Czterysta stóp brzegu East River. Dom ma niemal dziesięć tysięcy stóp kwadratowych powierzchni i pokrywa większą część działki, nie licząc basenu i kortu tenisowego. W moim pojęciu to autentyczna posiadłość.

– Zgadzam się – odparł Grover. – A teraz zobaczmy te plany.

Robert zdążył już wydrukować plany ze strony inspektora budowlanego, na papierze o wymiarach osiem i pół na jedenaście cali. Colt zatrzymał sobie mapkę działki, ale zwrócił plany budynku.

– Powiększ to dwukrotnie. Możliwe, że będę szukał tam dziecka, więc muszę znać ten dom jak własną kieszeń.

– Mam też mapkę drogową całej okolicy – powiedział Robert, wręczając ją Coltowi, zanim oddalił się, by wydrukować większy plan domu.

– Ooo – powiedział Grover, spojrzawszy przelotnie na mapkę. Robert zaznaczył na niej czerwonym krzyżykiem położenie domu. – Ślepa uliczka.

– To nie będzie problemem – odparł Colt. – Zbliżymy się od strony wody. To oczywiste, że nie wpakujemy się w ślepą ulicę.

– Zbliżymy się… niby czym? Za nic w świecie nie zmusisz mnie, żebym znowu wlazł do wody. – Mniej więcej dziesięć lat wcześniej Colt uparł się, że muszą użyć sprzętu do nurkowania, by dostać się od strony wody do pewnego domu w kolumbijskiej Cartagenie.

– Wynajmiemy łódź wielkości Zodiaca i zacumujemy przy pomoście. Gdzieś w tamtych stronach musi być jakaś marina.

– Jak ci poszło szukanie informacji na temat właściciela? – spytał Grover, gdy Robert wrócił z większym wydrukiem.

– Marnie. Właścicielem jest panamska firma z dziedziny finansów i to ona płaci podatek oraz rachunki. Ale kiedy próbowałem przyjrzeć się jej bliżej, okazało się, że jest własnością brazylijskiej firmy i tak dalej, i tak dalej. Znacie ten schemat.

– Przykrywki – odpowiedział Grover, kiwając głową. – Kolejny dowód na to, że za porwaniem stoi któraś z organizacji przestępczych.

Colt spojrzał na zegarek.

– Grover, jest po drugiej! Zasuwajmy do Whitestone, zwłaszcza że musimy jeszcze rozejrzeć się za łodzią. Potrzebuję też czasu, żeby zebrać ekwipunek na wieczór.

– Dobra, zbierajmy się – odparł Grover. – Robercie, jeśli dowiesz się jeszcze czegoś na temat domu lub właściciela, dzwoń do mnie na komórkę. Zabawa odbędzie się dziś w nocy, więc zrób, co w twojej mocy!

– Załatwione – odparł Robert.

– Powiedz mi jeszcze – odezwał się znowu Colt – czy widziałeś dziś kogoś z logistyki? – W praktyce „kimś z logistyki" mógł być w CRT tylko jeden człowiek: Curt Cohen, absolutny mistrz w nabywaniu i utrzymywaniu w dobrym stanie bodaj wszystkiego, co można nabyć, a zwłaszcza elektroniki i broni. Wszystkiego, czego mógł potrzebować były operator Sił Specjalnych działający na rynku „zarządzania ryzykiem", by dobrze wypaść w roli konsultanta do spraw porwań.

– Curt był u mnie dziś rano; szukał czegoś specjalnego dla Rogera Hagarty'ego, który prowadzi sprawę w Meksyku.

– To się dobrze składa – ucieszył się Colt. – Mógłbyś go złapać i poprosić, żeby do mnie zadzwonił? Ja też będę potrzebował czegoś specjalnego.

– Z przyjemnością – odparł z uśmiechem Robert.

– Chodźmy – powiedział Grover, popychając Colta w stronę windy. – Tak jęczałeś, że mamy za mało czasu.

Udając się w drugą tego dnia podróż do Queensu, wybrali drogę przez tunel Queens–Midtown. Grover prowadził wóz, a Colt wykorzystał wolną chwilę, by przestudiować i zapamiętać plany domu.

– Nie sądzę, żebyś miał problem z odszukaniem JJ'a – powiedział Grover, obserwując kątem oka poczynania partnera.

– Cieszę się, że nie brakuje ci optymizmu. Ale ja nie chcę tam wleźć i – dosłownie – obijać się o ściany w ciemności.

– Lepiej się zabezpieczać, niż potem żałować, jeśli wybaczysz użycie tego wyświechtanego sloganu. Ale jeśli żona tego Louiego tak przepada za dzieciakiem, to założę się, że postawiła mu łóżeczko w samym środku małżeńskiej sypialni.

W chwili, gdy wyjechali z tunelu w plamę słońca, Colt znowu pochylił się nad planami, ale przeszkodził mu w tym telefon.

– Tu Curt – odezwał się głos w słuchawce. – Robert mówił, że potrzebujesz specjalnego sprzętu.

– Przyda mi się pneumatyczny pistolet na strzałki... z potężną dawką ketaminy. Najlepiej z celownikiem laserowym. Powiem wprost: możliwe, że czeka mnie spotkanie z dwoma dobermanami.

– To bardzo wesoło – ocenił Curt – ale uprzedzam, że potężna dawka nie wystarczy. Jeśli nawet trafisz zwierzę strzałką z ładunkiem ketaminy, to nie zaśnie w jednej chwili, nawet gdy dawka będzie bardzo hojna. Takie działanie to mit. Pies jeszcze przez parę minut będzie na

chodzie, może lekko skołowany, ale wciąż bardzo niebezpieczny. Pamiętaj o tym.

– Chcesz powiedzieć, że ja go postrzelę, a on będzie
mnie przeżuwał jeszcze przez kilka minut?

– Niestety tak. Tak się może zdarzyć, chyba że zdecydujesz się go zabić.

– Dzięki za dobrą nowinę. Oprócz pistoletu pneumatycznego będę potrzebował standardowego zestawu do
wspinaczki i kilku kawałków linki długości pięćdziesięciu stóp. Do tego kotwiczka na wypadek szybkiej ewakuacji przez okno.

– Nie ma problemu. Co jeszcze?

– Jakaś torba zakładana na ramię, do której zmieści
się ze czterdzieści funtów ładunku.

– Jak duża?

– Długa na jard, wysoka na dwanaście do czterna-
stu cali. Innymi słowy – tak duża, żeby zmieściło się do
niej półtoraroczne dziecko. Aha, i jeszcze zakraplacz
do oczu.

– A co z bronią?

– Znajdź mi coś małego i lekkiego, ale bardzo hałaśli-
wego. I żebym nie musiał celować.

– Coś jak uzi?

– O, właśnie.

– Co jeszcze?

– Standardowy zestaw do włamań – wytrychy, przyssawki i noże do szkła.

– To wszystko?

– Tak sądzę – odparł Colt. – Jeśli coś jeszcze przyjdzie
mi do głowy, zadzwonię.

– Kiedy chcecie odebrać cały zestaw? – spytał Curt. –
Zostawię go w recepcji, z karteczką, że to dla was. Nie
chcecie gogli z noktowizorem?

– Dzięki, że nam przypomniałeś. Czekaj, spytam Grovera.

– Jasne, że chcę noktowizor – powiedział Grover, który słyszał obie strony rozmowy.

– Na dzisiejszą noc zapowiadają bezchmurne niebo i księżyc zbliżający się do pełni – odparł Curt. – Pewnie nie sprawdziłeś?

– I tak chcę noktowizor – upierał się Grover.

– Ja też – dodał Colt.

– I jeszcze snajperki z celownikiem noktowizyjnym, na wypadek gdyby ktoś gonił Colta, gdy będzie wracał z dzieckiem.

– Nawet mi o tym nie wspominaj – obruszył się Colt.

– Lepiej się...

– Tak, wiem: zabezpieczać, niż potem żałować. Dajże już spokój z tymi powiedzonkami, co?

– O której? – spytał Curt, przerywając ten dialog. – O której zestaw ma być gotowy?

– Nie będzie nam potrzebny wcześniej niż o dwudziestej trzeciej. Nie chcę zaczynać akcji przed pierwszą w nocy.

– Będzie na was czekał od dwudziestej pierwszej. Jeśli nagle wymyślicie jeszcze coś genialnego, dzwońcie. Zobaczę, co się da zrobić.

– Dzięki, Curt – odpowiedzieli jednocześnie Grover i Colt.

Rozdział 42

28 marca 2010
niedziela, 0.31
Whitestone, Queens, Nowy Jork

Odebrawszy zestaw sprzętu przygotowany przez Curta, Grover i Colt raz jeszcze pokonali trasę, którą przebyli po południu, gdy udali się w niezwykle owocną podróż z siedziby CRT do Whitestone w Queensie. Pierwszą ważną rzeczą ustaloną podczas popołudniowej wycieczki było to, że grupa, która porwała JJ'a, nie jest zbieraniną aż takich amatorów, jak początkowo sądzili. Sprawcy bardzo sprytnie i dyskretnie obserwowali dom, w którym przetrzymywali dziecko, położony przy Powells Cove Boulevard 3746. Dopiero w ostatnim pięćdziesięcioleciu profesjonalni kidnaperzy zaczęli dostrzegać, że właściwy dozór to podstawa. Dzięki niemu w porę dowiadywali się, że stróże prawa są już blisko, dzięki czemu mogli na czas wywieźć albo zabić i pogrzebać ofiarę w ustalonym z góry miejscu. W sytuacji, gdy ofiara lub przynajmniej jej zwłoki nie zostały odnalezione, oskarżyciele mieli poważny problem z doprowadzeniem do skazania sprawców. Grover i Colt zauważyli obserwatorów tylko dlatego, że właśnie ich szukali: byli to dwaj faceci w czarnym SUV-ie stojącym w bocznej uliczce.

Drugim ważnym celem, który udało im się osiągnąć podczas popołudniowego rekonesansu, było zlokalizowanie sporej mariny tuż za Whitestone. W zasadzie była jeszcze zamknięta, bo sezon dopiero miał się rozpocząć, ale udało im się wynająć ponton marki Zodiac z silnikiem. Musieli zapłacić za tydzień z góry, by dozorca zgodził się wyciągnąć dmuchaną łódź z hangaru, w którym spędziła zimę, i spuścić ją na wodę.

Chcąc ją wypróbować, wybrali się w okolice Powells Cove Boulevard 3746. Od strony wody nie dostrzegli nikogo w okolicy domu i tylko dlatego pozwolili sobie przećwiczyć manewr, który zamierzali wykonać wieczorem: zacumowali przy pomoście. Siedząc w jego cieniu, Colt użył laptopa, by przeskanować częstotliwości używane zwykle przez domowe systemy alarmowe. Notował wyniki, podczas gdy Grover trzymał straż. W pewnej chwili wydało mu się, że słyszy dalekie kwilenie dziecka. Spojrzał pytająco na partnera. Colt uniósł głowę znad ekranu, uśmiechnął się i pokazał mu kciuk.

Urodę trzykondygnacyjnego budynku lepiej można było docenić właśnie od strony rzeki. Był konstrukcji żelbetowej, ale stylem udawał śródziemnomorskie wille. Otaczający go mur wieńczyła korona z tłuczonego szkła oraz zwoje drutu kolczastego. Wszystkie te środki obronne skupiono jednak od strony lądu, od strony rzeki zaś pozostawiono pustą przestrzeń długą na prawie sto stóp. Tuż przy domu znajdował się basen, a obok niego kort. Psy istotnie kręciły się wokół budynku, ale dostrzegli je tylko z daleka, gdy odbili od brzegu.

Teraz, gdy krótko po północy ponownie wjeżdżali na teren mariny, Grover wyłączył reflektory wozu. Jedynym źródłem światła pozostał księżyc. Skręcili w stronę budynku, a potem cofnęli się prawie do linii wody, na wysokości miejsca, w którym czekał na nich ponton. Marina tonęła w mroku; w jedynym należącym do niej budynku źródłem światła była wyłącznie witryna od strony drogi, pełna sprzętu żeglarskiego: karabińczyków z nierdzewnej stali i mahoniowych bloczków. Od strony rzeki włączone były tylko pojedyncze lampki na długich tyczkach zatkniętych wzdłuż pomostu, dające wąskie stożki światła. Pogoda była wymarzona; na niebie nie było ani jednej chmurki. Nie wiało prawie wcale, więc powierzchnia wody pozostawała niemal gładka.

Prawie bez słowa wyładowali ekwipunek i złożyli go na początku pomostu. Następnie Grover odprowadził samochód na parking, a Colt przeniósł sprzęt na pokład Zodiaca. Pracowali cicho i sprawnie. Tylko dwa samochody minęły w tym czasie marinę, ale żaden z nich nawet nie zwolnił.

Trzymając się obiema rękami polera, do którego na co dzień przywiązywano większe jachty, Colt ustabilizował łódź, by Grover mógł bezpiecznie do niej wskoczyć. Po chwili uruchomili silnik i na wolnych obrotach wypłynęli poza linię pomostu. Grover miał do dyspozycji sprzęt noktowizyjny, ale nie potrzebował go do sterowania łodzią w tej fazie operacji. Nie włączył nawet świateł.

Wypłynęli dobrych tysiąc jardów na wody Little Neck Bay, nim odważyli się przyspieszyć. Jak większość jednostek tego typu, silnik pontonu był głośny, dlatego też Grover zwiększył obroty tylko na tyle, by łódź weszła w ślizg, ale bez szaleństw.

Coraz bardziej oddalali się od brzegu i wszelkich źródeł sztucznego światła, dlatego ogarniała ich coraz głębsza ciemność – oczywiście jeśli nie liczyć odbicia księżyca i tysiąca gwiazd w tafli wody. Temperatura wody nie przekraczała pięciu stopni, a podmuch wywołany sporą prędkością Zodiaca sprawiał, że dało się odczuć przenikliwe zimno, dlatego Grover i Colt kulili się jak najbliżej pokładu.

Gdy minęli Willets Point, nagle ukazała się ich oczom iluminacja mostu Throgs Neck, a także nieco dalej położonego mostu Whitestone, łączących Queens z Bronksem.

Wkrótce zostawili za sobą Throgs Neck, a wtedy Colt skierował ponton w lewo, ku brzegowi, mniej więcej na wysokości posesji numer 37476 przy Powells Cove Boulevard. Pięćset jardów od pomostu mocno ograniczyli obroty silnika, a po kolejnych czterystu całkowicie go wyłączyli. Resztę dystansu pokonali, wiosłując. W większości nadbrzeżnych domów panowały całkowite ciemności. Tylko w kilku widać było blask jednej czy dwóch lamp, albo na rozległych tarasach od strony rzeki, albo gdzieś w głębi domów. Daleko po lewej stronie dostrzegli jedną jedyną rezydencję, w której paliły się bodaj wszystkie światła, także te na zewnątrz. W ich blasku Grover i Colt dostrzegli nawet postacie ludzi, zapewne stojących na tarasach i balkonach. Mimo sporego dystansu nad wodą niosły się dalekie dźwięki muzyki i śmiechy.

Wcześniej dwaj konsultanci do spraw porwań porozumiewali się ze sobą półgłosem, omawiając szczegóły planu, lecz teraz, gdy silnik już nie pracował, a pomost Louiego Barbery był coraz bliżej, zachowywali absolutną ciszę. Starali się nawet bezgłośnie zanurzać wiosła, a także unosić je i opuszczać w jednym rytmie. Dmuchana łódź niemal bezszelestnie sunęła w kierunku brzegu.

Jeśli nie liczyć wątłego blasku lampki w oknie na piętrze, dom tonął w mroku. Sądząc po dalekiej poświacie, znacznie jaśniej było od strony ulicy, gdzie znajdował się garaż. Nocnej ciszy nie przerywało nic prócz bardzo dalekich odgłosów przyjęcia oraz delikatnego plusku fal o brzeg.

Była to pora przypływu, więc odległość między lustrem wody a spodnią stroną pomostu zmalała do mniej więcej czterech stóp. Mimo to dziób Zodiaca wsunął się pewnie pod drewnianą konstrukcję. Grover pozostał na pokładzie, Colt zaś natychmiast wyskoczył na deski i odebrał sprzęt z rąk partnera. Gdy tylko wyładowali wszystko, także Grover wspiął się na pomost.

Colt był już ubrany w to, co nazywał swoim „osobistym gajerkiem szturmowym", ozdobionym w doskonale przemyślany sposób kieszeniami i zaczepami umożliwiającymi zabranie wszelkiego potrzebnego sprzętu. Zaletą tego stroju było to, że dawał natychmiastowy dostęp do wszystkich części ekwipunku, choćby takich jak pistolet z ketaminowymi strzałkami zawieszony na uchwycie przy lewym biodrze, czy pistolet maszynowy Uzi w podobny sposób umocowany po prawej stronie. Grover, ubrany tak samo, przez chwilę pomagał Coltowi przygotować się do akcji. Za każdym razem, gdy umieścił w kolejnej kieszeni jakiś przedmiot, klepał towarzysza w to miejsce i głośnym szeptem donosił mu o tym, co tam schował. Gdyby w samym środku misji okazało się, że Colt nie zabrał któregoś z istotnych elementów wyposażenia, mogłoby to oznaczać zupełną katastrofę. Posiadanie tak wielu zaczepów i kieszeni miało jeszcze jedną poważną zaletę: poszczególne przedmioty nie stykały się ze sobą, a zatem nie wydawały żadnych dźwięków w ruchu.

– Gotów? – spytał szeptem Grover.

– Gotów – odpowiedział Colt. Szybko przetestował działanie miniaturowego radia przypiętego do prawego ramienia bluzy. Identyczne urządzenie na prawym ramieniu Grovera ożyło w tej samej sekundzie.

– Próba: jeden, dwa, trzy. Próba.

Standardowy tekst popłynął z mikrofonu wprost do słuchawki umieszczonej w prawym uchu.

W pełni wyekwipowany, z torbą na prawym ramieniu, Colt bezszelestnie przebiegł cały pomost i zniknął w cieniu schodów prowadzących w górę, na poziom basenu.

Grover w tym czasie prędko zebrał leżące opodal części mebli ogrodowych i ułożył z nich w miarę sztywną podporę pod karabin snajperski. Obrócił też ponton, tak by był gotowy do natychmiastowej ucieczki. To uczyniwszy, powrócił do zaimprowizowanego stanowiska strzeleckiego, położył się wygodnie i spojrzał na dom przez celownik noktowizyjny.

I tylko dzięki niemu Grover zdołał dostrzec problem, zanim jeszcze Colt zorientował się w sytuacji. Jego uwagę przykuł nagły ruch: po lewej stronie domu pojawiły się psy, biegnące w kierunku wody. Natychmiast ostrzegł przez radio Colta, a sam skierował punkcik laserowego światła na jedno ze zwierząt i delikatnie pociągnął za spust. Skutek był doskonale widoczny: łeb psa opadł nagle, a rozpędzone ciało runęło wprost do basenu. Drugie zwierzę ani trochę nie przejęło się losem pierwszego. Obiegło budynek do końca, ominęło basen i pognało w bok, znikając szybko z celownika.

Usłyszawszy ostrzeżenie Grovera, Colt poderwał się i wbiegł po stopniach na górę, w pędzie sięgając po pistolet pneumatyczny. Obawiając się, że będzie miał do czynienia z dwiema bestiami jednocześnie, postanowił schronić się za ogrodzeniem kortu tenisowego. Nie słyszał szczekania, a jedynie złowrogi warkot i tupot mocarnych łap. Dopiero teraz dobiegł do jego uszu cichy odgłos wystrzału z wytłumionego karabinu snajperskiego. Wreszcie dopadł do bramki kortu, otworzył ją gwałtownym ruchem i wśliznął się do środka. Nie zdążył jej jednak do końca zamknąć, bo wpadł na nią rozpędzony doberman. Gdyby nie podparł jej całym ciałem, impet zderzenia pewnie by go przewrócił.

Pies natychmiast poderwał się z ziemi i szczerząc kły, skoczył w stronę Colta, który w odpowiedzi wypalił z pistoletu pneumatycznego. Odgłos strzału był bardziej głuchy niż w przypadku zwykłej broni, a towarzyszył mu charakterystyczny syk. Strzałka wbiła się w pierś zwierzęcia, które jednak nie przestało rzucać się naprzód, próbując dopaść Colta przez cienką, drucianą siatkę.

Obawiając się mniej więcej w równym stopniu tego, że zostanie pogryziony, jak i tego, że pies narobi niepotrzebnego hałasu, przeładował broń i strzelił po raz drugi, tym razem w biodro. Mimo przyjęcia drugiej dawki ketaminy pies wciąż trzymał się na łapach. Rzucał się na siatkę, ale coraz bardziej chwiejnie, aż w końcu padł.

Colt wykorzystał tę chwilę, by porozumieć się z Groverem.

– Dzięki, że zdjąłeś jednego psa – powiedział szybko.

– Nie ma za co.

– Gdzie on jest?

– W basenie.

– Coś się zmieniło w domu?

– Nie zauważyłem. Przede wszystkim światło na piętrze pali się bez zmian, więc domyślam się, że to lampka nocna. Tak czy inaczej, nie pojawiły się żadne inne. Możesz ruszać.

– Robi się – odparł Colt i wyłączył radio.

Pchnął bramkę kortu, by przesunąć na bok uśpionego psa, a potem wyszedł na trawę i idąc wzdłuż ściany domu, dotarł do podświetlanego basenu. Drugi pies unosił się na powierzchni, ale jego łeb zwisał w głębinie, barwiąc wodę na czerwono. W tym momencie zapaliły się światła wokół basenu. Colt zmartwiał. Na moment odsłonił tarczę zegarka i odetchnął z ulgą: była równo druga w nocy, a to najprawdopodobniej oznaczało, że iluminacja basenu włącza się o ustalonej godzinie. Nie zwlekając dłużej, Colt podbiegł do jednych z rozsuwanych, szklanych drzwi wiodących na zamkniętą werandę. Sięgnął po przyssawkę i przycisnął ją do szyby na wysokości zamka. Następnie przesunął ostrzem przecinaka dokoła przyssawki i wyłamał idealnie okrągły otwór. Identycznie postąpił z drugą, nieco mniejszą przyssawką i po chwili miał już otwór w drugiej warstwie szyby zespolonej. Sięgnął ręką do środka i odblokował drzwi.

Znieruchomiał na moment. Pod pewnymi względami pierwszy krok w głąb domu był najbardziej nerwowym momentem całej akcji. Wcześniej, posługując się komputerem, wyłączył wszystkie bezprzewodowe alarmy w całym budynku, ale nigdy nie miał stuprocentowej pewności, czy na przykład nie wydał im komendy odwrotnej do zamierzonej. Wszystko zależało od tego, w jakim stanie były alarmy przed jego ingerencją. Odetchnął głęboko i przestąpił próg. Zanim odezwał się sygnał alarmu, Colt już wiedział, że aktywował czujnik ruchu zawieszony pod sufitem, zapaliła się bowiem na nim mała, czerwona lampka. Zdążył jeszcze otworzyć laptopa i wcisnąć „Enter" dokładnie w chwili, gdy rozbrzmiał pierwszy sygnał. Wyłączył system, ale o ułamek sekundy za późno.

Przywarł do ściany, wstrzymując oddech i nasłuchując z uwagą. Zdawało mu się, że słyszy dalekie głosy, ale zaraz uświadomił sobie, że towarzyszyła im muzyka – dźwięki dobiegały zza otwartych drzwi, a ich źródłem było przyjęcie w dalekiej rezydencji. Chwilę później rozległ się kolejny niespodziewany dźwięk, tym razem głęboki i basowy. Colt potrzebował sekundy, żeby go zidentyfikować: włączył się kompresor lodówki.

Włożył gogle noktowizyjne, zamknął szklane drzwi i szepnął do mikrofonu:

– Wchodzę.

– Na zewnątrz czysto – odpowiedział mu głos w słuchawce.

Szybko i cicho niczym wielki kot Colt przemknął z zabudowanej werandy do sąsiedniej kuchni. Dzięki noktowizorowi widział otoczenie na tyle dobrze, by o nic się nie potknąć. Pamiętał plany domu i wiedział, jak najkrótszą drogą dojść do głównej sypialni z widokiem na rzekę, mieszczącej się dokładnie nad kuchnią.

Niestety, schody były równie stare jak zabytkowa

część domu zbudowanego w latach dwudziestych i niezbyt solidne. Wspinając się po nich, Colt kilkakrotnie usłyszał skrzypienie drewna pod stopami i dlatego na wszelki wypadek znieruchomiał na jakiś czas, dotarłszy na piętro. Lecz poza buczeniem kompresora jedynym dźwiękiem, jaki słyszał, było pocieszające chrapanie dobiegające z sypialni.

Pozostał nieruchomy przez całą minutę. Nie zmieniła się tonacja chrapania, nie zabrzmiał też żaden niepokojący dźwięk. Właśnie miał wkroczyć do głównej sypialni, gdy w słuchawce odezwał się głos:

– Houston, mamy problem.

W mowie Grovera oznaczało to, że istnieje niebezpieczeństwo przerwania misji.

– Dziesięć cztery – odrzekł Colt, co oznaczało, że usłyszał wiadomość, ale nie może nic więcej powiedzieć.

– Intruz przy prawej ścianie budynku. Pewnie normalny obchód. Nie spieszy się, widzę go wyraźnie w celowniku. Nie wiem, czy nie zobaczy psów albo mnie.

– Wchodzę dalej – odpowiedział Colt i ruszył. Stanął przy drzwiach sypialni i rozejrzał się bardzo wolno i uważnie. Tym, co zainteresowało go najmocniej, było dziecinne łóżeczko iście królewskich rozmiarów, z niszą w wezgłowiu, w której widać było figurkę Matki Boskiej z Dzieciątkiem. Jej podświetlenie służyło za lampkę nocną. W małżeńskim łożu Colt zobaczył dwoje ludzi, zapewne Louiego Barberę i jego żonę. Znowu znieruchomiał, tym razem na krótko, by upewnić się, czy oboje śpią, a potem stąpając po grubym dywanie, podszedł do dziecinnego łóżeczka i po raz pierwszy spojrzał na JJ'a. W ciemności i przez noktowizor chłopiec zdawał się mieć raczej szarozielone, a nie blond włosy, jak je opisano, ale buzia była dokładnie tak anielska, jak miała być. Chłopiec spał na plecach, z rozłożonymi ramionami i piąstkami zaciśniętymi tuż obok głowy.

– Minął kort bez problemu – zameldował Grover. – Zapala papierosa. Na razie nie jest najgorzej.

Colt spojrzał na ludzi leżących w łóżku zaledwie dziesięć stóp od niego. Choć bardzo mało prawdopodobne było to, że coś usłyszą, niepokoił go tak krótki dystans. Z drugiej jednak strony, nie chciał rezygnować z akcji. Pochylił się nad dzieckiem, wyjął zakraplacz napełniony wcześniej precyzyjnie odmierzoną dawką Versedu i zdjął zatyczkę. Wyciągnął rękę w głąb łóżeczka i przytknął końcówkę zakraplacza do warg JJ'a.

– Idzie w stronę basenu – powiedział Grover i zawahał się. – Znowu idzie. Dzięki Bogu światła przy basenie są wyłączone. Wygląda na zadowolonego. Wraca lewą stroną; idzie w kierunku frontu budynku.

Colt leciutko ścisnął zakraplacz i roztwór Versedu popłynął do ust malca, który odruchowo zaczął ssać plastikową końcówkę. Brawo, mały, pomyślał Colt, wiedząc, że naturalny odruch działa na jego korzyść. Chwilę później, po dziesięciu sekundach przygotowywania miejsca w naramiennej torbie delikatnie uniósł dziecko i wsunął je do wnętrza, poczynając od stópek. Tak jak się spodziewał – i jak miał nadzieję – JJ nawet nie pisnął. Colt wstał i już miał zarzucić torbę na ramię, gdy Louie Barbera zakaszlał głośno, budząc siebie i żonę.

– Wszystko w porządku, kochanie? – spytała pani Barbera.

– Przeżyję – mruknął Louie. Wysunął nogi spod kołdry, usiadł na łóżku i postawił stopy na podłodze.

Colt zamarł i tylko jego lewa ręka bezszelestnie uniosła używany zwykle przez weterynarzy pistolet pneumatyczny.

– Wstajesz? – spytała pani Barbera, układając się wygodniej w pościeli.

– Na chwilę – przyznał Louie.

– Zajrzyj do chłopca. Sprawdź, czy jest przykryty.

Louie wymamrotał coś na temat smarkacza, o którego niektórzy troszczą się bardziej niż o niego, a potem wstał chwiejnie i poczłapał w stronę dziecinnego łóżeczka.

Zdumiony faktem, że jego obecność jeszcze nie została zauważona, Colt cofnął się o krok, zastanawiając się intensywnie: Co dalej? Czekać w nadziei, że nie dojdzie do konfrontacji, czy może działać? Odpowiedź pojawiła się sama, gdy Louie stanął nad łóżeczkiem, pochylił się i sięgnął do środka. Był najwyraźniej zaskoczony, bo nie znalazł dziecka, choć kilka razy przesunął dłonią po całym materacu.

Colt trafił go ketaminową strzałką w całkiem pokaźną dupę.

– Szlag! – wrzasnął Louie, prostując się gwałtownie. Wyrwał strzałkę z lewego pośladka i próbował dostrzec w ciemności co to takiego.

– Co się stało, na miłość boską? – zapytała ostro pani Barbera, która poderwała się w mgnieniu oka i usiadła.

– Coś mnie dziabnęło – zawołał Louie już lekko bełkotliwym głosem. Wyciągnął rękę w stronę żony, żeby pokazać jej strzałkę, choć w tych ciemnościach nie miała najmniejszej szansy na to, by ją dostrzec. Zaraz potem przestał opierać się drugą ręką o łóżeczko i chciał podejść do żony, ale nie uszedł daleko: po paru chwiejnych krokach zwalił się na bok jak kłoda.

Pani Barbera w panice zerwała się z łóżka z głośnym szelestem szyfonu. W chwili, gdy pochyliła się nad mężem, Colt wypuścił kolejną strzałkę. Żona, jak się okazało, miała jeszcze donośniejszy głos niż Louie.

– Houston, mamy kolejny problem. Dwóch ludzi zbliża się biegiem po prawej stronie domu. Możliwe, że ktoś uruchomił cichy alarm.

Colt zarzucił torbę na ramię i zamknął ją. Uśpiony JJ dzięki Bogu wciąż nie wydawał żadnych dźwięków.

– Pies numer dwa został znaleziony – zameldował zaniepokojony Grover. – Faceci z bronią biegną w stronę werandy. Nie próbuj wracać tą samą drogą. Przerwij misję!

Nie zdejmując gogli, Colt wybiegł z sypialni do garderoby, a potem na korytarz. W chwili, gdy się tam znalazł, w kuchni na parterze zapaliło się światło.

– Tylko jeden wszedł do domu – powiedział Grover. – Drugi został na straży; jest na tarasie.

Colt pobiegł korytarzem na wprost i skręcił do pokoju po prawej stronie. Zamknął za sobą drzwi na klucz, choć wiedział, że to wątły zamek, który zatrzyma pościg najwyżej na sekundę.

– Wychodzę oknem z prawej sypialni na piętrze. Zdejmij strażnika na tarasie. Przygotuj łódź do szybkiej ewakuacji.

Colt podbiegł do okna, wyjął składaną kotwiczkę i otworzył jej ramiona. Szarpnął w górę skrzydło rozsuwanego okna, a potem otworzył okiennice. Sięgnął po zwój liny, który niósł u boku, i rzucił go za okno, trzymając końcówkę z karabińczykiem, który wpiął do kotwiczki. Teraz zahaczył kotwiczkę o podokiennik i stanął na nim, trzymając w dłoniach linę. Ostrożnie wysunął na zewnątrz torbę, a potem sam odchylił się do tyłu, by naprężyć linę, i zapierając się nogami o ścianę, zaczął zjeżdżać w dół.

Gdy tylko stanął na ziemi, odpiął od pasa uzi i puścił się biegiem w stronę rzeki. Minął ogrodzony kort ze śpiącym psem u wejścia i zwolnił nieco, zbliżając się do końca bocznej ściany budynku. Przystanął z pistoletem gotowym do strzału z biodra, a potem wyskoczył zza węgła. Mógł sobie odpuścić tę ostrożność; Grover najwyraźniej potraktował poważnie jego sugestię. Strażnik pilnujący wejścia na werandę leżał na plecach z otworem pośrodku czoła. Gdyby bandyci okazali się wystarczająco głupi, żeby wezwać policję, dział prawny firmy CRT z pewnością miałby wkrótce twardy orzech do zgryzienia.

Colt nie ociągał się dłużej: był na otwartej przestrzeni, więc zbiegł czym prędzej po stopniach obok basenu i pognał dalej, przez trawnik i całą długość pomostu. Grover wyprowadził łódź spod desek i czekał na niego, grzejąc silnik. Colt przełożył torbę z grzbietu na pierś i trzymając ją mocno, zeskoczył na pokład. Grover dodał gazu, i ponownie nie włączając świateł, pomknęli na otwarte wody.

Lekko zdyszany Colt otworzył suwak: JJ leżał sobie wygodnie między ręcznikami i spał smacznie, zupełnie nieświadomy tego, że znowu przeszedł z rąk do rąk.

– Współpraca z tobą to prawdziwa przyjemność – zawołał Colt do chłopca, przekrzykując ryk silnika.

Obejrzał się jeszcze w stronę domu i zauważył serię błysków.

– Ostrzeliwują nas! – zawołał do Grovera, który natychmiast rozpoczął serię dość gwałtownych manewrów, ale był to zbytek ostrożności: byli już poza zasięgiem kul. Teraz planowali oddalić się na północ, ku ciemnemu, przeciwległemu brzegowi, i dopiero tam, gdy płaska, czarna łódź stanie się całkowicie niewidoczna, skręcić na wschód, ku marinie, z której wyruszyli.

Brakowało kwadransa do czwartej nad ranem, gdy Colt zatrzymał wóz przed domem Laurie i Jacka. Na całej ulicy panowała głęboka cisza, a w zasięgu wzroku nie widać było ani człowieka, ani nawet bezdomnego psa. Gdyby nie latarnie, panowałyby egipskie ciemności, bo księżyc zdążył już zajść. Dom Stapletonów także był ciemną bryłą, jeśli nie liczyć malutkiej lampki wbudowanej w nadproże frontowych drzwi.

Grover wysiadł i otworzył tylną klapę samochodu. Zajrzał to torby i widząc, że JJ nadal śpi, dźwignął ją ostrożnie. Oddał cenny ładunek Coltowi, gdy ten dołączył do niego.

– Tej nocy ty zasługujesz na honory. W porównaniu z tobą ja byłem tylko biernym widzem.

– Miałeś swoje chwile – zaoponował Colt. – Nie udałoby się, gdybyś nie zdjął najpierw tego psa, a potem strażnika na tarasie.

– Jesteś zbyt szczodry – odparł Grover. – Ale dziękuję.

Niespiesznie podeszli do schodków i wspięli się na górę, do drzwi. Ustawili się tak, by torba z JJ'em znalazła się między nimi.

Grover nacisnął palcem klawisz dzwonka i trzymał go w tej pozycji przez równą minutę. Gdy puścił, cofnął się o parę stopni i zadarł głowę. W jednym z okien zapaliło się światło. Uspokojony wrócił na miejsce obok towarzysza. W końcu drzwi się otworzyły, ukazując stojących na progu Laurie i Jacka.

– Pan Collins i pan Thomas – powiedział Jack, zaskoczony, ale i nie zaskoczony zarazem. – Albo przyszli panowie okropnie późno, albo strasznie wcześnie. Czym możemy służyć? – Wolał nie zgadywać.

– Zdaje się, że znaleźliśmy coś, co należy do państwa – odparł Colt. Uniósł torbę i oddał ją Jackowi. Suwak był już otwarty, więc wystarczyło, że nieznacznie rozchylił ścianki torby, by odsłonić jej anielskiego mieszkańca.

Laurie, która wciąż jeszcze nie pozwalała sobie na przypływ nadziei, by nie przeżyć potężnego rozczarowania, wyszła zza pleców Jacka i pochyliwszy się, zajrzała do torby. Pisnęła z zachwytu, ale nie odważyła się porwać dziecka w ramiona, żeby nie okazało się, że to tylko produkt jej wyobraźni. Szybko jednak pozbyła się tych oporów. Wsunęła dłonie do torby, wyjęła śpiącego malca i przytuliła do piersi.

Na poły śmiejąc się, na poły płacząc, zasypała Grovera i Colta setką pytań, podczas gdy JJ ani myślał obudzić się w jej ramionach.

– Jutro, pojutrze albo jeszcze później będziemy mieli dość czasu, żeby odpowiedzieć na te wszystkie pytania. Teraz powiem jedynie, że chłopiec był doskonale traktowany przez kobietę, która najwyraźniej zakochała się w nim od pierwszego wejrzenia.

Ani na chwilę nie przestając się uśmiechać, uradowany takim obrotem sprawy Jack zaprosił obu „konsultantów" do domu, ale odmówili taktownie, twierdząc, że muszą zwrócić ekwipunek do magazynu CRT, zanim postawią na nogi dział prawny i zgłoszą się na policję.

– Musimy się przyznać do grzechów popełnionych podczas uwalniania JJ'a – im szybciej to zrobimy, tym lepiej. Choć oczywiście nie przyznamy się do wszystkich – dodał Grover, mrugając porozumiewawczo. – Aha: dzięki, że mieliśmy sposobność odbić wasze dziecko.

– Wy nam dziękujecie? – spytał Jack z bezgranicznym zdumieniem.

Epilog

1 kwietnia 2010
czwartek, 10.49
Nowy Jork

Kapitan Lou Soldano sam siebie zadziwił, znajdując zupełnie legalne miejsce parkingowe przy Sto Szóstej Ulicy, zaledwie o dwie bramy od domu Laurie i Jacka. Oboje byli na bezterminowym urlopie po traumatycznych przeżyciach związanych z porwaniem JJ'a. Choć Lou nie widział się z nimi twarzą w twarz od pamiętnego piątku, kilkakrotnie rozmawiał z nimi przez telefon, po raz ostatni poprzedniego wieczoru, kiedy to umówili się właśnie na to spotkanie. Wcześniej uważał, że należy jeszcze uszanować ich prawo do prywatności.

Pokonawszy pięć stopni, Lou zadzwonił do drzwi i spojrzał na zegarek. Za dziesięć minut miały się zacząć trzy niezależne policyjne naloty. Świadomość tego faktu z jednej strony podniecała detektywa, a z drugiej dawała mu sporą satysfakcję. Żałował tylko trochę, że nie może uczestniczyć we wszystkich trzech akcjach, ale skoro było to niewykonalne, postanowił, że nie weźmie udziału w żadnej, tylko spędzi ten czas z Jackiem i Laurie, świętując zwycięstwo – w końcu gdyby nie ona, nie doszłoby do żadnego nalotu. To jej intuicja, jej zawziętość i jej zawodowa inteligencja sprawiły, że dostrzegła morderstwo tam, gdzie inni widzieli śmierć z przyczyn naturalnych. To ona odnalazła motyw łączący zabójstwo z działalnością organizacji przestępczej, a w konsekwencji – wykryła układ biznesowy między amerykańską mafią a japońską jakuzą.

Jack otworzył drzwi i serdecznie przywitał się z Lou.

– Nie musisz się z nami umawiać na oficjalne wizyty – skarcił go, gdy wspinali się na piętro. – Możesz do nas wpadać, kiedy zechcesz.

– W tej sytuacji uznałem, że najlepiej będzie zadzwonić – odparł Lou. – Porwanie to wyjątkowe doświadczenie emocjonalne, mówiąc oględnie. Jak się wszyscy czujecie?

– Doskonale. Wszyscy, z wyjątkiem mnie – odparł drwiąco Jack. – JJ, gdy tylko się ocknął, zachowywał się zupełnie normalnie, jeśli oczywiście ktoś uważa zachowanie półtorarocznego dziecka za normalne.

– Słabo to pamiętam – rzekł Lou. Jego dzieci były już na studiach.

– Jedyny problem polega na tym, że Laurie wciąż obwinia się za to, że w ogóle doszło do porwania. Żadne argumenty nie pomagają. Toczy teraz wewnętrzną walkę, bo jeszcze nie wie, czy chce być mamą na pełny etat, czy może mamą, która przy okazji jest światowej klasy lekarzem sądowym. Proszę cię, Lou, pogadaj z nią. Ja nie mogę, bo tak czy owak będę zadowolony. Chcę tylko, żeby ona była zadowolona.

Mineli kuchnię i weszli do salonu. Laurie wstała z kanapy i mocno uścisnęła Lou, a potem z całego serca podziękowała za to, że polecił im skorzystanie z usług Grovera i Colta z CRT.

– To dzięki tobie sytuacja diametralnie się zmieniła – dodała zapłakana, wprawiając Lou w wielkie zakłopotanie.

– Po prostu pomyślałem, że oni trochę szybciej odzyskają dla was JJ'a – wybąkał, starając się zbagatelizować swoją rolę w sprawie.

– Szybciej! – powtórzyła Laurie. – Odbili go następnego dnia! To był cud. Jestem pewna, że gdyby nam nie pomogli, JJ do dziś pozostawałby w rękach kidnaperów.

– Niewątpliwie – zgodził się Lou. – Czy Grover i Colt potwierdzili przypuszczenia co do tego, w jakim celu porwano JJ'a?

– Nie. Rozmawialiśmy z nimi tylko raz, w poniedziałek. Zadzwonili, żeby spytać, co słychać u JJ'a. Od tamtej pory nie odzywaliśmy się do nich, bo uprzedzali, że jeszcze tego samego wieczoru jadą z misją do Wenezueli.

– Tak jak się domyślali, porwanie miało być spóźnionym, desperackim działaniem obliczonym na oderwanie cię od pracy nad sprawą Satoshiego Machity. Ewentualny okup miał być, że się tak wyrażę, wisienką na torcie. Oni się ciebie bali, Laurie. Nie całego OCME, tylko właśnie ciebie.

– Trudno mi w to uwierzyć – odpowiedziała.

– Zwłaszcza że nie świadczy to najlepiej o nas, pozostałych pracownikach OCME – wtrącił z humorem Jack, a potem schylił się po JJ'a, który poczuł się zignorowany przez dorosłych i właśnie zaczynał dawać o tym znać całemu światu.

– Może i trudno ci uwierzyć, Laurie – odparł Lou – ale nie wątpi w to nikt w NYPD, FBI, CIA i Secret Service. Twoja praca nad sprawą Satoshiego Machity w połączeniu z porwaniem JJ'a sprawiły, że powstał najskuteczniej działający zespół operacyjny, do jakiego kiedykolwiek miałem okazję należeć. Od niedzieli wykonał robotę, która zwykle zajmuje co najmniej miesiąc, aż...

Lou urwał i spojrzał na zegarek. Do jedenastej pozostały trzy minuty.

– Aż co?

– Zdradzę wam największą tajemnicę – powiedział Lou, zniżając głos dla lepszego efektu. – Za dwie minuty w trzech różnych miejscach przedstawiciele czterech agencji, których nazwy przed chwilą wymieniłem, rozpoczną nalot na siedziby trzech prywatnych firm: iPS USA, kierowanej przez Benjamina Coreya, Dominick's Financial Services, kierowanej przez Vincenta Dominicka, oraz Pacific Rim Wealth Management, kierowanej przez Saboru Fukudę. Wszystkie należące do nich komputery, nośniki pamięci oraz dokumenty zostaną skonfiskowane, a dyrektorzy – aresztowani. Także ci finansowi, wykonawczy i organizacyjni. To naprawdę wielka rzecz, czuję to w kościach. I wielki cios we współpracę między mafią a jakuzą. Kto wie, może uda się całkowicie ją zniszczyć? Na pewno znacząco zmniejszy się skala problemu z krystaliczną metamfetaminą, która zalewa rynek Wielkiego Jabłka. Dziękuję, Laurie. Należysz do cennych aktywów tego miasta, więc jeśli zastanawiasz się, czy chcesz być tylko mamą, czy może mamą robiącą karierę, to pamiętaj, proszę, że jeśli zdecydujesz się na to pierwsze, wielu ludzi będzie za tobą tęsknić.

Laurie spojrzała wilkiem na Jacka, udając gniew.

– Rozmawiałeś z nim o mnie?

– Ja zawsze o tobie rozmawiam – wyznał Jack, unosząc ręce w geście kapitulacji na niby. – Ale zapewniam cię, że mam zerowy wpływ na jego opinię.

Agent specjalny FBI Gene Stackhouse został wybrany na dowódcę zespołu operacyjnego, w którego skład weszli przedstawiciele FBI, CIA, Secret Service oraz nowojorskiej policji. Podobnie jak inni agenci, z wyjątkiem grupy policjantów, miał na sobie granatowy uniform z nazwą agencji wypisaną czarnymi literami. Większość miała przy sobie broń: glocki albo karabiny M15. Przedstawiciele policji – wszyscy bez wyjątku służyli w jednostce SWAT – jak zawsze mieli na sobie czarne kombinezony i byli rozmaicie uzbrojeni. Wszyscy dostali też hełmy i kamizelki kuloodporne. I wreszcie wszyscy doskonale wiedzieli, po co się tu znaleźli, i nie mogli już doczekać się hasła do rozpoczęcia akcji.

Agent specjalny Stackhouse był szczególnie podniecony, wręcz gotów eksplodować energią w realizowaniu starannie zaplanowanych zadań, gdy tylko długa wskazówka jego zegarka stanie na dwunastce. Akcja miała się rozpocząć dokładnie o jedenastej we wszystkich trzech miejscach, tak aby wyeliminować możliwość kontaktu między firmami, a więc i mataczenia.

– Włożyć maski! – zawołał, gdy długa wskazówka minęła trójkę. Mały mikrofon przypięty do naramiennika sprawiał, że jego polecenia słyszeli funkcjonariusze we wszystkich dziewięciu furgonetkach rozesłanych do trzech miejsc akcji. W każdym wozie było ich sześciu – w sumie więc pięćdziesięciu czterech stróżów prawa.

Gene Stackhouse siedział na fotelu pasażera pierwszego z kolumny trzech vanów stojących przy Piątej Alei, nieco na północ od Pięćdziesiątej Siódmej Ulicy. Dwa pozostałe stały za nim. Gdy wskazówka sekundnika minęła jedenastkę, zaczął odliczać:

– Dziesięć, dziewięć, osiem... – Otworzył kaburę z glockiem. – Cztery, trzy dwa, jeden... Teraz!

Czworo drzwi w każdym z wozów otworzyło się w jednej chwili, wzbudzając strach w przechodniach. Drużyna przebiegła przez chodnik w stronę budynku, w którym mieściła się siedziba iPS USA, wpadła do środka i w pędzie minęła stanowisko ochroniarzy, którzy dostali rozkaz nienawiązywania łączności z żadnym z najemców przestrzeni biurowej, a zwłaszcza z iPS USA.

– Co się dzieje? – spytał jeden z nich, zdobywszy się na odwagę. W pierwszej chwili poczuł strach i respekt, widząc uzbrojenie intruzów, a zaraz potem ulgę, gdy zobaczył napisy FBI, SECRET SERVICE, CIA oraz NYPD na ich plecach.

– Wykonujemy serię nakazów sądowych – odkrzyknął Stackhouse, kierując swoich ludzi do czekającej już windy. – Zostać na miejscach! Nie rozmawiać! Nie telefonować!

Pstryknął palcami na jednego z agentów CIA i polecił mu zostać przy stanowisku ochrony budynku i dopilnować, by rozkazy zostały wykonane.

Gdy wszyscy pozostali funkcjonariusze znaleźli się w windzie, drzwi zasunęły się i kabina pomknęła wprost na piętro, na którym urzędowała firma iPS USA. Wreszcie dojechała na miejsce i bluznęła strumieniem gorliwych stróżów prawa, którzy sprintem minęli przerażoną Clair Bourse i rozbiegli się po wszystkich pokojach, w ustalonych z góry i precyzyjnie kierunkach. Clair być może krzyknęłaby ze strachu, gdyby nie zmroził jej widok jednego z agentów, biegnącego z bronią w ręku prosto w jej stronę, z głośnym okrzykiem: „Nie ruszać się!" Gwałtowny atak dziwnie podobny do wojskowego szturmu miał swój cel: chodziło o to, by nikt w firmie nie zdążył w żaden sposób zmienić dowodów. Jacqueline, gdy tylko usłyszała rozkaz „Nie ruszać się!" dobiegający z recepcji, sięgnęła za siebie, by zatrzasnąć sejf, ale nie zdążyła, bo i do jej pokoju wpadli dwaj agenci.

Uczestnicy akcji dokładnie przestudiowali plan pomieszczeń należących do firmy i każdy z nich wiedział, dokąd ma się udać. Stackhouse i jeszcze jeden agent FBI, Tony Gualario, pobiegli prosto do narożnego gabinetu Benjamina Coreya. Trwało tam spotkanie, w którym prócz dyrektora generalnego uczestniczył też dyrektor finansowy Carl Harris.

Ben zerwał się na równe nogi, gdy tylko Stackhouse i Gualario wpadli do pokoju, mierząc do niego z pistoletów.

– Siad! – warknął Stackhouse.

Drobny ruch lufy wystarczył, by Ben zastosował się do polecenia i opadł ciężko na swój skórzany fotel. Identycznie zachował się Carl, którego sterroryzował agent Gualario.

– Benjamin Corey, zamieszkały przy Edgewood Road pięćset dziewięćdziesiąt jeden w Englewood Cliffs w New Jersey? – spytał Stackhouse.

– Tak – odpowiedział Ben. Nie był już tylko zszokowany. Czuł autentyczny strach. Nagle zrozumiał dokładnie, co się dzieje z jego firmą.

– Jestem agent specjalny Gene Stackhouse z FBI. Wykonuję serię nakazów sądowych, w tym nakaz przeszukania siedziby iPS USA oraz zajęcia wszelkich dowodów związanych z procederem prania brudnych pieniędzy, oszustwami, defraudacjami oraz uchylaniem się od płacenia podatków. Mam też nakaz aresztowania pana pod zarzutem dopuszczenia się wyżej wymienionych przestępstw.

Stackhouse umilkł, odchrząknął, a potem wyjął z kieszeni pojedynczą kartkę.

– Mam tu jeszcze jeden nakaz aresztowania, ale będzie lepiej, jeśli go odczytam, ponieważ pierwszy raz spotykam się z takim dokumentem. – Urwał, by odchrząknąć po raz drugi. – Nakaz aresztowania wydany przez Interpol: IP10067892431. Benjamin G. Corey, Edgewood Road pięćset dziewięćdziesiąt jeden, Englewood Cliffs, New Jersey, USA. Interpol niniejszym żąda aresztowania i ekstradycji do Japonii wyżej wymienionej osoby, na podstawie umów międzynarodowych zawartych między tymi krajami, celem postawienia w stan oskarżenia w związku z zarzutem morderstwa pierwszego stopnia, dokonanego około dwudziestego ósmego lutego 2010 roku na terenie prefektury Kioto w Japonii.

– Co takiego?! – zawołał Ben. – Ja nigdy...

– Milczeć! – rozkazał mu Stackhouse. – Najpierw odczytam panu prawa Mirandy.

– Znalazłem zaginione dzienniki laboratoryjne – zameldował jeden z agentów FBI, zaglądając przez drzwi z pokoju Jacqueline i pokazując Stackhouse'owi dwa granatowe dzienniki.

– Świetnie, George – powiedział dowódca operacji, rozpoznając kolegę wyłącznie po głosie. – Rząd japoński będzie zachwycony. A teraz pozwól, że przeczytam zatrzymanemu jego prawa. Jeśli chcesz się na coś przydać, zadzwoń do pozostałych ekip i dowiedz się, jak im poszło.

Stackhouse odchrząknął po raz trzeci. Wyjął karteczkę formatu trzy na pięć cali, na której spisał sobie prawa Mirandy, by niczego nie przekręcić.

– Ja znam swoje prawa – jęknął Ben. Nie mógł znieść myśli, że ma stanąć przed japońskim sądem i odpowiedzieć za zbrodnię, której czynnie starał się zapobiec.

– I tak muszę je odczytać – odparł Stackhouse i tak właśnie zrobił, podobnie jak Tony, który równolegle zajmował się Carlem.

Gdy Ben i Carl zostali skuci i wyprowadzeni, do gabinetu znowu zajrzał George.

– Oba naloty przebiegły bezproblemowo – zameldował. – Wszystkich pryncypałów aresztowano, a przy okazji zebrano tonę dowodów.

– Świetnie – ucieszył się Stackhouse. – Bierzmy się więc do zbierania dowodów i w tym biurze. Pamiętajcie! Zabieramy wszystko: wszystkie komputery, nośniki pamięci, faksy i telefony komórkowe. Do tego oczywiście wszystkie dokumenty, listy czy choćby notatki. Do roboty!

18 kwietnia 2010
niedziela, 13.45
Nowy Jork

– Oto i on – powiedziała Laurie, dostrzegłszy Lou Soldano idącego na północ Columbus Avenue. Laurie, Jack i JJ siedzieli w ogródku jednej ze swoich ulubionych ka-

wiarń: Espresso Et.Al., opodal Muzeum Historii Naturalnej. Ściślej mówiąc, tylko Laurie i Jack siedzieli, ponieważ JJ akurat spał w wygodnie rozłożonej spacerówce.
Kawiarnia znajdowała się po wschodniej stronie alei i jej
ogródek skąpany był w przyjemnym wiosennym słońcu.
Laurie cofnęła się z krzesłem, podniosła się nieco i pomachała rękami nad głową, by zwrócić na siebie uwagę
Lou. Detektyw zauważył ją i także pomachał, a potem
zmienił tor ruchu w taki sposób, by nie musiał przebijać się przez długą kolejkę przy wejściu do lokalu – po
prostu przestąpił nad nisko zawieszonym łańcuchem,
który łączył doniczki z kwiatami i wyznaczał granicę
kawiarnianego ogródka.

Uścisnął Laurie, przybił piątkę Jackowi i usiadł na
krześle, które dla niego zajęli. Wyglądał tak, jakby przed
chwilą wstał z łóżka: włosy miał w totalnym nieładzie,
a powieki jeszcze ciężkie od snu. Znalazł natomiast czas,
by się ogolić, co widać było między innymi po białej smu-
dze kremu na płatku prawego ucha.

– Dzięki, że przyszedłeś – powiedziała Laurie.

– Dzięki za zaproszenie – odparł Lou. – Cieszę się,
że wyciągnęliście mnie z domu. Taki piękny dzień, a ja
zmarnowałbym go haniebnie, gnijąc na kanapie. Prawie
na pewno tak by to wyglądało. No, a teraz mówcie, ja-
kąż to dobrą wiadomość chcecie mi przekazać? Może tę,
którą tak bardzo chciałem usłyszeć?

– Tego nie wiem – zaśmiała się Laurie. – Tak czy inaczej... wracam do OCME!

– Wspaniale! – uradował się Lou i tym razem przybił
piątkę Laurie. – Miałem nadzieję, że to powiesz. Moje
wizyty w OCME już nie są takie ciekawe, odkąd wiem, że
zastanę tam tylko starego nudziarza Jacka. Gratuluję!
Kiedy wielki powrót?

– Od jutra za tydzień – odrzekła Laurie. – Szef był dla
mnie taki wyrozumiały... nie masz pojęcia.

– On nie jest wyrozumiały, tylko sprytny – odparł Lou.

– Dobrze gada! – wtrącił Jack, unosząc kieliszek z winem. Teraz dopiero przypomniał sobie, że Lou nie dostał jeszcze nic do picia, i wyprostował się na krześle, rozglądając się za kelnerką.

– Naprawdę cieszę się, że podjęłaś taką decyzję – rzekł Lou, pochylając się ku Laurie. – Choć oczywiście jest to radość po części egoistyczna. Brakowało mi ciebie w OCME, już kiedy poszłaś na urlop macierzyński. Ale mój egoizm to drugorzędna sprawa; naprawdę uważam, że to najlepsza decyzja i dla ciebie, i dla JJ'a. Jesteś tak świetnym patomorfologiem, a na dodatek czerpiesz tyle satysfakcji z pracy… Miałem cichą nadzieję na twój powrót, ale spodziewałem się, że będziesz potrzebowała więcej czasu, by zrozumieć, że jednocześnie możesz być fantastyczną mamą. Jeśli wolno spytać – skąd taka szybka decyzja?

– Powodów było wiele. Po pierwsze – nie chcę, żeby tragiczna śmierć Leticii poszła na marne. Może to brzmi dziwnie, ale zapewniam, że nie dla mnie. Ona zginęła, ponieważ opiekowała się JJ'em, żebym ja mogła wrócić do pracy. Mam wrażenie, że jestem to winna jej pamięci.

– Moim zdaniem to wcale nie dziwne.

– Poza tym doszłam wreszcie do wniosku, że porwanie JJ'a w celu oderwania mnie od pracy było przypadkiem jednym na milion. To się już nigdy nie powtórzy. Zrozumiałam też coś znacznie ważniejszego: są tacy ludzie, którzy fantastycznie nadają się do bycia nianią i uwielbiają to zajęcie, a nawet mają w życiu taki cel: być najlepszą nianią na świecie. Jeśli mam pracować w spokoju ducha, muszę znaleźć właśnie kogoś takiego, kto zechce być z JJ'em zawsze, a jednocześnie stanie się moim partnerem w wychowaniu, tak bym mogła angażować się na tyle, na ile będę mogła. Rozumiesz mnie?

– Tak – odparł Lou. – Potrzebujesz kogoś, kto będzie tak dobrą mamą dla JJ'a, jaką ty byś była, gdybyś zrezygnowała z pracy. Ale gdyby zaszła konieczność, potrzeby JJ'a będą ważniejsze niż kariera i...

Jack przerwał Lou, bo wreszcie udało mu się przywołać kelnerkę.

– Pijemy vermentino. Chcesz spróbować czy wolisz coś innego? Zamówiliśmy też sałatkę cesarską z kurczakiem. Co ty na to?

– Wszystko jedno – odparł Lou, machając ręką. Najchętniej jadał klopsy w sosie – chyba że akurat miał nieszczęście przebywać w towarzystwie Stapletonów. No i w tej chwili bardziej interesowała go rozmowa z Laurie niż wino i zakąski. – Domyślam się, że skoro wracasz do pracy, to już znalazłaś kogoś, kto pasuje do twojego wizerunku niani idealnej?

– Tak uważam – odrzekła Laurie. – Rozpuściłam wici mniej więcej tydzień temu, wśród wszystkich przyjaciółek, zwłaszcza tych z college'u. Znalazłam pewną Irlandkę, która była nianią dwójki pociech mojej koleżanki ze studiów. Dzieci, którymi się opiekowała, są dziś nastolatkami, a przyjaciółka nawet próbowała na własną rękę zainstalować gdzieś nianię, bo wszyscy ją pokochali i stała się jakby częścią rodziny. Gdy ją poznałam, od pierwszych słów, które wypowiedziała, wiedziałam, że to właściwa osoba. W dodatku jest gotowa zamieszkać z nami. Bycie nianią to jej życiowa misja.

– Super! A teraz spróbujmy dokończyć ten toast! – odezwał się Jack, bo kelnerka właśnie postawiła przed Lou kieliszek z winem. Uniósł więc swój, a pozostali uczynili to samo. – Za powrót Laurie do OCME, za odporność JJ'a, który zachowuje się ponoć całkiem normalnie, oraz za pamięć i fundusz stypendialny Leticii!

Brzęknęło szkło i troje przyjaciół uraczyło się zdrowym łykiem wina.

– Jaki znowu fundusz stypendialny? – spytał Lou, odstawiwszy kieliszek.

– Zastanawialiśmy się, w jaki sposób uczcić pamięć Leticii – odparł Jack. – Sąsiedzki fundusz stypendialny dla dzieciaków idących na studia to chyba najlepszy pomysł. Laurie kontaktowała się już z Columbia University i chyba mamy ich wsparcie, bo sami prowadzą podobny program. Laurie i ja jesteśmy pierwsi: ufundowaliśmy roczne stypendium i mamy nadzieję, że inne rodziny z okolicy postąpią podobnie. Poza tym zaczęliśmy też planować parę innych akcji, zbiórek, wiesz... Wszystko dobre, co służy lokalnej społeczności.

– Trudno byłoby mi wymyślić coś bardziej stosownego – przyznał Lou. – Świetny pomysł.

– A co nowego na arenie prawnej? – spytała Laurie. – Zastanawiałam się nad tym od czasu, kiedy wpadłeś do nas i opowiedziałeś o nalotach na firmy.

– Jak zwykle różnie bywa – odparł Lou. – Wszyscy ważni bossowie z trzech firm oczywiście wyszli za kaucją, z wyjątkiem Benjamina Coreya. W tym tygodniu usłyszą akt oskarżenia i naturalnie stwierdzą, że są niewinni – włącznie z Coreyem. W tej chwili prokuratura wywiera mocny nacisk na pracowników niższego szczebla, oferując im uniewinnienie w zamian za zeznania przeciwko bossom. To oczywiście się uda dzięki dowodom zgromadzonym podczas nalotów, a dotyczącym firm przykrywek dla działalności grup przestępczych. Co ważniejsze, miły sojusz mafii z Long Island z japońską jakuzą zdecydowanie przejdzie do historii, przynajmniej na jakiś czas, mam nadzieję, że niezbyt krótki. Dzięki tobie zobaczymy w mieście mniej krystalicznej metamfetaminy.

– Dlaczego Benjamin Corey nie wyjdzie za kaucją?

– Z powodu międzynarodowego listu gończego, wydanego w związku z morderstwem ochroniarza w Kioto. Gdyby dopuścił się wyłącznie przestępstw finansowych, wyszedłby bez kłopotu, ale w tej sytuacji on jeden z pewnością spróbowałby uciec. Powiem wam, że nie chciałbym być w jego skórze. Nawet jeśli wygra proces ekstradycyjny, i tak będzie musiał odpowiedzieć za pranie brudnych pieniędzy. A ja tego po prostu nie rozumiem... Facet z takim wykształceniem, z takiego środowiska – zachowywał się tak, jakby koniecznie chciał sprawdzić, co jeszcze ujdzie mu na sucho.

– Dla mnie to raczej grecka tragedia – odrzekła Laurie. – Chciwość, tragiczna wada charakteru, ujawnia się u człowieka, który zaczynał życie jako szczery altruista gotów pomagać ludziom. Czyli tak jak dziewięćdziesiąt dziewięć procent studentów medycyny.

– Ale co się mogło z nim stać? Po prostu nie rozumiem.

– Niefortunny mariaż medycyny i biznesu. W połowie dwudziestego wieku można było nieźle żyć z medycyny, ale nigdy dojść do wielkiego bogactwa. Wszystko się zmieniło, gdy medycyna w tym kraju przestała być domeną i obowiązkiem rządu, jak edukacja czy obrona. I jak medycyna w innych krajach uprzemysłowionych. Dodajmy jeszcze, że rząd Stanów Zjednoczonych niechcący przyczynił się do zwiększenia wydatków na medycynę, wprowadzając system Medicare bez skutecznej kontroli kosztów, hojnie subsydiując badania biomedyczne bez zachowania praw właścicielskich do wynikających z nich odkryć, a na dodatek udzielając patentów na pewne procesy medyczne – choćby dotyczące ludzkiego genomu – czego mu robić nie wolno. Mówię ci, sfera patentów medycznych w tym kraju to autentyczny chaos, który już zaczyna szkodzić całej biomedycynie, ale to już inna historia. Niestety – ciągnęła Laurie – jeśli w dzisiejszych czasach lekarz zapragnie zdobyć wielki majątek – a wielu jest takich – to cel ten jest w jego zasięgu, jeśli tylko wybierze właściwą specjalność, wiążąc się na przykład z przemysłem farmaceutycznym, rynkiem ubezpieczeń zdrowotnych, szpitalami specjalistycznymi albo przemysłem biotechnologicznym. Zajmując się którąkolwiek z tych dziedzin, będzie mógł twierdzić, że chce przede wszystkim pomagać ludziom – i po części będzie to prawdą – ale ta pomoc jest tylko produktem ubocznym, a nie celem samym w sobie. Naczelnym zadaniem jest zaś pomnażanie pieniędzy.

Przez kilka chwil Lou tylko przypatrywał się Laurie, a potem zachichotał kpiąco.

– Naprawdę sądzisz, że zrozumiałem coś z tego, co powiedziałaś?

– Nie bardzo – odparła Laurie. – Wystarczy, jeśli zrozumiesz tyle, że wcale mnie nie dziwi sytuacja, w której Ben Corey przestaje być wrażliwym, troskliwym lekarzem, a staje się typem, którego głównym celem życiowym jest zarobienie miliardów. Większość studentów medycyny – jeśli nie wszyscy – zaczyna naukę z altruistycznych pobudek, ale jednocześnie rywalizuje między sobą. Muszą to robić, jeśli chcą się dostać do najlepszych college'ów, na najlepsze studia medyczne i na najlepsze rezydentury, na najlepsze specjalizacje – czyli zazwyczaj te, które przynoszą później najwyższy dochód, bo przecież trzeba jak najszybciej spłacić kredyt studencki. Nie zdają sobie jednak sprawy z tego, że ten zawód zmienił się drastycznie w ciągu ostatnich lat, głównie z przyczyn ekonomicznych.

– A co z nowymi ustawami o ochronie zdrowia? Czy one nam nie pomogą?

– Przy odrobinie dobrej woli mogłabym powiedzieć, że zawsze to jakiś początek. Ich sednem jest chęć powrotu do względnej równości w dostępie do opieki medycznej, rozumianej jako wspólne dobro i jako obowiązek rządu. Tylko że w tym kraju opieka medyczna jest dziś silnie konkurencyjną gałęzią gospodarki i nowe prawo tego nie zmieni. Obawiam się, że skończy się na jeszcze większym rozbuchaniu kosztów, zwłaszcza że podobnie jak w przypadku Medicare, brakuje narzędzi do ich kontrolowania.

– Jack, jesteś równie sceptyczny jak Laurie? – spytał Lou.

– Zdecydowanie – odparł bez wahania Jack. – I uważaj, bo nie przestanę o tym gadać!

– W takim razie zmieńmy temat – zaproponowała Laurie. – Co nowego w sprawie porwania JJ'a? Znasz jakieś szczegóły?

– Jak wspomniałem na początku, wiemy już ponad wszelką wątpliwość, że celem porwania było oderwanie ciebie, Laurie, od sprawy Satoshiego Machity. Żądanie okupu było tylko zmyłką. Miło mi donieść, że udało nam się przymknąć zabójcę Leticii. Nazywa się Brennan Monaghan, ale prawdziwym mózgiem całej akcji był jeden z szefów rodziny Vaccarro, niejaki Louie Barbera, z którym już kiedyś miałem do czynienia. Byłbym w siódmym niebie, gdyby po tej sprawie udało się go przymknąć, ale tak się nie stanie. I tym razem pozostanie na wolności.

– Jak to możliwe? – spytała Laurie.

– Z punktu widzenia policji, na tym właśnie polega problem z zatrudnianiem firm takich jak CRT. Owej pamiętnej nocy, kiedy przedstawiłem wam dżentelmenów z CRT, dowiedzieliście się, że nadrzędnym celem jest dla nich dobro porwanego oraz jego rodziny. Tyle że ich metody nie są zgodne z zasadą, w myśl której dowody zdobyte w nielegalny sposób nie mogą zostać wykorzystane przed sądem. Tak też było w przypadku JJ'a. Wasi wybawiciele uzyskali informacje o miejscu, w którym był przetrzymywany, tylko dlatego, że porwali i nafaszerowali lekami żołnierza rodziny Vaccarro, a z prawnego punktu widzenia trudno to nazwać koszerną strategią. Dobrze, że mają takich dobrych obrońców, bo gdyby nie to, już dawno wylecieliby z tej branży.

– A ja i tak wolę mieć z powrotem JJ'a, niż mieć spokojne sumienie, że przestrzegałam wszelkich zawiłości prawa – przyznała Laurie.

– To oczywiste – odparł Lou. – I dlatego sam wam zaproponowałem zatrudnienie tych ludzi. To była porada od Lou-przyjaciela, a nie Lou-policjanta. Bo jako policjant nigdy nie zrobiłbym czegoś takiego. Metody stosowane przez CRT depczą podstawowe prawa konstytucyjne obywateli, a to w dłuższej perspektywie na pewno nie wpływa dobrze na kondycję społeczeństwa.

– A co z Vinniem Amendolą? – spytała Laurie. – Jeszcze nie wrócił z urlopu?

– Wrócił ponad tydzień temu – oparł Jack. – Tak się przejęliśmy tym stypendium i sprawą niani, że całkiem zapomniałem ci powiedzieć.

– Wielkie dzięki – odpowiedziała sarkastycznie. – No, ale jakie nowiny? Będzie miał kłopoty? I czy to naprawdę on napisał list z pogróżkami?

– Naprawdę on – odrzekł Lou. – Został w końcu namierzony na południu Florydy i sprowadzony do Nowego Jorku na mocy nakazu. Był bardzo skłonny do współpracy i nie wniesiono przeciwko niemu zarzutów, mimo że w pewnym sensie był wspólnikiem porywaczy. Wszyscy są zgodni co do tego, że działał pod przymusem, w trudnej sytuacji, obawiając się o życie córek i żony. Co więcej, w końcu to właśnie on napisał ostrzegawczy list. I pewnie nie chciałabyś widzieć go przed sądem, prawda, Laurie?

– Broń Boże – odpowiedziała, a wyraz jej twarzy wskazywał, że to ostatnia rzecz na świecie, której by sobie życzyła. – Zamierzam nawet podziękować mu za to, że próbował mnie ostrzec.

W tym momencie kelnerka podała sałatki i musieli zająć się przemeblowaniem, by pomieścić talerze na małym stoliku z kutego żelaza i szkła. Gdy kelnerka odeszła, Lou wzniósł kielich.

– A teraz mój krótki toast. Za medycynę sądową i wszystko, czego jest w stanie dokonać w imię prawa! To jedyna rzecz, którą my mamy, a bandyci nie!

Wśród śmiechów trojga przyjaciół po raz drugi brzęknęło szkło.